Das Museum der gestohlenen Erinnerungen

被偷去记忆的博物馆

Das Museum der gestohlenen Erinnerungen

〔德〕拉尔夫·伊绍／著
王泰智 沈惠珠／译

著作权合同登记号:图字 01-2014-2592

图书在版编目(CIP)数据

被偷去记忆的博物馆/(德)伊绍著;王泰智,沈惠珠译.—北京:人民文学出版社,2014

ISBN 978-7-02-010336-2

Ⅰ.①被… Ⅱ.①伊…②王…③…沈 Ⅲ.①儿童文学—长篇小说—德国—现代 Ⅳ.①I516.84

中国版本图书馆 CIP 数据核字(2014)第 050698 号

责任编辑	仝保民
特约策划	李江华
装帧设计	刘 静
责任印制	苊 屹

出版发行	人民文学出版社
社 址	北京市朝内大街 166 号
邮政编码	100705
网 址	http://www.rw-cn.com
印 刷	北京凯达印务有限公司
经 销	全国新华书店等
字 数	375 千字
开 本	710 毫米×1000 毫米 1/16
印 张	29.25
印 数	1—8000
版 次	2014 年 6 月北京第 1 版
印 次	2014 年 6 月第 1 次印刷
书 号	978-7-02-010336-2
定 价	42.00 元

如有印装质量问题,请与本社图书销售中心调换。电话:01065233595

本书情节虽属虚构,但与活着的人或死去的人可能有雷同,那不一定就是巧合。

——作者

主要人物表

地球上的人物：

奥利弗·波洛克（昵称奥利）　本书主人公，13岁男孩，艺术天才

叶茜卡·波洛克（昵称叶茜）　本书主人公，奥利弗的双胞胎姐姐，13岁，科学天才和电脑迷

托马斯·波洛克　双胞胎的父亲，考古学家，柏林近东博物馆前馆长

米丽娅·麦卡林　叶茜卡的好朋友，近东博物馆的女考古学家

雅诺什·海杜克　阴谋家，柏林近东博物馆馆长，外号双面人

西蒙·伊斯罗尔　柏林犹太教会堂的拉比

加卢斯　调查博物馆盗窃案的刑警探长

失落的记忆之国——卡西尼亚的人物：

奥利弗在卡西尼亚的盟友：

妮碧　一只玻璃小蜂鸟，曾是《一千零一夜》中山鲁佐德公主的玩具

戈菲　一件破军大衣，曾是拿破仑一世的作战军衣

埃留基德　一个希腊哲人，曾是大哲学家亚里士多德的学生

珀伽索斯　希腊神话中生有双翼的神马

一抹朝霞　被奥利弗遗弃的一支画笔

列文·尼雅卡　安纳格火山的智者，亚历山大图书馆馆长，曾是古巴比伦王宁录的大祭司

亨里克　亨里克豪斯号的船长，传说中的"漂泊的荷兰人"

奥利弗在卡西尼亚的敌人：

谢哈诺　一座远古时代的金身雕像，复活后成了卡西尼亚的暴君，企图盗窃地球上的所有记忆，最终统治两个世界

赫尔曼·范·达伦　纳尔贡城的总督，谢哈诺的帮凶，一个被遗忘了的老纳粹

塞拉密斯　谢哈诺的母亲，噩梦王国——摩孤沼泽的女王

帕祖祖　又称猎捕手，谢哈诺的第一仆人，一个善于变化的风暴恶魔

目　录

第 1 章	被忘记了的父亲	1
第 2 章	卡西尼亚	45
第 3 章	太多的问题	52
第 4 章	记忆还活着的地方	87
第 5 章	无形的窃贼	116
第 6 章	噩梦女王的秘密	140
第 7 章	谁是双面人？	214
第 8 章	诡异的旅程	248
第 9 章	撒下因特网	300
第 10 章	智者列文的计划	323
第 11 章	虚拟的答案	368
第 12 章	永恒黑夜的囚徒	398
第 13 章	被偷走的博物馆	412
第 14 章	变幻之夜	437
尾　声		455
作者后记		460

第 1 章
被忘记了的父亲

> 我们最宝贵的财富,往往是在它丢失时才会发觉。
>
> ——匿名人

·不速之客

"开门!我们是警察!我们知道你们在里面。马上把门打开!"

奥利弗和叶茜卡胆怯地相互看着。假装家里没有人,看来是没有用了。现在,外面已经开始第三次敲门,在楼道里使劲敲他们家门的人,似乎逐渐失去了耐心。外面,雨点敲打着窗子。这是此刻波洛克家里惟一的响声。

"我们该开门吗?"奥利弗尽量放低声音问。

"我们可能没有其他选择。"叶茜卡回答。

她做了两次深呼吸,试图把恐惧甩掉。她毕竟要比弟弟大一些——准确地说,是大四分钟五十一秒。所以她必须做个表率。

她真想知道,警察为什么来到她家门口!她再次把最近几天的经历在脑海里过了一遍,没有什么事情会让这些执法者感兴趣啊……能够做什么坏事的,就只有奥利弗了。

把奥利弗从棘手的处境中解救出来,这已经不是第一次了。弟弟是个梦想家——他更喜欢自称是"艺术家"。他喜欢否认现实,所以常常陷入令人发指的境地。奥利弗是个典型的不知疲倦的梦游者。

但至今她还没有需要把他从监狱里救出来的经历。

"你又干了什么坏事?"她厉声问弟弟。

弟弟拉长了脸，耸耸肩膀说："当然什么都没干。"

"或许这个'什么都没干'又和上次在商店里一样吧，这你知道，是不是？你把一支画笔放进了裤兜，到收银台付款时，售货员又把它给掏了出来。我一想到这件事，就觉得真恶心！你说正好有什么东西触发了你作画的灵感，是不是？什么灵感？我记得，你是说那些掉在地上的几个猴皮筋的造型。你道歉说这是'注意力转移症'，可售货员却不相信。我说破了嘴皮，才没让他把你当成小偷告到警察局。现在你快坦白，到底又干了什么，奥利？一个律师必须知道他委托人的情况，否则他无法把你保出来。"

外面又开始使劲敲门了。双胞胎缩在了一起。

"这是最后一次警告，"一个男人的声音轰鸣着透过门的木板。"如果你们不马上把门打开，我们就要破门了。"

"好吧，好吧，"叶茜卡喊道，同时向弟弟递过去一个警告的目光。

奥利弗屈服了。他了解他的姐姐。可能这样最好。而且他也不知道，在这种疯狂的时刻应该说些什么。他睁大了眼睛盯住叶茜卡的每一个动作。

她三步并成两步来到了门厅走廊。从门上的探视孔看了一眼，显然打消了一些担心，她麻利地打开了房门。在不太高的门框里，站着一个穿着精湿雨衣的男子。他个子很高，不得不把头低下，才能够看到房子里面的情况。在他的阴影下还有一个身材中等穿着制服的警察，手里提着一把斧头，脸上的表情，就好像叶茜卡发现了他正在干什么坏事。

"你就是叶茜卡·波洛克吗？"大个子直截了当地问。他尽量做出威严的样子来。

"请先告诉我，您是谁？"叶茜卡仰着头问道。

面对这么执拗的女孩，那个身上滴水的男人似乎没有想到，竟然一时愣住了说不出话来，盯看着这个红褐色头发的小姑娘和身后冒出来的那个稍胖一些同样是红褐色头发的小男孩。停顿了片刻，他才恢复了镇定。

"你们知道得很清楚，我们是警察。我已经说了好多遍了。"

叶茜卡仍然保持执拗。"你有警察证件吗？"

"我当然有。"

"那为什么不拿出来给我看？"

"够了，你说得够多了……"

第1章 被忘记了的父亲

"没有证件,我就什么都不说了。"叶茜卡把胳膊抱在胸前,怒目注视着那位刑警。

他好像用了一段时间在思考,这个执拗的女孩还会给他制造什么样的困难。他的目光转向手提斧头的同事。但那个警察似乎也没有什么办法,只是无助地耸了耸肩膀。刑警嘟囔了一句什么,把手伸进了口袋,拿出来一块青铜色椭圆形金属牌,尽量把警牌和腰带间的锁链拉长,伸到了叶茜卡的鼻子底下。

叶茜卡显然对铜牌上的标志感到满意,她点了点头,退后一步说:"请进吧,先生们。"

大个子警官一踏进门厅,立即开始巡视周围的情况。穿制服的警察提着斧头站到了门口,似乎要表明,谁也别想从他身边溜出去。

"我们有搜查令,"刑警自我介绍是盗窃调查室的探长加卢斯之后说。他从上衣口袋里抽出一份表格,在叶茜卡的眼前一闪,时间很短,叶茜卡只能看到上面的标题。然后他说:"这涉及到托马斯·波洛克。我们从昨天上午起就监视这座住宅,所以不相信他会藏在里面。但为了保险起见,我们还是要到处看看。我想,你们不会反对吧……"

"我们当然反对。"叶茜卡立即针锋相对地说。

警官不解地皱起了眉头。

叶茜卡感到有些茫然,但尽量不被察觉。探长加卢斯为什么要寻找这个托马斯·波洛克呢?难道是奥利弗又变得如此糊涂,连自己的名字都忘记了吗?但这也可能是一个巧合的误会,很快就会搞清楚。是的,这可能是最合理的解释。

她感到一阵轻松,补充一句说:"这里没有什么托马斯·波洛克,而且我们也不认识这样一个人。我很遗憾,加卢斯探长。"

奥利弗可以看到,那位刑警身上发生了令人不安的变化:他的手握成了拳头,把那份搜查令捏了起来,面孔憋得发紫,牙齿咬得发响。奥利弗担心,这位探长先生会随时爆炸或者他脚下已经集成的水洼马上沸腾。但所有这些都没有发生。探长立即吼了起来:"这么厚颜无耻的回答,这么愚蠢的谎言,在我二十三年的警务工作期间还从来没有发生过!难道真的要让我相信吗?你们真的以为,我们这些警察都是些弱智吗?"

叶茜卡勉强装出来的镇静,像纸牌搭成的房子一样,一下子就坍塌了。

奥利弗看来也至少像她一样感到困惑,但他那典型的令人捉摸不定的性格,却恰好在这样一个时刻使他打破了沉默。

"我们真的不知道托马斯·波洛克是谁,探长先生。"然后他又放低了声音说,"或许是我们忘记了。您能不能帮帮我们?"

"孩子们!"加卢斯探长气呼呼地喊道,"你们老想让人像对成年人那样对待你们,可你们的行为却还像摇篮里的婴儿。那好,我们就把这个游戏玩到底——但要按照我的规则:托马斯·波洛克——那个你们据说记不起来的人——就是你们的爸爸!"

二楼的瓦茨拉维克夫人精心地照料着奥利弗和叶茜卡。她烧了薄荷茶,立刻把一壶滚烫的饮料给这两个小患者送去。只见房子里面一片狼藉。六个警察搜查了波洛克家的住宅,就像是蚂蚁在寻找食物。其中的几个还一边搜查一边嚼着瓦茨拉维克夫人为他们抹制的猪油三明治,尽管看起来他们并不很饿。

这些勤奋的警察所关心的,是要把双胞胎姐弟的房间翻个底朝天才好。搜查过程中,他们有时还把一些东西或文件包装起来——他们说这是"临时查封"。

奥利弗和叶茜卡对这些没有记住多少。他们一直还茫然不知所以。加卢斯探长的声音就像是透过厚厚的枕头进入到他们的意识当中。他们从探长那里听到的,实在太过于离奇,使他们无法就这么简单地接受。尽管有些问题得到了解释。这也是一些他们多日来一直思考的问题,但却不知道,是从什么时候开始的。

直到一个小时之前,他们还无法真正描绘他们到底缺少了什么。那是——一种令人不安的空虚,后来他们才发现,正是在那一刻,他们两人同时感到了这种空虚。同时发生一件事情,这其实也不值得惊奇——这对双胞胎姐弟常常有被一条无形的纽带拴在一起的感觉,有时甚至会想到和感觉到同一件事情,尽管他们在空间上距离很远。就像最近几天那样。

两个人在秋假期间都去参加了业余培训班。但并不是我们想象的那种同样的活动。奥利弗和叶茜卡,除了头发颜色之外,是一对很不相同的双胞胎。首先就是他们的身体结构。奥利弗比姐姐小半头,但这种"落后局面"却可以用腰部的脂肪轻松地加以平衡。同样在兴趣上两人也各走各的路。

第 1 章 被忘记了的父亲

奥利弗的情趣在于艺术，而叶茜卡则钟爱数学和自然科学，特别是电脑。只要一台 PC 的键盘出现在她身旁，她就会在一瞬间把这部机器的各种性能研究透彻。因此，奥利弗参加了一个绘画艺术高级班，而叶茜卡则满足于研讨信息技术。

双胞胎姐弟的天资早在几年前就已经引人注目，首先是学校的老师，然后由他们推荐给那些致力于促进小天才的人们。这当然不会没有后果。他们曾得到过参加假期训练班的资助，然后又获得了用公共促进资金向他们提供的各种相关的用品，如画笔、颜料、电脑硬盘。这样，奥利弗和叶茜卡也就有可能享受某些只靠家庭收入难以得到的便利。例如他们刚刚参加过的培训班，就是由柏林州提供的资助。

其实，每个人都具备某些特殊的天赋：有些十岁的孩子可以熟练地说出所有恐龙的名称，另外一些少年熟知他们喜欢的体育团队近三十年来的所有比赛结果，还有的人从睡梦中醒来就可以不假思索地随口说出他们偶像的生平，甚至包括全部儿时的疾病、考试分数和各种过敏反应。有些人却从来不知道，或者很晚才知道，他们具有这样的特性。而奥利弗和叶茜卡却相反，他们很幸运，很早就知道他们所做的都是很特别的事情。

尽管如此，他们仍然是两个普通的十四岁孩子，就和成千上万的十四岁孩子一样。在这一刻，他们甚至觉得自己是一切生物中最值得同情的一对。瓦茨拉维克夫人的热茶燃烧着他们的肠胃，加卢斯探长的问话燃烧着他们的大脑。这个大个子警察给他们讲的故事，真是难以置信！

加卢斯探长一直顽固地断言，托马斯·波洛克是奥利弗和叶茜卡的父亲，据说他曾是柏林帕加马①博物馆的巡夜员，至少到昨天夜里还是。昨天早上，托马斯·波洛克换班时不见了踪影。与他同时不见的还有博物馆的一件珍贵展品。那是一座雕像，谁也不知道它到底有几千年的历史了。它被人从博物馆中偷走了。对加卢斯探长来说，这个案子很清楚：托马斯·波洛克不久前已被解雇（新的电子监视系统使得过多巡视人员成为多余），于是他就进行了报复——偷走了那座神像，自己也随之逃逸。"奇怪的是，"探长继续说，"你们的父亲连谢哈诺神像站在上面的那个沉重的底座也一起搬走了。"

---

① 帕加马，古希腊著名城市，1878 年由柏林博物馆主持发掘，部分艺术珍品被运往柏林，并因此建立了帕加马博物馆。

"谢哈诺?"奥利弗像在梦中一样重复着。

加卢斯探长点了点头。"好像是希腊或者巴比伦一个什么神灵。我不太懂得这些,但帕加马博物馆一个馆长——他主管博物馆的近东部分——曾尝试给我解释。那座雕像放置在古巴比伦展厅,就在伊西塔城门①前面。据说,亚历山大大帝把巴比伦定为新首都时,让人把这尊神像立在那里。估计是他想为自己树碑立传,以纪念他的丰功伟绩。或许他也希望古老的巴比伦神灵和希腊的新神能为他的事业赐福。是啊,反正他的宏伟计划遭到了彻底的失败——亚历山大的愿望变成了诅咒,他还在巴比伦时就离开了人世。"

"看来,这个谢哈诺不是一个福神。"奥利弗嘟囔着说,但心里想的却是他和叶茜卡的尴尬处境。

"肯定不是。"加卢斯探长说,"博物馆馆长海杜克教授告诉我,那个谢哈诺在考古学界还是一个谜。长时间以来大家只是猜测,应该有一座雕像站在伊西塔城门前面——隐藏在一块泥砖背面的文字,似乎有这层意思。但对谢哈诺却没有任何其他证物,所以人们长期以来认为这个理论过于空洞,不值得继续研究下去。所以几周前在巴比伦废墟附近找到这座神像时,当然就引发了巨大的震动。"

"可是,从哪儿知道,找到的这座神像就是谢哈诺呢?"

"根据人们对谢哈诺了解的很少的材料看,据说他有两副面孔——一副朝前,一副朝后。希腊人认为他是记忆王国的统治者,所以才有那副朝后的面孔。又因为人们只能记住现在和当前出现在眼前的事情,所以他的另一副面孔是朝前的。"

"我还从来没有听说过谢哈诺这个名称,"瓦茨拉维克夫人插嘴说,"谁还想要一块猪油三明治?"她一边问,一边把一壶新烧的薄荷茶放到桌子上。

探长从盘子里拿起倒数第二块三明治,然后回答说:"就像我刚才说的那样,只有很少的人认识这个神灵。馆长说,谢哈诺周围是一片神秘的面纱。根据传说,当时有一个牧羊人成了大祭司,然后就突然停止了对谢哈诺的供奉,但却也找不到任何可信的根据……"

一个穿制服的警察走了进来,向探长耳语了些什么,大个子探长立即从

---

① 伊西塔城门,巴比伦的象征。

第1章 被忘记了的父亲

沙发上跳了起来。

他向奥利弗、叶茜卡和瓦茨拉维克夫人宣布,搜查已经结束。瓦茨拉维克夫人建议由她先照顾这一对双胞胎姐弟,直到有他们的亲人出现。加卢斯探长没有兴趣和这个做事果断的寡妇争论什么——或许也因为他还记得叶茜卡刚才所表现出来的执拗——所以当然很愿意接受这个建议。但他并没有忘记强调一句:对两个孩子的问讯并没有结束,只是照顾到两姐弟目前的不稳定情绪,才把问讯推到今天以后进行,两个孩子必须随时听候警方的召唤。

奥利弗和叶茜卡很高兴,房子里终于又恢复了平静。只有十一月的雨滴还敲打着窗户上的玻璃。外面早已经朦胧。瓦茨拉维克夫人再次训导他们应该做什么和绝对不应该做什么,然后又给孩子们抹了几块猪油三明治,就回到二楼去了。

"你是怎么想的?"奥利弗问,房间出现了宁静以后,心中的空虚感又回来了。

"关于加卢斯探长?"

"特别是他说的那些事——关于我们的爸爸。"

"你真的不记得他了吗?"

奥利弗摇了摇头。他的表情有些阴郁。

"我也是。尽管……这是不可能的!我们的妈妈已经死了,我们还能记得她。"叶茜卡跳了起来,开始在各个房间里来回跑动。她的声音很激动。"各个房间你都看过了吗,奥利?我指的是照片。"

奥利弗点头。他知道叶茜卡在说什么。她是一个狂热的摄影爱好者,房子里到处都挂着她的摄影作品。很多照片上都有他们姐弟。还有一个男人!一个约四十多岁的金发男人,一副窄窄的略带忧伤的面孔。奥利弗跟着姐姐穿行各个房间。就像在参观博物馆,观察着一幅幅照片,时间越长,他们就越是感觉到心中的空虚应该被悬挂在墙壁上的那个眼神忧伤的男子所充实。

他们怎么能够再否认这个事实呢?他们当然不是单独住在这套住宅里。毫无疑问,他们脸上狭窄的鼻子和酒窝与那个陌生的男人很是相像。这只能是他们的爸爸。但这是记忆中的一个阴影——通过观察这些照片而出现的阴影——它在告诉他们事实的真相。但这个阴影还很微弱,认识的感觉还不稳定,就好像在观察一个每天都在超市里看见的收款员的照片,但却十分不熟悉。

观看照片的行动最后在奥利弗的房间结束。

"我怕,奥利。"

"什么意思?"奥利弗很清楚姐姐的意思,他自己也已经感觉到了。

"这里发生了什么可怕的事情。"

"我们就这样把爸爸给忘记了,这可能吗?"

"所有的孩子都有妈妈和爸爸。我认为,我们不会是例外。"

"我现在不想听笑话,叶茜。"

"我也不想。只不过……这你知道。"

奥利弗点头。他知道得很清楚,姐姐在想什么。那句笑话只是为了排解心中的恐惧。叶茜卡最近几天肯定有过和他同样的经历。全心投入到他们所喜爱的事情中去,占据了他们的全部时间。他狂热地热爱绘画。他的目光移到了墙壁上的海报。他最喜欢的作品是那幅《风之竖琴》。一组参差不齐的树木,反映到湖水当中,出现了类似竖琴的倒影。因为他也很喜欢音乐——他会弹吉他、钢琴和吹笛子,也很喜欢画中与风鸣琴的比喻,这是一种充满神奇的乐器。只有风,而不是人才能够正确地弹奏它。霍默·道奇·马丁的风景画中的艺术化了的竖琴琴弦,已经成了奥利弗的"品牌",他笔下的任何画面上都会留下这样的标记。

叶茜卡一声干咳,把奥利弗又唤回到现实世界,他突然问道:"是不是我们过于投入到爱好之中,结果把我们的爸爸给忘记了?"

叶茜卡没有立即回答,而是用空荡的眼睛望着前方。"我曾听说过,忘记一个人时,首先是忘记他的脸。"

"可我们忘记的不仅是他的脸,叶茜!"

"也可能是从脸开始的呢?"

"我不明白你的意思。"

"我也无法说清楚。这只是一种感觉。同样我也感到,爸爸不可能是偷走谢哈诺雕像的贼。"

"这些你都能感觉到吗?"奥利弗怀疑地问。

"我是一个女人,奥利。"

第1章 被忘记了的父亲

"而我一直以为,你只是一个女科学家。"

·记录另一个世界的日记

对父亲房间的搜查,也没有什么新的结果。警察把他个人的文件都已经拿走,包括信件以及他的大部分衣服。在寻找窃贼托马斯·波洛克的过程中,他们把托马斯·波洛克的一切人迹已经彻底毁掉了。

奥利弗和叶茜卡现在要找的,主要不是父亲存在的新证明——因为这已经无法置疑。他们更为感兴趣的是,他怎么会在他们的记忆中消失得如此彻底。他们在警察认为无价值而丢下的物件中再次寻找了一遍——仍然没有值得一提的结果。于是,他们又开始设想各种疯狂的理论,但同样又很快把它们逐个排除。

例如,叶茜卡的设想是:他们可能感染了一种病毒,所有的记忆都已经销毁。电脑感染病毒时,硬盘上的数据被破坏乃至删除,是很正常的事情。奥利弗则提醒,瓦茨拉维克夫人显然也不记得他们的父亲了,尽管她不愿意公开承认,但她回避探长的提问,就已经足以说明问题了。或许整栋房子都受到了病毒的感染,也可能是整条贝格大街或者整个柏林,叶茜卡说。但奥利弗却指出,人并不是电脑,而且正常人身上也没有硬盘。叶茜卡不得不承认,弟弟的反驳不那么容易推翻。

接着,奥利弗又有了机会发展自己的理论:或许他们两人都患了一种顽固的创意性注意力转移症,就像他把放到裤兜里的画笔忘记了一样。他们确认,在假期培训班中注意力相当集中,几乎忘记了一切其他事情。叶茜卡把他的这种听起来似乎有道理的设想立即给予枪决,指出,如果真的发生了所谓的创意性注意力转移,那么最迟在加卢斯探长拿出无可反驳的材料之后,记忆就会恢复——就像售货员在商店里把奥利弗拉回到现实中那么快。可是,这种恢复并没有发生。他们虽然必须承认,他们有一个父亲,但对他的记忆却仍然没有,就好像有人把他秘密偷走了。

或许,他和姐姐通过同时的遗忘,创造了一个新的现实,奥利弗嘟囔着说;这是对他的理论的一个无力的辩解,他说,因为实在想不起更好的主意来了,但叶茜卡却提出了另外一种推测,使气氛又活跃了起来。她提出了奥利弗一点儿都不懂的量子力学的理论。

"量子跳跃时,无人可以事先预料粒子运动的方向——向左还是向右。有些科学家甚至说,它将分裂向两个方向运动。整个宇宙也就跟着它走。这样一来,就出现了两个一样的宇宙。下一次跳跃时,又产生两个……"

"那就是说,我们世界以外还有很多其他的世界了。"奥利弗说。

"就是这样,"叶茜卡回答,然后突然陷入了神秘的耳语中,"如果我们的爸爸不知出于什么原因跑到了另一个平行的宇宙,该怎么办?"

"你是说,他没有和那些滑稽的量子一样被分裂,现在消失在另外一个世界了?"

叶茜卡激动得眼睛冒出火光。她的回答只是一连串的点头。

奥利弗盯住姐姐好半天。从他的圆脸上看不出他在想什么,然后,他说:"叶茜,我觉得,你是在胡思乱想。"

叶茜卡发烧的眼睛缓和了,她突然哭了起来。

"你以为我不知道吗?我只是……只是心里乱得很。我觉得,我说这些,是因为我害怕继续思考下去,到底发生了什么事情。一个父亲怎么能够就这样连同皮肤和毛发从他孩子的记忆中消失呢?这是不可能的!人们真的可以这样想,他是消失到另外一个世界中去了。"

她从裤兜里掏出一张发皱的纸巾,擦了擦鼻子。镇静一会儿,她又补充说:"那当然是胡说八道……"

"箱子!"奥利弗突然插嘴说,不,他是在喊,喘着粗气,就像是刚刚跑完二十米似的,张大了眼睛望着他的姐姐。

"你怎么了,奥利?"叶茜卡真的为弟弟担心了。

"你难道不记得了,叶茜?"

"我不记得了什么?"

"当然是妈妈的箱子!"

"搁在阁楼上那个?"

"就只有那一个。"奥利弗的声音变得越来越快,吐出来一串词汇:"当你说另外一个世界和爸爸的消失时,我的脑子里突然发出了这个响声。"他用手指敲着额头。

"难道又是那个创意性注意力转移吗?"

"不,你可能会说,这是一种联想。而我则会说,这是一种灵感。阁楼对我们一直是一个陌生的世界。我们还小的时候,常常害怕单独到那上面去。"

后来楼房的管理员说,那不是玩耍的地方。但你还记得我们曾偷偷上去过一次吗?"

叶茜卡点了点头。"上面很暗,一大堆奇奇怪怪的东西,挂在那里或摆在那里——反正有点儿恐怖!"

"妈妈留下的东西,还都放在上面的一个大箱子里。"

"你知道我在想什么吗?"

奥利弗耸了耸肩膀。

"爸爸的眼睛。你是不是也发现,房间里所有的照片上他都是那么悲伤?"

"是的,我也看到了,可这说明什么?"

"妈妈的死可能使他很痛苦,痛苦到他无法再看到妈妈的遗物。所以,他把所有妈妈留下的东西,都锁到了箱子里。"

叶茜卡抬头看了一眼天花板,就好像她能够透视,一直看到阁楼上那只箱子。奥利弗不由得也跟着她把目光射向屋顶。

"现在你知道我为什么想到妈妈的箱子了吧?"他轻声说。两个人还一直望着房间的天花板。

叶茜卡用食指的指尖敲着面颊上的酒窝,她每次和弟弟有同样感觉的时候老是这样,她回答说:"是的,很清楚。如果真有什么启示可以带我们去了解爸爸的秘密的话,那就只能在上面找到。在阁楼上,妈妈的箱子里。"

奥利弗和叶茜卡实际是同时启动。他跳了起来,去取阁楼的钥匙,而她则想把旅行袋里的照相机带上去。那把钥匙和其他钥匙一起都挂在门厅墙壁上一块木板上。所以奥利弗先一步走出去,来到了通向阁楼的楼梯口,但叶茜卡却拿着照相机飞快地超过了他。

老是这样。叶茜卡不仅是自然科学方面的老 A,而且在体育上也胜过弟弟一筹。只要是比力气,奥利弗就只能自认落后,除非他占有无法超越的优势距离,但这次他又失算了。

"你必须多运动,亲爱的小弟弟。"叶茜卡站在阁楼门前看到弟弟喘着气爬上来时,对他提出了这个建议——阁楼毕竟比波洛克的住宅高整整一层楼。

"别指望,"奥利弗忿忿地回答,"你应该知道:身体的每次用力,都会消耗创新的能量。"他一边说着一边用钥匙开门。

出于已知的原因，波洛克姐弟很少到阁楼上来，所以开门费了一些时间，直到奥利弗战胜了门锁，使劲把门撞开。贝格大街70号是一栋有百年历史的老楼，和这一带很多民居建筑一样，前楼后面还连着多个带有院子的后楼——准确地说，是三栋半。波洛克一家住在第三栋后楼中。它的后面是一个狭小的带有隔墙的后院。

奥利弗和叶茜卡推开阁楼门以后，就觉得仿佛这座建筑的整个历史都来到了眼前。阁楼的走廊里满是老式家具和其他废旧物品。很多东西早已没有了主人。挂在墙壁上的一只鹿头，正用水晶般的眼睛不满地望着破坏宁静的不速之客；一只铁丝衣架上挂着一件已经抽了丝的花衣服，上面贴着一朵硕大的布料玫瑰。不知是谁临时挂在这里，后来又不知是什么原因没有再拿走。奥利弗想起了瓦茨拉维克夫人讲的故事：这个区，过去曾住过很多犹太人，纳粹上台以后，他们中的很多人一夜之间就都消失不见了。

他又想起了爸爸。

"箱子可能就在那边什么地方。"他指了指左边较黑暗的地方，但手却不想放开门把手。阁楼上惟一的电灯泡已经坏了。只有外面走廊上的一缕黄光，照着这个被诅咒的空间——微弱的光亮让奥利弗产生了不祥之感。叶茜卡也没有动。两个人的长长的身影牢牢地贴在地上，就好像被压道车碾在了这里一样。外面的雨还一直下个不停，雨点不断敲打着屋瓦。然后，突然变得一片漆黑，奥利弗的心在一瞬间停止了跳动。

"你肯定箱子是在那里，而不是在另一边吗？"

一道亮光突然穿过黑暗。叶茜卡带来了手电筒，用它的光柱指向另一边。

奥利弗松了一口气。走廊里的灯虽已自动熄灭，但已不必再担心了，他对自己说。然后他就把注意力集中到手电筒的光柱上。"不，再往右一点儿。"

叶茜卡踏进了阁楼，让弟弟站在黑暗中。奥利弗嘟囔了一句什么，跟上了她。姐姐容易冲动的性格有时真让他受不了。

"它在那儿！"两人几乎同时喊了出来，一个长方形的箱子进入了光柱中。

他们绕过一副带有铁丝弹簧的床架，奥利弗碰到一个单腿无手又无头的东西，吓了一跳。

第1章 被忘记了的父亲

"只是裁缝用的模型。"叶茜卡安慰弟弟说,同时已经跪在那只箱子前面。她用手电筒的光线照着这只黑色的箱子。

奥利弗的目光还停在模型上,过了片刻才转向箱子。

这是一只已经过时的旅行箱,在那个古老的好时代,是有钱人给仆人锻炼身体用的工具。所有的棱角都是圆的,箱体是黑色或者深褐色——由于光线暗无法正确判断——只有围绕箱体的木棱条,显示出较浅的色调。和阁楼上所有的东西一样,这只箱子上也盖着厚厚一层尘土。奇怪的是,箱锁周围却擦得很干净。

"它是锁着的!"叶茜卡看了看箱盖和锁,有些绝望地说。

奥利弗看来并没有感到什么不安。"楼里的居民,谁都可以到阁楼上来。爸爸把箱子锁上,也是理所当然的。你看到锁周围没有尘土了吗?看来,他是经常来看妈妈的这些东西的。"

"我们现在该怎么办?把它敲开吗?"

"一个力量型运动员典型的问题!暴力在这里是没有意义的……"

"你有什么好主意吗?你这个调皮鬼?"

"用这个怎么样?"奥利弗把一把银质小钥匙伸向叶茜卡生气地指向他鼻子的光柱里。

"你这是哪儿弄来的?"

"从像你这样的运动员肯定想不到的地方。"

"快说吧。"

"就从钥匙板上。"

"真可笑!可你怎么知道,它就正好合适?那里挂着至少有一百万把钥匙。我忘记了是为什么,可能是因为爸爸当巡夜员没有钥匙就不能生活。"

奥利弗把闪闪发亮的钥匙插进箱子的锁孔里,轻轻地一转,箱子的锁就打开了。

"不要问我是怎么知道的,"他转向叶茜卡说,"我在那些钥匙中看到了它,马上就觉得,应该把它带上,而不是其他的钥匙。"

"我觉得,这一切越来越恐怖了,奥利。"

奥利弗默默地望了姐姐片刻,然后回答说:"是不是有可能,我曾见过爸爸从木板上取下这把钥匙,然后去了阁楼呢?我甚至还偷偷跟了过去。不管是谁偷去了我们对爸爸的记忆,叶茜,他都无法把一切偷走。肯定还有很多同爸爸间接有关系的事情。如果我们能够把这些——怎么说呢？——这些次要记忆重新收集起来，我们或许就能够解开爸爸失踪的谜团。"

叶茜卡缓缓地点了点头，然后加重语气说："这就像是一个方程式，把一个未知数放在一边，然后就可以根据另一边的项目算出它的值来。"

"我最恨方程式了！"

"好吧。现在让我们看看箱子里面。"

叶茜卡把手电筒的光柱照向了箱子盖。两人盯看着。

"你把它打开，奥利。"

"不，你比我大。"

箱子里到底有什么宝贝呢？哪些东西是爸爸不愿意放在家里，但又过于珍贵不肯当作垃圾扔掉的呢？叶茜卡鼓起勇气，小心翼翼地把箱盖掀开。

双胞胎姐弟睁大眼睛向手电筒光柱望去。四面贴着花纸的箱子壁中间摆放的东西，乍一看有些令他们失望：一叠整齐地捆在一起的信件，一条叠成三角形的丝绸围巾，一支笛子，四五本书，一把带有饰物的头刷，一只装满发卡的玻璃瓶，两副带有照片的镜框，一张卷起来的画布——或许是一幅油画，一只根雕的小首饰盒，一双已经穿得很旧的芭蕾舞鞋，一把用丝线束起的羊毛，一顶鲜红色的毛线帽……还有一些其他的东西，但都在这些纪念物的下面，看不很清楚。

箱子里的这些东西如果拿到跳蚤市场去卖，还换不来一顿热午餐。但当姐弟两人越是仔细观察每一件物品，他们就越意识到了这些东西的真正价值。两个人都无法把话说出来，都在进行自己的思考。

奥利弗看到这只箱子，马上就联想到棺材。里面躺着的当然不是他们的妈妈，但他却总是觉得里面的这些纪念物展示了妈妈的灵魂。这里的每一个物件都在讲述着自己的一段历史，这也就使它成为了一件孤品。现在，在这只有秋雨打扰寂静的阁楼里，箱子里的这些宝贝获得了生命。他们在讲述着奥利弗和叶茜卡不可能从妈妈嘴里说出的往事——孩子们还很小的时候，她就离开了人世。

那顶毛线帽，是她第一次见到爸爸时戴过的。那是在大学的学生食堂里，在一个寒冷的冬天。她当时着了凉，当然没有人知道。但看到她坐在餐盘前没有胃口的样子，人人都不禁会问，在这么温暖的食堂里，这个年轻的女大学生为什么不把毛线帽摘下来呢？爸爸可能也问过这样的问题——只

第1章 被忘记了的父亲

不过他为什么也会在那里呢？或许他问了妈妈，为什么不把压在毛线帽下的红色秀发展露出来。

妈妈的秀发！这真是很特别的头发！梳头的时候她可能在沉思，哼着歌曲或者说着当天发生的事情。她有很多发卡、梳子、胶皮圈、发带和珠链，每次都用不同的饰物装扮她的红色发卷。

奥利弗像着了魔一样望着装满发卡的玻璃瓶。玻璃瓶好像不知什么时候曾倾倒过，里面的一个发卡放射出特殊的光芒。奇怪，尽管妈妈早已离开了人世，可他仍然记得妈妈的很多事情，但却忘记了最多才两个星期没有见过的爸爸。

奥利弗的手不由自主地伸向了箱子里的玻璃瓶。

"小心！"叶茜卡喊了一声，奥利弗像触电一样浑身颤抖了一下。

"你疯了，把我吓了一跳！"

"不是疯，而是小心。让我先给箱子照一张相，然后我们再去翻腾它。"

"我觉得，你有点儿过分。"

"如果没有我的照片，我们还不知道爸爸到底长得什么样子。你难道忘了吗？"

"快照你的相吧，我们还得好好看看妈妈的东西。"

叶茜卡对着那个长方形箱子拍照了两次，闪光灯为阁楼抛下了怪异的影子。

奥利弗不太理解姐姐保存资料的欲望，完全忘记了装发卡的瓶子，把注意力又转到了那一摞书上。特别是最上面那一本羊皮封面的书，引起了他的兴趣。

"看起来好像是一本日记，"叶茜卡说，"这正是我们要找的东西——当然照理说，不应该随便窥探别人的隐私，更不应该看妈妈的日记。"

奥利弗向她抛去了一个责备的目光。"第一，妈妈已经不在人世，我们读她的回忆录，她不会反对；第二，我们不是窥探，只有狗才那样做；第三，这根本就不是妈妈的日记。"

叶茜卡把手电筒照向奥利弗的脸，"那是谁的，难道是瓦茨拉维克夫人的？"

"别胡说。如果你的手电筒不是照着我，而是照那本书皮，你自己就会得出结论。"

叶茜卡立即把小电筒转向了下面。"上面有两个缩写字母,一个 T 和一个 P!"

"探长说,爸爸的名字是托马斯。"

"我倒是把这事完全给忘了。"

"我们现在又遇到了同样的问题……怎么把它打开呢?"

"什么?"

"日记本上有锁。"

"你是不是有一把小钥匙?"

"叶茜卡!别闹了。告诉我,怎么把它打开?"

"很简单,小弟弟:用暴力。"

用一把锐利的剪刀把一根皮条剪断,只是几秒钟的事情。即使是钝剪刀最多也只需要一分钟时间。可奥利弗却觉得,在厨房里和这本日记几乎斗争了半个小时。

"这剪刀实在太钝了,像根胡萝卜一样。"

"让我来。"叶茜卡拿过那本他们渴望看到的日记,然后用一把长厨刀,只一下子就切断了封住书皮的那根皮条。

"现在我们把它打开,看看里面到底写的是什么。"

奥利弗先是看看那把刀子,然后——相当反感地——看了一眼正把书递给他的姐姐。然后,他还是执行了姐姐的命令。

日记中的记载,是从双胞胎诞生前开始的。记载并不连贯,有些日期之间甚至空缺了几个月。

爸爸的记录很容易看懂,笔迹飘逸潇洒。他在第一页就写道,这个日记本是他获得博士学位时,妈妈送给他的礼物。

"爸爸是博士?"叶茜卡惊叫了起来。

"加卢斯却说,他是个巡夜员,"奥利弗说,"不知怎么回事,反正这里有点儿不对劲。"

"我们最好往下看,也许他一直写到最后几天。"

确实如此。但托马斯·波洛克的笔迹却变了样子,显得十分匆忙,都是些短促的词语。

10 月 26 日的记载是:奥利弗和叶茜卡刚刚去度假,爸爸就接到了被解雇的通知。近东博物馆正在安装新的电子监视设施,因而不再需要过多的

第1章 被忘记了的父亲

工作人员,这是博物馆领导在解雇信中的解释。但双胞胎的爸爸却不相信这个理由。他认为,这与不久前发现的雕像有关。

奥利弗抬起头说:"是不是那尊被偷走的谢哈诺?"

"我哪儿知道。看起来,加卢斯探长的怀疑还有些道理。你最好再往前翻几个星期,或许还有更多有关雕像的记载。"

叶茜卡的猜测得到了证实。飞快地向前翻了几页,奥利弗就找到了所需要的段落。

"在这儿。"他说,并开始把日记读了出来:

9月19日

我的最可怕的猜测应验了。不久前在巴比伦东北部发现的雕像果然是谢哈诺——至少考古学家是这样认为的,他们利用了我的论文和研究成果,找到了正确的发掘位置。如果发掘地点确实是基什古国——我毫不怀疑这个结论,那么人们就正在犯一个考古学者所能犯下的最严重的错误:把过去曾对人类有过巨大权威的东西,降低为一件普通的博物馆展品。

可惜的是,没有人对"一个被淡忘而且显然不具备责任能力的同行的非科学的警告"感兴趣——也不再有人认真对待我当时的笔记。最后是那个双面人,其实他应该对此知道得很清楚。更何况古柏柏尔文化正是我的专业。没有人比我更了解他们的传说。可是今天还有谁相信呢?世界把我给忘记了……

今天人们反而为科学而欢呼。所有的人都以为,这个发现终于得到了希腊谢哈诺存在的实物证明,但却没有人对在雕像底座上发现的苏美尔楔形文字有过什么思考。那些文字是古苏美尔统治者的称号:"四个世界之王",存在于亚历山大大帝之前两千多年,今天我们可以把他翻译成"世界之王"。我的那些同行先生们很快就对那个世界有了一个解释。他们觉得,这不外乎就是那个神话中的卡西尼亚——失落的记忆世界,也只是谢哈诺的王国而已。他们断言,这些文字来自亚历山大大帝,他把这个古老的称号当作一种咒语,让人用迦勒底祭司的文字把它铭刻在雕像的下面,以便自己获得古老神灵的力量。这些蠢货!

现在要把雕像运往柏林,经过修补放置在伊西塔城门前。伊拉克

§ 被偷去记忆的博物馆

政府已经批准了这项出口——当然是为了以此使他们不佳的形象在世界面前得以改善。

我不明白,博物馆的领导为什么如此着急。为什么不在当地多用点儿时间去研究发掘地的其他遗迹?为什么要如此急于去向那古老的预言进行挑战?我必须想尽办法去制止谢哈诺回到伊西塔城门前。

奥利弗再次抬起头。"好家伙!我的脑子都乱了。"他说,"这么多名字!谢哈诺、卡西尼亚、巴比伦、基什、苏美尔、迦勒底、亚历山大大帝……"

"对一个博物馆的巡夜员来说,爸爸对巴比伦的古文化和神灵知道得似乎太多了!"叶茜卡赞同地说。

"但看起来,他是惟一对这尊雕像如此认真的人,而且认为,它实际上更为古老,还认为它是另外一个人物,而不是那个希腊的神。"

"可惜他没有写这另外的人物可能是谁。"

奥利弗又看了一眼下面的几句话,他一边用手指着字行,一边摇头。

"不,没有。除了'四个世界之王'的称号外,他什么都没有提。这里,后来他还说,在古代,借用古老神灵图腾的现象,并没有什么反常的。"

"你是说使废弃的神灵再生?"

"爸爸写道,甚至在梵蒂冈的彼得大教堂里也有这种现象,一尊圣彼得的雕像,过去曾经是罗马的朱庇特神。众所周知,朱庇特就是希腊的宙斯,而宙斯又可追溯到亚述人的恩利勒,也叫贝勒,而他又与巴比伦的马尔杜克相同①……"

"打住!打住!我的大脑已经晕了,这么多的名字……!"

"至少爸爸曾认为,这些都是很重要的,否则他不会写在日记里。"

叶茜卡点了点头。"他甚至认为,必须用一切手段制止这尊雕像放到伊西塔城门下面。"

"这样我们就又赞同加卢斯探长的怀疑了。"

这回叶茜卡却摇了摇头,而且相当坚决。"爸爸不是窃贼。不要问我是从哪里知道的。如果那样一个人教育我们,我们可能就不是今天这个样子了。"

---

① 朱庇特,罗马神话中的主神;宙斯,希腊神话中的主神;恩利勒或者贝勒,苏美尔宗教中统治世界的神;马尔杜克,巴比伦文化中的诸神之首,也是巴比伦城的守护神。

第1章 被忘记了的父亲

"我们可以提这样一个问题,是什么——或者是谁——使他成为今天这个样子。根据日记里写的,他曾是近东博物馆的学术馆长。我无论如何都无法想象,这样一个人怎么会变成了巡夜员。"

"等一等,你刚才在前面不是读到一个爸爸可能很早就认识的人吗?一个'双面人'什么的。照理说,他应该对这一切都知道得更清楚,爸爸是这样写的吧。"

奥利弗又往回翻了几页。"在这里!"他说,"'双面人',可笑的名字。从未听说过。"

"或许是他过去的一个同事。"

奥利弗又往前翻了翻——几周、几月,最后是几年。"看!"他的手指突然停到了一处。

"别搞得这么紧张,奥利。快说,那里写的是什么?"

"这不可能!你看这日期。"

"那时我们还是两个小不点儿,还在尿裤子呢。"

"妈妈还活着。你看,这里写的是什么!"

> 新发现,是我在博物馆的图书馆里找到的,它使我陷入了灾难。双面人出卖了我。他建造了一座谎言大厦,好让我失去这个职务。我本想帮助这个同学的!就好像我不把自己的学术发现看成是个人的财富!还算是一个奇迹,这个国安部①的特务没有把我打成间谍。
>
> 不过,如果有下一次,我的脑袋可能就要置于断头台下面了。
>
> 但五年坐牢也不是什么好事。玛雅和孩子们怎么办……

"爸爸坐过牢!"叶茜卡困惑地打断了弟弟的朗读。

奥利弗忿忿地点头。"而且是这个双面人的罪过。他是国家安全部的官员。"

"一个卑鄙的特务。这一切我们都得感谢一条国安部的走狗。"

奥利弗只是缓缓地点头,手指仍然在日记上移动着,他说:"爸爸坐牢的时候,妈妈费尽了心力支撑着这个家。奇怪的是,爸爸只过了一年就从监牢

---

① 这里指的是德国统一前的东德国家安全部,因为帕加马博物馆位于东柏林界内。

里放了出来,但家庭状况并没有多大改善。夏天时还曾有过一丝希望。爸爸获得了在近东博物馆担任巡夜员的工作,他正是十二个月之前在这里被赶了出去。不知为什么,这里已经没有人认识他,当然除了双面人,这时他已经接管了爸爸从前的职务。爸爸在日记里认为,是双面人给他安排了现在的工作,以便每天都能看到爸爸受屈辱的样子。总之,到了十一月就出现了问题。当时我们的住房比现在还要差。妈妈生病了,开始时很像是患了感冒——爸爸说,'这很正常,因为房间里不太暖和。'但很快就变成了严重的疾病。妈妈的身体每况愈下。最后她甚至脱光了头发。'所有那些漂亮的红发!'爸爸写道。有一段时间,妈妈难以忍受病痛,经常发脾气。头发完全脱光了以后,她扔掉了所有的头饰。只剩下少量发卡留了下来,那是爸爸特意从垃圾桶里捡回来的。他把这些发卡藏到了阁楼上,还有妈妈最喜欢的发刷。在最后几个星期里,妈妈越来越虚弱,但也镇定了许多。医生无法控制这种怪病。但妈妈不想给爸爸造成更多的麻烦。直到她春天病逝……"

奥利弗读不下去了。

叶茜卡不断地用纸巾擦着眼睛和鼻子。她突然咆哮起来:"如果我要是碰到这个猪狗不如的人,我就要让他粉身碎骨!"

奥利弗吃惊地望着叶茜卡。他完全相信,姐姐会这样做的。

"我们既不知道双面人是谁,也无法证明妈妈的死和他有直接关系。"

"你这样说,只是为了安慰我。"

"是的。"

"实际上你和我的感觉完全一样。"

奥利弗深深吸了一口气,试图表现得理智一些,然后他说:"我当然和你想的一样,叶茜!但想杀人并没有什么用处。我们还是设法搞清楚,爸爸在博物馆的图书馆里到底发现了什么。这有可能就是双面人出卖爸爸的理由。我虽然不知道对一项罪行的回忆是否就足以为作案人打上烙印,但如果我们设法把双面人的真相暴露在光天化日之下,那他或许就能够得到他应得的报应。"

叶茜卡抽了抽鼻子,果断地点了点头,说:"那我们就把日记再往前翻。爸爸看来对他的发现感到很不安;他肯定也会在日记里说出是什么原因。"

第 1 章 被忘记了的父亲

没有多久,奥利弗就找到了那一页。他大声读起了爸爸的日记:

2月3日

在我关于苏美尔古文化的著作中,曾多次提到柏柏尔游牧民族的传说与古苏美尔人神灵世界的关系。

五天前,我发现了一个线索,显然是第一次由一个神灵留下的独特的文字证据,迄今这个神灵只是被学者们认定为希腊的谢哈诺。他的原始的苏美尔名字没有人能够破解。他是失落的记忆的王国的统治者,在文献中这个王国的名字是卡西尼亚——反正柏柏尔人的传说里是这个称呼。这个国度可以一直追溯到公元前三千年,那是一些柏柏尔部落在富饶的美索不达米亚河谷放牧牛羊的时代。

五天前,我在博物馆的图书馆里,在一摞旧书后面发现了一本罗伯特·克尔德韦的发掘日记,二十年代以来就再也没有人见过他。是啊,现在,因为我已经知道了日记的内容,我不得不问,到底有多少人知道这位巴比伦发掘队长记录了些什么。而在博物馆重建神道时就知道这个秘密的人,却都出自特定的理由保持沉默,这是一种无法用理性可以正常解释的理由。

克尔德韦的发现是令人震惊的!当他在巴比伦考察伊西塔城门时,他就发现了第二座门,显然是更古老的门,隐蔽在尼布甲尼撒二世①修建的宫殿基砖的下面。这很可能是最早单独存在的一个城门洞,出自于我们不知道的一种礼仪。一个根据,就是我找到的那些神秘的铭文,是克尔德韦在门洞上面的拱顶石上发现的——但他并没有提供相应的译文——并记入日记中。克尔德韦计划把这个内城门和伊西塔外城的釉砖一起运往柏林。从这时开始事情就变得神秘莫测了。

众所周知,在伊拉克的发掘工作,于1917年由于战争原因停顿下来,计划运往柏林的箱子也就拖延了十年才成行。直到1926年才同伊拉克政府就发掘出来的文物如何分配达成协议,我怀疑,这次运输所以

---

① 尼布甲尼撒二世(公元前630—前561),古代迦勒底帝国最伟大的国王,以其军事力量、首都巴比伦的豪华壮丽以及他在犹太历史(公元前597年占领耶路撒冷,将犹太国王掳到巴比伦,犹太人从此开始了长达70年的囚徒生活)上的重要地位而闻名。

拖了这么长时间,主要是因为谈判的对象要比我们从文献中知道的更为珍贵和丰富。1927年1月20日到达柏林时,公开发表的数字是装有各种不同文物部件的箱子共五百三十六件。另外还有四百块釉砖,用于后来的三年中在帕加马博物馆新馆重建伊西塔城门时使用。

克尔德韦所表达的计划引起了我的注意,我查阅了1926至1927年的各种文献。从货运清单上我发现,从伊拉克运出的箱子数量,大大超过了公开发表的数字——多余箱子的名称是发掘设备。但我感到吃惊的是,在我查阅博物馆和伊拉克政府签订的合同中有一段文字,说明包括克尔德韦在那里修建的楼房以及"整个发掘设备一律移交给伊拉克"。那么,运到柏林的那些箱子里到底装的是什么呢?

我通过有目标的查找,在其他一些记录里——大多是说明和注释——发现,在新馆重建伊西塔城门时,有一部分建筑是极端秘密进行的。这段时间空白恰好可以利用来修建那座"内城",然后再用伊西塔城门的砖把它掩饰起来。

为什么要这样做呢?为什么要把这样一个重要的考古发现隐蔽起来呢?当时是费了很大力气才从伊拉克人那里争取来的呀?这些疑虑和问题长期折磨着我,直到今天我才有勇气把我的发现写下来。

不仅这座城门的历史本身充满谜团:是谁最早修建了它?为什么尼布甲尼撒耗费了如此大的精力?当然,我们都知道,当时在美索不达米亚像神庙这样的宗教建筑在几百年的时间里不断扩建,常常还要盖在原有的上面。甚至在我们较大的教堂建筑上也可以看到这种现象,直到今天还在这样做。可尼布甲尼撒为什么要把伊西塔城门内隐蔽的门多次提高呢?人们发现,原始的伊西塔城门已经完全拆毁,就为了在较高的位置上修建新门。但即使是后来的这个纪念物也至少经历了三个修建阶段,总共把穿行伊西塔城门的神道提高了十五米之多。与其同时提高的还有那座内城门,我从克尔德韦的日记中看到了这样的描述。这座"门中之门"所以留在了原地,并不是像历史上其他有些建筑那样是为了节省材料。这座古建筑多次重建,肯定给尼布甲尼撒的建筑师带来很多困难。到底是出于什么原因才付出如此巨大的代价呢?

如果说这个举动已经引起了古迦勒底人注意的话,那么二十年代我的同事们就更应该关注此事。但他们却不去研究文物给我们提出的这些疑问,反而又制造了新的谜团。他们为什么要像尼布甲尼撒二世那样,用同样的缜密又把内门修在了伊西塔城门里面呢?而且为什么把这一切搞得如此神秘呢?

如果其中的一个负责人有意在以后一个固定的时刻让一颗科学炸弹爆炸,让自己名扬四海的话,那倒是还可以理解——科学家也是人。可谁又能等待一代人的时间呢?

我的所有这些思考,最终总是回到一个结论:这个可疑的沉默会不会和克尔德韦在古老的内门的拱顶石上发现的那段铭文有关呢?他的日记中只有抄下来的苏美尔的楔形文字,但我还是成功地把这些古老的韵文几乎全部翻译了出来。

奥利弗停住了,皱起了眉头:"不可思议!"
"怎么了?"叶茜卡想知道。
他把日记推给姐姐,让她看那四段楔形文字。
"看起来有点儿像是一只乌鸦从墨水瓶里直接走到了纸上。"
"爸爸肯定是个天才。他为什么没有告诉过我们,他还懂这样的文字?"
叶茜卡的脸色变得阴郁了。"我觉得,我慢慢地理解了,他为什么在照片上老是显得心事重重。他需要我们的帮助,奥利!我们可能只想到了自己,以及我们所喜欢的东西。现在应该是我们去找到爸爸,并把这一切怪事结束的时候了。你不想把隐蔽的城门拱顶石上的铭文读出来吗?"

奥利弗很想知道,姐姐说爸爸心事重重是什么意思。但他了解叶茜卡。此时此刻她不会愿意谈论此事。所以,他又回到日记上来,准确地说,是回到古文字的译文上来。

"四段楔形文字是四首诗,也许是预言或者诅咒。"他总结了爸爸的说明,然后开始读译文:

永远不要忘记他!
　他的真名也是他的桎梏
　被遗忘的一切有自己的归宿
　只要携带心中遗忘之物

欣①都会为他开启门户

永远不要忘记他！
　让他留在父辈的城堡
　他若重返伊西塔②怀抱
　将夺走他渴求的每一个思想
　将窃取他心仪的每一个记忆

永远不要忘记他！
　否则在岁序更新时
　他将统治两个世界——
　活着的和失落的记忆

永远不要忘记他！
　只要他把手放在上面
　就没有人可以逃脱
　除非……

奥利弗愣住了："奇怪。"
"怎么了？"
"最后的几个字爸爸又使用了楔形文字。"
"他为什么不翻译出来？"
"不。这里还有。他说，最后几句楔形文字，他完全不能理解。虽然看起来似曾相识，但他在任何学术著作中都没有找到这些文字的意思。"
"真的很奇怪。"
奥利弗点点头。"爸爸也是这么想的。他说，无论如何得设法把这个谜团解开；或许双面人可以……"
"现在我有些清楚了！"叶茜卡插嘴说，"爸爸去找这个小人请教了。爸爸很信任他……"

---

① 欣，巴比伦的月神。
② 伊西塔，巴比伦的爱情和丰收女神。

第1章 被忘记了的父亲

"……可是他却为此出卖了爸爸。"

叶茜卡点头,缓慢地,沉思着,就好像是刚刚获得了一个后果严重的感悟。突然,她的眼睛发亮了。"等一等。"

她从角桌旁跳了起来,绕过厨台,消失在外面的走廊里。奥利弗预见到了马上要发生什么事情,果然——只是几秒钟的工夫,姐姐拿着照相机回来了。

"你难道就不能把你那讨厌的咔嚓忘记片刻吗?我们要工作,叶茜!你那个快照以后再说。"

叶茜卡狠狠瞪了弟弟一眼,嘶声说:"立刻把'咔嚓和快照'收回去!特别是当进行摄影工作的时候。我想,你自己也是个艺术家。你其实应该知道得更清楚,应该怎样谈论同道的工作。"

"可我觉得,你是个科学家。"奥利弗嘟囔着说,更多的话他就不敢说了。他的姐姐一涉及名誉问题,会变得很严厉的。他怂怂地看着姐姐如何在进行她的文献记录工作:她把日记直接放到厨台的灯光下,弄平上面有楔形文字和译文的双面书页,用一个黄瓜瓶和一个果酱瓶把它固定住,然后全部摄到了底片之上。

她沉思着放下照相机。"你知道吗,奥利?"

奥利弗不解地耸了耸肩膀。他对叶茜卡的申斥还耿耿于怀。

"或许在这些文字后面,还隐藏着爸爸始料不及的东西。他自己最后也是这样想的。"她移开了压在日记上面的两个瓶子,然后飞快地翻阅着,直到找到了弟弟刚才念过的书页。她点了点头:"你发现了吗?爸爸在写下面这句话时笔迹显得多么匆忙:'我必须尽一切力量制止谢哈诺回到伊西塔城门下面。'这可能是什么意思呢?"

"你刚才没有让我把话说完。"奥利弗说,并没有回答姐姐的问话。他翻开日记有文字的最后一页。然后把日记推给叶茜卡。

"这儿,你自己读吧。"

叶茜卡低下头,高声读着弟弟指向的段落:

> 对克尔德韦发现城门的忘记,我的同事们也失去了对托马斯·波洛克的一切记忆,我陷入了卑鄙的出卖之中——所有这一切,都使我产生了一个猜疑,它是如此难以置信,同时又是如此可怕,使我自己都失

去了对这本书的信任。肯定,每个有一定造诣的科学家,都会讥笑我,但我却没有其他选择:我必须要穿过那道城门。谢哈诺的雕像今天就要放置到他永远不该去的那个地方。今天,上班以后,我必须跟着他去。

夜已经很深。奥利弗和叶茜卡还一直在翻阅父亲的日记,但却没有找到问题的答案。父亲要跟谢哈诺雕像到哪儿去?穿过哪道城门?这到底都是什么意思?奥利弗和叶茜卡对近东博物馆中的伊西塔城门很熟悉。它世界闻名,因为它是一座由古老的巴比伦浮雕和二十世纪二十年代闪光蓝色仿古建筑的成功结合,其艺术性给人留下深刻印象,它让人看到公元前六世纪的工匠就已经有了如此高超的技艺。博物馆的观众会置身于童话般的古老巴比伦的世界之中:刚刚还在米利都的古老集市广场——罗马希腊风格的圆形拱门、圆柱和屋檐决定着整个场景,现在却不知不觉地穿过一座古老的通道,伊西塔城门突然就出现在眼前。它墙壁上的浮雕是很多公牛和多条蛇尾的凶龙,城门的后面就是宏伟的神道,神道两侧各站立着一排雄狮。

毫无疑问,这个仿古建筑是很成功的。只要有一点儿想象力,就会把自己置身于迦勒底人的世界之中。但不管你有多少想象力,当你穿过伊西塔城门时,却只能是感觉到从博物馆的一个展厅走到了另一个展厅。数百名观众每天都是这样走过的。父亲为什么觉得必须跟着雕像走,而且还能扭转什么危难呢?

奥利弗和叶茜卡绞尽脑汁,最后只能找到一个可以勉强说明问题的解释。"只要携带心中遗忘之物,欣都会为他开启门户",被父亲称之为"内门"的拱顶石上的苏美尔铭文的第一首诗就是这样结尾的。

如果有人"携带心中遗忘之物",那他穿过城门时,会发生什么事情呢?

奥利弗和叶茜卡谈论了很长时间,到底这句奇怪的话会是什么意思。最后他们一致同意了奥利弗的诠释:这个人必须携带着真正意义上的已经失去的东西。奥利弗不仅有艺术家的抱负,而且还是一个书虫。他读过的很多书中,都是把心当作事物内核的象征;圣经里就常把心当作一个人内在动力的源泉。

姐弟两人在睡觉之前决定,第二天立即去博物馆实地考察一下。他们希望在那里对拱石铭文有新的认识,或者得到什么启发。奥利弗已经把那

第1章 被忘记了的父亲

些楔形文字以及父亲的译文抄到了另外一张纸上——他和姐姐商定,不给任何人看父亲的日记。由于时间短,叶茜卡的底片还来不及冲洗出来。

至少外面的雨不再下了。第二天他们还有很多事情要做。去寻找失踪的父亲,他们还缺少经验。

·伊西塔城门

外面还很朦胧,这在十一月很正常。他们没有睡多久,两个人都在寻找答案,到底穿过伊西塔城门时会发生什么事情——大多数的想象都是稀奇古怪的。早上七点钟,瓦茨拉维克夫人按响门铃,夺去了他们任何再想入睡的尝试。叶茜卡打着哈欠开门时,这位寡妇首先表达了对两姐弟昨天受到警察干扰的关心,同时还把三明治和薄荷茶送到了四楼。

捐赠的食品,立即被奥利弗和叶茜卡彻底享用。然后他们在早餐桌空茶杯前又坐了很长时间,制定他们这一天的战斗计划。他们讨论得很仔细,因为他们还不知道行动开始以后等待他们的是什么。

到了午饭时间,他们再也想不出还有什么需要讨论。

"我还得去一下阁楼。"奥利弗说。

叶茜卡向他抛去疑问的目光。

"我还需要点儿真正意义上已被遗忘的东西。妈妈的箱子里这样的东西很多。我要从那里借一件出来。"

"好,我也去。"

"最好不要,叶茜。如果你知道我借的是什么东西,那就没有用处了。"

"那好吧,我就去准备一下我的摄影设备。"

奥利弗叹了一口气,开始去爬阁楼。只是当他到了楼梯顶端推开阁楼的门时,他才意识到,他是单独一个人。一种恐惧感骤然而生。现在,在阁楼两扇小窗子透进的微弱的光线下,上面的气氛没有头天晚上那么恐怖。他其实也无法解释,为什么头一天就在这个位置上双脚像灌铅一样沉重。

借助手电筒的光线,他很快就找到了那只开着盖的箱子。一开始他还有些茫然。他应该挑选什么呢?书?芭蕾舞鞋?

然后他看到了倾倒的装有发卡的玻璃瓶。有些发卡已经倒了出来,瓶盖躺在旁边。一只金黄色上面嵌有黄色和红色石头的发卡,映入了他的眼帘。他没有去碰玻璃瓶,而是把两个手指插到瓶子里,夹出了那只发卡。

"妈妈的红头发,"他自言自语地嘟囔着。她的鬈发确实很特别,即使箱子中的几张照片上也看得很清楚。爸爸把这些发卡从垃圾桶里拣了回来,是有很好的理由的。奥利弗把发卡放进口袋里,把阁楼顶棚下面那个可怕的影子又留在了那里。

"怎么样?找到什么了吗?"弟弟把房门关上以后,叶茜卡问。

"别那么虚伪。我是不会告诉你我选中了什么的。"

叶茜卡用手指敲着自己脸上的酒窝。"是不是妈妈的发卡?"

"你怎么……?"奥利弗紧紧咬住下嘴唇。

叶茜卡狡黠地笑着。"要是我,也会选择发卡的。我们毕竟长的一样,特别是第一眼给人们的感觉,小弟弟。"

"但我不告诉你,我选择的是哪只发卡。"

"好吧。我也不想知道。最主要的是,我们做这些发疯的事情,你千万不要告诉我的那些女友们。你准备好了吗?可以走了吗?"

"好了。"

"那好,我们走吧。"

"不!"

"什么?"

"如果爸爸突然回家了,这一切只不过是一场噩梦,那该怎么办?我们是不是应该给他留下个信息?我是说,这毕竟还没有完全……我们告诉他去博物馆的计划,好吗?"

"你说得很对。我打开电脑,给他打印一份信息。"

"你疯了吗?这多费事!"奥利弗从橱柜里拿出一张旧便条,写了几个字给父亲。和他写的所有东西一样,在这份留言上他也画了风鸣琴,也就是来自霍默·道奇·马丁那幅艺术化了的树影琴弦。

"好了。"他说,就好像刚刚完成一幅具有跨世纪意义的大作一样。他把便条压在橱台上薄荷茶壶下面。"现在我们可以走了,我们要好好考察一下谢哈诺。"

帕加马博物馆前面的广场上来参观的人很多。就在左边,那尊埃及人物坐像旁边,就聚集了一个日本旅游团,似乎正在等待他们导游的新指令。四五个游客分成小组在那个埃及石头人像面前摆出了各种姿态,似乎在完

第1章 被忘记了的父亲

成一个什么礼仪：小组的每一个人都在为法老——或者是什么其他神灵——身边的游伴摄影留念。一个走过来的非亚洲人主动想帮助他们拍一个集体照，但那些杏仁眼的游客却以独特的友好姿态坚持，要自己完成这个摄影系列。

叶茜卡一直没有回来。她先到博物馆前厅去侦察一番，看那里有没有熟悉的工作人员让他们不必买票就可以进去。

奥利弗向右方看去。在广场的这一边，他发现了一个年轻的女人，正在全神贯注地观看着一尊一丝不挂的男子的雕像。那个美男子高举着手臂直指天空，似乎想转移人们对他光裸身体的注意。但那个女人却不愿看那十一月的灰蒙蒙的天空。她显然更喜爱欣赏阿多尼斯①的完美的躯体，奥利弗感到他的耳根开始发热。

"原来你在这儿呀。"叶茜卡的声音吓了他一跳，"你难道从来没见过一个裸体男人吗？"

"站在那里的这个至少看了上千遍了。你怎么用了这么长的时间啊？"奥利弗不耐烦地问。

"这里的人这么多，我没有马上找到你。不买票就进去看来不太容易。"

"那我们就花钱吧；这两个星期我的零花钱反正也没怎么用。"

"或者我们改按 B 计划行动。"

叶茜卡说的这个所谓 B 计划，他们早上喝瓦茨拉维克夫人的薄荷茶时虽然谈论过，但现在要把这个大胆的计划付之行动，奥利弗却感觉不是个滋味。叶茜卡的意思是在售票处旁边"溜进去"。

奥利弗痛恨不必要的风险，而博物馆那些警觉很高的管理员就是这种风险。其实，他们作为博物馆员工的亲属是可以不买票进入博物馆的展厅的。但叶茜卡觉得他们现在是盗窃嫌疑人的孩子，博物馆对他们不会如此宽宏大量。

过了一会儿，那个日本游行团怀着崇敬的心情，照着相进入了博物馆第一个大厅——队伍中增加了两个不太像亚洲人的成员。

在这里重建的帕加马圣坛②，在世界上和带有伊西塔城门的巴比伦神道同样有名。博物馆也是根据这座圣坛而得名的。实际上，在这组建筑的屋

---

① 阿多尼斯，希腊神话中的美少年。
② 帕加马圣坛，即被从古城帕加马移到柏林的宙斯大祭坛。

檐下一共有三家博物馆：近东博物馆、伊斯兰艺术馆和古罗马、希腊文物收藏馆。但这个细致的分类对日本观众来说并不重要。他们所关心的是，回家时要展示帕加马圣坛的照片——还有那些变成了石雕的英雄，丰满的肌肉，全力以赴地在战斗中战胜蟒蛇、雄狮和其他的敌人。这样一些照片是他们回国后讲述这七天环欧旅行时的重要证据。

两个鼻子最长的旅行团成员，在别人为古老雕像拍照时，呼吸最为急促。大多数游客把镜头转向左边去捕捉大理石浮雕上的细节，而奥利弗和叶茜卡则把目光转到了另外的方向。他们在观察旁边那个展厅，右手处就是仿制的米利都集市广场。穿过集市广场的大门，他们就来到了要考察的目的地——展出伊西塔城门的中央大厅。

第一次踏上这条路线的人，会产生一种惊诧的变异。从古罗马的环境中踏进这个拱门，前面的景致立即伸向高处，一片蓝色闪亮的釉砖墙面呈现在眼前。还没等你转过身来看清楚，你就已经站到了伊西塔城门的中间。即使在门洞当中，你也已经欣赏到了这座建筑的壮丽。紧贴着地面，是两条赭石色带有黑白方块图案的花边。两条花边之间装饰着白色和赭石色花朵图案，在蓝色的背景中十分抢眼。更让人震撼的是两头大公牛和它们中间的凶龙，在蓝色的釉砖上以黄褐色调浮显出来。

奥利弗和叶茜卡与其他观众保持一定距离，巡视着周围。在他们前面——稍微偏右一点儿——是那条弯弯的小径，通向巴比伦神道。神道位于一条狭窄的、大约十五米高的大厅之中，构成了这部分建筑的所谓脊梁，这就是近东博物馆。同伊西塔城门一样，这条神道也同样是用很多釉面砖装饰起来的，但这里的主题是行走中的雄狮，上面和下面同样是白色和赭石色的花边。

但双胞胎姐弟还没有走这么远。他们像普通观众一样缓慢地行进着，还没有完全走出伊西塔城门，他们突然同时惊叫了起来。

"快看！"叶茜卡喊了一声，她立刻熟练地举起了照相机按下了快门，同时还腾出手来指向对面大厅的墙壁，即通往神道的入口处。就在那里出现了一幅与大厅同宽的巨型壁画。上面绘制的极其繁乱的生活场景，不仅使叶茜卡大感意外，同样，出于对艺术的爱好常来这个大厅的奥利弗也惊呆了。这幅画是从哪里来的呢？他知道，上次来参观时，伊西塔城门对面的墙壁上，还没有这幅画。如此巨大的壁画——它从地面一直达到屋顶的窗子——是不可能一夜之间就绘成的。他自己毕竟也在画画,可以设想,完成这样一部作品需要多少时间和劳动。可是,他在报纸和广播里都从未听到过有关的报道。那就只能有一种解释,听起来似乎十分荒谬:这幅画只能是在过去的两周内安装在这里的。

"我总觉得这幅画有点儿怪异。"叶茜卡轻声说,同时又把照相机拎在手中。

"确实可以这样说。"奥利弗回答。

"它看起来好像是活的。"

奥利弗吃惊地看了姐姐一眼。他和姐姐想的完全一样,他又把目光转向壁画。这幅巨型壁画,准确地说是一个混乱不堪的场景。成百的人和动物无序地拥挤在画面上。上面有的形象,最好在现实中不要遇到。奥利弗曾有一段时间了解了不少各种文化的传说和神话,就像其他同龄孩子看连环画一样,因此壁画上的很多妖魔鬼怪他都很熟悉,如狮身鹰头兽、喀迈拉喷火怪、独角兽、法翁神、马人、凶龙、魔头、地仙等等。尽管这些神话形象很吸引人,但他对他们没有什么好感——暂时离开艺术观点。他很高兴,这些怪物只是出没在书籍的封面之间。

他的训练有素的眼睛,逐渐在壁画的结构中看出了其中的秩序:就在神道入口拱门的上方竖立着一座梯形塔直冲云霄。它发源于一个深谷,因而成了一片湖水中的隔坝,使得巨大的建筑的根部紧紧连在了一起。它的顶端聚集着一群鸟类及其他会飞的怪物。这座梯形塔显然还没有完全建成,因为可以看到脚手架和一些工匠。它对人产生的效果显然不是通过它的和谐。奥利弗还看到了很多丑陋的场面:有人用铁锹拍打同伴的帽子——结果拍到了脑袋上,另一个人把伙伴推下脚手架,而且还很开心。在旁边的部分里,同样绘有令人恶心的屠杀场面。但是,上面也有日常生活主题:集市上人头攒动、田里耕作的农夫、为主人交纳贡品的奴仆、打学徒耳光的工匠师傅;远处可以看见一座巍峨的山峦,山的上面盘旋着会飞的狮子;右边——似乎与这幅壁画的喧闹极不相称——树立着一片宁静而茂密的森林。奥利弗不知道这是为什么,但他敢肯定,这片森林肯定已经十分古老。在树影之下,他似乎看到了一个奇怪的头。是独角兽吗?

"小心!"

奥利弗吓得一震。叶茜卡的警告就像是发自一头患有气管炎的凶龙。

"怎么……"

"没什么。只是一道自动门。"

奥利弗转过头,吃惊地看了一眼那扇镜面门,正在他的身后自动关上。这扇门也是新的,正好位于伊西塔城门的下面,显然是有意制造一种视觉误差。只要从神道方向接近伊西塔城门,在这道关闭的镜面门前,就会产生一种印象,似乎神道将在另一边延续下去。奥利弗和叶茜卡望着镜子里面他们自己吃惊的影子。

叶茜卡首先恢复了正常。"我看,自从上次来博物馆以后,这里改变了许多。"

奥利弗也开口说话了。"我还以为……"

"什么?"

"嗨,就是妈妈的发卡。它还在我的口袋里。我似乎想到了什么,就在我穿过城门的那一刻……哎,完全是瞎想,请忘记我刚才说的话。"

发卡?叶茜卡完全忘记了。其实,她从来也没有真的相信会突然发生一场爆炸,或者奥利弗会一下子被摄进谢哈诺的卡西尼亚王国中去,或者他们在昨夜曾描绘的种种设想会成为现实。可另一方面……"或许我们做错了什么。爸爸是单独一个人穿过这座城门。有可能是因为此刻这里的人太多了。"

就在这一瞬间,那两扇镜面门又打开了,刺眼的闪光包围了双胞胎姐弟。奥利弗几乎不敢呼吸。他还从未设想过城门会有如此大的威力。他的眼睛又恢复正常以后,才看见眼前的十几个照相机镜头。

日本旅行团在他们身边蜂拥而过,很多游客拍照三天前还站在那里的科学奇迹——谢哈诺雕像留下的空地。

"现在怎么办?"奥利弗问他的姐姐。

"呐,还能干什么——当然是实行C计划。"

"我们看到了谁呀?"

奥利弗和叶茜卡猛地转过身来。想知道这是他们两人中谁的声音,但实际上,声音是来自他们的脑后。

他们吃惊地认出了博物馆的馆长雅诺什·海杜克博士教授。奥利弗毫不怀疑,他们的B计划已经被人识破。只是,博物馆馆长亲自前来抓捕这两个"黑观众",确实有些不寻常。

第 1 章 被忘记了的父亲

"海杜克教授,"他听见了叶茜卡的声音,"真是没有想到!"

"我必须承认,在这里碰到你们,我并没有感到意外……你们是托马斯·波洛克的孩子,不是吗?"

奥利弗和叶茜卡相互交换了一个眼色,然后又转向了馆长。他们同时点了点头。

"你们到这里来,肯定是为了——叫我怎么说呢?想就近看一看作案现场。"

"我们到这里来,是为了搞清楚真正发生了什么事情。"奥利弗立即给予了回击,他对自己的勇气甚至感到惊奇。

馆长神经质地向周围看了看,说:"你们为什么不到我的办公室来,在那里好好谈谈?整个事件或许——叫我怎么说呢?确实很敏感,不应该在公众场合进行谈论。"

通往博物馆岛区办公楼的路程,好像总是没有尽头——至少奥利弗是这样感觉的。海杜克教授很喜欢现在这个导游的角色。他的脚有些跛,趔趔趄趄着带领他们穿过各个展厅,并告诉他们,整个博物馆岛区,实际共有十七家各自独立的博物馆和收藏馆,其中的三家在被老百姓称之为帕加马博物馆内,但这只是整个岛区很小的一部分。在这个巨大的建筑群中有职工四百多人,它就像一艘巨轮,停泊在施布累河中间,只能通过桥梁才能进到里面。

听馆长的这个讲解,会使人以为,他就是对所有这些人负责的总管。但奥利弗知道得很清楚。他毕竟不是第一次到这里来。海杜克教授虽然领导着近东博物馆,但却还远不是这艘"施布累巨轮"的舰长。奥利弗敢肯定,他曾见过这位馆长——或许在一次为全体员工家属举行的"开放日"上,但他越是想这个问题,就越是感觉不舒服。是的,他设法回忆与博物馆有关的一些细节时,甚至感到有点儿恶心。他的记忆好像被一层雾障所遮住——有时稍微明晰一些,有时又完全模糊不清。是不是因为这一切都和他的爸爸有关联?或者,海杜克教授讲的一些事情,奥利弗曾经从爸爸那里听说过?

斜视叶茜卡一眼就知道,他的姐姐和他有同样的感受;她正在用手指敲着脸上的酒窝。不知是什么或者是谁偷去了他们对爸爸的全部记忆,奥利弗现在越来越肯定。

博物馆馆长的房间相当实用,就像是所有高官的办公室一样。它位于一条长长走廊的尽头,先要通过一间较小的房间,一名女秘书在这里负责安排馆长的客人。

雅诺什·海杜克带着沉思的面孔坐到了一张没有雕饰的浅色橡木写字台的后面。有时还用手揪着他下颚那灰白相间的胡须,但大多数时间是用他的手指耍玩着一块扁平的红色偏黄的石头,有可能是一个什么东西的碎片,但原来的形状已经无法辨认了。

"我已经不太记得你们的爸爸了,"馆长说,"其实一点儿都不记得了。但刚刚发生的事情却使我不得不——叫我怎么说呢？——不得不找出人事档案来了解这个人。"

为了证明他的这个不得已的处境,馆长摇晃了一下上面写有托马斯·波洛克名字的卷宗。当他把卷宗又放到写字台上时,里面滑出来一张护照用的照片。

同样是那双悲伤的眼睛,奥利弗想,爸爸的照片立即使他进入了梦幻状态;他几乎不再听博物馆馆长重复的那些套话,他是如何感到遗憾,如何不敢相信,托马斯·波洛克会是偷盗谢哈诺雕像的窃贼,如何没有能力去帮助双胞胎姐弟寻找事实真相。

然而,雅诺什·海杜克那双黑眼睛却在讲着另外的故事。它们显现出来的是,这位馆长已经不再关怀他的两个小客人,而是在思考完全另外的事情。这个小个子男人,甚至显得有些浮躁,就好像要寻找一个固定的支点,能够抓住它使自己安静下来；他一再把目光转向他手中的那块碎陶片。他说,双胞胎姐弟当然可以随便在博物馆里探寻,然后说,他是如何的繁忙,所以无法亲自照顾他们。他们如果找到了什么新的线索,或者需要他的什么帮助,可以随时再来找他。晋见就这样结束了。苗条的女秘书,又把两个小客人推到了走廊,随手关上了玻璃门。

"你是不是也感到了我感到的东西？"奥利弗立即问道。

"你指的是那种黏糊糊的友善还是他不断神经质地耍玩那块石头？"

"我指的是,他说他根本就不认识爸爸,可是他却在博物馆里立即认出了我们。"

"我们两人也还相互认识,尽管我们忘记了爸爸。或许他的遭遇和我们完全一样。"

"可他为什么没有任何这方面的表示呢？我甚至觉得,他是在有意寻找我们。"

"你是见鬼了,奥利。海杜克教授是一个很忙的人。他自己说过,他无法关注每一个员工,尽管他很愿意这样做。"

"我建议,先离开这里,C计划还得做一些准备。"

叶茜卡点了点头,跟上了似乎突然非常着急的弟弟。当他们来到走廊终点拐弯的时候,奥利弗和一个女人撞到了一起,她也目标明确地朝着她要去的方向疾步走过来。

"哈罗,哈罗,"那位女士用一种特殊的口音喊道,"真是个麻利的小伙子。你们两个要到哪儿去呀?走错路了吧,是不是?"

奥利弗惊异地看了那个女人一眼。她大约三十多岁,中等身材,中等苗条。她满脸雀斑,却显得很友善——虽然奥利弗撞到了她。最引人注目的是她的头发:长长的红色鬈发。

"怎么了?是不是我们这么一撞把舌头咬掉了?"红发女人问。

"他只是有些腼腆,"叶茜卡替她弟弟说,"请原谅他的莽撞,但他一来了劲,是很难把他拦住的。"

这句对体重的影射,使奥利弗又有了说话的能力。他气恼地看了姐姐一眼,异常礼貌地转向和他相撞的女人。

"请原谅我的不小心,我正在想事情。关于您提的问题,不,我们没有走错路,我们刚从海杜克教授的办公室里出来。"

"噢,是在圣约翰那里,我们的大牧师!"红发陌生女人说,并露出顽皮的微笑。

奥利弗和叶茜卡疑惑地看着她。

"我们是一个国际团队,"她立即补充说,"我现在才想到,我还没有自我介绍呢。我是近东博物馆的专业工作人员,我的名字叫米丽娅·麦卡林,来自爱尔兰。米丽娅这个名字听起来不太爱尔兰。它来自希伯来语,大概是'反叛'的意思。"她又狡黠地笑了,脸上出现了两个深深的酒窝。"但愿这不是父母在摇篮里给我留下的遗嘱。"

"那么教授呢?"奥利弗问道,他很想知道,为什么米丽娅·麦卡林把馆长称为圣人。

"啊,我们的大牧师,是的。"米丽娅又笑了(她真是一个阳光女人)。"我不知道,他是不是喜欢听这个绰号。他的名字叫雅诺什,匈牙利文就是'约翰'。而他的姓是海杜克,实际是'牧人'的意思。这就是联想的结果,完了。"

双胞胎姐弟再次疑惑地望着她。

米丽娅知道,她得进一步解释才行。"这是因为,我来自一个虔诚的天主教国家。也就是说:'约翰'让人想到圣徒约翰,是他写了第四篇福音。而'牧师'呢?会让人想起神甫,而在拉丁文里实际就是'牧人'的意思,所以才有'牧师'这个称呼。由于约翰·海杜克在这里操纵大权,他就是'圣约翰',我们的'大牧师'了。就是这么简单,对不对?"

"呐,我不知道。"叶茜卡说,脑子里想着"大牧师"刚才对他们明确表示,他们的问题只能自己去解决。

"我不想过于好奇,可是像你们这样两个孩子到我们的大牧师那里去干什么?是要给校报写稿子吗?"

"我们正在设法搞清楚我们的爸爸失踪的问题。"奥利弗回答。

"等一等,现在我有点儿明白了。你们大概是我们巡夜员的孩子吧?整个柏林的警察都在通缉他,是不是?"

"我们是叶茜卡和奥利弗·波洛克,托马斯·波洛克的孩子,他们无端地把他当成了偷盗德士古(Dexaco)雕像的窃贼。"叶茜卡不太友好地说。

"是谢哈诺雕像。"

"什么?"

"被偷的文物是失落的记忆之神,而不是那个汽油大亨。"米丽娅·麦卡林眨了眨右眼说。"Xexano 的第二个 X 应该发'哈'的音,所以应该叫谢哈诺。"

"只要我们的爸爸还被冤枉是窃贼,这对我都是无所谓的。"

奥利弗因为姐姐对这位友好的女士采取这样的态度,感到很难堪。"请您不要生她的气。"趁姐姐还要表现更不礼貌的行为之前,奥利弗赶紧说。

"没有关系,"麦卡林回答说,她又露出了笑容。这个爱尔兰女人总是这么活泼。她说话的时候,两只手就没有一刻安静过。"我可以理解你们。如果你们问我,我也不相信波洛克偷走了这尊神像。"

"您还记得我们的爸爸吗?"奥利弗问。

"是啊,波洛克先生上班时,博物馆的大部分员工都已经下班回家了。现在,你这样直接问我,我还真的很难记起你们的爸爸了。我常常加班,所

第1章 被忘记了的父亲

以有时也会遇到值夜班的保安人员。"

双胞胎姐弟意味深长地交换了一下眼色。

"您还能想起我们的爸爸什么事情吗?"奥利弗追问。

米丽娅·麦卡林突然出乎意料地安静了下来。她似乎在望着远方的一个目标。这次她没有做手势,说道:"他的眼睛。我想我曾遇到过他。"她把双手按到太阳穴上,"我无法回忆起他的整个面孔,但他的眼睛,我却记住了。它们似乎……似乎有些悲伤。我觉得,我似乎尝试与他交谈——你们可能已经知道,我可是一个相当健谈的聊天专家!——但他只是回答了我几个字……"她耸了耸肩膀,像是在道歉,然后又歪着嘴笑了。"我当时大概很快就放弃了去打扰这位寡言少语的巡夜员的工作。但我必须要说:托马斯·波洛克肯定不是偷盗谢哈诺神像的窃贼。这我根本无法设想。"

在这一瞬间,三个人都无言地呆立在走廊上,就好像他们也都变成了石雕。走廊尽头窗子里透过的光线很弱。叶茜卡慢慢地点了点头,正想和麦卡林告别,奥利弗突然掏出了一张纸条。

"您见过这些诗句吗?"他问。

"麦卡林女士肯定不会有兴趣的,她可能工作忙得很。"叶茜卡赶紧说,同时用手掐了弟弟屁股一下——显然她不喜欢弟弟这样轻信别人。但她的动作太迟了。

"不,不,这并不妨碍我。"这位女学者说着拿过了奥利弗手中的纸条。"这是什么?"

"我爸爸有一本日记。这是我从里面抄出来的——嗷!"奥利弗的屁股又被掐了一下。

"怎么了?"

"啊,没什么。您能看懂吗?"

"这明显是苏美尔楔形文字。从形状上看,是来自公元前三千年。"

"我爸爸把它翻译了出来。就在纸条的右边。您知道那个伊斯塔尔是什么或者是谁吗?"

米丽娅·麦卡林点了点头。"这是伊西塔的科学写法,就是巴比伦的爱情和丰收女神。"

奥利弗觉得自己的血液又冲向了耳根,甚至扩散到了脸上。

"快走吧,奥利。我们今天还有很多事情要做。"叶茜卡催促着,再次掐了弟弟的屁股一下。

"等一等！"他躲开姐姐掐他屁股的手，再次转向红头发的爱尔兰女人。"我爸爸虽然把楔形文字翻译了出来，但我还是一头雾水。您能够看明白是什么意思吗？"

米丽娅·麦卡林疑惑地看着奥利弗的脸。"你敢肯定，是你爸爸——我们的巡夜员托马斯·波洛克翻译的吗？"

奥利弗点点头。然后用眼角看了叶茜卡一眼，解释说："我现在不能谈这个问题，但您是否可以告诉我们，这些诗句到底是什么意思？"

女学者用了片刻时间企图寻找奥利弗圆脸后面大脑里的意图，但她显然没有成功，重新把目光集中到纸条上。"这可能是一个诅咒，"她想了片刻说，"或者是一个警告。这里：'欣'是巴比伦的月神。所谓'伊西塔怀抱'可能指的是伊西塔城门。然后是'欣开启门户'，就是说要在夜里——在月亮统治的时间里——穿过城门。"

米丽娅·麦卡林再次低头研究那张纸条。她现在突然变得不像刚才那么活泼了，反而像是一个女福尔摩斯在寻找作案线索。

"这听起来十分神秘，"她终于承认，"但是，一些古老的铭文几乎都是这样，不足为奇。你们如果愿意，我可以去翻阅几本这方面的大书。或许能够找到些什么，或许有助于你们的寻找行动。"

"不必了。"叶茜卡赶紧说。

"这真是太好了！"奥利弗却说，"等一下，我把我们的地址和电话留给您。如果您找到了什么，就可以告诉我们了。"

他把那张纸条从米丽娅手中拿过来，又从他的牛仔裤兜里掏出一支笔，把有关信息写在了纸条的背面。最后他又画上了他的风鸣琴弦图案算是签字。

米丽娅·麦卡林把纸条拿了过去，然后打量了一下奥利弗的"品牌标志"和他本人。脸上露出了笑容。

奥利弗脸红了。"这是我的一个习惯。"他解释说，"这些线条是我最喜欢的一幅画的主题。是美国风景画家霍默·道奇·马丁的作品。那幅画的名字是《风之竖琴》。它让我想起了一种特殊的乐器'风鸣琴'。那是一种风竖琴——只有风才能演奏它。"

女学者赞赏地点着头。"我来自一个风特别多的国家。我也曾听说过有关风鸣琴神秘旋律的传说。你真的让我羡慕,年轻人。"

奥利弗背后又挨了一拳,力量很大,没有能躲过米丽娅的眼睛。她又笑了一下,看了看自己的手表。"噢!我还有一个约会去见圣约翰,你们现在肯定不会介意。我保证会和你们联系的。不论有没有结果。你们也不必太担忧。你们会找到你们的爸爸的,到那时一切就都清楚了。"她向他们告别——又变成了那个活泼的女学者,摇摆着飘逸的头发快步朝走廊尽头奔去。

"你是不是变成白痴了?"

叶茜卡双手握紧拳头又在腰上,褐色的眼睛冒出凶光盯着奥利弗,她歪着头等待弟弟的回答。博物馆的走廊里一片寂静。

"你说什么,我不懂。"

"你不应该就这么向一个完全陌生的女人讲述爸爸日记的事。我几乎以为,你把最后一点儿理智都丢掉了。"

"我是一个搞艺术的,艺术家常常是靠直觉行动。而且,我们也确实需要来自各方面的帮助。我相信,米丽娅·麦卡林没有问题,我们可以信任她。"

"好啊,你相信。"叶茜卡的目光有些放松了,"奥利弗!我也觉得这个麦卡林女士很讨人喜欢,但是,你老实告诉我,那红头发,那雀斑——你把什么都告诉了她,是不是因为你想起了妈妈?"

奥利弗感觉到血液又在冲击耳根。他气恼地把双臂举在头上高喊:"我的姐姐简直疯了!"随后以前所未有的速度跑了,把叶茜卡单独留在了走廊里。

下午的时间好像根本就不想结束。外面虽然已经开始朦胧,但大厅里仍然聚集着人群。观众似乎看不够博物馆的这些展品,因为它们集合在这里,就好像是法庭中的证人,惟一的目的就是想让这些早已逝去的时代不被忘记;它们在这里的存在,就是在指控或者辩解多少世纪以来人类之间所发生的种种事情。

奥利弗的思想有些阴郁,就像他所处在的这个昏暗的空间。虽然他和姐姐又很快同归于好,有关米丽娅·麦卡林和他们死去的妈妈是否相像的问题,他们放在以后再讨论。

寻找一个隐蔽的地方,是他们 C 计划的第一步。他们想被关在博物馆中,等这里安静以后,再溜到伊西塔之门那里去做他们的试验。

这也是使奥利弗的胃部感到不适的一个步骤。他和姐姐弯着腰躲在仿制的墓穴中一口棺椁的后面,等待最后一名观众离开博物馆。奥利弗越来越感到,这个被叶茜卡科学地标以"C"的计划是多么荒谬。

他们先是从售票处溜进了博物馆,然后又被海杜克教授抓住,现在又好像准备进入博物馆窃贼的角色中去。"这并不奇怪!"如果他们被人抓住,人们就会说,"苹果不会掉在距离果树很远的地方:父亲是个贼,这就是他所教育出来的孩子。"他现在就可以描绘出这个窘境,当然使用最鲜艳的色彩!

"别出声,奥利,有人来了!"

奥利弗震动了一下。"我什么都没有说。"

"把你的嘴闭上!"

奥利弗听到了脚步声,有人从神道那边跑过来,直接朝着他们的隐蔽处。他早就应该想到,闭馆后会有保安人员到各个展厅来检查的。

现在脚步正在下楼梯。保安下到了墓穴展厅中,刚才已经提到,他们躲在了一个仿制的亚述人的棺材后面,但奥利弗却感到自己就是一个快要死的人。为了安全起见,他屏住了呼吸,但他的心脏却好像在他左耳的后面什么地方跳动着。这个声音肯定会使他们暴露的。

手电筒的光柱在大厅里晃动着。所幸的是,奥利弗的心似乎这时完全停止了跳动。然后,脚步声又离去了。

"我们多亏选择了后面这个墓穴。"叶茜卡细声说。

奥利弗深深吸了一口气。

"你没事吧,奥利?"

"我差一点儿尿了裤子。"

"没有那么严重吧!"

"我还是希望以后你再有这样的事情时,别让我参加了。"

"我可以提醒你吗?夜里穿过城门去散步,可是你的主意。"

"我想,你是我们两人中的科学家。我只是为你做事:把1和1加起来。你和我一样知道,爸爸日记中的第一首诗是怎么说的:'只要携带心中遗忘之物,欣都会为他开启门户。'在我的口袋里,还有妈妈的发卡。"他拍了拍裤兜,"我们还得在这里等待欣实施他的职责,这是我们从米丽娅·麦卡林那里知道的……不知道月亮是不是已经升起来了?"

第1章 被忘记了的父亲

"不知道。最好再等一两分钟。"

几分钟变成了几个小时。这倒不是因为时间突然飞快地逝去,也不是因为奥利弗的腿变得麻木。他们所以迟疑的原因是他们担心:一旦C计划真的变成了现实,该怎么办呢?

叶茜卡十分理解弟弟。她长时间默默地坐在弟弟的身边;手指有规律地敲着脸上的酒窝。但是,她终于觉得不能再等待了。

"要么你穿过那道城门,要么我们就回家。"

奥利弗知道,姐姐的话很对。他把腿收回来,用双手按摩着,好像有一群蚂蚁在腿上爬行。

最后,双腿的血液循环又恢复了正常,他可以站起来了。他的手插入了裤兜。发卡还在里面。

"可以去了吗?"叶茜卡问。

奥利弗默默地点了点头。

他们一起爬上台阶,踏入了与亚述王以撒哈顿①碑石平行的长廊中。各个展厅的夜灯相当微弱。他们的右手是一些石雕的影子,这个厅展示的是从叙利亚和小亚细亚发掘的文物。在一瞬间,奥利弗仿佛看到了有什么在活动,就好像其中一个石雕的头向他扭动了一下。他闭上了眼睛,使劲闭了一下,又睁开了。一切都那么寂静,只是些一动不动的影子。

"伊西塔城门到了,就在那边。"叶茜卡轻声说。

"这我知道,"奥利弗有些烦躁地说,"我只是在想,我怎么感觉刚才有一尊石雕活动了。"

"哪尊?那都是些石头,奥利!石头雕像都是最懒惰的家伙。我们还是往前走吧。"

奥利弗的目光离开了那些僵硬的石雕,跟着姐姐穿过神道,朝着那座壮丽的城门走去。

装饰神道两侧墙壁的黄褐色狮子,似乎朝着双胞胎姐弟迎了上来。奥利弗觉得那些狮子都长着翅膀,紧紧地贴在身上,但叶茜卡却认为,狮子身旁的阴影只不过是它们的鬃毛。

两人走到了神道的尽头,停在了拱形过道的下方,从这里可以到达中央

---

① 以撒哈顿(公元前680—前669在位),亚述国王。

大厅。在另一端则是那座伊西塔城门。

"从这里开始,你得自己走了。"叶茜卡说。

奥利弗第一次从她的声音中听出了担心。"你不能跟我再走几米吗?"

"你难道忘记了,奥利?你必须使用那把钥匙了——妈妈的发卡。如果被我看见,那一切就前功尽弃了。"

奥利弗压抑地点了点头。叶茜卡说的当然很对。"如果我出了什么事……反正你知道。你就得单独去找爸爸了。"

"不必担心,奥利。一切都会好的。而且有一点你千万不要忘记:我们两人是通过一条无行的纽带联系在一起的。不论什么时候,我总在你的身边。你也在我的身边。只要我们愿意,我们就是一支不可战胜的团队。"

还没等奥利弗反应过来,姐姐已经把他抱在怀里。还不仅如此,她还吻了他的面颊。他在黑暗中觉得看到了姐姐右眼中的泪珠,但他不敢肯定。

"好吧,让我们把事情做完。"他说,声音显得很坚定。他使劲握了一下姐姐的手,转过身去。

伊西塔城门在黑暗中高高竖在他的面前。微弱的光线只能让他猜测墙壁上的那些公牛和凶龙的图案。其实是什么都看不清楚。奥利弗缓慢地接近城门洞。身后传出了喀嚓的声音。他知道,姐姐正在拍照。她没有听从他的劝告。突然,他看到了有什么在运动,就在伊西塔城门门洞下面。这是今天晚上第二次,他的心仿佛停止了跳动。他想转身,向叶茜卡发出警告……

可能是那面镜子!这个想法像闪电般突然出现在奥利弗的脑海里。他是被自己镜中的影子吓着了。现在,已经没有了大批观众在大厅中喧嚣,那两扇镜面门当然是关闭着的。奥利弗如果站到了城门洞下,镜面门突然被打开,会不会发出嘶嘶的声音?

他继续往前走,渐渐接近了那高高的门洞。城门的内墙已经在他的两侧出现,头上是那个圆圆的拱顶。如果爸爸说得对,那上面不知什么地方的拱顶石上就刻有那些神秘的铭文,隐藏在蓝色的釉面砖的下面。

什么都没有发生。没有闪电,没有雷鸣,甚至连那两扇镜面门都没有动静——或许是它的自动装置在夜里关闭了。

只要携带心中遗忘之物,欣都会为他开启门户。

铭文的话语深深印在了奥利弗的脑海里,就好像是有人在向他召唤。

第1章 被忘记了的父亲

发卡！他从妈妈的箱子里是否选错了物件？他的手伸进裤兜，抓到了发卡，把它拿了出来，但却停在了腰部，仿佛要费很大的力气才能把它举到眼前。奥利弗低头看了一眼妈妈的遗物。

开始时，他以为是自己看错了。似乎上面的一个小玻璃珠闪了一下。可是哪里来的光呢？然后，所有的玻璃珠都闪了起来。与此同时，整个发卡周围形成了一个用各种颜色组成的光环，而且不仅是发卡，奥利弗的手、胳膊和他的全身均被笼罩在光环之中。

"奥利弗！看啊！"他听到了背后传来的声音。那就是说，叶茜卡也看到了。

他的目光终于离开了发卡。他猛地把头仰起。整个城门洞不再是又黑又可怕，而是散放起五彩缤纷的光芒。明亮的星星在门洞中相互追逐着，使整个大厅沉浸在一片神奇的光影之中。从距离他约三米远的镜面门上，他可以看到那幅巨型壁画，上面的各种形象似乎都活了起来。人、动物、神话造型四处跑动着。突然——变化发生得非常突然，所有的色彩游戏无声无息地不见了——镜面门也随之消失了踪影。

奥利弗面前是一片森林。他又闭上了眼睛，就像他刚才在神道上做的那样，但是，这次眼前那奇怪的景象并没有消失。当他慢慢地又把眼睛睁开时，那些树木仍然还在那里。

这显然是一片古老的森林。褐色的树干无比粗壮！在柏林的市郊森林里或者动物园里从来没有见过这样粗壮的树木，就连植物园里也没有。它们就像是庙宇中的顶梁柱一样伸向天空，其屋顶已经超出了眼睛可以看到的地方。它们相互距离都比较远，所以可以通过间隙看到森林的深处。那里笼罩着一片奇妙而平和的寂静。没有鸟叫，也没有虫鸣。只能稍微感到一股林木的清风，因为这些巨树的枝条轻轻地摇动着，个别地方从地面升起一层薄雾。

看到这一景象，奥利弗心中产生了一种深深的宁静。他产生了强烈的渴望，想成为这个和谐画面中的一部分。是的，还不仅如此：那是一种深刻的渴望，用一种无法抗拒的力量把他拉向这个地方。他不仅要用眼睛探索这片森林，而且还想漫步在其中，用所有的感官去进行体验。

他吃惊地发现，他的双脚已经站到了森林当中，地面是干燥的。他鼓起勇气向前迈出一步。薄雾环绕在他双脚的四周。就在这一刻，一个闪光吸引了他的注意力，一个冷漠的光亮，就像是他头顶上那美妙的光线的一个可笑的拷贝。

奥利弗转身朝向叶茜卡，是她的闪光灯引发的这个光亮。他看到了姐姐那双睁大的带有忧虑的眼睛，他安慰地朝她笑了笑。然后，他又转过身去，迈步进入了森林。

第 2 章
卡西尼亚

> 世界变成了梦,梦变成了世界。
> ——诺瓦利斯

时间在流逝,可奥利弗却没有察觉。他就站在那里,用全部感官汲取着森林中的一切。他呼出的气,形成了小小的云团,缓慢地飘走,与地面的雾气结合在一起。空气凉爽而香甜,就像是一杯清凉的饮料。即使冰冷的空气有冻僵身体的危险,奥利弗也很想把长长的防雨外衣脱掉,甚至脱去里面的衬衫,用自己的躯体更贴近森林的气息。

他像着了魔一样,聆听着。一股温柔的气浪掠过高高的树梢,发出了一阵簌簌的响声,就像是一支交响乐队奏出了美妙的旋律。这至少是奥利弗的感觉。就是到了后来,他也无法说明,他到底在那里站立并陶醉了多长时间,他只记得,当他过了一会儿转过身时,博物馆已经消失不见了。

这时他才发现,他正站在两棵巨树的中间,这是两棵比周围的树木更为粗大的巨树。奥利弗的脑海里渐渐产生了一个疑问:这一切怎么会是这样呢?他刚才还在帕加马博物馆,现在却来到了这里,进入了这一片古老的森林。毫无疑问,这个地方要比柏林动物园还要古老得多。动物园中的树木,战后几乎全被砍光,只是为了度过 1948 到 1949 年那个严寒的冬季。当时,燃料和食品同样十分短缺,因为苏联占领军切断了通往柏林的所有陆路交通⋯⋯

奇怪,他现在怎么会想到了这些?就好像他又回忆起了他的童年。这当然是瞎说。当时他的父亲还没有出生呢,更何况⋯⋯

他的父亲?奥利弗突然想起了他来这里的原因。他必须找到父亲!一下子,他突然什么都想起来了。托马斯·波洛克当然是他的父亲!大批影像都涌进了奥利弗的脑海。

他又看到了爸爸那副忧伤的面孔,他是一个少言寡语的人。叶茜卡对爸爸悲伤目光的怀疑是对的:妻子的早逝,给了他很大打击,这是他自己和他的两个双胞胎孩子都无法弥补的损失。孩子想要消遣的时候,爸爸总是表示道歉,他们的无忧无虑,没有能够感染他。他常常感到忧郁,即使在休息日,他也总是坐在黑暗的房间里,不说一句话。奥利弗和叶茜卡也曾多次商量过,如何去帮助他们的爸爸。他们十分爱他!但他们的毅力有限。一旦爸爸对他们的尝试没有任何反应时,他们就不知怎么办了。

几年前,他们的天资被老师发现了。叶茜卡获得了数学老 A 的声誉。她在业余时间发明了一种密语,先是把词句拆开,然后根据她发明的体系重新组合起来。而奥利弗这时则引起了艺术老师的注意。绘画课中,这个当时刚刚九岁的男孩对颜色和形状具有非凡的敏锐。老师甚至预言,他的这个学生将来会成为一名大师。

奥利弗渐渐明白了这场悲剧的规模,他和叶茜卡都在走自己的路。他们实际上并没有和爸爸共同享受生活,而只是生活在他的**身边**,在内心里他们与爸爸的距离却是越来越远了——最后不知怎么竟失去了他……

想到这里,奥利弗的记忆中断了。虽然这涉及到他自己,但他说什么也无法解释,他怎么就把自己的爸爸干脆给忘记了呢?

至少这片奇怪的森林使他的部分记忆得以恢复,或许其他的记忆也会逐渐跳出来。他毕竟知道了,为什么要穿过伊西塔城门。他必须找到他的爸爸。现在这是最重要的。

奥利弗转身离开了两棵巨树,就像是离开了两根门柱,刚才这里还是那座巴比伦的城门。他下定决心要尽快和爸爸一起回到家去。他用手摸了摸发卡。发卡还在,在裤兜外面凸起一个长方的形状。当奥利弗再次抬起头来,他大吃一惊。

他前面不到五米远的地方,立着一头青铜独角兽。这座雕像肯定有三米高,它那深暗和粗糙的身体上不少部位都闪着光亮,就像经过打磨一样。阳光在它身上反射出由于树枝遮挡而形成的乱影,给独角兽覆盖了一层超乎自然的光芒。奥利弗不得不眯缝起眼睛,才能看清它的身影。这座雕像的造型给人以既优美又刚毅的印象,有些像一匹良种的骏马,部分地方也使他想起了驯鹿或者羚羊。他不由得想起了博物馆壁画上那块不太清楚的画面。那难道不是一头独角兽吗？奥利弗想了一下，不知道是否真的进入了一幅神秘的油画之中。

正当他以训练有素的艺术家眼光观察这座雕像时，突然又一次使他震惊了。这不是因为雕像很大，也不是因为它的漂亮。使他感到震惊的是这座雕像竟然活动起来。

"你看来好像还不知道，是不是来到了正确的地方？"独角兽开口说道，同时还晃动了一下脖子并短短地呼出了一口气。

奥利弗的下巴张开了。这东西还真是个活物！更不可思议的是：它还想和自己交谈。

"看起来你不是一个爱说话的人。"独角兽继续说。它的声音很平静，既不友善，也不含真正的敌意。

"我……"奥利弗只能憋出这一个字来。他把塞在喉咙的硬块吞下去，强使自己保持镇定。"我……到这里来，是想找一个人。"

"这我已经想到了，"独角兽压低声音回答，"但到这里来的大部分人，**都已经不再找什么人了**。"

"你能告诉我，这是什么地方吗？"

"你为什么要问这个？"

奥利弗感到，他内心的平衡正在倾斜。这个奇怪的雕像的声音，他听起来好像是一个谜语。所以，他用较强硬的声调回答说："我所以问，是因为我不知道是否来到了正确的地方。"

"也就是说，我猜对了。"

奥利弗想起了独角兽开始时说的那句话，心里更感到恼火。"这里是不是卡西尼亚，或者只是一场梦？"

"为什么'或者'呢？"

"什么？"

"你问，是卡西尼亚还是梦。我本来以为，你知道得很清楚，这里是什么地方。卡西尼亚不只是卡西尼亚，就像我头上的角不只是一只角一样。它是一个和你刚刚离开的世界一样的世界，但它同时在某种意义上又是梦的国度。"

奥利弗真想绕开这个青铜雕像跑开，自己去找问题的答案。和一个只出谜语的生灵交谈,又有什么意义呢?但是,他知道,他是不能就这样跑开的:这座雕像散发出一种独特的威力,是一种柔和而又强大的无声的力量,迫使着他留在这里,参加这场奇特的交谈。他试图运用自己的智力,引诱独角兽进入自己的语言陷阱中。

"如果我是在做梦,那我就应该是躺在床上。无论如何是在我的世界里,也就是在地球上。"

独角兽又呼出一口气,用右前足刨了一下森林地面:"那你就得告诉我:如果你醒来,你的梦又到哪儿去了呢?"

"很简单,在这里面。"奥利弗敲了一下脑袋。

"你醒了以后,还有多少梦能够回忆起来呢?"

奥利弗知道独角兽下面想说什么。他经常从梦中惊醒,而且仍然十分激动,可是却很难再想起梦的细节。看来,大部分梦境很快就从记忆中逃走了。他避开直接回答它的问题:"我不知道。有些梦我忘记了,所以也无法准确地告诉你我能记住多少,它们差不多都从我的头脑里消失了。"

"你刚才不是说,它们还都在吗?现在你又说,它们从你的脑子里消失了。那么,它们到哪儿去了呢?"

"我怎么会知道!"奥利弗渐渐地真的生气了,他的胃部又出现了那种难过的信号。"或许它们逃到了卡西尼亚……"他突然停住了。这句话刚说出口,他就意识到,他刚才说了什么。他不知为什么无法摆脱一种印象,似乎独角兽要嘲笑他了。这当然是荒谬的。不论是马、是鹿,还是羚羊都不会笑。独角兽当然也不会。

而且,他来到这里,也不是为了和一头青铜雕像做对答游戏的。"你到底是谁?"他重新鼓起勇气,又问了一句。

"如果你能告诉我你是谁,然后你就会知道我是谁。"

又是这样一个回答。他真想大发雷霆!"我叫奥利弗·波洛克。"

"卡西尼亚叫卡西尼亚,我的角叫角。"

"我知道得很清楚人们是如何讲述卡西尼亚的;我爸爸在他的日记里都写了出来。一则古老的神话说,它是失落的记忆居住的国度。一切在地球上被忘记的东西,就会到这里来。卡西尼亚不只是叫卡西尼亚,它的名字有一种特定的含义。"

"你的名字就没有吗,奥利弗·波洛克?"

第2章 卡西尼亚

奥利弗愣住了。"我不知道我的名字有什么含义。但我知道为什么到这里来。我必须找到我爸爸。他当然也有一个名字,叫托马斯。"

"那你就是寻者奥利弗。你看,你现在就有了一个带有含义的名字。"

奥利弗逐渐明白了,独角兽下面还想要说什么。一个名字如果没有含义,就什么都不是。爸爸日记中的铭文又出现在眼前:**被遗忘的一切有自己的归宿。只要携带心中遗忘之物,欣都会为他开启门户**。他自己不是曾给姐姐解释过这些话语吗?当然!如果一个事物的含义丢失了——不论是一个梦还是一件东西或者一个生物——它们都会从地球上消失,穿过那座城门来到卡西尼亚……

"你是不是这里的守护神?"奥利弗随口问道。

"你说的是卡西尼亚的看门人?你的问题很聪明,寻者。"

"也就是说,你不会让每个人通过这道门进入卡西尼亚,是不是?"

"难道你认为,这就是看门人应该完成的惟一使命吗?"

奥利弗没有考虑很长时间,就有了相应的回答。"你的使命还有,不允许任何卡西尼亚人离开,如果他想……"

他的话再次塞在了喉咙里。迄今他只是想如何找到父亲停留的地方,但他还从未想过怎么才能返回到地球去。奥利弗设法不让自己的恐惧被察觉,他再次仔细观察了一下独角兽。它为什么一再提起它的角呢?难道这只青铜角比所有血肉之躯的独角兽都更重要吗?一个守护神需要武器,这可以显示这个职务的尊严。

奥利弗感到恐惧又来到了身上,这个鲜活的雕像从容而且镇定,给人一种安全感觉,或许它正在寻找时机,用它的长长的冰冷的角向你刺来……

"你具备聪慧的头脑。"独角兽打断了奥利弗的思考,并对离开卡西尼亚可能会遇到的困难影射地补充说,"如果有什么东西离开了地球又尝试返回去,那会发生什么事情呢?"

奥利弗怎么会知道?他终于想离开这个神秘的生灵了。他有些执拗地做了回答:"如果大火把一个物体完全烧毁,它也就永远消失了。同样,如果有什么被彻底遗忘了,它也就无法再出现。它分解了,变成了灰烬,变成了什么都不是。"

"分解了,变成了灰烬,变成了什么都不是。"独角兽带着让人受不了的镇定重复说,"你的话很生动,寻者奥利弗,你肯定是个艺术家。"

奥利弗觉得自己陷入了慌乱。他向这个铜像提了这么多问题,可是没有得到一个回答。恰恰相反,都是他自己为想知道的问题找到了答案。他感到自己就像是一座雕像,而且是一座玻璃雕像,独角兽的目光可以随意从他的身体里穿过。他逐渐对这个有生命的青铜雕像产生了一种特定的猜测,一种使他的思想麻木的预见,但他还是要提最后一个问题,或许这个问题他能够得到一个明确的答案。他鼓起了剩下的最后的力量和勇气说:"现在你已经对我很了解,并且知道我为什么到这里来,你能不能告诉我,我爸爸是否在卡西尼亚,我在哪儿能够找到他。我求求你!"

"答案你自己知道,奥利弗。"

"但我想从你的嘴里听到,看门人!"

"站在城门旁的人,很少是城门的主人。记忆从我身边走过之前,就已经注定了他失落或者会重新恢复。难道一个看门人会知道他们从何处来,为什么从我身边走过或者到哪里去吗?回答你自己的问题吧,你会知道在哪里找到你的父亲的:否则你为什么是寻者奥利弗呢?"

又是一个没有答案的问题。奥利弗真的生气了,他决心要追问下去。就在这时,他突然发现独角兽身上发生了奇怪的变化:他那青铜色的肌肉似乎紧绷了起来,眼睛缓慢地闭上,头低了下去,那只尖尖的独角正好对准奥利弗。奥利弗惊呆了,他不知道独角兽是想休息,还是正在积蓄力量要向他发起攻击。时间一秒一秒地过去,那只神兽依然一动不动,就好像又变成了一座没有生命的雕像。奥利弗心慌了,向四周环顾了一下,拔腿就跑。他拼命朝左边奔去。在树木之间跑着之字形路线,跑得几乎喘不过气来。还好,那个守护神的可怕的犄角没有追上他。他虽然不知道为什么,但这对他已经无所谓了。重要的是赶快离开这个老是出谜语的怪物。

他觉得好像已经过去了几个小时,但如果实事求是地根据他的身体状况看,最多也就是过了几分钟的时间。

独角兽的问题完全把他搞乱了。然后又是关于卡西尼亚和梦的议论!奥利弗始终认为,他的梦都被锁在了他的脑袋里。如果卡西尼亚不仅是失落的记忆的世界,而且也是梦的国度的话,那它就必然也在他的脑袋里。但他是无法在自己的脑袋里散步的。或者独角兽的意思是,卡西尼亚只是一个梦?或者这里是现实,而夜闯帕加马博物馆是一场梦?

奥利弗的脑子全乱了。那头独角兽——他的疑虑越来越重——可能是

第2章 卡西尼亚

谢哈诺的同伙。爸爸曾把卡西尼亚的这个统治者定性为十分危险。谢哈诺在这里,在他自己的世界里豢养了一大批附庸,他们最重要的任务就是发现和铲除间谍。托马斯·波洛克肯定算是间谍,因为他想竭尽全力制止谢哈诺的复出。如果他的儿子奥利弗也出现在这里——谢哈诺又会如何想呢?

在奥利弗脑海里的这场风暴,又射出了巨大的闪电,独角兽的那些卑鄙的问题,全都聚集到了一起。他的心就像是被刺了一剑。他越来越清楚,一个好儿子是不能就这么把爸爸给忘记的。一个小小的安慰是,他的女儿叶茜卡同样在记忆中丢失了他。于是,这个最后的问题,他已经有了自己的答案。他转过身,看了一眼他曾逃过来的路。

独角兽已经没有了踪迹。

第 3 章
太多的问题

> 信仰是对渴望最可靠的期待,信仰是对现实最确切的描绘,尽管我们的眼睛无法看到它。
>
> ——保罗

·逃入空虚

叶茜卡的呼吸就像是刚比赛完百米短跑。她甚至有一点儿眩晕。而实际上,她一直都平静地站在那里。

平静吗?不,她肯定不是平静的。她必须坐下来。最好就地坐下。照相机碰到地面发出了响声,她盘腿坐下,强迫自己正常呼吸。她必须保持清醒的头脑,一切都要进行严格的科学分析。

她这是在哪儿呢?这个问题很容易回答:在帕加马博物馆,准确地说,是在近东博物馆的中央大厅,就在伊西塔城门的对面。这就是确切的事实。但是,她是怎么来的呢?

除了夜灯的弱光外,博物馆内很暗。她看了一眼她的潜水手表。发着绿光的指针告诉她,现在已经快九点了,早上还是晚上?博物馆九点开门,下午五点关门。这样看来,现在是晚上,如果是早上,天就会亮了。大灯都会打开,也会看见博物馆的工作人员。

叶茜卡逐渐控制了自己的情绪。她从地上缓慢地站起身来——她的双腿又可以活动了,眩晕感觉也已经消失。现在得赶紧从这里离开。

第3章 太多的问题

所幸的是她对博物馆很熟悉。员工有自己的出口,在国家画廊的后面,直接通往博德大街。如果运气好,那个出口会是开着的。

她最后再次望了一眼在黑暗中耸立在那里的伊西塔城门。她突然产生一种恶心的感觉,甚至担心会立即就失去知觉。没有过多迟疑,她赶紧转过身,踏上了神道。走了几分钟以后,左边出现了一个楼梯。她刚走上这个方向,一个声响引起了她的注意。

叶茜卡把身体紧贴在楼梯口的一面墙壁上,小心翼翼地从拐角处往回望去。神道在夜灯的弱光下一片寂静,声响只是一个轻轻的咯吱声,就像是一块粗糙的石板在坚硬的地面上挪动,但现在一切又恢复了宁静。叶茜卡刚要继续往前走,突然发现有什么在活动。或者只是由于神经紧张产生的错觉?不,她确信,就在那后面,在叙利亚和小亚细亚文物的展厅里,她看到了一个黑影。只是一刹那,他出现在邻近那个展厅正对着神道的那部分,但很快就又消失了。

叶茜卡吃力地聆听着。又来了!又是那个轻轻的咯吱声。她的背部冒出了一股寒气。不管是谁在黑暗中穿行在博物馆的展厅中,她都不想和他相遇。她轻轻地迈着小步离开这里。当她快到通往员工专用区的铁门时,她的感觉稍好了一些。身后的走廊还点着灯,但这种轻松的感觉并没有持续很久。她突然想起了探长提到的新安装的电子监视设备。她赶快向周围巡视了一下,却没有发现什么摄像镜头。她在心里祈祷着,千万不要有什么隐蔽的电子眼,正在观察她的一切活动。她又轻轻地继续朝外走去。

很快她就找到了那扇门,它的外面就是博物馆后面的广场。博物馆的外墙上悬挂着装饰性的壁灯。尽管里面的弱光几乎穿不透肮脏的玻璃灯罩,但叶茜卡还是觉得它们太亮,她害怕被人发现。仍然没有人拉响警报,或许巡夜员正在看电视,电视片里的打斗场面远比那个无聊的监视器有趣。

旁边的国家画廊是座古希腊风格的建筑。带有花冠的圆柱和高高的方形底座,看起来就像是一座科林斯神庙。这座"德意志艺术"的殿堂,现在是掩护叶茜卡的一片黑影。她压低了身体紧靠在墙边向前走着,最后终于来到了作为门房的木屋前。现在是最难通过的关口了。

小屋里面亮着灯光。叶茜卡听到了里面的声音:如果没听错,是两个男人的说话声。她快走了两步,来到了窗下。她的照相机有一个折叠式的取景器,所以也可以从上面取景。当她听到两个男人开始高声大笑的时候,她觉得行动的时机已到:她把照相机倒转过来,举在头上,让它刚好对准窗子。取景器里出现的守门人,就像是蚂蚁那样小——准确地说,是玩纸牌的蚂蚁。叶茜卡几乎不相信自己的眼睛,但两个博物馆岛区的保安确实坐在一张小方桌前,神情专注地用玩纸牌消磨着时光。

时机已经不能再好了。叶茜卡决定贴着窗子下面溜过去;在门房小屋的另一边,她就会变成一个夜里散步的行人了。没有人再会对她做什么。

她用右手拉紧照相机的皮带,不让它来回摇晃,或者发出什么声响。然后,她深深吸了一口气,快步绕过了小木屋。

就在这时,她却不得不又把自己隐蔽起来。她又有了一个新发现,使她不得不开始思考面前发生的事情。

怎么会是这样呢?博物馆馆长这个时候到这里来干什么?她看了看手表:现在是九点半。但愿海杜克教授没有看见她。她的心又开始猛跳起来,她退了一步躲进了小木屋的阴影之中。

几秒钟以后,木屋前展开了一场关于博物馆岛区保安责任的辩论。海杜克教授激烈地表示,玩纸牌与巡夜员的职业道德不符。两名保安却认为,这个时间从来没有发生过什么事情,而且总得干点儿什么好保持**清醒**,保安人员的最高义务就是随时保持清醒。

教授很难同意这样的解释,何况按照他自己的说法,他也没有这么多时间多费口舌。因此,他宣告自己暂时是这场口水战的胜者。告别时,他警告失败者将面对"严肃的纪律措施",然后他就迈着大步朝博物馆方向走去。

馆长刚刚走出音界以外,一场争论又开场了。这次是在两个保安之间,其激烈程度决不比刚才差,几乎就像是金牌颁发了以后,又在争夺亚军一样。叶茜卡深深呼吸了几口气。这就是她的机会!所幸的是,不论是保安还是海杜克教授都没有发现她。现在重要的是,赶快从这里消失。

就在两个保安大声讨论,一个上级到底可以有多少权利小题大做时,叶茜卡已经在窗下溜过,向左拐,进入了黑暗之中。

过了不久,她又吓了一跳,因为她走了几步以后,面前突然又出现了一个巨大而阴暗的身影。但她立即就松了一口气,并轻轻笑起自己来了。那只是一座雕像,是一个女骑士,就好像要警告小木屋中的两个同行,她的右手握着一把板斧。女骑士很宽厚,让叶茜卡顺利通过——或许她正在关注雕塑家给她留下的惟一遮身物,一块小布头是否还在正确的位置。

第3章 太多的问题

叶茜卡快步穿越一排通往施普累大桥的廊柱,河水映出了对面街道路灯的倒影。她越过弗里德里希吊桥,然后再走一段宫堡大街。如果她超近路,很快就会到家。

在长长的汉堡大街上,她的紧张情绪渐渐缓和了。但奇怪的是,她并没有感到轻松。恰恰相反,一个重重的铅块还在她的四肢滚动着,她现在最大的愿望就是赶紧趴在自己的房间里。到底发生了什么事情?她为什么要去博物馆?而且是单独一个人,在闭馆以后这么久?她又为什么正好站在伊西塔城门前?

城门大街上的车辆很少。在田园街的路口处,有两辆汽车撞在了一起。围观的行人观看那些堆在一起的铁皮、塑料和玻璃,就像是在欣赏一件艺术品,几个警察正在综观全局进行调查。叶茜卡听见有人说,其中的一个司机可能是忘记了看红绿灯。她从围观者身边走过,穿行了马路。一个司机在车里生气地望着外面。她终于可以拐进贝格大街了。

刚刚离开这个热闹的场面,她又突然产生了那种不安的感觉。她觉得内心里出现了奇特的空虚。她是不是曾经失去知觉?这毕竟是一个可以想象的解释,同她痛苦的经历也相符合。医生说,她的循环系统有时会出现紊乱,这是她这个年龄的正常现象。或许她在博物馆的一个什么角落摔倒了,又没有人发现她。她又醒来时,昏昏迷迷地走到了伊西塔城门,只是到了那里她才完全清醒过来。是的,可能就是这样。

她从齐勒公园旁边走过,那里还有一组年轻人坐在这位柏林民俗诗人的木雕像下的长凳上相互嬉闹着。叶茜卡急着往家走,很快她就要到家了。

前排楼房的两扇大门,今天晚上看起来竟然如此冷漠。她不知道为什么。同样她后来无法解释的是,她为什么到达贝格大街70号以后,没有立即按下门把手,然后穿过后院,直接上楼回家,而是站到了人行便道上,看了半天那面已经破损的墙面上的雕饰。她的目光无目的地巡视着,最后停在了大门的上方。一排面孔从那里俯视着她。她始终没有搞清楚,他们到底是天使还是妖魔或者什么其他东西。上面现在留下的,只是被汽车尾气腐蚀得已经看不清原貌的残缺。为什么没有人知道这些面孔都是代表什么呢?人们已经把他们给忘记了。

旁边楼房下面的咖啡馆里,传出了喧闹的声音。这里经常发生争吵,如果有谁在里面喝多了的话。叶茜卡赶紧奔向第三层后院。和所有的后院一样,这里的大门两侧都有楼梯。叶茜卡选择了右侧的楼梯。她轻轻地上楼。住在二楼的瓦茨拉维克夫人的听觉特别灵敏。叶茜卡此时没兴趣享受猪油三明治和薄荷茶。

到了第四层,她停了片刻。一个老女人住在这里,可她却从未和她见过面。只是有时能够透过地板听到她的嘟囔声。住房的门口连名牌都没有,但门旁却挂着一面部分已经破碎的老镜子。叶茜卡向里面看了一眼。

她的样子很可怕,苍白而疲惫。她再次感到心中那种奇特的空虚,无法解释为什么。如果她打开房门,等待她的会是什么呢?她同样不知道。她沉思着把手伸向下颚。她弯腰向镜子靠近一点儿,她竟然有了黑眼圈!真的不是一副美丽的面孔。她的食指尖自动地触摸着酒窝。她突然愣住了。

在一瞬间,镜子里仿佛是另外一张面孔在看着她,虽然有些地方和她相似,但在其他方面却完全不同。她正想仔细研究这显然是错觉的现象,楼道里的灯突然熄灭了。

叶茜卡暗自骂了一句。她去摸楼道里的开关,开关也闪着绿色的荧光,就像她的潜水手表一样。已经十点半了!她实在太累了。现在是应该上床睡觉的时候。

到了五楼,她打开了房门,脱下红色的夹克,扔到了门口衣架的挂钩上,径直朝她的房间走去。她勉强把照相机放在书架上,脱了鞋,立即倒在了床上。然后就进入了深沉而黑暗的梦乡。

叶茜卡像火箭一样从床上跳下来。现在已经十点过十分了!然后她突然想到,这是一个星期天。到上学她还有一整天的缓冲时间。

眯着还没有完全睁开的眼睛,她摸索着去浴室。让人清醒的最好办法,就是有效的惊吓,也就是每天早上到卫生间镜子里去看看自己皱巴巴的面孔,然后用手把水泼到脸上,她的感觉立刻就会好起来。

这天早上,她的脸却比她早来了一步。当她在镜子里看到她那副皱脸时,她却忘记了水。她又想起了前一天夜里的事情。还有镜子里的脸,就在四楼的楼道里。尽管现在她再看不到那一副面孔,但她却突然感到了很大的不安。她从浴室冲了出来,到了走廊里。

"有人吗?"

没有人回答。

她又跑进了客厅。"有人在家吗?"她喊道,声音更响了一些。

第3章 太多的问题

还是没有反应。

厨房也是空的,和其他房间一样。看到其他房间的样子,叶茜卡真不知如何是好了。有一间看来像是卧室,另一间则和自己的房间类似,只是没有那么乱。

她又回到了厨房。她的嗓子干得像通风管道。她必须喝点儿什么,然后再安静地思考问题。

冰箱里的牛奶已经有些变味,但橙汁味道还很好。叶茜卡坐到了餐桌旁,向窗外望去。后院外面那所聋哑学校,周日显得很安静,就像它的学生每天都会感觉的那样。

"我为什么只是单独一个人在这儿?"叶茜卡慢慢地问自己,尽量不要再激动。"发生了什么事?"

博物馆。对。她是在那里苏醒的——如果可以这样说的话,也是单独一个人,而且是在闭馆很久以后。她跑回了家。在城门大街发生了一起发疯的交通事故。至少是其中的一个司机高速闯了红灯。警察在那里手忙脚乱……

警察?探长加卢斯!当然!昨天,不,前天她从假日培训班回来,探长正在这里等着她。他在寻找她的父亲……

她的记忆逐渐回来了,就好像秋天的落叶被吹走,下面显露出了那熟悉的马赛克地面。但叶子很湿,或者说,某些地方记忆的图像还被遮盖着。还有爸爸的日记和爸爸翻译的神秘的铭文。可是,叶茜卡到博物馆去找什么呢?或许她想在伊西塔城门那里寻找什么线索,可她到底想知道些什么呢?她常常去这座博物馆,对伊西塔城门的一切几乎都能背诵下来。

这么多的问题!而且还有一个奇怪的感觉,不仅答案不存在,而且所有这些问题似乎还没有提出来。图像是不完整的。一堆厚厚的叶子,或许还遮盖着这块马赛克的重要部分。

叶茜卡从椅子上站了起来,开始在厨房里走动。由于这个房间没有很多可以排解烦恼的可能性,她干脆干起活来,她先把水放入洗碗盆里,把干净的餐具放进橱柜。她不断问自己,这些盘盘碗碗到底是谁用过的呢?

当她用抹布擦干餐桌上的漆布时,把一张旧采购便条碰到了地上。她把便条捡起来,踏下垃圾桶的踏板。便条像秋天的落叶一样在空中飘着,最后落到了垃圾桶的旁边。

她气恼地弯下腰,想把那张不听话的便条再捡起来……便条这时已经翻了身,她的目光落在了便条的背面。她所看到的,使她坠入了困惑的深渊:上面是由陌生的笔迹匆忙写下的几行字。

在几秒钟的时间里,她像着了魔一样愣在那里,一只脚踏在垃圾桶的踏板上,另一只脚轻微弯曲在旁边;左手拿着抹布指向后面,右手指向便条;上身向前倾斜着——有点儿像时尚运动手册上的一幅插图。

终于——她的背部挺了起来——她捡起了那张便条。便条上的内容,她反复念了三遍:

亲爱的爸爸:

　　昨天警察来了,问起了你。叶茜卡和我都不知道你在哪儿。我们甚至几乎不知道你是谁。我们找到了你的日记,我们到你可能寻找谢哈诺的地方去找你。如果你在我们之前回家,请尽快来找我们。你可能会省去我们很多麻烦。

奥利弗

"奥利弗?"叶茜卡念着这个名字,就好像是在念一个星期中的第八天,因为她是第一次听到它。

先是托马斯,现在又是奥利弗。她又感到眩晕了,就像前一天晚上在博物馆里那样。她赶紧把厨房里惟一的椅子拉过来,坐在了上面。她第四次读那张便条,观看着署名旁边的图案:一排平行的越来越短的波纹形线条,好像是一排旗杆在水中的倒影。

这不可能。这个奥利弗这样写,就好像他是我的弟弟!这怎么可能呢?一个人怎么能够几天前在记忆里失去了爸爸,然后又失去了弟弟呢?

她又想起了那个房间。其中的一个大概是爸爸的;以前妈妈也睡在那里。可是另一间……她站起身来跑出了厨房,眩晕的感觉她已经完全忘掉了。

她推开她房间旁边那个房间的门,门发着响声碰到了衣柜上。叶茜卡的目光巡视着房间的设施。墙上挂着一把吉他,角落里摆放着画架,地面上竖着几张油画,有些还没有完成。几面墙壁上贴着素描、水彩以及另外两张油画。很多画上都是有奇特的神话形象活动的风光。然后,她的目光又转向了床头上方的那幅海报。

上面绘有一排树木，像竖琴的琴弦那样越来越短。它们的倒影反映在湖水里，那些树干——原是笔直的，反映到水里变成了波纹状——这些线条组成了一个图案，就像是一个角被折断的三角形。画的下方写着："The Harp of the Winds——Homer Dodge Martin"。

叶茜卡立即就看懂了这个标题。作为电脑迷，这点儿英文对她不成问题。"风之竖琴。"她轻轻地说，在这一刻甚至觉得听到了竖琴发出的美妙的声音。

这个图案，她当然立即就认了出来。她又看了一眼仍然握在手中的便条，把上面的标志与原画比较了一下。

"大大的简化了，"她喃喃地说，"但仍然可以认出来。你是个艺术家，奥利弗。"

她又想起了走廊和客厅里的那些照片。刚才她像个隐士那样在房间里走动的时候，这些照片只是掠过了她的眼睛。现在她又回去看它们。在这些照片上出现的影像，证实了她的担忧。

这些显然是比较旧的照片上，可以看到两个红褐色头发的婴儿这个年龄特有的典型姿态：他们在一个大澡盆里一起洗澡，然后又是坐在同样的塑料便盆上做着不得不做的事情。看来，成年人就是喜欢这样的题材！在其中的一张照片上还可以看到妈妈和一个只能是爸爸的男人在一起——这个结论，她在前天就已经得出了。但现在她才注意到，一个小男孩老是和她在一起。小男孩头发的颜色和叶茜卡一样，在这张比较近期的照片上，他比她胖了一些，比她矮了一点儿。毫无问题：叶茜卡有一个和她同龄的弟弟。

"很清楚，是双胞胎弟弟。"她又喃喃地说。

她的膝盖突然软了，她干脆就坐到了客厅的地毯上，一只手里拿着奥利弗写的便条，另一只手里拿着最多是两年前拍的一张照片。上面的她有些严肃，似乎正在解决一道数学难题。她的双胞胎弟弟则满面阳光，就像是一块蛋糕上的蜜糖小马驹。

叶茜卡的心里渐渐升起一种惧恐感。她的记忆正在溶解，消失的是最难忘的一些人。如果继续这样发展下去，还会有多少东西将从她的记忆里逃逸不见呢？

叶茜卡必须制止这种破坏性的进程。不，她必须让它**逆转**。空虚的感觉逐渐让位给了心中掀起的风暴。她愤怒了,就像一个被偷走了自己至爱的人一样。实际上也确实如此。即使她忘记了爸爸和弟弟,但她却仍然相信,她是很爱他们的。房间里的照片,让她不会得出其他的结论。

但谁又能帮助她呢?如果她讲述这个难以置信的故事,别人难道不会讥笑她吗?这么多的问题——但却没有相应的答案。

博物馆馆长!她记起了前一天曾拜访过海杜克教授。可能是因为爸爸的日记中写有关于谢哈诺雕像的一些神秘的故事。她虽然对这个小个子男人没有什么好感,但在此时此刻除了去找馆长却想不出更好的办法来。

不久以后,房门在叶茜卡身后关上了。因为是星期天,而且也想给海杜克教授留下一个好印象,她脱去了T恤衫,穿了一件黑白方格的法兰绒衬衣。她甚至放弃了运动鞋,换上了一双红褐色鹿皮半高跟鞋。但她不想放弃那件蓝色的牛仔裤,即使在今天的联邦议会里,政治家们有时也穿这样的裤子。

这一天的早上,叶茜卡没有看四楼的镜子。她像猫追赶麻雀那样跑下了楼梯。不能让瓦茨拉维克夫人听见。到了二楼,她往那位助人为乐的寡妇门口的信箱里留了一个信息。

亲爱的瓦茨拉维克夫人:
　　我很好。我已经吃过东西。我今天可能整天不在家。您不必为我操心。致意。

叶茜卡

·失　望

前楼沉重的大门在她身后关上以后,叶茜卡刹那间失神地站在了门口。她从楼里踏上这条大街,大概已经有上千次了吧!她熟悉这个区的每一栋房子,一幅熟悉的油画上的每一笔线条一样。可怎么会可能,把这幅画上的两个面孔给剪掉了呢?她缓慢地回头,又看了一眼身后那高高大门的上方。一排被严重腐蚀的残缺形象俯视着她。不,这看来不是天使。

在前往博物馆的路上,她考虑应该向教授问什么。她决定今天走另外

第3章 太多的问题

一条路,以便有更多的时间思考问题。灰蒙蒙的天空中,出现了几片蓝色的空洞,一股冷风吹了过来。

贝格大街活跃着一种只有这个城区才有的生活。这地方有它自己的自然法则。从一扇敞开的窗子里传出了胡乱的摇滚音乐。众多的小咖啡店和小吃店,早已开门营业,即使在这样寒冷的季节,街旁仍然摆了一些桌子,其中的两三张已经坐了客人。

她在城门大街先往右拐,穿过马路,然后再转向小汉堡街。从前她在科彭广场上小学的时候,总是走这条路线。她的双脚早已习惯它,所以可以集中精神考虑和海杜克教授的谈话。

今天是星期天,但愿他在博物馆里。昨天她也遇见了他,甚至连女秘书星期六也得上班。直到现在,她才想起了这个情况。或许是因为那个惊人的盗窃事件,博物馆的工作人员不得不加班加点。

这条死胡同的尽头是叶茜卡过去小学的操场,后面有一道墙。左边的那扇铁门,和很多年前一样,已经锈迹斑斑。由于学校里经常举行各种活动,所以这扇门大多是打开的。今天也是如此。叶茜卡穿过这个三面是校舍的不大的操场。操场上的几棵大树,光秃秃的树枝指向了天空。没有喧嚣的孩子,这里的一切都显得那么凄凉。她还记得,曾坐在这些大树下和同学们交换着家里带来的课间面包,但却觉得这已经是很久很久以前的事情了。

叶茜卡进入学校的教学楼。就像这个城区的其他建筑一样,这座楼房也很古老。她停在了高高的楼梯旁聆听着。两侧都是教室的门。她听到远处传来了音乐声,不知是谁在笑。或许是哪个合唱队举行周日聚会。

走廊里的开门声,打破了她虔诚的沉思。她很快跑下楼梯,离开了大楼,到了学校的另一面。在科彭广场她转向右边,来到了大汉堡街。

昨天,就是在这儿,她的双脚几乎失去了作用。她在博物馆夜里醒来的情景,直到现在她还觉得无法解释。她能对海杜克教授给予多少信任呢?应该给他讲爸爸的日记吗?

她向右拐进了克劳斯尼克大街。走这个弯路很有必要,她有了更多时间进行思考。越过犹太区的屋脊,她见到了新犹太教堂闪闪发光的金顶。根据她对博物馆的了解,馆长不仅负责馆内的行政事务,而且也领导相关的学术研究工作。所以经常性的展览,只是给观众公开展示的一个部分。海杜克教授肯定会对托马斯·波洛克在日记中的发现和猜测有很大的兴趣。

距离犹太教堂不到一箭之隔,就是奥兰宁堡大街了。她消失的弟弟奥利弗昨天是不是曾陪同她到这里来过?如是这样,海杜克教授就会记起他。她必须要提这个问题。

叶茜卡来到了施普累河畔,也就是博物馆岛区西北侧。她在考虑,是否走蒙比茹桥到河的另一边去,这样就可以直接到达帕加马博物馆的正门了。但她却做出了相反的决定。

"你只是还需要几分钟的时间。"她对自己说,然后向左拐,进入了街头公园。

狭长的博物馆岛区,像河中的一头搁浅的鲸鱼。那里隐藏着一个巨大的秘密,叶茜卡对此深信不疑。由于她记忆中出现的令她十分不安的缺口,她甚至可以预见,这个无法解释的秘密,也是很危险的。或许这也是她为什么走了这么大的弯路到博物馆来的真正原因。到了弗里德里希吊桥,她昨夜开始的远征圈也就合拢了。

她上桥越过施普累河时,一辆警车从她身边呼啸驶过。难道他们发现了夜里有人在博物馆里四处游荡吗?或许警察正在努力地搜寻相关的线索,包括叶茜卡肯定会留下的指纹。

"瞎想,你疯了,叶茜!"她自我安慰说。博物馆每天有上千人来回走动,留下的指纹何止万千。可当叶茜卡看见警车在桥头向右拐,直接去了博物馆区员工入口时,她又有些不安起来。

她迅速穿过了这个岛的最窄处,离开这座铁桥。到了"铜坑"——现在叫滨河路,人一下子多了起来。她还记得,昨天也有很多观众在博物馆外等候,但今天的状况却很不正常。

叶茜卡从人群中穿过,朝那个宽台阶走去,这些台阶实际也起着桥的作用,人们也可以从它的上面进入岛区。帕加马博物馆前的广场上拥挤着数百围观的人群。叶茜卡听到了周围的片言只语:博物馆发生了新的盗窃案件。

至于到底丢了什么,大家的看法不完全一样。有些人说,是来自撒姆阿拉的阿萨哈顿的墓碑不翼而飞。叶茜卡还模糊地记得,头一天还见过那块巨大的浮雕石板。她无法设想,会有人尝试把这个庞大的展品就这么抬走。但她突然记起了昨天晚上见到的那个发着咯吱响声的黑影。奇怪,她怎么

第3章 太多的问题

现在才想起来。

往前走的时候,她又听到了另一种说法。有些观众说,他们听到的是一座叙利亚的雕像,一尊国王的立像或者是一个被人遗忘的古代英雄,反正是雕像连同底座一起消失了。

叶茜卡的心跳又加快了。加卢斯探长不是也说过,谢哈诺雕像也是连同底座一起丢失的吗?她昨晚在博物馆里听到的声音难道是窃贼发出来的?她或许差一点儿就和他们撞个满怀!一想到这些罪犯会对她如何,心里突然感到很不舒服。

她必须了解更多的情况。毕竟他们曾指控她爸爸偷窃了前一座雕像。按照现在的情况看,她无法想象,一个单个的人能够完成这样的行动,尽管加卢斯探长还一直这样认为。

她在人群中又推又挤——在必要时还让拳头帮忙一下——终于来到了博物馆的正门。只见玻璃门上贴着一张告示,上面写着:

近东博物馆和伊斯兰艺术馆
今天暂停开放。敬请原谅。
谢谢。
博物馆领导。

叶茜卡终于进入了博物馆的前厅。这里同样是人山人海,但没有她想象得那么拥挤。她站立了片刻,试图得到一个整体印象。出售图书和纪念品的小卖部的左边有一个电视摄制组。一个主持人正对着摄像机镜头,以惊异的表情讲述着这里发生了多么可怕的事情。他的一个同事在录像。右边,就是售票处那边,一堆人正挤在那里抢购门票。从他们的表情上看,似乎那张小小的纸片很快就要绝版了。

叶茜卡没有兴趣长时间寻找熟悉的面孔帮助她免费进入博物馆。何况海杜克教授昨天专门允许她可以随意在博物馆里活动。所以,她悄悄地从两名工作人员——他们反正已经不太关注人们是否还向他们展示门票,而是把注意力放到了手忙脚乱的警察和媒体身上——之间穿过。

她迅速穿过向观众发放电子导游器的前厅,进入了放有帕加马圣坛的大厅。这里又变得很挤。她费了很大力气,才进入了右边的罗马建筑艺术厅。米利都集市入口的两侧,摆放着粗粗的镀锌立柱,之间拴着红色的拦绳。

"禁止通行!"一个和博物馆保安人员站在拦绳前的警察说,"禁止通行!"他像鹦鹉一样每隔五到十秒钟重复一遍。但总是有些好奇的人想要闯进去,就好像被他们赶回来是件很刺激的事情,想去体验一下。

叶茜卡穿过人头向里面望去,不觉心中一阵惊喜。真是幸运!海杜克教授正好站在通道的另一端。教授背对着好奇的人群,正在向摄像机镜头讲述着他对情况的评估——至少叶茜卡是这样猜测的。

"教授!"她挤到拦绳前高声喊道。

"禁止通行!"

"我知道,"叶茜卡回答,根本就没有看警察一眼,"海杜克教授!"

"禁止通行!"这次是来自博物馆的保安之口。叶茜卡同样不理睬他。

"海杜克教授!我必须和您谈谈!"

"这真的不行,年轻的女士。"博物馆的保安严肃地说,"你已经看到了,教授正在接受采访。而且,我们该怎么办,如果人人都想和我们的……"

"……大牧师,圣约翰谈话?"叶茜卡替他把话说完。

保安惊奇地看了她一眼。"从哪儿……"

"我不是一个普通的观众。"叶茜卡还没等那个吃惊的保安把话说完,就耐心地解释说:"我认识海杜克教授,必须和他谈一谈。"

其实这已经足够了。她让两个男人去吃惊,再次喊道:"海杜克教授!"教授转过身来。他向前探了探身,好像这样就可以听得更清楚一些。叶茜卡激动地向他摆手。他终于发现了她。让保安吃惊的是,他竟然不顾电视采访,跛着脚走到拦绳这边来了。

"出什么事了,孩子?"

"我们能不能找个安静的地方谈谈?"叶茜卡说。

雅诺什·海杜克迟疑了片刻。他似乎在思考什么,然后点了点头。"跟我来。我得先去满足电视人员的愿望,否则他们会咬掉我的脑袋的。然后我们再谈。"

叶茜卡还没等保安和警察反应过来就迅速钻过拦绳。过去以后还回头向他们展示了一副星期日的笑脸,然后紧跟上了教授。

"你今天就一个人吗?"

第3章 太多的问题

叶茜卡疑惑地站住了。

雅诺什·海杜克也愣了一下。"怎么了？不舒服吗？你的脸色有些苍白。"

"我……"叶茜卡有些心里没底，"我到这里来，因为我要找奥利弗。他昨天失踪了。"

就在这一刹那，所有的颜色都从教授的脸上消失了。他显得比昨天听到托马斯·波洛克消失时更为吃惊。"我不知道……"他目光空虚地嘟囔着说。然后，一个小小的震颤穿过了他的全身，他稍微镇定了一下说："请再忍耐片刻。我马上就会给你时间。"

博物馆馆长用一些不完整的信息喂养那些饥饿的电视老虎时，叶茜卡不禁自问，奥利弗失踪的消息为什么给他如此的震撼？教授问她，今天是不是一个人来的。她对这个问题的解释只能是：教授还记得她的弟弟。

她坚信这个想法是对的，但却很难理解馆长的激烈反应。如果她仔细回想一下，海杜克并没有提到奥利弗的名字。或许她只是听到了她想听的东西。

就在叶茜卡边思考边等待记者采访结束时，她又把目光移到了伊西塔城门对面那幅巨型壁画上。她敢发誓，昨天这幅画还不是这个样子。最奇怪的是，她无法解释，到底发生了什么变化。上面还是那座未完成的梯塔，还是厮杀场面和田野上的人们：似乎什么都不少。但她还是敢发誓，不知这幅巨画的哪个细节上与头一天不一样了。

"我们可以走了吗，年轻的女士？"

叶茜卡吃惊地望着馆长的脸。"我正在想其他的事。请原谅，教授先生。"

"不要紧。我现在有一点儿时间，最好去我的办公室。"

"你敢肯定，你弟弟是昨天失踪的吗？"雅诺什·海杜克第三次提这个问题。

叶茜卡怎么能肯定呢？她已经失去了对奥利弗的记忆！"不能肯定。我很可能昨天……失去了知觉。我经常这样。你知道，是循环系统的问题。"

海杜克理解地点了点头。

"我担心,可能在什么地方碰了头。反正我已经想不起来,什么时候最后见到我弟弟的。"

这个解释看来对海杜克是一个安慰。他又从外衣口袋里掏出了昨天就虔诚地把玩过的那个碎陶片,开始摆弄起来。"你去看过医生吗?"

叶茜卡摇了摇头。

"你应该去。"

她赞同地点了点头。

"可惜我不知道怎么才能帮助你。你已经看到了,现在博物馆里是一片混乱。"

"我听说,又有什么被偷走了。"

残缺的陶片在教授的手里旋转着。他没有抬眼,点了一下头。"近东博物馆第二展厅的一座珍贵的雕像不见了,这是博物馆的重大损失!警察还在查寻线索。"

叶茜卡咽了一口吐沫。"找到什么线索了吗?我是说,像指纹什么的?"

海杜克摇摇头。"没有任何可以指证窃贼的东西。每天都有数百观众穿过展厅。你可以想象,找到确切的线索是多么的困难。"

"是的,我完全可以设想。"叶茜卡松了一口气,"我到您这儿来,其实还有另外一个原因,海杜克教授。"

馆长手中的碎陶片停止了运动。"是吗,什么原因?"

"您听说过一个传说吗?说在博物馆重建的伊西塔城门里面还有另一座城门,但不是仿制,完全是城门的实物。"

教授手中的玩具差一点儿掉到地上,但在最后一刻他还是拿住了它。他张着嘴盯住了叶茜卡,就好像她刚刚说了一句古苏美尔语。"我不太明白……"这就是他过了好一会儿才从嘴里蹦出来的一句话。

不知出于什么原因,叶茜卡还是觉得最好不提日记的事。"我找到一份……我爸爸的记录。上面说,当时,这些文物从巴比伦运到柏林时,其中有可能包括一座完整的城门——当然是拆装的。重修伊西塔城门时,实际是建筑在那座真城门的上面。"

雅诺什·海杜克坐在靠椅上,用惊异的眼睛望着叶茜卡——看不出是敌意还是沉思。然后,他手中的碎片又开始转动起来,他露出和蔼的微笑说:"这听起来真有点儿像探险故事啊!但你是不是想过,孩子,这是违反一

第3章 太多的问题

切科学规律的,怎么能把那个震惊世界的文物遮挡起来呢?1929年的专家们应该和我们今天的想法一样。他们为什么要干那样愚蠢的事情呢?"

叶茜卡耸了耸肩膀。"我不知道。或许还有什么比科学更重要的东西。反正我爸爸认为,这座内城门肯定有什么地方不对劲。他甚至觉得,把谢哈诺雕像安置在伊西塔城门前是很危险的。或者有一个什么秘密,使得当时的考古人员不敢把那件文物置于光天化日之下。有没有可能,我爸爸和弟弟的失踪与此有关呢?"

"够了!"教授喊了起来,他的声音甚至有点儿歇斯底里。"我们生活在二十世纪,孩子,我们的博物馆也不是表演古代神话的剧场,而是严肃的科研单位。没有什么比科学更重要!如果没有科学,我们人类会是什么样子?不,孩子,把这些都忘记吧。并不存在什么让人失踪的隐蔽的城门。我不知道你爸爸怎么会有这样的想法。或许他值夜班时看了太多的魔幻小说吧。如果像你所描绘的那样,真的在博物馆里有这样的考古发现,那每一个科学家的最高义务,就是把它向全世界展示出来。"

叶茜卡有点儿后悔把这些都讲了出来。她完全应该想到,博物馆的馆长是不会认真对待她的。她当然也可以讲一讲她爸爸发现的罗伯特·克尔德韦的笔记,但这并不会改变现状。教授反正都不会相信她——就像也不相信她爸爸一样。

她从椅子上站起来说:"我觉得,我得走了。请您原谅,耽误了您这么长时间,教授先生。"

海杜克也站了起来,从写字台后面走过来。"现在你生我的气了。我刚才可能是过于激烈了。我很抱歉。可是或许——叫我怎么说呢?——或许最好是面对现实,尽管它可能是痛苦的。"

叶茜卡点了点头,她已经没有兴趣把谈话继续下去。她只是想离开这个地方。

馆长也没有意思挽留她。他再一次保证,随时为她帮忙。如果她有了爸爸的消息,可以通知他。他还说,对托马斯·波洛克的怀疑虽然还不能完全排除,但一个普通的巡夜员有能力进行如此庞大的盗窃行动的可能性是很小的。

普通的巡夜员!呸!叶茜卡把这个想法留给了自己。她几乎希望,她的爸爸真的做了这两件大案,只是为了向这个自以为是的毛猴子真正显示一下。

当她自己一个人站到走廊的时候,她的愤怒就像是一件旧衣服被脱掉了。她的爱激动的性格有时经常和她恶作剧。至少她最后没有把什么都说出来。

对海杜克教授自以为是的愤怒,现在变成了绝望。叶茜卡觉得自己越来越被掏空。她本来把一切希望都寄托在与馆长的谈话上,而现在希望却像肥皂泡一样破灭了。眼泪再也止不住。叶茜卡没有办法止住它。谁现在还能帮助她呢?一种无助的感觉就要把她压倒,一种沉闷的抑郁重重压在她的心上:她现在要是想不出办法来,那可能就再也见不到爸爸和奥利弗了。

·来自爱尔兰的盟友

在通往展厅的铁门旁,叶茜卡遇到了米丽娅·麦卡林。这是一次奇特的邂逅。年轻的女人和小姑娘面面相对了至少有一分钟之久,相互对望着,就好像各自面对的是一座刚刚复活的大理石雕像。两个人有着同样的感觉:认出了对方,但却又不敢去相认。就好像遇到了一个几十年没有见面的熟人,却一时叫不出他的名字,不得不在自己的脑海里寻找着对方的真实身份。

叶茜卡慢慢地想起了对方是谁。是昨天几乎撞个满怀的那个女学者!现在她才想起来,海杜克的绰号"大牧师",是从哪里知道的了。

"米丽娅·麦卡林?"

红发女人点了点头。"你是叶茜卡·波洛克,对不对?"

现在该叶茜卡点头了。

米丽娅·麦卡林笑了,就好像刚才演出了一场滑稽喜剧。"我觉得,我是老了。昨天那么有趣的相遇,一天之后竟然忘记了,这在我还从来没有发生过。"

叶茜卡疑惑地望着女学者。

"告诉我,你是不是也患了遗忘症?"米丽娅笑着说,"你昨天给了我一张纸条,上面有你爸爸在日记中记载的铭文。"

"我肯定没有给过您纸条。"叶茜卡坚定地说。

第3章 太多的问题

"是吗?"米丽娅仍然笑着说,"那看。"她打开背在肩上的黑色皮包,从里面抽出一张纸条。

叶茜卡立刻就认出了爸爸日记中的诗句,但她还发现了其他的东西。

"这上面写着'奥利弗'。您难道认为这是我的名字吗?"

米丽娅的微笑停住了。她沉思地望着那张纸条,然后又看了看叶茜卡。"说实话,你真的不像是奥利弗。"

"可您为什么要说,给您这张纸条的是我呢?"

"你是不是想讥笑我呀,年轻的女士?我们昨天就在走廊里交谈过,不是吗?"

"您是说,在您的大牧师圣约翰的办公室门前吧?"

米丽娅的眼睛亮了。"我还是说对了!"

叶茜卡点头。"但只说对了一半。"

"我想,你得给解释一下。"

"我昨天遇到您时我不是一个人——否则我就无法说明这件事情。"

"你是说,因为纸条上有奥利弗这个名字?我不知道,可是……"

"您再看看这个。"叶茜卡从裤子后兜里掏出一张叠着的纸片,递给了米丽娅。

女学者把纸片展开,疑问地望着叶茜卡。"一张采购便条?"

"请您把它翻过来。"

"啊,是这样。"米丽娅把纸片翻了过来。她的眼睛浏览着纸片上的字迹,停在了签字上。"这里写着'奥利弗'——和我这张纸条上的名字一样。而且还是那个奇特的标志,其线条很像是爱尔兰竖琴的琴弦。"

叶茜卡深深吸了一口气,试图压下胸中的风暴。我能给这个女人多少信任,才不至于像刚才在海杜克办公室里那样只获得了失望呢?但这个女学者至少也和叶茜卡一样出现了记忆缺失现象。这是不是可以使她们成为盟友呢?叶茜卡知道,她为什么如此费力才回忆起了米丽娅。可以和她谈自己的猜测吗?昨天她们相遇时,她对这个女学者怀有很大的不信任。但她不能再这样欺骗自己了:她昨天只是不想承认,米丽娅·麦卡林使她想起了她的妈妈。

"如果我向您庄严地起誓,说确实不是我在纸条上签的字,您会怎么说?"叶茜卡心跳了。她必须深呼吸。但她现在却感觉好了些。她需要她能够信任的人,而且,她对这个米丽娅从一开始就有好感。"如果我再告诉您,签名旁边这个标志来自霍默·道奇·马丁的一幅风景画,这幅画的一幅海报,就挂在我的家里——但不是在我的房间,而是在旁边的一个房间,您又会说什么呢?整个住宅里悬挂的图片,都向我证明,我有一个爸爸和一个弟弟。**可是我却记不起他们了!**"

"你全身都在颤抖!"米丽娅很是忧虑,"来,我们去食堂,在那里冷静地谈一谈。我有一个感觉,我们两人似乎陷入一个同样的事情当中,尽管它难以置信,我真想不断地眨眼睛,好从梦中醒过来。"

"我本来也可以请你去博物馆前面的广场咖啡馆,那里一般情况下更舒适一些,可是你已经看到,现在那里已经乱成一锅粥了。"

"没有问题,"叶茜卡有些疲倦地说,"我们在这儿至少不受干扰。"

两个人的确是食堂中惟一的客人。食堂装修得很简单,很像是铁路员工罢工时的一座车站大厅。叶茜卡面前摆着一杯可乐,米丽娅正用双手在热咖啡杯上取暖。女学者在前来食堂的路上主动讲述起自己的经历。

米丽娅·麦卡林是1961年8月13日出生在爱尔兰的基拉尼市,正好是在柏林修建把这座城市分割了二十八年的柏林墙①的那一天,这或许也是她后来离开不列颠岛的原因。

她成长在爱尔兰这座小城的一个有秩序的家庭环境中:爸爸是教师,妈妈在家里照顾六个孩子,除了操持家务和在天主教团中做些义工外,妈妈竟然还能抽出时间来写诗。她甚至还出版了两本诗集!

"你可能无法想象,我妈妈的活力简直就是一个奇迹!"米丽娅笑着回忆说。

"不,我能理解。我相信您的每一句话。"叶茜卡回答。

后来,她接受了图书馆管理员的培训以后去了都柏林,在那里的大学攻读历史和考古专业。她很努力,两年后就获取了牛津大学的奖学金。在那里她又学习了三个学期。然后,那是1989年的11月,发生了一件使全世界无比激动的大事。米丽娅直到现在还记得,她是如何于11月9日晚上坐在电视机前注视着BBC的新闻。她看到了成千上万的人,涌向了柏林墙,无所

---

① 柏林墙,1961年8月12日至13日夜间,当时的东德政府筑起柏林墙把东西柏林分开。二十八年之后,即1989年11月,柏林墙被打开,1990年10月3日东西德正式合并。

第3章 太多的问题

顾忌地欢呼跳跃,相互把手臂连接在一起。数公里长的卫星牌轿车从东边向西边滚动着。西柏林的库达姆大街,成了一个巨大的狂欢会场。

就在这个晚上,米丽娅做出了一个决定。作为历史学家,她想亲自去抚摩历史的脉搏。她同样生活在一个分裂的国家里(尽管她家乡的情况是另外一个样子)。她想作为时代的见证人,亲眼去看一看,一个民族经过几十年的分裂是如何又融合在一起的。

位于东柏林的洪堡大学考古学院,在德国统一之前就很有名气。特别是近东和古典考古学更是受到世界的赞誉。靠着运气和一位牛津大学教授的举荐,她在洪堡大学获得了柏林墙倒塌后第一批交流学生的名额。德国语言,她在爱尔兰时就学过——这是因为她喜欢歌德、克莱斯特和席勒的结果。

她终于来到了历史事件的现场!"那是一个激动人心的时刻!"女学者说。一方面是进入了令人着迷的古代世界,了解了被称作是人类摇篮的美索不达米亚文化。另一方面,她可以每天经历影响着德国人的醒悟历程。就在政治家们强调全体人民统一意志的时候,在居民中却已经开始产生重建柏林墙的要求。在城市的西部,商店的老板把摆在街头的商品都搬进了店铺里,否则它们就可能被那些三十年来不得不放弃这些享受的人顺手牵羊。在城市的东部,人们逐渐意识到,光怪陆离的消费世界是何等的肤浅,猪油里面的蛆虫是多么自私和以邻为壑,或者只分给他们一些面包碎片。PDS——原东德社会统一党的接班人——在东部又获得了令人瞩目的选票。人们的记忆正在飞快地淡薄。

米丽娅一直很幸运。还在学习期间,她就有机会到帕加马博物馆实习,参加了这里的工作。她获得了近东考古学博士学位以后,又接到了到这里担任正式工作人员的聘请。

"您获得了博士学位?"叶茜卡吃惊地问,"那我就应该称呼您为麦卡林博士了。"

"你敢!"米丽娅·麦卡林笑了,"圣约翰是这里惟一这样叫我的人——或许是因为他特别看中自己的教授头衔。你就叫我米丽娅吧。"

"好吧,米丽娅。但我可学不来您的爱尔兰口音。"

"像你一样。我已经看到,你还需要一定的练习。"

米丽娅从自动售货机里取可乐和咖啡时,手脚显得有些笨拙。随后她

71

又开始讲起在近东博物馆的工作情况。她说,她现在已经开始领导学术项目。她的脸上出现一丝傻笑,就好像是要为这个重要职务表示歉意一样。

她的透明和坦率,得到了叶茜卡对她的完全信任。尽管如此,叶茜卡还是有些犹疑。"这个职务我爸爸就担任过。您听说过'双面人'吗?"

米丽娅坚持让叶茜卡先坐下。"至于这个'双面人',"她说,"我真的帮不了你。但你爸爸的事情……最好我还是先给你讲一讲昨天下午我都干了些什么。"她喝了一口咖啡,不想烫了舌头,赶紧又把杯子放到了桌子上。"我很早就回家了。正常情况下,只有我想不受干扰地工作时,星期六才到博物馆来。但昨天海杜克教授要求我来汇报,因为博物馆被盗,还有很多事情要做。"

"您指的是谢哈诺雕像被盗。"

"是的。谁也没有想到,那个盗贼竟然如此猖狂,今天晚上又第二次行动。好吧,反正我回家以后立刻就开始翻阅我的藏书。我手上还有你的那张纸条……"

"奥利弗的。"叶茜卡插嘴说。

"对不起,是的。你必须给我点儿时间去习惯这个奇怪的想法,一个人竟然会就这样从我的记忆里消失了。你知道,我在藏书中发现了什么吗?"

"不知道。"

"发现了一本书,书名是《古苏美尔文化》,作者是一个叫托马斯·波洛克的人。"

"这让你一头雾水了,是不是?"

"你完全可以大一点儿声音说,叶茜卡。"

"请叫我叶茜吧。我的朋友们都这样叫我。"

"好,叶茜。只是当我把这本书拿在手里的时候——我不知道,这是多少年以后的第一次——而且当我在封套后面的折页上看到这个波洛克博士的照片时,我的脑海里出现了朦胧的影子。特别奇怪,就好像有人异常缓慢地拉开我记忆中的一块黑布。"

"我也是两天前从爸爸的日记里知道,他是一个学者而且写过书,可是,你说那块黑布和被遮住的记忆,是什么意思?"

"就是我突然记了起来,我曾崇拜过你爸爸,当然只是在学术上。"

"我明白。"叶茜卡笑着说。

第3章 太多的问题

米丽娅也不得不笑了。"我不是那种把已婚男人的照片摆在床头柜上的女人。你爸爸的学术思想真的是使我大开眼界。他在书中主张在现代考古学中增加古老神话和传说的分量。他认为,他的很多同行钟爱放射性碳测试法和发光测试年代法,但却完全忘却了对古代神秘领域的关注。"

"你是说魔法什么的?"

"不,"米丽娅笑着摇摇头,"不是,你爸爸完全是一个现实主义者。他只是认为,很多学者今天过分受那些被看作是普遍学术财富的影响,他们利用各种先进的科学方法,只是为了证实自己。这从根本上说,也并不是什么新东西,他认为。早在伽利略时代那些'被承认的科学'就嘲笑过每一个反对地球是一个圆球学说的人。"

"我明白。"

"而且,封套上你爸爸的照片和他人事档案中的照片很是相似,我最近在圣约翰写字台上见到过。"

"在海杜克教授那里?"

"是的,就是在他那里。当这两张照片在我的脑海里融合在一起时,我失去的一些记忆突然又回来了。比方,我又清楚地记得几个月前和你爸爸谈话的情景——准确地说,是试图与他谈话。他确实少言寡语,就像我昨天对你讲的那样。"

"你难道已经知道,这个巡夜员过去在博物馆曾经担任过你现在的职务吗?"

"在你的声音里,我听到了一丝批评的味道,是吗?"

"我爸爸是被一个国安部的特务给出卖的。"

"呐,这大概不太会是我吧。我到博物馆来时,国安部早已失去了权势。"

叶茜卡喝了一口可乐,避免直接看米丽娅的眼睛。"我并不想责备你,这只是……我觉得这一切都是那么卑鄙。"

米丽娅把手放到叶茜卡的肩膀上。"好了。我也没有这样理解。"然后她又笑着说:"可是,我们还是回到正题上来。关于你爸爸的问题,我是昨天才真正意识到。我考虑了很久,这其中的关系到底是什么。为什么一个多年前受人器重的考古学家,就这么不声不响地变成了一个沉默无语的巡夜员?而他又为什么——按照你和他儿子所讲述的——突然从很多人,包括对他很熟悉的人的记忆里消失了呢？这看起来,好像你爸爸在日记里写下的那首诗应验了似的。看这里。"米丽娅指着奥利弗纸条上的字。"他'将夺走他渴求的每一个思想'。我现在甚至相信——你可不要笑话我,叶茜——对奥利弗和你爸爸的记忆,就属于这些思想,是他——不管他是谁——从我们心中夺走的。"

·名字的轨迹

卡五画廊是这个地区的一个特殊地址。不仅是因为艺术界很多名流是这里的常客,还特别因为这里一切与艺术有关的东西都有些扭曲和招摇。不久前这里还爆发过一场大战,一方是菩提树大街富有的"房地产巨鲨",另一方则是柏林墙倒塌后迁入简陋的廉租房中的"小鱼"——他们用很少的钱但付出了很多辛劳才使这些房屋可以居住。

克劳斯尼克大街5号,在叶茜卡看来不太像具有博士头衔的学者居住的地方。她站在人行便道上,抬起头望着前面的外墙。她当天上午从这座房子前面走过时,根本就没有想到,会这么快又来到这里。"我就住在画廊的上面。"米丽娅·麦卡林说,"请准时于七点钟来。晚饭由我来做爱尔兰炖菜,凉了就不好吃了。"

她真的很可爱,这个红发爱尔兰女人。叶茜卡觉得,给予米丽娅·麦卡林信任,她并没有做错。而且——她也需要有人给她勇气与帮助。

米丽娅在食堂里还提到,她头天晚上从家里的藏书中还找到了其他一些资料,必须给叶茜卡看看。这实际上就是发出了去她家吃晚饭的邀请。

后来,米丽娅用她那哗啦作响的标致车送叶茜卡回家。叶茜卡顺便邀请她到楼上去看看。在楼道里,她们遇见了瓦茨拉维克夫人。这回叶茜卡反倒很高兴能够向她介绍这位新女友,试图表明自己已经有人照顾,不再需要抹猪油的三明治了。叶茜卡带着米丽娅看了所有的房间。房子里很乱,她就大言不惭地把责任全部推给了警察。在奥利弗的房间里,米丽娅仔细观察了霍默·道奇·马丁的那幅画。来到叶茜卡的王国,她吃惊地喊道:"这台电脑是你的吗?"

叶茜卡谦虚地耸了耸肩膀。

"我家里虽然也有这样一个数据库,但你的这台,却像是一颗拆开的通

第 3 章 太多的问题

讯卫星。它能用吗?"

"当然!"叶茜卡骄傲地说,"我不断在改造它,功能越来越好。"

"那你就是那种电脑迷了,是不?"

"这样说吧,我对它们还是相当熟悉的。"

"这很好。下次要是我的至关重要的文件又掉进了数据沼泽里,我至少知道去请教谁了。"

"没有问题。"

托马斯·波洛克的日记引起了米丽娅特殊的兴趣。叶茜卡决定给她看,年轻的女学者贪婪地读着有关谢哈诺、伊西塔城门、隐蔽的铭文以及门中之门的段落。告别时,米丽娅向叶茜卡保证,当天晚上她还要研究其他有关文献,如果可能,设法找到有关神秘铭文的一些线索。

现在,叶茜卡踏进了克劳斯尼克大街 5 号的楼道。她很想知道,米丽娅是否又找到了什么新的材料。从挂有"卡五画廊"的牌匾的门洞里,走出一个染着绿发的男子,陪同他的是一个年轻的女人,她下嘴唇上插着一只别针,头顶几乎是秃的——只有一根稀松的发辫覆盖着她漂亮的前额。叶茜卡向这位画廊的顾客轻松地喊了一声"哈罗",对方懒散地回应了一声。

她开始上楼时,楼梯的木板发出了可怕的咯吱声。画廊上方有两套住房。两个门牌之中,叶茜卡找到了"米·麦卡林"。她按了两下门铃。

有人从长长的走廊里跑了过来,房门立即打开了。米丽娅笑着,她身上穿着做饭的围裙,手里拿着一把木汤勺。"你还是找到了?请进来,请进来。晚饭马上就好。"

叶茜卡进入了住宅,脱掉了外衣。然后,米丽娅把客人推进了客厅,并说她马上就回来。

和波洛克的家相比,这里简直就是一座宫殿。米丽娅刚才介绍说,除了厨房和浴室外,她只有一间客厅和一间卧室,但由于这层楼的两套住房过去曾是一个富贵人家的宅邸,所以每一个房间的面积都很大。

女友在厨房忙的时候,叶茜卡惊叹着极有品位的装修和客厅里的很多书籍。到处摆放着有趣的物件:毛刷和微型铲刀,这可能是考古人员的必备用具,还有一只节拍器、一个装着各种颜色的玻璃球的瓷盘,仿制的古代雕像以及书、书、书……

米丽娅也不时进来一下,布置餐桌。她拿进来一大壶水果茶,点燃一只小暖炉和两支蜡烛。"这样更舒适一些,你不觉得吗?"她笑了,高兴得就像是在接待一个稀有的贵客。"我马上就来。你可以随便看看。"

叶茜卡确实这样做了。像家里那种笨重的柜橱,这里是没有的,这里到处是满满的书架。甚至地板上也摆放着一摞摞的图书。靠一面墙壁摆放着一个老式的小酒台,周围则全是书架;另一面是一只老式的箱柜,上方也悬挂着书架;一张老式写字台摆在靠近窗子处,上面放着一台电脑,周围又是书架;几个稀奇古怪的坐席和一个餐桌角,占据了房间的中央,通往走廊的门的上方,也安装了三块书架板。

"这些书你都读过吗?"米丽娅端着一只冒着热气的大碗进入客厅时,叶茜卡惊奇地问。米丽娅已经脱去了围裙,穿着一件几乎到膝盖的白色T恤衫、一条黑色的紧身长裤,没有穿拖鞋,而只是穿着一双厚厚的毛袜。一条带有金色十字架的项链,在胸前摇摆着,她把大碗放在桌子上时,项链在烛光下闪闪发亮。

米丽娅大声笑了起来。"你想什么呢!我读的书虽然很多,但这么多的书却是无法读完的。我的生活经历你已经知道了。我一开始学的是图书馆专业,当过图书馆管理员,书始终就是我的一切。"

"如果我不是住校,也会读不少书,可是,你这里……"

"这也没有什么,叶茜。来吧,我的爱尔兰炖菜棒极了。"

叶茜卡从来就没有把一锅汤式的菜当回事,但出于客人的礼貌,她还是吃了整整一盘。说句实话,这菜的味道还真的不赖。饭后甜食是苹果糕,是用——按照米丽娅的说法——她自己的配方做成的。叶茜卡赞不绝口地吃着,以弥补吃主菜时进食的不足。

然后她们坐到了那些古怪的坐席上喝水果茶。叶茜卡对那只巨大的皮革软坐垫的包容能力感到吃惊——人一陷进去,就很难轻易地站起来。

"关于近东古代文化,你知道多少?"米丽娅在报告她的发现之前问。

叶茜卡承认,她虽然熟悉帕加马博物馆的展品,但对考古本身,特别是对巴比伦却知之甚少。

"那好,"米丽娅说,她的声音有些像中学教师在讲课。"为了让你对我迄今发现的东西有一个更好的理解,我必须先把几个概念给你解释清楚。历史学家有时把**巴比伦尼亚**分为北部的**阿卡德王国**和南部的**苏美尔**,或**迦勒底**。苏美尔的另外一些名字还有《圣经》里的示拿或者西拿尔。你肯定听

第 3 章 太多的问题

到过**美索不达米亚**或者**两河流域**,这指的是幼发拉底和底格里斯两条河流经的地区。所有这些第一次听起来可能有些让人糊涂。"

"你完全可以随意讲!"

"为了方便起见,我们首先只谈巴比伦尼亚。"

"你是说,我应该在你刚才提到的所有这些名字中间都划上等号?"

"正是。"

"考古学者都是疯子!"

"也不完全是这样,叶茜。每一个名字都有其十分独特的意义。就像我说过的那样,它们有时代表一个固定的地域,有时又代表不同发源地民族的影响区域。但就当前来说,这一切都不是我们应该关心的事情。"

"那好。你到底真的发现了什么呢?"

"别急,别急,叶茜。你还记得罗伯特·克尔德韦在内城门的拱顶石上发现的铭文中他没有翻译出来的几个词吗?"

"我没有完全背下来,似乎提到了一个会约束什么的名字。"

"'永远不要忘记他!他的真名也是他的桎梏',你爸爸是这样翻译的。根据我对楔形文字所掌握的知识,你爸爸的翻译十分准确。我不禁要问:那个不应忘记的,到底指的是谁呢?"

"谢哈诺?"

"一语中的!至少我和你想的一样,如果记得清楚的话,我下午所看到的你爸爸的日记,里面似乎也是这个意思。我们必须这样认为,这个谢哈诺包含着一个秘密,与他的名字有密切的关系。"

"可是我想他就是叫谢哈诺。这里会有什么秘密呢?"

"那也可能是个假名字,是一种误导。"

"听起来有点儿像中情局或者克格勃。"

"两千、三千或者四千年前的人并不比今天的秘密情报人员愚蠢,叶茜。我甚至认为,他们具备更大的智慧。他们只不过没有掌握像我们这样多的知识。"

"或者他们知道其他的事情。"

米丽娅沉思地看了叶茜卡片刻。"你刚才说的,很可能就是问题的核心。"

"问题只是,谢哈诺的这个特工,到底知道什么我们不知道的事情。"

"这正是我们要搞清楚的问题。你爸爸把整个事件看成是十分危险的。有可能,修建内城门的人知道一些或者十分危险或者会给掌握秘密的人带来巨大权势的知识。"

"我觉得,这是一种在历史上就曾制造过很多麻烦的占有欲。"

"甚至是更大的问题!"米丽娅严肃地点了点头,"让我们首先去关注这个谢哈诺吧。他到底是谁呢?"

"根据我听到的,他曾是一个神。"

"一个好线索!在这一点上我也曾下了些功夫。你看,书里是怎么写的。"米丽娅从摆放在地上的一摞书中,拿过了最上面的一本。"这是一个叫加尼尔的上校写的一本书,书名是《The Worship of the Dead》。有趣的是,这本书第一版是1904年发表的,也就是罗伯特·克尔德韦在巴比伦发现伊西塔城门后不久。"

"你的藏书真的是不得了!"

米丽娅腼腆地笑了。"这是我的一个弱点。书店对我就像动物之家对其他人一样。一旦我发现了一家旧书店或者小书屋,我立即就会腿软。这本书是我在伦敦时买的。书名可以译成《对死人的膜拜》。"

"听起来有点儿瘆人。"

"也没有什么,叶茜。等一下,我把那段找出来。"米丽娅翻阅着书页。不时又停下来浏览一下文字,同时还间或发出"唔—唔,唔唔—唔唔"的声音。她终于找到了。"在这儿。我给你翻译一下。这一段加尼尔上校解释,地球上很多民族——我引用他的话——'宗教思想都有一个**同一的渊源和同一的中心**。在规矩、礼仪、习俗、传说以及各种神灵的名称和他们之间的关系上,都存在着惊人的同一性。'"

米丽娅把书放在腿上,期待地望着叶茜卡。"我觉得,这里就是我们的杠杆。你以为如何?"

"说老实话,我还是不知道,你想从中得出什么结论。"

"这很简单,叶茜。如果加尼尔断言,全世界各民族的习俗以及他们神灵的名称之间'存在着惊人的同一性',那我们就有可能在这条道路上把谢哈诺局限起来。"

"而你认为,这是可行的吗?我们就这样去寻找相似性和同一性的轨迹,最后就可能找到他的真实名字?"

第3章 太多的问题

"因为'他的真名也是他的桎梏'。拱顶石上的铭文就是这样写的。让我们试试吧,叶茜!其他的可能性我们反正也没有。"

"那好吧。我现在想起来了,爸爸的日记里也曾写过这种同一性。我想,他说的是梵蒂冈彼得大教堂中的彼得雕像,实际上本是罗马的朱庇特,希腊人称同样一个天神为宙斯。这个名称链条如何继续下去,我就不知道了。"

"现在我们已经进入了相同的波段,叶茜。在各民族的宗教形象中还有不少这样的雷同现象。比方,人人都熟悉怀抱圣子耶稣的圣母题材,但却只有很少的人知道,类似的母子塑像早在马利亚诞生耶稣很久以前就存在了。不仅在我们的教堂里,而且在印度或日本的寺庙里都有类似的造型。"

"这我还是才知道。"

"你看。我带着这个想法反复研究——我们两人可以这样估计——奥利弗给我的纸条上的铭文,最后得出了下面几个结论。第一,你爸爸把谢哈诺和铭文上警告的那个人划了等号;但那些古老的诗句却没有提到具体的名字。我们将根据他的理论把寻找的对象称为谢哈诺。同意吗?"

"这听起来很有道理。"

"第二,不管是谁写下的那些诗句,他都必须知道谢哈诺的计划。"

"什么计划?"

"他重返的计划,叶茜。"

"重返到哪儿,重返到帕加马博物馆吗?"

"重返到内城门之下!铭文警告读者,不要忘记他的真实名字,'让他留在父辈的城堡'。也就是说,谢哈诺的真实名字会制约他。只要这个真名字不被忘记,谢哈诺就不会制造灾难。"

"难道他还没有被忘记吗?"

"我们还不知道他的真实名字。这是不一样的。叶茜。我猜测,有一艘渡船,超越了数千年的岁月,驶入了我们的世纪。"

"你为什么如此有把握呢?"

"因为谢哈诺需要一个帮凶。"

"你当小姑娘时经常读福尔摩斯吗?"

米丽娅发出一阵银铃般的笑声。"确实如此。你怎么会想到这个?"

"啊,没有什么,只是说说而已。请继续说吧。"

"那好。你可以自己想一想：昨天我告诉你——可能还有你的弟弟——铭文的第二首诗谈到的'伊西塔'，指的是伊西塔城门。"

"或者是城门内的城门。"

"也许是。现在请告诉我：一个在伊拉克被发掘出来的没有生命的雕像，能够自己买一张机票，坐上飞机，然后在柏林下飞机，乘坐一辆出租车，径直来到帕加马博物馆，然后走到伊西塔城门前吗？"

"我想不会。"

"也就是说，谢哈诺需要一个帮手。"

"双面人！"

"什么？"

"我给你讲过那个国安部的特务，他正是拱顶石铭文被破译时出卖我爸爸的。"

米丽娅缓慢地点了点头。"我想，我们现在真的是有了线索。"

"准确地说，有了两条线索：我们必须搞清楚谁是这个'双面人'，以及我们必须找到谢哈诺的真实名字。"

"那我们就不要浪费时间了。你最好现在就告诉我，已经找到了多少加尼尔上校在《对死人的膜拜》中提到的有**同一性**的名字。"

"好。"

米丽娅从地板上那摞书中又拿过一本来。"比方说**三一体**……"

"什么？"

"就是三联神。就像基督教的三位一体：圣父、圣子、圣灵。但这种三一论并不只是基督教思想，我们可以在全世界找到，在凯尔特人那里，在中国，在古埃及和巴比伦都能找到。"

"在巴比伦人那里也有？"

"我现在就说这个。我们遇到了几个老熟人，那就是月神欣、爱情与丰收女神伊西塔，第三位就是巴比伦的太阳神夏马西。"

"欣和伊西塔，"叶茜卡沉思着说，"都是在拱顶石铭文中出现的名字。"

"有趣吧，是不是？另一组三联神——所谓的底比斯三一体，就是由阿慕恩、他的养子科恩斯和他的妻子穆特组成——这也就告诉我们，这种惊人的雷同性涉及到的领域是很广的。对阿慕恩——也被称为阿慕恩－拉或者阿慕恩－瑞——的很多描绘中，他手里都拿着一个带钩环的十字架。"

"正是。现在你这么一说,我又想起了经常看到过这样一个带钩环的十字架。"

"钩环十字架是生命的标志,它代表着男性和女性生殖器的结合。"

"今天有些人用它涂抹厕所的墙壁。"

"我不知道,所有这些是不是一样的,叶茜。但不管怎么说,我所找到的有关十字架的资料会让你吃惊的。"米丽娅又给叶茜卡看一本书,书名很复杂:《An Expository Dictionary of New Testament Words》。由于在书中放了纸条,这次她很快就翻到了需要的那一页。

"这部作品说,十字架'来源于古迦勒底。是坦木兹①神的象征(来自他的名字的简写 Taus)'。你今天可以说,Tau 就是字母 T,叶茜。早在三千多年前,腓尼基人就和我们一样使用了小写的 t……"米丽娅的声音越来越轻了。她用手往下捋着自己的项链,沉思地看着它。

"天哪!我的脑子里全是各种名字了。"

"等一等……"米丽娅跳了起来,奔向写字台,拿来一张纸和一支笔。她蹲在位于各种坐席中央的方形的平板桌子旁,把刚才说到的一些资料都整齐地记在了纸上。然后,把纸调了一个头,推给了充满期待的叶茜卡。纸上写着:

名字的轨迹

谢哈诺:失落的记忆之国卡西尼亚的统治者

欣:巴比伦的月神

伊西塔:巴比伦的爱情和丰收女神

伊斯塔尔:即伊西塔

夏马西:巴比伦的太阳神

"这能帮助我们往下走吗?"叶茜卡疑惑地问。

"这至少是一个开始。我们必须按这些线索走下去,收集踪迹,然后得出正确的结论。"

---

① 坦木兹,亦称杜木兹,巴比伦的农业和春天之神,伊西塔女神的情人。

"All right,福尔摩斯先生。那就让我们去收集吧。"

米丽娅用一种果断而冷静的表情回答:"但我们还有一些小困难,华生博士[①]。"

叶茜卡露出了满脸的狡黠的笑容。她的声音突然一下子变得低沉起来。"我想,对福尔摩斯是没有问题的。"

"我的谦逊的性格禁止我做出这样的定论,华生。我们提出一个未解之谜吧。"

"您说的是什么谜呀,福尔摩斯?"

"谢哈诺的诅咒。"

"拱顶石上的铭文吗?"叶茜卡又变回了她自己。

米丽娅点了点头,她也变得完全严肃了。"我是为了方便才这样说的,尽管这个铭文更可能出自他的敌人之手。让我伤透脑筋的是铭文的最后一行字。你爸爸是个优秀的学者。他无法翻译的东西,对我也同样是无法理解的。我翻阅了好多关于苏美尔楔形文字所有发展阶段的书籍,但没有一处可以找到破解铭义最后一句的钥匙。"

"这好像是在暗示着更大的问题。"

米丽娅点点头。"所以我要问你个问题,叶茜。"

"别弄得这么紧张。"

"我在牛津时曾有过一位教授,是这方面的一个权威。不知为什么他喜欢上了我。"

"就是那个帮助你在洪堡大学得到交流学生奖学金的教授吗?"

"正是。纳坦——他的全名是纳坦·杰里迈亚·西摩——当时很想把我留在牛津,可是他说,正因为他喜欢我,所以就更不能为我的生活道路设置障碍。"

"他年轻漂亮吗?"

对这个问题,米丽娅开心地笑了。"他当时就已经七十多岁了。"

"有的女人就是喜欢成熟的男人。"

"我并不反对年龄大一些的男人,叶茜,可是五十岁的差别对我还是太大了。"

---

① 华生博士,《福尔摩斯》探案中福尔摩斯的助手。

第 3 章 太多的问题

"好了,我只是这么问问。你是说,这个教授会帮助我们?"

"如果你同意,我把你爸爸日记中的片段寄给他,我们就可以知道他是否会帮助我们了。"

叶茜卡想了片刻,迄今除了她自己就只有米丽娅知道这本日记——当然还有弟弟奥利弗,可是他已经消失了。"如果我们只把铭文和译文给他,还不够吗?"

米丽娅理解叶茜卡在想什么。"好,就这么办。如果你不反对,我再写一封信,把你爸爸的理论总结一下给他寄去。这会对教授有帮助的。"

"同意,那我们就不要耽误时间了。"

"如果你愿意,我们马上就写这封信。"

"我有一个更好的主意。教授有因特网址吗?"

米丽娅又笑了。"纳坦?这个好人自己就是一个矛盾。一方面他始终标榜自己十分进步;只要有一点儿传说的味道,他就绝对否定。但一涉及到新技术,他立即就会变成三千年前给大卫王带来上帝的老预言家,他绝对没有因特网。"

"但我们可以节省很多时间。他住在牛津吗?"

"是的,他有一栋漂亮的别墅。"

"我们肯定可以把 E-mail 发到大学去。如果我们把问题寄到学校去,那他明天早上就能看到。"

"我不知道,叶茜。你不认识纳坦。"

"而我们也不再认识托马斯和奥利弗·波洛克了。"叶茜卡的声音突然变得激动起来,"谁知道我们还有多少时间可以去救他们。难道你忘记了谢哈诺诅咒的第三首诗了吗?在这里。"她把弟弟的那张便条推给了米丽娅。"这里写着:'否则在岁序更新时,他将统治两个世界——活着的和失落的记忆'。你是否想过,这可能意味着什么吗?今天是 11 月 8 日。距离'岁序更新',我们只还有几个星期的时间。诅咒的剩余部分如何理解,我根本没有仔细地思考过。但它听起来并不令人感到放心。"叶茜卡讲话时情绪越来越激动,眼睛里充满了泪水。米丽娅先是安慰了她,然后向她保证:"我们今天就给西摩教授发电子邮件。你不要生我的气,但我多年来就学会了,只相信可以看到和摸到的东西。"

"风既看不到也摸不到,但它却仍然可以演奏风鸣琴,比任何人演奏得都好。"叶茜卡反驳说,情绪逐渐稳定了下来。

"你说得对。假如你爸爸和弟弟是被恐怖集团绑架,我可能就会做出另外的反应。你有什么建议?"

"我家里有一台扫描仪,我们可以用它把爸爸的日记做数字化处理——一下子数据就出来了。"

"啊哈。"

"听起来,好像我还有什么地方没有说清楚。"

"没说清楚的地方还有不少。可以说是一大片。"

"最好我们马上就去我家,到那儿我再给你解释。"

米丽娅的破汽车居然打第四次火时就启动了,十分钟后她们就进入了叶茜卡的家。女学者带着技术外行的惊叹,观察着叶茜卡打开她的电脑,又如何把她爸爸的日记放进一只灰色箱子上的玻璃板上,然后飞快按了几下鼠标,楔形文字和译文就出现在显示器的屏幕之上了。

"真是发疯了!"

"这就是电子技术。"

"在牛津时,我的一些同学也用电脑和扫描仪工作。但只要可能,我还是更愿意埋头在图书馆的书堆里。"

"你肯定是受了纳坦·杰里迈亚·西摩教授的影响。"

"可能吧。你从哪儿弄来的这么多机器?你爸爸作为一个巡夜员不会用麻袋装着钱回家吧?"

叶茜卡耸了耸肩膀。她眼睛没有离开屏幕说:"奇怪的是,我记不得他挣多少钱了。但我还知道,当时只是感到很拮据。电脑是我用各种零件自己攒的。有些人认为我是一个天才,所以我也从各个方面得到过资助,国家的和私人的部门。有时我在比赛中得些奖金,或者不时去讲授电脑课获得些报酬。从而我就有了能力购置像扫描仪这样的较大设备。另外还有很多人总要最新的东西。如果认识些这样的人,就可以通过给他出点儿主意或进行点儿帮助而免费得到可以攒一部完整电脑的零件。"叶茜卡这时已经做好了准备工作。"好了。现在就给他写信,然后就可以把这个包裹发送出去了。"

她们共同写了给这位英国教授的信。她们在信中着重指出,尽管这个

第3章 太多的问题

事件听起来像个笑话,但却是异常重要的。最后叶茜卡说:"现在我们只需要一个信箱了。"

"你说什么?"

"这个 E – mail 发给谁呀?"

"啊,是这样。最好发给 RLAHA 的拉姆齐博士。"

"你能给我翻译一下吗?"

"这是考古和艺术史研究所的缩写,在牛津基布尔大街。"

"明白了。你有这位拉姆齐博士的 E – mail 网址吗?"

"可惜没有。这对你是个问题吗?"

这次叶茜卡笑了,就像米丽娅那样。"翻一翻电话簿,对你是问题吗?"

"你是说,有一本全世界的 E – mail 索引吗?"

"不完全是这样。但有一个所谓的搜索引擎,在因特网数据方面,它的胃口很大。只要你求它,它就会给你吐些东西出来。"

没过多久,叶茜卡就把 RLAHA 拉姆齐博士的电子信箱找了出来。她把这个网址输入她的程序,然后移动鼠标的指针点到"发送",最后一次问道:"没问题了吗?"

"发吧!"米丽娅回答。

叶茜卡的右食指按下了片刻,随之就发出了一个独特的响声。

"这个灰色的雪茄盒子是调制器吗?"米丽娅问,用手指着有数个小灯闪亮并唧唧叫着的盒子。

"正是。你对电脑也很了解啊。"

"谢谢。但我仍然建议,由你负责我们项目的技术工作,我还是留在满是尘土的神像和美好的古楔形文字身边吧。"

"All right,福尔摩斯先生。"

米丽娅笑着摇摇头,把叶茜卡抱在怀里。"你是我的宝贝,华生博士。可惜我现在才真正认识你。"

米丽娅坐了一会儿告别了叶茜卡,走前一再强调,可以随时给她打电话。她们第二天反正还要见面。

叶茜卡在新的女友身后把房门关上,又感到了一阵空虚,就好像一个通风不好的壁炉的烟雾,在房间里四处弥漫。有一段时间她试图用整理第二天需要的书本和笔记本打掉这个感觉。星期一！假期后开学的第一天！这就好像是白菜汤加上绿色的鲱鱼的大杂烩。真的是很恶心！

　　后来,她毫无睡意地躺在床上,就是无法排除脑子里那么多紧迫需要解决的问题。到底发生了什么？此时此刻奥利弗和爸爸在哪儿？难道真的像日记里说的那样,他们已经消失在失落的记忆的世界里？如果是这样,怎么才能帮助他们重新回到正常的世界中来呢？打开两个世界之间大门的钥匙又是什么呢？

第 4 章
记忆还活着的地方

> 制造我们的材料,也制造了梦,一场睡梦演绎一个小小的人生……
> ——莎士比亚

·一个玲珑剔透的小伙伴

潺潺的流水声,越来越清晰了。小溪肯定就在附近。奥利弗拨开蕨草和树丛,开辟了一条路。这里的地面有些陡峭。为了摆脱独角兽的追赶,他进入另一片森林,这里比原先那片林区,显得更为黑暗,也不再那么可爱了。

他进入卡西尼亚时,带一板巧克力和一罐可乐该多好!他至少应该喝点儿什么。在森林里这样奔跑,一般情况下他能喝干一澡盆的水。可奇怪的是,他并不太渴;只是理性地觉得,应该喝点儿什么,不要亏待了备受折磨的身体。当他拨开一片树丛时,他看到了水。

一股活泼的溪流在山坡的岩石中间奔腾而下,然后在距离奥利弗只有十步远的地方汇成一个小水泊,又在这个微型水库的对岸,漫过一道由石块和树枝垒成的拦坝,最后流入林间的小溪。

奥利弗没有考虑很久,就一下子爬到了水泊旁,贪婪地吸吮着那清凉的甘露。肚子喝饱了以后,他想该休息一下了。他干脆就躺到落叶上,观看着给人带来宁静的溪水。他看到了水中自己的面孔,头上是树枝、树叶和一片蓝天。

"我们现在干什么呢?"他问水中的影子。

没有回答。

"我们必须找到爸爸。所以最好是尽快走出这片森林。你说呢?"

影子仍然保持沉默。

"看来,你并不是我的好帮手。如果是叶茜,肯定会出个好主意的。"他突然意识到,他是如何想念姐姐,心中有些发痛。真奇怪,这才分别没有多久啊!放暑假期间,他们也不在一起,可他却从未有过这样强烈的感觉。

就在这时,他觉得水中有什么在动。他眯缝起眼睛,当他再睁开时,那个突然的感觉仍然在。他的身后似乎出现了第二张面孔。准确地说,是在水底摇晃着。几乎就是叶茜卡从下面朝他望着……

奥利弗震动了一下。"现在我真的是发疯了!"他呻吟着。他可以想象姐姐完全有资格去参加奥林匹克的蛙泳比赛,但绝没有能力变成一个水妖。他小心翼翼地把身体探向前方。那个面孔还在。他睁大眼睛仔细望去,里面的影像仍然不很清晰。他甚至感到,就在这一刹那,姐姐正在用眼睛向他暗示着什么。她的眼睛看着旁边,似乎让他注意水泊的对岸——然后,影像突然被打得零乱。水中泛起了一片由上百万个水泡组成的云雾,随后,似乎有什么从水中跳了出来,冲向奥利弗。

一个什么硬东西撞上了他的脑袋。他惊诧地跳了起来,立即又向后倒了下去。这个惊吓来得如此突然,似乎穿透了他的四肢,他几乎觉得永远不会再呼吸了。

"嘻,嘻!这看起来真可笑。"一个啾啾的声音在他的头上说。

奥利弗摸了摸额头,试图确定这个无耻的话音来自什么方向。

"你是个马戏演员还是什么?"那个声音细声细气地问。

"这是干什么?"奥利弗生气了,"你为什么不现身?"

"你是瞎子吗?我就在这儿。在你的头上。"

奥利弗使劲望着头上方的一大片树叶,但却什么都没有发现。他正想放弃寻找,突然一阵微风掠过树梢,阳光就在这一瞬间直接照在他的脸上。那不是……?树枝摆动的时间很短,无法看清那是什么,但他觉得看到了一个闪光的东西。难道是一件武器?奥利弗感到自己的肌肉在变硬。他该怎么办?他现在无助地暴露在无形的敌人面前。

"如果你不是个胆小鬼,那你就快下来!"他鼓起最后的勇气喊道;心里希望对方被吓走了事。

第4章 记忆还活着的地方

"可我早就来了。"那个清脆的声音在他的耳边响着。

奥利弗不由身体一震——他听到了一阵嗡嗡声。

"你很容易受惊,是不是?"那个声音说,就在距离他的鼻尖两个手掌远的地方。

让他如此恐惧的东西,原来不过是一只小鸟。确实——奥利弗几乎不相信自己的眼睛,那个特小的东西,就像是一架微型的直升机停在他脸前的空中,而且,几乎是透明的。

"如果你能行行好,把手伸出来,这样我就可以降落了。"小东西说。因为奥利弗没有立即做出反应,它又补充说:"我可以向你保证,我不会吃掉你的。"

奥利弗迟疑地抬起了胳膊,把手伸向了小鸟。像一只成年的蜻蜓一样,那个灵巧的小家伙对准了跑道。随即,奥利弗就感到冰凉的小爪子抓住了他的食指。他的理智不断地告诉他,这肯定是一个梦……否则他所看到的,怎么会是真实的呢?

在他的手指上坐着一只玻璃小鸟——从它那比较长的尖嘴上看,奥利弗知道这是一只蜂鸟。但这只小东西却并不像是玻璃的。小脑袋不停地左右摆动着;小眼睛像两颗黑宝石一样好奇地看着他。小东西还不时把它那水晶般的羽毛竖起来,当阳光再次从枝叶间照下来,它就闪出绚丽的彩虹颜色。

"你是谁?"奥利弗问,他已经知道这只奇特的小鸟不会伤害他。

"我叫妮帕扎珐纳嘎。"蜂鸟回答。

"看起来,比这更复杂的名字在哪儿也找不到了。"

"但我的朋友都叫我妮碧。你要是愿意,也可以这么叫。可是,独角兽却叫我贪得无厌。"

"贪得无厌的妮碧?"奥利弗重复说,并陷入了沉思,"老实说,你看起来一点儿都不像是一个贪得无厌的精灵。"

"不要受我外表的骗吧,我是很能吃的。"

"呐,我不知道……"

"我是终生贪得无厌!"

"啊,是这样,"奥利弗回答,他想,其实没有人在一生中会知足的。"我的名字是奥利弗。"

"奥利弗——没有别的了?"

"奥利弗·波……"他停住了,"我是寻者奥利弗。"然后他说。

"很高兴,寻者奥利弗,"妮碧叫了一声,"你也是在逃脱兵马俑的追捕吗?还是刚刚来到这里?"

"更多的是后者,如果你指的是来到卡西尼亚的话。"

"你是在什么地方被人忘记的?"

"你说什么?"

"呐,还没有人告诉过你卡西尼亚是失落的记忆之国吗?只有真实的自我被人们忘记的生灵才能到这里来。"

"或者**携带心中遗忘之物**……"

妮碧像被蜘蛛咬了一样,突然蹿上了空中,激动地在奥利弗头上绕了一圈。

奥利弗完全忘记了他还想说什么,只是问道:"你怎么突然跑了?"

"你把我吓了一跳,"玻璃小鸟哨音般地承认,"你刚才说的话,不是认真的吧?"

"为什么不是?我的口袋里有这样的东西。"他用手拍了拍牛仔裤,"这是我妈妈的东西。她可惜很早就死了,现在已经没有人知道这个物件的真正含义——快下来吧,我都让你搞得头晕了!"

妮碧现在变成了不断围绕奥利弗这颗行星旋转的卫星了。蜂鸟小心翼翼地又回到了奥利弗的手上。

"地球上没有被遗忘的人到卡西尼亚来,很少见吧?"妮碧的翅膀安定下来以后,奥利弗问。

"少见?"妮碧看来觉得这个词用的很可笑。"如果你说的是真的,那你就是谢哈诺回归以来第一个自愿来到卡西尼亚的人。"

老是这样举着胳膊,时间长了奥利弗还是感到很吃力。所以,奥利弗又坐到了地上,背靠着一根树干,并向妮碧建议把膝盖当作降落场地。这样两个人就可以面对面地谈话了。

小蜂鸟简短地讲述了自己的经历。这个小东西是一千多年以前一位玻璃艺术大师的作品。定制这件艺术品的顾主不是别人,而是印度的国王;妮碧作为礼物送给了国王的女儿。这位公主是国王的独女,尽管女孩在这个

第4章 记忆还活着的地方

国家不受重视,但这位统治者却是一个值得尊敬的例外。国王给女儿起的名字是山鲁佐德①。这个名字是由一个随马帮前来宫廷的智者建议的,他还预言只要新生儿有一个好名字,必将大福大贵,前途无量。

但现在看起来,这个智者是个冒牌货,他的祝福最后证明是一个诅咒,玻璃蜂鸟回忆说。公主长到十六岁——妮碧在所有这些幸福的岁月里,都是看着公主成长的——就在这时,国王的宫廷中发生了灾难。国王惟一的弟弟发起了暴动,山鲁佐德的父亲被杀,她自己被带走做了女奴。所幸,妮碧在这场混乱中没有受到损伤,尽管当时的叛乱者像恶鬼一样把宫殿破坏得面目全非。这座宫殿从此再也没有启用,很快就塌陷在乱树丛林之中。妮碧这期间只听到过一次人类的声音:两个奴隶逃进了原始森林,在宫殿的废墟里找到了这个隐蔽场所。他们在谈话中曾提到被杀害的国王和他的女儿。其中的一个奴隶说,山鲁佐德变成了女奴以后,被卖进了撒马尔罕国王的后宫。两个奴隶后来继续逃亡,妮碧不知道,他们是害怕追捕者呢还是害怕据说在这座丛林宫殿中经常出没的幽灵。有一天,妮碧看见宫殿的一座拱门下面出现了一道奇怪的光亮。它随即产生了向那个光亮飞过去的强烈欲望,这时它突然发现自己居然可以像一只真正的小鸟那样飞翔。妮碧展翅飞到空中,径直冲向那座发光的拱门。从这一天起,玻璃蜂鸟就成了卡西尼亚世界的一个活的记忆了。

奥利弗津津有味地听完了蜂鸟的故事。特别是当妮碧讲到山鲁佐德被流放到撒马尔罕王宫那一段。

"我想,我可以告诉你一个好消息。"他对妮碧说。

"但愿与我无关。"小蜂鸟惊惧地说,"你肯定听说过,人们常说,记忆是**会继续活下去的**。"

奥利弗点了点头。

"你看。现在你已经知道它们将在**哪里**活下去:就在卡西尼亚。假如对我的记忆重新回到地球,那我就又会变成那只没有生命的玻璃玩物,就像我以前那样。"

"这你倒是可以放心。这个秘密不会很快被人揭露出来的。我指的好消息,与那个公主有关。"

---

① 山鲁佐德,《一千零一夜》里的女主人公。

"你是说,你认识她?"

"我不是说她本人。我读过她的故事。"

"她的故事?你是说,她的奶妈给她讲的故事?"

"我是说《一千零一夜》中的故事。"

"从来没有听说过。"

"很可能是因为这些故事还一直活在人们的记忆中。你的山鲁佐德确实被送进了撒马尔罕王宫。国王甚至想杀死她。但她每夜都给严厉的国王讲新的故事——准确地说,是讲了一千零一夜。"

"后来放她走了吗?"

"没有。"

"可惜。"

"那也不一定。国王娶了她。公主还是变成了王后。"

蜂鸟高兴地飞了起来。在奥利弗看来,小蜂鸟好像围绕着树干在空中跳舞。最后它又落在奥利弗的膝盖上。

"你让我感到很幸福,寻者奥利弗。"

"我很高兴,妮碧。"

"你能再给我解释一下吗?"

"解释什么?"

"你刚才说,我有一个秘密不会很快被人揭露出来。这是什么意思?"

"啊,是这个……"奥利弗笑了,"你刚才说,你是一位印度大师造就的。"

"不错。"

"一千年前?"

"这我也说过。"

"你是一只蜂鸟,对吗?"

妮碧把闪亮的羽毛竖了起来。"准确地说是一只王冠水妖蜂鸟。"

奥利弗愣住了。一只水妖?他刚才不是在水的倒影中看到了这样一副面孔吗?多么奇怪的巧合。难道是妮碧给他注入的这个想法。不,瞎想!他立即抛弃了这个可笑的想法,又回到了他原来的问题。

"据我了解,妮碧,印度根本就没有蜂鸟。它们只生活在南美洲大陆,是哥伦布于1492年在那里发现的。你的那位玻璃艺术大师怎么会知道一只蜂鸟是什么样子呢?"

第 4 章 记忆还活着的地方

妮碧的两只黑宝石眼睛诡秘地望着奥利弗。然后,这只玻璃鸟开心地叫道:"现在我明白了你是什么意思。你这个时代的人类看来确实忘记了很多过去的事情,但却觉得自己还格外聪明。如此藐视祖先的宝贵知识财富,是需要不少愚昧的。"

奥利弗其实是期待另一个答案。还没有等他反应过来,妮碧又抢先了一步。

"现在我问你一个问题。"

"好,你就问吧。"

"你刚才为什么老是盯着那边的水里看?我还真的以为,你会随时伸出手去抓住我呢。"

"我根本就没有看见你。我现在要是仔细想想,我其实根本就做不到。我姐姐要是在这里肯定会解释清楚的,但我相信,这可能是因为水中的光和你的玻璃身体都很容易破碎。你在水里实际是隐形的。"

"那么,你为什么看到自己在水中的影子时没有很快离开?你觉得自己很漂亮,所以……"

"别胡说!"奥利弗生气地打断妮碧的话,血又冲到了脸上。他觉得自己真的是不漂亮,也没有必要在镜子里自我欣赏。"我是觉得在水中还看到了另外一个人,那不是你,而是我姐姐的面孔。"

"噢,她比你还漂亮吗?"

"你为什么对这感兴趣?"

"女人可以就这个问题谈论几个小时。"

"告诉我,你是一个女……母鸡?"奥利弗脱口而出。不知怎么,他觉得这个新的问题完全打乱了他的思想。

妮碧觉得这一切都是那么好玩。这个蜂鸟小姐先是嬉笑了一声,然后,故意生气地说:"喂,你听着!我可不是一只母鸡。"

奥利弗叹了一口气。"我觉得,我还得慢慢习惯这个世界。"

"你为什么到这里来,奥利弗?是要找你姐姐吗?独角兽是因为这个才给你起的新名字吗?"

妮碧提到独角兽,引起了奥利弗的注意。"你认识独角兽?"

"当然。人人都认识它。"

"它是谢哈诺的帮凶吗?"

"独角兽从来不告诉任何人什么事情,人们必须自己找到所需要的东西。"

"这我已经察觉到了。"

"你还没有回答我的问题,寻者奥利弗?"

"什么?啊,对了。我到这里来,是为了找我爸爸。或许我是除了谢哈诺惟一自愿到这里来的人。可我觉得有可能,我爸爸也是自愿到卡西尼亚来的。"

"那你们俩就是格里木了。"

奥利弗觉得和妮碧交谈越来越吃力,这位蜂鸟小姐总是说些他最多明白一半的事情。

"我是一头雾水了。谁是这个,这个格里木?"

"这是古老语言中的一个词。你没有发现,你在这里并没有使用你的母语吗?卡西尼亚中所有的人都使用这种一切语言之母语。"

确实!直到这时,奥利弗才意识到了这个奇迹。"可是……怎么会……?"

"在卡西尼亚一切记忆都回来了。也包括那些被人看作不属于自己的记忆。这是因为,这里到处都是记忆:在空气中、在土里、在火中、在水里……"

奥利弗逐渐恢复了理智。"如果还这样继续下去,我会头痛的。请只告诉我一点,妮碧,谁是那个格里木?"

"奇怪,你竟然不知道这个,尽管你自己就是其中的一个。'解放者'——这就是这个古老词语的意思——将会到来,数千年前就曾有人这样预言过。当时,谢哈诺第一次来到了卡西尼亚——他当时还是人的形象,而且使用另外一个名字。他用残酷的暴力征服了这个国度,还颁布了严酷的法律。他创造了'猎捕手',这是他的第一个仆人,这样他就可以对付每一个藐视谢哈诺命令的人。从此以后,很多记忆就丢失得无影无踪了——有人说是丢失在空虚之中了,因而有些人断言,说独角兽是这个世界自命的统治者的盟友,但这一切很快就要结束了。现在你来了,寻者奥利弗。"

"如果我们从这里再也走不出去怎么办?你肯定我们没有走错路吗?"妮碧银铃般的声音显然十分怀疑奥利弗所选择的方向,但奥利弗却毫不

第4章 记忆还活着的地方

动摇。

"我想,这里是你的家,其实应该你指路才对。"

"相信一个水中的倒影,难道不是太轻率了吗?"

妮碧的回答,使叶茜卡模糊不清的影像又回到奥利弗的脑海中来。他在那个小水泊中看到了她。在一瞬间他确实坚信,叶茜卡的眼睛给了他一个信号,很可能是一个暗示,从哪个方向他就可以走出森林。"这不可能是水中的反射,妮碧。不要问我为什么,但不知怎么,我敢肯定,那就是我的姐姐叶茜卡。叶茜卡和我是孪生姐弟。联结我们的不仅是相同的血型——现在我突然想起来了。"奥利弗猛然停住了脚步,转过头看着站在他肩膀上的小蜂鸟。"我开始时以为在水中看到了一个水妖,这和你有关系吗?"

"这有可能。"

"你是不是想回避这个问题,妮碧?"

"不,不。是这样的,我有时想一些其他人脑子里的问题。我并不是有意的——至少不总是这样。有时就这么发生了。"

"也就是说,你可以进入别人的脑袋里面,并在那里制造思想和图像了?"

"在卡西尼亚并不是所有的东西都有一个脑袋,但原则上你说得很对。我被制造出来,就是为了给公主带来生活的欢乐,尽管她经常是悲伤的。这也是我真实的品性。我的性格也和制造我的材料玻璃一样。所以看透别人,对我来说一般并不困难——大多数情况下,我会很快就看出一个人是说谎还是说实话。"

"这很实用。"

"可惜不总是有效。"

"这就不太实用了。"

"这在世界上也是很自然的事情,并不是每件事都那么容易看透。你觉得怎么样,我是不是先往前飞一段,看看我们走的路是否正确?"

妮碧的思想变化之快,就和它的翅膀变化一样。奥利弗一时还摆脱不了那难以置信的设想,他的微型女友竟然能够随意进入别人的思想里漫游。

"如果能够使你安心的话,"他终于说,"那你就先往前飞吧。但你如果能够回来,我将很高兴。"

"不必担心,大个子。我不会丢下你的。"

在奥利弗的耳旁,升起了一架小直升机。妮碧翅膀扇动的声音,在这么近的距离显得特别响。玻璃蜂鸟在奥利弗红发的头顶回旋了一圈,然后箭一般地飞向前去。

奥利弗的目光惊异地望着玻璃小蜂鸟逝去的身影。妮碧的翅膀再次搅乱了他的思想。他越来越感到难以理解这个奇妙的世界。他已经陷入了极大的困惑之中。先是一头青铜的独角兽,现在又是这个玻璃做成的小东西——而且,他们又都是有血有肉的。妮碧说,甚至在卡西尼亚的空气里和水中都有记忆和无形的思想或者梦境存在,原来曾影响着一个人,然后又被全部忘记。

他继续往前走。妮碧已经向他保证马上就回来。是啊,还有更多的东西。他们刚才在森林中行走的时候,那只小玻璃鸟似乎向他发表了一个效忠的誓言。妮碧庄重地宣告,能够帮助一个格里木完成他的使命,她将感到莫大的荣幸。

奥利弗感觉这一切都很难堪。关于古老的预言和光辉的英雄,他总觉得有些可笑。可另一方面,如果有人在这个陌生的世界里能够帮助他的话,他当然应该表示感谢。

妮碧给他讲过,在森林边缘不远的地方,有一座城市叫纳尔贡。由于奥利弗问这个新女友,他应该到哪儿去找他的爸爸最好,她就建议到那里去看看。

妮碧也是不久前从纳尔贡逃出来的。大约一周前,卡西尼亚发生了一件可怕的事情,妮碧讲述时全身还在发抖。**统治者**回来了——这次是附身于一座金像之中,自称是谢哈诺。几千年来,人们就预见到这种事情终究是要发生的,但大家还是感到巨大的震惊。传说,谢哈诺在一支陶俑大军的护卫下,开进了他的首都阿摩西亚,并且立即重申了他对卡西尼亚的绝对统治。作为外部象征,他搬进了城市上方的尚未完成的高塔;继续修建这座庞大高塔的工程随即重新开始了。其实,妮碧认为,谢哈诺从来就没有放弃过他的统治,在猎捕手的帮助下,他对卡西尼亚的影响也从来没有消失过。可是,谁又曾认真预料到会产生如此严重的后果呢?只有这个世界很少的居民还能讲述当年谢哈诺夺取卡西尼亚时的切身经历。现在,他又回来了。

他的臣民们立即感觉到了这一切都意味着什么。还不到两天的时间,就到处出现了他的陶俑士兵,只要谁违背了谢哈诺的禁令,就会遭到他们的

第4章 记忆还活着的地方

严惩。谁要是书写些什么，或者占有书写的东西——甚至只是见过，立即就会被带走。所有的镜子都被打碎。谁要是不公开表示对谢哈诺的顺从，就会遭到最严厉的不测。

什么是"最严厉的不测"，奥利弗想知道，而且整个故事都使他感到困惑。妮碧说，这方面只有些传言。有人说，谢哈诺把无形的记忆之水，在他的山脚下聚成了一个巨大的水库。凡不顺从的人，一律从一个高高的岩石上扔入水库中。

妮碧的讲述使奥利弗产生了更多的问题：谁是猎捕手？卡西尼亚的居民为什么都如此古老？无形记忆之水又是什么？谢哈诺的雕像是三四天以前才从博物馆消失，怎么会一周前就回到了卡西尼亚呢？

最后一个问题，妮碧解释得很简单，她说，谢哈诺在卡西尼亚的再现，不一定和在地球上的最后消失联系在一起。谢哈诺也有可能在这期间多次往来于两个世界之间。有时，妮碧深沉地补充说，卡西尼亚的时间和地球上不一样，它遵循自己的节奏，有时走得很快，而有时又相当缓慢。这就有点儿像是梦境，人们有时会感到好像已经度过了数日，但醒来时，却发现只不过才睡了几个小时而已。

这些奇怪的现象更使奥利弗感到困惑，他对这个失落的记忆之国越来越无法理解了。但妮碧以其风风火火的脾气却又突然说，他们也有可能永远走不出这座称之为静林的原始森林了。而现在，奥利弗只剩下了单独一个人。

一个声音使他吓了一跳。好像是一根粗树枝折断的声音。他本能地弯下腰躲进了树丛，静静地聆听着。他正走在一段树丛十分茂密的区域。有时他甚至要从树丛下爬行过去。妮碧的处境当然比他好多了……

奥利弗突然意识到，这个响亮的嘎吱声不可能来自妮碧。小蜂鸟的身体过于轻巧，她的体重甚至无法把一根粗树枝撞弯。奥利弗不得不想到独角兽，它是否已经跟了过来，只是想在这个不可能逃脱的地方把他抓住吗？他又听到了嘎吱的声音，这次比刚才更响。然后他就听到了说话声：

"蚩尤氏，你在这里吗？"

"你真是昏了龙头！快闭嘴，盘古氏！"

奥利弗又在隐蔽处往下蹲了蹲。现在他反倒觉得进入这个密林区是件好事了。他小心翼翼地穿过干燥的枝叶窥视着。两个声音——一个有些胆怯，另一个则很气愤——既不是来自独角兽，又不是来自妮碧，这一点可以肯定。可是，谁又会……？奥利弗闭住了呼吸。

他眼前只有一个很小的缝隙，是在一个枝杈和一根折断的树枝的干叶之间，只有从这里可以看到那两个身影，但这对他已经足够了。他突然想起了妮碧提到的谢哈诺的卫队。冷汗从他的背后流下。他的心为什么偏要现在咚咚地跳动？卡西尼亚有这么多的奇迹，他在此刻所需要的一个痛苦的奇迹，就是立即变成一只蛀虫钻进树木中去。距离他不到十米的地方，有两名武士站在一起，他们全身都是用红色的陶土制成的。

"如果他不在这里呢？"其中的一个陶俑轻声说。

"别胡说，盘古氏！"另一个不客气地回答，"如果谢哈诺派我们到静林中来，那他就知道为什么。你最好服从他的命令，要不就跑回家去。让人把你流放到无形的记忆之海中去吗？"

盘古氏的身体抖动了一下，奥利弗甚至觉得，这个陶俑似乎随时都会摔成千百块碎片。然后这个陶俑又恢复了镇静。"你别老是用无形之水来威胁我，蚩尤氏！我知道得很清楚，主人是如何命令我们的。可是，他为什么不派我们到其他地方去，却偏要到这个……"

"安静！我觉得，我听到了什么。"

奥利弗不由得也开始注意聆听森林里的声音，但却什么都听不到，只有风声穿过树梢。

"我可能听错了。"蚩尤氏说，他可能是队长，奥利弗从另一个武士的毕恭毕敬中可以断定。蚩尤氏带着习惯的命令口气又补充说："我们在这里找的时间够多了。我们的区域很大。现在让我们继续往前走吧。"

"看起来，在秦始皇的宫殿里找一个窃贼，要比在这个静林中找一个孩子容易得多，尊敬的蚩尤氏。"

"别再发牢骚了，盘古氏！你难道想让我对你……安静！"

现在，奥利弗也能听见了。一阵轻轻的簌簌声，就像是有人穿过树林后树枝的回弹。他缓慢地转过头来，直到脖颈发酸。

是独角兽！但那只不过是浓密树叶后面的一个影子，模糊不清，就像帕加马博物馆巨型壁画上的那个影子。奥利弗感到了一股寒气。他无法说清，是冷风还是突然袭击内心的寒气。与独角兽第一次接触时，他不记得有过这种感觉。或许是这个青铜生灵发出的一种什么阴暗的魔力，来寻找他？

第 4 章 记忆还活着的地方

他害怕极了,几乎要失去知觉。有一点可以肯定:他已经进退两难了——背后是独角兽,前面是那两个……

不见了!奥利弗的心又跳到了喉咙。如果他现在把嘴张开,心肯定就会跳出来,并使他暴露无遗。陶俑武士不可能就这么在空气中蒸发了啊!但是,不管奥利弗怎么转动脑袋,那两个用陶土烧制的武士就是没有了踪影。

他们肯定是要把我完全包围起来。是的,这是惟一合理的解释。他又转过身去。独角兽哪里去了?一个几乎感觉不到的动静,出现在他眼角的左边。难道那头活动的青铜雕像真的没有发现他?或许是独角兽派出的侦察员,到森林的另一部分去寻找了?

奥利弗蹲在那里又一动不动地等了一段时间。一片落叶正好掉在他的头上,但他还是不敢动弹。他不想在最后一刻暴露自己。刚才的情景又重新在他的脑海里演绎了一遍。他发觉,那两个陶俑像是中国人或者是蒙古人。他们穿的奇特的服装,毫无疑问是战袍,有些像现代那种带有护片的防弹衣。从外表看他们已经十分古老。这两个真人大小的形象,他总是觉得似乎见到过。不久前他在一个电视节目里,看到的不正是这些陶俑吗?

没错!他一下子记起了那个电视片中的每一个细节。中国皇帝秦始皇——也有人叫他始皇帝——在公元前三世纪为自己修了一座巨大的陵墓,周围是七千个陶土兵马俑为他护驾。但在他死后,这个陵墓被盗,几百年间,这座宏伟的建筑沉到了流沙的下面。其实这正是卡西尼亚挑选的理想对象,奥利弗想——如果不是1974年其中的一个陶俑被发现的话。中国考古学家很快就察觉到了这个发现的意义。人们把秦始皇兵马俑的发现和埃及图坦卡蒙①的发现相提并论——同样意义重大,同样充满神秘。

"可是,今天谁都记得这些兵马俑啊,"奥利弗说。他没有意识到,这句心里想的话,被他说了出来。"发掘场地现在已对公众开放。这样一支庞大的军队怎么能够来到卡西尼亚呢?"

"或许用谢哈诺同样的方式。"一个陌生的声音回答。

奥利弗深深陷入到思考之中,甚至没有对那个陌生的说话人感到奇怪。"我开始时也是这样想的。但谢哈诺有伊西塔城门。我爸爸认为,必须有一

---

① 图坦卡蒙,古埃及法老(公元前1333—前1323在位),因1922年他的陵墓被发现完好无损而闻名世界。

种特定的条件,通往失落的记忆之国的大门才会打开。"

"你敢肯定,你爸爸没有搞错吗?你准确地知道就不存在另外一批兵马俑,尚未被人发现,所以才来到了卡西尼亚吗?或者,你敢断言,你们时代的人真的能够说明秦始皇军队的**真实本性**吗?"

"不能,当然不能。我……"奥利弗停住了。他终于回到了现实,感到了另一个人的存在。他的脖子突然又硬了起来。难道是他的神经在和他开玩笑,或者他真的在和一个来自空虚的声音对话?"你是谁?"他缓慢地问。然后立即又问:"你在哪儿?"

"就在你的上面。你必须抬起你的红毛脑袋向右转,就能看到我。"

奥利弗按照他说的去做,但却仍然看不到什么。只有树木、折断的枝干和已经干枯的黄叶。

他睁大眼睛努力寻找着,就好像想得到什么奖赏似的。奥利弗不想再第二次被一只玻璃鸟牵着鼻子走了。然而,还是什么都没有,只有那些柔软的枝条、消瘦的树干,它们中间竖立着一棵西伯利亚古松,一件不知从何处被风吹来的破大衣,挂在了枝条上面。这东西从前可能属于一个高级军官,它的上面钉着肩章和红色的大翻领;胸前缺少一枚金色的纽扣,那里的蓝色布料也磨损得最厉害。大衣的袖子在风中飘舞着,好像在向奥利弗打招呼。奥利弗暂停了寻找,开心地笑了出来。一幅奇特的图画:这件不起眼的大衣和它的在风中飘舞的袖子。有时风还真的会演出一场……

哪里来的风啊?奥利弗突然意识到,此时最多只有极微弱的风在浮动——但那件大衣却像风车的扇片一样在抖动着。

"我觉得,你根本就**不想**看见我,当今的年轻人没有玻璃鸟的帮助都变成了瞎子?"

"你是……"奥利弗不知道,是不是应该提这个奇怪的问题。他小心翼翼地接近那颗西伯利亚古松。"是你在说话吗,树上的大衣?"

"绝对正确!"那件衣服回答,"看来并不是所有的希望都消失了。请允许我自我介绍:我的名字叫戈菲。准确地说:戈菲将军。"

"很荣幸。我是奥利弗,寻者奥利弗。"

"很高兴。"大衣戈菲用威武的声调回答,"你能不能发个善心,帮我一个忙?"

奥利弗觉得很滑稽,他竟然站在那里和一件破大衣在聊天,可另一方面

第4章 记忆还活着的地方

他也很清楚,而且已经逐渐习惯了,这个森林里没有什么是"正常"的——反正不是他在地球上所习惯的那种正常。

"那就要看是什么样的帮助了。"奥利弗谨慎地说。

"一阵风把我吹到了树上。我现在所希望的,就是你能够把我给取下来。"

"就我看来,你自己活动的不是很好吗?为什么你不自己下来呢?"

"你见过一个可以抓住头发把自己从泥潭中拔出来的人吗?"戈菲有些生气地回答。

"当然见过。"

"你是在和我开玩笑,因为我挂在这上面,拿你没有办法,你这个坏小子。但这也不是什么新鲜事儿:谁要是受害者,他也就不能在乎别人的嘲笑。"

"你还从来没有听说过敏希豪森①吗?"

"那个德国的男爵?你是说卡尔·弗里德里希·冯·敏希豪森男爵吗?我当然知道他!那是一个有史以来最大的吹牛大王。你的回答是错误的。这不算数。现在你可以把我取下来吗?"

"不。"

"你的'不'是什么意思?"

"'不'就是我让你挂在上面。我不喜欢你说话的口气。"

可以看得出来,那件大衣失去了控制。它的两条袖子先是拢在一起,然后打了一个粗粗的结。整个大衣激动地颤抖起来。一颗青铜色的纽扣弹了出来,差点儿打着奥利弗的左耳。

"你求别人帮忙的方式真是奇特。"奥利弗说,现在他的态度也严肃起来。他甚至做出一个姿态,似乎立即就要继续他的森林旅行。

"站住!"戈菲将军使劲喊道,"如果你不把我取下来,我可能要在这里再挂一千年。"

"也许只到今天晚上,如果独角兽来的话。"

"千万别这样。"戈菲惊叫道。

奥利弗没有忽视,大衣的恐惧已经从纽扣孔中冒了出来。他突然感觉

---

① 敏希豪森,德国著名民间故事集《吹牛大王历险记》中的主人公。

这块破布很可怜。他为什么不帮它从树上下来呢？奥利弗有了一个主意。

"我们也可以相互做一笔交易。"他顺便说。他的目光看起来似乎对这棵古松已有些厌烦了。

"做交易？可我能给你什么呢？你看看我。我现在只不过是一片布呀。"

"这样吧，我就要你的那颗纽扣……"奥利弗向那个闪亮的东西弯下了腰。

"好，好。给你吧。这样我就缺少两颗了。但你要把我取下来！"

"我还没说完。"

"对不起。你还要一颗纽扣吗？"

"我要你带我去纳尔贡。"

"你肯定是疯了！"

"为什么？"

"我刚从那里逃出来。纳尔贡已经不是以前那个样子了。难道你就没有听说，谢哈诺……"

"我知道得很清楚，"奥利弗打断了大衣的话，"如果你愿意，我可以穿上你。没有人会认出你来，都会把你看成是一件没有生命的破衣服。而我就变成了一个穿着褴褛的乞丐了。"

"谢谢你的夸奖。"

"别客气。这个交易做不做？"

"我还有选择吗？"

"没有。"

"那好吧。"

奥利弗松了一口气。他走到那棵古松跟前，抓住大衣的下摆。他摇晃着那件老衣服，波浪式的摆动着，但它却仍然不能从树枝上离开。而戈菲还惊恐地大喊："你疯了吗？快住手！你要把我的后背撕破了。"

奥利弗立即松了手。"我觉得，把自己挂在树枝上，不是个好主意，戈菲。"

"你告诉谁呢？我毕竟不是故意挂上的。你必须爬到树上去，从上面把我拿下来。"

"你在做梦吧！"奥利弗立即想到自己的体育才干，"我可不是个杂技

第4章 记忆还活着的地方

演员。"

"什么?"

奥利弗已经后悔答应进行这个救援行动了,可是他又想,如果他能够爬到一棵大树上,或者站在一块大冰块上穿过海洋,或者在一只空无一人的热气球里遨游天空,那将是什么样的感觉啊。他深深叹了一口气,开始在大树上寻找可以攀登的地方。

戈菲担心奥利弗会改变主意,忧虑地问道:"你刚才说不是一个杂技演员,是什么意思?"

"啊,忘了吧!"

"可我真的很感兴趣。"

"不用怕,我不会逃掉的。请你现在保持安静,我必须精神集中。"

奥利弗可以利用攀登的惟一的地方,就是树皮上那几个隆起的树瘤。由于他那件过膝的防雨外衣妨碍他的行动,他干脆把它脱了下来,他找到几个可以搭手的地方,把脚踏上了第一个树瘤。他的身体爬到上面时,却不由像鲸鱼一样喘起粗气来。

"你还好吧?"戈菲担心地问。

"不好。但这不需要你操心。"

奥利弗小心翼翼地试着登第二个树瘤。现在他已经可以摸到挂戈菲的那根树枝了。

"把我挑起来,奥利弗。"

"千万别着急。一个中学生不是特快列车。"

"可我一直以为,中学生都是特别灵巧的人。"

"快闭上你的嘴吧!等着,马上就行了……"

在下一个瞬间,奥利弗经历了一次在空中飞行的感觉。他——脚还踩在树瘤上———只手抓住树枝,另一只手抓住戈菲的领子。就在他把大衣拿下来的时候,他的脚打滑了。

所幸的是,他摔得不太重。戈菲潇洒地随他飘下,恰好落在他的脸上。

"对不起,寻者奥利弗。"

"没什么。"奥利弗叹了一口气,把大衣从脸上拿开。"我希望,现在你满意了吧。"

"非常满意!我很感谢你。你救了我的命。"

"快别说这个了。你肯定也会给我同样回报的。"

"只是,我不像你这样会爬树。"

"而且,你们两个都是拙劣的飞行者。"一个银铃般的声音突然从空中传来。

"妮碧!我还以为,你把我一个人丢下不管了呢!"

"嘻——嘻",妮碧的笑声很嘹亮,就像是三角铁发出的音响。"你以为,我好不容易抓住了一个格里木,然后还要让他再逃掉吗?但我必须承认,今后要更好地留心你。一让你一个人行事,你就让一块盖马布给耍了。"

"嗨——嗨!"戈菲不满意了,"怎么能这样谈论一个久经沙场的老战士呢?"

妮碧飘逸地降落到森林的土地上,对戈菲说:"请原谅,尊敬的阿提拉①。我不知道,我们有这么高贵的客人。"

"别胡说八道!你从我的战袍应该看出,我不是匈奴王阿提拉。是我当年救过那个小军士的性命。"戈菲的肚子明显在鼓胀。

"这听起来也没有什么重要。"

"如果你这个麻雀脑子从未听说过科西嘉人②的话,我是不会感到奇怪的。看来你的脑子只能吃葵花子了。我……"

"你们俩暂时不要吵了行不行?"奥利弗开始干预了。两个对手立即停止了说话,都把身体朝向了他。"谢谢。我有一个问题,戈菲。"

"我听着。"

"你是说那个科西嘉人?你曾是他的大衣?"

"那个科西嘉人有些事情是要感谢我的。可是到了后来却没有人向我道谢。他们把我塞到了圣海伦岛上的一间服装仓库里,把我给忘记了。"

"真是难以置信!"现在,奥利弗对肚子仍在鼓鼓的戈菲身上那块磨损的地方,真是另眼看待了。"可是,你怎么会救了拿破仑·波拿巴的性命呢?我是说,你毕竟不是一件防弹衣什么的。"

"没有我,他1812年在俄国早就冻死了。"

"我明白了。"奥利弗沉思地点了点头。

"我能问你一个问题吗,寻者奥利弗?"

---

① 阿提拉(公元406—453),匈奴帝国最著名的统治者。
② 科西嘉人,指拿破仑·波拿巴,因他1769年生于法国科西嘉岛。

第 4 章 记忆还活着的地方

"当然。"

"这位爱说话的鸟女士刚才说,你是一个格里木。是她胡说,还是……?"

"如果格里木就是自愿来到卡西尼亚的人的话,那我就是其中的一员。"

大衣鼓鼓的肚皮,一下子瘪了下去。

"怎么了。戈菲?你感觉不好吗?"

"我觉得,现在你可把他给吓着了。"妮碧说。

"请闭嘴!"奥利弗申斥了她一句,立即又转向了戈菲。拿起它的一只袖子,按了按。"别这样,老小孩。经历过滑铁卢战役的人,是不会在这里被吓倒的。"

"您让我无地自容,寻者奥利弗。"戈菲终于说,"我不知道,阁下是我们的先知。"

"现在我们大家把那些没用的话都收起来。我不知道,是不是有人已经把我的到来公布了出去——但我现在已经逐渐感觉到,在卡西尼亚一切都是可能的,但我不能忍受,人们把我当成一只圣蛋那样对待。"

"噢!"妮碧兴奋地喊道。

"这还从来没有听说过。"戈菲嘟囔着说。

"那就好。如果我们愿意成为朋友,那我没有什么意见。但以后请不要再说什么您和阁下的废话。"

"好吧,如果你愿意的话,寻者奥利弗。允许我为你穿衣吗?"

"你说什么?"

"呐,你刚才说过,你想把我穿上。"

"啊,是这样。"奥利弗差点儿把这给忘了。他立即把自己的外衣穿上。然后拿起戈菲,小心地把上面的干树叶抖掉,把袖子展开再仔细看看。把一个有生命的东西穿在身上,这确实是个奇特的体验。

"如果你改变了主意,我是不会怪你的。"戈菲有些尴尬地说。

"别瞎说。穿上拿破仑一世的大衣,这是我的荣誉。"奥利弗不再犹豫,把大衣穿上。"正合适!"他惊奇地喊了起来。

"人们叫他为小军士,并不是没有道理的。除了头发的颜色和年龄之外,在其他方面你们两人也是很相似的。"

把他和当年统治欧洲的人物相比,也是很独特的,奥利弗想。他试图摆出一副他想象中的法国皇帝的姿态来,然后庄严地宣布:"我们现在就开拔去战斗,敌人的时间不多了。"然后转向他的玻璃女副官,问道:"妮碧少尉,您找到了走出阴暗森林的道路了吗?"

"我找到了,小军士。"妮碧嬉笑着,竖起了羽毛。"你提到的那条路,直接通向光明。您是怎么知道的呢?我真的不明白。"

·一位被遗忘了的哲人

奥利弗很快就适应了在蓝色的草地上行走。这段时间,他在卡西尼亚遭遇了这么多奇奇怪怪的事情,但这还都属于最普通的经历,还没有给他造成特别的恐惧。

"还有多远才能到达纳尔贡?"奥利弗问戈菲,它正在努力让它的新主人穿得更舒服些。

"我们必须留心别让那些陶俑武士发现我们。但我想,我们即使小心翼翼地前进,尽量利用这个地域现有的不多的隐蔽物,我们也得到黄昏时分才能到达那座城市——途中我们还不能做过长的休息。"

"这么远……!"奥利弗呻吟了一声。

"你应该长一对翅膀才行。"妮碧在他头顶婉转地说。

大约一个小时以后,平缓的丘陵风貌发生了变化,单调的蓝色草原变成了五颜六色的田野,不仅可以看到绿色,还有鲜明的黄色、刺眼的红色和柔和的青蓝。天空划过一片粉红色的云彩。

"这里为什么会如此色彩斑斓?"奥利弗问他的两个同伴。

"这和梦有关。"妮碧回答。

"我觉得,你得给我解释解释才行。"

"到卡西尼亚来的,不仅有人类、玻璃蜂鸟和退役的大衣。更容易被遗忘的,是梦。"

"我想起来了,独角兽也曾经说过类似的话。"

"你看。这只需要有人梦见过蓝色的草原就够了。然后他醒了,或许还有些不确定的感觉,似乎见到了什么美妙的东西,但对它的记忆却丢失了。"

"然后,梦就来到了这里。"

"差不多吧。"

第4章 记忆还活着的地方

"妮碧是想说,她也无法解释得很清楚。"戈菲补充说。

"自以为是的老家伙!"

"我并没有说,我比你强多少,妮碧。卡西尼亚隐藏着很多秘密。我不是一个智者,不敢说我什么都知道。"

"请不要又吵起来。告诉我,戈菲,卡西尼亚有正常的草地和田野吗?"

"噢,当然!大部分都十分正常。我们大概已经来到纳尔贡的附近。较大城镇的周围,自然界大多都是彩色鲜艳的。"

"亏你说得出口!"

又走了半个小时,奥利弗第一次看到了其他生灵。他们大多数都在种田。在最近处有一个长着两个脑袋的人类形象,赶着牛在犁地;一只耕畜像纯金一样闪着光亮,另外有些看来像是桃花心木或者类似的木料做成的形象。

三个伙伴一路上遇到不少这样的耕地景象。有时耕地的是一头大理石象,有时又是狮头石雕在插秧。也并不是所有的农夫和他们的帮手都完美无缺。有时也会出现一头红鬃烈马,缺少一条后腿,或者一只带翅膀的公牛没有了尾巴。

妮碧解释说,这些劳动集体都是自愿组成的。每一个活着的记忆,在卡西尼亚都具有平等的权利——至少在谢哈诺回来之前是这样。如果一头地球上的毛驴为一个鹰人——即长有老鹰脑袋、翅膀和尾巴但躯体为人身的生灵——拉车,那他们并不是在卖力气干活,而是在共同消遣时间。每个人都根据自己的造型结构在活动。卡西尼亚的居民没有真正的饥饿,如果他们吃东西,那只是为了满足兴趣。这些生灵,在地球上都被忘记了,但在卡西尼亚都活了。他们也不会衰老。"记忆只有寓于人类心中时,它才会衰老。"妮碧解释说。

戈菲随即指出,她的结论并不完全正确。"如果有人把我送去洗衣店,就有可能把我给洗烂了。在卡西尼亚也有些一不留神就掉了脑袋的。如果不是这样,我们就不必害怕谢哈诺了。"

妮碧下面的回答又使奥利弗大吃一惊。蜂鸟笑着说,掉了脑袋并不可怕,因为脑袋和身体很容易又会合在一起。只是某些身体部件比较难以运动而已。她甚至见过一只花瓶从窗台上掉了下来,在马路上摔得粉碎。各个碎片开始抖动,较大一点儿的像蠕虫一样在地上爬行,很快,这些碎片又合成了原来的形状。

"但你隐瞒了一些东西。"戈菲不满地说。就在这时,他们进入了一个山隘,两只正在耕地的木头长颈鹿,从他们眼前消失了。

"我不知道,你指的是什么,将军?"

"那只花瓶和原来一模一样吗?"

"当然不是。它的各个部分虽然合在了一起,但上面的裂纹却还在。"

奥利弗突然停住了脚步,用手抓住妮碧,这样可以直接看到她的眼睛。"那就是说,你们并不是不能受伤的?"

"人类如果受了较大的伤,不是也要留下疤痕吗?"

"那只花瓶最后肯定会缺少一些极小的碎块的。"戈菲认定。

"马路旁边有一条排水沟,"妮碧回忆说,"有些极小的碎粒就在其中被冲走了。它们可能至今还在寻找那个物件的残余。"

"而没有了这些小碎粒,也就缺少了记忆的真实本性。"

"像你说的那样,听起来很让人伤心。"奥利弗说。

"我们要是想到谢哈诺如何对待我们,那就更让人伤心了。有谣传说,他在高塔脚下,让人建立了一座刑场,那是一盘巨大的石磨,只要进入磨盘,均被磨成细细的粉末。"

"我知道,你想说什么。"奥利弗说,"被石磨加工过的任何东西,都会丢失其真实的本性。"

"至少是当人们把这些粉末吹到空气中的时候。"

"或者扔到失落的记忆之海里,"妮碧补充说,"有人说,谢哈诺所以挖掘了失落的记忆之海,是为了在石磨修完之前把他的敌人先关押在里面。"

奥利弗的理智拒绝相信他所听到的一切。"难道就没有人能够制止这一切吗?"

"有的。"妮碧回答。

"我想知道是谁?谁是那个人?如果我们去找他,他或许还能告诉我,到哪里能找到我爸爸。"

"那个人就是你,寻者奥利弗。"戈菲带着巨大的自信说出了这句话,"独角兽已经知道,所以才给你起了这个名字。"

奥利弗的脑子里一切都开始旋转了。在这一天的时间里,他承受了这么多的事情,或许确实是太多了。他刚想反驳,却突然听见一个微弱的抽泣

第4章 记忆还活着的地方

声。"快听!"他说,"刚才是不是有人在哭?"

"我什么都没有听见。"戈菲说。

"或许你应该把翻领立起来,"妮碧建议,"或者把眼睛洗干净。连每只鸽子都能听到抽泣声。"蜂鸟从奥利弗的手指上飞了起来,消失在山隘的树丛之中。

抽泣声再次响了起来。

"现在我也听见了!"戈菲说,"或许有人需要帮助。"

"不,不要又来什么麻烦。"

"奇怪。我想象中的格里木完全是另外一个样子。"

"我去就是了。"

奥利弗走上了稍有坡度的沙土路,直到能够看到周围的景象。他的右手,还是几只耕地的长颈鹿。左手的土地尚未开垦。一片可爱的绿色草原,一直延伸到眼睛看不到的地方,矮树丛和桧柏棋布在这块土地上。近处有几座灰白的山岩拔地而起。一株巨大的椴树在那里抛下了阴影。

"我觉得,声音来自那些山岩,就在树荫之下。"奥利弗朝着抽泣声跑去。

只是到最后一刻,他才发现那个小男人。他刚想绕过一个树丛,朝两座山岩中间跑去,这时他看到了那个老者,他差一点儿就撞到了老者的身上。

一圈雪白的头发——样子很像是古代的月桂花冠——装饰着老者的头顶。上面所缺少的,被这个小男人满脸的连鬓胡须所取代。老者的服装使他想起了帕加马博物馆中的几尊古代雕像。遮盖着抽泣老者身体的宽褶服装,既不是裤子,也不是裙子。这显然是古希腊的长袍,实际是一块方形的大披巾——还是自然色的亚麻。白发人的身体远不及奥利弗强壮,这可以从未被遮住的部位看出来。他的右臂和双腿,细得就像是两根芦笋,从飘逸的长袍下显露出来。

老者还在继续抽泣着,他既没有看见奥利弗,也没有看见落在他膝盖上的玻璃小鸟,正在向他唱着一支委婉的曲子。

"埃留基德根本不想停止哭泣。"当奥利弗站到老者面前时,妮碧说。

"你认识这位老者?"

"我们是朋友。我想,如果我把你带到他身边,或许你能够帮助他。"

"可我本来以为,你是因为怕谢哈诺才逃进静林中去的。"

"那是在埃留基德突然来到这里,再也不想从这里离开以后。"

"他怎么了？他受伤了吗？"

"主要是因为他的心受到了伤痛。"奥利弗跪下来，试图观看一下老者的泪脸。他温柔地抓住老者骨瘦如柴的双手，轻轻抚摩着。

"你怎么了，老先生？有人伤害你了吗？"

老者没有反应。

"我是寻者奥利弗。"他说，"埃留基德是你的全名吗？"

老者继续抽泣。

"格里木现身了，奥利弗就是其中的一个。"妮碧说，"他在寻找他的爸爸。所以我们才准备进城，去纳尔贡。"

老者消瘦的身体突然一震。他抬起了眼睛，打量着奥利弗，在他的深眼窝里闪烁着异常活跃的火花。

"妮碧说的是真的吗？"他轻声说，声音如此低沉，让奥利弗吓了一跳。这不像是一个老人的声音。

"你应该比我知道得更清楚，你是这方面的专家。"奥利弗没有直接回答。"我到这里来，是为了找我的爸爸。他是几天前到卡西尼亚米的，因为他想拔掉谢哈诺身上几根鸡毛。"

"那就是说是真的了！"衰老的面孔突然一下子绽放了花朵，"我还以为，只有恶毒的预言才能应验。"

"失误是人之常情。"

"你说话像一个哲人。"老者说，"我很高兴，因为自从苏格拉底①之后，我所遇到的都是些蠢货——当然妮碧除外。"

奥利弗吃惊地望了一眼妮碧，然后他抓住了大衣的翻领。奇怪，在这个世界，只要一个小小的提示，他就会恢复以为早已失落的记忆。这种经历，他刚才见到陶俑时有过，现在又出现了。他再次望着老者的脸，轻声问："苏格拉底？你是说那个苏格拉底，索福罗尼斯科斯和菲纳蕾特的儿子？"

"赞西佩的不受欢迎的丈夫！"老者现在甚至露出了笑脸，"我看，你对他们并不陌生。"

"我只是从书中知道的。真奇怪，自从我和独角兽谈过话以后，我就又记起了很多很久以前学过但以为忘掉了的东西。"

---

① 苏格拉底（公元前496—前399），古希腊著名哲学家。

第 4 章 记忆还活着的地方

"只要你愿意,你的脑子就会发现很多你很久以前失去的东西。这在卡西尼亚很正常——在这里,失落的记忆都还继续活着。如果独角兽确实和你谈过话,那就更是这样了。"

"我的印象是,它不断向我提问题。"

"可那是**什么样**的问题哟!"老者的眼睛越来越明亮了,"'如果你能提出正确的问题,你就能使一个所谓的白痴变成一个智者。'我的老师一再这样教导我——至少说的是这样的意思。"

"苏格拉底是你的老师吗?"

"我还没有告诉你吗?是的,他在雅典集市上和人们展开辩论并巧妙回答大家的问题时,我被允许站在他的阴影下。"

"我多想也有这样的经历啊!"

突然奥利弗想起一个问题:"就我所知,苏格拉底只有一个学生,他叫柏拉图。埃留基德难道是你在卡西尼亚的名字,而你的真名却是……"

"你说我是柏拉图?"老者声音中的蔑视不容忽略,"不,我不是他。我的耳朵里常常听到,地球上的人对他钦佩得五体投地。噢,不!苏格拉底还有很多学生,不只是这个聪明的典范。像阿里斯蒂波、色诺芬都曾拜他为师。不,我的名字始终就是埃留基德,但在地球上已经没有人知道我了。"

"你好像不是特别喜欢柏拉图啊?"

"呸!柏拉图是个暴发户。在他的《对话》里,他谴责了最终导致苏格拉底喝毒酒致死的审判,但实际上柏拉图只是为了达到自己的荣誉和地位。他企图让世人通过**他的**笔认识苏格拉底。他在雅典开办了哲学学校,叫学园,向幼稚的年轻人灌输他的思想。如果这真是**他的**思想倒也好了!但他所谓的新学识,比如:人的灵魂不死,实际是从埃及人那里抄袭来的,而埃及人则传承了巴比伦的观念。不,柏拉图只是个虚荣的大嘴巴,一个妄自尊大的家伙,一个……"

"或许是因为你有一点儿嫉妒这个同学吧?"奥利弗打断了老者的话。

"嫉妒?我?绝对没有!"埃留基德挺直了腰板。这样他虽然不会长高一点儿,但却显得精神了许多。"我也是一个哲人。对生命的众多大问题,我建立过自己的观点。但我的处境可惜不如苏格拉底和我的几个同学。苏格拉底被处死,是因为人们控告他危害青年和亵渎神灵;人们把我也赶出了赫拉斯(Hellas),因为我主张人类不要对自己过于认真,我们只是由尘土构成的生灵,我们最重要的使命,就是证明神灵的真正意愿,而不至于陷入一些伪君子的手中。"

"就为这个,你被驱逐了?"

"是的,你应该知道,公众的看法是喜怒无常的——尽力取悦公众,就像猫在抓自己的尾巴:转圈又转圈,最后还是没有动地方。呐,当时至少还允许我自己选择去哪个国家——'主要是必须离开雅典',这是委员会的一致意见。我选择了当时还属于波斯的巴比伦①,因为我想,这是一个绝好的主意。"

奥利弗马上就想起了伊西塔城门。很有可能,埃留基德自己就进入过这座城门吧?他甚至还知道这座建筑的秘密。"为什么是巴比伦呢?"所以他很激动地问道。

"你知道希罗多德②吗?"

"那个希腊的史学家?"

"我想,你指的和我说的一样——你让我很惊奇,奥利弗。我曾和他交谈过,在他快去世前不久。另外我也读过他的作品。他对巴比伦的描述,启发了我的想象力。我对自己说,被逐出雅典,可以使我轻而易举地去另一个新的权力中心。"

"亚历山大③大帝确实计划把巴比伦建成他新帝国的首都。据我所知,他甚至要把城市的塔楼拆掉,好在同一个地点修建一个更加宏伟的建筑。"

"是的,但这时我已经生活在卡西尼亚了。即使我以百岁的年龄能够经历亚历山大进入巴比伦,那我最后还是要失望的。马其顿国王菲利普二世的这个不可一世的儿子当时并没有想到,他也只是个凡人。亚历山大死后,他的三个将军开始争执如何瓜分帝国的版图。这段时间,巴比伦的状况是很不妙的。我已经说过,这已经是我以后的时代了。我是在那个事件的四十年前遭难的。"

"这是什么意思?"

"有人记起了我仍然全力坚持的学说。当时巴比伦的统治者和雅典没有什么区别。有一天早上把我带走的大兵们对我说,只要我的案子没有澄

---

① 波斯于公元前539年占领巴比伦,公元前330年被马其顿灭亡。
② 希罗多德(公元前484—前425),古希腊著名历史学家。
③ 亚历山大(公元前356—前323),马其顿国王,古代世界最著名的征服者。

第4章 记忆还活着的地方

清,我就必须被关起来。他们把我关进了一间废弃的警卫室,紧靠着为纪念伊西塔女神修建的城门。可是,他们把我给忘了。虽然还有两个狱卒每天给我送饭,但哲人埃留基德却很快就不复存在了。所有认识他的人,都成了阴谋的牺牲品或者他们自己惰性的受害者。后来,有一天夜里,牢房的门打开了,我走了出去,进入了那座巨大的蓝色城门,当我穿过这座城门时,我发现自己已经到了卡西尼亚。"

"我也是穿过伊西塔城门进入卡西尼亚的!"奥利弗激动异常地喊道。他真的终于找到了一个对这个世界了解更多的人,但愿他能够指点他去找到他的爸爸。他刚要问埃留基德很多问题,突然从空中传来了妮碧的声音。

"噢,噢,情况不太妙!"

奥利弗用手遮住眼睛向上看去:"怎么回事?"

"一队陶俑武士出现在道路上,正向我们走来。"

"我把他们全给忘记了。"奥利弗说。

"我们必须时刻预见到他们会回来。"埃留基德淡淡地说,他的目光突然变得惊惧了。

"快来,埃留基德!我们必须藏起来!"

"我也是这样想的,可是你看:他们会找到每一个人。"原来的悲哀又回到哲人的脸上。

"你在说什么呀?"奥利弗紧张地发起抖来,"你不能就这样把自己放弃。快来吧,快藏起来!"

"我从谢哈诺爪牙的手中逃了出来,因为我觉得我会摆脱他的控制,但是命运是无法摆脱的。"

现在奥利弗真的生气了。他**需要**埃留基德——而且他还对这个怪异的老人产生了好感。"**没有什么命运!**"他向老者喊道,"只要我们自己不放弃,就没有什么是注定的。"

埃留基德在一瞬间惊诧了。然后,一片绝望的面纱又遮住了他那满是皱纹的脸庞。"你走吧,奥利弗。你所说的,可能适用于你,但等待我的,却只能是失落的记忆之海了。"

"他们马上就要接近山隘了。"妮碧通报说。一阵整齐的行军声音,渗透进了柔和的风中。很快,这个声音就变成了轰鸣。

"埃留基德!"奥利弗再次厉声喊道。他蹲下身去,抓住老先生的手,坚定地看着他的眼睛。"格里木需要你。**我**需要你。你不能在这里放弃自己,否则你就是也放弃了我和我的爸爸,甚至整个卡西尼亚。你真的愿意这样吗?"

老先生的黑眼睛慢慢抬起来望着男孩子。

"他们已经到了山隘!"妮碧尖叫道。

奥利弗感到他的大衣抖动了一下:戈菲说话了。

"求求你!快来吧!"

埃留基德叹了一口气。"给这个孩子一条战船,他会征服整个世界的。"

"你说什么?"

"快移动你的双脚跟我来!那边两个山岩之间有一个洞穴,我们可以藏到里面去。"

埃留基德精神的变化,使奥利弗有些意外。他差一点儿就陷入到谢哈诺搜寻部队的手中,只是通过埃留基德的拉扯和戈菲的推动,他才迈开了步,趔趄着穿过山岩,消失在洞穴中。

准确地说,这也不是一个真正的洞穴,只是山岩之间的一个大裂缝。奥利弗小心翼翼地探视着山隘那边情况。还什么都看不到。但那个轰鸣已经变成了震耳欲聋的响声。

然后他又看到的情况,使他几乎停止了呼吸:一支陶俑大军从山隘那边冒了出来。开始时只是移动迅速的脑袋,很快他就看到了真人大小的陶俑武士了。他们排成四列在山路上走着,队伍似乎没有尽头。他们发出的轰鸣的脚步声,使田野中的劳动都停了下来。每个人都胆怯地望着这支幽灵大军。

"我得说,这是我们在最后一刻的战略撤退,"戈菲发话了,"我估计,这至少有六个班。如果我们在外面,肯定会被他们发现的。"

"怎么回事!"埃留基德奇怪地说,"这里还有一个人。"他向周围看了看,但在半黑的洞穴中没有找到什么人。"谁刚才说了话?"

"我的大衣。"奥利弗说,他还没有完全恢复正常。

"你的大衣?"埃留基德疑惑地重复说,"我在卡西尼亚听说过各种奇奇怪怪的合作伙伴,可是这……"

"我的名字是戈菲将军。"大衣郑重其事地自我介绍说,"而且,一件大衣和一个人合作,也根本不算什么怪事,您以为呢?"

第4章 记忆还活着的地方

"不算,不算。"埃留基德开心地笑了起来,"如果仔细想想,这是个多么好的配合。一个人和他的衣服——几乎是自然的结合。我的全名——你们或许已经想到了——是哲人埃留基德,尊敬的将军。"

"久仰,哲人教授。我曾听到过您的名字,所以很高兴终于认识了您本人。"

"'奇怪的合作伙伴?'你指的是什么?"奥利弗插进了这场自我介绍的礼仪之中。

"他指的是,就像一个破碎的记忆可以把碎片重新黏合在一起——你还记得我们说的那个花瓶吗,奥利弗?——完全不同的记忆也可以结合成为一个新的共同体。"妮碧解释说。

"一个大理石半身雕像可以和一双无主的花岗岩腿结合起来。这对双方都有好处。"戈菲补充说。

"我想,我们不能在这里久留,我还需要习惯这个世界。"奥利弗说。脑袋和腿相结合的想法,使他感到不舒服。

"现在是我们应该上路的时候了。"埃留基德出人意料地用坚定的声音说。"我想,你们还想在黄昏之前赶到纳尔贡吧?"

"没错,或许在那里我能找到有关我爸爸的线索。"

"好吧,我在过去的四百年中,一直生活在这座城市,我对那里还是比较熟悉的。去那里的路上,当然不太容易躲过谢哈诺奸细的跟踪,可是最困难的事还在以后:因为我们还必须进入到城市里面。"

第 5 章
无形的窃贼

> 形而上学说到底只是认定一个事物并非如此的艺术；而逻辑学则只是充满自信地走向歧途的艺术。
> ——约瑟夫·伍德·克鲁奇

"但它不可能就这样在空气中蒸发了呀！"

叶茜卡的无助就写在脸上。她和米丽娅坐在波洛克家的客厅里，试图用恰当的词句描绘所发生的事情。

"让我们完全客观地把整个事实捋一遍。"米丽娅建议，"或许我们还是忽视了一些东西。"

叶茜卡无法很快镇静下来，她把双手伸向空中，激动地说："还有什么可以捋的？我今天早上和往日一样把房门锁好，等我放学回来，一切都没有变化。然后我就来到了客厅，想再看一眼爸爸日记中的一段，昨天上午我就曾为这一段动过脑筋，可是，日记却好像在空气中蒸发了。没了！跑了！它就这么消失了！"

"有没有可能你又把它放回阁楼上去了？"

"没有。我已经上去找过。"

"警察有你们家的钥匙吗？"

"肯定没有。他们两周前已经把他们所需要的东西全拿走了。加卢斯探长还来过两次，最后一次是上周五。博物馆的展品第四次被盗以后，他也不再相信我爸爸是窃贼了。恰恰相反，他甚至觉得，爸爸有可能被什么黑社会绑架了，或者被……"叶茜卡哽咽了。

第5章 无形的窃贼

"好了,"米丽娅安慰她说,"我不相信,他会遇到什么严重的麻烦。反正不会遇到加卢斯探长职权范围以内的事。我们知道的,要比警察想知道的多得多。我们还是先说日记吧:它肯定不在这套住房里。我们已经翻腾两遍了。你知道我觉得有什么地方奇怪吗,叶茜卡?"

"我现在没有心思去猜谜了。"

"你弟弟在博物馆给我的那张纸条也不见了。"

叶茜卡睁大了眼睛望着米丽娅,她突然感到很冷。"这不可能……"

"可能!情况和你这里一样,叶茜,什么都没有破坏,其他东西都不缺少,房间的门都锁着。"

"什么窃贼会对一本日记和一张纸条感兴趣呢?"

米丽娅看着叶茜卡的眼睛,很长时间,然后回答说:"是知道我们正在找他的人。"

"你是说谢哈诺的同伙?"

米丽娅点了点头。

"有可能,我们已经接近重大的线索,可我们却还没有意识到,是不是?"

"完全有这种可能。自从我们两周前第一次在我家会面以后,我就开始四处搜寻资料。差不多我每天中午都是在博物馆的图书馆里度过的。所以不能完全排除,谢哈诺的同伙就在博物馆工作,我突然对伊西塔城门的发掘历史感兴趣,引起了他的注意。"

"米丽娅?"

"怎么了,叶茜?"

"我害怕。"

"我不相信这个陌生人会对我们进行人身伤害。如果说他可以不让人察觉地进入我们的房间,那他也就可以想出任何一种恶劣的方法来对付我们了。"

"尽管如此。"叶茜卡低下眼帘轻声说,"几天以来,只要剩下我一个人,我就经常有一种奇怪的感觉。"

"这是什么意思?"

"我总觉得有人在监视我。"

"肯定是你的神经在和你开玩笑。你在这段时间经受的实在太多了。"

"可能吧。奇怪的是,这一切刚开始的时候,还不是这样。那时我的心情还只是很激动。可是现在——房间里就好像有什么无形的东西时刻在跟踪着我,必要时甚至会采取行动。就像今天这样,偷了那本日记。"

米丽娅知道叶茜卡指的是什么。她在头一天晚上同样是这种感觉。她拉起叶茜卡的手说:"你觉得怎么样,是不是搬到我那里去住,直到这件事结束?"

叶茜卡抬起眼睛感激地望着她的女友。"你真的会帮助我吗?"

"这不是朋友之间应该做的事吗?"

叶茜卡忍不住抱住了米丽娅。"你真好。我可以把电脑带去吗?"

这个问题使米丽娅感到有些意外。"可是,我家里不是也有一台吗?难道还不够?"

"我不想伤害你,但是用那种现成的电脑工作,就好像让一个美食家去吞食罐头食品。"

"这样的一锅汤会很有营养和很好吃的!你忘了我做的爱尔兰炖菜汤了吗?"

"没忘。那就是说我可以带我的个人电脑去了?"

米丽娅好像在仔细思考着什么。她把眼睛眯成了两道细缝望着叶茜卡。然后她终于说:"但你必须把所有的零部件都装进电脑外壳里。我不想在房间里摆上一个开着盖的汤锅;即使里面是爱尔兰炖菜汤也不行。"叶茜卡顽童般地笑了。"你真是一个宝贝。"

"我知道,"米丽娅也笑了,"但是我们只能吃桌子上有的东西。"

"我会做很好的土豆泥!"

"土豆泥?但愿我不会有一天后悔我今天的宽宏大量。"

大约一个小时以后,一辆满载的绿色标致停到了克劳斯尼克大街5号门前。

"你的车的后座可以翻倒,真是实用。"叶茜卡说。

"我真应该有个更大的房子。"米丽娅嘟囔着说,同时又看了一眼身后的一大堆东西。

她们共同把叶茜卡的家当拖到了二楼。当她们去取最后一批电脑零件时,米丽娅突然想到,她今天还没有去看信箱呢。她把信箱打开,取出了一个褐色的大信封。

第5章 无形的窃贼

叶茜卡屏住了呼吸。

米丽娅读出发信人的名字。"牛津来的,是纳坦。"

"你是说那个西摩教授?"

"我知道,他是不会用 E - mail 回答的。"

"来,我们快上楼去,看看他都写了些什么。"

尽管叶茜卡已经紧张得快要爆炸了,但米丽娅还是从容不迫地先点燃了两支蜡烛。外面天色已经朦胧,客厅里笼罩着一种虚幻的气氛,这只能是蜡烛双重光线的效果。米丽娅终于把信拿在手上。叶茜卡紧靠在座椅上,紧张地聆听着教授的话语。

亲爱的米丽娅:

从我的回信中,你可以知道,我已经收到了你的函件。我对此感到很高兴,因为我过去的大多数学生早已把我忘记——反正他们从来就没有再传来消息。尽管如此,我必须指出,你来信的方式并不完全合适。因特网在我看来只是传达人类情感的一种相当枯燥的媒介。你应该理解,我还不想剥夺古老而美好的皇家邮件的工作权利。并不是每个传统都是应该吹走的灰尘,虽然今天的年轻人是这样看的。因此我还是选择了英国历代国王用来传递信息的方式来回答你的问题。

好,现在来说你的问题,亲爱的米丽娅。我必须承认,我不敢准确地说,你想和我探讨的是不是一个玩笑,或者是一种考验,看我这个古稀的老教授的敏感度还有多少。最后我还是决定和你把这个游戏玩下去。至于那个怪异的铭文,我必须承认,你让我感到意外。它看起来相当原始!在这些神秘的诗句中,显然包含着一种统治欲望。那里面说到,那个需要找到其名字的人,企图在这一年过去之前统治两个世界。这样的表达方式,并没有什么特殊,因为很多过去高度文明的当权者都把自己看成是地球上的神。在众多壁画、纸卷密封和其他图像上,都可以看到凡间的统治者摆出神灵的姿态,也就是可以自由行动在地球和地球以外的社会中。

这样一些神秘思想至今还得以保留,我们应该感谢教皇——天主教的教宗,援引《马太福音》(第十六章第 18 和第 19 节)的内容,至今还认定他掌握着通往天国的钥匙,他的忠诚的门徒每日向上百万的教众发放免罪券,以使他们免受地狱之苦。

你看,米丽娅,这里显然是在说权力。所以我又一次仔细地考查了巴比伦历代国王的传承情况。在这个问题上,我向你极力推荐普里查德的著作,题目是《古代近东文献》,这你应该在我的大课里有所了解。你在格雷斯曼的《旧约中的古老东方的内容》一书中也可以看到,你在柏林可能更容易找到一部《苏美尔王表》。

对苏美尔历代统治者的排列,实际是一部古代的报告,其中的大部分由传说构成。你肯定还知道我对这种带有神秘主义的传说的看法。尽管如此,《苏美尔王表》中还是有一处引起了我的注意,因为它和"你的"谢哈诺雕像在古城基什①废墟上被发掘有关,似乎就有了新的含义。《苏美尔王表》中说:"大洪水过去之后,王国(重新)从天堂降临,这个王国(原来)在基什。"

米丽娅突然停下来,望着叶茜卡。
"你是不是也在想着我正想的事情?"
"老实说,能跟上你的教授的思路是很费劲的。"
"我是说,有没有可能,'从天堂降临'与那座城门有关? 我们可以设想,你在两周前的那个星期六曾去过博物馆,因为你弟弟有意穿过伊西塔城门,好进入那个失落的记忆的世界。是不是也有可能,曾有人从城门里走出来,在基什进入他的王国呢?"
"对于一个现代考古学者,你还真有些怪异的想法。"
"我是你爸爸的狂热崇拜者,叶茜!"
"好了。如果我记得不错的话,铭文里似乎关于重返伊西塔怀抱的说法,我爸爸可能得出了和你刚才一样的结论。"
"谢谢。我这个好学的门生感到很高兴。你知道这意味着什么吗,叶茜?"
"不知道。快说吧。"
"我们现在可能已经掌握了**重大**的线索!"
叶茜卡望着她女友那副异常严肃的面孔,空气似乎在这紧张中就要爆

---

① 基什,美索不达米亚古城邦,在今伊拉克中南部巴比伦以东。据古代苏美尔的资料记载,这是世界大洪水后第一个王朝的所在地。

裂。她很希望米丽娅是对的。然而,为了重新找到爸爸和弟弟去相信三四千年以前的古老铭文,是不是有些过于幼稚?可是另一方面:还有什么其他选择吗?警察也被蒙蔽在黑暗当中。她们必须做这个尝试。可是……

"我想,我们只有真正解开这个谜,才有可能把铭文的最后一部分翻译出来。铭文的作者显然是在告诉我们,如何才能从谢哈诺的控制下得以解脱。"

米丽娅点了点头。"你说得很对,这就是成败的关键。这最后一行字可能是从卡西尼亚返回我们世界的指南。"

"你的纳坦教授对此没有表态吗?"

米丽娅深深吸了一口气,重新去看教授那封信。

"纳坦在这里讲了一大段关于《苏美尔王表》的问题。"她总结了教授的论述,"唔——唔,唔唔——唔唔,唔——唔。"

"你说什么?"

"他在这里写道,这一切都发生在大洪水之前,至少古代的记载是这样说的。但是纳坦却不同意,大洪水之前执政的三个国王各统治了几千年,他认为这不太可能。"

"依我看,你这位教授是个相当机灵的男孩。"

米丽娅向她抛去一个责备的眼神,然后又继续读她的信。

"唔——唔,唔——唔——唔。现在他又表达了反对'神秘幻想的传说'的老观点。他认为,包括大洪水的传说都不可信。这从他尊敬的同行某些荒谬推测中就可以看出。例如,奥尔布赖特(他的著作可能叫《古代研究中的圣经诠释》,在我们这里可以搞到)写道:'如果基什不是《旧约·创世记》第十章第8节中的古实的原始图像,这完全是可能的,但在《圣经》中并没有提到,而宁录很可能就是基什的第一代统治者。'"

"难道这只是巧合?"

"什么?"

"教授提到了古城邦基什。"

"西摩教授称奥尔布赖特的论点是'具有宗教色彩的推测'。他在这里写道,——除了《圣经》以外——没有任何证据表明,宁录确实存在过,并指出,根据其他的资料,基什的麦巴拉格西是有记载的苏美尔的第一代统治者,也可以说,他是苏美尔的创始人。麦巴拉格西的头衔是'基什王'。而且,苏美尔文中的'统治者'一词(即伟大的人),也是首先来自古城邦基什。"

"等一等,等一等!"叶茜卡喊道。"别这么快。我的脑子里又都是名字了。"

"这就是我们敌人的策略;也叫做只见树木不见森林的原则。"

"你现在是不是想嘲弄我?"

"只是一点点,叶茜。"米丽娅笑了,但并没有嘲笑的味道。"等一下!"她轻巧地从深深的沙发里跳起来,奔向书架。"我这里有一本《圣经》,是美国标准版本,肯定已经有一百多岁了。"

"你是从哪儿弄来的?"

"在 John K。King Used and Rare Books。"

"伦敦?"

"错。是去美国旅行时从 Down－town－Ditroit 带回来的。这是一间梦幻般的书店,位于一座废弃的厂房里面。六层楼全都是书!我是在那里找到的。"

"你能再翻译一下吗?"

"当然。好,这里是《创世记》第十章第 8—10 节:古实又生宁录,他为世上英雄之首。他在耶和华面前是个英勇的猎户,所以俗语说:'像宁录在耶和华面前是个英勇的猎户'他国的起头是巴别、以力、亚里、甲尼,都在示拿地。"

"示拿①?"叶茜卡重复了几遍这个名字,主要是对自己。"我总觉得听到过这个名字。"

"噢,对不起。我只是按照这里写的念了出来。在德文《圣经》中,可能是施纳或者斯纳。"

"那就是苏美尔了。现在我记起来了。可是,在你的《圣经》里面却没有说宁录是基什王啊。"

"没有直接说。"

"这是什么意思?"

"你还记得宁录的爸爸叫什么吗?"

---

① 示拿,《圣经》中的示拿,据考古学家考证,即指苏美尔,也可以说是巴比伦。

第 5 章　无形的窃贼

"你是说古实?"

"用德文说就是库什。"

"库什……基什?听起来有点儿像。"

"特别是当你想到,在古老的文字系统里还没有像 a、e、i、o、u 的母音符号。"

"这我倒是不知道。没有母音时基什和库什这两个名称也就没有了区别。"

"而一个儿子用爸爸的名字命名他的驻地,也并没有什么奇怪的。你觉得是不是?"

"当然。"

"我想,我们应该在《名字的轨迹》下面添加两个新内容了。"

"你提到了那么多的名字,都把我给弄乱了。"

"我指的是基什的第一代统治者。由于西摩教授不同意像奥尔布赖特这样学者的观点,我建议,把麦巴拉格西和宁录两个名字都记下来。"

"我同意。"

米丽娅很快从写字台上取来了那张她早在两周前就已经开始记录的纸条,把新的名字补充了进去。

"我只是希望,到最后我们会更聪明一些,而这张纸条也能够对我们有所帮助。"叶茜卡说,"我在想,我们是否应该看一看,西摩教授是不是对拱顶石上的铭文有什么看法。"

"对,完全正确。等一等。"米丽娅重新关注那位英国教授的信。

"唔——唔——唔——唔——唔。现在他完全进入角色了。"

"他写了什么?"

"等一等。唔——唔——唔——唔。"

"不像有太多有用的东西!"

米丽娅又向她抛去责备的目光。

"好。这个纳坦仍然不肯错过机会,最后对'古老传说的不可信性'旁敲侧击一下,可是却做出了一个意外的招供。他承认,某些百科全书把宁录和巴比伦最高的神马尔杜克的名字联系在一起。他继续写道:'字母 MRD,出现在两个名字当中①,看起来是两个词的词根或**最重要**的组成部分!'教授甚至得出了这样的结论,说这种一致性完全可以理解为一种'隐蔽的指示',表明'宁录**确实**可能是一个历史人物,随着时间的延续——就像后来的埃及法老和罗马的恺撒一样——被当作神来敬拜。'"

"真不得了!"

"纳坦还说,这其实也并不是什么异常的现象。巴比伦的神坦木兹的情况也很类似。人们估计,坦木兹,也被称为杜木兹,最早是一个国王,但死后被神化了。格尼曾在《犹太人研究杂志》上写道:'杜木兹本来是一个人,是以力王。'纳坦的结论是:他很遗憾没有得到更多的东西,并表示道歉,对我寄去的'绝对神秘的,因而也是没有历史价值的铭文'的最后一段不能做出解释。这些模糊不清的诗句,让他想起了他的曾孙用拼字棋给他大孙女摆的谁也看不懂的词汇。奇怪的是,大学给他送去的电子邮件的打印件也不翼而飞了,所以他也无法进一步研究。再说一遍:他很过意不去,但祝你在寻找线索中一切顺利。"

米丽娅抬起头来,"就是这些。"

"我觉得,我是翻不了身了。"

"没有那么严重,你还牢牢站在地球上。"

"难道你不能严肃一点儿吗,米丽娅?"

"我说了假话吗?"

"我觉得,这一切都是那么让人害怕!"

"你在想什么具体的事吗?"

"铭文!你就没有发现,古铭文惟一的拷贝也被他丢了吗?"

米丽娅再次翻阅了一下信件。然后她惊异地抬起头。"你说得对。他没有把我们电子邮件的拷贝寄回来。我一直以为,你在电脑里还有一份拷贝。"

"可惜邮件发出后我已经把它删除了。看起来,好像有人要消除一切可能暴露的痕迹。"

"你是说……?"

"我已经不知道该说什么了。"

---

① 宁录(Nimrod)和马尔杜克(Marduk)两个名字中都有 MRD。

第5章 无形的窃贼

"教授生活在**英国**,叶茜!这几乎是完全不可能的:进入我们居室偷盗的同一个窃贼,飞快赶到了牛津,又偷走了我们寄给纳坦的信件?"

"同样内容的文字在几天之内几乎同时消失,不也是完全不可能的吗?"

米丽娅没有立即答复。"你说得对。这肯定是不正常的。"

"没有铭文的拷贝,我们也就无法解开最后一段之谜。那我们就回到了十四天前。如果说老实话,我们甚至走到了末路。不管奥利和爸爸在什么地方,我们都无法把他们救回来了。"

"不要过早下结论,叶茜。丢失拷贝虽然很糟糕,但我们还没有走到末路。"

"你这是什么意思?"

"或许还有另一条路,可以使我们找到谢哈诺的秘密。我们至少还有我们的'名字轨迹'。它们已逐渐成形。"米丽娅很快又在纸条上写下三行字,在桌子上推给叶茜卡。"这里。你读一读。"

叶茜卡沉思地看着纸条。

名字的轨迹

谢哈诺:失落的记忆之国卡西尼亚的统治者

欣:巴比伦的月神

伊西塔:巴比伦的爱情和丰收女神

伊斯塔尔:即伊西塔

夏马西:巴比伦的太阳神

麦巴拉格西:基什的第一代苏美尔王

宁录:《圣经》中的世上"英雄之首"

马尔杜克:巴比伦城的守护神,后来是迦勒底人的诸神之首

坦木兹:巴比伦的王和神,基督教十字架的制定者

杜木兹:即坦木兹

"你知道我想问什么吗?"过了片刻她说。

"问什么?"

"《圣经》里讲述的修建巴别塔从而造成语言混乱的故事……或许其核心内容还是真实的?"

"人们在巴比伦其实发现了一处地基,所谓的塔庙,就是一种巨型的塔式的阶梯庙宇。在古老的铭文中被称为 E－temen－anki。这个苏美尔文的意思是'天地基础之屋'……"

"那就是说,天地两个世界将在塔旁相撞。"叶茜卡自言自语地说。

"这是什么意思?"

"这个天地塔距离伊西塔城门有多远?"

"不太远。巴比伦的新年祭祀队伍就直接穿过伊西塔城门,然后拐进有天地塔的庙宇区。你为什么问这个?"

"啊,没什么。只是突然有一个想法。有可能这座天地塔是宁录修建的呢?"

"这不太可能。就我们现在知道的情况,它不像是座宁录时期建造的塔。"

"但是?"

"天地塔的遗址至今还没有进行过彻底的考查。"

"什么?我简直不敢相信!充满传说的巴比伦塔竟然几乎无人去研究?"

"巴比伦的地下水位太高,限制了发掘工作的进行。"

"尽管如此,人类已经飞向月球,可是家门口最大的秘密却让它沉到泥潭里。我觉得,这和我们的笔记丢失一样,有些神秘。"

"奇怪,我还从未如此看过这个问题。"现在该米丽娅陷入沉思了。

"或许这座古老的巴比伦建筑隐藏着一个秘密,有人不愿意看到它被揭露出来。我爸爸可能对此有所发现,所以他就消失了。"

"我慢慢也觉得一切都是可能的了,叶茜。全世界的很多民族都有关于修建巨塔的传说。你知道吗?"

"老实说,我不知道。"

"但情况就是这样。在缅甸北部、在阿兹特克人、玛雅人、迈杜印第安人以及西伯利亚北部的克特人,都有描述修建像宁录塔那样的传说。等一下,我想,我书架上还有这方面的书。"米丽娅跳起来,不一会儿就取回了一本新书。

"这本书的作者是一个叫恩斯特·伯克伦的博士。他在这里写道:'《创世记》第一章第 11 节和各个民族类似的描写,很可能是对真实历史的回忆。'"

"'对历史的回忆'？我不知道。不知为什么我很难接受这种说法,说修建巴别塔的事情确实存在。那是……不合乎逻辑的。"

"逻辑就是二加三等于五,叶茜。这里与逻辑毫无关系。你的怀疑可能是因为你无法设想,一个被人只当成神话的传说竟然真的发生过。但我们必须小心才是！"

"什么意思？"

"这可能是阴谋的一部分。我们都是这个时代的人。每一个你遇到的人都是落在石头上的一滴水:你没有察觉到什么,但他却会缓慢地把你滴穿。我们也可以说,环境在造就我们。但是,大家都相信的事情不一定就是真理。丹麦哲学家克尔凯郭尔甚至说过:'众人就是谬误。'"

"他有些夸张了吧？"

"他的意思肯定是,每个人都应该自己决定,什么是真理什么是谬误;随大溜虽然很容易,但是什么时候曾由此而出现过积极的变化呢？"

"这我能明白。如果鲑鱼一直这样行动,恐怕早已绝种了。你现在有什么建议？"

"让我们再从头开始。或许西摩教授给我们的启示要比他想象得多。你还记得,坦木兹或者杜木兹是在哪里建国的吗？"

"我肯定是忽略了。"

"纳坦曾援引了一个叫格尼的文章:'杜木兹原来是一个人,是以力王。'现在请注意,我们刚才念过的《创世记》第十章第10节关于宁录的话:'他国的起头是巴别、以力、亚甲、甲尼,都在示拿地。'你发现什么了吗？"

"你这么一念,我不得不说:不论谈到坦木兹还是谈到宁录,都说他们开始是在以力建国的。如果我说,坦木兹和宁录就是同一个人,你还会说这是错误的逻辑吗？"

"让我们说,这是一个重大的线索,可以为我们的怀疑奠基。"

"难道总得由您说出最后的结论吗,福尔摩斯先生？"

"请您少安毋躁,华生博士。我建议,用放大镜仔细研究一下这个宁录。"米丽娅再次拿起笔,在那个名字下面划了一条线。"如果他确实就是坦木兹的话,那么他的胳膊——或者说他的十字架——能够伸到我们这个时代吗？你是不是想过,在多少教堂和居民家里都悬挂着十字架,也就是坦木兹的现代化的绳索吗?"

"还有白色的姑娘脖子和黑色的皮夹克!这听起来确实像是一个阴谋。"

米丽娅点了点头。她的手不由地摸了摸脖子上挂的黄金十字架的项链。"现在,请注意。西摩教授提到,在马尔杜克和宁录的名字中'最重要的组成部分'是三个字母 MRD——你肯定还记得,我们说过的库什和基什吧?"

"你是说,按照古文字的写法,即没有母音,这两个名字是一样的?"

"没错。你看这里。"米丽娅再次拿起笔,从"名字的轨迹"中写出两个名字,以大写字母排在一起。然后在两个名字下面的三个字母下面划上线。在一瞬间,屋子里一片寂静。

桌子上摆放的两支蜡烛中的一支烛光突然跳动了一下,把叶茜卡吓了一跳。纸条上写的,如果不是极大的震动,那就是一个奇怪的巧合:

NIMROD(宁录)
MARDUK(马尔杜克)

"真是令人惊叹的一致性。"叶茜卡不得不承认,"特别是如果我们把母音全部去掉后所剩下的字母:NMRD 和 MRDK。它们的区别只是一个字母。"她拿过米丽娅手中的笔,把子音都写在纸条的右下角上。她专注地望着这些字母。然后摇了摇头。"我记得我给你讲过,我特别喜欢这种游戏。"

"是的,我想,你曾提到过你以前发明的密语。"

"就是这样。早在我六岁时,我就不断说一些我自己想出来的新词语。八岁时,我就只说我自己的语言了——持续了整整两个星期,我爸爸当时肯定是很担心的。后来,我开始把我发明的词语都记录下来,近三年来,我在电脑上进行了词汇变位法和密码学的试验。"

"啊,是吗?"

"密码学从古代的密语到现代的加密技术,概括了一个很大的领域,这对你肯定不是什么新鲜事……"

"怎么说呢……"

"……所谓变位在数学上是指一个有序集合中元素位置的变化。"

"我从来就不是炼金术的崇拜者。"

"用在词语的组合上,变位法既可以变出新的词语,也可以把隐蔽的词语解读出来。"

"我觉得,你得讲得具体一点儿。"

"那好。一个简单的例子:REGEN(下雨)一词,如果我们从后面向前读就变成了 NEGER(黑人)。同样一个简单的变位是 REGAL(书架)和 LAGER(仓库)。你听说过吗?"

"学习诗人和哲人的语言,即使没有这些游戏,对我也从来不是好吃的糖果。"

这次该叶茜卡向女友抛去责备的目光了。"那你现在或许还可以学一学。好好注意。"她把"名字的轨迹"摆好,在宁录和马尔杜克的旁边又写了两个新词,并在每个词的三个字母下面各划了一条加重线。然后推给米丽娅看:

BABYLON(巴比伦)
BERLIN(柏林)

叶茜卡带着胜利的姿态望着她的女友。"和前面完全一样。如果去掉母音——Y,我始终把它看成是母音——那么就剩下了 BBLN 和 BRLN。"她把这些字母也记到了"名字的轨迹"上。"西摩教授可能会说,在巴比伦和柏林的名称中'最重要的组成部分'就是 BLN。你看,这种字母游戏,对我们并没有什么帮助。"

如果叶茜卡以为,米丽娅又会用鲜亮的笑声来回敬她的话,那她可就彻底失望了。这位爱尔兰女学者只是吃惊地望着她,然后又注视那张纸条,然后又转向叶茜卡的脸。

叶茜卡刚才兴奋的狂喜消失了。所剩下的,只是不知所措。

"你不会认为……?"

米丽娅点了点头。十分缓慢,却点了三次。"你是一个天才。叶茜!这是我绝对不会想到的。你知道这意味着什么吗?"她用手指敲着纸条的右下方。

名字的轨迹

谢哈诺：失落的记忆之国卡西尼亚的统治者

欣：巴比伦的月神

伊西塔：巴比伦的爱情和丰收女神

伊斯塔尔：即伊西塔

夏马西：巴比伦的太阳神

麦巴拉格西：基什的第一代苏美尔王

宁录：根据《圣经》是世上"英雄之首"

马尔杜克：巴比伦城的守护神，后来成为迦勒底人的诸神之首

坦木兹：巴比伦的王和神，"基督教"十字架象征的制定者

杜木兹：即坦木兹

NIMROD（宁录） BABYLON（巴比伦）

MARDUK（马尔杜克） BERLIN（柏林）

NMRD

MRDK

BBLN

BRLN

"这不就是说，几千年前就已经注定，谢哈诺，或者这个名字后面的什么其他人将'重返'柏林吗？"

"当时当然还无法想到柏林。但如果把你的解释相对化一下，就应该是一座'内城'重新建立的城市，它的名字和内城原始所在地'最重要的组成部分'相一致，那么你就是对的。"

叶茜卡脊背上流过一股寒气。"我觉得，我不行了。"

"我从来没有想过，一个人可以充满自信地走向歧途。我在大学里所学的一切，一下子就都变成了空话连篇。"

叶茜卡真想在这个星期二逃学，但米丽娅却坚持要她继续正常的生活。

"你比一个母亲还可怕。"叶茜卡抱怨说。

"我一直就想知道，母亲到底是什么。"

"你为什么还没有孩子？"

米丽娅没有立即回答。"或许因为我一直很忙没有时间。"

"这听起来,好像你有一天还是会喜欢一个小淘气的。"

米丽娅高声笑了,用手抚摩了一下叶茜卡的头发。"首先,我已经有了一个快要长大的女儿。好了,你现在去上学吧。"

"好吧,妈妈。"

就在叶茜卡整个上午在课堂上忍受折磨的时候,米丽娅在博物馆里做着她每日的正常工作。她迫不及待地等着中午的休息。最近两个星期里,她每到这个时间都在博物馆的图书馆里度过。如果托马斯·波洛克灵敏的嗅觉能够在罗伯特·克尔德韦的发掘日记中得到证实,那她或许也能成功。应该去寻找什么,她甚至已经有了一个具体设想。

叶茜卡的爸爸抄写拱顶石铭文的那本书已经找不到了,米丽娅对这样的事情已经不再感到奇怪,因为在这之前铭文的所有复制件都已神秘地失踪。所以,她只能依靠图书馆现存的资料。即使如此,可看的东西仍然不少:克尔德韦和他的助手、后来担任近东博物馆馆长的瓦尔特·安德烈的笔记,以及有关人员的名单、发掘出来的文物清册、货运单据等等。她像蜜蜂一样勤奋地收集着各种资料、做记录,有些还做了照相拷贝,但她总是觉得没有什么进展。如果不是有人彻底消除了一切有关伊西塔城门秘密的痕迹,那就是米丽娅在答案面前视而不见。

就在她这样坐在图书馆,用双手支撑着脸,无味地咀嚼着奶酪面包时,突然有人对她说话了。

"您在这里做什么?"

米丽娅吓了一跳。"海杜克教授!我没有听见您进来。"

"这可能是因为您过于投入的缘故,麦卡林博士。您能不能——叫我怎么说呢?——和我分享这个小小的秘密呢?"

"啊,没有什么,教授……"

"这个'没有什么'竟然是这么一大堆图书和资料,博士小姐?"

"嗨,我是说,都不是对博物馆有意义的东西。我不久前遇到了托马斯·波洛克,就是那个失踪的巡夜员的女儿,是她请我帮忙。"

博物馆的另一个工作人员进入了图书馆,米丽娅在雅诺什·海杜克的脸上发现了一丝尴尬,但嘴角很快就又恢复了常见的笑容,他说:"波洛克的孩子。我记得。他们也曾到我这儿来过。如果您能过一会儿到我办公室去一下,那就太好了。两点钟怎么样,麦卡林博士?"

"两点,OK,海杜克教授。"

"很好。请准时。"

海杜克没有再说什么话,就消失了。奇怪的谈话,米丽娅想。她记得,这个教授不太愿意看到工作人员为个人目的使用博物馆的设施。但愿这不是她被邀请的理由。

当然也可能完全是其他的理由,决定了这突如其来的邀请。最近这几天,海杜克身边发生了不少动乱。谢哈诺被盗以后,又有三件展品从博物馆不翼而飞。这使得包括海杜克在内的博物馆员工有些喘不过气来。

一些记者批评博物馆馆长,说他没有采取足够的保安措施,但奇怪的是,这些却都丝毫没有损害这位教授的无可挑剔的声誉。米丽娅一再感到惊讶,这个不起眼的匈牙利人不知怎么竟能做到第二天就把充斥报纸上的头版头条新闻很快就忘掉。甚至有谣传说,雅诺什·海杜克上个星期被提名担任柏林市政府的高级官职了。

两点整,米丽娅敲响了海杜克教授秘书室的玻璃门。她小心地把门推开,伸进头问:"我可以进去吗,芭布茜?"

馆长的精干女秘书向她招招手。她把电话听筒夹在耳朵和肩膀之间,轻声说:"进来吧,但还要稍等片刻。教授正在打一个重要的电话。"

米丽娅进入了办公室,看着芭芭拉·巴克——这是女秘书的正式姓名。从旁边的房间里传出了教授低沉的声音。巴克夫人继续她的通话,不知是哪位侄女要向她借一副滑雪板。米丽娅无聊地望着芭布茜——这是她的昵称——的身材,她不明白,她的这位同事为什么为了这么一件体育用具犹豫这么长的时间。女秘书把巧克力盒向她递了过来。米丽娅从写字台躬身过去接受馈赠。当芭布茜又全力去捍卫她的滑雪板时,米丽娅的目光落到了写字台上的一份活动日程上。

  福克斯·克里斯蒂拍卖行:皮特罗·得拉·瓦勒,新发掘文物拍卖会。12月4日,伦敦。

字迹几乎看不清。当然也不需要。芭芭拉·巴克只是给自己写的备忘

第5章 无形的窃贼

录。而且字句也不完整。

这个记录不知什么地方有些奇怪,但米丽娅却说不出来是什么。肯定不是日期本身。全世界的大博物馆都对公开拍卖感兴趣,这很正常。而伦敦的克里斯蒂拍卖行又属于这方面的第一流地址,特别涉及到稀有的珍品。或许……

就在这一刻,里面的房门打开了。海杜克教授站在门口。

"您很准时。这很好。请进来吧,麦卡林博士。"

当米丽娅在那张橡木大写字台前坐下以后,雅诺什·海杜克终于露出了真相。

"我想开门见山,博士小姐。我想,您知道我关于在博物馆内使用公家设施用于私人事务的立场?"

"我……当然,教授。"

雅诺什·海杜克沉思地看着在他指间旋转的那块碎陶片。"您认为这个规定——叫我怎么说呢?——是不是不合适?"

"根据我的记忆,您一向愿意看到博物馆的员工能够带着个人的热情做好工作。但这几乎不可能,如果他不在业余时间……"

"您说得的确很好,博士小姐。当然您说得对!可是,涉及我们那个巡夜员和他的孩子的事务,肯定不会对博物馆或您本人有什么意义吧。您应该在很多方面感谢博物馆的。您还记得吗?"

"我当然记得很清楚,教授。"

雅诺什·海杜克一下子从椅子上站了起来,他手中的玩物滑落到桌面上。他用双手支撑着桌子向前躬身对米丽娅说:"请您这样看这个问题,麦卡林博士。您肯定希望今后在这座博物馆里有一个好的前程,是吧?"

米丽娅惊异地望着她的上司。"我刚才听到的可以理解成威胁吗?"

海杜克把头仰到后面,哈哈笑了起来。

"您想到哪儿去了,我亲爱的!我只是提醒您注意您的职责。去追寻一个什么幻象,是既无用也不合乎逻辑的。请您像过去那样工作吧。很有可能,在不久的将来我们馆会有一个重要职务空缺,您自然是我想到的可以承担这一职务的少数人选之一。您听明白了吗,麦卡林博士?"教授伸出手和米丽娅告别。

"谢谢您给我上了一堂逻辑课。"米丽娅淡漠地回答,从椅子上站了起来,把教授留在了大写字台后面。

米丽娅从这次不愉快的谈话中立即得出了结论。她直接又回到了博物馆的图书馆。

她恰好遇到了一个她可以信任的同事。

"约阿希姆,请帮我一个忙,为我在数据库里查一查,有没有标明发掘者是皮特罗·得拉·瓦勒的展品。"

"你是说那个意大利的贵族?"

"就是他。"

"你为什么不在自己的电脑上查?"

"你知道,我在这方面不灵。"

"那好。我去给你查,但只是因为我无法抗拒你那一头红发。"

"你这个老色鬼!"

"错!我只不过不想被你迷住。"

"真讨厌!快去让鼠标跳舞吧。"

约阿希姆笑了,赶紧去操作他的电脑,把巨大的数据库里有关数据调出来。图书馆的数据库里有全部图书的关键词,全柏林的国家博物馆的所有展品,等等。光是意大利的名字就数不胜数,但电脑的回答总是简单一句话:"没有记录。"

"看起来,你的意大利王子还没有在我们这里定居下来。"米丽娅的同事得出了这样的结论。

"唔。那我就得去找另外一个崇拜者了。谢谢你,尊敬的比特和字节大师。"

约阿希姆不解地望着飞走的红色飘发。过了片刻,他才喃喃地说:"别客气。欢迎再次光临。"可这时米丽娅早已经消失不见了。

"你真的说要去找另外一个崇拜者?"叶茜卡嬉笑着摇头。

"我说了。"

"我知道,您对年纪大的男人有一种偏爱。可是非要找个四百岁的……"

"闭嘴,叶茜。你非得把我嫁出去不可吗?"

第5章 无形的窃贼

"那么,这个意大利人是怎么一回事?"

"皮特罗·得拉·瓦勒在某些方面是个很有趣的人物。在那个时代他游历了世界很多地方。他去过印度和波斯,埃及和叙利亚。但当我在芭布茜的纸条上看到他的名字时,我突然想到,这个得拉·瓦勒也曾见过巴比伦的废墟。"

"真的吗?"

"是的。据说,他曾认为巴比伦东北部巴比尔的废墟山头就是巴别塔。"

"就是《圣经》里说的那座塔?"

"这个瓦勒显然是这个观点。他曾在乌尔①和巴比伦收集到几块带有字迹的古砖,并寄回了欧洲。今天我们可以说,这些陶土文献和他在帕塞波里斯②拷贝的铭文,是到达欧洲的第一批古苏美尔楔形文字的实证。"

"当时肯定引起了轰动。"

"公众的认可是有限的,人们只是认为瓦勒的文字砖是个稀有的物件。可惜它们在时代的混乱中全部失落了。至少我现在是这样认为的。"

"而现在,你认为在伦敦拍卖的就是一块这样的砖。"

"正是这样。"

"我不明白,这与我们的寻找行动有什么关系?"

"你曾两次去了海杜克教授的办公室,是不是?"

"这你知道得很清楚。"

"你发现他的行为中有什么不寻常的吗?"

叶茜卡想了片刻。"对。当然!他手里老是在玩什么东西,好像是块带有很多纹路的石头。"

"这些纹路就是楔形文字。"

"那这东西就很珍贵了!"

"海杜克老是强调,那只是一件仿制品。"

"但现在你已经不相信了?"

"我只是想,如果瓦勒找到的文字砖恰好是一块伊西塔城门拱顶石呢?或者,如果他在巴比伦偶然找到了那段神秘的诗文最后一行的秘密了呢?我总觉得有些不对劲,教授不应该只因为我去图书馆做私人的事情就这么

---

① 乌尔,又译吾珥,古代苏美尔的重要城市,位于巴比伦东南。
② 帕塞波里斯,伊朗阿契美尼德王朝的首都。

责备我,而且同时他还对博物馆隐瞒了一件重要的发掘文物,占为了己有。"

"或许他根本就不想要它。"

"有一点你不要忘记:在女秘书的纸条上写着:'皮特罗·得拉·瓦勒的新发现',一般情况下,拍卖行只通知顾客可能特别感兴趣的物件。这其中首先是收藏者手中特殊时代或固定领域的东西,而且是与顾客曾在拍卖中买过的东西密切相关的文物。但是,我查过我们的数据库:在近东博物馆里没有瓦勒的发掘文物。海杜克是自行其是。"

"或许他就是谢哈诺的帮凶?"

米丽娅像着了魔一样望着叶茜卡。然后不得不笑了起来。"我们的大牧师?神秘幽灵的帮凶?不,我真的不能相信。我曾想过,他——或许自己还没有意识到——手上有拱顶石的铭文,但却在保密。"

"可他为什么要这样做呢?"

"或许因为他认为能够从中获得好处。他是一个野心很大的人。博物馆里有谣传,说他很想当市政府的文化部长。"

"我记得很清楚,爸爸在日记中曾提到对内城为什么要保密提出过质疑。海杜克认为这个问题很可笑。可是看来追寻这个秘密的恰好就是他。你如果愿意,可以说是为了他的前程,但我对这个家伙是越来越反感了。他今天威胁你要把你赶出去,可你却还为他辩护。"

"他毕竟是我的上司,叶茜!"

"你肯定也对一个职位感兴趣吧。"

"叶茜卡!你难道会以为,就因为海杜克威胁我,我就会丢下你和你的全家不管吗?"

"难道不是这样?"叶茜卡突然冒出了这句话。整个这段时间,这个想法一直压抑着她。眼泪流到了脸上,她压低声音说:"他不是对你说,你应该把我、奥利弗和我爸爸忘记吗?否则对你的前程会产生严重后果的。我觉得,最好我还是整理我的东西……"

"叶茜卡!"米丽娅的声音显然过大了。叶茜卡的责备也使她有些激动。她抓住了女孩的胳膊,用力把她抱过来,好长一段时间。等叶茜卡的情绪稍微稳定以后,米丽娅再把她推到可以看见她的面孔的距离。"我希望,你永远也不要再这样想了。明白吗?"

叶茜卡垂下眼帘点了点头。

第5章 无形的窃贼

"我们两人是好朋友,你知道吗?如果海杜克教授——不管是善意还是恶意——向我提出不合理的要求,那就让他留在长胡椒的地方吧。"

叶茜卡困惑地抬起眼睛望着米丽娅。"对不起,我刚才对你很卑鄙。"

"好了。你确实承受了不少压力。我并不生你的气。"米丽娅鼓励地拍了拍叶茜卡的后背,然后说:"来,我有一个主意。我们现在坐到那边去,把还记得的拱顶石铭文想出来。"

叶茜卡的眼睛又发亮了。"当然,"她小声说,"我们为什么没有早一点儿想到呢?"

她们马上开始工作。大约半个小时以后,她们共同把铭文的译文重新写了出来。

"现在只剩下最后一行了。"叶茜卡又念了一遍说。

"我们没有必要为被倒掉的牛奶发什么牢骚。我们最好还是想一想,我们现在已经掌握了多少东西。你看,"米丽娅指着一段文字说,"'他的真名字是他的桎梏。'这仍然是我们面前的最重要的任务。如果我们能够解开谢哈诺的真实名字,我们就可以制约他。"

"你觉得,宁录可能是他的真实名字吗?"

米丽娅摇了摇头。"宁录对犹太人、基督徒和穆斯林可以说都是一个活着的概念。我觉得更有可能的是,我们寻找的名字应该是涉及到谢哈诺的品格和他的意图,并反映他的真实本性才行。我在图书馆找到一些东西,可还不知道如何处理它们。"

她从软座上像不倒翁一样弹了起来,奔向写字台。叶茜卡喝了一口米丽娅烧的芳香美味的茶。她顺便看了一眼米丽娅在图书馆写下的一份名单:

克尔德韦,罗伯特
安德烈,瓦尔特
韦策尔,F.
鲁瑟,O.
布登西格,G.
霍提,拉茨洛
扎豪,爱德华

路德维希，H. F.
莫里茨，布鲁诺
卢山，H. V
迈尔，H. F. L.
迈斯纳，布鲁诺

叶茜卡支撑着脸沉思地看着。除了克尔德韦和安德烈之外，其他的名字对她都很陌生，还没等她问起这份名单的用处，米丽娅已经抢先了一步。

"在这里，现在我找到了！"米丽娅从写字台回来，干脆盘腿坐在了地上。"公元前三千年，苏美尔统治者的称号是'世界四方之王'。"

叶茜卡为之一震，米丽娅的话突然触动了她的记忆。她有些茫然地说："也可以翻译成'世界之王'。"

"你说什么。叶茜？"

叶茜卡的目光似乎透过房间的墙壁射向另一个虚幻的目标。"我爸爸在日记中曾提起过这个。这个称号就刻在谢哈诺雕像的底座上。我还清楚地记得爸爸的话，尽管我再次翻阅日记时再没有读到这句话。"

"那就是说你爸爸或者奥利弗曾给你念过。我觉得，这个称号也应该列入我们的'名字的轨迹'之中。你觉得呢？"

叶茜卡果断地点了点头，说："只要我们抵制，谢哈诺就不可能偷走我们所有的记忆。"

"我更喜欢你现在这个样子。"

"但是，我认为，我们现在决不能再浪费时间了。"

"我不觉得，我们到目前为止做的都是浪费时间。"

"对我爸爸在日记里写的事情，我似乎越来越明白了。请不要忘记，拱顶石铭文上说的是什么：'否则在岁序更新时，他将统治两个世界——活着的和失落的记忆'。今天是什么日子？"

"11月24日，为什么？"

"因为我确信，为破解这个谜，我们只还有三十七天的时间。"

"是的。你曾经说过一次。"

"没错。而现在我知道，我们的表只能走到12月31日。如果'活着的记忆'就是我们的地球，那么谢哈诺就只能到那时还有时间把它拿走。"

第 5 章 无形的窃贼

米丽娅似乎还没有完全被说服。"关于时间,我们不应该过早下结论,叶茜。据我所知,目前在我们这个地球上还有十四种不同的历法。这你必须想象一下!按照这些历法,我们在十二个月之内,过十四次新年。这还不算古巴比伦的纪年方法。它和今天的所有的历法都不同。新年大约在春天日夜相同那一天的两周以后,相当于我们的三月。"

"我们不能这样计算。我自己还不能解释,但我们不能掉进陷阱中去。西摩教授在他的信中说,铭文使他想起了他孙女的拼字棋。我们恰好过于拘泥于这样的棋子了。米丽娅,请想一下巴比伦和柏林名称中雷同的字母吧。我们昨天还说过,谢哈诺或许在寻找一个新的回归场地:一个我们时代的博物馆,一座我们时代的城市。我们必须认定这样一种想法:铭文里提到的岁序更新说的就是今天的柏林。"

"你真的可以给人以勇气,叶茜!当柏林人打开香槟酒欢庆新年的时候,谢哈诺却从容不迫地夺取了世界。"

第6章
噩梦女王的秘密

> 在你们那里，先生，习惯把名义看作本质。
> ——歌德

·纳 尔 贡

拿一只巨大的骰子筒，根据不同的胃口把世界上所有的建筑都放到里面，然后彻底摇一摇。这可能就是修建这座纳尔贡城的方案。至少奥利弗得出了这样的结论。他在朦胧时分从隐蔽处出来观望这座城市的城墙时，得到的就是这个感觉。他估计，在兴建过程中，有些房屋发生了破裂，也有些废墟是各种怪异结合而成的新建筑。在此时此刻，他确实无法用其他理论解释这样一座奇形怪状的城市到底是怎样形成的。

"纳尔贡是一座十分古老的城市。"埃留基德在他身旁轻声说。

"这也是我的印象。"

"大部分建筑是由卡西尼亚活着的记忆修成的，只有很少出于人类之手，所以对你或许是有些陌生。"

"这是对我当前感受的十分谨慎的描写！"他可能得重新考虑他的骰子筒理论。

"有些房屋里面还隐藏着特殊的秘密。"

"是吗？是哪些房屋呢？"

"别着急，等到夜里再说。到那时你就会明白我说的意思了。"

奥利弗感激地接受了这个建议。他已经走了一天的路，现在有些粉身

第6章 噩梦女王的秘密

碎骨的感觉。不,这可能还不是对他的现状的准确表达。他在埃留基德的身边透过树丛观察着这座城市的时间越长,他就越发意识到,他的疲惫主要不是来自肢体,而是来自心里。

他试图把这个奇特的感觉甩掉。他的这种筋疲力尽的感觉,难道真的是因为他没有想到能够经历这样的长征吗?可笑!其实像这样的长征是会要我的命的,他对自己说。在波洛克家里,需要出力的事都是叶茜卡干,而他只是用画笔练习他的绘画风格。可是,这却丝毫无法真的排解他的疑惑。

或许是因为那么多的新印象转移了他的注意力——当然还有这位精神抖擞的老者在他的身边。这位小个子男人恢复了自信以后,奥利弗就很难控制他了。埃留基德行进在他称之为"伟大的捷径"上,像一匹小马驹那么活跃,而奥利弗却是每走到一个山丘,总是希望前面终于会有一座地铁车站。

距离这座城市越近,"梦幻标志"也就越多。对埃留基德来说,所谓"梦幻标志"就是蓝色或红色草原之间的粉红色道路、橘黄色的山岩和红绿方格图案的云彩。

"我还是不明白,"奥利弗说,"如果这些彩色的自然景观都来自人类在地球上遗忘的梦幻,那为什么在卡西尼亚分布得并不均匀呢?"

"妮碧和戈菲告诉过你这些只是地球上的梦所造成的吗?"

奥利弗不知所措。他疑问地望着老者。高高的天上,哲人的后面,一个长胡子老人坐在一把躺椅上飘过。奥利弗看到他似乎在读一本书。

"现在是我该给你解释的时候了。"埃留基德说。

"我觉得也是。"奥利弗嘟囔了一句。但他的目光很难从天上那个老爷爷的身影上移开。

"**梦的力量**,其影响远远超过只是制造一些彩色的自然界。我给你讲话时,你为什么不看着我?"

"噢,对不起。我此刻有点儿走神儿。"

"我想,如果说所有你感到陌生和不习惯的东西都是来自地球的话,是不会太错的。但并不是所有你认为不合乎自然逻辑的东西,都是在地球上制造的。"

"我觉得,这你得给我讲具体点儿。"

"我想要说明的其实很简单。每一个人,只要他生活在地球上,都有自己最喜欢的梦。有人希望自己成为一个大歌星,另一个又希望一下子就能吞下三桶红莓果酱,而第三个人或许是希望对每个他遇到的女人都有不可抗拒的魅力。你可能不相信,人类最常见的梦是飞翔。"

"这我相信。"

"那好。但也还有使人压抑和恐惧的噩梦。可惜这种梦现在也开始在卡西尼亚频繁活动,最近有段时间,这种梦是越来越多了。"

奥利弗惊恐地望着老者。

"不必担心。只要天还亮着,这种讨厌的梦怪就几乎看不见。"

"这我就放心多了。这里也有动物的梦吗?"

"当然!也是有的。但是,动物的想象力远不如人类。如果你路上看到一根七尺长的骨头在跳动,那就可以肯定,你是遇到了一个狗梦。"

"我想,还是不要遇到的好。"

"你曾有过一个喜欢的梦吗?"

"我不知道。人经常忘记自己到底做了什么梦。"

"在卡西尼亚却不是这样。在这里,所有失落的记忆都会复活。你可以想一想,奥利弗。这是什么?难道你就没有希望过会隐身,或者类似的事情吗?"

奥利弗耸了耸肩膀。他正想说,他没有想到什么特殊的事情,就在这时一个记忆突然出现了。"我曾经想要变成风。"

"哦!"妮碧兴奋地往上一跳。"真是一个可爱的梦。风能够托着鸟的翅膀飞向世界各地。我早就知道,你**的确**是一个特殊的人类之子,奥利弗。"

"啊,这其实也没有什么。"奥利弗说出了自己的感受,觉得有点儿难堪。

"选中这个梦作为你的夙愿,肯定是有战略考虑。"戈菲果断地说。

"您的思想是不是总得涉及到战场啊?"埃留基德责备大衣说,"就我现在对奥利弗的了解,他的梦并不是来自战争,而是来自艺术创作。"

奥利弗本想把自己的情感隐藏在心里。可又一想——为什么呢?老是保持沉默,不让人知道自己是个什么样的人,是得不到朋友的。他深深吸了一口气说:"我很想演奏一次埃俄罗斯风鸣琴。"

"这你得给我们详细解释一下。"戈菲请求道。

"埃俄罗斯是希腊神话中的神,是风的主宰。"埃留基德代替奥利弗回答,"根据传说,大卫王①夜里把他的竖琴悬挂在床的上方,让它接受风的吹拂。这样就诞生了风鸣琴……"

"……也有人称它为幽灵琴。"奥利弗把话说完,"我真的很吃惊,你什么都知道,埃留基德!你真是一个智者!"

"不值一提。"哲人谦虚地说。

"幽灵琴?"戈菲重复说,"你为什么不一开始就把这个乐器的真名说出来呢?这样一个不圣洁的东西,我几乎无法和你一起分享对它的热情。据我所知,坎特伯雷②的邓斯坦于公元十世纪曾经把巫术告上了法庭,就因为风破坏了他的竖琴的声音。和我同时代的约翰·雅格布·施内尔曾经试图调教这个鬼玩意儿,让它按照他的意志演奏,但却没有成功。我必须警告你,奥利弗!不能控制的东西,最好不要去染指……"

"典型的军事语言!"埃留基德对大衣说,"而且还很迷信。"

"正因为它表现出来固执个性,所以才常常出现在我的梦里,我想操纵风,演奏出风鸣琴中神奇的旋律来。"奥利弗用梦幻般的声音说。

"那你为什么不去尝试一下呢?"埃留基德柔声说。

奥利弗吃惊地看着他。"你这是什么意思?"

"好,可惜我此刻无法向你提供一架风鸣琴,但如果这是你最渴求的梦想,给风以一个形象,就像用陶土烧制一只陶罐那样,那你就可以试一试。"

"可是,我该怎么试呢?难道让我去吹气,把一切都吹跑吗?"

"这对我可是无所谓的。"妮碧说。

埃留基德责备地看了她一眼,然后转向奥利弗加重语气说:"你必须在意念中想出风来。你不妨把眼睛闭上。"

奥利弗疑惑地望着老者的脸,哲人鼓励地向他点了点头。奥利弗先把眼睛闭上,然后开始想象。如何才能制造出风来呢?他是个艺术家,他有想象力。他开始尝试。但什么都没有发生。他失望地睁开眼睛。

"不行。"

"再尝试一次。我知道你能做到。你可以想象一下,你自己就是风。你可以操纵它,就像移动自己的脚步一样。"

奥利弗再次闭上眼睛。他设想出一个图像,一幅简单的油画:蓝天飘浮

---

① 大卫王,《圣经·旧约》中第一位统一了犹太民族的国王。
② 坎特伯雷,英格兰著名城市。

着几朵白云,眼前是一望无尽的成熟麦穗。他想着,风吹起了麦浪。开始时很微弱。他感到一阵轻风吹过耳边。他没有受到影响,继续想着他的画。长长的麦秆摇摆着,就像是夏日雨后的海浪。然后,麦浪越来越强烈,天上的云呼啸着奔向远方……

"成功了!"

声音像被一股强风吹到了空中。奥利弗猛地睁开了眼睛。不是油画,不是梦。风真的来了。戈菲在奥利弗身上被吹拂起来,妮碧开心地在风中上下翻舞,埃留基德用手捋住自己的胡须,以防万一。

奥利弗呼吸着鲜美的空气,就好像一个刚刚攀登到山顶的运动员。"我真是没有想到这是可能的。"他的呼喊压过了风声。然后,他又让麦田的画消失,风立即就平稳了下来。

妮碧落到奥利弗的肩膀上,吟道:"你就是我的英雄,奥利弗!"

几个小时以后,当最后一抹夕阳落入纳尔贡城墙后面的时候,奥利弗不禁问自己,他到底是不是一个英雄。此时此刻他很难用语言来表达自己的感觉。用意念的力量创造并操纵风按照自己的意志行动,这当然是一种不可言传的感觉。但是,他又想起了埃留基德谈到的有血有肉的噩梦来。奥利弗不相信,这样一些生灵会特别敏感。

他茫然地望着黑暗中的纳尔贡城墙。其实,这座城市并没有真正的城墙,主要是城中房屋非常紧密地连在一起,从外面看就好像是一道无法穿透的屏障。建筑史上各个时期的代表作似乎在此都能看到。奥利弗认出了类似古希腊神庙的建筑,以及一些很像是巴洛克的王宫。有的城墙的一部分是一栋富裕的商贾之家的外墙,但它的旁边却是一座荒凉的岩壁,它的顶端有一个洞穴的入口,可以想象出来这里的主人应该是谁。还有一座冰屋,其外墙拱起很高,很像是滑冰场的棚顶,奥利弗不禁感到纳闷。这里并不很冷,为什么冰却不融化呢?

"我想,我们现在可以去冒险了。"身旁的埃留基德轻声说。

"什么? 你不觉得我们应该等到天全黑下来再行动吗?"

"难道你想留在这里,等到夜梦都活起来吗?"

"你说我们应该从哪儿溜进去?"

"紧紧跟着我就行了。"

第6章 噩梦女王的秘密

奥利弗乐于遵命。他不知道，埃留基德所说的噩梦活起来只是想吓唬他，还是大城市附近的噩梦已经多到令人担心的程度。

按照埃留基德的说法，纳尔贡共有十二座城门。夕阳落入地平线，城门即关闭，朝阳升起时，城门再打开。自从谢哈诺归来，加强了城门口的卫队——包括在白天。纳尔贡的总督赫尔曼·范·达伦，严格执行主子的命令。

"他是一个十分可憎的家伙。"埃留基德小声说，"不仅长得像一根马鞭那样消瘦，而且也像皮鞭一样野蛮。范·达伦是一夜之间就出现的，尽管有些纳尔贡市民认为，他早就隐藏在他们中间。"

"看来，只要在暴君羽翼下有机会分到一点儿权力，总会有人自愿出来帮凶。"这是戈菲的观点。

"这是不是您的经验之谈啊，将军？"

"我最后的主人是一位皇帝。在这个地位上，他需要一支近卫军，否则就会被献媚的口水淹没了。"

"是真的吗？"

"我能不能打断一下你们关于帮凶的谈话啊？"奥利弗插嘴说。

埃留基德和戈菲立即停住了交谈，奥利弗的插嘴显然使他们有些尴尬。

"谢谢。我们已经沿着这些奇怪的房屋走了一段时间，埃留基德。你难道不想告诉我，怎么才能进入城里呢？"

"噢！"哲人有点儿茫然，"多亏你提醒了我。和将军的谈话非常有趣，我差一点儿就走错了路。我们现在恰好来到了正确的地方。"

奥利弗叹了一口气。他把双手叉在腰上，抬眼巡视着这座房子装饰精美的外墙，它也是城墙的一部分。这是一栋细长的楼房。上面有三排各是三扇的细长窗子。奥利弗具有的建筑艺术方面的知识，恰好还能说出这栋房子的风格，它很像今天在阿姆斯特丹运河两岸可以欣赏到的建筑。

"要我说，从建筑形式上看，像是一栋荷兰房子。"

"准确地说，是佛兰德的巴洛克，十七世纪晚期。"一个声音回答，奥利弗听来有些沙哑。

"刚才是你吗？"他转向埃留基德问。

"记忆是不会患咽炎的，所以我告诉你：不是我。"哲人开心地回答。

"那是谁呢？"

埃留基德狡黠地笑了,然后用头点了点房子的方向。

奥利弗试图在房子外墙上寻找哪怕是最微小的生物——蜘蛛、蚂蚁或者会说话的小顶针。可是,天太黑了,他看不到这样的东西。

"你这是把谁给我带来了,埃留基德?"那个低音问,有点儿像两块磨盘摩擦的声音。

"他今天才来到卡西尼亚,吉德维。你能让我们进去吗?"

奥利弗见证着埃留基德和大墙的难以置信的对话。

"时代不同了,埃留基德。现在猎捕手已经不单单追逐记忆了,甚至连我们都得特别留神。"

"科尔布!快过来,"上面突然响起了另一个清脆的声音,"我觉得,我听到了声响,是下面的墙边。"

奥利弗紧张地抓住了哲人的胳膊。"警卫!他们已经发现了我们。你想干什么,能不能快一点儿啊?"

"吉德维!"埃留基德加重语气对墙说,"自从你取代了原来站在这里的树屋,我们就已经相识。有多久了?"

"还不到五十年。"

"难道你想让这半个世纪的友谊就这样消失吗?"

"谢哈诺会用他的军队把我拆除,然后磨成粉末的。"

"我这里有一个人可以制止这一切。"

"什么,是那个乞丐吗?他连什么是佛兰德阶梯墙面都不知道。"

奥利弗察觉戈菲在蠕动。它把"乞丐"两个字当成是针对他了。从屋檐上面又传来了那个陌生的声音。

"这肯定是从下边传来的,科尔布。那里是不是有什么在活动?快去把灯笼取来!"然后又大声喊道:"以城市卫队的名义,你们快现身吧!"

奥利弗和埃留基德紧贴着墙蹲了下来。

"吉德维!我的朋友是自愿来到卡西尼亚的。他的名字是奥利弗——独角兽称他为寻者。他是一个格里木!连我都放弃了在谢哈诺帮凶面前的逃亡,因为我相信,他是惟一可以帮助我们大家的人。如果你现在还不助一臂之力,他们很快就会抓住他。你真的愿意这样吗?"

现在,奥利弗有两个理由可以吃惊了。一方面是埃留基德显然过于夸张,另一方面是他眼前的大墙突然开裂,很快就扩展成为一个正规的通道。

第6章 噩梦女王的秘密

"快,快进去!"埃留基德对他喊道。

就在奥利弗被哲人推着趔趄地进入房子时,在他们原来站着的地方,出现了一个微弱的灯光。墙上的裂缝开始合拢了。墙还没有完全恢复原样时,奥利弗听到了墙外警卫的低声说话。

"我可能是听错了,下面什么都没有。"

"那就快来吧,"另一个没有好气的声音说,"骰子都要凉了。"

一个轻微的咯吱声,墙上的裂缝完全消失了。几个朋友的四周,此时此刻是一片寂静的黑暗。

"你知道得很清楚,我裂开身体是如何不舒服,可你还是一再要求我这样做。"吉德维抱怨地又说话了,奥利弗不由颤抖了一下。

"这次实在是不得已,好朋友。我真的很感激你。"

"不要以为我很快就会忘记,但是,老实告诉我,埃留基德:他真是一个格里木吗?"

"他自愿来到这里,为了寻找他的爸爸。"

"这可是比地震还要强大的震动啊!"

奥利弗从惊吓中恢复了过来,问埃留基德:"你真的是在和这栋房子说话吗?"

"当然。我刚才已经告诉过你,纳尔贡的有些房子隐藏着特殊的秘密。它们也都是失落的记忆。虽然这很少见,但有时人也会忘记整座房子的真实本性,于是它就会一夜之间消失。"

"难以想象!这种事情我还从来没有听说过。"

"那你就是一个幸运的人类之子,"吉德维替哲人回答,"大多数情况下,是战争或者其他大的灾难,让我们被忘记。我估计,你来自一个相当平稳的时代?"

奥利弗可不敢这么说。他记起了柏林墙倒塌时的报道。他当时还很小。是爸爸给他讲的吗?反正当时说,在那些日子里,一夜之间那道边界大墙就一段一段地消失了,还有东柏林的其他建筑实际上也是在空气中被蒸发了。

"我觉得,我来的那个世界,人们只是使用其他方法寻找刺激。"他最终说。

"但愿你们使用的方法要比把我弄到这里的方法更舒适一些。"

147

"你是在阿姆斯特丹修建的吗?"

"正是,就在运河穿流古城的地方,几根木桩打进了地下,那就是我的地基。修建我的是一个犹太人,在三百年前。虽然他不是基督徒,但仍然是商会的成员。欧洲所有地位显赫的贵族都在他那里购买和加工过宝石和昂贵的首饰。但这只是我存在的一部分。雅格布,这是我主人的名字,同时也是一位慈善家。这虽然不完全符合'贪婪的犹太人'的形象,但实际情况就是如此。雅格布帮助过很多无辜陷入贫困的人,不仅是犹太人。他还常常在我的四壁之内隐藏很多被行会或当局追逐迫害的人。这才是我的真实本性。"

奥利弗逐渐明白了,吉德维为什么最终打开了它的墙。埃留基德说谢哈诺的帮凶即将行动时,恰好触到了它的痛处。

"这个优良的传统在我的四壁之内维持了数代之久,"吉德维继续说,"然后就爆发了一场大的战争,你们人类称它为第二次世界大战。我还能清楚地记得1940年那个春天。德国军队开了进来,占领了城市和乡村——尽管荷兰当时宣布了绝对的中立。很快,在我的周围出现了谣传,说在这个区有一个黑暗的人物在做坏事,一个犹太专家。"

"那是怎么回事?"奥利弗轻声问,他已经感觉到不是什么好事。

"就是一个向纳粹出卖犹太人的人,他自称可以从脸部和头部的形状认出犹太人的血统。没有人知道,这个犹太专家是谁。他在隐蔽中工作。在那些日子里,大卫·门德尔松和他的妻子及两个女儿就住在我的四壁之中。他是城市中受人尊敬的市民。你们所在的这栋房子的地下室,在德国人入侵以前,他开了一间钻石研磨加工厂。大卫·门德尔松看到,为了保住性命,他和全家只有逃亡一条路。一个在公证处工作的熟人答应,只要支付一定数量的钱,可以帮助他们逃到国外。大卫给了他一口袋钻石,以便进行必要的打点。第二天早上,大卫、他的妻子丽贝卡和两个女儿露特及莎拉被纳粹带走了。还没有过去四十八个小时,我就更换了主人。你们肯定可以想到——就是那个犹太专家。这次他终于露出了真面目,因为他的贪婪胜过他的谨慎。从这一天开始,我的房间里再也没有人谈论过如何去帮助受害者,而是如何去追捕犹太人并致他们于死地。犹太专家只和一个盖世太保保持单线联系,这就使他有可能继续在隐蔽中做坏事。两年以后,我听说大卫·门德尔松一家在奥斯威辛集中营遭到了'最终解决'。"

第 6 章 噩梦女王的秘密

"你是说,他们被谋杀?"

"用最残酷的手段。"

一股寒气冲上了奥利弗的后背。在这个漆黑的地下室里,他眼前突然出现了各种图像,可怕的场面,包括已经瘦得只剩下骷髅的人,这是他曾在一部影片中看到的画面。就在这一刻,奥利弗开始意识到,记忆是一把十分锋利的双刃剑。它虽然可以警告和避免发生过去犯下的错误,但如果无法忘却那些痛苦的往事,它同时也会给人留下持久的苦涩。吉德维气愤的声音使奥利弗从阴郁的想象中苏醒过来。

"盖世太保和他们的秘密爪牙从来就不使用谋杀这个词。他们在这方面的词汇是:最终解决和集中处理,种族卫生和遗传保健。"

"我住的房子也属于一个犹太继承团体。"奥利弗轻声说,"可是,在学校里提到纳粹时,总是给我们看那些可怕的图片。从来没有人提到过被害者的姓名!我一想到大卫·门德尔松一家的遭遇,我就感到极大的愤慨。"

"你说得对。名字在卡西尼亚起的作用要比地球上大得多。"

"可我不明白,你为什么要给我们讲这些呢,吉德维?"

"我这是替你**回忆**,寻者奥利弗。"

"替我?为什么?"

"因为一个狡猾的对手总是设法掩饰他的行为,并删除一切记忆。"

"我还是不太明白……"

"奥利弗!我给你讲的那个犹太专家,他就是赫尔曼·范·达伦。"

"纳尔贡的总督?"这个名字就像是一击重拳打到了奥利弗的胃窝上。

"正是他。他来的时候,我从各方面了解到他的发展历史。战后,他逃到了乡下。由于他的那些非人道行为都是秘密进行的,惟一的知情者也已在战乱中死亡,所以就没有人知道这个沉默寡言的人的过去。后来,范·达伦过着完全隐居的生活,几乎没有人再见过他。他甚至自己种蔬菜,饲养家兔和鸡。从某些方面讲,可以说,他把自己排除在世界之外。因此,他的真实本性也就被人遗忘了。再也没有人痛恨他,也没有人再爱他。如果一个人到了这种境地,那么用不了多少时间,他就会在卡西尼亚找到他自己。"

"按照你所讲的,我觉得这个范·达伦除了他的残暴和贪婪,似乎没有什么其他的性格会使他变得特别危险。"

"千万不要受骗,寻者奥利弗!当我听了这个范·达伦的经历以后,我才知道他从小最大的梦想是什么。"

"我预感到什么更糟糕的事情。"

"他是一只披着人皮的豺狼。他一直都在希望能够找到一个被他出卖后他可以发财的人。如果他嗅到了你的踪迹,他就会追逐你,直到把你抓住。"

奥利弗几乎变成了一个梦游者,把全部的注意力献给了纳尔贡的黑暗的街巷。他一再思考吉德维的话。他自我感觉像是一只被追赶的猎物。毫无疑问,谢哈诺正在寻找他,但毕竟还有微弱的希望,卡西尼亚的统治者或许还不清楚,是哪个波洛克的孩子胆敢进入到失落的记忆的世界。但是,前景却难以预料。

然而,这个不妙的处境所带来的一切灾祸中,奥利弗还是看到了一丝光亮。如果谢哈诺确实在追踪他,那他必然知道托马斯·波洛克,那么爸爸也就在他的掌控之中。也有可能,谢哈诺自己是那只猎物,遭到了猎人托马斯的追逐。不论是哪种情况——他越是这样思考,就越是明白——他都必须找到谢哈诺的驻地。这样,他就有可能在这个强大的统治者的黑幕中找到他的爸爸。

"最主要的是,不能让谢哈诺的豺狼,"吉德维一直这样称呼纳尔贡的总督,"嗅到你的踪迹。"

奥利弗完全同意吉德维的说法,而且也赞成哲人的建议——尽快离开纳尔贡。埃留基德在当晚就开始做准备。他说,他在城里有几个可靠的和有影响的朋友。如果纳尔贡发生了什么事情,他们一般都是知道的。或许,他们也会知道奥利弗爸爸的去向。

吉德维建议这几个朋友去**野汉**酒店。他说店主是一个有些刻板但却可以信任的老实人。他们可以在他那里留宿一个晚上,而且还能够在店里听到一些新闻。由于戈菲认识去**野汉**的路,所以埃留基德就让它和妮碧、奥利弗单独去了酒店。

"前面就是。"

戈菲的指示把奥利弗从思考中拉了回来。酒店位于大街前面五六十米的地方。牛眼形的窗子里闪着黄色的光,里面传出了嬉笑的声音。

当他们很快来到酒店门口时,奥利弗有些犹豫。他沉思地望着色彩鲜艳的招牌,上面画着一个穿着亚当服装的凶狠的男子。

第6章 噩梦女王的秘密

"奇怪的广告。"他嘟囔着说。

妮碧银铃般地笑了起来。"你可能更想看到一头金牛或者一头野猪吧?等着吧,等你看到店主人再说。到那时你就全明白了。"

"为什么这块奇怪的招牌上没有酒店的名字?"

"你又忘记了谢哈诺的禁书令吗?"

"我只不过还没有习惯这种丑陋的思想。为什么要禁止人们写字呢?"

"很简单。"戈菲替妮碧回答。"因为文字会把记忆留下来。谢哈诺痛恨一切掣肘他盗窃记忆的东西和人——甚至在他自己的国度里。"

"这也是我还不明白的一点。我一直想,记忆如果在地球上失落,会自动滑到这个世界上来。"

"这也是对的。但谢哈诺十分强大。这可能和原来当事人的梦想有关。或许与对这个世界法则的特殊认识有关。你肯定听说过一句格言:记忆随着时间而**淡薄**。"

"当然。"

"你看。正是在这里谢哈诺找到了他的进攻目标。在正常情况下,这样一些逐渐淡薄的记忆是漂浮在你的和这里的世界之间的;有些人也认为,他们会像没有躯体的思想火花游荡在沼泽之中。总之,谢哈诺有能力攫取在地球上即将被遗忘的一切。而他获得的这种记忆越多,他的权势也就越大。"

奥利弗突然感到很冷。"那么然后呢?"

"不知到什么时候,谢哈诺会取走地球上所有的记忆。但愿不要走到这一步!"

"到那时,他将统治两个世界,活着的和失落的记忆。"

"你说的很有点儿诗意。可惜事实就是如此。"

"这不是我的话。是我不久前在爸爸的日记里读到的。"

"现在我才慢慢明白,为什么谢哈诺和你爸爸水火不相容了。"

"来,我们进去吧。外面的风很冷。"

野汉酒店展示了纳尔贡居民的一个缩影——对奥利弗来说,是一次双重的经历。一方面可以看到这里都有谁——或者什么——被赋予了生命,凑在这里谈天说地。另一方面也感到十分陌生,看到一把扫帚和一只簸箕在激烈地争论(可能用的是专业语言),或者一只巨型杏仁糖小猪和一头木头狼在玩纸牌(或许试图消除过时的成见)。

惟一坐在一张小圆桌旁的单独的客人,是一件长长的奶油色婚纱礼服,无手的衣袖紧抱着一束毕德迈耶式的鲜花。礼服的纱料已经严重磨损,怀中的花束也早已干枯。不论这件记忆物当年的主人是谁,显然是很长时间不愿意和它分离。到底发生了什么事情,才使这两个物件来到了卡西尼亚呢?当奥利弗走过这张桌子时,他吃惊地发现,即使是礼服和花束之间也在进行着热烈的交谈。

"卡西尼亚居民最喜欢做的事,就是交流经验。"戈菲轻声说,奥利弗继续漫游在酒店的大堂之中。他还一直没有找到一张空闲的桌子。"随便坐在一张桌子旁,然后把耳朵打开,或许我们能够听到有关你爸爸的消息。"

"如果我要是暴露了呢?人人都会发现,我对卡西尼亚的习俗还不习惯。"

"我们帮助你。"妮碧在奥利弗的耳边说,"我告诉你应该知道的事情……"

"……如果你犯了什么错误,我将用胳膊按压你一下。"戈菲补充了一句。

"好吧,但愿这能管用。"

奥利弗又把注意力放在了大堂和客人的大杂烩上。到处进行的"经验交流"构成了一幅喧闹的背景。但他失望地发现,连一张空闲的椅子都找不到。在酒台附近,虽然还有一张桌子空着一个位子,那里的客人——一架纺车、一副盔甲和一个好像刚从盔甲中钻出来的壮汉——看起来也还不算恐怖,但却缺少一把椅子。

"嘘!"妮碧在他耳边喊了一声。

他转过头去,看到了妮碧。"怎么了?"

"转过身去!"

奥利弗回头,看到了一把椅子。

说老实话,那是一把相当破旧的椅子,孤独地站在一个角落里。要是奥利弗,早就把它当垃圾给扔掉了,而且不会对它有任何留恋。但也有些人什么都不愿意扔掉。或许这把折叠椅子正是因此还站在这里而无人去坐它吧。奥利弗走近这把坐椅,厌恶地看着它。这把椅子能承受得住他的拿破

第6章 噩梦女王的秘密

仑型的身体吗?

"你为什么这样看着我?"

奥利弗吓得一颤。"是你吗?"他问椅子。

"傻问题。当然是我。或者你是在看什么别的东西?"

"对不起。我可能正在想别的事情。"

"呐,没关系。你肯定想坐在我身上,是不?"在椅子的嘎吱响声里隐藏着一种渴望。

"我还没有最后决定。"

"这里的人都是这样,所以我才站在这个角落。但你完全可以接受我,坐在我身上。我毕竟是为了让人坐才出生的。"

"我不想给你过大的负担。"

"别自以为是。就你这点儿皮骨,还不至于把我压垮。"

"你还真的很会吹牛,椅子!"

奥利弗说得可能有点儿过分了。突然从身后滚来了一个粗暴的声音。

"怎么了,波塞冬?是这个乞丐骚扰你吗?"

奥利弗又吓了一跳,赶紧转身,却看到了一座雕像。大约距离他鼻尖二十厘米的地方,冒出了一座黑色硬木巨雕。他首先看到的是这个巨人的滚圆的光肚皮和肌肉发达的上身,但当他抬头往上看时,看到的却是……牛头。

不要惊慌!这是很正常的事,奥利弗心中对自己说——大概说了七次。然后,他微笑着看了牛人一眼,结结巴巴地说:"您,您不是叫弥诺陶洛斯①吧?"

"不是。"

"那我就放心了。"

"他在二百年前就出让了这家酒店。我的名字是摩洛赫。"

奥利弗吃惊地望着他。

"不必害怕。我的样子很像是你想象中的那个怪物。但我既不吃童男,也不吃童女,而且对烧烤的儿童丝毫没有兴趣。制造我的人,是出于另外的意图。公牛有史以来就是力量和权势的象征。我曾站立在波斯王宫门口,

---

① 弥诺陶洛斯,希腊神话中半人半牛的怪物,每年要吃七个童男七个童女。

威慑那些策划反对国王的人。"

"可是,你是这里的店主对不对?"奥利弗想起了吉德维对野汉酒店那个"有些刻板的家伙"的描写。

"奇怪,你竟然还不知道。"

"我是路过这里。埃留基德向我推荐了您的酒店。"

"埃留基德?那个哲人?"

"嘘!别这么大声。"

令人奇怪的是,这个店主突然变成了温顺的牛犊,他走近了客人——虽然并不能让奥利弗更安心——躬下了腰。

"哲人还好吧?我听说,他逃出了这座城市。"

"现在他又回来了,"奥利弗回答,"是的,他很好。而且,您过一会儿还能看到他的大嘴。"

"什么?"

"我,我是说,他还要过来看望您。"

"啊,是这样。"

"您有一个房间给我们吗?只需一夜。"

"你就叫我摩利吧。我的所有朋友都这样叫我,你毕竟是我朋友的朋友。要房间,没有问题。"

"太好了,摩利。我是寻者奥利弗。我能对你说实话吗?"

"你这是什么意思?"

奥利弗感到衣袖在按压他,但他不予理会。"我怀疑,谢哈诺在跟踪我。"

摩洛赫像愤怒的公牛喘着粗气,从头到脚打量着奥利弗。"你看起来不像有如此强大敌人的人。"

"一切都是伪装。"奥利弗小声说。

"明白。"

"我可以坐这把椅子吗?"

"如果波塞冬不反对的话,请吧。但一定要善待它,寻者奥利弗。他虽然已经很老了,但我们不能因为它有些摇晃就把它扔掉。每一个记忆都有权利依照它的注定使命活下去。它的使命就是为别人提供落座的机会。你最好坐到酒台附近那张桌子前去,我马上给你拿些吃的来。"

第6章 噩梦女王的秘密

奥利弗突然有了兴趣。"有什么好吃的?"

"我们今天有三样菜可供选择……"

"听起来不错。"

"猪油煮豆、羊肉煮豆以及素煮豆,所有的菜都保证没有记忆。"

奥利弗疑惑地看着摩洛赫。

"他是说,这些菜决不是来自活着的记忆。"妮碧在他耳边轻声说。

"素煮豆配的是什么菜?"

"还是豆。"

"听起来不错,我就吃这个。"

摩洛赫满意地点了点头,随后去了厨房。

现在,奥利弗又可以照顾他那把坐椅了。

"波塞冬,"他喃喃说,"椅子叫这个名字,很怪。"

"对此可以有不同的看法。"椅子嘎吱着回答。

"好吧,现在我们去征服那张桌子……"

"等一等!"

"什么?"

"我还有一个条件。"

"是什么样的条件?我想,你已经等不及让人去坐了。"

"不许放屁!"

"你怎么出言不逊……!"

"你接受不接受我的条件?"

"我连投降书都敢签,"戈菲对它的主人说,"除非你想在这里站一个晚上。"

奥利弗叹了一口气。"我真应该要猪油煮豆。"

这个问题解决之后,奥利弗才搬起椅子穿过拥挤的大堂。一些客人向他喊了些粗俗的笑话,说终于找到了一个和波塞冬相匹配的人。

"不要搭理他们。"妮碧安慰他和大衣说。

豆菜上来以后,奥利弗感到很吃惊,因为它非常好吃。奇怪的是,他突然感到,他根本就不太饿。只是胃口不错,才使他把这盘冒着热气的豆粥吃得精光。吃饭时他觉得身体发热了。所以,他把戈菲脱下,搭在波塞冬的靠背上。他的防雨夹克,已被店主人拿去存放了。

155

奥利弗一边吃饭，一边注意聆听着同桌的谈话。众多顾客的交谈大多都是些无聊的内容，但那副骑士盔甲突然提到了什么萨拉门扎的起义。说各种记忆试图推翻那里的谢哈诺的总督，但陶俑卫队很快就镇压了暴动。

"难道纳尔贡就没有人想到去反抗范·达伦吗？"奥利弗问。这句话还没有讲完，戈菲的衣袖就捅了他一下。

桌旁一下子安静了下来。奥利弗感觉到，那个壮汉、盔甲和纺车都在惊诧地望着他。

"你是谢哈诺的间谍吗？为什么要提这个问题？"那个壮汉问。

奥利弗吃惊地看着这个四四方方的家伙满是胡须的脸。"我是路过这里。我只是对这个问题感兴趣。"他尽量显得很随便地说。

"如果你不知道这里发生了什么事情，那你上周肯定是生活在另外一个世界。"纺车尖声说。

"是啊，我确实是远离卡西尼亚的居民区。我当然已经听说，谢哈诺已经回归，但情况这么严重，我还不知道。"

"真是一个木头脑壳！"壮汉说。

"不要出口伤人！"纺车警告说，"他看起来还很年轻——而且也相当破落。他肯定缺少足够的智力，理解这个悲剧的整个规模。"

"所以我说，他是一个空脑壳。"

"但我却不想这样判断。"骑士盔甲说话了。

"房间已经准备好了。"一个声音在奥利弗耳边响起，虽然他已经认识了摩洛赫，但回过头时，还是吓了一跳。

"谢谢，摩利。我想，现在最明智的事，就是上床睡觉。"

"你忘记什么了吗？"

"啊……我不知道，是……"

"付账。"

奥利弗突然感到，似乎整个酒店一下子寂静无声了，就像是马戏演出时钢丝上正在做三重翻跟头。替代鼓声的是他耳朵里的热血沸腾。他口袋里还有多少钱？最多只够买一张帕加马博物馆门票，或者一瓶可乐，但他怀疑，这个刻板的店主会知道德国马克当前的比价。

"我刚才说过，是埃留基德……"

"埃留基德每次都习惯阐述他的哲学观点，作为付账。你不能表演点儿

第6章 噩梦女王的秘密

什么,欢娱我们的客人吗?"

奥利弗使劲想着。他强迫自己的目光从店主那光滑的黑色身体移开,在大堂里巡视着。所有的客人都充满期望地望着他。他的目光停在了酒台后面的墙壁上。

"那是一把琉特琴吧?"

店主没有回答,而是走到酒台后面,把那支乐器从墙上取了下来。他回到奥利弗身边,把乐器向他递去。

"你既然问到它,就说明你认识它。拿去。给我们演奏点儿什么吧。"

奥利弗伸出颤抖的手把琉特琴接了过来。他用拇指小心地拨了一下羊肠琴弦。乐器的声音完全不准。

"很久没有人弹它了吧?"

"看起来,你很懂行。"

"我需要点儿时间把音调准。"

"请吧。我们等着。"

奥利弗开始出汗了。他每次给吉他调音时,总是愿意单独一个人。这把老琉特琴还是按照老音阶调定的:A-d-f-a-d-f。既然开始了,就做到底吧,奥利弗想,然后就开始使劲旋转琴的弦轴。使用吉他的音阶,或许会使听众满意的。

"E-a-D-g-h-E,"他自言自语地说,再次从上到下又拨了一下琴弦。所有的音都准确了。

同桌的几个家伙疑惑地打量着他。

奥利弗腼腆地笑了一下。演奏什么呢?最好是能够打动人心的曲调。他终于选中了《富兰克林勋爵》,这是一首叙事诗,描写英国的北极探险家,驾驶两艘船到北冰洋去寻找西北航道,结果神秘失踪的故事。

就在奥利弗的手指拨动琴弦,唱出第一句响亮的童声时,最后的讥笑和讨厌的嘀咕声也一下子安静下来。富兰克林勋爵的遭遇抓住了听众的心,他们聚精会神地聆听着勋爵和同伴们驶向冰冷的海洋,再也没有回来,留下了哭泣的寡妇们的故事。当奥利弗唱到最后一段时,所有的人也都跟着哼唱了起来。

巴芬海上的寒风凛冽,

> 富兰克林的命运无人知晓，
> 他更加怀念他的故里，
> 他再不能重见乡亲父老。

最后一句奥利弗又重复了多遍，并不断变化声调。当最后一声弦音停止的时候，全场瞬间一片寂静，再然后，突然爆发出雷鸣般的掌声——每位客人都根据自己的生理构造表达他们的热情。

"你是一个艺术家，寻者奥利弗。"摩洛赫粗犷的嗓音甚至盖过了欢呼声。

"谢谢。"奥利弗谦逊地回答。

"我也要感谢你。"另一个声音突然从他身边响起。

奥利弗转过身去，一个中等身材的男子站在桌旁。他穿着亚麻衬衣和一条蓝色的裤子，腰间系着一条宽宽的皮带。

"我的名字叫本，"陌生人说，"本·斯基珀。"

"我很高兴你能喜欢我的歌。我是寻者奥利弗。"

"你理解错了。歌真的十分美妙，但我是出于另外的原因要感谢你。"那个人的眼睛里充满了泪水。"我还以为，地球上的人已经把我们完全忘记了。但现在我知道了，富兰克林爵士和他的伙伴们还继续活在人们的记忆中。因为我是一个孤儿，所以当富兰克林探险队在北极失踪时，没有人会想念我。"

房间不大，但很洁净，设施简单，但很齐全：两张床、一张小桌和两把椅子、一只柜橱，甚至连衣架都不缺少。埃留基德到哪儿去了？

"如果你还需要什么喊我一声就行了。"摩洛赫用他那雷鸣般的嗓音说，"我得下去照顾其他客人了。"

"没问题。我会照顾好自己的。"奥利弗回答。

"再次感谢你的歌。"

"我很愿意这样做，摩利。"

摩洛赫出去把门关上以后，奥利弗突然感到很孤独。当然，他在家时也是自己一个房间。但那时家里总是有人，他可以去捣乱，也可以大声叫喊，特别是家里有叶茜。奥利弗真的很想念她！尽管他的姐姐有时像个刺猬，

第 6 章 噩梦女王的秘密

但她总是在心中为弟弟留下一块可以宣泄烦恼的空间。

"你很安静。"他听到了从肩膀上传来的声音。

"妮碧!"这时他才意识到,他并不只是一个人在这里。他的新朋友只不过长得和姐姐叶茜不太一样。奥利弗笑了,就好像他是第一次这样笑。"我只是想起了我的家。我们是不是能够有一天成功地骗过谢哈诺,把我爸爸重新带回地球呢?"

"你不必过于担心,奥利弗。你肯定会再见到你的亲人。我为你唱一支歌,给你提提精神吧?"

"你真好,妮碧,还是以后吧。这一天已经塞满了新的印象,我现在最需要的是能够安静一会儿。"

"好吧。你什么时候想听歌就告诉我,好吗?"

"你还是闭上你的尖嘴吧,"戈菲插嘴道,"你没有看见这个可怜的人此刻什么都不想听吗?"

"你这块该死的盖马布!"

奥利弗深深叹了一口气,立即窒息了两个伙伴新一轮的争吵。他脱掉大衣,一面欣赏着柜橱上的雕饰,一面把大衣往衣架上挂。不知怎么,他感到很奇特,似乎有人把大衣从他手上拿了过去。

他无奈地闭上眼睛,真诚地希望不要再增加一个什么新的怪事出来。

"谢谢。"一个声音说,语调有点儿像那架纺车。

奥利弗缓慢地把头转向右方,刚好看到衣架上的一个挂帽钩把大衣挂到了另一个支架上。"我还以为,只有我自己住这个房间。"他没有好气地说。

"**野汉**的房间现在已经全部住满了。"衣架回答,然后就笑了起来,这是一种只能从鼻子里面发出来的笑。

"尽管是这样,我觉得摩洛赫也应该告诉我们才对,而且偷听别人谈话,怎么说都是不应该的。"

"少安毋躁。首先,我不是房客,只是一个设备——第二,你说的那些关于谢哈诺的话,我是不会对任何人讲的。"

奥利弗惊恐地吸了一口气。"我真是一头悲哀的蠢驴,竟然没有听从吉德维的忠告。"

"你刚才说什么?"

奥利弗向衣架抛去一个敌视的目光。"我已经说得太多太多了。你也可能是总督的间谍，或者是猎捕手的。甚至是……"

"你认识吉德维？"

"你为什么对它感兴趣？"

"因为我在它的四壁中度过了约八十年的时光。"

"我怎么知道你不是骗我呢？"

于是，衣架开始给奥利弗讲述那座阿姆斯特丹运河边的房子的全部历史。最后，再也不能怀疑它说的是实话了。

"你可以信任我。"它再次保证。

"对不起，我刚才对你过于刻薄了。我的名字是奥利弗，寻者奥利弗。"

"很高兴。我的朋友都叫我胡克上尉。"

"我好像已经预感到了。"

就在这一刻，房门被推开了，埃留基德冲了进来。

"问候你，胡克上尉，还有你们几个。"

"你认识这个衣架？"

"我曾在这个房间住过几年。"

"我早就应该想到。"

"纳尔贡的情况的确不太妙，奥利弗。我得到了可靠的情报，范·达伦准备把整个城市搜查一遍——或许就在明天。"

奥利弗直接走向床铺，坐到了床沿上。"我觉得，这么多的困难，对我实在是太多了。"

"我还和另外一个好朋友谈过这个问题。他是一个金匠，在集市广场开了一家店铺。他是一个智者，已经在这里生活了三千年。明天早上，我们去找他商量。"

"如果情况紧急，但愿他能把我们再送出城去。"

"你不能把情况看得这么黑暗，奥利弗。必要时，我们还可以从吉德维的肚子里钻出去。我们现在要做的一切，就是如何度过明天这一天。"

一个轻轻的敲门声，把奥利弗从睡梦中惊醒。窗子上已经显现出黎明的曙光。

"奥利弗、埃留基德，快起来。"几乎耳语般的有力嗓音，无疑是来自

第6章 噩梦女王的秘密

店主。

埃留基德打开房门。"怎么了,摩利?"

"大兵!"

"在哪儿?店里吗?"

"不,但他们很快就会来。我听说他们要把每块砖头都翻转两遍。你们在这里已经不安全了,必须尽快离开。"

"我没有想到,他们会这样急迫地追逐我们这位年轻的朋友。"

奥利弗有些自责地望着眼前的这两位朋友。他不想给他们带来更多的麻烦。他们已经为他冒了不少风险。"最好的办法是我一个人设法逃出去。"

"我正要向你提这个建议。"

奥利弗这回有些吃惊了,他本来期望着埃留基德至少不会这样直截了当。

"不是你想的那样。"哲人补充说,"我们的约会——你还记得吗?"

"那个金匠,是的。"奥利弗松了一口气,"你刚才说,他在集市广场开了一家店铺,是吗?"

"对。位于两个铜匠铺之间。你不会找不到的。我们不能一起去,奥利弗。尽管我感到很遗憾。但我在这里实在是太有名气了。"

"告诉我,约会定在什么时间?"

"日出后两个小时。集市广场很好找,就在城市最低的那个地方。"

"沿着下坡的胡同走就到了。"摩洛赫补充说,"必要时你可以寻找那条河。沿着希戴克河往下游走,直接就可以到集市广场。"

"他还有我们呢。"妮碧补充了一句,戈菲着急地在衣架上摆动着。

奥利弗的目光又扫了一眼这些不寻常的朋友,他再次吸了一口气,然后果断地说:"好,现在就马上离开这里。"

与摩洛赫和胡克上尉的告别,就只能简单从事了。奥利弗睡觉时没有脱掉牛仔裤和 T 恤衫,所以只需要穿上蓝色的防雨夹克,再套上戈菲就行了。埃留基德利用这个机会又重复了一下刚才的安排。

他们从后门离开了野汉酒店。畜圈里传来马匹的呼吸声。这个早上的空气很凉。在第一个路口,奥利弗和埃留基德分手了。

埃留基德是怎么说的?要往下坡走。奥利弗拐进了一条小胡同。

这时他才知道,纳尔贡的街道是如何的拥挤。有些地方两座房子的距离是如此贴近,住在三楼的邻居甚至可以抓住对方的手。只有较宽的路才铺有石板路面,路的中间有一道水槽,可以把沿街房屋里扔出来的垃圾冲走。

当奥利弗走到另一个路口想拐弯时,他猛然停住了。街道的下方有五六个士兵站在那里。他们手挥长矛,腰带佩剑,头上顶着头盔。他们至少不是用陶土做成的。

那些大兵在敲各家的大门。只要门一打开,他们中的几个就会冲进去,其他一些房子的大门里又有几个大兵回到了大街上。奥利弗知道,从这里是无法通过了。他拐进了另外一条胡同。

他迅速穿过两栋木架结构的房屋,胡同的尽头竖立着一架风车。奥利弗选择了另一条岔路。他的脑袋已经乱了。如果不留心,他很容易就会迷路。当前他还一直是在走下坡路,估计到下一个街角就会走上正确的方向了。

"妮碧,你能不能先去探一探路,看我们走哪条路可以顺利到达集市广场?"

"我也刚刚想这个问题。"蜂鸟小姐唱着说,随即就消失不见了。

"派侦察员的想法,在战略上是个明智之举。"戈菲开始说话了,"但你必须在这期间保持运动状态。这样,你的敌人就不会很快把你抓住。"

"你认为,他们已经发现了我们吗?"

"但愿没有。但疏忽大意是重大失败的第一步。"

"你很善于鼓舞军心,将军。允许我把领子立起来吗?这里突然刮来了一阵冷风。"

"我不明白你说的是什么意思。不过我不反对。"

奥利弗顺着比刚才那条胡同稍宽一点儿的街道走下去。它的尽头是一个铺着石板的广场,在它的中央耸立着一座圆形石塔。距离路口最多还有三十米的距离时,一个身影从圆塔后面走了出来。奥利弗立即就意识到,这不是一次普通的邂逅。

那个生灵有一个类似狮子的身体,但却长着老鹰的脑袋和翅膀。

"一个鹰怪!"奥利弗轻声说,一瞬间连手指头都不敢动一动了。

这时,那个神话中的怪物也发现了他。它体型很大,像是一匹拉啤酒车

第6章 噩梦女王的秘密

的壮马。它兴奋地把头仰到后方,发出一声尖利的呼啸,随即朝着奥利弗还呆站着的街上冲来。

"你难道从未听说过有秩序的撤退吗,奥利弗?"

"什么?"

"快跑啊!"戈菲从纽扣里喊道。

奥利弗的身体一震,扭过身去往回奔了起来。

他听到身后尖利的怒吼声。声音越来越近。奥利弗边跑边扭头往后看,他惊恐地发现,鹰怪很快就会赶上他了。就在这一刻,他发现了一条通道。其实也就是一个没有门的城墙豁口。奥利弗冲了进去。

跑了五六步以后,他听到身后一声巨响和一声嘎吱声。奥利弗喘着气站住了,只见那头鹰撞到了豁口上。周围的砖石有几块被撞落在地上,但整个豁口却巍然不动。那头丑陋的生灵抽搐着,让人感到恶心。

必须尽快离开这儿,奥利弗脑子里只有这一个想法。他继续他的逃逸。又跑了二十或者三十步——他刚想转向另一条街巷——他又听到身后传来令人不安的声音。他再次转身——突然僵住了,差一点儿变成一座石雕。他看到了一次变化的结尾。

鹰怪不知怎么就缩小了,但一直还是一头狮子,保留了一个合适的脑袋。但是,就在这怪物的背上却长出了第二个脑袋……那是一个羊头。而奥利弗听到的嘶嘶的声音,却来自怪物的尾巴——一条活生生的毒蛇。

这个生灵——就和鹰怪一样——不也曾出现在博物馆的壁画上吗?是的,当然!可是从哪儿……?作画时为了寻找幻想素材,他曾见到过这个怪物:在他面前的正是一头活生生的喀迈拉①。

"希腊神话中的地狱喷火怪物。"在一本百科全书中大概就是这样写的,奥利弗的理智突然像钟表一样运转了起来。就在这一刻,从那个怪物口中吐出了嘶叫着的火焰舌头。奥利弗不敢怠慢,立即拔腿跑进旁边一条通道。

但他立即惊惧地发现,这条胡同竟然出人意料的长。他使尽力气奔跑着,但很快就听到了身后喀迈拉的怒吼声。整条胡同没有一个岔道,也没有一扇门或其他逃逸的可能性。

---

① 喀迈拉,希腊神话中的怪异精灵,是火山的化身。

毫无办法了。已经没有出路了！狭窄胡同的终点是那么远，就好像一个陷入枯井烂泥之中的人想要登天一样。奥利弗喘着气停下了脚步。

"我该怎么办？"

"我不认为这个畜生会同意进行投降谈判。"戈菲回答，它的声音不像它装出来的那样镇静。

"我真希望吉德维就在眼前。"

喀迈拉越来越近了。奥利弗已经可以清楚地看见它喷火的眼睛。它发出了一声山羊的咩叫。就在这一刻，发生了一件意想不到的事情。

奥利弗听到身旁传出一个破裂的声音。他吃惊地看了一眼自己的运动鞋。细细的沙土流进了鞋带之间，然后他就感到有人推了他一下。

"现在快跳进去！"戈菲喊着用衣袖推着他说，这时奥利弗才发现他身旁的墙壁像拉锁一样打开了，他恍惚地趔趄着进了一间房子。当墙壁又很快地合拢时，他看见了喀迈拉。它蹦跳着来到裂口前站住，向裂缝喷出了火焰。但裂缝已经太窄，这头牲畜已无法钻进来。一股热气吹到了奥利弗的身上。然后，一切就变得漆黑一片了。

奥利弗闻到头发烧焦的味道。他用手摸了摸眉毛。眉毛被烧了。

"你必须尽快从另一边出去。"一个洪亮的声音对他说。"否则他们就在你之前到了门口。"

"谁在说话？"

"我是穷人屋马布莱，我听见你提到了吉德维的名字，所以我必须帮助你。"

"谢谢，马布莱，快告诉我，应该从哪里出去？"

还没有等马布莱回答，奥利弗就听见地上传来了奇怪的嘶嘶声。他惊恐地低下头看地面，那里有一个小小的亮孔，可能是老鼠洞，里面爬出了一条蛇。

"喀迈拉的尾巴！"他呻吟着说。

"你不必费劲跑了，"蛇尾嘶声说，"我还是抓住了你。"

一瞬间，奥利弗呆住了。他完全没有想到，这个怪物还会说话。他突然想起了埃留基德提到过的噩梦，可是太阳早就升起来了呀？

"它只是在骗你！"他听到了马布莱激动的喊声，"它已经不是狮子—山羊—蛇了，而只是一只普通的爬行动物。"

第 6 章 噩梦女王的秘密

奥利弗惊恐地望着那蠕动的蛇身。"你难道不能把它拉住吗,马布莱?"

"好主意!"

奥利弗可以清楚地看到,墙壁是如何压住了蛇身,就像是一个拳头握住了一只香蕉。蛇疼得叫了起来,奥利弗背上冒出一股寒气。

"现在快跑啊!"戈菲向他吼道。

奥利弗迈步奔了出去。房子并不太大,其实在底层只有一间大厅,从这里可以通过一个木头楼梯去上面的几层。当他在大厅的另一端打开通往大街的门时,又回过头来看了一眼。他后脖子的毛发一下子竖立了起来。那条蛇已经变成了无数只微小的生物,像蚂蚁一样蠕动着,但仍然可以看出一条蛇的形状。这些黑色的蠕虫挣脱了墙,向奥利弗方向爬来。

这已经足够了。他跑到外面把门关上,思考一下应该朝哪个方向跑。

"往下跑去集市广场,那里尽是各种记忆。它不会跟你到那儿去的。"穷人屋马布莱在他身后喊道。

对熟悉纳尔贡的人来说,这当然很容易。

"我主张往左。"戈菲建议说,"那里看来是下坡路。"

奥利弗接受了这个建议。

"我们能把它甩掉吗?"

"我哪儿知道,我什么都看不见。"

"如果这里有其他记忆能够帮助我们就好了。"

"现在还太早,大部分人现在才刚起床。"

大街的尽头又是一个广场,是四方形的,比刚才那个大些。中央有一个喷泉,一根圆柱竖立在里面,最顶上站着一个裸体小男孩,手中拿着一支号角。

"朝哪儿走,戈菲?"

"你必须直接穿过广场,看到对面那条路了吗?"

"明白!妮碧跑到哪儿去了?"

奥利弗径直跑向喷泉。一边跑一边用手捞起一点儿水湿润一下他干枯的嘴唇。就在这时他听到头顶上传来一声嘶叫。他立即抬头。他无奈地看到,任何逃跑都是没有用的。

就在距离奥利弗大约五米远的地方,落下来一只巴西利斯克。一阵冷风扫过广场。这个怪物大如一头牛犊,脑袋和上身都像公鸡,但下半身直到尾巴却是一条毒蛇。怪物的爪子就像尖利的弯刀,当它落到沙地时,收起了背上的两扇黑色的蝙蝠翅膀。

"你是一个不愿意听忠告的年轻人。"巴西利斯克十分平静地说,但声音里却带着明显的威胁。

奥利弗毫不怀疑,这个怪物和刚才的鹰怪、喀迈拉、毒蛇和蠕虫大军都是一样的。

"噩梦的讨厌之处就在于反复出现。"巴西利斯克讥笑地说。

"那么现在呢?你想把我的脑袋咬掉吗?"

"我必须承认,确实考虑过这个可能性。"

奥利弗吸了一口气,憋住呼吸。

"你说话时应该小心一点儿。"戈菲不知从哪个领口对他轻声说。

"我来的那个国度,都是把烤鸡叉在铁签上,一直等到它酥脆为止。"奥利弗没有听戈菲的警告,他想刺激对方发生失误,可是他显然低估了对方。

"行了,别说这些无聊的笑话了。"巴西利斯克不耐烦地说,"我现在要把你带到一个地方去,你这种人一到那儿可就没有机会开玩笑了。"

它朝奥利弗迈了两大步,把弯弯的鸡嘴的脸伸了过来——可是,却突然倒在地上失去了知觉。

奥利弗惊讶地抬头往上看,那个光身的小男孩向他开心地眨着眼睛,他把手中的号角以及里面的东西扔了下来——恰好砸到了巴西利斯克的脑袋。

"如果这些坏记忆没有教会我们应该相互提携,那我们就老是处于下风了。"小家伙拍着大腿开心地说,"但我们必须赶快从这里消失。如果这个畜生醒过来,我们还在这里,那我们就都不会有好果子吃了。"

他说着从圆柱上爬下来,进入喷泉涉水去捡他的号角,然后打了个招呼,朝奥利弗来的那个方向走去。

"真聪明,这个小家伙。"戈菲赞赏地说,"如果巴西利斯克醒来,还会跟踪我们。而他却可以逃之夭夭了。"

"你就不能说点儿吉利的话吗,戈菲?比如说'这畜生肯定已经死了'或者'它肯定得了脑震荡,必须在床上躺一个星期。'"

"我无法设想,一个巴西利斯克会睡在床上。现在快跑吧,危险还远没有过去呢。"

第6章 噩梦女王的秘密

奥利弗听从了他的话。如果他有一天还能从卡西尼亚回家,那他肯定要去报名参加柏林的马拉松比赛。

十分钟后,他就不得不休息一下了。他刚停住脚步,就听到了耳边有响亮的嗡嗡声。

"你把我吓了一跳!这么长时间你到哪儿去了?"

"对不起,"妮碧吟道,"看来你完全跑错了路,所以找到你很不容易。"

"你在纳尔贡上空翱翔的时候,戈菲和我遭到了怪物的追击,可能是一个噩梦什么的。"

"准确地讲是四五个。"戈菲补充说。

"它不断地变化。"奥利弗把话说完。

"这听起来可不太好,我预感到更糟糕的事就要来临。"

"你认为这里面有范·达伦插手?"

"很可能是直接干预,但还是先让我们从这里消失吧。三条横街以后,就是一条林荫大道,从那里我们可以直接去集市广场。最好,你先进那条胡同。"

奥利弗基本恢复了体力,又可以迈着大步朝妮碧指点的方向前进了。尽管他昨天很累,可他还是很奇怪,这么快就恢复了体力。或许因为卡西尼亚的空气比柏林市中心更健康。

两条横街走完,奥利弗刚刚恢复了信心,妮碧突然叫了一声:"站住,停在这儿,奥利弗!"可是已经来不及了。那个法翁①已经发现了他。

这个站立行走的生灵,长着男人的头和带毛的胸脯,但下半身和头上的角却是一只公羊。而且,他也根本就不像是一个友善的农牧之神。

这次奥利弗反应迅速,转身拔腿就跑。毫无疑问,这又是那个跟踪者的另一种变化。

"我想,我们已经甩掉了它。"奥利弗气喘吁吁地说。

"赶快拐进右边的胡同!"妮碧喊道。

"出人意料和坚忍不拔——这是个危险的对手。"戈菲冷静地评价。

"你肯定从这里可以去集市广场吗,妮碧?"

"原则上是的。"

---

① 法翁,希腊神话里的怪物。

奥利弗听到了法翁跑在石板路上的脚步声。"什么叫'原则上'?"

"等一下……"妮碧又飞向空中片刻。当她又回到奥利弗耳边时,说道:"你得往回走一段。"

奥利弗在路面上滑了一下。"你怎么不早告诉我?"他现在要冲着法翁去了。

"这是一条死胡同,奥利弗!对一只鸟来说,进入人的角色很不容易……"

"好了,可我们来不及了。"

法翁距离奥利弗最多还有三十米。

"站住!"一个铜钟般的声音喊道。

奥利弗没有思考的余地,只能立马刹车。他的运动鞋又在石板上滑了一段。

"这里!"一个洪亮的声音响了起来。这时奥利弗才看到这个声音来自何方。这是一个满脸胡须的铜铸男人头在说话,它挂在一个高高的门楼的立柱上面。"从这里进去。"铜头说,同时神奇地打开了门楼上的小门。

奥利弗没有太多的考虑,紧跟着妮碧进入了这个救命之门。一个响亮的哐当声,告诉他那扇门已经在他的身后关上了。紧接着他听到了第二声碰撞,说明法翁并没有多少好运。

高高立柱上面的铜头,转了过来,看着奥利弗。"行动快一点儿。"他喊道,"穿过前面的庭院,你就到了集市广场。在那里它是不能追逐你的。但你必须要快。它又恢复了知觉,看来它正在长出翅膀。"

"谢谢。"奥利弗冲着好心的铜头喊了一声,继续奔跑起来。

这是一座城堡型建筑的内部庭院,四周都是漂砾砌成的高墙。庭院中有一棵粗粗的橡树,树枝上已经冒出了新芽。

当奥利弗来到对面的大门时,他听见头顶传来一声吼叫。他抬头一看,看到了法翁……不!现在它已经是另一个生灵,身体有些像人,但却生有一对宽大的翅膀,前面长着一个秃雕的脑袋。

就在这时,一个面包师,或者是一个学徒,抱着一大摞面包迎面走了过来,他刚刚进入前面奥利弗想出去的那扇大门。两个人撞个满怀。两个人和一大堆面包都滚到了地上。

一个滚圆的大面包,径直滚向刚想降落到庭院的鸟人。这位追踪者的

第6章
噩梦女王的秘密

脚踏到了滚动的面包上,一时没有站住,轰的一声跌倒在地上。

"对不起。"奥利弗对望着鸟人发愣的面包搬运工喊了一声,然后就从半依着的门钻出去,来到了集市广场,淹没在人群当中。

金匠铺的铺面虽然只有一块东方地毯那么宽,但却像瑞士格哈德隧道那么长。或者说,虽然不到15公里,但奥利弗觉得它像一块长毛巾。

金匠奥琉斯·奥卢看起来根本就不像已经活了三千年的人。开始时,他用阿达－尼拉里的名字生活在亚述国。在亚述祭司的教导下,他掌握了各种知识和智慧,在亚述王提格拉帕拉萨一世身边很有些发言权——直到他走了厄运,成了叛国者的替罪羊,被抛进了最阴暗的牢房。他得到了惩罚,很快就在人们的记忆中消失了。

和卡西尼亚所有的记忆一样,他进入了失落的记忆的世界以后,仍保持了原来的外部形象。他现在的名字是后来才起的,因为这与现在的职业很相配。奥琉斯·奥卢听起来就像是一个能干的商人。至于他的这个长条房间,他狡黠地笑着解释说,这对一个金匠比较方便,因为人们不会一下子就看出店铺(尤其是仓库)的规模。

奥利弗很快就找到了埃留基德这个聪慧的朋友。惟一的困难就是在集市广场里行走,因为他想尽量不被空中的眼睛发现。虽然妮碧一再向他强调,城市上空没有任何怪物在飞翔,但奥利弗确实不想再犯任何错误了。

他走在集市摊位前搭起的帆布凉棚下面,不时装扮成有兴趣的顾客,从远处注视着广场中的每一栋房屋。当他几乎以为把埃留基德的指示理解错了的时候,他终于看到了两家铜匠铺。直到现在,他才意识到,金匠铺门口不一定要悬挂一个金盘子或者一个金罐子——尽管在卡西尼亚没有饥荒的问题,但总还是有些人在贵重物品面前经不住诱惑。

穿过集市广场时,奥利弗越来越感到拇指在跳痛。他的左手几乎不能活动,很可能是和面包师相撞时受了伤。但愿没有骨折。

在奥卢店铺第五道房间的安全环境里,埃留基德为他检查"伤情"。埃留基德把奥利弗的手指来回撅了几次,疼得奥利弗几乎背过气去,他才放心地说:"没有骨折,很快就会过去的。"

"你说得轻巧!"奥利弗激动地说,"如果拇指没有骨折,那至少也是崴了。叶茜卡有一次崴了大脚趾,结果疼了六个星期。"

"明天早上你会和好人一样了。"

奥利弗吸了一口气,想提出异议,考虑了一下又改变了主意。哲人的表情似乎表明,他说的都是实话。"肯定会这么快吗?"最后他只是问。

埃留基德深深吸了一口气,望着奥利弗,然后看了看妮碧和戈菲,最后目光又回到奥利弗的脸上。

"我想问你点儿什么,奥利弗。"

奥利弗预感到不是什么好事情,回复了一个疑惑的目光。

"你到了卡西尼亚以后,曾有过饥渴的感觉吗?"

对这个问题,奥利弗不需要很长时间考虑。"昨天,我在小溪旁遇见妮碧时,我曾觉得有点儿渴,而昨天晚上的豆汤我也都吃得精光。"

"我指的是别的。请原谅,如果我说,看起来那些饭食并非没有给你带来快感……"

"谢谢。"

"你昨天只是觉得胃口好,没有什么其他的感觉吗?你明白我想要说什么吗?我说的不是一般意义上的饮食,而是经过长途跋涉筋疲力尽,只想吞下一头烤牛,然后像死人一样往床上一躺那种感觉。"

奇怪,埃留基德竟提这个问题。奥利弗确实曾奇怪过,在这里为什么没有通常的那种饥渴难忍和疲惫不堪的感觉。"像你讲的那么严重的感觉,确实没有。"他终于承认。

"那就是了。"

"埃留基德,你想说什么?"

"这里有一种理论……"

"快说出来!"

"有一种说法,认为一个格里木在关键的一点上和卡西尼亚所有失落的记忆不一样。"

"哪一点?"

"他们能感到真正的饥渴。他们有疼痛的感觉。他们也会受伤和死去。"

"为什么?"

"这是因为,他们自己并未被遗忘,而是借助了被遗忘之物来到卡西尼亚的。"

第6章 噩梦女王的秘密

"你还向我隐瞒了什么,埃留基德!"

"传说中还预言,格里木也不能完全摆脱这个世界法则的制约。他们也会逐渐丢掉他们的地球属性,不知到什么时候就和我们一样了。"

"和你们……?"奥利弗细声说。

埃留基德严肃地点了点头。

"我还有多少时间?"

"这很难说。正如我刚才所说,这只是一个古老传说。"

"多长时间,埃留基德?"

"到岁序更新时。"

"什么?"

"传说是这样的:如果新的一年从冬季的黑暗中升起,整个大自然即将更新。整个大自然,奥利弗。"

奥利弗惊惧地望着前面。他逐渐明白了,他迄今只把这个冒险行动当成一本情节紧张的书——可以享受其中的刺激,如果感到厌烦,就可以把它合上,扔到一个角落去。一想到他有可能被这本"书"永远俘获,一种恐怖感不禁蓦然而生。

顷刻间,房间里笼罩着一片寂静,奥利弗的脑海里咆哮着思绪的风暴。他的朋友们理解他的心情,在此时此刻不想用话语干扰他。终于,在惊恐、担心、预感和希望的旋涡当中,显现了一些零星的想法。

奥利弗望着埃留基德的脸,说:"在谢哈诺一个古老的诅咒中曾说,'永远不要忘记他!否则在岁序更新时,他将统治两个世界——活着的和失落的记忆。'"

"实在令人惊奇,你竟然知道这些话。"金匠奥卢代替埃留基德插话说,他的声音形似耳语。房间里一片寂静,甚至连集市的喧嚣似乎也远离了他们。

"你知道这首诗吗?"

奥卢点头。"古老的传说中讲,谢哈诺曾有过一个祭司,过去是牧人,曾来到卡西尼亚。今天谁也不知道这个传说是不是真的,因为谢哈诺的祭司早已消失了。有些人断定,他可能还在什么地方长眠,等待着谢哈诺的归来,然后再为他效力。也有人说,祭司看穿了谢哈诺的邪恶本性,成了他的敌人,可能被谢哈诺消灭了。"

"就像今天要消灭一切拒绝为他效力的记忆那样吗?"

"至于是使用磨盘还是利用安纳格火山——没有人知道,但我还记得一件事。我那时到卡西尼亚还不久,也就一两年。我遇到了一位游者,一个身材挺拔高大的男人。虽然他看起来年龄并不大,但他的举止却像是一位智者。那个陌生人给我看了一块石板,上面写着五首诗,他告诉我说这是一首歌的歌词。"奥卢弯下腰对奥利弗说:"其中的一首,就是你刚才说的。"

奥利弗睁大眼睛望着奥卢。"你还记得这首歌的最后一行吗?"

"我记得它的每一个字。"

奥利弗屏住了呼吸,奥卢察觉到他这位年轻客人充满期待的神情,于是就把有关段落念了出来:

> 永远不要忘记他!
> 只要他把手放在上面,
> 就没有人可以逃脱,
> 除非取回失落的怀念。

"'取回失落的怀念'?"奥利弗轻声重复着。他又念了第二遍,然后又是第三遍,声音越来越大,语气越来越重。

"当然!"他终于喊了出来,"就是这样!能够来到卡西尼亚的只有他们,或者是本性已被忘记,或者是携带心中遗忘之物,就像我这样。而为了离开卡西尼亚,就必须在地球上取回对他的记忆。这完全合乎逻辑。我真不知道怎么到现在才明白这个道理。"

"人总是在事后变得更加聪明。"妮碧吟道。

"你说得对……"奥利弗下面的话没有说出来,"可我应该怎么做呢?"他喊道。他的兴奋突然又变成了惊恐。

"如果你制定好了计划,我们会帮助你的。"奥卢建议。

奥利弗必须集中精神。他镇静一些以后,说:"为了打开爸爸和我返回地球的通道,我姐姐必须记起我到这里来时随身携带的东西。但是,这不可能——第一我没有给她看过,第二我一穿过伊西塔城门,她可能就已经忘记了一切——就像爸爸当时从我们的记忆中消失了一样。"

"在地球上被遗忘的东西,很不容易重新取回去。"奥卢表示同意。

第6章 噩梦女王的秘密

奥利弗失望了:"我只能永远被囚在这里了。"

"或许还有另外一条路,向你的姐姐传递信息。"

"根据古老的传说,卡西尼亚有些地方叫作**双光地界**,在这些地方地球和失落的记忆的世界十分贴近。有时只是一块小小的空间——也许是一个门洞、一面镜子……"

"镜子?"奥利弗立即想起了妮碧出现时,在小溪里看到叶茜卡面孔的情景。

奥卢点头。"独角兽守卫的静林就是这样一个场所。也有人说,它就是双光地界的守护神。因此,在卡西尼亚只有它才知道所有这样地界在什么地方。"

奥利弗思考了片刻,是否应该回到静林去,然后请求独角兽帮忙,向叶茜卡发去妈妈发卡的信息。但他又想起了那只青铜兽很少提供信息的说话方式。而聪慧的奥卢却是一个直率的伙伴。

"你还知道我可以与姐姐联系的其他双光地界吗?"

"我还知道一个地方,有人说那也是这样的一个地界,甚至是一个较大的地界。但那是一个不圣洁的地方。据说,那里到处游荡着无处安身的各种记忆。"

"这你得给我具体讲一讲。"

"有些记忆还在人们的下意识里朦胧存在。虽然它们还在,却永远无法显现出来。只要还没有确定它们到底是失落的记忆还是活着的记忆,它们就只能在摩孤沼泽里游荡。没有人能够说出更准确的情况,但大家都认为,那只能是些丑陋的记忆。我必须警告你,奥利弗。摩孤沼泽不是你能够得到帮助的地方。"

奥利弗压下心中的惊恐。他想起白天戈菲曾提到过这个沼泽。"这你不用和我说两遍,我已经见多了各种怪物。但尽管如此还是有另外一种可能性的,埃留基德,你在这里已经不是一个新手。你能提个建议吗?"

"还应该存在另外一个双光地界,是在阿摩西亚什么地方。"

"最好忘掉它,埃留基德。"奥卢立刻插嘴说,"放弃它有三个理由。"

奥利弗疑惑地看着金匠。

"忘了吧!"他重复说。

"但我很想知道,奥卢。"

金匠叹了一口气。"那好。我想,你已经听说过阿摩西亚是什么地方。谢哈诺住在那里的一座至今尚未建成的高塔里。有人说,他让陶俑部队抓一些记忆在那里当苦力。只是这样还算好。还有一个更棘手的问题,那就是我们当中没有人会告诉你,阿摩西亚在哪里。"

"你这是什么意思?我想,那是谢哈诺的首府啊?"

"不错。但它位于遗忘之海的一座岛屿上。关于它有很多传说。有人说,这个岛会游动,在航海图上没有固定的位置。还有人说,它是隐形的。有人认定,岛的周围是一片诡秘的迷雾。总之有一点是肯定的:没有一艘船能够找到它,因为没有一个船长知道它的秘密,或许只有谢哈诺自己的力量才能够为来访者打开通道——但没有人知道。即使有人偷偷拿到了开启阿摩西亚的钥匙,他也无法越过这个统治者在海中设置的其他障碍:听说那里有什么邪恶魔王,专门吞噬迷航的船只。"

"这听起来确实不怎么让人兴奋。"

"但这还只是必须克服的一个障碍。双光地界在谢哈诺的掌握之中,所以首先必须战胜他。而且,也没有人知道这个地界的本性——是一面镜子呢,还是一个湖泊、一扇大门、一块沼泽、一片森林……?"

"我觉得,你可以停下来了。我已经知道,我们不能走这条路。"一股绝望的情绪又在奥利弗心中腾起。

"或许还有一个微小的可能性。"奥卢轻声说,好像是在自言自语。

"那就快说吧,老青年!"埃留基德催促说。

奥卢有些犹豫。他似乎需要克服很大的困难,才能把这最后的希望说出来。终于他开口了:"你们必须穿过**尼勐**……"

戈菲和妮碧同时惊叫了起来。

"……而且你必须让塞拉密斯开口说话。"

现在,埃留基德也开始疑惑地摇头了。他神经质地用手捋着他雪白的胡须。

奥利弗轮流打量着他的这些朋友。他完全不能理解这种不知所措的表情。"什么是尼勐?**谁**又是塞拉密斯?"

"尼勐是一片石漠。"埃留基德表情严肃地解释,"那里到处散落着数以千万计的石块,它们年轻的时候都很轻,像一块块浮石,年头越久,它们就越重。据说,每一个曾有过名字的被遗忘之人或物,都在那里有自己的一块石头。"

"卡西尼亚所有的居民?"

埃留基德点了点头。"我的石块上刻着我的名字,奥卢的石块上有他的名字,妮碧和戈菲也都有自己的石头。不知在石漠的什么地方,有一只无形的手正在一块空白的石头上缓慢地篆刻着你的名字,奥利弗。"

奥利弗背后冒起一股凉气。"对这种石头有什么解释吗?"

"都是些传说。"奥卢又参加到谈话中来,"有人说,这些石头中隐藏着每一个记忆的真实本性,也就是它们的内核。如果你损坏了一块石头,那你就把活着的记忆送进了空虚。"

奥利弗凝视着奥卢,他试图理解金匠的这番话。独角兽也曾提到过空虚。不对!是奥利弗自己提到过。但那是独角兽用巧妙的问题引诱他说出来的。

"曾有人尝试找到印有自己名字的石头,把它收藏和保存在一个安全的地方吗?"

奥卢摇了摇头。"在卡西尼亚有一句谚语:'他是在找印名石',说这句话的意思,就是白费时间而一事无成。"

"明白了。而那个塞拉密斯就住在这片石漠中?"

"是的。石漠是噩梦为所欲为的地方,而塞拉密斯就是它们的女王。"

"那就是说,还是有不受谢哈诺控制的人?"

"是也不是。塞拉密斯不能离开石漠,她是被谢哈诺流放到那里去的。她是谢哈诺的母亲。"

奥利弗差一点儿从椅子上掉下来。"谢哈诺还有一个母亲?"

"不过,严格地说,当然不是一座雕像的母亲。但创造谢哈诺的那个人,把自己的本性注入了进去,以便能够通过他得到永恒的生命和统治两个世界的永恒的权力!对谢哈诺本性最清楚的莫过于塞拉密斯,所以谢哈诺嫉恨她。"

"如果他像人们说的那样强大,为什么不把他母亲消灭呢?"

"因为塞拉密斯掌握了谢哈诺的印名石。"

"上面不会是他的真名吧?"

"正是他的真名,所以她可以制约他,就像古诗上说的那样。"

"那她为什么不结束他的罪恶行径呢?"

"这你得当面去问她了,寻者奥利弗。"

奥利弗吃惊地望着奥卢:"我?"

"估计她是惟一知道谢哈诺控制下的双光地界的人。"

"可我总是觉得,她好像不一定愿意和一个随便跑到她那儿去的人谈这个问题。"

"或许你能够迫使她说话。"

"我?怎么迫使?"

"你只要找到她的印名石就行了。"

奥利弗不得不笑了起来,但听起来不太像是开心的笑。"现在你可是自相矛盾了,奥卢。你刚才还说,甚至连卡西尼亚的谚语都说,寻找一块固定的印名石是多么不容易。为什么偏要我去找呢?"

"因为独角兽给了你*寻者*这个名字。"

这时一个男孩进来了,奥利弗感到了解脱。刚才在奥卢店中听到的这么多新闻,他还没有完全消化。男孩腼腆地拨开第四和第五道房之间的珍珠门帘,他是奥卢的妻子派来的。他的好妻子为他和他的客人准备了可口的早餐。

奥利弗看着奥卢和埃留基德享用饭食的样子,他想,他们看起来并不像是不必吃喝的人。他和爸爸也会成为这样的人吗?可以永恒地生存,但却永远是卡西尼亚的囚徒。然而可以逃脱这个困境的惟一出路,却又几乎就是一次自杀行动。

他必须穿过一片奇特的石漠,卡西尼亚的居民有一半认为那是一块圣地,而另一半则把它看作是该诅咒的地方。顺便还说一句,活着的噩梦们选中了尼勐当成了避难所。他要在穿行石漠时在数不胜数的石头中寻找一块特定的石头,如果他确实获得了成功,找到了塞拉密斯,还远不能说明她真的会帮助他。

奥利弗真想问问金匠奥卢,是不是还需要培养一个学徒,他越是继续思考面临的这个行动,就越是觉得毫无意义。然而,更糟糕的消息还没有来呢。就在他毫无胃口地嚼着鸡腿时,埃留基德问起他早上疲于奔命地穿过纳尔贡街巷的情况。奥利弗给他讲了那个丑陋的生灵,每次都以新的装扮显现自己。

第6章 噩梦女王的秘密

"你第一次见到这个生灵时,是否感觉到一股冰冷的寒风?"

"是的。"

埃留基德点了点头,似乎证实了他的想法。

"这有什么意义吗?"奥利弗问。

"请先告诉我,你昨天是否感觉到过这样的冷风。"

"这得让我想一想。等一下……对!现在你这么一问,我倒是想起来了。当妮碧把我单独留在森林,我偷听两个陶俑武士说话的时候,曾有过一股冷风在我身边掠过。后来,我们在岩洞中等待陶俑大军离开时,也曾有过这样的感觉。"

哲人的脸色马上变得苍白了。他和奥卢交换了个眼色。两个人都点了点头。

奥利弗要生气了。他自我感觉好像是一个小孩子,大人们不想告诉他去看牙医的具体时间。"你们两个人能不能有一个告诉我,这到底意味着什么?"

"你很幸运,竟然三次躲过了猎捕手。"奥卢轻声说。

"那个……猎捕手?"

妮碧和戈菲也都和奥利弗一样吓了一跳。大衣垂头丧气地挂在椅子背上,玻璃蜂鸟也无力地站在桌面上,用长嘴支撑着脑袋,好不至于跌倒。

"这你早就应该告诉我,埃留基德。"

"我向你提到过猎捕手。但我不知道你的感觉。只有十分敏感的生灵,才能感觉到猎捕手的临近。像我们这样的类型,不是他猎捕的对象,所以我们也丝毫感觉不到。"

埃留基德说得对。猎捕手确实被提到过多次,但他在卡西尼亚的邪恶行径,对奥利弗的几个同伴来说已经是不言而喻的事情,不必专门当作一个不愉快的话题进行谈论。而对奥利弗来说,迄今经历了这么多事情,他还没有来得及过问这个问题。

"也就是说,我必须想到,他已经选中了**我**。"他懊丧地说。

"你已经看到,他也不是不可战胜的。"

"到底谁是这个猎捕手?或者他长什么样子?"

"按照传说,他是谢哈诺手下的一个生灵,是一个无条件服从主子的残暴的帮凶。这你可以从一个事实看出来,猎捕手在这几千年里一直等待着谢哈诺的归来。据说,卡西尼亚的统治者用当时地球上一切邪恶制造了哈摩塞,这是猎捕手的名字。猎捕手是由各种最邪恶的记忆材料组成的。"

"你是说,就像两只腿和一个脑袋可以结合起来那样,猎捕手是一个……邪恶记忆的共生体?"

"如果这个词的意思表示一种邪恶利益的共同体,那你就说对了。如果说有区别,那就只是,谢哈诺不知用什么方法把各种邪恶的记忆捆绑在了一起。他自己无法从中解脱出来,但却会任意变化成各种形态。"

"噢,是的,这我可以证实。"

"如果不是因为他在狭窄的胡同里追逐你,那就可能会变成更大的体形。"

"谢谢,一头鹰怪和一只鸡蛇怪已经足够了。"

"无论如何我们都必须更加小心才是。特别是你,奥利弗。你要时刻留神,看你是不是下一个目标。"

奥利弗沉思地摸着自己的下巴。现在,当他感觉到他所面临的危险以后,反而觉得有些对不起他的这些同伴了。

"你们是不是应该重新考虑一下?"他向大家问道,"我是说,你们想陪伴我的事。我觉得,如果你们其中有人遭遇不幸,我就连卫生间的镜子都不敢看了。"

"我跟着你。"妮碧在他耳边说。她感到了奥利弗内心的忧伤。

"我当然也是。"埃留基德赶紧跟着说,"如果格里木不能把我们从谢哈诺的枷锁下解放出来,那又会是谁呢?"

"可是……"奥利弗现在才意识到,一个寻找爸爸的行动,却变成了拯救全世界的事业。埃留基德说得当然对。一切迹象都表明,只有战胜谢哈诺的统治,才能找到和解救爸爸。

"你还是留下我的纽扣吧,奥利弗。在这样一场战役中,没有资深战略家的辅佐是不能取胜的。我不能把你单独交给这个老思想家和他的玻璃鸟进行这场战斗。"

"我祝你们好运。"奥卢又补充了一句,"现在看来,是该讨论你们如何出城的问题了。我为此准备了几套让范·达伦和他的鹰犬们把鼻子抓破的突袭方案。"

大家都充满期待地望着狡黠微笑的金匠。

第6章 噩梦女王的秘密

但是,奥卢已经没有时间介绍他的好方案了。

"陶俑武士!陶俑武士!"

全屋子里的人都被这个惊叫声吸引了过去,声音发自刚才送早点的男孩。不一会儿,他就从珍珠窗帘冲了进来,站到了桌子旁。

"别急!"奥卢对他说,"告诉我们,你看见了什么?"

男孩像鼓风机一样在喘气。他根本就无法安静下来。"外面……集市广场上……谢哈诺的近卫军……"

"他们到这儿来了吗?"

"不,我想不会。他们身边押解着很多记忆。"

"你是说……"

男孩点了点头。

"这很糟糕。"

"什么很糟糕?"奥利弗问,他只明白了一半。

"如果他们又抓走了我们一些人,"埃留基德回答,"他们就会在城里游街。这是为了对其他人进行威慑。"

奥卢从椅子上站起来。"最好我们自己去看一看,这孩子说得对不对。"

奥利弗惊呆了,这是他在此刻最不想面对的一种可能。

"这种游街也有可能出于其他的原因。"金匠补充说。

埃留基德点头说:"你说得对。奥利弗,拿上你的东西,披上戈菲。快!"

"可我不明白……"

"这背后有可能隐藏着范·达伦,甚至猎捕手自己。如果集市广场站满了军队,我们就没有机会从这里逃出去了。"

奥利弗立刻穿上防雨夹克。一边跑一边粗暴地从椅背上拽下戈菲,后者惊叫了起来。

他们穿过了前面的四道房间,最后离开了店铺。他们小心翼翼地窥视着广场上的情形。奥利弗必须伸长身体,才能看到前面的情况。

广场的另一边,长长的一队陶俑武士涌进了大广场。人群和其他一些记忆生灵被粗暴地推到一边,一个水果摊位哗啦一声倒塌了下来,从另一个角落传来了陶罐落地摔碎的声音。

奥利弗惊愕地用手抚摩着脸颊,至少已经有五十名武士已经占据了广场,更多的大兵还不断涌进来。

"你们必须离开这里。"奥卢说,他的声音表明了形势的严重性。

"这个广场对我们已经不再安全。"戈菲插嘴进来,"非常不利的防御阵地。我现在提一个计谋。"

大家都看着奥利弗。他举起手说:"我什么都没说,是戈菲。"

埃留基德问:"什么计谋,将军?"

"我们混到人群当中,就在陶俑进来的那个地方出去。"

"聪明!"埃留基德喊道,"等到了人少的地方,我们就钻进胡同,然后从吉德维的身上穿出去。我不能不说,您真是一个伟大的统帅,将军。"

"这没有什么,我亲爱的哲学家。"

"如果把我认出来怎么办?"奥利弗突然说。

战略参谋部一下子愣住了。

"他们不会认出你的。"奥卢在后面说,"你们把这个穿在身上,就几乎变成隐身人了。"金匠手中拿了两件很多纳尔贡人都穿的彩色服装,另外还有两顶瓦盆形帽子。

"这就足以使你们变形了。"妮碧开心地唧唧叫了起来。

埃留基德和奥利弗急忙把拿来的衣服穿上。奥利弗有点儿笨手笨脚,在奥卢的帮助下,他才变成了一个地道的纳尔贡人。

"这已经足够了。"金匠说。他又把奥利弗头上的短发修整了一下,然后满意地点了点头。

"现在必须马上离开这里。"埃留基德催促说。

他们进入了人群当中。和面对任何较大灾难的人群一样,面前这些人对这个可怕的事件也抱有很大的好奇,这就给奥利弗和他的伙伴潜入他们之中的机会。在大多数人都伸长脖子观看的时候,他们就可以弯着腰穿行在他们当中。当他们来到广场尽头的时候,他们也就不得不接近了陶俑大军。

直到现在,在他们近前,奥利弗才发现,每个陶俑其实都是不一样的。比如结在他们脑后的长长的发髻样子就各不相同。武士们甚至各有不同的皮带环。一个武士身材高大,另一个又稍微矮小。他们的脸庞也有宽有窄。在个别部位还能看见颜色的痕迹——陶俑在很久以前都曾经是彩色的。奥利弗是个艺术家,对陶俑的不同造型真是赞叹不已。

第6章 噩梦女王的秘密

尽管如此，他还是希望在中国神圣的泰山上看见他们，而不是在这里。现在，众多的陶俑武士已经增加到了令人恐惧的程度。奥利弗第一次看到陶俑大军中还有马匹。这些马匹当然也都是陶土塑成的。

奥利弗很快就看见了第一批俘虏。他们被驱赶着走在由陶俑骑士组成的夹道中间，队伍对面的人群中发出了呐喊声。

他反感地发现，很多围观者并没有表现出不满的情绪。相当多的人甚至还在欢呼，个别地方还传来谢哈诺万岁的喊声。奥利弗的胃里开始沸腾，是胃酸和愤怒相混合的感觉。

怎么能够对这个把他们的伙伴送去当奴隶或者投到海中经受更为残酷命运的统治者高呼万岁呢？难道是内心的恐惧所驱使？还是担心自己——或许就是下一个——也被拖走，而产生这样的情绪吗？

埃留基德突然指了指前方，奥利弗试图看清哲人指的是什么。喧嚣已经变得无法忍受了。一条雪花石膏鳄鱼把他撞了一下，脚前的一个侏儒大理石女士也没有站稳脚跟。这样一来他反倒在一瞬间得到了一个开阔的视野。

"胡克上尉！"他惊叫了一声。但在巨大的喧嚣中没有谁能够听到。野汉酒店的衣架正迈着它那小木腿走在陶俑骑士夹道中间。奥利弗的胃缩紧了，怒火越来越烈。他还曾误解过胡克！或许它曾受到审讯和酷刑——如果在一个衣架身上可能的话。胡克没有出卖，他宁肯选择谢哈诺的磨盘。

要是能做点儿什么就好了！奥利弗继续向街上望去。衣架后面是一辆双轮小推车，它被两头石雕毛驴拉着，车上放着各式各样的物品，特别是书籍（或许他们将被焚烧），以及一些不能行走的小物品——一只花瓶、一个首饰盒和一支画笔。

奥利弗几乎不相信自己的眼睛。可是现在，就在小推车从眼前驶过时，他可以清楚地看到：红色的木柄、没有耐心的年轻画家的牙印以及已经变得稀少的貂毛——那里放着的，正是**他的画笔**！

他的脑海里又出现了那家美术用品商店。那一天，他有些精神恍惚，几乎把一支新画笔放进了裤兜。售货员产生了怀疑，叶茜卡费了好大劲才把问题说清楚。如果不是他事先把旧画笔丢了，这一切也就不会发生。那支旧笔是他在阁楼上妈妈箱子旁边找到的。它经受了他的第一步艺术行走阶段，有些笔毛脱落了。他很愿意用那支旧笔作画。后来，这支绘画工具在学校的绘画室里掉到了地上,滚进了两个楼层地板中间,多次想救它,都没有成功。这支笔他就彻底地丢掉了。奥利弗又买了一支新笔,那支旧笔也就在他的记忆里消失了。

而现在,这支旧笔就躺在小车上,正在他面前缓慢地驶过。他想,是不是把手伸出去,从车上把画笔抓过来,就在这时,一匹被捆绑着的白马映入了他的眼帘。

他抬起头,看到一个任何艺术家都无法描绘的美丽生灵:一匹马……但又不是——它比马更美。这匹英俊刚烈的骏马生有双翼!但这对雪白的翅膀却被皮条捆绑在身上,一个陶俑骑士在街的对面用一支长矛对准着白马的脖颈。

现在,奥利弗的怒火已经烧到了沸点,他的胸膛中跳动着一颗艺术家敏感的心。他无论如何也无法理解,为什么这样一个生灵要被剥夺自由。

"珀伽索斯①!"他不由得喊了出来。它怎么会在这里呢?人们并没有忘记这匹生有双翼的神驹呀?尽管奥利弗的声音很轻,无法盖过周围的喧嚣,但他却看见那匹神驹的头还是向他转了过来。它既不是木头,也不是石头或者青铜制成的。它火热的眼睛望着他,他无法理解,这匹马怎么可能听到他的喊声呢?

白马后面就是俘虏队伍的结尾了。最后走着一头灰色的石头大象,在这头活着的雕像上面,坐着一个男子。他不太高大,十分消瘦,就像是风景画上一根线条,惟一惹人注目的是他那长长的鼻子。他穿着褐色的制服,腰间佩带着一把手枪。奥利弗马上就知道了这个人是谁。

"这就是总督赫尔曼·范·达伦!"埃留基德低声对他说,"你转过身去,别让他看见。"

"我一定要让这个混蛋付出代价!"奥利弗轻声说。他还是转过身去。但不是为了避开范·达伦的目光,而是要跟着那辆小推车走。

"你想干什么?"埃留基德吃惊地问。

"你肯定丧失了理智。"戈菲也嘶声叫道。

但奥利弗并没有失去理智,他在意念里以极大的细心勾画着一幅图像,那就是在他头上涌起的一片可怕的黑云和风暴。他昨天就已经成功地唤来

---

① 珀伽索斯,希腊神话中生有双翼的神马。

第6章 噩梦女王的秘密

了风,为什么现在不能再做一次呢?

"要来风暴了!"有人在他身边喊道,并去追赶被风吹走的帽子。

奥利弗的决心已定。尽管他的梦幻功能最终或许还太弱……

"停住!"一个声音像一把利刃刺向人群,"那个孩子来了!风已经把他的气味吹入我的鼻子。士兵们,立即把他抓住!"

"范·达伦发现了奥利弗!"埃留基德喊道,然后他的草帽也被吹跑了。

即使他的力量有限,但他至少还是要做这个尝试。奥利弗从来就不是一个强者,但他想利用自己的一切可能去做这件事。他的手伸了出去,抓向那支画笔。

这时,整个集市已经笼罩在风暴当中,各个摊位都已吹得七零八落,各种物品在空中飞舞。一块棚布紧紧裹住了范·达伦的面孔,但仍然可以听到他在棚布下面发出的命令——直到一根倒下的帐篷支柱砸向了他的脑袋。他失去了知觉,从大象背上掉了下来。

人群都逃向房子的门洞,有些则平躺在地上,其他一些人把背对向了风暴,试图站住脚跟。陶俑骑士的夹道即刻大乱了起来。大部分马匹受了惊吓。到处是从马上掉下来的陶俑,摔在地上变成了千百个碎片。

看守神驹的骑士仍然坐在陶马背上。就在这一刻奥利弗看到了一只花岗岩乌龟。这个雕像有南瓜大小。一切都如此快速,奥利弗也说不清,这是不是一只活乌龟,是不是被他唤来的风暴吹到了他的面前?但这在此刻已不重要。对他最重要的只是神驹珀伽索斯。

风暴突然转了方向,还没等陶俑骑士反应过来,那只石头乌龟飞了过去,穿透了他的身体。那头陶马没有了骑手,立即自己去寻找避风的地方了。

这就是奥利弗的机会,他不顾一切地丢下几个同伴,心里想的只有那匹神驹。他用一只手抽出埃留基德腰间带有金饰的匕首,另一只手拉住了埃留基德。

"你疯了吗,奥利弗?"

"是的,快过来。"

"你的名字是珀伽索斯,对吧?"他一边用匕首割断捆在神驹身上的皮条,一边问道。他的眼角发现,地上的陶俑碎片正在抖动着相互靠拢,看护神马的骑士正在聚合他的上身。

"我就知道你知道我的真实名字。"刚烈的神驹用响亮的声音回答。

"行了,我成功了。"他割断了最后一根皮条。

"那就上来吧,让我们离开这个不祥的地方!"

"埃留基德和我在一起,你能带我们两人走吗?"

"我们以后再考虑这个问题,我的朋友。上来吧,你们俩!"

奥利弗笨拙地爬上马背,要不是珀伽索斯用翅膀助他一把,他肯定上不去。最后,他们又把埃留基德拉了上去。

珀伽索斯立即开始行动。它在广场上奔跑了一段,然后展开了双翼。它是多么强有力呀!扇动几下翅膀,他们就已经升到了空中。

双翼神驹又在广场上空盘旋了一圈。奥利弗可以看见远远的地面,变得很小的金匠在向他们招手致意。然后,珀伽索斯朝西方飞去。纳尔贡城中的微型的房屋迅速留在了后面。

·尼勐石漠

骑飞马旅行并不像奥利弗想象得那么容易。他紧张地抓住马鬃,尽量不去看下面的景色。埃留基德更是用手紧紧抓住戈菲,尽管大衣多次抱怨他抓得太紧,但他还是不敢把手放松丝毫。

空中的风,冰凉刺骨,奥利弗第一次真正感到了他的由T恤衫、绒衣、夹克和大衣组成的葱头套装的宝贵。

"呐,怎么样?"一个兴致勃勃的清脆声音突然在跟前响了起来。

奥利弗把紧闭的眼睛稍微睁开一点儿。"妮碧!"

玻璃蜂鸟正坐在珀伽索斯的耳边。神驹难受地抖了抖身子,喊道:"嗨,弄得我怪痒的,小鸟。你能不能往下滑一点儿啊?"

"没有问题。"妮碧吟了一声,把小爪子伸到了神驹的厚厚的鬃毛里,正好在奥利弗手的上方。

"好玩吧,是不是,奥利弗?"

"呐,我不知道……"

"你会慢慢习惯的。等着吧,你会对飞行上瘾的。"

"我要降落了。"珀伽索斯在前面说,或许它已经察觉到了奥利弗的

第6章 噩梦女王的秘密

恐惧。

飞马钻入一片云彩,直接朝着一条河流飞去。奥利弗已经担心,最后可能是水上迫降,但到最后神驹却潇洒地转过身来,直接落到了岸边。

"如果愿意,你们可以下来休息一下。"飞马用非常美妙的声音说,它的声音即使是歌剧演员都会羡慕的。

奥利弗不等它说第二遍,就从长在飞马两侧的翅膀后面滑到了地上。然后,他又帮助埃留基德下了马。飞马随即收起了巨大的双翼,急促地呼吸着。

"你是不是很累?"奥利弗担心地问。

"还可以,"神驹回答,"我虽然生有双翼,但从本性上讲,我仍然是一匹马,而不是飞鸟。"

埃留基德利用这个时间围绕飞马巡视了一周,就好像一个飞行员在视察他的飞机。他多次摇头,然后喊道:"难以置信!一匹真正的清泉马。不是木头或陶土制成,而是个血肉之躯。"

"清泉马?"奥利弗重复说。

埃留基德把目光转向他。"这是希腊字**珀伽索斯**的译名。意思是,它是波塞冬①和墨杜萨②的儿子。有一次它用马蹄踏在缪斯③居住的赫利孔山上,踏出一眼清泉。此后它就被称为缪斯神驹或诗驹。"

"一匹艺术家的马!"奥利弗兴奋地喊道。

"我立即就看透了你的本性。"珀伽索斯说。

奥利弗疑惑地看着它。

"热爱美并创造美的人,是一种特殊的人。"神驹补充说。

"当我说出你的名字的时候,你怎么会听到呢?那里喧闹声那么响。"

"我听到了你心灵在呼唤。"

奥利弗想到了妮碧,它也曾说过类似的话。他走近神驹,抚摩着它的脖子。

"你多美啊!你真的在地球上生活过吗?"

珀伽索斯嘶鸣了一声。"回答这个问题,并不那么容易。是的,我曾在

---

① 波塞冬,希腊神话中的海神。
② 墨杜萨,希腊神话中的具有双翼的蛇发女妖。
③ 缪斯,希腊神话中九位艺术女神的通称。

地球上生活过,不,我并没有那样生活过。"

"你当时是以另外一种形态出现的,是不是?"

神驹智慧的眼睛打量了一下奥利弗。"我没有看错你。告诉我你的完整姓名,然后我给你讲我的故事。"

"我叫奥利弗,在地球上我的姓名是奥利弗·波洛克,但独角兽称呼我为寻者奥利弗。"

"你肯定是一名格里木。"

"是的,你怎么知道?"奥利弗对珀伽索斯渊博的知识和从容的举止感到惊讶。

"我能够感觉到,奥利弗。这与我的本性有关。"

说完这个简单的判断之后,珀伽索斯开始讲述它自己的经历。当时,它曾生活在地球上,是一匹普通的烈马,忠诚地为主人柏勒洛丰①效力。后来,主人被诬陷杀人,不得不逃离他的家乡科林斯。有一段时间,珀伽索斯和柏勒洛丰生活在阿尔戈斯的普罗托斯王宫里。但灾难很快就追上了主人和他的爱马。他们再次逃亡,经历了无数的艰险。有关他们的故事在四处传播,就像一切动听的故事一样——而且人们越来越添油加醋:被他们战胜的狮子变成了怪物喀迈拉,一群粗野的女人变成了阿马宗女战神。柏勒洛丰成了英雄,他的快马也变成了会飞的神驹。

当然,珀伽索斯承认,它的主人对这些有关他本人和马的流言也是有责任的。柏勒洛丰并不希望成为英雄,他更想是一个诗人。在梦中,他确实曾骑上了一匹会飞的马。"你们看,"神驹得出结论说,"我既不是一匹马,也不是一个梦,两者各有一部分在我的身体里结合了起来。我其实是希望有另外一种发展的。"

珀伽索斯继续讲述,柏勒洛丰是如何在奥林匹斯山脚下遭人暗算。如雨的飞矢把他的马射倒在地。一支箭射中了柏勒洛丰的胸膛。那匹马还拖着身子爬了一段山路,然后就无力地倒了下去。柏勒洛丰十分忧虑,宁愿自己就这样死去。可是,涌到面前的敌人却点燃了他复仇的火焰,他杀死了所有来到他面前的敌人。最后受伤过重,倒在了地上。他用最后的力气来到爱马的身边。就在那里,在奥林匹斯山上,在他的爱马的身边,离开了人世。

---

① 柏勒洛丰,希腊神话中的英雄。关于他的故事有各种传说。

于是，就出现了关于科林斯英雄的传说，说他的名字意味着"闪亮的光辉"，而珀伽索斯则被众神之父变成了天上的星座。

"那就是说，原来的说法，柏勒洛丰充满激情骑着你冲上了奥林匹斯，然后从上面掉了下来，先是失明，然后失去了性命的说法是不正确的了。"埃留基德像是自言自语地说。

"如果这是真实的，那我就不会生活在这里。"珀伽索斯回答，声音里仍然带着失去主人的伤感。"但后来却发生了另外的事情。我受的伤并不是致命的。我又恢复了健康，在奥林匹斯山上生活了一段时间。一天夜里，我发现了一个山洞，里面闪烁着光亮。我跑了进去，就离开了地球，不久我就到了卡西尼亚，站到了独角兽的面前。"

奥利弗斜眼看了一下珀伽索斯的胸前。确实！光滑皮毛下面的肌肉上，他发现了一个豌豆大小的疤痕。"我很高兴，你又获得了自由。"他认真地说。

"我还没有完全自由，奥利弗。我还要偿还一笔大的债务。只要你不赶我走，我就留在你的身边。"

"我可以马上给你自由，珀伽索斯。你太美了，不能让你也落到猎捕手或什么其他人的手里，他们是冲我来的。"

"这么轻易处理这件事是不行的，奥利弗。你是一个格里木。你还有很多艰巨的使命，我会帮助你承担这个重负。"

奥利弗羞涩地看着地面，他的心就要爆裂了。一方面，他高兴有这样一匹马做朋友，但另一方面他又怕这个生灵会因为他而受到伤害。

"如果一个人一生有个双翼的朋友，那做什么都不会失误的。"妮碧开心地吟道。她的声音充满了信心，使奥利弗的勇气大增。他会成功的，和这些朋友们一起！

"那好，"他说，"现在我们是五个。"

"没有人想到我吗？"

大家相互奇怪地对看了一下。这个用响亮而温柔的声音说话的是谁呢？

"请快帮我出来吧！"这个声音又说，这次加重了语气。

"在我的口袋里。"戈菲说，"快，奥利弗，否则它会把我的口袋戳一个洞的。"

奥利弗抓住大衣口袋,当他把手伸进去时,他才知道,是把谁给忘记了。

"画笔!"他把那支貂毛旧画笔抽了出来,沉思地看着它,"原来你也能说话。"

"当然,你想什么呢?"

"那么,独角兽肯定也给你起了一个名字。"

"不要提这么傻的问题,奥利弗。上帝不仅叫'上帝',一个人不仅只是一个'人',甚至连一匹马,如果你只是叫它'马',它也会感到受了侮辱。难道你以为,一支笔就没有尊严吗?"

"不过……"

"我的名字叫'一抹朝霞'。"

"我的心里总觉得有点儿过意不去。我竟然就这么快把你给忘了。"

"在你们那里,这种事是经常发生的,奥利弗。"

"你说的是什么意思?"

"你难道就没有发现,在卡西尼亚见不到一把开罐头刀吗?"

"老实说……"

"或者你遇见过一根屋檐上的雨水导管吗?"

"我觉得没有。"

"你看。"

"你到底想说什么?"

"你们人类今天是非常忙碌的。你们工作,只要赚到钱,就会很快花掉,但你们并不珍惜花钱买来的东西。你们只是用它一段时间,只要找到新的,旧的就干脆扔掉。"

"难道,并不是所有被遗忘的,都会到卡西尼亚来吗?"

"他是昨天才来的。"妮碧出来为奥利弗辩护。

"你必须这样看这个问题。"埃留基德带着哲学的严谨说,"卡西尼亚所有的记忆,都与人类的感情有关。没有人类,也就没有这个世界——除了几块游荡的狗骨头。涉及到这种感情越多,卡西尼亚这里也就越是充满活力。这里存在的某些物件,至今还在实施原来的功能,它们为此感到幸福。"

"就像是在法翁面前救过我的那个门洞支柱上的头像。"

"不错。他的使命就是站在支柱上。它这样做,观察着在它面前走过的人,它对此很满意。另外一些则是活灵活现……"

第6章 噩梦女王的秘密

"就像我!"妮碧唧唧叫了一声。

"对,就像我们的小蜂鸟,是的。她当年肯定是很受宠爱的。"

"那么你,埃留基德,当年也很受宠爱吗?"奥利弗直截了当地问。

哲人叹了一口气。"在很长时间以前,是的。但这已经是另外一个故事了。或许我在这里的位置上,让人更讨厌了。但有时也是必要的,以便让历史的进程发生些变化。"

"我明白。好了,我们现在已经是六员大将了。"

珀伽索斯恢复了原来的声音。"我已经恢复了体力。现在我们应该往哪儿飞?"

"我想去拜访一下塞拉密斯。"

过了片刻,珀伽索斯回答:"你很勇敢,奥利弗。"

"或者很蠢。"

"不要这么说。柏勒洛丰当时也是一个艺术家,但仍然是一个英雄——我们需要一副马鞍。"

奥利弗想起了刚才飞行时是多么不舒服。"你说得不错,可我们到哪儿去搞这些东西呢?"

"有一个村子,与纳尔贡只有一天的飞行距离。它的居民虽然都有些怪异。但从根本上却都是些可爱的生灵,而且很愿意帮助别人。"

"能在那里买马鞍吗?"

"肯定。这个村子的大部分居民自己就是皮革制成的,所以他们很擅长加工皮革材料。"

"你是不是说金熊村?"

神驹把头上下点了点。

"一个稀奇的名字。"奥利弗说。

妮碧笑了。"嘻嘻,等到你见了金熊村民后再说吧。"

奥利弗小时候曾有过一只小毛绒玩具熊,他非常爱它。有一次叶茜卡为做解剖试验,挖去了小熊的眼睛,又开膛破肚,奥利弗一直闹到爸爸给小熊做了复原手术。当珀伽索斯降落到泰迪熊村时,奥利弗表现得有些伤感,只有在这样的背景下才可以理解。

一群滑稽的小布熊见到生有双翼的神话动物降落,都激动异常地四处奔跑起来。奥利弗从神驹上爬了下来，惊讶地观看着这些嘤嘤喊叫的毛绒集体。有些熊穿着绒线毛衣，不少的脚上缝着皮革补丁。几乎没有一只熊还保持着原来的完整毛绒。它们都曾被过分宠爱，直到它们的主人长大后，把它们忘记在什么地方。

有些金熊村民只有老鼠般大小，但现在向他们这些不速之客走过来的村民，却最多比奥利弗矮一头。

"欢迎你们！"一个声音喊道，使奥利弗记起了他的小熊发出的呱呱的叫声。"我是金熊村的村长。你们是路过还是准备长期住在我们村中？"

埃留基德出来回答，因为村长是向他问话的。

"我感谢你的欢迎，亲爱的村长。我的名字是哲人埃留基德。我想坦率地告诉你们，我们的时间很紧，我们到你们这里来的真正原因，是我们希望得到你们的帮助。"

"人们叫我——请不要见笑——熊唠骚。我来到卡西尼亚那一天，独角兽的情绪不太好。但是，我们还是说你们的心事吧，我们很愿意尽我们所能为你们服务。谁能够乘飞马来到我们这里，我们就会满足他三个愿望。"熊唠骚笑了一声，"我们能为你们提供什么帮助呢？"

"我们的朋友珀伽索斯需要一副马鞍。"埃留基德指着白马说，"它答应带我们一程，可是骑在没有马鞍的坐骑上飞行是很不舒服的事情，但愿你们能够理解我的意思。"

村长的肚子里又传出一声嗡嗡的嬉笑。"我最后一次飞行，已经是很久以前的事情；那时我还在玩具商店里。但我们还是很愿意帮助你们的。我们村是世界闻名的皮货基地——这可能和我们的很多村民脚上的补丁有关。我们肯定可以制作一副适合珀伽索斯的马鞍，让你们能够安全地继续飞行。"

说到做到。村长把客人们带到他的圆形熊屋。他们在那里得到了柔软的床铺。那只大熊估计，制作马鞍至少需要一天的时间，结果用了三天。

奥利弗和这些可爱的家伙在一起很是开心，他不断地和它们玩着各式各样的游戏。但时间长了，他逐渐不安起来。有那么多问题需要他思考，这都是些使他无心玩耍的问题。猎捕手现在在哪儿？是否还在追逐他？为找到爸爸，他还有多少时间才不至于和爸爸一起变成失落的记忆？在尼勐石漠他还会遇到多少不测？他如何才能找到塞拉密斯的印

第6章 噩梦女王的秘密

名石?

虽然这些急迫的问题还不容易回答,但他还是利用这段时间和珀伽索斯、一抹朝霞、埃留基德、戈菲和妮碧做了长谈。他从中又获得了很多有关卡西尼亚这个世界的新知识。有些使人不安,有些让人难以置信。他扭伤的大拇指两天后就已经没有了疼痛感这一事实,已经变成了次要的问题。人具有很快适应新环境的非凡能力,因而,奥利弗对在卡西尼亚每天出现的小小的怪异,也就习以为常了。

当珀伽索斯中午时分从金熊村起飞时,已是奥利弗到卡西尼亚的第五天了。新马鞍使两位骑手有了安全的座位。奥利弗坚持让埃留基德在飞行中穿上大衣,开始时戈菲提出了抗议,但后来两个记忆相处得还不错。

飞行过程中,珀伽索斯不得不经常休息。它的本性确实更应该是匹坐骑,而不是一只飞鸟,它不断这样解释表示歉意。但生活在卡西尼亚的记忆们所有的疲劳、疼痛和其他感觉都只是短暂的现象,所以每次稍事休息后,他们就又可以继续飞行了。

珀伽索斯沿着希戴克河飞行。这是卡西尼亚中央省中最大的河流。离开金熊村两天以后,奥利弗发现下面的景色发生了变化。一直是春季色彩的田野和深绿色的森林,被一望无际的灰色荒原所取代。

"这就是尼勋石漠。"珀伽索斯喊道。

奥利弗不禁打了一个寒战。

过了一会儿,飞马降落到这片荒土的鲜明的界线旁。神驹的马蹄还站在绿色的草地上,但几步以外,就是枯黄的沙漠了。奥利弗看到沙漠中有很多小石块,有时集中,有时零散地分布在荒漠上,几乎覆盖了眼睛可以看到的整个地界。

"它们就是……?"

珀伽索斯轻嘶了一声:"每块石头上都携带着一个名字。"

"看起来有些还在移动。"

"人们说,它们是在围绕着女王的湖水跳舞。"

奥利弗惊异地望着神驹。

"我是说塞拉密斯。"珀伽索斯补充说,"据说她住在一个浮动在湖水中的岛屿上,而这片湖水早在遥远的年代就一直穿流于这块荒漠。"

"一片游荡的湖水？"

"和它一起游荡着所有的石头。"珀伽索斯肯定地说,"最年轻的石头在外围,而年纪较大和较重的石头则舞蹈在塞拉密斯湖旁。"

奥利弗试图理解他的朋友刚才说的话。他把塞拉密斯的岛屿设想成为一个黑色的旋涡,一切都在围绕着它旋转,在他的脑海里形成了一幅奇特的图画。

他闭上了眼睛,用意念描绘出一个旋转的大圆盘,上面摆放着轻重不一的各种石头。圆盘缓慢地开始旋转。千万不要太快！他想。当脑海中的图画和他的期待一致时,他再描绘一阵风,从圆盘中心向外面吹来。开始时什么都没有发生,然后个别的石头开始颤抖起来……

"风来了！"他身边有人喊,那是埃留基德,"是你吗？"

奥利弗睁开眼睛,但努力保持脑海中的图画。他吃力地巡视了一下眼前的石漠,一些石头显然已经在越来越大的风暴中跳动起来。

"妮碧！快飞起来！"他突然喊道,"把首先滚动的那块石头给我拿来！"

蜂鸟似乎已经猜到奥利弗想干什么,立即像箭一样冲上空中。

"她找到了！"神驹过了一会儿说。

奥利弗看到了妮碧在阳光下闪亮的飞行轨迹。很快,她就落到了奥利弗的肩上,嘴里衔着一块椭圆小石头。

"你真是一个宝贝！"奥利弗称赞说,随即从她的嘴上拿过了那块石头。

"谢谢,这很好。"

"快告诉我,上面写的是什么？"画笔一抹朝霞急着问,它从奥利弗的上衣口袋里探了出来。

"扔掉吧,这是一块空白石头。"埃留基德说。

"不对。"奥利弗反驳说。他把椭圆小石头转动了一下,用指头指着上面说:"你看这里。"

埃留基德靠近奥利弗。"的确。我的眼睛看来比两千年前差多了。你能读出上面是什么吗,奥利弗？我看着很不清楚。"

"那是我的名字。"

"这不可能！"

"事实就是如此。"奥利弗低下了头,他悲观到了极点。"你和埃留基德说得对。我也快成为卡西尼亚的一部分了。"

第6章 噩梦女王的秘密

"忧愁是最坏的顾问。"珀伽索斯说,"你到现在仍然是一个格里木,只是卡西尼亚一位临时来客,奥利弗。不要这么悲观。你没有什么理由这样,因为你已经证明没有辜负独角兽赋予你的名字。"

奥利弗悲伤地抬起头。

"达不到目的的寻者,是没有价值的。"珀伽索斯解释说,"你不仅是寻者奥利弗,你刚才已经证明,你也是一个发现者。"

"你觉得真是这样吗?"

"当然!"妮碧唧唧说道,"对我来说,反正你是最伟大的。"

奥利弗慢慢感觉好了一些。有这么多朋友鼓励他,他怎么能老是悲观呢?

"现在是我们应该制定战略计划的时候了。"戈菲一本正经地说。

"将军说得对。"埃留基德说,"你有什么主意,珀伽索斯,怎么才能找到塞拉密斯湖呢?"

"这对我们并不是一件轻而易举的事情,那个湖是在不断游荡的。如果古老的传说属实,它肯定不会在荒漠的边界地带。如果印名石确实都在围绕它旋转的话,那么我们或许从空中可以看到尼勐石漠的中心地带。"

"你这是什么意思?"奥利弗问。

"问题很清楚,"妮碧吟道,"我在上面看到过。那些石头留下了痕迹,就好像往水里扔进一只甲虫,水中的环形波纹会在它周围散开。"

埃留基德疑惑地不断摇着头。"我估计,情况很可能是这样的,就像是一个钉耙在撒满沙土的场地划动那样。"

"这又有什么区别呢?"奥利弗想知道。

"在沙土场地上,钉耙留下的痕迹不一定像水中波纹那样是环状的。如果这个场地是个不规则的形状,钉耙留下的痕迹也很难辨认清楚。"

"埃留基德说得很对。"珀伽索斯证实,"尼勐石漠不是圆形的,因此也不是那么容易就找到正确的路线。"

"困难总比不可能强。"奥利弗说,"而且,不规则的踪迹可能只是在尼勐的边缘。我敢肯定,石头的轨迹最后还是要呈圆形的。"

"这很可能是对的。让我们去试试吧。"

大家都同意这个意见。但戈菲的分析才能又想到了另外一个问题。

"遇到噩梦该怎么办?"

"这我还真的给忘了。"奥利弗小声说。

"它们都是夜行者。"一抹朝霞指出,"白天它们不会来骚扰我们的。"

"但我们要想进入石漠的深处,半天的时间是不够的。"戈菲说。

"那我就不睡觉了。"珀伽索斯果断地说。

大家都愣在了那里。

"这和噩梦有什么关系?"奥利弗问。

"我是一个混血生灵。你们在地球上都具有物质的本性,但我却不是这样的。我有一半是由梦构成的,准确地说和噩梦一样。但我又是光明的生灵,这可以从我的白色皮毛上看出。当年背驮科林斯英雄走遍地球的烈马,原来本是一匹灰斑白马。然而,柏勒洛丰始终梦想一切都十全十美,我的白色皮毛就是他梦想的结果。这是纯洁和光明的象征。所以,所有黑暗的势力都痛恨我。我对它们就是一个毒菌,最好远离我才是安全的。只要我醒着,它们就不敢向我攻击。"

"我觉得,我现在才逐渐理解了,我得到了一个什么样的宝贝,我的朋友。"奥利弗亲昵地抚摸着珀伽索斯的脖子说。

尼勐石漠的荒凉压抑着人的精神。看不见树木和草丛,只有黄沙和石头,石头、石头……

为了充分利用白天的光线,奥利弗和同伴们商量,决定第二天一大早开始他们的搜寻行动。奥利弗从希戴克河中取水,装满友好的泰迪熊连同干粮一起送给他们的两只水袋。尽管他的饥渴感觉日益减弱,但仍然——有幸——还没有完全摆脱这种需求。

他一再从口袋里掏出那块圆石。看到石头上他的名字越来越清晰时,他的胃部总有一种难受的感觉。

搜寻行动开始时比设想的还要困难得多。石漠不仅横向极不规则,而且纵向也相当复杂。这就意味着,其中的很多山丘,甚至光秃的岩石,不断改变着数公里长的石块排列造型。有时,奥利弗会完全迷失了方向。有时珀伽索斯似乎飞向原来确认的中心方向,但最终却又被新的弯路引入了歧途,就好像木材上的纹理不断改变着方向。

最严重的还是夜里。开始时,奥利弗还只是受到各种吼叫和呜咽以及刺鼻的臭味带来恐惧的干扰,但到了第四天,却出现了第一批噩梦。从此奥

第6章 噩梦女王的秘密

利弗就再也合不上眼睛。这里没有任何可以燃烧的木材,朋友们只能依靠星光和月光。只有珀伽索斯雪白的皮毛闪着光芒,就像是黑暗中的一片冰冷的火焰。从黑暗中涌过来的漆黑的影子越来越逼近了。

一些黑夜生灵看起来像人,但转瞬间就变成了巨大的昆虫。他们站立行走,但却长着三角形的脑袋,还有无数身影长着细细的腿和钳子,而没有手。另外一些,则四肢着地,发出不安的咕噜声。有时这些生物似乎又自己相互打了起来,可以听到愤怒的吼声和嘶喊。

有一天早上,朋友们发现一颗头颅,它似乎属于一头巨大的狼,但所有的毛发已经脱落,舌头半露在张开的嘴的外面,可以看到嘴里一排锋利的牙齿,而其身体的其他部分却没有了踪影。

两个夜晚之后,奥利弗听到了一个特别恐怖的声响。在已经熟悉的嚎叫、呜咽、咕噜的声音中间,升起了一个婴儿般的细细的震撼人心的呼喊。

"不要被他们欺骗。"珀伽索斯立即说,在他的声音里掺杂着疲惫和强烈的警告。

"那是什么?"奥利弗惊惧地问。

"只是一个邪恶的新梦。"

"可是,如果是他们抢夺了一个小孩呢……"

"小孩在卡西尼亚是很少见的。"珀伽索斯严厉地打断奥利弗的话,"婴儿需要他们的父母。"

"但也有被遗弃的孩子……"

"奥利弗!这是一个陷阱。一个被遗弃的孩子如果没有人拣到,很快就会死的。但他不会很快就被人忘记——心肠狠毒的父母会永远谴责自己的良心的。"

珀伽索斯说得很对。但这并没有给奥利弗带来多少安慰。孩子悲惨的哭喊整夜都没有停止。到了第二天早上,他要求离开尼勐石漠。

"我们已经在石漠里四处飞行了六天,却没有找到那片湖水。或许古老的传说并不属实。"

奥利弗伸展双臂,给心脏输入新鲜的空气。他和伙伴们又回到了希戴克河畔,只比他们出发时的地点靠南边一些。

珀伽索斯试图安慰它的朋友。"我们只寻找了尼勐石漠的很小一部分,你不能失去信心。"

奥利弗把手伸进口袋，摸到妈妈发卡旁边那块印名石，把它掏出来，不让人察觉地看了一眼。

他所看到的，并不使他感到意外。用大拇指虽然还感不到有什么凹槽，但他的名字在石头表面上已经不只是一个淡痕，而是清晰可见了。他又转向珀伽索斯，尽量保持平静。

"你说我应该有信心，但离岁序更新我只剩下了六个星期——既要找到塞拉密斯，还要找到我的爸爸，还要找到制服谢哈诺的方法，时间实在太少了。我如何才能完成这一切呢？"

"要利用你的才能，奥利弗。"

这句话来自画笔一抹朝霞。奥利弗把它从上衣口袋里拿出来。稀疏的笔毛像无数小腿在蠕动着。

"朝霞，你说的是什么意思？"

"你曾召来了风，找到了你的印名石。你为什么不再尝试一次呢？"

"可是，风怎么能帮助我寻找……"奥利弗突然停住了，"当然！我想，我知道了一种可能。"

"快说出来！"妮碧唧唧叫了起来。

"你们看，我如果让风像一块长长的地毯一样吹过石漠，怎么样？"

"你真伟大，奥利弗！"埃留基德拍手叫道，"较轻的石头会先滚走。这样我们就可以更好地确定石头圆圈原来中心的方向。"

"我就知道，你会找到一条路的。"珀伽索斯赞赏地说，"距离荒漠中心越近，你的风就越难以吹动那里的印名石——我们很快就会找到线索，就像一条红色的丝线一直引导我们进入塞拉密斯的卧室。"

奥利弗果断地点了点头。"好，明天我们再尝试一次。到那时你的体力就能恢复了吧，珀伽索斯？"

神马嘶鸣着笑了。"不要为我操心。这两天我虽然恢复体力稍慢一点儿，但我不会丢下你们不管的。"

奥利弗的"风洞原理"真的起了作用。风均衡地掠过石漠，吹出一个长长的通道，所有较老的印名石都留在了原地，而那些较轻的石头——即年代较近的石头——都滚到了旁边。奥利弗的"风器"使用得越来越熟练巧妙。

第6章 噩梦女王的秘密

每日寻找的距离，要比原来的搜寻行动短一些。这是因为新的搜寻方法有了变化。珀伽索斯必须飞一段距离就降落到地上，让两个骑手下来。然后奥利弗再让他的风逐渐强劲起来，这时妮碧和飞马再升空进行观察。蜂鸟担任通信员的角色——行走在飞马和奥利弗之间，报告石头移动的情况。

朋友们越是接近石漠的心脏地带，夜里噩梦的骚扰也就越是厉害。只是由于珀伽索斯的存在，才挡住了这些可怕梦魇的进攻。但是，飞马必须保持清醒状态。然而，即使卡西尼亚赋予所有居民具有天然的毅力，终究也是有限度的。奥利弗忧虑地看到，他这个会飞的朋友的体力是越来越虚弱了。

第二次搜寻行动进行到第四天晚上，妮碧带来了一个激动人心的消息。

"水！"她开心地喊道，落到了奥利弗的肩膀上，"这座山丘的后面，有一个圆形的山谷，中间就是一片湖水。"

"水上有岛屿吗？"

"岛屿实际就是一座水上宫殿，整个建筑漂浮在水上。"

"不管怎么说，传说还是比人想象的更准确一些。"埃留基德说。

就在这一刻，珀伽索斯降落了。它的巨大双翼扇起了一阵沙尘。

"你成功了，寻者奥利弗。"

"我们大家都为这个成功做出了贡献。"奥利弗回答说，"没有你们，我会一事无成的。"

"我建议明天拂晓发起进攻。"戈菲说。

大家都把目光转向了哲人，因为他还穿着那件大衣。

哲人用手拍了拍自己的肩膀，说："一定要少安毋躁，将军。我们的武库中还缺少一个很小的部件。"

"什么部件？"

"你们难道忘了，如果我们手中没有她的印名石，塞拉密斯是不会向我们透露任何信息的。"

"我已经有了一个计划。"奥利弗说。所有的目光都转向了他。他的声音里包含着明显的自信。"我们就按照戈菲的建议行事。你们也需要一些休整。"奥利弗有意没有专门看珀伽索斯。"明天早上，我们需要全力以赴。为了我们的计划成功，我们还得通力合作。所以我们今天晚上要周密筹划一下。如果一切顺利，我们明天中午就会知道，如何能够到达谢哈诺的首府,以及在哪里能够找到双光地界。"

"如果不顺利呢?"一抹朝霞想知道。

"那塞拉密斯就会把我们扔给噩梦吃掉。"

与谢哈诺的母亲关键性会晤前的这一夜,使人想到了奥利弗谈到的第二种可能性。无数噩梦几乎接近了他们的身边,他们不得不都逃到珀伽索斯的背上,以避开那些好奇的魔爪、伸出的火舌和晃动的触角碰到他们身上。那些怪物喷出了臭气,发出了可怕的声响,只是在珀伽索斯的一再警告下,他们才没有逃进黑暗中躲避。

天开始放亮时,噩梦又都隐藏了起来。很长一段时间,奥利弗的耳朵里还能听到一种奇怪的抓挠声;声音来自山丘的另一边,但很快就消失了。然后出现的寂静是那么反常,就像是星空中的一个黑洞。

奥利弗在此刻没有过多考虑这个问题,但他感觉从未有过的茫然,或许他昨天就应该去那座水堡。不过,他们还是有时间进行了必要的准备,他有些累了,因而建议再休息两个小时。没有人反对。

"时间到了。"奥利弗终于说。他抚摩了一下神驹的脖子。珀伽索斯站起来的时候,它的动作明显迟缓和吃力了。"你记得该去做什么吗,妮碧?"

蜂鸟鸣叫一支短曲,意思是:当然!

"好。埃留基德、戈菲和朝霞,你们是我的耳朵,如果发现了什么可疑,立即告诉我。对这个国度的习俗我还不太熟悉,恐怕会忽略塞拉密斯某些隐蔽的暗示。"

哲人、大衣和画笔都确认了他的指示。

"好。"奥利弗说,把沾在手上的一些沙粒拂掉,"我们现在就去谢哈诺的母亲那里进行我们的礼节性拜会。"

塞拉密斯的宫殿位于一个圆形湖面上。深绿色的湖水吸引着人们。珀伽索斯驮着它的伙伴们小心翼翼地滑下漏斗形的河谷。这里有很多印名石,奥利弗多次提醒他的白马朋友尽可能不要碰那些石头。谁能知道,如果印名石在神驹的重压下破碎,会给一个记忆造成什么样的后果呢?这种慎重还为了排除另外一个风险,这他自己也认为几乎不太可能,所以也只留在了自己的心底。

第6章 噩梦女王的秘密

当珀伽索斯的马蹄触到水面时,飞马停在了那里。宫殿死一般的沉寂,它的轮廓倒映在深色的湖水里,就像是一个安放在绿色绒毯上的象牙色的魔方,漂浮在宁静的湖面上。粗犷的建筑上很少有什么亮眼的装饰:大约有十排窗子,开在平滑的墙面上,四座圆形的塔楼,一座吊桥和一片污浊的红屋顶——这就是值得提及的一切。

寂静是绝对的,让人感到仿佛在观赏一幅特别逼真的油画,但毕竟还是有些细微的地方,打破了这个寂静:这座巨大的建筑,正于不知不觉中缓慢地在湖面上移动。必须仔细观察才能发现它在湖上缓慢滑行的轨迹。

"你们准备好了吗?"珀伽索斯问。

"开始行动吧!"奥利弗回答。

飞马转过身去,先沿着水面跑了一段,然后,奥利弗就看到地面开始远离他们——每次起飞都是一次令人激动的经历。珀伽索斯飞了一个弧形接近了宫殿。由于宫殿四方形的庭院空间有限,飞马必须在这里垂直降落。马蹄踏在石板上,发出了啪啪响声。降落以后,周围又恢复了寂静。

"她或许逃跑了吧?"妮碧飞到奥利弗眼前说。

"这我不相信。现在你快回到岗位上去。"妮碧重新消失在河谷的上空。

"如果没有人出来欢迎我们,我们就只好自己到处看看了。"埃留基德建议。

奥利弗从马鞍上爬下来,又帮助哲人下马。他巡视了一下这个庭院。

宫殿在外面给人留下的单调印象,在里面仍然没有改变。惟一一座大门通往宫殿的内部,门的外面显然就是那座吊桥。吊桥现在放下来已经没有实际意义,他们最多可以把它当作一块跳板去到湖中游泳。奥利弗不相信,塞拉密斯是一个狂热的沐浴水妖。

庭院的另一侧,即大门的对面,显然是楼下的一个大厅,非常宽大;前面有规律地排列着高大的窗子和玻璃门;外面的阶梯和大厅一样宽。

"我建议,我们就从这里进去。"奥利弗说,同时指着中间那扇门。

通往宫殿内部的门没有上锁,但仍然看不到有人的踪影。

"奇怪,"一抹朝霞说,"是不是她不住在这里了?"

"也可能是一个陷阱。"戈菲嘟囔着说。

"安静!"奥利弗也不太喜欢这里的一切。

他们这时已经站到大厅的中央,大厅的四壁上悬挂着巨幅风景油画,地面都是由精美的木板条铺成。

"珀伽索斯的马蹄践踏了整个地板,这家的主妇是不会高兴的。"埃留基德说这句话,只是为了打破当前难堪的寂静。

奥利弗指着大厅的北侧。"从这里走。"

人和马穿行在长方形的大厅中,最后从一处双扇门离开了大厅。他们进入了一个像过厅的地方,这里有一个旋转楼梯,既可下到地下室,又可去楼上。奥利弗决定去推开对面房间的门。

里面连接着几间似乎为接待贵宾的客厅,每个房间的装饰都有不同的特色。有的是贵重的木料贴面,有的是金箔装修,还有的满屋镶嵌着贝壳。

客厅后面是起居室和卧室。奥利弗看见带有精美雕刻的衣柜和写字柜,还有豪华的巨型睡床,床就像是一座城堡,为日间奔波的人提供最后的安乐窝。

然而,这里却没有人欣赏这些豪华设施,更谈不上使用它们。整个宫殿看起来就像是一座陵寝。

穿过北翼以后,朋友们进入了宫殿的西翼,那里是警卫和军官的居所——这是戈菲根据里面的设施得出的结论。

当他们进入另一个前厅时,戈菲说:"这面墙的后面,就是吊桥旁的那扇大门。而楼梯旁边的这个斜坡道……"

奥利弗感到大衣的衣袖让他把手臂抬了起来。

"……是为了把马匹牵到楼上去。"

"如果你能让我自己决定是否当你的傀儡,那就更好了。"奥利弗说,声音里带着烦躁,但主要不是针对戈菲,而是因为这座恐怖的宫殿。

大衣立即有了反应,马上就松弛下来。

"谢谢。"奥利弗说,"让我们上楼吧。"

"那么这底层呢?我们还没有看完呀!"埃留基德有些异议。

"别问我为什么,但我感到,我们要找的东西只能在楼上。"

埃留基德耸了耸肩膀,"你是寻者。"

斜坡道旁有横梁,所以珀伽索斯走在上面比较安全。它的两条腿的同伴则沿着旋转楼梯上到了四楼。

"往这里走。"奥利弗说着拐向了左边。

他们进入了一个马厩,大约有楼下大厅一半的面积,是在庭院的另一

第6章 噩梦女王的秘密

侧。所有的马栏都是空的。他们来到了马厩的尽头,又进入一个走廊般的空间,也有一个旋转楼梯。他们推开了一扇新门,里面是一片漆黑。

"有人把所有的百叶窗都关上了。"戈菲轻声说。

"嘘!"奥利弗转身向埃留基德说,"请回去打开塔楼的窗子。"

哲人点了点头,他知道奥利弗这个请求的目的是什么。

埃留基德回来以后,朋友们缓慢地进入房间。他们让门开着,所以开始时还有一点儿暗淡的光线为他们照路。但很快他们就完全进入了黑暗之中。对面的墙壁,奥利弗既看不见,也触摸不到。当他转回身时,那扇门似乎已经离他很远了。

"你们到这里来,只是想干莫大的傻事呢,还是确有足够的勇气?"

一个声音让奥利弗吓了一跳。尽管他每一刻都期待着发生点儿什么。但这个女人的声音还是使他感到意外,或许是因为在这个声音里听不出任何感情色彩。

但奥利弗很快就恢复了镇静,他回答说:"我向阁下致意,塞拉密斯。如果你是指可以面对记忆的勇气,那阁下就说对了。"他已经考虑很久,如果碰到谢哈诺的母亲应该如何称呼才合适,最后还是决定用这种较古典的方式。

从黑暗中传出了讥讽的笑声,"我看,阁下到卡西尼亚的时间还不久,否则阁下怎么会说出如此毫无意义话来呢?"

奥利弗愣了一下,他的胃部又受到了重击,他必须先把它消化掉。他终于回答:"我……我来到这里,是寻求阁下的帮助。"

"帮助?我的帮助?"一阵傲慢的嬉笑又响了起来,"我很想把你们扔给我的噩梦。阁下的讲话使我感到无聊。"

奥利弗感到脚下发生了变化,地面开始颤抖,珀伽索斯不安地嘶鸣起来。然后,木条地板上显现出闪着红光的裂缝,黑暗中开始出现个别的影像。距离朋友们不远的地方,从地板中升起了一个类似讲台的东西。奥利弗看到了一个宝座的影子,上面坐着一个黑暗的形象。

他的背后冒起一股寒气。尽管那个瘦小的身影显得很虚弱,但却散发着恐怖的气息。奥利弗无法解释这种恐惧的感觉,但它毫无疑问是比钢盔铁甲还要有效的自卫手段。还在他设法恢复镇静时,一批新的影像也登上了塞拉密斯的戏剧舞台。

开始时,似乎是一股黑雾从地板裂缝中升起,然后逐渐形成了具体的轮廊。一股刺鼻的臭味向奥利弗冲来。

"是噩梦!"埃留基德轻声说,随之向他的朋友靠得更近了。

很快,一群黑影开始在发着红光的地板上舞动起来,就好像皮影戏中的剪纸。奥利弗想至少保持外表的镇静,但却越来越感到吃力。

"现在我们至少知道了这些怕光的精灵在哪里午睡。"他向朋友们说。

舞台的变化看来已经结束。影像的数目不再增加,室内的红光也不再增强。长着尖爪利齿的生灵的舞蹈,并不比头天晚上的骚扰更可怕,而且几乎是无声的——只是不时还能听到轻微的嘶叫、摩擦和咕噜的声音。这一切好像是一种耐心的等待——或许等待噩梦女王发布开宴的命令。奥利弗心中产生了一个信念,在这种新的邂逅中,保持高贵的谨慎是最值得称赞的品格。

他又转向宝座,目光穿过半黑暗的空间,第一次看到了比一个影子更多的东西。他充满厌恶地望着那个瘦小的身形。从地板下面射出的朦胧光线,使一切都带上了暗红的色调,但奥利弗估计,女王的拖地长袍可能是白色或灰色的。同样,塞拉密斯头上高高的发式也有些偏红——只有额前一缕暗色的发辫,像一条黑色的火舌伸向空中。她的面孔放射着一股自然的威严,尽管有些凹陷,颧骨下出现了暗影。狭长的鼻子、高高的眉毛、薄薄的嘴唇,更是增强了她十分自信的严肃表情。尽管如此,塞拉密斯却并不丑陋。恰恰相反,这个女人过去肯定是很美的。

奥利弗尝试重新开始刚才的谈话。"我估计,阁下已经在等待我们。"

"乘风而来的人,对我不是意外。但我必须承认,你引起了我的好奇。你的名号是什么?"

"我是寻者奥利弗。"

奥利弗察觉到塞拉密斯的一丝犹豫,片刻后她才说:"你的名号来自地球还是独角兽的赋予?"

"是后者。"

"你到此的理由是什么?"

"我来寻找阁下,因为没有人比阁下更了解谢哈诺。"

噩梦女王再次犹豫了。当她再次说话的时候,她的空荡的声音和刚才一样冰冷无情。

"那个变成谢哈诺的人,是我的儿子。这对你可能不是什么新闻。但我估计,你并不是想了解他的童年疾病,而是出于更为重要的原因。我为什么要向你提供可能伤害我儿子的情报呢?"

埃留基德向奥利弗耳语了什么,奥利弗又转向塞拉密斯。"他把阁下流放到了这个荒漠,阁下是他的囚徒。难道阁下就没有想过要摆脱他的枷锁吗?"

"看起来,你很尊重老者的智慧,这是年轻人很少见的品格。好,就算你刚才的话是真的,至少部分是真的。但我同样具备可以让谢哈诺惧怕的力量。阁下能向我提供什么比我已经拥有的更为宝贵的东西呢?"这正是奥利弗所期待的问题。现在必须把牌打出去。

"我要和阁下进行交换。"

"交换?"女王的笑声听起来就像是一个冰块掉在冷冻的土地上摔碎的声音。"我掌握着你的性命,寻者奥利弗!你想拿什么和我交换呢?"

奥利弗停顿了一下。他注视着那个身影,即使穿着宽大的长袍仍然显得麻秆般的消瘦。"我也具备力量。"他沉着地说——他自己甚至奇怪会**如此**的沉着。

"这一点我并没有忽略。所以我才让你活着。"

"阁下难道就这么有把握,阁下的性命不是也在**我**的掌握之中吗?"

奥利弗开始凝聚意念。他多希望,妮碧现在不是在外面河谷上空的什么地方,而是在他身边。珀伽索斯用它柔软的嘴唇轻轻推了一下奥利弗的后背,这个默默的姿态表示,要他千万保持镇定。

塞拉密斯又发出笑声,笑声短得有点儿像是一个饱嗝:"这是威胁吗?"

"这是实情。"奥利弗回应说。一阵清风吹过大厅,吹拂着他的头发。地板上的红光又闪烁了一下,舞蹈的影像又在蠢蠢欲动。

"这样很好。"一抹朝霞从上衣口袋里耳语,"她现在不知道你想干什么。"

塞拉密斯突然从宝座上站了起来,举起一只手臂。噩梦影像的舞蹈更加激烈。

奥利弗闭上了眼睛。立刻,一股强风吹进了大厅。当他再次望向塞拉密斯时,她已经放下了手臂,装出不动声色的样子说:"在我体会你的力量之前,我想再给你一次展示的机会。在尼勐我们很少有客人来。你的来访或许会给我们带来一点儿欢娱。你所设想的交换是个什么样的内容呢?"

"我帮助阁下从谢哈诺控制下获得自由,以此换取他的印名石。"

　　奥利弗的建议所产生的效果让人吃惊。塞拉密斯默默地盯看着他,一动不动就像是一尊蜡像。这个奇特的宁静也影响了舞蹈的噩梦。只有越来越强的风穿过大厅的呼啸打破了这个沉寂。当女王重新说话时,她的声音又变得和先前一样冰冷。

　　"对一个母亲来说,失去儿子就是心的死亡。我的仇恨是针对那个自称是谢哈诺的愚蠢雕像。我将迎接儿子的归来。我们将共同登上自古以来就命运注定了的宝座。现在你知道了我的思想,还没有任何人曾做到这一点。你的欲望是愚蠢的,就像谚语所说的是在寻找自己的印名石。这一切都是竟无意义的。现在就让我的仆人把你撕成千百块碎片吧。"

　　塞拉密斯再次举起她那瘦弱的手臂。噩梦影像重新活跃起来,它们死神般的目光射向了奥利弗和他的伙伴们。

　　"住手!"奥利弗喊道。他同样也举起了一只手臂。在他手里握着一块小鹅卵石。"请看这里,"他坚定地宣告:"这就是我的印名石。我已经否定了那句谚语——它已经不再有效!"

　　"这是谎言!"塞拉密斯嘶声叫道,声音里带着明显的怀疑。

　　"这不是谎言。我是寻者奥利弗。这是独角兽赋予我的名字。我现在就要向阁下展示,我不是徒有其名的。"

　　奥利弗说着又举起了另一只手臂,两只手掌向大厅屋顶展开。大厅中立即狂风大作。一些噩梦像老鼠一样躲进了地板的裂缝。其他一些也都变成了颤抖的泥块聚集到主子的脚下。

　　风暴越来越强烈,奥利弗却岿然不动地站在那里,脊背直挺着,头仰在脑后,双手伸向空中。这个姿态并不是为了有意显示一种威严,而是因为他已经进入了极端集中的状态。就像是某些歌唱家在演出时进入一种奇特的状态之中一样。奥利弗也已经进入了他脑海中的图画。

　　只有妮碧能够看见水堡以外发生了什么事情。正当大厅里奥利弗和塞拉密斯像下象棋一样,处于势均力敌状态而相持不下时,外面则刮起了只有梦中才能够出现的风暴。狂风从四面八方卷来的暴雨,把洪水倾入漏斗式的河谷当中。然而,它并不是人们想象的那样不受控制,而是目标明确,力量越来越强大。

　　开始时洪水只是卷起沙粒,但很快有些古老的印名石也开始移动了。

第6章 噩梦女王的秘密

它们中最轻的也已有两千岁的年龄。没有人知道,最重的到底已在这里度过了多少个岁月。越来越多的石块滚下陡坡,也有不少由于重量大而难以移动,却被其他较轻的石块拖带着滚下。最后,只有几十块黑色的石头还留在沙土地上。

刹那间,这股下行的强风突然中断。一片和缓的波纹图案漫过绿色的湖面,就好像它最后颤抖了一下。然后就是安静,一切都不再挪动。只有一个闪光的小点像精灵一般在存留的石块间跳来跳去。它落下来,停在阳光下闪着亮,然后再跳起向另一个石块飞去。

塞拉密斯的大厅里面的形势,此刻对奥利弗和他的伙伴们很是危险。当风暴停下时,所有在场的人都在一瞬间一动不动。奥利弗仍然保持他的戏剧性的姿态,但却逐渐感到自己的手臂铅一般的沉重。他筋疲力尽地把手臂放了下来。只有他的表情还保留着和开始一样愤怒的坚毅。

拥聚在一起的噩梦们逐渐开始分离,从地板的红色裂缝里又升起了新的身影。塞拉密斯脸上的疑惑又逐渐变成了讥讽的微笑。她舒坦地靠到宝座上,开心地说:"你的表演十分有趣,寻者奥利弗。"

奥利弗必须争取时间:"我也完全可以把阁下压在墙壁上,使阁下每一个部件散落在房间四处。"

塞拉密斯有些不耐烦地笑道:"你的小风还不错,可你还对我儿子和我的梦想知道些什么呢?"

妮碧到哪儿去了!奥利弗想起了伊西塔城门上的铭文。"我可以设想,阁下的儿子想统治两个世界。难道是**权力**使他和阁下产生这种欲望吗?"

"你不必隐瞒您的聪慧,寻者奥利弗。对活着的记忆和对失落的记忆的世界进行绝对统治,确实是我儿子的渴望。他想变成天神,他也会成为天神。一旦他统治了人类的记忆,他就将统治整个地球。"

"这是不可能的。他只能取得已经被遗忘的东西。"奥利弗现在已经担心他的计划会失败。妮碧仍然还没有踪影。

"哈哈!"塞拉密斯的叫声像皮鞭一样抽了过来。"你根本就不明白!谢哈诺的力量在不断增加。在地球上,博物馆和图书馆中的物件每天都在丢失;甚至连人也已经忘记了自己真正的自我,因为没有什么再使他们爱、恨或者产生什么其他的感情。墓碑在消失,铭文在淡漠……但这还不是一切。今天,谢哈诺获取失落在遗忘中的一切,但他很快就会让一切都被遗忘。那时,他就将夺得他所需要的一切,甚至人们头脑中的思想。"塞拉密斯的声音滴落着腐蚀性的讥讽。"人的意义到底还有什么价值,他们现在已经变得如此可怜! 他们还没有意识到,正在为我的儿子创造条件。今天他们还对一个坏蛋感到厌恶,可是很快他们就把他忘记! 他的真正本性已经失落,只留下一个淡薄的记忆,一个留在被歪曲的历史书、传说中的毫无意义的文字当中的记忆……偷走这样一些记忆,对谢哈诺和他的仆人来说是轻而易举的事情。"

"他的仆人……?"奥利弗咬住自己的下嘴唇。现在,他暴露了自己。

塞拉密斯得意地笑了。"对这些你并不知道,是不是?"她凯旋般地点了点头。"不久前,在阿摩西亚城创建了一种新的税种,人们称其为**记忆税**。不久在卡西尼亚每个居民都必须交这种税,如果他们不想被谢哈诺的磨盘粉碎的话。"

"记忆税?"

"也可以叫进贡。哈哈哈!"现在,塞拉密斯完全进入了角色。她在享受奥利弗的惊惧,吹嘘她并不喜欢的野心勃勃的儿子。"就像人类对待自己的同类那样,谢哈诺的助手们也很容易得到猎物。你们是多么容易忘记据说曾经挚爱或痛恨的人啊! 还在死神接近这些记忆之前,他们就已经被绑架到卡西尼亚中来,有些是来自被遗忘的牢房,有些是来自衰老的孤独。只要被无情的谢哈诺所选中,他就成了记忆捐税——很快他就得自己支付这笔税款了。如果不这样做,他就只能等待磨盘中的终结。"塞拉密斯再次发出干枯的笑声。

奥利弗压下了一次战栗。他几乎放弃了妮碧及时回来的希望。他鼓起最后的勇气向塞拉密斯发起反攻。"但所有这一切,谢哈诺都是不能实现的。他的时间有限,无法克服人类的反抗。"这只是一个猜测,不过或许这是有效的。

"谢哈诺占有世界上的所有时间。"塞拉密斯又从宝座上站了起来。奥利弗几乎停止了呼吸。

"他的权势可以直到岁序更新。"噩梦女王接着说,"这已经足够了,何况人类根本就不相信有人偷走了他们的记忆。如果他到年底能够消除地球上所有想知道他真正名字的思想,那这个名字就将永远属于他。"

"他不会成功的。他最终必将失败!"

第6章 噩梦女王的秘密

"你到底知道什么呀,孩子?即使他失败,但他依然会占有卡西尼亚。没有人能够剥夺他在这里的权势。"塞拉密斯举起了她的手臂,"但是,您和您的朋友是没有机会经历这场胜利了。"

奥利弗望着那高举手臂的瘦弱的身影。就在长袖滑下的那一段,他甚至觉得可以看到她的骨头。噩梦怪物渐渐靠近了。

"快爬上珀伽索斯!"奥利弗向哲人喊道。

"那匹老马在这里是没有什么用的。"塞拉密斯冰冷地说。她的手随时都会发出进攻的信号。

但是,奥利弗再次举起了手臂,这使塞拉密斯感到困惑。她犹豫了。就在这一刻,一道响亮的线条从门口冲进了红色的朦胧当中。就在一次心跳的时间里,它就落到了奥利弗的右手上。塞拉密斯没有看见它。

"你真不应该用了这么长的时间,妮碧。"戈菲轻轻的耳语说出了奥利弗的心声。

"对不起,那里的老石头比我们想象的多得多。"妮碧说,同时使劲抓住奥利弗大衣的领口。

"不要再用小动作延误自己的命运了。"塞拉密斯威胁说。

"她预料到你想干什么。"妮碧耳语。

奥利弗很高兴小蜂鸟终于又回到了身边。妮碧从河谷里向他传送了思想图画,使他知道如何操纵风的运行。现在,妮碧可以帮助他揭开塞拉密斯的谎言了。

"如果阁下称这是小动作,那就是我的手里掌握着阁下的印名石……"奥利弗故意停顿了一下,塞拉密斯的脸色比刚才更加苍白。奥利弗继续道,"我现在就可以把这块石头交给珀伽索斯去处理,它的马蹄将把它踏碎……"

"等一等!"塞拉密斯的惊叫使噩梦们僵在了那里。"等一等,"她又说了一遍,"我怎么能够知道,这不是你的一个骗局呢?"

"很简单。我们把石头砸碎,看会发生什么事情。"奥利弗把石头扔到地上。塞拉密斯身体一震。珀伽索斯用马蹄挡住滚动的石头。

"好吧!好吧!"塞拉密斯立刻说,"姑且说你是对的。那么你又想要什么呢?"

"这我已经说过:用阁下的印名石换取阁下儿子的印名石。"

塞拉密斯带着僵硬的表情摇了摇头。"如果你向一个母亲要求出卖自己的儿子,那就只能得到拒绝。"

"她说的是实话。"妮碧轻声说。

这正是奥利弗所担心的。他该怎么办呢?要是叶茜卡在这里该多好!她总是知道在困境中应该怎么办。他记起了他们分手时,叶茜卡说的每一个字,就像是昨天的事一样:**不要担心,奥利。一切都会好起来的**。然后又说:**我们两个是有一条无形的纽带连接在一起的。无论如何我总会在你的身边。你也在我的身边。只要我们愿意,我们就是一个不可战胜的团队**。

对姐姐的思念使奥利弗有了新的勇气。如果能够告诉她,为制止谢哈诺的行动,她只有从现在到年底这么多的时间,她肯定会找到办法的。如果叶茜卡在这里,她会怎么做呢?估计她会去执行 B 计划。

"那好,请回答我,"奥利弗说,试图做出不像乞求的样子,"我如何才能找到谢哈诺所在的岛屿?"

塞拉密斯的眼睛射出了恶毒的光芒。"寻找我的印名石,是我数千年来的夙愿,但却始终没有成功:我的仆人只要一行动,河谷里的石头就会改变它们的排列。这我得感激谢哈诺。任何正规的搜寻都是不可能的。我怎么能够相信,像你刚才所说的,我的印名石竟然在你的手中呢?请先告诉我,飞翔的水晶鸟给你带来的石头上写的是什么。如果答案使我满意,你就会得到所需要的信息。"

奥利弗思考了一下。他看了一眼坐在神驹背上的埃留基德。哲人轻轻点头。

"珀伽索斯?"

神驹抬起了前蹄。

奥利弗弯腰捡起了石头。仔细地观看着上面的文字。奇怪,他竟然能够读出上面的符号。可是——妮碧肯定是搞错了吧?

"这上面写着巴特-阿塔耳伽提斯[①]。"他高声念道,强迫自己表现出自信来。

"你的确是寻者奥利弗!"塞拉密斯显然吃惊地说。她在刹那间垂下了

[①] 阿塔耳伽提斯,古老的叙利亚丰饶女神,后传入古希腊,通常被塑造成鱼美人形象。

第6章 噩梦女王的秘密

眼帘,把头转到了一边。她显然尝试评估当前形势的力量对比,并想象出可能的后果。

妮碧利用这个机会向奥利弗耳语说:"我所以用了这么长时间,是因为没有一块石头上印着塞拉密斯的名字。后来我突然发现了巴特-阿塔耳伽提斯的字样。阿塔耳伽提斯是鱼神,而巴特则是女儿的意思。神的女儿!很多强人都愿意把自己看成是神的子女。没有什么其他名字更适合这个权力欲极强的女人了。"

"你是一个宝贝!"奥利弗回敬小蜂鸟说。"你看,她已经不知道该怎么办了。"

塞拉密斯重新朝客人们转过身来,她尽量保持着庄严的姿态。当她又开始说话时,她的声音就像是一个骄傲的但已经战败的敌人。

她向奥利弗和他的同伴讲述了位于遗忘之海上的一个岛屿,当她说出这个岛屿的名字时,奥利弗几乎无法压下他的惊异而不表现出来。

谢哈诺编织了一网迷雾,遮住他的宝座,不让任何人看见,噩梦女王讲道。即使在萨拉曼扎海上巡游几个星期,也很难找到他的岛屿。即使仍然坚持这样的行动,也必然以失败而告终,因为鱼神的子女们就住在海水之中,凡是敢于进入大海的人,都将被他们拉入海中。只有受到谢哈诺召唤的人,才能够找到这个岛屿。塞拉密斯结束了她的讲述。

"她已经把所知道的全都讲了出来。"妮碧耳语说。

这个信息,简单地说,只能让人失望。奥利弗怎么才能受到谢哈诺的召唤,而又不落入他的手中呢?或许……

"如果阁下不能把谢哈诺的印名石给我,那至少应该告诉我他的名字是什么。"

"他有很多名字:马尔杜克和贝勒,坦木兹或者杜木兹,阿姆拉斐尔、美巴拉格西、宁录……我已经记不得所有的名字。你最喜欢哪一个呢?"

"她说谎!"妮碧对奥利弗细声说。

"宁录?"奥利弗喃喃说,"难道是让人修建巴别塔的那个人?"

"这次他会让塔建成的。"

在奥利弗的脑海里出现了数道栅栏,塞拉密斯的名单唤起了他的很多记忆,逐渐形成了一幅模糊的画页。这幅马赛克图画要是再清晰一些就好了!

"谢哈诺的**真实**名字是什么?"

"你已经听到了我的话,从中选择是你的事情。"

"她在撒谎。"他脖子后面的声音说。

"阁下说的不是实情,谢哈诺还有另外的名字,您想隐瞒起来。"

"他的真名是他的桎梏。"噩梦女王说。

这句话奥利弗已经很熟悉,"所以我才要寻找它。"

"你在这里是找不到它的,寻者奥利弗。"

"它是不会告诉你这个名字的,"妮碧耳语说,"问她双光地界在哪儿。"

"那就告诉我,谢哈诺控制的双光地界在哪儿?"

塞拉密斯又迟疑了片刻,"我不知道。"

"又是撒谎!"妮碧对这个女人的判断十分准确,就像是一座钟表。

奥利弗再次把石头扔在地上,珀伽索斯再次用马蹄踏在上面。

"我是想说,我对双光地界的了解对你不会有什么帮助。"噩梦女王立即说,"我知道它的存在,也知道谢哈诺在监视它。这就是我知道的一切。"

奥利弗等待玻璃测谎器妮碧的反应,但她却站在肩膀上一动也不动。终于她有了看法,"她说的是实话,但又不完全是。我相信她还知道一些其他的东西。"

奥利弗转向神驹。"珀伽索斯?"

神驹抬起了马蹄,那块平滑几乎是黑色的印名石反射出红光。

"等一等!"塞拉密斯喊道,"或许我还能给你一点儿启示。"

"您的决定几乎太迟了。"

"有一个秘密,连谢哈诺都不知道。"

"那就请吧,我很愿意知道一点儿秘密。"

"在塔莫伦,安纳格火山脚下,住着一个智者,他的印名石和我的以及谢哈诺的一样古老。有人说,没有第二个人能像他那样了解这个世界了。"

"但她怀疑这个人确实还存在。"妮碧耳语补充道。

"难道就没有别人了解谢哈诺的双光地界了吗?"

"如实说:没有。"

"她已经把知道的全部说了出来。"妮碧最后评价说。

奥利弗抬高了声音,就好像他是一个国王,正要宣告一个审判结果:"那好,我愿意把阁下的印名石交还……"

第6章 噩梦女王的秘密

"你疯了?"画笔从口袋里说。

"不!"奥利弗又转向女王说:"由于阁下缺乏对真理的热爱,所以您必须还得等一等。"

塞拉密斯的脸扭曲了。

"等一等?为什么?"

"因为您有可能派噩梦向我们进攻。所以我将把您的印名石放在吊桥对面的河畔。"

"呐,至少我们的寻者还没有完全不知所以。"妮碧说。

"这是一个无理的指责,"女王辩解道,"我给了您帮助,可您却要让我等一个星期。"

"为什么一个星期?"

"是这样,"塞拉密斯着急地搓着手,"我的宫殿要七天以后才能靠岸,在这之前我无法到那里去。"

奥利弗吃惊地望着女王,然后不得不微笑着说:"对不起,那是您自己的问题了。"他不再看塞拉密斯,双腿一跃上了马,嘬着舌头说:"驾,我的好马,我们还有很长一段旅程。"

"我请你今后不要再让舌头发出这样的响声。"珀伽索斯说,声音里有些受伤害的味道。

"可我只是嘬了嘬舌头,让马跑的时候,人们都是这样做的。"

"正因为如此。"

"难道你不是一匹马吗?我想,你们这些记忆都希望事物符合你们的真实本性。"

"确是如此。但我却远远超过一匹马。我是一个梦想,可您却把我看成是一头毛驴。"

"你能原谅我吗,珀伽索斯?"

"没有问题。"

"你的心胸比你的身体更大。"奥利弗认真地说,他很高兴又能够像正常人那样说话了。在塞拉密斯的水堡里用那种古典式的语言说话确实让他很吃力,而且扮演那个坚毅的救世主的角色他也并不喜欢。

虽然他所有的朋友都说他发疯了,但他还是同意把印名石还给塞拉密斯。他们骑在珀伽索斯的背上,沿着湖边飞行,在正对着吊桥的地方,他把那块小石头放到了地上。噩梦女王愤怒地站在敞开的大门口看着他的这个行动。

后来,大约从水堡向南飞了一个小时,妮碧讲述了她寻找印名石时的遭遇。那个行动简直就是一场冒险。奥利弗当时只是依赖一种感觉,估计塞拉密斯的印名石应该就在这个河谷之中,但他却无法制止这块黑色的石头和其他石块一起被冲进湖水中去。最后得到这样好的结局,简直就是一个奇迹。或者,难道独角兽对奥利弗真实本性的了解还胜过他自己吗?

不管怎么说,妮碧今天的表现确实突破了她自己。当下行风在漏斗形的河谷坡地上拂过时,她立即向奥利弗传达了她的印象。这种非比寻常的合作是经过了几个夜晚的演习的。奥利弗所以提出这个主意,是因为他想起了与妮碧第一次见面时的情景。这位蜂鸟小姐当时说过,她有时可以把有些图像植入其他生灵的脑海里。所以,奥利弗让风越来越强烈时,他整个时间都能够"看到"河谷坡地上石头数量减少的情况。

当妮碧在石头之间奔跑寻找时,情况还是十分棘手的。首先是检查数量众多的石头耗费了很多时间,然后是可怕的结论,因为没有一块石头上面刻有"塞拉密斯"的名字。

多亏妮碧是一个古老而有经验的记忆!她的头脑中立即出现了一个值得注意的名字。这以后就没有花费很多时间,找到了那块石头,把它送到了奥利弗的手上。

"现在我才明白,为什么你小心翼翼地避免踏碎任何一块印名石。"珀伽索斯说。

奥利弗点了点头:"因为完全有可能那正是塞拉密斯的石头……"

"确实可以这么说。"一抹朝霞说。

"我不想扫你们的兴。"埃留基德说,"在今后的搜寻中我们仍然需要奥利弗的运气。塞拉密斯关于安纳格大山脚下智者的说法,我看很值得怀疑。"

"但她说的是实话。"妮碧认为。

奥利弗一下子变得沉思起来。"或许她告诉我们的比我们可能想象的还要多。有一段时间她讲得很急迫。看来,她是想向我们表明,她是一个多么聪明的女人。无论如何我们得先按照这个线索去寻找,尽快前往安纳格

第6章 噩梦女王的秘密

火山。或许我们真能找到那个神秘的奇人。而且,谁又知道呢?或许他真的掌握着解开我们问题的钥匙。"

"然后呢?"珀伽索斯问。

"然后我们就出发去找谢哈诺首府阿摩西亚所在的那个岛屿。"

"你是说……?"

奥利弗严肃地点了点头。他们的前面还有一段艰难的历程。先得去寻找那个该诅咒的地方。那个地方由乐于把人拉入海中的海怪守卫着。当塞拉密斯说出谢哈诺所在的岛屿的名字时,奥利弗曾大吃一惊。现在他用毫无感情色彩的声音重复着这个名字:

"亚特兰蒂斯。"

第7章
谁是双面人？

> 在我们这个时代，
> 真理暗淡谎言泛滥，
> 如果不热爱真理，
> 也就无法和它见面。
> ——布莱斯·帕斯卡尔

·图书馆中的新发现

叶茜卡觉得，她并没有发生有利于自己的变化。每天早上照镜子的时候，还总是老样子。米丽娅卫生间里特酷的浴橱也不能改变这一切。

她赶紧拧开水龙头，把脸伸到双手捧起的水中。然后再看镜子里自己鲜活的面孔时，她的感觉就好多了。至少再也看不出几个星期劳累的痕迹。

今天是12月4日，时间越来越紧迫了。奇怪，她竟然记得这么清楚。世上有的人只要用手一掂，就能准确估计一块石头的重量。同样，叶茜卡自一个半星期以来能够感觉到剩余时间的长短。最晚到12月31日，一切就要成为定局，拱顶石上那则古老的铭文，只能这样进行诠释。难道是奥利弗把这个思维能力传递给了她？她觉得这完全是可能的。不管怎么说，自从十天前的那个星期二她就不再怀疑，所剩的时间已经很短了。连米丽娅也没有忽略这一点。所以她才在餐桌上方的墙壁上贴了一张记事表——一幅海报大小的年历，上面每天都有一个空格——她用红笔把剩余的三十七天圈了起来。每天早上，她都在已经过去的那个空格里画上一个

第7章 谁是双面人？

血红的叉叉。叶茜卡根本不用去起居室,就已经知道,年历上还剩下二十八个空格。

她把脸擦干,又凝神看了看镜子。当她把毛巾重新挂在钩上时,目光落到了镜子下面的格子上。米丽娅的十字架金项链还放在那里。奇怪！叶茜卡从来没有见过,她的女友夜间把这件首饰放在格子里呀？

"洗完了吗？马上吃早点。"米丽娅的声音从厨房里传了出来。

"我就来。"

叶茜卡来到餐桌时,米丽娅已经在等她。

"你真是一个懒虫,叶茜。你知道吗？"

"我很高兴,明天又是周末了。"

"鸡蛋、面包片、干酪、火腿、茶、早报……我忘了什么吗？"

"或许是这个吧？"叶茜卡举起了手。项链上的十字架摇摆着。

"给我！"米丽娅说,手伸向项链。

米丽娅要求归还项链的急迫语气使叶茜卡感到意外。"我做错了什么吗？"

米丽娅摇了摇头,强摆出一个笑容,"没有,对不起。只是——我自己的事情还没有搞清楚。"

"老实说,我还是不懂你的意思。"

"你肯定还记得,我们在十天前曾坐在这个房间翻腾我的书籍和材料。"

叶茜卡点了点头。"怎么了？"

"我现在总是忘不了我们读到的关于坦木兹的那些话。"

"我可以想象,下面会发生什么。你当时曾对我讲过'神秘的Tau'。"

"坦木兹(Tammuz)开头的两个字母——我说的正是这个。那个晚上以后,我一直在问自己,如果我们否定人类记忆的存在,那么记忆的价值又何在？"

"现在我又不明白了。"

"其实这并不难。你看：Tau——也可以说是十字架——是坦木兹神的象征。而在《圣经》中十诫的第一条就是'崇拜惟一上帝而不可拜别神。'而我作为基督徒怎么能够在脖子上还佩带'别神'的十字架呢？"

"就为了解决这个问题,你竟用了十天时间？"

"我是在天主教熏陶下长大的,不可能在一夜之间就从中摆脱出来。"

叶茜卡摇了摇头。"你没有说实话,对不对?"

米丽娅避开了叶茜卡疑惑的目光。"我昨天又有了一个新的发现。"

"是吗?"

"坦木兹的 Tau 有时被腓尼基人写成我们的 X 模样。同样在莫阿布以及早期希伯来和希腊文字里,人们也找到了同样的写法。"

"也在希腊人那里?"叶茜卡喃喃地说。

"奇怪是不是?我开始时也忽略了这一点,因为 X 在古希腊文里和 Chi 是一致的。然后我又查到了东方的和早期希腊的写法。在这里,Tau 很像是一个倾斜的十字架。"

"就像我们大写的 X。"

"几乎一样。是的。你也在想我在想的事情吗?"

叶茜卡点头。"谢哈诺!他的名字开头就是一个 X。"

"一个奇怪的巧合,是不是?"

"或许不仅仅是巧合。"

"现在你明白了我为什么对记忆不能等闲视之了吗?"

"要是我,肯定也会这样做的。"

米丽娅从餐桌旁站了起来,把那条项链塞进了写字台的小抽屉里面。

叶茜卡利用这个时间翻阅了一下当天的报纸。一个大标题立即映入她的眼帘。"米丽娅,你看到了这里的消息吗?"

"你是说关于雅诺什·海杜克的新闻?"米丽娅又坐了下来,"是的,我已经看过那篇报道了。不得了,是不是?"

叶茜卡把标题念出来:柏林的新文化部长。下面写道:"市政府在本届中令人吃惊的改组。"她飞快地读下去。有几段特别使她关注:

海杜克教授对柏林的文化事业提出的新方案。

在记者的询问下,即将上任的部长对这个题目发表了下列观点:"老辫子必须割掉。让我们把历史的重负抛弃吧!我们所需要的,不是纳粹受害者的纪念碑,而是着眼于反映未来时代的精神标志。"

叶茜卡震惊地抬起头。"他真是这样想的吗?"

第7章 谁是双面人?

米丽娅带着严肃的表情啃着她的小面包。"雅诺什·海杜克是个很难看透的人。他总是走他自己特殊的路。"

"这里还有,他表示'应该立即停止谈论在柏林建立大屠杀警示纪念碑的问题'。海杜克认为:'我们不需要恐怖的拓扑学,而需要新的进步的几何学。谁要是过多游历在记忆的世界,他就会很快失去对未来使命的展望。'"

"太过分了,是不是?"

"让人恶心。"

"我很高兴,你也是这么想的。我想起来了,我为我们俩约好五点半去新犹太会堂。"

"是在奥兰宁堡大街吗?"

"对。我上大学时认识一位拉比①,他有时到大学去讲课。我和他约好在犹太会堂见面,因为他和犹太中心一直还保有密切联系。"

"他能帮助我们吗?"

"如果是有关犹太传说,他能够从亚当夏娃一直到马撒达要塞陷落,描绘其中的每一个事件,就好像他当时亲自在场似的。"

"就是行走的 CD-ROM。"

"我不知道,他是否喜欢这个比喻。"

"你想向他提什么固定的问题吗?"

"我坚信,他可以给我们讲些在任何考古手册中都找不到的有关宁录的材料。"

"这听起来还真让人充满期望。"

"我有个主意。我们再把拱顶石上那段铭文仔细看一遍。最重要的一些启示往往是最容易忽略的。如果我们今天下午在图书馆见面,然后再去拜访拉比,我们就会知道,我们到底在寻找什么。"

叶茜卡表示同意。她立即取来了写着铭文的那张纸,开始念了起来:

永远不要忘记他!
他的真名也是他的桎梏

---

① 拉比,犹太教负责执行教规、律法并主持宗教仪式的人。

> 被遗忘的一切有自己的归宿
> 只要携带心中遗忘之物
> 欣都会为他开启门户

"这很清楚,"叶茜卡说,"只要我们找到谢哈诺真实的名字,他就将失去权力。所以我们才列出了一个'名字的轨迹'。"

"而且,被忘却真实名字的一切,都将走上失落的记忆的世界。看来还有其他的途径进入卡西尼亚。"

"对。我想,现在我知道奥利弗发生了什么情况。他携带了真实本性被遗忘了的什么东西,从而消失到卡西尼亚。"

"而且是穿过博物馆的伊西塔城门,就在深夜。"米丽娅补充了一句,"因为,欣是巴比伦的月神。"

"所以我才在博物馆中醒来。当他穿过城门时,我肯定是在场的。现在,把这些都连起来,事情就清楚了。"

米丽娅点头。然后又指了指下一段铭文,念了出来:

> 永远不要忘记他!
> 让他留在父辈的城堡
> 他若重返伊西塔怀抱
> 将夺走他渴求的每一个思想
> 将窃取他心仪的每一个记忆。

"这应该是你父亲提出警告的那句话。如果我们把谢哈诺真实的名字忘记,他就将返回'伊西塔的怀抱',也就是说,穿过伊西塔城门返回卡西尼亚。从那里……"米丽娅迟疑了。

"什么?"

"我不得不想到报纸上有关海杜克那篇文章。"

"我觉得,我跟不上你的思路。"

"这里的诗句是说,谢哈诺将'夺走他渴求的每一个思想'。海杜克对待我们过去的历史事件的态度,在我看来,他似乎已经忘记,对已经发生的不公正的记忆是何等重要。"

第7章 谁是双面人？

"而且报纸的忘性看来也很大。我还没有看见一句质疑海杜克表态的文字。"

"你说得对。正是在这个问题上！这对一份严肃的报纸是绝对不寻常的。他将'窃取心仪的每一个记忆',后边的一句是这样说的。在我看来,谢哈诺试图费尽心机消除诗中'永远不要忘记他！'这句反复出现的警告。"

"可他为什么要偷走博物馆那座雕像呢?"

米丽娅睁大眼睛望着她的女友。

"怎么了?"叶茜卡问。

"你怎么会想到,是谢哈诺偷走这些展品的呢?"

"我不知道。但我突然感到这很合乎逻辑。"

"好一个逻辑！但这正好说明问题。警察至今没有找到任何痕迹,没有一点儿线索可以表明这些展品是如何或在哪里运出博物馆的。但它们确实是消失不见了——就好像在空气中蒸发掉了。"

"或者迁徙到了卡西尼亚。"

"啊！"米丽娅摆了摆手,"神像活了起来,在深夜里游荡在黑暗的展厅里——我背后都冒起了一股寒气。"

现在该叶茜卡发呆了。

"米丽娅?"

"什么?"

"我突然想起了什么。"

"别搞得这么紧张。"

"四个星期之前,我在博物馆里醒来时,听到了一种声音。"

"什么声音?"

"非常奇怪的声音,好像是反复的咯吱声。现在回想起来,那声音就好像石头脚板在地板上移动。"

米丽娅打了一个嗝。"如果我仔细回忆的话,那一天一座雕像失踪了。"

"会走的雕像吗?"

"正常情况下是不会的。雕像这个词的本意是'站立'而不是'走动'的意思,叶茜。"

"我想,谢哈诺应该是在罗马人以前就有了。"

"这个问题我们不一定今天就解释清楚。让我们记住,这句铭文**有可能**

是这个意思,我们现在先看看下一段。"

叶茜卡不太情愿地接受了这个建议,开始念铭文的下一段:

> 永远不要忘记他!
> 否则在岁序更新时
> 他将统治两个世界——
> 活着的和失落的记忆

"这又是很清楚的,"她立即说,"从除夕到元旦的那个夜里,一切都将有个结局。如果我们在这之前没有揭露谢哈诺的真面目,他就将统治整个地球。"

"不论这在具体上意味着什么,听起来都是很不妙的。我们现在读到了铭文中最困难的部分。"

两个人开始读最后一首诗:

> 永远不要忘记他!
> 只要他把手放在上面
> 就没有人可以逃脱
> 除非……

"我们无论如何必须找到一条路,弄清这首诗看不清楚的结尾到底是什么。"叶茜卡呆滞地说。

米丽娅点头,"糟糕的是,你说得很对。如果你父亲和奥利弗真的在卡西尼亚,那么谢哈诺就可能已经把手放在他们身上,就像诗中说的那样。为了让他们两人摆脱谢哈诺的控制,我们就必须知道铭文的结尾是什么。"

"如果我们还有一份楔形文字的拷贝就好了……"

"然后呢?"

"啊,没有什么。你当时是怎么说来着?'我们没有必要为倒掉的牛奶发什么牢骚。'"

"我们不能放弃希望,叶茜。我们也许还会找到古老的文献,可以解开谢哈诺的秘密。"

第7章 谁是双面人?

"我真是没有兴趣上学了。"

"多亏你提醒我。你看表了吗?"

叶茜卡可以猜出现在已经几点了。她没有回应。

"我提个建议,"米丽娅说,"我送你去学校,然后再去接你,但今天晚饭你得洗碗。"

"我真不明白,你为什么不买一台洗碗机。"

米丽娅微笑地看着叶茜卡,就像猫看老鼠。"我是一个苏美尔学学者。你根本无法设想,要研究奴隶制社会的结构,得学习多少东西。"

米丽娅的标致车13点55分停在了位于策登尼克大街的约翰·伦农中学的门口。叶茜卡拉开了车门,把背包扔到后座上,自己坐到了米丽娅身边的座位上。"赶紧离开这儿!"她喘息着说。

"又怎么了,叶茜?哪个老师又咬你了?"

"比这更糟糕!我们的语文老师上周让我们阅读《安妮的日记》,今天他又想收回去。据说,市政府教育部、青年部和体育部,已经在教学大纲上把这本书拿掉了。你知道是什么理由吗?'谁还想回忆一个五十多年前就死去的犹太女孩呢?今天的年轻人需要积极的动力,而不是悔过的良知。'"

米丽娅立即踩了刹车。"这是你们老师说的原话吗?"

"我不敢说,是他引用了市政府的话还是他自己的看法。我只是感到不舒服,赶紧跑了出来。"

"其他同学也和你一样吗?"

"就我看,不是。"

"我想也是这样。"

"你是觉得,后台是海杜克吗?"

"不。他虽然比我们想象的影响还要大一些,但他还没有强大到这个地步。我有另一个猜疑。"

"什么猜疑?"

"他'将夺走他渴求的每一个思想',我今天早上还不太相信,但现在却逐渐产生了动摇。"

"你是说……"

米丽娅点头。"现在看起来,这座城市上空已经笼罩着一片遗忘的阴云。谁遗忘,谁就要重新犯老的错误。"

叶茜卡感到了 12 月的寒冷。"你应该把车送修理厂了。"

"为什么……?"米丽娅拧动了开关钥匙,第四次打火后,马达终于启动了。

十分钟后,标致车滚进了大学的停车场。米丽娅想在与拉比见面前到图书馆查些资料。一刻钟以后她们已经坐到了图书馆的大阅览室里,她们的窃窃私语干扰了在这里阅读的学生。

"我早就知道!"米丽娅耳语说。

"什么?"

"在这儿。这本书里有瓦尔特·安德烈的一篇报告。你还记得吧?"

"帕加马博物馆后来的馆长?"

"正是他。他在这里讲述了二十世纪初在美索不达米亚进行的一次大规模考古发掘。唔,是的,在这里。他把阶梯塔的圣物称为'神从上天下来的大门,通过其阶梯进入他在人间的住宅'。"

"阶梯塔?就是那座高高的分层塔?"

"正是。巴比伦的塔也是一座阶梯塔。"

"为什么安德烈的描写对我们如此重要呢?"

"因为瓦尔特·安德烈把我们带回'名字轨迹'上来了。'巴别'(Babel)可能来自希伯来语的 balal,其意思就是'混乱'。"

"谢哈诺和我们现在干的事,与这个描写恰恰相符。"

"很多人都以为,叫巴别塔主要是指巴比伦语言的混乱。现在你听听,瓦尔特·安德烈是怎么解释阶梯塔的。他在这里说,在阿卡德的语言中——你还记得吗?阿卡德也是宁录创建的——巴比伦的名字是'神门'的意思,来自 bab 即'门'和 ilu 即'神'两个字的词根①。"

"宁录!"叶茜卡喊了起来。至少有十几个看书的大学生都气愤地向她这边看来,"有没有可能,这个 bab - ilu 实际上就是我们的门中之门呢?"

"完全有可能。让我再看看其他地方。"

米丽娅开始重新翻阅其他书籍。不少大学生似乎松了一口气,又去看他们的书了。但没有多久。他们又不得不吓得抬起头来。

---

① 巴比伦的外文为 Babylon。

第7章 谁是双面人？

"你快听这段！"米丽娅发觉了其他读者的不满姿态，连忙向叶茜卡靠近了一些。"这本书的书名是《巴比伦的塔》。"

"天地塔，我知道。"

米丽娅把下唇往前伸了一下，向叶茜卡露出一个赞赏的微笑。"你能成为一个真正的古文化研究者。那好，你注意这里写的是什么。这里有几首诗来自《恩努马－艾利希》①，是巴比伦的创世纪史诗。在这首诗中，马尔杜克是个主要角色。关于他是这样写的：'伟大的天神，五十是他们的名讳，以此称呼他们的五十个名称，并卓越地开辟他们的前程。'你不觉得这恰好证实了我们的名字理论吗？"

"你是说，谢哈诺在走进我们时代的路上一直在改变着身份，但留下了名字的轨迹吗？"

"正是。这个轨迹必须足够神秘，不过早地暴露，但也必须足够的鲜明，让未来的帮手使他重生。或许我们应该记住《恩努马－艾利希》这部史诗。"她把那本书推到一边，继续她的考查。

叶茜卡又把精神集中到她找到的一本辞书上。米丽娅的专业书籍和巴比伦的创世纪史诗原文同样晦涩难懂。

长长的阅览桌又恢复了平静，其他的读者又有了五到十分钟时间进入他们的精神世界。然后，一声惊叫，又把他们从缪斯的怀抱中拉了出来。

"怎么会有这种事！"米丽娅的头突然扬了起来。叶茜卡和十几个大学生都把目光抛向了她，抗议声也响了起来。"我们出去吧！"米丽娅耳语说。

大阅览室外面有一个房间，用正常声音说话不会干扰别人。这里放置了一台复印机，不少大学生正在复制材料。其他一些人利用摆放在附近的椅子，正在享受着自动咖啡机里的咖啡。

"你看看这儿，"米丽娅说，她刚刚占据了最后一张空闲的桌子。

"什么？"

"你先回答我一个问题。"米丽娅的眼睛里放射出奇异的光彩，叶茜卡紧张地把腰躬向前去，"你坐在马桶上时，有没有过突然想起一个古老手迹的真实意义？"

叶茜卡把身体靠在椅子背上。她觉得，她不会想起什么古老的手迹，但

---

① 《恩努马－艾利希》，古代巴比伦的创世纪史诗，主要歌颂马尔杜克神。

她确实在那个宁静隐秘的场所想起过某些电脑程序上的错误。

"那好,你听着。"米丽娅说,并从《大英百科全书》中为叶茜卡翻译了一段。其中说,在早期的考古发掘中,曾使用过某些象征,以便能够与美索不达米亚的诸神进行联系。这些图标后来就变成了这些天神的名称。例如"有飘带的门柱"代表爱神和战神。"想起了什么吗?"米丽娅问。

"你是在想伊西塔,爱情和丰收女神吗?"叶茜卡问,"以及博物馆中的城门?"

米丽娅点了点头,继续念道:"'有飘带的门柱'多次与羊相联系,有可能意味着女神的管辖范围。苏美尔学学者索基尔·雅可布森把这看作是早期美索不达米亚生活方式的反映。"然后,米丽娅列举了一些职业种类,最后说:"牧羊人……唔……他们都有自己特殊的神。"米丽娅像发烧一样抬起了头,说:"这应该是一种联想,一种思想的链接。反正我刚才看到这段时,曾想起了一个特定的名字。"

"我真的很紧张。"

"雅诺什·海杜克。"

"你是说,他就是宁录?"

"叶茜,请严肃一点儿!我当然不相信。不,我现在又想起了什么,是在很久以前听我的一个同事说的。他告诉我,海杜克的绰号'大牧师'是从他的姓演变过来的。海杜克在匈牙利文中是**牧羊人**的意思。"

"那又怎么样?我们早就知道。"

"等一等。"她立即把书翻到刚才看过的那一页。"刚才我还不知道应该怎么办,但是在巴比伦的史诗中,有一句值得注意的话。它描写了马尔杜克的外貌。在这儿:'他有四只眼睛,四只耳朵,嘴唇启动时,会喷出炽热的火焰。'想到什么了吗?"

"双面人!"叶茜卡脱口喊了出来,目瞪口呆。

米丽娅意味深长地点了点头。"你知道吗,罗马守护神伊阿诺斯在很多古老的造型中,长得很像我们丢失的谢哈诺?他有两个方向不同的面孔。你不觉得雅诺什(Janos)和伊阿诺斯(Janus)两个名字也有很大的雷同吗?"

"我不行了!"

"不是吗?我刚才在阅览室也是这样。你还记得我们开始寻找线索时就已经认定,谢哈诺单独一个人是完不成任务的吗?"

第7章 谁是双面人？

叶茜卡点头。"他必须有一个帮凶。难道是……"

"正是,叶茜。我思考得越久,就越清楚地看清楚了这个问题的全貌:雅诺什·海杜克——难道这个名字真是巧合？根据传说,谢哈诺曾作过祭司——即过去的牧人。而我们的新文化部长自称是——如果把匈牙利文翻译过来——'双面牧人'。"

"或者'马尔杜克牧人'。也就是说,雅诺什·海杜克并不是他的真实名字……"叶茜卡的嘴又闭不上了。

米丽娅担心地看着叶茜卡。"你怎么了？不舒服吗？"

"没有。我觉得,我刚才突然出现了一个思想火花,就好像你在几分钟之前那样。等今天晚上回家,我必须找点儿什么出来。"

米丽娅点头,俨然是一个成功在即的人。"我现在感觉到,事情正在聚合在一起。如果海杜克确实是谢哈诺的新祭司,那我也就明白了,他为什么想制止我在博物馆图书馆寻找资料。"

"是的。他担心你会有新的发现,是我爸爸曾费过脑筋的发现。我也想起了什么。谢哈诺雕像失踪后的第二天,我在博物馆遇到了海杜克教授——今天我甚至认为,奥利弗当时也在场。尽管我站在博物馆上百个观众中间,但他却马上就认出了我。难道这不是很奇怪吗？又何况他总是强调不认识我爸爸,只是看到人事档案后才有点儿记起他。"

"确实如此。他的话现在还在我的耳边回响,当时他让我去他的办公室时,曾说:'波洛克的孩子,我记得。'"

"后来,奥利弗失踪以后,海杜克还有过一次……反常的表现。"

"你这是什么意思,叶茜？"

"那是很多记者涌向博物馆的那一天。海杜克见到了我,问我今天是不是单独一个人来的。"

"这没有什么特别的地方啊。"

"你真应该看到他当时的表情！当我告诉他奥利弗失踪的时候,他的脸一下子就变成了粉笔那样白,而且惊惧得就好像是他的儿子被绑架了一样。可对我爸爸的失踪他并没有什么特殊反应。我总是觉得,他好像并没有预见到事态会有这样一个转折。也有可能,奥利弗的行动对他不利。"

"我想,我们应该到博物馆去仔细观察一下。"

"为什么？"

"今天是12月4日。海杜克今天一早去了伦敦。"

"拍卖！这我倒是给忘了。"

"我们要去看看他的办公室。也有可能会找到点儿什么。"

"他肯定把有关骗局的材料都锁了起来。"

"有权力欲的人往往高估自己。"米丽娅狡黠地笑了，"而且我还知道，他的女秘书把钥匙藏在哪里。"

叶茜卡果断地点了点头。"我和你一起去。"

犹太教会堂的拉比

她们把汽车停到了克劳斯尼克大街5号的门前，从这里最多再步行五分钟就到新犹太教会堂。

"我得跟你说一件事，"当她们拐进奥兰宁堡大街时，米丽娅说，"我们一会儿要见的西蒙·伊斯罗尔拉比。他一生坎坷，如果你避免谈及与纳粹迫害犹太人相关的事情，那我们可能会更快达到目的。这是他最不愿意忘记的话题。"

叶茜卡突然停住了脚步。"你知道你在说什么吗？"

米丽娅疑惑地看着她。

"你刚才说的几乎和我们老师今天中午说的一模一样。"

米丽娅吃了一惊。"你是认真的吗？"

叶茜卡不知道应该怎么回答她。

一股寒气穿透了米丽娅的身体。"或许是那个可怕的遗忘潮流侵袭整个城市的速度远比我们想象的快。还好，你把我给唤醒了，叶茜。现在走吧。已经五点半钟了。"

在30号房子门前，她们站住了。叶茜卡仰起了头，想仔细观看一下这座新犹太教会堂的正面。她出生以来就住在距离这座宏伟建筑只有几分钟路程的地方，可却从来没有进到过会堂里面。

"看起来总有些东方的味道。"过了片刻，她自言自语地说。

"摩尔式风格，我觉得。我曾经听说……"米丽娅没有把话说完。她发现，叶茜卡正在呆望着一块挂在墙面上的匾牌。"怎么了，叶茜？"

"那儿。"叶茜卡指了指匾牌。"你没有看见吗？"

第7章 谁是双面人?

"我见过这块警示牌。它让人记起帝国水晶之夜纳粹对教堂的亵渎。"

"我说的不是这个。你读一下**第一行**!"

米丽娅转过头去看上面的文字。金色的大字写着:

永远不要忘记

"这么多的巧合是不可能的。"叶茜卡轻声说。

"你在想拱顶石上的铭文?"

"是的。"

米丽娅把手放到叶茜卡的肩膀上。"我们现在必须保持一个清醒的头脑,叶茜。我知道,现在听起来似乎有点儿可笑,更何况我刚才奇怪的表态。但这句话与谢哈诺毫无关系,它是在提醒人们不要忘记纳粹对犹太人所犯下的罪行。"

"不管怎么说,有人把它挂在这里,是在提醒人们记忆是何等的重要。"

"来,我们进去吧。"

入口在右侧,新教堂的辅楼里。所有来访者都必须通过一道安检,进去以后一个警察要检查手包和双肩背囊。在问讯处米丽娅通报了她们的来访。犹太中心的女工作人员打了电话,然后友好地请他们在前厅里稍等片刻。

过了不久,电梯门打开了,一个小个子老者走了出来。他穿着黑色西服,满脸白色胡须。他的头上戴着黑绒的犹太小帽,这是犹太男子传统的头饰。老者的走姿已有些摇晃,但眼睛里还放射着青年人的火光。

"麦卡林小姐,多么令人高兴!"他向女学者问候,"但愿我们的保安措施没有使您难堪。"

"没有问题,伊斯罗尔拉比,我也同样很高兴再次见到您。我还记得您的有趣的演讲,就好像是昨天发生的事情。"

"您很会说话,我的孩子。那么这位,"他转向了叶茜卡,"就是您提到的那位小朋友了?"

叶茜卡至少要比拉比高出半头,但奇怪的是,这位友善的老者把她当作孩子对待,她却没有感到一丝不快。由于她的祖父母很早就已去世,所以她从小就一直希望有一个爷爷,把她抱在怀里,给她讲故事。这位老者,她真想把他包装起来带回家去。

"我的名字是叶茜卡·波洛克。您好,伊斯罗尔先生。"她腼腆地说。

"你是怎么了,孩子?你的脸色这么苍白。如果你怕炸弹什么的,我可以告诉你,我们是十分留心的。"

"说老实话,我看到警察拿着机关枪,真是有点儿心颤。"

拉比笑了。"那不是机关枪,最多是支冲锋枪。但你说得对。我们现在又不得不为我们的安全操心,确实是一件可悲的事。看来,很多人都已经忘记了,半个世纪以前在这个国家发生了什么事情。不过,请跟我来,亲爱的。我带你们看看这座犹太教会堂。我们可以一边参观一边交谈。"

米丽娅没有反驳的时间。西蒙·伊斯罗尔张开双臂把两位客人推向了一扇门,从那里进入了另一座楼,即会堂的主楼。路上,他又提及刚才开始的话题。

"你看到了外墙上那块警示牌吗?"他问叶茜卡。

她点了点头。"永远不要忘记……您经历了水晶之夜吗?"

"是的,我的孩子。1938年11月9日到10日的那一夜,是这个国家最黑暗的时刻。我当时还很年轻,刚刚二十一岁。当我11月10日早上跑到奥兰宁堡大街时,我觉得,似乎是穿过一场噩梦。遍地都是犹太人商店的橱窗的玻璃碎片,满墙涂抹着辱骂犹太人的脏话。同样,在这里的犹太教会堂,纳粹也留下了他们的痕迹。我们现在站的地方,是以前男子进入会堂的诚信大厅,就在这里,几个冲锋队员放了火。整个教堂当时都面临全部焚毁的危险。只是当时有一个队员勇敢地站了出来,认为关键不在于一个人是什么,而在于他干了什么,会堂才得以保全。"

"你这是什么意思?"叶茜卡问,"西蒙爷爷。"她早已被老者的魅力所吸引。

"偏偏是一个派出所所长——他的名字是威廉·克吕茨费尔德——制止了更严重后果的发生。他带了几个人,从哈克市场第六派出所赶到这里。他抽出手枪和一份这座建筑由于具有的艺术和文化价值而受到保护的证书,赶走了纵火者,然后叫来了消防队把火熄灭。"

"哟!真是最后时刻的拯救!"

西蒙·伊斯罗尔拉着叶茜卡的手说:"孩子,你说得很对。"

"可是,后来为什么教堂还是被毁掉了呢?"

第7章 谁是双面人？

"后来的一段时间,这里仍然进行着教事。但到了1940年,这座建筑被征用,变成了军事被服第三局——纳粹的国防军在这里存放了军用纺织品和皮革制品。也是出于这个原因,会堂才遭到了英军的轰炸,于1943年11月受到严重摧毁。但这个时候,我早已不在柏林了。"

"您也逃亡了吗?"

"我当时确实想这样做。那个屠杀之夜,使我感到震惊。我当时决定逃往中立的瑞士,据说有一些犹太人获得了成功。可我的逃亡到斯图加特就终结了。"

"哦!"

"在卡尔斯鲁厄被关押了一段时间,然后就被运往了奥兰宁堡。"

"布兰登堡州的城市?"

西蒙·伊斯罗尔严肃地点了点头,"纳粹在那里——萨克森豪森,有一座集中营,早在1936年,我去的前三年,就已经关押了六千多人。我是在那里才见识了人类的全部残暴。我不想给你讲那些细节,孩子。我只是告诉你:从辱骂开始,然后是强制劳动,然后是可怕的刑罚直到最后的屠杀。从1942年开始,纳粹就系统地屠杀整个一个民族;他们却大言不惭地称为'犹太问题的最终解决'。"

"我一想到这些人是如何对待犹太人的,我就恨不得也去当一次杀手把那些罪犯全部杀死!"

"这样做,正是一条错误的道路,亲爱的叶茜卡。而且,纳粹统治下受苦的不仅是犹太人,尽管六百万死者比其他群体的警示呐喊更为响亮。希特勒关押所有不符合他的雅利安'优越民族'图像的人:弱智者、吉卜赛人、同性恋者、共产党人、波兰人以及圣经学者。现在你知道了,为什么外面那块警示牌上写着'永远不要忘记'了。这不仅仅是针对所谓的水晶之夜。如果说现在还有人宣传'奥斯威辛谎言',那就是因为越来越多的人想否认我们民族被工厂化屠杀的事实,谁还注意这个小群体的那些'被遗忘的受害者'呢?"

"我今天早上看了报纸,证明您是对的,伊斯罗尔先生。"

老者显得有些哀伤。"一篇不幸的文章,我知道,它也使我感到莫大震惊。尽管如此——你要相信我——对付不公正,正确的方法并不是仇恨。"

"我很难同意您的观点。"

"你看,亲爱的叶茜卡。谁要是仇恨,他就会失去敏锐的目光。他很快就会找错对象。"

"找错?"

"在被运往萨克森豪森集中营的路上,我认识了一个人,他的一生对我的教诲胜似我自己的经历。他的名字是马克斯·利布斯特,和我一样也是犹太人。开始时我并没有见到他,而是听到很多他的事迹。我们在十四天的旅程中,被装进了瓦罐车,每两个囚徒被关在一个小隔栏里。马克斯·利布斯特在比邻的隔栏,和他在一起的是一个圣经学者。我吃惊地听说,那个圣经学者其实是可以获释的,只要他签署一个声明放弃自己的信仰。后来到了萨克森豪森,我听说,这些人仍然被劝说发表这样的声明。但他们每次都加以拒绝,并说,宁可为信仰而死,也不愿意背叛上帝。"

"为了被放出来,他们签个字不就行了吗?"

"这样的谎言,他们是不能考虑的。到了萨克森豪森我和利布斯特分到了同一个木板棚里。我们犹太人受到的待遇比其他囚徒还要差。在严寒的天气里我们只能睡在地上,能够得到惟一的设施就是一块草垫子。利布斯特对瓦罐车中的经历念念不忘,自己也成了一名圣经学者。我自己坚信犹太信仰,但我必须承认,那些圣经学者之间交往的方式方法,超越了在这种环境中的一切想象。如果一个人被打得半死,扔在了操场上,其他人就会冒着生命危险把他抬回木板棚,然后用自己瘦弱的身体替他取暖,和他共同分享最后一口面包。"

"难以置信!"

"我给你讲这些,只是为了让你明白,一个人必须具有多大的胸怀,才能达到我的同伴马克斯·利布斯特那样的思想境界。我还清楚地记得1940年那个可怕的冬夜。马克斯在这一天亲手把父亲的遗体送到焚尸炉,那里的尸体已经堆积成山,等待着被焚。当他在黑暗中躺在我身边的草垫上时,轻声对我说,他是如何忍受他心中的仇恨的。他说:'这些人和我一样也需要爱。'你能够设想吗,叶茜卡?"

"我听着,好像您在讲一个圣人。"

"他自己肯定不会喜欢这个称号的。但他却从来没有放弃过这个信念。到1945年之前,他曾去过另外四座集中营,又失去了七个亲人,当我战后又见到他时,他仍然没有仇恨那些折磨过他的人。我当时问过他,是什么使他

第7章 谁是双面人？

产生这种信念的。他的回答仍和1940年冬天的回答一样。是的，那些恐怖的事件反而增强了他的这个信念。

"他给我讲过一个值得回忆的事件。有一次他患了严重的腹泻，身体十分虚弱，无法从事集中营里的劳动，第二天他就将被送往奥斯威辛集中营的毒气室。但是一个与他同乡的党卫军，却替他说了话，把他安排在党卫军食堂工作，他就有了休息的时间，直到病愈。有一天，那个人对他说：'马克斯，我感觉自己是在一趟列车中，车开得越来越快，而且无法再让它停下来。如果跳下去必死无疑。如果不跳，列车就会失事，我也得死。'

"这些，亲爱的叶茜卡，使利布斯特有了感悟。他认为，爱和同情，再加上对上帝的忠诚，比仇恨更为有效。"

"我想，我已经明白了您的意思。他后来怎么样了？"

"马克斯·利布斯特？据我所知，他没有离开自己在瓦罐车里第一次听到的信仰。他去了美国，后来作为耶和华的使者在法国当了传教士……"

"这原来就是圣经学者？"叶茜卡吃惊地说。

"噢，我还应该告诉你吗？"

"不，其实不需要。每一个如此坚持自己信仰的人都是应该受到尊重的。那么您呢？您是怎么度过这一切的？"

"我留在了萨克森豪森——几乎一直到最后。"

"几乎？"

"是这样，希特勒的军队陷入了盟军的夹击之中，结局已经不可逆转的时候，纳粹高层又炮制了最后一个魔鬼计划。他们想杀死所有集中营的囚徒，不让他们有获救的机会。死亡之旅穿过整个德国，在死神阴影下的这支队伍，到达目的地之前还活着的人最后的奖赏仍然只能是死亡。我们这些萨克森豪森的囚徒，据说要在吕贝克上船，然后被沉入大海。两万六千人上了路：犹太人、捷克人、波兰人、耶和华的使者……第一批六百人，在希特勒的生日——1945年4月20日那一天夜里出发。这真是对命运的讽刺，这个独裁者十天以后就丧了命，可是死亡之旅却永远没有抵达目的地。"

"出了什么事？"

"当我们的队伍距离施威林还有六公里时，就既不能前进也不能后退了。俄国人和美国人包围了德国剩余的所有军队。押解我们的党卫军命令我们躲进克里维茨附近的一片小森林里。这应该是我们最后一个夜晚。可这是个什么样的夜晚啊!炮弹从四面八方在我们头上飞过,人们乱作一团,整个战线彻底崩溃。那些党卫军也都跑个精光。有些还企图穿上囚徒的衣服,以便逃脱盟军的追捕。有些囚徒也利用这个机会向刽子手进行报复,他们拾起被扔下的武器杀死了一些党卫军人员。一片难以描绘的混乱!但到了第二天早上,一切就都过去了。"

"您重新获得了自由,肯定感到非常幸运。"

"是的,我正是这样。但集中营的经历深深震撼了我的心灵,我的孩子。我不能不想到超过一万的同伴在死亡之旅中失去了生命。"

"这么多!"叶茜卡设想着坐满人的德意志大厅,即使是这里,也容不下这么多的牺牲者。

"是的,亲爱的叶茜卡。然而,这还只是纳粹给全世界造成的整个灾难中的一幕。你现在明白了我为什么说外面那块警示牌不仅仅是对大屠杀之夜的警示了吧?"

叶茜卡动情地点了点头。

西蒙·伊斯罗尔从上衣口袋里拿出怀表,打开了表盖。"我都胡说八道些什么啊!"他说,现在又变成了那个眨着眼睛的爷爷,"从这一分钟开始就是安息日①了。"

"您现在不是想离开我们吧,伊斯罗尔拉比?"现在米丽娅开始说话了,声音甚至有些严厉。

"别害怕,我的女儿。我的家就在附近,我不会在这个上帝赐给我们的圣日里加班的。"

"那我就放心了。"

"现在您又开始笑了。我想带您去参观一下会堂。"

西蒙·伊斯罗尔不顾米丽娅的催促,从容地讲述柏林的这座新犹太教会堂的历史。这座会堂建于 5626 年厄路耳月 25 日。看到叶茜卡露出茫然的表情,他马上补充说,这是犹太历法的日子,相当于 1866 年 9 月 5 日。当时这座新会堂曾引起柏林以外地区的很大关注。正是因为它外墙的"摩尔式风格",符合时代的风尚,所以格外得到青睐。当时符滕堡的威廉国王也在几年之前用这个风格建造了斯图加特的威廉动植物园。新犹太教会堂后

---

① 安息日,犹太教每周一天的"圣日"——星期五日落到星期六日落。该日停止任何工作。

第7章 谁是双面人？

来曾被人们喜欢用来与十三世纪西班牙伊斯兰地区的纳斯里登宫殿相媲美。很多名人都来参观过这座会堂，其中包括《爱丽丝梦游仙境》的作者路易斯·卡洛尔和阿尔贝特·爱因斯坦。

"爱因斯坦也来过？"叶茜卡问。作为自然科学爱好者，她是这位最伟大的世纪天才的崇拜者。

西蒙·伊斯罗尔说，爱因斯坦甚至在会堂里和著名的医学家阿尔弗雷德·勒万道夫斯基表演过两首小提琴二重奏，一首亨德尔的曲子，一首巴赫的曲子。那是1930年9月29日，会堂举行一场音乐会的时候。拉比所以记得如此清楚，是因为那个星期一是他的 Bar‐Mizwa。

"Bar……什么？"叶茜卡问。

Bar‐Mizwa 是犹太男孩的一种坚信礼，拉比解释说。男孩到了十三岁零一天时，将第一次被召唤去犹太教会堂诵读律法书①。能够诵读律法书经文，是每一个犹太男子的特权。

拉比继续述说，战后，柏林的犹太教众开始着手重建和重组工作，还没有精力去关注被严重破坏的新会堂。甚至到了1958年夏天，建筑中的一个主要房间还遭到炸毁，直到1988年11月9日，才举行了象征性的奠基典礼，开始部分恢复建设柏林的这颗明珠。今天，会堂不再用于进行宗教活动（除了新楼上层一间小的会议室）。拉比就此结束了他的介绍。这个地方的纪念意义取代了虔诚的祈祷，整座建筑除了博物馆，还有档案馆、文献中心和图书馆。

"但愿这座建筑还能长时间用于这个目的。"叶茜卡说，老者的介绍显然打动了她。

"请相信我，孩子，没有什么人能像我这样同意你所表达的希望。可有时我却表示怀疑。1994年3月和1995年5月，在吕贝克又有一座犹太教会堂被烧——就好像从未发生过水晶之夜——就好像外面根本就没有挂着那块写着'永远不要忘记！'的警示牌。现在仍然有人只是因为属于不同的种族就被打成残废，仍然有宗教组织被媒体谩骂，就像当年的纳粹宣传。所有这一切使我不得不深思。"

"可这不都是个别现象吗？而且并不那么严重——我们今天并没有生

---

① 律法书，《圣经·旧约》的前五卷，是犹太教第一批确定为经书的各卷，也叫摩西五经。

活在纳粹时代。"

西蒙·伊斯罗尔静静地望了叶茜卡片刻,他的嘴唇显出一丝温柔的微笑——不是嘲讽,而是对这个女孩年轻纯洁的一种羡慕。"你听说过'宗族主义'这个词吗?"然后他问。

叶茜卡耸了耸肩膀。"不,我想没有。"

"宗族主义是一种极端的部落意识。1994年——这才多久啊,亲爱的叶茜卡?在卢旺达有五十万人成为这种意识的牺牲品!他们被禽兽般的屠杀。你知道吗?"

当然。叶茜卡也记起了这个事件——现在拉比又提到了它。她点了点头。

"还有两百万人变成了难民,失去了他们的家园。"拉比继续说,"而且,这并不是欧洲人所想象的那种是野蛮的黑人所为。卢旺达和布隆迪都是非洲的天主教国家。不,不,人们还一直没有意识到历史给过他们什么教训,我的孩子。不管是宗族主义、民族主义还是种族主义——所有这些都只是同一个错误的面具:人群、族群、民族都以为,只有他们是宇宙的中心,优于别人,必须捍卫这个优势,必要时使用暴力。"

"可是,人类并不总是这样想的啊?"米丽娅怀疑地插嘴说,"为了改变这个观念,就必须在世界范围内藐视这种等级观念,不论它以什么形式出现。"

西蒙·伊斯罗尔轻声笑了,"怎么才能做到这一点呢?难道通过电视和其他现代媒体?虽然有一段时间报道了犯罪和灾难,而且人们也对此感到不安,但气愤也就到此为止了。很快就又回到了正常状态,世界继续和往常一样在运转。先知约珥说过:'你们要撕裂心肠,不要撕裂衣服。'他的意思是,对自己罪恶和不足的悔悟必须是真诚的,而不应该是虚伪的。只要人们顽固地坚持,他的观点就是自然规律,那么一切都将一如既往地进行下去。"

"可您想如何改变呢?"

西蒙·伊斯罗尔深深吸了一口气。他突然一下子又变成了一个经历了岁月沧桑的老人。"如果我要是知道,那我就是一个智者了。或许人们应该有更多的仁爱,就像马克斯·利布斯特身上所具有的那样。但这个要求可能是过分了。至少我们应该保留对过去的记忆,以便让我们的孩子们从中创建一个更加美好的未来。"

老拉比爱怜地望着叶茜卡,用手抚摩着她的头发。

第7章 谁是双面人?

"您刚才恰恰说出了一个关键词,"米丽娅说,显得非常谨慎,就好像话题的转换会使她亵渎圣物。

西蒙·伊斯罗尔好像从沉思中醒来。"当然。您到这里来,是想问有关宁录的问题。我们最好到楼上去。我在那里有一个房间,谈话不会受到干扰。"

老者引导两个客人从展厅又回到犹太教会堂的入口大厅。在电梯门口他停住脚步,请叶茜卡按招呼电钮。进入电梯后,他指了指另外一个按钮。

"你能替我按一下吗?"

叶茜卡这样做了,但从她的表情上可以看出,她对拉比的这个请求有些奇怪。

"我们现在是安息日,"他补充了一句,似乎已经可以解释一切了。

到了楼上,他们进入了一个属于犹太教众文献中心的房间,坐了下来。米丽娅又讲解了一遍,她和叶茜卡正在寻找在摩西五经中提到的宁录的资料。她同时也透露说,叶茜卡家的两个亲人消失得无影无踪,所以有理由估计,不知哪一个狂人企图借助古老的诅咒获取强权。

奇怪的是,老拉比并没有讥笑米丽娅的报告,而是很认真地问:"什么样的强权?"

"我们在一个铭文上看到,说有人要偷走人们的记忆——甚至如果他愿意,也可以偷走人们的思想。"米丽娅简短地介绍了博物馆展品神秘失踪的情况。

西蒙·伊斯罗尔听后板着面孔点头说:"在正常情况下,您讲完这些话,我会把您当成蛊惑人心请出门外去。但最近一段时间报纸的报道,使我思考了很多问题,更不要说帕加马博物馆发生的奇怪事件了。您确实觉得,这一切会与古老的宁录有关吗,我的女儿?"

"最近一段时间,我确实可以毫不迟疑地相信任何把谢哈诺看作是宁录转世的说法。"

"噢,您现在这样说,几乎成了犹太喀巴拉派的信徒了。但我不得不让您失望了。我从来就不赞成这种诡秘学说,它的代表人物认定,死去很久的人的灵魂可以寻找新的躯体,就像其他人在冬季大减价时去寻找一件大衣。但如果您想了解人类真正的历史,那在一个犹太拉比这里您是找对人了。"

西蒙·伊斯罗尔用了很多时间详细地讲述了历史。叶茜卡从他的讲述中知道,根据犹太人的观点,上帝是在不到六千年前才创造了人,所以在犹太历法中才有如此高的编年数字。有好几次米丽娅不得不礼貌地请求这位白发学者越过一些她认为次要的时期。他点头接受了米丽娅的要求,然后却仍然详尽地继续他的报告。他终于讲到了上帝的惩罚,洪水的降临。

"它持续的时间并不长,人类重新堕落,几乎变得和洪水之前一样。"拉比指出,就好像他亲身经历过一样。"就在这个时期,有一个人站了出来,充满了无法抑制的权力欲望。他创建了很多城市,是的,我们甚至可以说,是他**发明**了城市。同样也可以说,是他发明了战争,为了扩大自己的权力。这个人的名字就是宁录。"

"真没想到!"

"您不必笑话我,我的女儿。我知道,您已经等了很长时间这个关键词了。传道书中是怎么说的?'铁器钝了,若不将刃磨快,就必多费力气。'请相信我:只有了解历史,才能真正看到它将走向何方。"

"我不是这个意思,拉比。这只能怪我的青年时代,我没有足够的耐心。关于宁录你还有什么新的发现吗?"

西蒙·伊斯罗尔无奈地叹了一口气。"巴比伦法典中有几段关于他的有趣的论述。这是一部集法律和传说为一身的著作,原始版本早已失落不见了。我们今天所说的巴比伦法典,都是抄件或者是复原制品——我们认为——它可能与原著十分接近。"

"这听起来很吸引人。法典是怎么论述宁录的?"

"你奔跑的速度比一匹骏马还要快,我的女儿。"

米丽娅难堪地沉默了。

"我们这里有一部拉扎鲁斯·戈德施密特的译本,"拉比继续说,"他也是柏林人,是1930年出版的这本书。"

"是您庆祝坚信礼的那一年。"叶茜卡插了一句,米丽娅瞪了她一眼。

"完全正确,孩子。戈德施密特指出,根据拉比文学[①]的记载,宁录这个名字是来自希伯来语的动词 maradh,就是'背叛'的意思。有关这个问题,在巴比伦法典中……等一等,我马上就能找到。"他翻开了一本厚厚的书,嘟囔着说:"在什么地方来着? 第二卷,章节 53a……啊哈,就是这儿。"他再次抬

[①] 拉比文学,指犹太教学者拉比们的著作。

第7章 谁是双面人？

起头,满意地看到,米丽娅和叶茜卡正在紧张地看着他。他读道:"宁录所以如此称呼,因为他让全世界都反对他。"

"反对他?"叶茜卡重复道。

"这个他,指的是上帝,脚注上是这样解释的。"

米丽娅从手包中拿出《名字的轨迹》,记下了这样的字句:

Maradh:(希伯来语"背叛")**让全世界都反对上帝**

"你拿的什么?"西蒙·伊斯罗尔颇有兴趣地问。

"这个?这只是我们的《名字的轨迹》。"她把纸条递给拉比,"所有这些名字都以不同的方式相互关联。现在看起来,它们似乎都在向一个人的身上集结。"

"您是说,宁录就是这个人,是不是,我的女儿?"

米丽娅点了点头。

"那你就再让我说一句话:假使我不是生活在这个世界,假使我在这一瞬间忘却了我的所学和传播学说的使命,给年轻人在这个混乱的世界一个安全支撑的话,那,"拉比举起他那消瘦的手指指向宁录,"这就是你要找的人。"

·午夜惊魂

在返回克劳斯尼克大街的路上,叶茜卡和她女友之间很难谈起什么。

米丽娅还在琢磨着拉比有关 Maradh 的言论,而叶茜卡却无法忘记拉比对纳粹残酷罪行的叙述。

只是当她们回到卡五画廊门口时,米丽娅才喃喃地说:"他肯定是把自己当作上帝了。"

"你说什么?"

米丽娅摇头把心事甩掉:"宁录或者 Maradh,就像拉比称呼的那样,他肯定在权力膨胀的时候,想把上帝推翻,自己称为上帝。"

"就像历史上很多篡位者干脆把对手杀死,自己成为君王那样吧?"

米丽娅点点头,打开了她的房门。"成为世界之王,是的——进来吧,我们去换件衣服。"

这时叶茜卡才想起,米丽娅今天下午提的建议。她们想晚上去探访一下海杜克的办公室。叶茜卡当时感到这个主意很刺激,可是现在呢——现在已经是八点半了——她感到胃部有一种不舒服的感觉。

"我们不能明天晚上再去博物馆吗?"

"明天海杜克就回来了。你不必担心,我们完全是公开去访问博物馆的。"

"晚上九点钟?"

"我会给门房看我的证件,他会让我们进去的。绝对没有枪战。"

"我本来还想穿上我的黑色牛仔裤和黑色毛衣,但现在看起来我就不必换衣服了。"

米丽娅打量一下叶茜卡,就好像评奖员在看一头种牛。"我不反对。但我可是要穿一件舒服一点儿的衣服。我从今天一早就一直穿着这身行头。"

半个小时以后,米丽娅的小汽车滚进了博物馆区。米丽娅坚持要在进馆之前吃一点儿东西。她们把车停在宫堡大街,最后一段路步行。

"这样更好一点儿。"米丽娅说,"我不想让人在博物馆停车场看见我的汽车,然后开始四处找我。而且,散散步也没有坏处——我们又不是安息日。"

"说实话,其实我还是不明白:为什么拉比自己不按电梯按钮呢?"

"一个正统的犹太人在安息日里严格注意避免去做他们宗教意义上的劳动。有些人甚至在他们的安息日里只走固定的步数。在一些犹太人居住的房子里,电梯在这一天自动在每一层楼停下来,不必有人去按相应的按钮。甚至有些医生,在安息日只用魔术墨水开诊断书。"

"这是为什么?"

"是这样,在犹太法典上,有关'写字'的概念是指长期留下字迹。如果诊断书过几天又变成了空白表格,那他开出诊断书就不算是写字,也就不算是劳动。"

"真有点钻牛角尖了。"

"这就是正统犹太人的信仰,叶茜。同样,他们还觉得我们的教堂里的有些规矩也很奇怪。比如圣饼,即晚餐面包,按照天主教的信仰,那是基督的圣体——把它吃掉,在犹太人看来就是吃人。"

第7章 谁是双面人？

"我完全可以理解。"

"你看。所以说,我们必须自己找到通往上帝的道路。"

"这么晚还没有回家,麦卡林小姐?"一个巡夜员喊道。

"是的,保罗。我们两人只想去办公室看看,再检查检查。最近发生了这么多盗窃。您知道,我们必须小心点儿好。"

说完这句话时,她们已经走远了。

"你并没有说谎。"叶茜卡认为。

"我从不说谎!有一个智者说过:'要像蛇一样谨慎,要像鸽子一样无辜。'"

"也是一句犹太学者的箴言吗?"

"是的。我们称他为拿撒勒的耶稣。"

"你又来了!"

米丽娅以她的无法模仿的方式笑了,她抓住叶茜卡的肩膀。"一个人是不容易否认自己的出身的。"

她们来到了博物馆的办公区入口。米丽娅觉得,她们从现在起就得用耳语相互交流了。她们进入了大楼,米丽娅又把身后的大门锁上。

在穿过走廊的路上,叶茜卡问自己,她们这样做是否正确,但她立即就想到了雅诺什·海杜克可疑的举止。如果这个博物馆馆长真的和爸爸及奥利弗的失踪有关的话,那么探视一下他的虚实,还是十分重要的。

她们来到了走廊的尽头,那里是海杜克教授的办公室。米丽娅拿出一只手电筒。

叶茜卡疑惑地望着女友。"这就是你的'像鸽子一样无辜'吗?"

"现在需要的更是蛇一样的谨慎。"

"我还从未见过拿着手电筒的蛇呢。"

秘书室里很黑,只有米丽娅的手电筒的一道黄光穿行在办公室里。旁边房间的门只是虚掩着。

"如果他要是把文件柜锁死呢?"叶茜卡最后一次试图反对这次行动。

"这不会有什么问题。"米丽娅用手电筒从下面照了一下自己的脸。她看起来真像是吸血鬼德拉库拉的侄女,把叶茜卡吓得半死。然后她就听到了米丽娅的嬉笑声。光柱移到了写字台上,一只黑暗中没有躯体的手打开了装有文具的抽屉,伸向底部,发出簌簌的响声,然后一串钥匙挂到了手指上。

"芭布茜的密室。"米丽娅回来时评论说,"你站在门口,要是听到什么动静,立即给我发个信号。"

说完,她就消失在海杜克的办公室里,叶茜卡一个人站在女秘书的房间。她把通往走廊的门推开一道缝,注意看着外面。外面只亮着微弱的夜灯;秘书室里又变得一团黑。只是轻轻的咯吱和嚓嚓声有时从海杜克的办公室里传出来——或许是米丽娅正在翻腾着教授的文件柜。

突然,远处传来了一声铁门关上的声音。几秒钟以后,楼道里的霓虹灯亮了起来。

叶茜卡差一点儿就喊了出来。但在这种状况下,她根本就做不到这一点。在一瞬间,她感到自己的膝盖变软了,但还是鼓足了力气,冲向海杜克的办公室。

"有人来了!"

"嘘!别这么大声,从哪儿?"

"从外面。我不知道从哪儿。楼道里的灯亮了。"

"我们必须藏起来。"

"藏起来?藏哪儿?"

"冷静,叶茜。让我想一想。我们不能出去,楼道里没有藏身的地方。而且——不管是谁来——这个人或许根本不是到这儿来的。"米丽娅让手电的光柱在房间里扫了一遍。"那边,"她说,"你躲到长沙发的后面。我想,我可以藏在芭布茜写字台的下面。进入房间的人不会先看下面的。保持安静,不会有人发现的。"

米丽娅关掉手电筒,叶茜卡听到房门轻轻开关的声音。现在,房间里又是她单独一个人了。由于她正站在馆长接待客人谈话时使用的几把椅子中间,所以她在黑暗中也很容易就找到了那张皮沙发。她必须把沙发从墙边往外推出一段,然后才能钻到它的后面去。地方很窄,散发着一股尘土的味道。

是谁这么晚还到博物馆来巡视呢?外面的楼道有一公里长……呐,或许没有这么长,但已经足够长得不至于有人恰恰就是到这里来吧?女秘书房间的灯突然亮了。

叶茜卡听到有人哼着小调。一个喀嚓声之后,馆长办公室的门被推开

第7章 谁是双面人？

了。传来了一个跛脚人走路的声音。海杜克！叶茜卡的脑袋里轰了一声。除了他还有谁能够在这个时候无所顾忌地到这里来呢？可他为什么不在伦敦？

写字台的一个抽屉被拉开了。一个轻微的咕噜声。叶茜卡的心就像是跳高选手准备冲击世界纪录，但她必须知道房间里发生了什么。她小心翼翼地把头伸出沙发靠背。

海杜克教授只开了台灯，所以房间的坐椅部分还在半黑暗当中。他的手里拿着什么，紧靠在脸上。他一再旋转着那个物件，同时还随意哼着小调。那不是……？对，那块陶片！

那物件看来对他的确很重要，他一再盯看着它，就像在看世界第七大奇迹，叶茜卡想。她刚想再隐蔽起来，突然看到了第二块陶片。

真是这样！米丽娅对克里斯蒂拍卖会的怀疑正中目标。海杜克肯定刚刚在伦敦买到了这第二块陶片，然后不知出于什么原因提前返回了柏林。他为什么如此着急呢？

馆长从写字台后面站了起来，又回到了秘书室。叶茜卡听到了机器的声音……如果没听错，是复印机；然后就是一声咒骂。嗡嗡声重复了几次。然后馆长又回到他的办公室。

他拿出一串钥匙，跪在写字台旁边的一只保险柜前。他把上面的数码盘向不同方向旋转了几次以后，用钥匙打开了门。叶茜卡看到他把一块陶片放入了保险柜。另外一块——估计是原来的那一块——又放回到他的上衣口袋里。

馆长又站了起来，转过身——愣住了。

叶茜卡屏住了呼吸。他看见她了吗？他似乎在看这一组座位。然后，他摇晃了一下，赶紧扶住写字台，摇了摇头，好像要把脑袋里的荒谬想法摇掉。

叶茜卡松了一口气，或许他只是头晕，因为他刚才跪了好长一段时间，然后很快站了起来。海杜克关上台灯，锁上办公室的门。叶茜卡听到外面玻璃门开关的声音。然后，又是一片寂静。

她觉得又等了无穷无尽的时间，才听到钥匙开门锁的声音。

"叶茜？"

这是米丽娅的声音！叶茜卡想从沙发后面爬出来，可是她的皮带钩挂在了沙发布料上。就像是一只寄居蟹从外壳中往外爬一样,她把沙发在地面上拖了好几厘米。

"你在干什么?"米丽娅着急地问。

"我在重新布置海杜克的房间。"叶茜卡神经质地回应。当她终于恢复了正常以后,说:"你为什么等这么长时间才把我救出来?"

"首先,我必须确定,海杜克会不会忘记了什么再返回来,其次,我必须找到办公室的钥匙。芭布茜把它藏到了一个巧克力糖盒里。"

"好了,这已经无所谓了。我建议,我们赶快撤退。"

"再等片刻。"

"为什么?还要等什么?"

米丽娅拿着手电筒回到女秘书的房间,拿起复印机旁边的纸篓,开始在里面翻腾。

叶茜卡呆呆地望着她,"你是不是参加了捡破烂的行列,连垃圾都要翻一翻了?"

"我不是翻。我是在收集证据。"

"你在说什么呢?那只是些碎纸片。"

确实,米丽娅的左手捏着一把碎纸片,右手仍然从塑料桶中寻找着。"海杜克刚才试图复制那两块陶片。"

"用复印机?"

"正是。这当然并不完全合适,所以头几次都没有成功,海杜克把它们撕碎扔掉了。"

"所以他才咒骂!你真是天才,米丽娅。这样我们或许就能够知道,那两块陶片到底有什么秘密。"

"好,这可能就是所有的碎纸片了。现在,我们必须马上离开。"

"好主意。今天晚上我们可以玩一场紧张的拼图游戏了。"

"但首先我们必须再去展览厅巡视一圈。"

叶茜卡惊讶地说:"你疯了?这是为什么?"

"我相信,海杜克还在楼里面,如果不是这样,那我肯定会听到防火铁门关上的声音。"

"而现在你想跟踪他吗?"叶茜卡难以置信地问。

"我有一个怀疑。四天以来博物馆就再也没有丢东西——你不觉得这

第7章 谁是双面人?

太长了吗?"

叶茜卡打了一个嗝。

"不要怕,"米丽娅安慰她说,"你难道忘记了,我是有出入证的?我可以在这里停留。如果真的碰上了海杜克,我就说,想看看有什么情况没有。这也不是假话。"

叶茜卡无奈地点了点头,叹了一口气说:"就像鸽子那样无辜,我知道。"

尽管米丽娅有权在博物馆里巡视,但她们两人还是放轻脚步行走在夜间的大楼里面。这时已经十点多了。她们进入展览区时,几乎是在用足尖走路。听不到任何声音。几个大厅都沉浸在夜灯的淡光之中,和叶茜卡四周前在这里醒来时一样,不知道她在这个地方寻找什么。她们现在的位置是亚述私人陵墓对面的楼梯旁,正要进入神道。就在这时,叶茜卡听到了一个声音。一股寒气从她的背部冒了出来,她立即抓住了米丽娅的胳膊。

"怎么了?"米丽娅轻声问。

"我听到了。一个咯吱声。"

米丽娅侧耳聆听。她也听到了响声。她立即拉着叶茜卡躲到了楼梯旁的阴影里。她们蹲下,尽可能缩小身体。

咯吱声越来越近了,现在她们已经可以听到脚步声,很微弱,但很清晰。这正是叶茜卡当时在这里听到的声音。她又记起了与米丽娅进行的恐怖的谈话。如果真的有一座石雕活生生地穿行在博物馆里,那该怎么办?她紧张地望着通往神道的大门。然后,她真的差一点儿就尖叫起来。

那个身影只显露了几秒钟的时间。他十分缓慢地,就像是博物馆的一个观众,正在颇有兴趣地观赏着一件展品,然后穿过走廊,消失在伊西塔城门的方向。那个身影是全身雪白的大理石。

叶茜卡感觉到米丽娅使劲握着她的手,握得发痛。女学者无助地望着这条华丽的巴比伦神道,它又变得空荡荡了。当她刚刚从麻木中清醒时,又听到了脚步声,这次就在跟前。

"他就在旁边。"米丽娅向女友耳语,轻得几乎听不清,"第五厅有一个过廊,直接通到这个楼梯口。"

如果这个活展品发现她们怎么办?叶茜卡试图想点儿别的,但却做不到。

"他去了别的方向,"米丽娅轻声说,"去了展览巴比伦纪念碑的第六厅。"她站了起来。

"你想干什么？"叶茜卡惊惧地问。

"你留在这里，我必须去看看。"

"你疯了！我不单独留在这里。"

"那就跟我来。紧紧跟着我。"

叶茜卡没有机会提下一个抗议，米丽娅使劲拉起了她。

她们走进了展览苏美尔文物的第五厅。就在那些文物的面前是一个空的底座。而在后面——叶茜卡简直不敢相信自己的眼睛——又一座石雕正在远去。叶茜卡现在已经适应了这个朦胧的光亮，所以能够看清一切细节：比方石雕缺少一只胳膊，一条腿也已残缺，所以走起路来很不方便；它的身体是一种灰色的材料，不像刚才那座大理石美少年的身体那样高贵。

看到这个展厅的一个展品正在逃跑，米丽娅赶紧跟了过去。叶茜卡没有其他选择，只能跟上她。

对这个石头嫌犯的追踪，一直穿过了两个展览厅。然后，那座雕像拐进了神道。

"我想，我们已经看得足够了。"叶茜卡在女友的耳边说，但她却是另外一个看法。

"我必须知道，这些石雕到底要发生什么事情，叶茜。你难道还不明白吗？否则我们可能永远再没有机会知道，这些展品到底都消失到何处了。"

米丽娅把头探向神道，但她什么也没有看到。她立即把叶茜卡拉到了右边。两个人无声地跳到近旁的楼梯边，它通往伊斯兰艺术展厅。仍然是一片寂静。从这个角度，看不到伊西塔城门的右侧。叶茜卡简直不敢相信，米丽娅竟准备横穿这条神道。对面有一个凹口，是一部运货电梯，它的门不知为什么都打开着。

女学者举起三个手指，点点头，然后又攥成拳头。她再次伸长脖子，向伊西塔城门望去。一边望，一边在叶茜卡面前依次伸出指头：一、二、三！

叶茜卡的心跳到了喉咙，她跟在米丽娅身后迅速穿过神道，来到那个凹口——后面是电梯——蹲下身去，从这里她们可以直接看到伊西塔城门。

"海杜克！"米丽娅耳语说。叶茜卡这时也看到了他。

馆长背着她们面向伊西塔城门站在那里，他的身后是两个有了生命的石雕。他仰起了头，似乎在寻找蓝色釉砖墙下面的拱顶石。他的双臂高高

第7章 谁是双面人？

举起,并用忽高忽低的声音说着话。

"他在干什么?"叶茜卡不安地在米丽娅耳边问。

"我听不太清楚,或许是什么可以开门的咒语。"

一个石雕突然转身朝向两个人的藏身处,她们赶快把头收了回来。难道那个石头精灵发现了她们?叶茜卡吃力地聆听着,但她只能听到海杜克的吟唱。过了一会儿,米丽娅再次把头伸出去。她呆在了那里,叶茜卡也把目光转向了伊西塔城门。

她几乎不相信自己的眼睛,城门周围发生了难以置信的变化。门楼的釉砖似乎变得透明了,明亮而色彩斑斓的光笼罩着它,就好像一群失控的星星。来回喷射的光点照亮了大厅的墙壁,使海杜克和石雕都沉浸在彩色的狂奔当中。城门下的镜子中反射出对面墙壁上那幅巨大的壁画,上面的形象似乎都活了起来,让人感到恐怖。所有这一切都是在无声中进行的——能够听见的只有海杜克沙哑的歌声,就好像它是这座由光组成的楼阁的基础。片刻之后,伊西塔城中的镜子消失了。

取代它的是另外一幅图像:那是一个具有东方色彩的庄严大厅,装饰华丽,黄金、大理石、贵重的木料以及——多么奇特呀!——一个养鱼的玻璃缸。但对两个女友更有吸引力的却是站在前面的一个身影:一个活着的形象,满身闪烁着金光。

"谢哈诺!"米丽娅不知所措地轻呼道。

叶茜卡只是在报纸的一张黑白照片上见过这个雕像。他头戴一顶无檐帽,有些像土耳其的菲斯帽,身穿一件系着腰带的衬衣式的过膝长袍。由于满脸胡须十分齐整,所以面孔的棱角格外清晰。谢哈诺身上反射的各种光芒,使叶茜卡很难看到其他的细节。站在那里的形象,要比她想象的小得多。或许正因为如此,神像的双脚各踏着一个很大的木块,就像是两只大平足,使他显得稍高一些,叶茜卡估计,大约一米七左右。她记起了加卢斯探长说过的话:"奇怪的是,你们的父亲连谢哈诺站立的沉重底座也偷了去。"原来如此,她想。这个看起来时髦的小品,原来是卡西尼亚统治者虚荣心的见证。谢哈诺把底座切成两半,然后就像眼前这两座等待取走的石雕一样开步行走了。

"你耽搁了很多时间。"那个石雕开始说话,他的嘴里冒出了火焰,就像是一座火山,他的声音里包含着不满。

"现在是越来越困难了,"海杜克没有直接回答,"到处都是警察。我虽然采取了措施,不让他们在这里看到我们,但在博物馆的其他地方,不管我到哪里,都有人在监视我。"

"这很快就没有什么作用了,祭司,我的力量在增长。用不了多久,我就会占有世界上所有的记忆。"

"但愿你不会忘记,这些您都应该感谢我才行。"海杜克说,声音的带着某种威胁的味道。

"你没有必要提醒我的责任,人!"谢哈诺吼道,"你的能力也不是无限的。请注意!"

"但您的力量也受到一定的局限。"海杜克傲慢地回应。

"大胆!我曾有过一个大祭司,他同样想规范我的行动,但最后终结在牢房里。如果你想有一个比他好的结果,那你就必须把我的话当成法律。你会得到报酬的。在这一点上我也会遵守自己的许诺。"

"首先我想要这座城市,"海杜克回答,"然后是'一个侯国',就像您曾对我许诺的那样。"

"我再说一遍:你将得到你的侯国。我很讨厌不断重复同样的话,还有更急迫的事情需要你去做。"

"您是说那个男孩?"

"就是他。他找到了帮手,不知藏到了卡西尼亚的什么地方,我的巡捕差一点儿就抓住他,但这个小子在最后一刻又逃跑了。"

"您想让我做什么呢?"

"再次离开卡西尼亚的时间还没有到来……"

"您是说,这对您很危险,"海杜克插嘴说,听起来有点儿幸灾乐祸。"您有可能——叫我怎么说呢?——前功尽弃,如果有人暴露您的秘密的话。"

"不要打断我!"谢哈诺恶狠狠地吼道,"如果我失去了权力,你就会重新变成和以前一样的可怜的骗子。"

海杜克明显有些不安了,看来他的金色主子击中了他的痛处。

"你必须弄清楚,男孩的姐姐到底知道了多少事情。如果她找到了什么证据或者她父亲的笔记,必须从她那里拿走。"

叶茜卡打了一个寒战。日记和关于铭文的抄件——原来是被海杜克偷走的!可他是怎么偷的呢?

"女孩现在住在麦卡林博士那里,"馆长说,"进入她的住宅并不那么容

第7章 谁是双面人？

易……"

"别找借口！"谢哈诺打断了他的大祭司的话，"我会再给你一个帮手的，它上次就曾助你一臂之力。"说着，谢哈诺做出了一个动作，好像在召唤身后的什么人。

立刻，叶茜卡就听到了一阵嗡嗡声，从谢哈诺头上飞过来一只巨大的甲虫，直接落到了海杜克的脚下。

"把我的埃及蜣螂拿去，它可以来去无声，必要时还能够穿墙破壁。"

"谢谢您，主人。"海杜克弯下腰，拾起了甲虫。那只蜣螂至少有叶茜卡家里养的小乌龟那么大。全身闪着光亮，就好像是由绿色金属和晶莹的宝石制成。

"现在，把你的记忆税交上来吧。"谢哈诺以不可抗拒的声音说。

海杜克退到一侧，指了指那两座石雕。"我这里有两座雕像，他们可以增强您的力量。"

"你难道就没有更好的吗？这其中的一个还是个残废。"

"现在找到可用的古老的记忆是很不容易的。"海杜克抱歉地说。

"想满足我的需求，你必须更加努力才行。把他们送过来吧，我接受你的贡献——并期待今后能有些更重要的东西。"

"我将尽最大的努力，主人。"海杜克躬下了腰，对这种卑躬屈膝的礼节，他显然还缺少练习，看起来他就好像在做体操。

两座石雕开始动了起来。他们直接穿越伊西塔城门，从谢哈诺身边走过，然后就消失在后面什么地方了。

卡西尼亚的统治者转过头去，无奈地望着那个跛脚的石雕的背影。就在这时，他显露了他的后脑，叶茜卡惊呆了。

正常人的后脑也有头发，或者最多是有些光秃，可谢哈诺的后脑却还有第二张面孔。它和脑袋前面的脸惊人地相似。米丽娅下午描绘马尔杜克神时是怎么说的？**他有四只眼睛，四只耳朵，当他的嘴唇启动时，会冒出火焰。**

叶茜卡还听到谢哈诺又说了几句话，但声音太轻，听不清在说什么。他显然不想让他的新臣民听到他和大祭司的谈话内容。海杜克最后点点头，立即转过身去，跑开了。差一点儿他就发现了藏在楼梯侧旁的两个窃听者。

馆长跑动的声音还在神道上作响的时候，伊西塔城门的光辉突然熄灭了。随着黑暗的来临，遗忘也随之进入了米丽娅和叶茜卡的脑海当中。

第 8 章
诡异的旅程

> 书中自有过去所有时代之魂。
> ——托马斯·克莱尔

安纳格火山

奥利弗从来没有想过骑马会带来乐趣。当然,珀伽索斯也不是一匹普通的马。白马尽最大的努力,让它的乘客在离开尼勐石漠的飞行中舒适安全,但这却没有给埃留基德带来好心情,每当神驹的马蹄重新踏上坚实的土地,他才感到放心。

寻找塞拉密斯水堡时神驹身上所出现的问题,在后来的日子里越来越明显了。人和行李的重量不断吞噬着珀伽索斯的力气。飞马越来越虚弱了。奥利弗很快就开始为他这个四足朋友真正担心起来。开始时他还只是默默地关注着珀伽索斯的疲惫,因为当时最紧要的是尽快离开塞拉密斯的统治地域。谁也不知道,女王得到了自己的印名石以后,会不会派她的噩梦追来。而现在他们已经落脚在希戴克河的南岸,奥利弗终于做出了一个决定。

"我们步行前往安纳格火山。"他的声音十分坚定,一开始就排除了任何反对的意见。

但珀伽索斯却没有理会他的态度。"这样不行,我的朋友,与塞拉密斯会晤以后已经又过去了四天。如在陆地上行走,我们需要两倍的时间,而拯救你父亲的期限,现在只剩下不到一个月了。我们不能浪费时间!"

第8章 诡异的旅程

"但你已经太虚弱了!"奥利弗坚持说。

"我只是一个失落的记忆,我是不会累死的。"

"即使你能很快恢复体力,但你的力量也不是无限的,珀伽索斯。你的本性并不是来承担重负飞行的。"

"我能够坚持下去。"

"不行!"奥利弗的担心变成了气恼,"你是我的朋友,我不能允许你不知什么时候疲劳过度而从天上掉下来,还不要说,我也不是一个金刚之躯。难道你愿意看到我把脖子摔断吗?"

"这是不公正的,奥利弗。"

"我知道。我们就这样定了:只有你答应保护自己,我才上你的马背。"

珀伽索斯用它的大眼睛长时间地望着奥利弗,然后喘口气说:"看来我没有其他选择了。"

"到安纳格火山还需要多少时间?"

"大约一个星期,或许还要长一些。"

奥利弗深深吸了一口气。他本来以为不会这么长。"好吧,"他说,"明天一早你们就会知道,我在陆地上和在空中一样是个好骑手。"

周围的景色每天都在变化。奥利弗一行很快就离开了希戴克河流域的肥沃河谷。他们在这一带经过一些庄园,遇到一些友好的记忆,向他们提供了住宿的场地。但后来,这样的机会就越来越少了。

周围的地貌越来越不平坦了。珀伽索斯有时缓步登上绿色的高地,然后又立即消失在阴影笼罩的低谷之中。周围的植被也立即变成了另一个样子。开垦过的草原和田野,立即变成了一片处女的荒原。这里的主导景色,是一座又一座的森林。开始时是以阔叶林为主,还显露着青春的风采,但接近塔莫伦山脉后,就逐渐被常青的针叶林所取代。

从希戴克河出发后的第七天,地平线上突起了一抹白色的条带。

"那就是塔莫伦山脉。"珀伽索斯宣告,它已经完全恢复了体力。

奥利弗的胃里又出现了那种空荡的感觉,"从这里能够看到安纳格火山吗?"

"不能。它还在这些山峰的后面。"

"中间有峡谷可以通行吗?"

珀伽索斯突然停住了脚步,"还有一点需要解释一下,奥利弗。"

埃留基德舒心地叹了一口气，从马背上滑了下来。妮碧落在了他的肩上。

奥利弗不太喜欢珀伽索斯刚才说话时的严肃口气。"不要再折磨我了，你肯定要对我说什么不好的事情，对不对？"

"我担心，明天我们必须重新飞行。"

埃留基德呻吟了一声，"从一张圣洁的口中，竟吐出如此阴郁的消息！"

奥利弗用惩罚的目光看了一眼老哲人，然后又转向神驹，"你是不是想说，前往安纳格火山，没有其他的路可走？"

"是的，只能飞行。"

"我还记得，我们的好朋友奥卢关于安纳格火山所说的话。他把火山比喻成谢哈诺的磨盘。我当时在纳尔贡过于关心其他事情，所以也没有问他这是什么意思。"

这正好是埃留基德的专长。他干咳了一声，说道："或许你还记得我讲述的关于猎捕手的情况。我当时说，他对谢哈诺保持了上千年的忠诚。他劫持了很多记忆，有些只是因为读过一本书，有些只是因为占有一面镜子。在卡西尼亚居民中流传这样一种说法，说猎捕手把这些不幸的记忆都扔进了安纳格火山。"

奥利弗打了一个嗝，"你是说，他把他们扔进火山里烧死？"

埃留基德点点头。"焚烧和粉碎同样是彻底消除记忆的有效方法。"

"你这个老巫师！"妮碧骂了起来，"你的晦气话会让奥利弗生病的。"

"我只是讲了在活着的记忆当中流传的故事。"

戈菲开口说话了："埃留基德说得对，妮碧。一个危险，对它了解得越清楚，也就越容易克服它。有人说，安纳格火山上空飞翔着长着翅膀的狮子，它们是猎捕手的仆人。"

"他们的任务就是保护火山的秘密。"珀伽索斯补充说。

"你这么说，就好像你曾亲眼见过一样。"奥利弗说。

"我确实见过，那是在几百年前。"

"但这些对我们又意味着什么呢？"

"明天我们必须穿过茂密的松树林，从空中是谁也看不见我们的。去安纳格火山的最后一段路，我们必须在夜里飞行。"

奥利弗沉思地看着他的白马朋友。"你能行吗，珀伽索斯？"

第 8 章 诡异的旅程

神驹的头上下动了几下。"安纳格火山位于一个高原之上,为到达那里,我必须把你们送上很高的天空。那里的空气对我的飞翔很不利。"

"这是什么意思?"

"我必须飞两次。"

"好。我们就这么办。埃留基德和戈菲先走。妮碧当你们的侦察员。"

"如果真有一只飞狮在途中出现,我就去啄它的要害之处。"妮碧叫道。

"你还是老实一点儿好。你的任务就是在猎捕手的帮凶出现时向珀伽索斯发出警报。明白吗?"

"你说话的样子越来越像戈菲了。"

"不是吗?"破大衣骄傲地插嘴道,"他真的是一个前程无量的年轻人。"

"现在,每个人都知道应该干什么了。"奥利弗说,"到天亮还有几个小时,珀伽索斯,怎么样?是不是再跑一段?"

高高的松树梢中间的空当还是太大。至少奥利弗是这样的感觉,特别是当他头顶又有一块灰色的天空显露出来的时候。知道在身旁被杀气腾腾的眼睛盯住的感觉,真的是很难受。两天以来,天气越来越坏了。从雪山上吹来的风刺骨的寒冷,太阳已经接近地平线,马上就要黑天了。

"真是个不舒服的地方。"奥利弗嘟囔了一句,他实在忍受不了这种寂静。

"小点儿声!"珀伽索斯警告说,"我们很快就宿营,先休息几个小时。等到阳光完全消失以后,我先送埃留基德和戈菲去高原。"

"我留下来照顾奥利弗。"画笔朝霞自信地说。

"嘻嘻,"妮碧吟道,"你用什么去保护他呀?"

"我可以把敌人的眼睛刺穿。"

"请不要!"奥利弗请求道。他的神经已经接近崩溃。

大约三刻钟以后,树木开始稀疏。不远的地方,穿过树木的间隙可以看见光秃的山岩。在一堆巨大石块前面,珀伽索斯停下了脚步。

"我们就在这里等待黑夜的来临。"

奥利弗看了一下周围。这些岩石是理想的宿营场所。既可以在其中躲藏,又可以遮挡吹来的寒风。不知是什么时候,一次泥石流把塔莫伦山脉的前锋使者留在了这里。一层厚厚的青苔,几株根须紧抓岩石的老树,都在告诉人们,这只能是在很久很久以前发生的事情。

同伴们找到了一处较宽的裂缝,里面有干燥的树叶邀请人们去休息。朦胧很快拉过黑夜的大幕笼罩了大地。天上厚厚的云层,没有让月亮和星星把银光洒向人间。天很快黑了下来,只有森林边缘后面颜色较浅的岩石,还能让人看到灰蒙蒙的轮廓。

"首次飞行可以开始了。"珀伽索斯的声音从黑暗中传了出来。

奥利弗在此刻多么希望,他的这位大朋友不要这样认真啊!但珀伽索斯是对的。他们必须在黑暗的掩护下行动。"你什么时候能够回来?"

"这很难说。或许午夜时分。"

"这么长……?"

"其实我也并不熟悉前往安纳格火山的全部路程。我只能根据数百年来听到的有关描绘飞行。"

"但愿那些描绘都是真的。"

"你不必过于担心,"埃留基德说,"塞拉密斯虽然是个畜生。但她谈到的安纳格智者的话,肯定不是谎言。只要我们找到他,你们父子重逢的时间就又缩短了一大步。"

奥利弗点点头,尽管没有人能够看到。"你们都要小心。"

"我们会的。"神驹保证。

奥利弗忧心忡忡地看到,刚才还是一个灰影的朋友珀伽索斯缓慢地离去,消失在黑暗之中。很快就传来了神驹脚踏岩石的声音——只是几下——然后就是巨大双翼的扇动。不久以后,就只剩下掠过森林树梢的风的耳语。

奥利弗心中感到一种奇特的空虚。这是一种生离死别的感觉,他刚刚与一个曾经共度一段生命的好伙伴分手。寒风吹来,他把防雨夹克又拉紧了一些。他忧郁地转过身去,回到了岩石缝隙中。

"珀伽索斯肯定很快就会回来的。"朝霞说。画笔感觉得到奥利弗此刻的心情。

"但愿如此吧。我对这整个事情有一种不祥的感觉。"

几个小时过去了,奥利弗越来越不安起来。没有任何珀伽索斯的身影。手表的指针已经指向午夜。奥利弗虽然不知道在卡西尼亚是否可以像在地

第8章 诡异的旅程

球上一样相信表上的时间，但这至少是时间运行的一个依据。

突然，他听到了一个轻微的咯吱声。

"珀伽索斯？"喊出这个名字以后，他才发现这是一个误会。没有马蹄声，也没有翅膀的扇动声。他小心翼翼地从岩石缝隙里走出来。除了前面闪着灰光的黑色树干，他什么都看不见。他正想又回到隐蔽地时，发现有什么东西在动。

树干中间运动着一个黑影，他现在可以看得更清楚了。那是一只——鹿吗？千真万确！那就是一只鹿的影子。看起来是一只相当年轻的小鹿。而且，还有些跛脚！

一股同情心油然升起。是什么把这个可怜的生灵引导到这里来的？为什么它的母亲不在身边？奥利弗在这期间已经知道，即使在失落的记忆的世界也存在着吃和被吃的法则。或许是恶狼杀死了母兽，只是放走了小鹿。它现在受伤了，它需要帮助。

他在隐蔽处站起身来，慢慢地走向小鹿。小鹿似乎发现了他，因为它突然停住了脚步，朝他的方向看来。

"不要怕，"奥利弗温柔地说，"不要怕。我不会伤害你的。"

小鹿一动不动。

他继续往前走，并不断安抚着这只小动物。

小鹿依然一动不动。

现在奥利弗已经走到它的跟前。他慢慢地把手伸向那纤细的脖子，温柔地抚摸着它柔软的毛皮。

"你看，没有发生什么事情吧，是不是？"

奇怪，他想。尽管小鹿是血肉之躯，可全身却是冰冷的。就在此刻，他的脑海里突然闪出一个记忆。但他已经没有时间做出反应了。

直到现在，当小鹿睁开一直闭着的眼睛时，他才发现了问题。奥利弗的手似乎也变成了冰块。一股寒气吹到了他的脸上，他惊惧地望着小鹿冒着红光的邪恶的眼睛。一瞬间，就在奥利弗刚才用手抚摸的地方，小鹿的身上长出了一只利爪。那只利爪立即像钢钳一样抓了过来。

就在奥利弗被抓住这一刻，他惊惧地见到了小鹿的恐怖的变化。它在长大。越来越大的它，同时也在变化它那漆黑的身躯。那双红色的眼睛一刻都没有离开他。一只无助、受伤的小鹿，在几秒钟时间里，变成了一个比尼勐石漠中所有噩梦都更可怕的精灵。原来是猎捕手！光线很暗，奥利弗还看不清猎捕手所展现的全部魔魇。后来他才知道，这是他的运气。

"你难道真的以为，能够逃脱我的手掌吗？"

猎捕手的声音就像是一支毒刺拨动着奥利弗的耳膜。奥利弗深深吸了一口气，试图压下心中出现的恶心感觉。他应该怎么回答呢？他在纳尔贡对付鸡蛇怪的战术，看来在此刻是不适用了。

"看起来，还没有等我开始处理你，你的舌头已经烂在嘴里了。"

这个怪物是什么意思？奥利弗没有机会去问。怪物的双臂像铁钳一样紧箍住他的身体。他喘息地吸呓着空气。很快，他又从地面被提到了空中。猎捕手抓着他走向森林边缘。是不是要把他摔在岩石上？一下、两下、三下，一直到奥利弗变成一堆肉泥，没有了固定的形状，就像是那些被流放的记忆的灵魂？恶狠狠的精灵已经把他拖到了森林的边缘。终于，奥利弗刚刚被抓时产生的僵硬状态消失了。代之而起的是火山岩浆一样的恐慌。一声刺耳的呼喊从他的喉咙里迸发了出来。

奥利弗发现自己还活着，感到有些意外。刚才他以为是要把他摔在岩石上的动作，实际只是起飞前的准备。猎捕手的起飞与神驹最重要的区别，就是他不需要助跑，而是垂直升降。

奥利弗看到下面景色的影子飞快地向后移动，第一次感到很幸运，因为猎捕手的爪子是如此的牢固可靠。骑在生有双翼的骏马上旅行是一回事——至少在骑手和无垠大地之间还有一匹马的身躯，而被谢哈诺最忠诚的仆人带到空中，却是更为刺激的一种经历——奥利弗现在可以毫无障碍地观赏身下的虚无境界。好在，整个飞行中猎捕手都沉默不语。

过了一段时间，奥利弗看到远方出现了光亮。他的劫持者正把他带往西方，始终沿着塔莫伦山脉的边缘。现在他直接降落到一片光亮的空地上，下面是一座点燃着四堆篝火的正方形营地。奥利弗降落的地方就是这个正方形的中央。

他在地上打了几个滚，因为这并不是软着陆。当他重新站起身来时，猎捕手已经不见了踪影。对他全神关注的是二十几个用阴暗眼光盯看着他的戈耳工①。奥利弗记得，希腊神话中就是这样称呼这种恐怖怪物的。

---

① 戈耳工，希腊神话中的女怪物，她们的头发都是毒蛇，嘴里长有野猪的尖牙，身上长着翅膀。

第8章 诡异的旅程

从表面上看,这些怪物甚至有些人形。她们或许最近忽视了身体的洁净,身上长着长毛,长着长长指甲的手就像是一副利爪,身上穿的衣服破烂肮脏,过去可能是一种衬衫——总的来说,这一切都是可以用肥皂、化装品以及针线加以改善的缺陷。开始时,奥利弗还以为,这只是篝火照耀下的少许美中不足,但当这些生灵好奇地向他接近时,她们的这些小小的缺陷却变成了明显的怪异:她们的头发都具有自主的生命,本身就是些单独的精灵。开始时看来是卷发的东西,原来都是活生生的蠕动着的蛇。

一群好奇的戈耳工这时已经接近到可以碰到奥利弗的距离。她们的目光如此呆滞和邪恶,只要看上一眼,血管里的血液就会凝固。其中的几个令人作呕的生灵,觉得有必要用微笑来迎接客人。但嘴里展现出来的,却是任何野猪都会感到羡慕的可怕獠牙。第一只戏耍的爪子触到了奥利弗的脸,他刚想歇斯底里地尖叫,一阵呼啸声,那个怪物一下子缩了回去。整个戈耳工群体突然散了开来,就好像要逃到篝火的后面。奥利弗的眼前出现了另一个生灵,戈耳工的怪像与他相比,只能是小巫见大巫了。奥利弗没有一开始就见到猎捕手的尊容,真是他的运气。

谢哈诺的这个执法者把各种生物融入了一身。他的身体酷似一个人,至少三米左右的身材,后背上长着四片黑色的羽翼。他的脚是鹰爪,手很像狮子脚掌。他在动作的时候,后背的底下可以现出一条蝎子的尾巴。而最可怕的还是猎捕手的头。黑色的头发酷似羽毛,蓬乱地向四方支棱着。蓬乱头发上面凸出了两根尖尖的犄角,下面是一副不能称为脸的面孔。奥利弗看到这副面孔时,吓得几乎晕过去。他毫不怀疑,人间的全部邪恶加在一起,也比不过这个怪物的丑陋。

"逃跑对你有什么用?"猎捕手问,声音里带着尖刻的讥讽。

奥利弗还一直不知所措地望着他,无法说出一句完整的话来。

"人是没有能力承受自己的记忆的,"猎捕手补充说,"但这已经不重要。谢哈诺很高兴你已经在我的保护之下。"

"你想把我怎么样?"奥利弗终于说话了。他的声音还有些不连贯,但他已经可以说话了。

猎捕手笑了,一种恐怖的声音。"把你的恐惧留在以后再用吧。谢哈诺也想认识你一下。他对所有跨越两个世界之门的人都感兴趣。"

也想?猎捕手说了"也想"?"看来,自愿前来拜访谢哈诺帝国的人并不多见吧?"

猎捕手的狞笑再次折磨着奥利弗的神经。"你的黑色幽默我很喜欢。但我知道你想暗示什么。你的父亲也在卡西尼亚,他就在谢哈诺的控制之下!"这个简单的声明,使猎捕手感到极大的快感。

一股寒气穿过奥利弗的后背。这种寒冷,他刚才为什么就没有留神呢?他试图稳定头脑里的混乱,努力去理解猎捕手话语中隐藏的玄机。谢哈诺明显占了优势。他抓住了奥利弗的父亲,现在又控制了他的儿子。现在还有什么能够制止这个卡西尼亚的统治者实现他的可怕的计划呢?

用不了三个星期,一切都会过去。在这个时间之后,谢哈诺的权势是不可战胜的。地球上所有的记忆——不仅是将被遗忘的淡薄的记忆——都将被他夺走。这个统治记忆的主宰也将成为地球的统治者。

一个突来的想法,像飞过的小鸟掠过奥利弗的脑海:对过去的记忆被人掠走,人们能够感觉得到吗?

猎捕手转向蛇头人。他的声音就像是用手指在刮教室里的黑板。这引起了所有在场人的注意。"斯泰诺,把他绑起来,别让他夜里跑掉。"

现在奥利弗才发现,所有的戈耳工都是雌性。其实这也合乎逻辑,他想。他记起了希腊神话中的墨杜萨①,人只要看她一眼就会变成石头。他真是一个白痴,他怎么能够看不清丑陋的力量呢?

斯泰诺显然把照顾客人的特权看成是一种享受。她先是围绕奥利弗转了几圈,然后把肮脏的爪子伸向他穿着冬衣的身体,就好像要诱惑他。奥利弗的夹克被弄破了一个无法修补的洞,他愤怒地盯了蛇头人一眼。

斯泰诺不再犹豫,开始麻利地完成她的任务。她先用一根绳子绑住奥利弗的双手,把他推向附近的一棵树下,然后猛击他的腘窝。他呻吟着跪了下来。他真想对这个女主人大声提出抗议,但他脑后的一个警告声,使他不得不放弃这个打算。他把抗议变成了静默示威。

"现在你坐在这里,明天我们飞往阿摩西亚。"猎捕手公布了下一步计划。

奥利弗忿忿地看着他。反正他已经不能做什么。他背靠着树被绑在那里,所剩下的武器只有舌头了。但在此时此刻,最好先把这个武器收起来。

---

① 默杜萨,希腊神话中的戈耳工之一,原来是美女,因触犯雅典娜,头发变成毒蛇,面貌也变得丑陋。谁只要看她一眼就会变成石头。

第8章 诡异的旅程

"这也很好。"猎捕手开心地说,"你不必说什么。现在还可以不说。谢哈诺会在适当的时候让你开口的。"说完,他转过身去,消失在奥利弗看不见的地方。

一段时间里,戈耳工们还在不断地忙碌着。显然是在庆祝她们主人的狩猎成功。她们的喉音语言,奥利弗基本听不懂。只是偶尔听到只言片语,却弄不清是什么意思。

画笔朝霞几次尝试给奥利弗以安慰和鼓励,但奥利弗却让它也保持沉默。在这样的时刻,画笔也无法为他做什么,它自己也还面临着新的考验。

整个场地逐渐安静了下来。戈耳工们都坐到了篝火旁边,陷入了一种奇怪的木然状态。奥利弗不敢肯定,她们是不是已经睡觉了。他在这期间已经学会,即使是睡眠,对活着的记忆来说,在卡西尼亚也只是一种享受,而不是必须做的事情。反正那些粗野的形象现在都低下了头,一动不动了,连头上那些蛇也都像香肠一样耷拉了下来,又变成了没有独立生命的东西。

奥利弗的处境虽然很不舒服,但他仍然无法摆脱沉重的疲惫。他的眼皮难以抗拒企图夺走他意识的袭击。有几次他的头向前倾去,但他立即又惊醒过来。然后——不知又过了多少时间——他听到了一阵呼啸声。

在一瞬间,他还以为是珀伽索斯双翼的扇动,但降落到篝火旁的却是另外一个来客:一头飞狮。

很多记忆一下子都在奥利弗的脑海里复活起来。最鲜活的,当然是戈菲的话。它曾讲过安纳格火山上空有飞狮在守护。但奥利弗还想起了其他的事情:帕加马博物馆墙壁上走动着的狮子——当他和叶茜卡偷偷踏进空荡荡的神道的时候,他曾把狮子身上的鬃毛看成是羽翼。现在看来,他的估计是对的。还有伊西塔城门对面那幅巨型壁画——奥利弗现在才清醒地发现,那幅壁画所展现的正是卡西尼亚的场景。在画上,在远方高山上空飞翔的,也正是生有翅膀的飞狮。

但这怎么可能呢?画家从哪里知道静林中的独角兽、谢哈诺的高塔、飞狮和奥利弗亲身在卡西尼亚看到或者听到的其他东西呢?

再次的呼啸,把他从思绪中拉回到现实。飞狮扇动有力的翅膀飞向天空,和它一起飞走的还有猎捕手。飞狮带来了什么信息呢?是不是珀伽索斯、埃留基德和戈菲被发现了?对那只机灵的蜂鸟妮碧他并不担心,但那匹白马即使在夜里也是不难发现的。

他绝望地低下了头,胡思乱想着。一想到他的朋友们可能遭到不测,他就彻底没有了睡意。

有一段时间,奥利弗心里思考着各种逃跑的计划,但没有一种可以付诸实现。或许他可以使用他的呼风功能解救自己。他曾想象出一股风,使周围的树枝摆动起来。但他又放弃了这个想法。即使所有戈耳工都被吹走,他仍然还是被捆绑在树干上。突然,他听到了一阵嗡嗡声,就好像飞来了一只蜻蜓。

"不要动,奥利弗!"一个鲜亮的声音耳语说,他立即猜到了是谁。他脖颈的肌肉坚硬起来,但他仍然强迫自己不要抬起低下的头。

"妮碧!"他轻轻地呼唤了一声,轻得刚好他自己能够听见。画笔激动地在他的口袋里蠕动着。

他没有听到警告的声音,但脑海里却出现了一幅图画。他看到了自己的面孔,嘴唇被一只老式的衣夹夹住。他明白了妮碧想告诉他什么:他应该闭嘴。他和这只小鸟之间的这种思想交流是多么有效啊!

奥利弗在思想里描绘着自己的图像:一个年轻、美貌的男孩,带着疑惑的目光。

妮碧的回答马上就出现了:一只玻璃小鸟,在森林的地上拖着一个被捆绑的大肚皮小伙子。

妮碧不可能是认真的!她不可能把他从这里拖走。但马上就出现了另一幅画面:奥利弗看到了他自己,看到他在静林中,就在小溪旁仰头倒在了地上。妮碧曾嘲笑过他。现在她才告诉他,她真正想做什么:用她的玻璃翅膀切断奥利弗的绳索。

能行吗?奥利弗有点儿怀疑。

妮碧充满自信地开始了她的行动。她围绕树干飞行,紧贴着奥利弗的手,然后像一架缓慢飞行的直升机,接近绳索。当她靠近时,传出了嘶嘶的响声。这个几乎听不见的声音,奥利弗听起来,就像是一把圆锯在转动。他担心地看了看周围。那些蛇头的守卫,仍然没有动静。

没有过多长时间,妮碧就把绳索切断了。现在奥利弗可以自救了,他立即解开了脚上的绳子。

他重新在脑海里描绘了一幅自画像,仍然是疑惑的目光(这次他把肚子画得更真实一些)。

第8章 诡异的旅程

妮碧告诉他绕过大树,进入森林。

奥利弗不敢怠慢,最后又看了一眼戈耳工们,随即爬着进入了黑暗。直到离开了戈耳工们的视野,他才站立起来。他一边拂去手上的泥土,一边问妮碧:"现在呢?我们怎么离开这里?"

"还能怎么样?当然是骑上我们的飞马。"

他这时才发现,珀伽索斯正在附近的森林空地里等着他。

"你没事吧,我的朋友?"

奥利弗轻松地笑了。"我没事,珀伽索斯,画笔朝霞也没事。是你们把猎捕手引走的吗?"

"埃留基德按照戈菲的策划,点燃了几处火堆,都是些小小的火点,只是在我们远离以后,才烧大起来。飞狮可能以为有一支大军开进了安纳格火山。"

"假如没有将军我们可怎么办!"

"一块高质量的破抹布。"妮碧赞同地说。

"你不应该老是用这样的话说它。"奥利弗对蜂鸟小姐说,"它比外表看起来要聪明得多,而且我们要感谢它想出了那么多的好主意。"

"我不是那个意思,"妮碧说,"其实我觉得那块老盖马布还是很可爱的。"

奥利弗又向小蜂鸟投过去一个惩罚性的目光,然后转向白马。"你是不是闻到了我通过风传出的信息?"

珀伽索斯否定了他的问话。"我们在这之前就已经发现了篝火。不过你的梦幻功能却差一点儿把戈耳工们唤醒。你今后呼风时要小心些才是,奥利弗。并不是每一个完整的梦,事后都能满足梦者的期望。有时甚至可能适得其反,到那时,人们就会渴望再也不要有这样的愿望了。"

奥利弗吞下了这个批评。他的朋友说得当然很对。还没等他回答,神驹又说:"我们得离开这里了。如果猎捕手看破了我们的篝火伪装,他就会很快回到这里来的。"

奥利弗立即爬上马背,一想到又会陷入猎捕手的魔爪,心里禁不住又是一阵寒战。

从松软的土地上珀伽索斯几乎无声地升入了天空。只能听到它的双翼发出了轻微的呼啸声。飞马很快就达到了应有的高度。只是当他们飞过峭壁时，奥利弗才意识到这座山脉是何等的巨大。空气越来越冷了。可以想象，珀伽索斯升入这样的高空，是无法承载两个人的重量的。就是只乘一个人，它也需要付出极大的体力。

飞马升得越来越高。奥利弗觉得好像已经过去了半个世代，他下面的峭壁突然消失不见了，一片辽阔的高山平原出现在眼前。直到现在他才意识到，天已经开始发白，地平线上出现了一道窄窄的橘红色的光条。

珀伽索斯继续向西飞行，下面是无边无际的雪原。个别的散云有时也在雪上掠过。有些地方白色积雪被不断吹来的风驱散，露出光秃的岩石，使得洁白无瑕的画面染上了瑕疵。不时有个别的山峰从云层中突起，就像是戴着尖帽的石头幽灵。

珀伽索斯再次加快了双翼扇动的速度。奥利弗知道它为什么这样做。天放亮以后，他们被发现的危险也随之加大。奥利弗尚未发现天上有什么可疑的迹象，但他坚信，猎捕手的飞狮不会离他们太远。

很快，在地平线上升起了一个黑影，一座山，在一片白色的背景上就像是一个异物。奥利弗知道出现在眼前的是什么。那就是安纳格火山，死亡之山。一片炽热的红色，像一口大钟一样罩在火山口上。这可能就是山坡上没有积雪的原因。

"埃留基德和戈菲藏在何处？"奥利弗向神驹喊道。

"安纳格的山坡上裂痕很多，从里面常常有热气升腾起来。我把他们两个藏到了上面那个……"

"飞狮！"妮碧尖叫了起来，打断了白马的话。

玻璃蜂鸟飞在前面，打探消息。她发现了飞狮后，立即掉头回来。奥利弗还没有看见可疑之物。

"它们在哪儿？"珀伽索斯问。

"它们从安纳格火山那边向这里飞来了。"

奥利弗紧紧抓住神驹的鬃毛。他很担心埃留基德和戈菲，但愿这些带翅膀的畜生没有发现他们。

珀伽索斯降低了高度，转了方向，"如果飞狮在我的上面飞过，它们或许看不见我。我的身体在白雪的背景下几乎是隐形的。只是你的蓝色夹克使我有点儿担心。我现在尝试绕一个圈飞往安纳格火山。"

奥利弗衷心希望这个计划能够奏效，因为珀伽索斯不是这群嗜血成性

第8章 诡异的旅程

的飞狮的对手。他的蓝色防雨外套和牛仔衬衣,确实很是显眼,就好像白纸上的蓝色墨点。他赶紧把外套脱下来,翻过颜色较浅的内里盖在腿上。这个惊险的杂技动作,差一点儿使他失去平衡从马鞍上滑下去,但最后还是抓住了马鞍。他的灰色牛仔衬衣,虽然还是比白雪颜色深些,但地面上的变幻莫测,还是可以当成伪装的。

白雪覆盖着的高原,以让人喘不过气的速度向后方飞去。从高空看似一块白色的毛绒的大地,现在又变成了一块布满破碎冰块的田野。有些冰柱笔直伸向空中,座座岩石——表面覆盖着薄薄的白雪——毫无秩序地散落在大地之上。奥利弗抬头向上望去,他几乎停止了呼吸。只见七八头飞狮正在他们头上飞驰而过。但这些畜生似乎并没有发现白马和它身上的骑手。飞狮很快就消失在北方的天空。他松了一口气。

他们逐渐接近了安纳格火山的边缘,可奥利弗却觉得自己已经变成了一块冰片。他没有戴手套,没有穿外衣,寒风实际直吹在他的皮肤上。后来他又发现两批飞狮在头上飞过,但一切都还顺利。

不久,奥利弗已经可以看到安纳格火山的炽热的核心了。他惊惧地望着由冒着火光的岩浆形成的辽阔的火海。非比寻常的宁静,没有任何烟雾,几乎像一面红色的镜子,展现在奥利弗的眼前。原来就是在这里,猎捕手几千年来消灭着那些不顺从的记忆。然后,闪亮的岩浆消失在一根冷却的岩柱后面。珀伽索斯又绕了最后一个弧形,然后目标明确地飞向一处与其他地段没有什么区别的坡地。

飞马清楚地知道它背上几乎冻僵的朋友的情况,所以直接降落在一个地缝旁边,埃留基德和戈菲在那里等待着,尽管在黑色的地面上他们很容易被发现。奥利弗没有能力向同伴们问候,他正急着把外套穿在身上。他的四肢已经冻得僵硬,所以穿起衣服很是吃力。但从地上散发出来的热气,很快就使他恢复了活力。

埃留基德和戈菲同时拥抱了奥利弗(因为哲人身上穿着那件破大衣)。

"我们真的很为你担心。"埃留基德承认。

奥利弗简短地讲述了他的历险记。他讲到了猎捕手用卑鄙的手段抓住他,讲到了戈耳工以及妮碧解救他的英雄行动。

"我真的必须感谢你们大家,"他最后再次说,"包括你们,埃留基德和戈菲。如果你们没有用鬼火把猎捕手从篝火营地引开,那我是决不可能逃出来的。"

"但事情还没有结束。"

大家同时抬头望着仍然站在地缝边缘上用眼睛搜索天空的珀伽索斯。

奥利弗立即就明白了有什么不对劲。

"飞狮回来了吗？"

就在心跳动一下的时间里，神驹像一座大理石雕像一样一动不动地注视着北方。然后它把头一扬，激动地嘶鸣了一声喊道："快，快爬到我的背上来！"

"可你无法带着我们大家飞行呀！"奥利弗提出了异议，他终于从恐惧中清醒了过来。

"不要顶嘴！我们必须飞往西南。那里是摩孤沼泽所在的地方，他们不会追过来。他们也怕那个地方。"

这时奥利弗已经知道珀伽索斯为什么焦急了。从北方涌来一群看不清数目的飞狮。五十、六十或者更多——奥利弗无法数清。他立即就明白了，现在藏在任何地缝里都是没有意义的。猎捕手的这批帮凶找到他们只是时间问题。

他赶紧爬上马背，又把埃留基德拉了上去。白马立即向坡下奔跑了起来，只是几步，然后就借着风力飞上了天空。

北方来的大军已经很近。奥利弗可以看到每一个畜生的身形。飞狮开始散开，企图包围珀伽索斯。

白马吃力地叫了一声，但却升到了新的高度。它利用安纳格火山冒出的热气的推动，滑翔了一段，然后奋力扇动起双翼向西南方向飞去。

摩孤沼泽。那里会有什么在等待他们呢？戈菲曾说过，那里到处是没有身形的幽灵闪电出没，金匠奥卢还说，在那里只有薄薄的一层膜片隔断着两个世界。那里飘浮着人的头脑里尚未完全遗忘但又不实际存在的记忆，都是些存在于下意识中的罪孽，是记忆中最邪恶的一种。甚至飞狮都惧怕它们三分，就像珀伽索斯说的那样。难道这样一个目的地会给他带来希望吗？

奥利弗把头贴在白马的脖子上。他一再给予它鼓励。白马正在献出自己最后的努力。它喘着气，嘴角冒出了白沫。飞狮缓慢地赶了上来。埃留基德对奥利弗喊道，摩孤沼泽距离他们出发的地方并不很远。所以他们有

第8章 诡异的旅程

可能成功……

就在这时,从他们前面的深谷中飞过来一片黄雾。奥利弗惊惧地向下望去。是更多的飞狮!他毫不怀疑,这是猎捕手的一次袭击。谢哈诺的首席仆人看穿了他们的意图,所以精心安排了这个阵势。珀伽索斯立即转向西北。这是一次绝望的挣扎。奥利弗知道,但他保持了沉默。他还能给这个伙伴提出什么建议呢?他的心抽紧了,他感到了飞马的力气正在消失。然后,果然出现了他所担心的情况:更多的飞狮从地面升起。包围圈不断缩小。

奥利弗吃惊地发现,珀伽索斯突然转头径直向东北的飞狮冲了过去。

"你想干什么?"他惊呼道。

"我试图突围。"

"但他们太多了,珀伽索斯!"

"我没有力气了。如果有一个智者能够在飞狮的眼皮底下隐藏在安纳格火山下,那他就会有力量帮助我们。"

"你想返回火山?"

珀伽索斯的回答是一次俯冲。他们面前是依次排列的六只飞狮,但飞马却冲到了它们的下面。距离最近的一只飞狮吃惊地展开了翅膀,伸开双爪,似乎停在了空中。珀伽索斯用马蹄对它狠狠踢了一脚。狮子大叫一声,翻滚着跌下深谷。但白马也受了伤,巨大的狮爪给它的后臀留下了一道血印。

当他们降落到冰川时,珀伽索斯嘴里吐着白沫。飞狮从三面向它移动过来,以镰刀队形开始发起进攻。白马的嘶鸣变成了无力的喘息,最后成了痛苦的呻吟。泪水从奥利弗的眼眶里涌出——他不知道是由于飞行中的寒风,还是由于他的生有双翼的朋友的痛苦所造成。

冒着红光的安纳格火山口越来越近,但追逐者也同样越来越近。珀伽索斯的力气已经用尽,就像阳光照射在岩石上的积雪。逼近的狮群已经包围了这些同伴。到了现在,奥利弗才认清了猎捕手的全部的阴险计划,包围圈的中心就是火山口中的火海。

飞狮越来越近了。其中的个别畜生走出队列向白马靠近。但珀伽索斯的反抗意志还没有消失。两三只飞狮挨了它的马蹄,掉在安纳格火山的山坡上摔得粉碎。

奥利弗绝望地向四处求救。或许塞拉密斯还是骗过了妮碧。山口下面除了冷却了的岩浆和致命的火海之外，什么都没有。白马再次动用马蹄，把奥利弗又拉回到现实中来。飞狮的进攻越来越激烈了。

然后，奥利弗勉强保持的希望一下子变成了泡影。

如果说刚才还曾有过一丝逃脱的希望的话，那么，猎捕手现在就将安排一个急剧的结局。那个四翼杂种的形象，突然出现在珀伽索斯的面前。他的丑陋的脸狞笑着，让人的心脏会变成冰块。接着，猎捕手猛地转身，用他带刺的蝎尾抽到了白马的脖子。

鲜红的血柱从伤口里涌了出来。珀伽索斯痛苦地嘶鸣起来，奥利弗也尖叫着，埃留基德吓得呆在那里。还没等奥利弗明白发生了什么事情，一只飞狮抓住了飞马的羽翼，同时用它的脚掌猛击神驹的身体。就在这一刻，妮碧出现了。就像一支玻璃的箭矢，她把尖尖的长吻刺进了飞狮的眼睛。突如其来的疼痛贯穿了狮子黄色的身体。但就在疼痛当中，它还是使劲撕断了珀伽索斯的一只羽翼。当奥利弗听到骨头折断的声音时，他知道，一切救援都已经太迟了。飞狮的脚掌划向下方，不仅给飞马，同样给奥利弗和埃留基德留下了几处深深的伤口。然后，白马随即向深渊跌去。

奥利弗看到白马在降落，小蜂鸟妮碧仍然死死抓住珀伽索斯残缺的羽翼。她同样被拉进了炽热的火海当中。

·被遗忘了的图书馆

咕嘟、咕嘟，老是咕嘟咕嘟的声音。这个声音使奥利弗想起了在人满为患的游泳池里潜泳。这好像不太符合他掉进致命的火山岩浆中的感觉。奥利弗有点儿困惑。什么时候才会开始疼痛呢？他以这种方式死去，至少应该是很痛苦的。他试图做出游泳的姿势……

嗷！他感到了疼痛，甚至很厉害。但只是左臂和左脚。是不是他要一段一段死去啊？空气显得越来越稀薄了。咕嘟声变成了鸣叫，但不是进入到耳朵里，而是好像要从耳朵里冲出来。他试图向上游动，但他疼痛难忍，几乎要呕吐了。

他奇怪地发现，他的周围是一片红色，他下沉得越来越深了，但感觉却是一种舒适的温暖包裹着他。不，在他身体里走动的暖流，不是燃烧的岩

第8章 诡异的旅程

浆。奥利弗不想再用任何动作引发新的疼痛了。即使他以这种方式死去——也很好。咽下最后一口气,肯定还有很多更为痛苦的方法。但现在,他却像是一只苍蝇落到了温热的草莓酱中,缓慢地下沉着。

突然,这个奇特的液体托不住他了——他跌落了下去。坠落的结束和开始时同样突然。奥利弗的手臂感到一阵剧痛,他不由得尖叫了起来。当他又可以清晰思考时,他奇怪地看着周围。他这是降落到哪儿了呢?

他显然是在一个只有一人多高的洞穴里。身下的土地很松软,所以缓冲了跌落的力量。可是他的头顶……似乎有一个巨大的红色气泡。没错,这个拱形的盖顶,就是他刚才穿过的那层黏稠的物质。可是,这层液体屋顶的上面又是什么呢?

然后,奥利弗又有了新的发现。他可以透过这层他错以为是岩浆的物质看到上面的情况。就像是透过一面彩色放大镜,他看到了上面的飞狮。还有猎捕手!看来,他好像正在重新安排他队伍的序列。随后,所有的飞狮都向四方散去。猎捕者自己也消失不见。放大镜上面的天空又变得空荡荡。

一阵呻吟传到奥利弗耳边。他痛苦地转过身,看见了埃留基德。哲人似乎刚刚从昏迷中醒来。当他继续转动上身时,他的心又抽紧了。珀伽索斯的身体也躺在那里;尽管满身血污,却仍然很美。它一动不动。离它几步远的地方,奥利弗看到了飞马的折断了的翅膀。

"埃留基德!"他朝哲人喊道,"我无法动弹。珀伽索斯怎么了?你看看它是否还活着。"

老者吃力地用手支撑着跪起,然后站了起来。他大腿外面的衣服沾满了血污。他趔趄着,呻吟着接近了不动的白马。奥利弗突然发现珀伽索斯残缺的翅膀上的羽毛动了一下。就在这一刻,妮碧飞了起来。

蜂鸟在距离白马一臂之远的地方停住了。妮碧晶莹的身体闪烁着火红的光亮,所谓的岩浆的颜色反映在她的身体里。然后,蜂鸟小姐激动地飞向她的朋友。她先是在哲人头上旋转了两圈,然后直接飞向奥利弗。整个时间她都不停地唱着同样的歌:"珀伽索斯还活着!珀伽索斯还活着!珀伽索斯……"

她落到了奥利弗的右手上。

"你敢肯定吗,妮碧?"

"我当然敢肯定。而且珀伽索斯也不会就这样死的。你忘记了,它是一个活着的记忆吗?"

奥利弗确实没有想到这一点。他——仍然疑惑地——转头望着神驹那被摧残的身躯。

"它会完全恢复健康吗,妮碧?"

"不要担心,我们会让它好起来的。"

一个意想不到的声音把奥利弗吓了一跳,他赶紧转身,结果又疼得呻吟起来。

他吃惊地看到了一张高个子男子的窄窄的面孔。

这个陌生人以一种难以确定的方式散发着尊严,从某些方面看,与塞拉密斯并无两样,只不过他的庄严没有威胁的成分。他看起来并非不友好,但奥利弗却在此刻感到了这个人身上隐含着一种神秘。瘦瘦的男子有着半长短的头发,和埃留基德的头发一样雪白,但密密的,看不到头皮。他没有胡须,这就更使他的面庞棱角分明。到底是什么使这个人在奥利弗心里感到这样神秘呢?他可能三十五岁,但同样可能是三千五百岁。

白发男子很可能是这里的主人,从他的服饰上看不出他的年纪来。他穿着浅色的灯笼裤——材料可能是亚麻的。他宽大的衬衣也是同样的材料。衬衣外面是一件黑色的马甲,也许是一种深灰色。他脚下穿的鞋让人想起了印第安人穿的鹿皮软靴。

"你很痛吗?"陌生人问。他的声音比奥利弗期待的要低沉得多。

他点头,"我的左臂和左腿受了伤。我觉得,它们已经骨折了。但珀伽索斯的伤势更严重。阁下是不是先给它看看……?"

"我会的。但请不要用这样的客套称呼。我的名字是列文。列文·尼雅卡。你们是在朋友这里。"

"谢谢,列文。可是你……"

"你问我是谁?"列文的高贵的脸上露出了恰如其分的微笑,"我是安纳格图书馆的馆长。"

在火山里可以住得如此舒适,实在出乎奥利弗的意外。东道主列文·尼雅卡尽了一切努力,把他们安排得舒服一些。

相互简单介绍了以后,安纳格的其他居民也都出来见面。他们抬来了

第 8 章 诡异的旅程

担架,拿来了绷带、热水以及足够的急救用品。

尽管列文说出的话语,都好像是建议和主意,而不是命令,但火山的所有居民却都是诚惶诚恐地按照他的指示行事。

他们首先去照料珀伽索斯。它的伤口被清洗干净,折断的翅膀用绷带重新固定在残缺的羽翼上。奥利弗难以置信地观望着"珀伽索斯的急诊手术"。就像是一个园丁在嫁接两根树枝,珀伽索斯的被折断的两半翅膀被接了起来,其他的伤口也得到了处理。图书馆馆长的助手们做这些事情时,都是那么专业。他们显然不是第一次进行这样的接骨手术了。

对奥利弗和埃留基德的伤口,他们几乎是顺便做一下。甚至戈菲身上那道长长的口子,也很快就缝合了起来,几乎再也看不到原来的损伤。

图书馆馆长的助手们大多是侏儒般的小矮人。奥利弗一直盯看着他们。这些灵巧的小矮人,从身材上看,大约相当于八到十岁的孩子,而且也都像孩子那样欢快和天真。但他们熟练的工作却给人另外的印象。如果仔细去观察,很快就会发现,他们其实都是些成年人。这些勤快的卫生员既没有超大的头颅,也没有小孩子的迟钝。而且也不像奥利弗在马戏团看到过的矮人小丑那样,都是短胳膊短腿。他们在劳动时表现出来的潇洒,使奥利弗感到陶醉。

除了这些小矮人以外,他还见到了其他一些不寻常的助手,其中包括动物形象和十分灵巧的日用品,甚至一只十分活跃的医疗箱也奔忙在这些记忆当中。

一组肯陶洛斯①——希腊神话中的马人——抬着担架把患者送往病房。

到那里去的路,要通过庞大的隧道系统,从神奇的岩浆区域直达远处的山中。奥利弗很快就失去了方向感。最后到达了由粗糙的岩石凿成的一个巨大的空间,里面摆满了书籍。

奥利弗不敢相信自己的眼睛。他惊奇地望着这个有多层挑台的巨大空间,最上面是一个巨大的拱形屋顶。一种奇特的窸窸声,就好像是微风掠过树梢,充斥着整个圆形大厅。每一层挑台都有圆形回廊和石板阶梯。从上面可以鸟瞰大厅的全貌。按照奥利弗的估算,上面回廊横向距离大约有三十米,而从地面到书楼底部的距离大约为十五到二十米。

---

① 肯陶洛斯,希腊神话中半人半马的精灵。

当马人卫生员抬着他走过一段弧形回廊时，他试图看了一眼整个圆形回廊对面的情况。那里还延伸着另外几条放射形的隧道，显然是深入到山的里面。每一条隧道里都排满了书架，上面摆放着书籍、羊皮纸卷、陶板以及各式各样的文字资料，不知是谁在什么地方收集来，为进行研究存放在这里的。奥利弗试图理解这一切。他这是在哪儿呢？这座岩石殿堂，就好似一架自动钢琴中的巨大轸子滚筒。每一根轸子就是一条隧道，而发出声音的簧片就是那些纸张和羊皮卷，陶片和石板以及一切承载着人们记忆的资料。

图书馆的助工们，丝毫没有理会新人的到来。一些小矮人正在用毛刷掸去羊皮卷上的灰尘，一个半人半鸟的生灵聚精会神地翻阅着一本书，两名妇女在修补受损的大型古书。直到现在奥利弗才明白，那个到处可以听到的窸窣声从何处而来。图书馆的员工们在与图书交谈——而图书则在回答他们的问题。这里进行着数百个对话，再加上翻书页的声音。所有这一切就构成了这种窸窣的音响。

列文·尼雅卡来到奥利弗的担架旁。

"但愿你已经好了一些。"

奥利弗已经完全把受伤的手臂和腿忘记了。"谢谢。可是，请告诉我，我们这是在哪儿？"

列文抬起眼睛，就好像要把他的整个帝国尽收眼底。然后又低下头望着他的客人，回答说："你现在身处亚历山大城图书馆。"

奥利弗一下子说不出话了。他不必在记忆中搜索多久。这是在卡西尼亚的一个特点，任何记忆都很快会出现。"可是，亚历山大城图书馆不是被大火烧毁了吗？"他终于说，"先是遭到恺撒的破坏——如果我记得正确的话，是在公元前47年——后来——在公元391年——那些反异教的狂人最后烧毁了它。"

"真是很高兴能够遇到一个知识如此丰富的年轻人。"列文称赞说。

"我想，你可能会感兴趣，当时的亚历山大城图书馆，并没有全部被烈火吞噬。在它的地底下还有另外一个秘密藏书室。知道这个秘密的人，在那场大火中都丧了命。因而那个秘密藏书室也就被人遗忘了。有一天，它就来到了卡西尼亚。"

"可为什么偏偏要在火山下面呢？"

第8章 诡异的旅程

"隐蔽性是它的本性,你知道,安纳格火山,不是一座普通的山。"

"这我已经看到了。"

"你所看到的还只是一小部分,你还有很多需要学习。"

说完这句意味深长的话,图书馆馆长离开了他的患者。他和共同躺在一个担架上的埃留基德、戈菲和妮碧又简短地交谈后,转身走向了由四个马人抬着的珀伽索斯。

几个患者很快就来到了自己的病房,很宽敞的一个洞穴,大约距离图书馆中心两三百米远。在最后几分钟里画笔朝霞越来越不安了。那么多手迹和图书使画笔异常激动。

"我还不知道,你是如此喜欢写字,"奥利弗说,"我本来以为,绘画才是你的本性。"

"这只是你的想法,因为你只是用我画过画——如果可以这样说的话。"

"谢谢。"

"别客气。但我的经历却比你想象的丰富得多。"

"是吗?"

"当然。"

"你还记得是在哪里找到我的吗?"

"当然,是在我们家的阁楼上。你躺在一个偏僻的角落里,也很脏。肯定不知是谁把你给忘记在那里了。"

"这个谁,是一个不得志的画家。"

"竟是这样!"

"是的。那是一个黑发的小个子男人,闪亮的黑眼睛和鹰钩鼻子。头上总是戴着一顶贝雷小帽,手指老是沾着颜色。我们两个创作过无与伦比的水彩画!"

"我真羡慕你。"奥利弗说,而且是很认真的。

"艺术家总是把他的绘画用具存放在阁楼上。可不知是什么时候,他就再也没有回来。那还是夜里经常轰炸的时代。艺术不被重视,每两幅画中就有一幅是被批判为'没落的艺术'。不久以后,穿着褐色制服的一些人来搜查阁楼。我掉到了地上,滚到了一个角落里。"

"我可以想象当时发生了什么事情。"奥利弗忧郁地说。

"或许那个画家还活着?"朝霞补充了一句。

"但愿如此,可是……"

"如果他已经被害,那我可能早就来到了卡西尼亚。可事实并不是这样。"

"很对。"奥利弗希望他的这位同行真的还活着,"可是这还解释不了,你为什么这样喜欢书。"

"其实使我激动的主要的是那些手迹。因为这位画家并不是我的第一个占有物。"

"你是说,他不是你的第一个占有者。"

"你们人类当然是这样看的。但你们真正喜欢的物品,却不仅仅是私有财产。他们也是你们的一部分,就像一个手指和一只耳朵。而哪个身躯敢断言,说它占有手指呢?难道身躯就不是其他肢体的占有物?"

"唔,我看,任何事情都可以从两个方面看。"

"这你说得很好,奥利弗。现在来回答你的问题:在画家之前,我属于一个中国人。他也生活在你们那个城市——为什么,我也不知道。我还是崭新的时候,他买了我,并用我创作了很多很多美妙的书法。从这个时候起,我就爱上了具有艺术性的手迹。"

奥利弗现在对他这支老画笔要另眼看待了。他不仅问自己,艺术家是不是都具有一种气息,也存在于他们的工具之中,然后再传给其他人。

马人把奥利弗安排到一张舒服的床上以后,他就和朝霞单独在一起了。他从口袋里拿出画笔,小心翼翼地把它放在地上。画笔上的貂毛立即张开成为两撮,开始迈开这两只小腿穿行在洞穴病房之中。

在固定在墙壁上的一个里面装有黄色液体的玻璃筒前,它停住了脚步,并把笔身仰向后面。画笔显然在观看上方的光亮,但它的样子看起来就好像有一支无形的手在操纵。"这是一盏奇特的灯。"朝霞说。

奥利弗突然感到很累。他打着哈欠,咕噜着说:"就像我们落进的红光岩浆一样奇特。"

"他们肯定是找到了一种不用点火也会发光的方法。"

见奥利弗没有回答,朝霞疑惑地转过身来。

他的朋友已经进入了深深的梦乡。

"珀伽索斯怎么样了?"奥利弗醒来后首先问道。他感到自己特别精神而且休息得很好。

埃留基德笑了,"我刚刚在它那里,我听到他正对一个漂亮的马人女士献殷勤。"

"那就是说,它已经好多了,"奥利弗也笑着说,"你们三个怎么样啊?"

"我感觉像新生一样。我们这些记忆就是这样不可战胜。"

"我也只是一场虚惊。"落在哲人肩膀上的妮碧吟道。

"而我的伤口,几乎没有人能够看得见了,"戈菲插嘴说,"他们的缝纫手艺真是不错。"

奥利弗被一种突然的欲望所驱使,把手伸进了裤兜。他摸到了母亲的发卡,然后是那块椭圆形的石头。他用手指抚摸了一下它的表面,结果大吃一惊。他已经可以清楚地摸到他的名字的凹痕。

"我现在感觉这么好,我不知道,是不是应该高兴。"他喃喃地说。

"不要这么难过,奥利弗。"埃留基德把手放到他的没有受伤的胳膊上,"一切都会好起来的,我们现在已经找到了智者。"

"你是说列文……?"

哲人点了点头。"他请我们大家都到圆形大厅去,想和我们谈谈。"

"他是一个奇特的人,不知怎么总是有些神秘。"

"正是。"妮碧在奥利弗手上跳跃着,"在他的思想深处隐藏着什么。我看不透他,但觉得那似乎是一个旧伤痕,是一种奸诈什么的。但如果我们不能信任他,那就是我看错了。"

奥利弗笑着用拇指抚摸着他这个微型女友的玻璃羽毛。"如果我们没有你,可怎么办,妮碧!为了捍卫珀伽索斯,你竟向强大的飞狮发起进攻,我至今还历历在目。从外表看,你可能很小,但你的勇气却是巨大的。你确实是我们最宝贵的同伴。"

妮碧的小脑袋抖动了几下,她望着这个大朋友,然后说:"我真的很爱你,奥利弗。我不愿意看到你发生任何不测。"

奥利弗的脸红了。他对爱情宣言没有什么经验。"我也很喜欢你,我的小不点儿。再次谢谢你的帮助。"

就在此刻,两个马人进了病房。

"列文派我们来,接你们去开会。"其中的一个混血生灵说。

"请吧,"奥利弗回答,"我已经准备好了。"

被偷去记忆的博物馆

前往列文的厅室,走的是一条新路,穿过数个平台和无穷无尽的书架。最后奥利弗和两个抬担架的卫生员以及其他同伴到达了图书馆的底层。

安纳格图书馆的馆长坐在一张大写字台的后面。他的后面尽是书架。紧靠着写字台是一张圆形的桌子,周围摆满了坐椅。这显然是一张会议桌。但它特别巨大,高高屋顶之下的这个大厅显得异常空旷。

奥利弗被放到圆桌旁,让他坐到一张椅子上。列文还在专心致志地阅读一部书。当奥利弗的椅子碰到圆桌时,一个声音突然喊道:"嗷,小心点儿!"

"对不起。我不知道你是一张活桌子。"

"我不是一张普通的桌子,"那个家具恼怒地说,"你从来就没有听说过亚瑟王①的圆桌会议吗?"

"你是说……"

"现在你吃惊了吧,是不是?"

"可你怎么会在这儿呢?地球上每一个孩子都知道你呀!"

"我,却没有人再知道了。"圆桌反驳说,声音有些伤感。"亚瑟、兰策洛、帕齐瓦尔这些名字是有口皆碑。可是,谁又记起过我这个圆维克?"

奥利弗不得不承认,他确实没有听到过圆维克这个名字。

"圆维克!"就在这时,列文从写字台后面喊了一声,"你是不是又想用你的苦难史骚扰我们的客人呀?"

"我才刚刚开始。"桌子辩解说。

列文这时站了起来,走向客人们。

"请你们原谅,但可怜的圆维克在过去的一千四百多年里始终不能接受这个事实,即它已经不再是国王们、英雄们以及他们重要谈话的中心。对亚瑟王和他的骑士们来说,这张圆桌是很重要的,但以后的各代人却很快就把它遗忘了,因为英雄行为对他们来讲比智者的言辞更为重要。我们这些记忆虽然集合在这里,也经常在这张桌子旁举行我们的会议,但这对圆维克来说,仍然十分乏味。"

"我从来没有这么说过。"圆桌有些委屈地说。

"我的好圆维克,你能不能在一定的时间里给我一个机会,让我的客人

---

① 亚瑟王,中世纪欧洲传奇故事中的不列颠国王,圆桌骑士团的首领。

第8章 诡异的旅程

和我不受干扰地讨论一个重要的问题呢?"

列文的声音很轻,而且没有任何讥讽的味道,但却达到了应有的效果。圆维克不说话了。

图书馆馆长现在可以完全照顾客人了。

"埃留基德已经给我讲了你们在安纳格上空被追逐的遭遇。"他立即在开始时说,"我也已经知道,你是一个格里木,寻者奥利弗。所以我就不甚礼貌地不给你们更多的休息时间了。"

"没有问题,列文。我的感觉很好。"奥利弗想到了他的印名石,补充说:"何况我们的时间很紧。"

"这我知道。否则在岁序更新时,谢哈诺将获得统治所有记忆的无限权力。"

奥利弗吃惊地望着馆长。

列文谦逊地笑了。"我想,我首先要给你们介绍一下这个地方。然后你们可以自己决定,是否给予我信任。"

妮碧在列文手的旁边跳跃着。

"你们已经知道,这里是亚历山大图书馆。"这个无年龄痕迹的男人就是这样开始的,但他马上就纠正说,"准确地说,是其中的一部分。但却是重要的一部分。当托勒密一世①兴建这座图书馆时,他同时也建立了这个秘密藏书室。这里应该储藏那些人人阅读过于危险,但把它们忘记又太可惜的文献。可是,当图书馆被焚以后,恰恰就发生了这样的事情。"

"这里的图书必定是无价之宝了。"奥利弗动情地说。

"不仅仅是珍贵。这里展示的每一本书,每一个书卷,所有羊皮卷、陶片和蜡板,都是活着的。他们来自人类历史的很多时代。等一等……"

列文像一个年轻人那样灵活地从椅子上站了起来,跑到写字台前拿了些东西又回来。

"这里就是我们图书馆居民的几个例证。"

"嗷,小心点儿!"夹在两个陶筒里面的羊皮卷说。

"对不起。"列文道歉后把羊皮卷从里面抽出来说:"我们这位多愁善感

---

① 托勒密一世(公元前367?—前282),亚历山大大帝的将军,埃及托勒密王朝的开祖,在位期间,曾为学者和艺术家设立了博学园,在亚历山大城(埃及著名城市)建立了著名的图书馆。

的朋友，就包含了苏美尔国王宗谱的初版内容。"

"从未听到过。"奥利弗说。

"这份宗谱中记录了两河流域各个王族的名称。这里，"他从陶筒里抽出一卷羊皮书，"就是《雅歌》书，是以色列人的民歌、诗词和其他文献的汇集。"

"《雅歌》？我不知道。"

"不值得奇怪，所有这些文献毕竟已被遗忘，但这个文件并不完整。你听说过《圣经》这本书吗？"

"那当然。这是人人都知道的。"

"认识一本书和只知道它存在是不一样的，奥利弗。"列文的话听起来有些批评的味道，但他的严肃表情很快就松弛了下来。"对不起。我已经和这些书面的记忆生活了很长时间。在它们身上储存着过去所有时代的灵魂。如果有人对它们稍有不敬，我有时会控制不了自己。"

"我很遗憾。"奥利弗小声说，"我不是这个意思。"

"好了，不管怎么说吧。我们讲到哪儿了？"

"讲到《圣经》和你称为《雅歌》的那本书。"

"对。《雅歌》在基督教《圣经》中曾提到过两次。"列文把羊皮卷继续打开。奥利弗感到口袋里的画笔朝霞又激动不安起来。

"你在这里看到的东西不一样。你看，这是原始稿件，《论语》的重要部分，这个手迹是孔丘用毛笔写下的，你或许知道，就是孔夫子。"

"真应该让我的老师看看！"

"而这一叠羊皮卷则是苏格拉底的文章……"

"可他并没有留下书面的东西……！"奥利弗难以置信地打断列文的话，还没把话说完，他突然想起了自己是在卡西尼亚。他尴尬地转头去看坐在左边的埃留基德，只见哲人正在嬉笑。

"告诉我，难道你知道？"

哲人耸了耸肩膀。"当然。我毕竟是他的学生。至于他的手稿藏到了什么地方，没有人知道。甚至连那个老滑头柏拉图都不知道。"

"我是苏格拉底作品的虔诚读者，"列文又把话题接了过来，"等以后我们有时间，我还要详细向你请教有关你老师的情况，埃留基德。"

老哲人谦逊地点了点头。

第 8 章 诡异的旅程

"那里,"列文继续说,"是用希伯来语写成的《马太福音》的原件,教会之父希罗尼穆斯和尤西比厄斯的猜测是正确的。由于原件散失,所以后来有很多人都以为马太的报告是用希腊文写成。"

列文深深吸了一口气,"我还可以给你们看很多珍品,或许再看一个……"他抽出一本皮革封皮的大书。"这里你们可以看到巴比伦《塔木德》①的原件。它一共有两千页,已经有一千六百年的历史了。"

列文吃力地翻开这本巨书,嘴里喃喃地说:"你真的应该帮我一把,巨书。"然后他终于找到了他需要的地方,用手指从左到右指着阅读。

"他所以被称为莫罗德,就因为他让整个世界讨厌。"

列文抬起头严肃地望着奥利弗。"莫罗德想让世界背叛上帝。这里隐藏着他的本性——统治整个世界。你是寻者,奥利弗。我可以帮助你找到他。"

奥利弗望着馆长那棱角分明的脸,不敢有任何动作。列文的黑黑的眼睛震慑着他的目光。慢慢地他才逐渐明白,这个神秘的人物在说谁。

"你是说,你可以带我去阿摩西亚?"他嘶哑地问。

"这一天我已经等了四千年。我不是说要和你一起去阿摩西亚,而是我知道,我必须这样做。"

"莫罗德是谢哈诺的真名吗?"

"莫罗德、宁录、麦巴拉格西、谢哈诺——他有很多名字。莫罗德肯定不是其中最坏的一个。它的意思是'叛逆',因为他要取代上帝的位置。"

"他在卡西尼亚不是已经做到了吗?"

列文难过地低下了头。"你已经接近了这个世界不应有的现实。你看,我这里有什么。"他从一堆文献中抽出一块陶板,用手指点着一个像鸟的足迹的地方。"这个文字来自苏美尔古城西巴尔的阿布萨拉比克档案馆。这里写着,基什王过去的称呼是'世界之主'。而这正是谢哈诺的目的。是的,还不仅如此:他还想当两个世界的主宰,失落的记忆和活着的记忆的世界。"

列文又深深吸了一口气,然后又以更为自信的口气说:"但是,我们现在还没有完全失败。除了危机,不久前也有一丝光明来到了卡西尼亚。它和谢哈诺为统治卡西尼亚所借助的知识来自同一个源头。也就是说,在记忆

---

① 《塔木德》,注释、讲解犹太教律法的著作,在犹太教中的地位仅次于《圣经·旧约》。

和遗忘,你的世界和我的世界之间,存在一种平衡。谢哈诺企图打破这个平衡,创建对他有利的局面。所以那个预言说:**格里木将打破两个世界的界限,重新建立起古老的秩序。**"

"这听起来要比我能够做到的乐观得多。"奥利弗忧伤地说。

列文露出一个诡秘的微笑,"我比任何人都更了解谢哈诺,他还是一个生活在地球上的人的时候,我就认识他。"

奥利弗和埃留基德吃惊地看着列文。

"那你肯定也知道谢哈诺的真名了。"哲人得出结论说。

列文摇了摇头。"或许我真的知道。但知道和记忆是两回事——理智知道真相,但心却把它藏了起来。"

"我不太明白。"奥利弗说。

"这其实很简单。有人对一个事情知道得很多,但如果没有符合实际的智慧,那还是寸步难行的。谢哈诺至少有五十个名字,我都知道。但我却无法说出哪个是正确的。"

"可你和他生活在同一个时代……"

"……这说明不了任何问题,"列文把这句话说完,"你了解那个反上帝的宁录的历史吗?"

"我只是在《圣经》中读到过他。"

"正是。只有很少的文献比较详细地讲述过那个时代。如果还有更多关于那个时代的见证,那今天的人们可能会相信。但人们在过去的几千年中创造了自己的世界形象,虽然不太稳固,但却愿意承受《圣经》向他们提出的责任。不幸的是,他们同时也毁掉了对自己过去的记忆。"

"这与宁录的真名有什么关系?"

"我诞生的时候,所有的人还都说同样的语言。但宁录却对抗上帝。按照上帝的意志,人类应该分散到地球各处,并在和谐中去维护和保养大自然。但上帝的计划却太不符合受到很多下属尊敬的某些人。"

"你指的是宁录吗?"

列文点头。"所以他发动了战争,奴役其他人,建立了城市并开始在巴比伦修建巨型的高塔,前面修建了城门,即他称之为的'上帝之门'。他还向人们宣布,他的神庙的阶梯也不直接通往天庭,而是相反。上帝看到了他的叛逆之心,于是对高塔和这个国家发出诅咒。突然,人们之间不再语言相通

第 8 章 诡异的旅程

了。不少人都知道,这个诅咒是宁录造成的。所以才暴发了骚动,血流成河。甚至连自称为上帝的君王自己也不得不走上逃亡之路。他的母亲塞拉密斯甚至传播谣言,说他的儿子已经丧命。"

"我现在慢慢有些懂了。"奥利弗喃喃地说。

"我知道,你和她交过手。她告诉你,说我可以讲一些关于谢哈诺岛和双光地界的情况。看来,塞拉密斯自己也不敢肯定,我是不是存在。如果她真的知道,我将帮助你的话,她肯定会后悔的。"

奥利弗震动了一下。"是吗?"

"在谢哈诺的宝座大殿里,有一幅巨型壁画。每一个看这幅画的人,所看到的都不尽相同,尽管表面看上去总是一成不变的。这就是双光地界的本性——它飘浮在地球和卡西尼亚之间。一切遗忘和记忆分不清的地方,就会出现这种通透的区域。谢哈诺高塔中的巨画,包含了每一种人类的记忆因素。这对那个金帝谢哈诺来说,并不是祝福,而是诅咒。"

"这是什么意思?"

列文露出一丝苦笑。"这是他自己创造的并不自愿的作品。正因为它飘浮在失落的记忆和活着的记忆之间,所以它从两面都能看到。"

奥利弗张大了眼睛。"博物馆里的壁画!在上面可以看到高塔、战争、农夫和一座森林,是不是?"

列文点了点头。"那就是静林。我发现,你知道这幅画。"

"但在地球上却没有人知道,这幅画画的是什么。"

"现在还不知道,寻者奥利弗。但这可以改变。"

奥利弗沉思着摸着自己的下巴。"塞拉密斯会很后悔的,如果她知道,竟给了我这样一个宝贵的建议。"

图书馆馆长又笑了。"但愿如此。宁录是她亲生的儿子,并从她身上继承了权力欲望。在地球时,她始终给予他很大的支持。他突然消失了以后,形势的发展趋于正常。持同样语言的人群又聚合在一起,离开了巴比伦,实际还是满足了上帝的意志。当巴比伦重新恢复平静以后,宁录突然又回来了。"

奥利弗脑海里突然一闪。"那是他第一次来到卡西尼亚!"

列文忧郁地点了点头。"当时,他建立了他的第二个帝国。他这时还是人,而不是黄金雕像。他一方面用残暴的手段奴役卡西尼亚,一方面着手策划重返地球。他的'上帝之门'就是这样一个连接两个世界的通道,于是他就可以随心所欲地来往于两个世界之间了。"

"可他是怎么来到卡西尼亚的呢?"

"宁录掌握了一种神秘的知识,那是来自洪水把一切生命毁灭之前神灵还在地球上出没的时代。他的知识来源于三块石板。一个牧人在风暴中逃到一个洞穴,在那里找到了早已失落的这些见证。借助这些石板,宁录修建了上帝之门。有人说,他把那些石板毁掉了。有一些碎片他筑入了城门之中,另一些他让人铸进三座金像里面,然后把金像分别藏到了不同的城市。他可能知道,他自己当时所具有的权力还远不能使他永生。所以,他才把他的思想、记忆和他的全部本性积存在雕像之中,并传播一个神话,说有一天必然至少有一座雕像将被找到……"

"……并摆放在城门之下。"奥利弗替他把这个句子说完。

"而这确实应验了,对不对?"

奥利弗严肃地点了点头。

"当有人告诉我,谢哈诺已经重现卡西尼亚,我就已经想到了。"

"那么你呢?你是怎么到这里来的?"

"人类的语言开始混乱以后,出现了骚动,我被关进了监狱。我同样也把自己旧有的语言忘记了。这也就是我为什么不能说出可以破解谢哈诺权力的真名的理由。看守我的狱卒们也都在各次战争中相继死去。到了最后,我只是牢房的一个门,有人定期给我送来一罐水。这大概就是我过去的本性彻底被遗忘的时刻。有一天早上,牢房的大门突然消失了,它的外面是一片原始森林。后来发生的事,你自己可以想象了。"

"你穿过这道门,来到了卡西尼亚。"

列文点头,很吃力,就好像这个头对他是个沉重的负担。

奥利弗沉思着,"就我现在所听到的各种说法,都是通过开启的城门、房门、窗子或者什么通道来到卡西尼亚的。"

"正是这样。"馆长说,"我还在地球上时,就曾梦想去诠释极终真理。自从我生活在卡西尼亚,我又获取了很多知识。我从来没有忘记过任何我听到或读到过的东西。因此我可以说,我还从未遇到一个活着的记忆,不是经过这样的通道来到这个世界的。"

"那么,那些房子呢?他们是怎么来的呢?"

第8章 诡异的旅程

"大多数通过彩虹。"

"噢！我还没有想到过这种可能性。"奥利弗就在这时想起一件事,"你认识一个叫奥琉斯·奥卢的人吗？"

"你是说那个金匠？"

"就是他。他跟我讲,说很久以前他曾遇见过一个游者——他的描写特别适合你,列文。奥卢说,那个陌生人是个智者。他曾给奥卢展示过一块石板,上面有五首诗句,是一首歌的段落。你是那个游者吗？"

列文诡秘地笑了。"我早就在寻找破解谢哈诺权力的途径。当然最好是能够制止他重新回归,防止预言的发生,看来是过于自信了。"

奥利弗注意到妮碧在桌子上有些不安。这是一个警告吗？但他自己已经感觉到,列文向他隐瞒了什么。什么呢？这个图书馆馆长从哪里知道这么多谢哈诺的意图和计划呢？他真的只是宁录同时代的人吗？

"你并不是一直生活在这里,对不？"

现在列文的微笑更坦率了一些。"是的。我虽然很早就找到了这个地方,但当时这里还只是一个小矮人的世界,你大概听说过'侏儒'这个词吧。"

"侏儒？我一直以为这只是童话和传说中的幻想形象。"

"那只是他们本性的一个方面。我听说,最近一段时间,他们在人类的花园里也经常出没,但他们的真正本性却已经失落了。过去确实曾存在过一个矮人的民族,个子高的人由于他们和自己不一样而仇恨他们。最后,他们被追逐,以至几乎被消灭,只有少数逃到了大山的底下。这个矮人民族也就被人遗忘了：人类还保留着有关他们的传说,而侏儒们则生活在塔莫伦山洞之中。"

"这里的一切都是他们创建的吗？"

"一切,除了亚历山大图书馆。有一天,这批被遗忘的藏书来到了这里。由于谢哈诺仇恨一切文字的东西,所以,在卡西尼亚,这里是保存书籍的最合适的地点。"

"可是这座火山——它从来就不是真实的吗？"

在列文的嘴角上又露出那种难以琢磨的微笑,"这原本是一座真正的活火山！但在图书馆来到这里很久以前,我就已经把它熄灭了。"

奥利弗疑惑地望着妮碧,但她却认可地弯下上身——馆长说的是实话。

"那你一定很强大。"奥利弗有些羡慕地说。

"可惜还没有强大到可以单独对付谢哈诺的程度。我的知识主要局限在这个世界。可能你已经知道,有很多事情是梦可以完成的。我在这些年里找到了很多梦,它们愿意和我结盟。其中的一些可以长期经受火的考验,另外一些自己就像炽热的岩浆,但其热度还不如凝固的蜡炬。我们共同改造了火山。"

"而猎捕手就年复一年地为你们提供新生力量。"埃留基德赞赏地补充了一句。

"说得很对,特别是谢哈诺所痛恨的文字资料,不断通过这座假火山来到了这里,但也还有不愿屈服的马人、固执的雪花石膏雕像、有反骨的大理石头颅……"

"还有绷着脸的医疗箱。"奥利弗记起了它。

"你是说海贝特?对,昨天你们来时,它也在场。在正常情况下,像箱子、雨伞这样的日用品很少来到卡西尼亚——大多数人对这样一些沉默的仆人很少珍视。但海贝特是个例外,它在不太远的过去属于一个叫阿尔贝特·施韦策[①]的人。你认识他吗?"

"你是说那个几乎一生在非洲度过的诺贝尔和平奖得主吗?"

"我听说,他在宗教问题上也很有造诣。"

"他还是一位优秀的风琴演奏家,以全新的观念诠释巴赫的音乐。"奥利弗疑惑地摇着头,"这真是难以想象!阿尔贝特·施韦策的医疗箱竟然给我缝合了伤口。"

"你现在正好提到了一个重要的问题。我的故事和问题已经讲得足够了。你们肯定已经很累,现在你们应该利用这个时间尽快恢复体力。我们必须好好利用现有的时间。我去为即将开始的阿摩西亚之行做些准备。"

"我们全部恢复健康难道不需要几天的时间吗?"奥利弗疑惑地问。他想到了珀伽索斯的翅膀。

"我们这里有很好的大夫。你们十二个小时,最多二十四个小时以后就会像小马驹那样欢蹦乱跳了。"

"对一个度过四千年岁月的人,你仍然很灵活。"埃留基德赞叹地说。

列文笑了,这回几乎像一个孩子,"四千年并没有使我憔悴,哲人,只是

[①] 阿尔贝特·施韦策(1875—1965),德国神学家、哲学家,风琴演奏大师和赤道非洲传教医生。1952年因致力于博爱事业而获得诺贝尔和平奖。

第 8 章 诡异的旅程

有些急躁了。"

奥利弗吃惊地望着妮碧。"我已经感觉到了！但不知为什么,却不愿意相信。"

"情况就是如此。"蜂鸟小姐吟道,"这个列文没有说实话,或者准确地说:他没有说出全部实话。他还向我们隐瞒着什么。"

"但他看起来很友善。"

"他的确很友善,奥利弗。我没有说他想陷害我们,但他心里却隐藏着不想让我们分担的秘密。"

奥利弗记起了图书馆馆长乌黑的眼睛,似乎总是有些悲伤。"或许他生活在地球上时,有过不幸的遭遇,但他不愿意说出来。"

"肯定是这样。我想,了解这个秘密对你完成任务可能很重要。"

"你难道看不到更多的东西吗?"

"我可不会测心术。"

"可惜。你觉得我们可以信任他吗?"

妮碧迟疑了很长时间,最后终于说:"我觉得可以。我们必须有足够的思想准备,他不定在什么时候,有可能做出我们意想不到的事情。"

"如果不能相信他,翼侧掩护又有什么用?"戈菲插嘴说。

"难道你的思想只能在战场上移动吗?"妮碧尖刻地问。

"正确进行战略思考,总要胜过无所事事。"

"你们俩不要再吵了。"奥利弗打断他们的话,"我们最好表决一下。谁赞成我们相信列文?"他举起手,妮碧仰起了小嘴,朝霞用他的方式赞成地抖动了一下,珀伽索斯点了一下头。只有埃留基德的态度还不明朗。

哲人坐在桌旁,右臂却奇怪地抽动着。他有时把手半举着,有时又像提重物那样垂了下来。

"是赞成还是反对呀?"奥利弗皱着眉头问道。

"两者都是。"埃留基德轻声说,"将军和我尚未完全取得一致。"

妮碧唧唧笑了起来。

奥利弗计算了一下,"那就是五比……"

埃留基德猛地把胳膊举了起来,差一点儿从椅子上摔到后面去。

"六比零。"奥利弗改口说,"那就是一致通过这个建议。我们将很快就出发去阿摩西亚,列文就是我们的领导。"

两天之内能把折断的肢体治好已经是个奇迹,但当奥利弗看到珀伽索斯到了第二天就已经能够活动双翼时,他还是感到不可思议。

"不要这么看着我,好像我就是猎捕手似的。"珀伽索斯开心地说,围坐在圆维克旁的其他同伴也都无所顾忌地嬉笑着。

奥利弗慢慢恢复了常态,也恢复了他的机智,"我虽然知道,壁虎和海参有这样的自愈功能,可你们也有这样的功能却使我大感意外。另外,猎捕手还是比你强,因为他有四片翅膀。如果他觉得还不够,也可以随时再多长出几片来。"

"你刚才说什么?"列文吃惊地打断他的话。

"猎捕手可以随心所欲到长出很多翅膀来。"

"不,不是这句,是在这之前。你说它生有**四片翅膀**?"

"你一定要相信我,列文,我永远也不会忘记它那丑陋的样子。准确地说,他有**四片翅膀**、**两只胳膊**、一对鹰足和两个尖尖的犄角,还有一个蝎子尾巴和相当难闻的臭气。"

"是一个帕祖祖!"列文吃惊地说,他的声音几乎像是耳语。

"帕……什么?"

我的家乡在两河流域,那里的人们相信风魔。那是最可怕的恶魔。而帕祖祖是河精王的儿子,又是他们之中最邪恶的一个。在阿卡德居民中流传着这样一种说法,说他藏在东南风暴当中,会让人发烧和寒冷。

"寒冷?"奥利弗不禁打了个寒战,就好像他又体验到了猎捕手的临近,就是三天之前他在接触那头小鹿时的那种感觉。但他没有把握,可最后一次和这个恶魔接触时,不是确实感觉到了来自东南方向的冷风吗?

列文意味深长地点了点头,就好像在确认奥利弗的思想。"当然,这样丑陋的杂种生灵,只是想象力丰富的人的幻觉,但不管是什么或是谁在意念里制造了这样的精灵,都不应该对他掉以轻心。宁录或者谢哈诺,或者其他什么名字所具有的权势,既不是来自地球也不是来自卡西尼亚。单单一个噩梦,还不足以创造出你所见到的精灵。帕祖祖是猎捕手喜爱的形象,这大概就是谢哈诺所创造的原形。他穿着风魔的外衣,这也显示了他的部分本性。他把你当做了危险对手,奥利弗。他将尽一切力量消灭你。"

第8章 诡异的旅程

奥利弗像头一天一样紧紧盯住列文的黑眼睛。馆长的这个警示,在他的心里就像是刑讯室里传出的一声痛苦的呐喊。他只不过是一个想当画家的十四岁中学生,怎么竟会成为强大势力的危险对手呢?

"猎捕手并不是不可战胜的。"列文马上补充说,他显然发现了奥利弗的不安,"你已经逃脱过几次,只要我们行动正确,我们还会继续摆脱他的。"

"是的,他难道不会在火山口上潜伏,等待我们再现吗?"

"但愿如此,奥利弗。"

"什么?"

列文笑了。"我想你还记得我的话,知道我们现在是在什么国度里做客吧?侏儒们住在塔莫伦山中,就像是其他活着的记忆住在纳尔贡、萨拉曼扎、阿布尼蒙或其他城市一样。他们在这里有居民点、街道、田野、河流和湖泊,一切你可以想象的东西都有。"

"田野?能在哪儿呢?"

"一切都在这地下,而且还有一些秘密通道,我们可以在夜间离开这个国度。小矮人们可以从外面弄来洞穴里没有的东西,但这些侏儒在阳光下和正常人在地下一样感到不舒服。"

"所以你要和我们一起穿过若干侏儒街道,然后在别人察觉不到的情况下,不知从什么地方回到地面上去。是不是?"

"不是在不知什么地方,奥利弗。即使猎捕手也把安纳格看成是真正的火山,但他同样也会怀疑,格里木是否具有特异梦幻功能,而不怕炽热岩浆的焚烧。所以他仍然会让他的飞狮在火山口上空盘旋监视。"

"是啊,那我们该怎么办呢?侏儒们肯定不会把隧道一直修到阿摩西亚吧?"

埃留基德把手放到奥利弗的肩膀上说:"只有一条路可以让我们不被察觉地离开这里,奥利弗。我敢肯定,列文想到了这种可能。"

列文点头,严肃地说:"穿过摩孤沼泽,是不会有人跟踪我们的。"

奥利弗吃惊地吸了一口气。他还以为,自从珀伽索斯改变了路线以后,摩孤沼泽这一章已经翻阅过去了。但倒霉的事总是要跟踪他,怎么也无法逃脱。

"沼泽地里有几条隐蔽的通道。"馆长解释说,显然是为了安慰大家,"我们可以利用这些通道,还可以有机会与我们的同盟交流情报。"

"这听起来有点儿像是密谋。"戈菲插嘴说,"你们是不是在筹划一次暴动啊?"

"是的,必要时就是要举行起义,将军。看着谢哈诺肆无忌惮地获取无限的权力,还不如和他进行一场战斗。虽然卡西尼亚的很多居民还跟随着他,但他们还是有很多不同的想法的,部分是出于胆怯,部分是拒绝一切他们不想看到的东西。"

奥利弗想起了那些房屋、拿着号角的喷泉石雕,他们都曾帮助他摆脱猎捕手的追击逃出了纳尔贡,但他同样记得,当囚徒队伍被驱赶穿过纳尔贡街道时人群欢呼的场面。卡西尼亚的居民真的已经具备足够的勇气、力量和自尊敢于起来反抗像谢哈诺这样的暴君吗?

"也就是说,你相信,我们去阿摩西亚会得到新的支持?"奥利弗的问题听起来有点儿像是一个祈求,期待着他心中渺茫的希望能够得到确认,而列文的回答,确实增强了他的勇气。

"我敢肯定这一点,奥利弗。我们必须获得卡西尼亚人民的心。一个智者曾说过:'无情人只有记性,有情人才有怀念。'让这个世界的居民只知道谢哈诺是个暴君,还不能促使他们起来反抗。只有他们感觉到了独裁和压迫,他们才会奋起反抗这新的不公正。"

这奥利弗可以理解。他深深吸了一口气说:"我的腿和珀伽索斯的翅膀都痊愈了。我们什么时候动身?"

列文露出了微笑,他的眼睛里闪出了少有的喜悦的光芒。"我已经准备好了一切。一个小时以后我们就离开亚历山大图书馆。"他叹了一口气,又补充说:"可惜我们中的几个,将永远离开这里。"

·摩孤沼泽

埃留基德骑上了一匹**真**马,所以它不会说话。那是一匹很老实的栗色马,但即使这样,哲人也没有能够爱上骑马运动。

列文的黑马就活泼得多了。它老是不安地跳着舞,就好像随时都要奔驰起来。但只要安纳格主人在它耳边说些什么,它就会立即安静下来。

珀伽索斯几次尝试着和这匹黑色伙伴交谈,但终于发现这确实只是一匹普通的马。不知为什么这些坐骑对飞马产生了好感,甚至把它奉为头马。

第8章 诡异的旅程

如果珀伽索斯嘶鸣,其他马匹就会用充满期待的目光望着它,有时甚至就像马驹跟随自己的母亲一样。

他们从安纳格底层出来以后,又过去了一天。列文为这次长途旅行做了很好的准备,所需要的东西一应俱全:毛毯、帐篷、各种器械和食品。所有这些都由两匹马驮着。出发的那一天,当奥利弗又偷偷抚摩他的印名石时,他就知道了,为什么列文带了这么少的食品。

石头上他名字的细细凹痕现在已经清晰可见。奥利弗在尼勐石漠见过很多印名石。所以他知道,这些凹痕最终会深刻在石头上,文字的下面都是直角的边缘。但这对他决不是一个安慰。他的骨折如此反常地迅速康复,他的身体只需很少的食品和睡眠就能支撑,这些都使他感到害怕。他甚至觉得,自己正在开始变成了一个失落的记忆。

毫无疑问,想离开卡西尼亚,只有一条路可走:那就是叶茜卡必须记起母亲的发卡。拱顶石上铭文最后一句说得很清楚:"只要他把手放在上面,就没有人可以逃脱,除非取回失落的怀念。"可是,——还有一个问题更使奥利弗头疼——叶茜卡又不能过早地记起这个遗忘之物。不能在他找到父亲之前。否则他就有可能单独一个人回到地球,而在卡西尼亚的冒险也就毫无意义了。他要是能够给她一个信号或任何一点儿暗示该多好!

第一次夜里宿营时,奥利弗又想起了列文讲述的侏儒世界,他对那些小矮人的成就已经有了一个很好的印象。真是难以置信!那么多洞穴通道穿行大山的底层。大多数情况下,他们都行走在宽阔的道路上,洞穴都很高,伸手够不到洞顶;有时他们也会拐进较小的隧道。

奥利弗在病房就赞叹不已的光亮,这里到处都是。不仅是黄色。有时还会呈现出温柔的绿、红、紫或者其他难以描绘的混合色调。列文解释说,它们都是大大小小的水晶体中失落的记忆。

"就像是谢哈诺在他的高塔脚下俘获的色彩?"

列文做了肯定的回答。有很多梦幻和心绪,欢乐和痛苦,都是人类在瞬间出现的感觉,但很快就被忘记了。这些失落的记忆在卡西尼亚是没有形体的。它们其中的一些——特别是过去属于侏儒民族的记忆——现在还生活在这个小矮人国里。

温柔的光在光秃的岩石上抛下奇妙的彩图。奥利弗决定,如果他能通过这次冒险的考验回到地球,要把神奇的小矮人国的所见所闻创作出一个系列作品来。他骑在珀伽索斯的背上穿行这些洞穴、通道和街巷的迷宫,他在想象着侏儒民族在这里的生活。列文一再讲街道、房屋、广场和田野。是的,奥利弗也看见了长着蘑菇和其他苍白植物的田野。而且他很快就确认,地底下这些植物的果实味道好极了。

到了第二天晚上,列文宣告:"明天这个时候,我们就将到达小矮人国的隐蔽出口。我们将在洞穴里再过一夜,然后就进入沼泽地带了。"

"难道没有一条行军路线,可以在塔莫伦和沼泽之间前往北方,比方通向萨拉曼扎?我们可以在那里找到一艘船。"戈菲问。

"有这样一条路,"列文回答,"但它很不安全。我们只有穿过沼泽,从西面到达遗忘之海,才能摆脱猎捕手部队的追踪。"

"就我所知,在海边是不能继续往北走的,否则就会重新进入沼泽。"珀伽索斯补充一句说。

列文点头称是:"是这样的,我的白马朋友,但我并没有计划要去萨拉曼扎。"

画笔朝霞在口袋里不安起来:"可我们需要一条船呀!否则我们怎么才能找到亚特兰蒂斯岛和谢哈诺的首府阿摩西亚呢?"

奥利弗点头说:"朝霞说得对,没有船我们就会无所作为。塞拉密斯曾经告诉我们,在海里住着相当邪恶的精灵,而且谢哈诺还把他的岛隐蔽了起来,看来那个岛并没有固定的位置。"

"他用幻象和迷雾作弄人,但鸡蛋要后天才生出来,我们用不着现在就考虑如何孵化它吧。"

"听起来很对。"妮碧说。

但奥利弗在心中已经孵化着自己的蛋了。这支由五匹马和一只蜂鸟组成的小马帮穿行在塔莫伦"街道"时,他有了很多时间思考过去一个月所发生的事情,计算着为完成使命还剩余的时日。他行动的意义在不知不觉中扩大了许多,而新的问题却像乌云般从地平线上升起——他现在走在一个想为拯救全世界而献身的集体之中!

夜里,侏儒的路灯里那些无形的记忆之光很微弱。这样,至少还可以感到昼夜之间的差别。一行人在一家旅店里过夜,它的建筑酷似那个图书馆的小拷贝:一个圆形的餐厅周围的山岩上挖掘了数条有三层挑台的通道。客房就在这些通道当中。珀伽索斯因为身体过大,没有足够的场地,只好和几匹马睡在一起。这样一来,到第二天早上,它身上的味道就可想而知了。

"我想,你以前不也是一匹普通的马吗?"奥利弗试图安慰他的神驹。

"我从来就不**普通**!"神驹委屈地反驳,"如果再让我和这些空脑壳一起过夜,我就宁肯钻进床头柜的抽屉里去。"

随着上午时间的流逝,神驹的情绪逐渐恢复了正常。"街道"变成了"小巷",狭窄的隧道变成了粗糙的洞孔。有些地方,要列文开动某些机关两边的岩石才分开,一行人才能够通过。到了最后,大家不得不下马步行,拉着马匹通过。

"这些通道即使在侏儒中,也只有很少人知道。"列文解释说,"这都是些我们与外界联系的秘密途径。"

很快,墙壁上的那些金属架玻璃筒灯也消失不见了。列文拿出几根顶端用金属套着的木棍,他取下了顶套,奇特的木棍露出了真面目,它们原来是火把,上面同样闪着无形记忆的光亮。可以上下移动的金属顶套,主要是为了保护装有绿光的玻璃罩。

几个小时以后,狭窄的通道变成了一个小面积的洞穴。

"我们将在这里过夜。"列文说。

没有人反对。人人都知道,摩孤沼泽已经不远了。谁也没有兴趣过早地踏上那片有幽灵记忆的是非之地。

"沼泽里有人类的思想和梦幻在闹鬼,是这样吗?"大家把毯子铺到地上准备休息时,奥利弗问道。

列文点头。在微弱的火把光线下,他那张棱角分明的脸甚至让人感到恐怖。"'闹鬼'可能还不是恰当的表达。确实,这里住着半遗忘状态的记忆。"

"半遗忘?"

列文再次点头,他沉思地看着地面:"可惜的是,他们都是些很丑陋的记忆,还都沉睡在人们的潜意识当中。其中有些会让人生病,还有少数的甚至十分邪恶,它们会致人死命。"

奥利弗把毯子拉到肩膀。"这听起来确实不舒服。"

列文的带有悲伤的眼睛又抬了起来:"你也不必过于担心,奥利弗。沼泽里也有许多期待着美好未来的好梦。"

"我们需要多少时间才能到达海边?"

列文想了片刻说:"大约三天吧,我估计。"

"什么时候能够到达阿摩西亚呢?"

"这很难说,有可能还需要三到四天。"

也就是一周,奥利弗想。七天,也许八天或者十天,他有可能见到爸爸。但这也就意味着深入到谢哈诺的腹地……

这个夜里,奥利弗无法合上眼睛,各种思想象一群受惊的绵羊在他的脑海里乱窜,老是奔跑,却永远到不了目的地。摩孤沼泽中等待他们的是什么呢?如何才能找到把他们带到阿摩西亚去的船呢?有什么方法才能告诉叶茜卡,不要过早把他招回家呢?妮碧所感到的列文的秘密到底是什么?

第二天准备出发的时候实在有些拖拉,列文不得不多次向同伴们解释如何动作。某些行李被反复打开和包起来,同伴们对下段旅程的心绪显而易见。

当马匹从一个山岩后面走到洞穴外面时,大家压抑的情绪稍微好了一些。

蓝天当然是看不到的,厚厚的迷雾笼罩着大地,马蹄声显得很沉闷。奥利弗刚能看见前面的另一块岩石,再往前隐约看见一棵树。这是什么植物呢?透过迷雾看不清是阔叶还是针叶,只是有网状的树挂吊在枝头,远远看上去就像是一块块潮湿的布片。

"现在清楚了,为什么猎捕手在这里找不到我们了。"他喃喃地说,充满了疑虑。

"迷雾肯定不是惟一的原因。"哲人指出。

"谢谢,这很让我放心。"

"我们从那边走。"列文说。他的声音同样很沉闷。

但在大家还没有启动之前,他突然做了一件奇怪的事。他从上衣口袋里拿出一支小小的银管。奥利弗觉得那是一个口笛,确实,列文把它放到嘴上,使劲地吹着,腮帮像青蛙一样鼓了起来——但却听不到声音。列文的手指在无声的笛管口上敲了一阵,然后,这支神秘的口笛又消失在他的上衣口袋里。他向周围看了一下,只见大家的眼睛都在盯着他。

列文诡秘地笑了笑:"都跟紧我一点儿,不要掉队。"然后他咂了一下舌

第 8 章 诡异的旅程

头,赶着他的马进入了迷雾之中。

奥利弗不知道这个奇怪的礼仪意味着什么,但列文却丝毫没有想解释的意思,所以他觉得,这个银笛必然与这片沼泽有关。几乎所有卡西尼亚的知识都藏在列文的脑子里。或许他找到了一种方法,可以让这个迷雾世界中那些难以预料的记忆们,给他们打开一条自由通道。

"你能找到路吗?"奥利弗问沉默不语的图书馆馆长。他必须大声喊,因为在他和列文之间还有埃留基德的栗色马。

"我认识这条路。"

"你自己走过吗?"

"根据我的信使的报告。"

"真妙!我看大家都快陷入泥潭了。"

"他真的认识这条路。"妮碧为列文辩护,"你必须知道,他是什么都忘不了的。他的信使的记忆在他心里就是清晰的图画。"

"你的小女友确实有一个不简单的识人能力。"列文赞赏地说。

奥利弗试图笑一下:"不是吗?我也总是为她的能力感到吃惊。"

各匹马之间保持正确的距离,看来不是什么大问题。没有人想突然单独一个人停留在这迷雾之中。所以每一个人都紧紧盯住前面那匹马的尾巴。珀伽索斯被说服带领那两匹驮着东西的马,它们之间用缰绳连接了起来。

长着网挂的树木,像是一个个厉鬼在骑手面前掠过。有时奥利弗仿佛看见网挂中间隐藏着稻草人般的消瘦形象,但它们却一动也不动。

列文确实认识这条路,只是在个别地方他停留片刻,观察有时完全消失在水中的道路,然后继续前进。

小马帮越是深入到沼泽的内部,周围的寂静就越是可怕,无处不在的灰色窒息了一切:声响、方向和时间。列文仍然能够找到路,简直就是一个谜。然后——奥利弗手表的指针指向中午时分——他们突然听到一个奇特的声音。

"大家不要理会它,"列文发出了低沉的警告,"我们已经进入了沼泽的中心地带。"

那个奇特哀怨声又响了起来。它有些像狼嚎,又像孩子哭。奥利弗不禁想起了尼勋石漠上的噩梦。一想起它,他在马鞍上就开始左右摇晃,差一点儿从马背上掉下来。

不久那个声音又第二次响起,然后是第三次。很快,这个嚎叫声就达到了无法忍受的程度。每次这个声音在奥利弗耳边响起时,他都会全身震颤。然后,他就看见了一个活动的东西。

一开始他只是以为这是迷雾的波动,但片刻以后他就清晰地看见了一个只由木棍组成的身体。这个哗啦作响的形象在珀伽索斯身边跟着跑了一段,在迷雾中有时清晰有时又看不太清楚,最后就彻底消失不见了。

一股寒气从奥利弗后背上滚过。他虽然猜不透刚才看见的东西在人的潜意识中到底是什么含义,但却不想再看到这种活动的扫帚把在面前走过。

这个愿望看来得到了满足。从迷雾中显现的下一个形象,只是一个飘浮的……空洞。开始时,他还以为是一块黑色的岩石,就像一路上到处都有的那样。但这个无光的形体却是另一个模样。奥利弗像着了魔一样,看到一个圆形的黑色旋涡,中间是一个无底的深渊。列文从前面喊了一句安慰的话,但却没有对他的同伴起到应有的作用。埃留基德、戈菲和画笔朝霞同奥利弗一样惊惧万分。妮碧使劲抓住珀伽索斯的鬃毛,白马可能是他们中间最镇定的一个。

奥利弗不禁想到,很多人都曾遭受过这种噩梦的折磨:每夜都会坠入无底的深渊。现在他理解了他们的痛苦。他又看了一眼黑洞。旋涡的周边出现的雾气一下子被抽了进去。奥利弗心中升起了恐惧,深怕被吸进这个旋涡式的磨盘当中。一段时间里,这个无光的形体像一个巨大的车轮滚动在骑手们身边,不断把周围的迷雾和树木吸食进去。旋涡突然接近了珀伽索斯和它的骑手,几匹马受了惊吓。一瞬间,那个圆盘停在了那里,似乎还有些犹豫,是否能够把一匹马连同骑手同时吞下去。奥利弗忘记了呼吸,呆呆地望着那旋转的深渊,只见迷雾、网挂和树皮纷纷被吸了进去,越来越深,越来越小,最后完全消失。然后,一阵颤抖穿过整个旋涡。它似乎要挺起身躯,却又立即消失在灰色的森林当中。

"这是什么?"奥利弗嘶哑地问。

"恐惧。"珀伽索斯回答,"它可以吞掉一切。"

奥利弗不知道,他朋友的回答是事实还是比喻。

其他同伴也同样以恐惧的心情观察了这次与恐惧的邂逅。现在他们都从狭窄的沼泽小径上跑过来探问奥利弗的情况。珀伽索斯用别人听不懂的

第8章 诡异的旅程

嘶鸣安慰着其他的马匹。

在下午的剩余时间里,又多次出现过一些恐怖的形象,又多次听到难受的声音,但摩孤沼泽居民所表现出来的危险,都没有超过那个无底深渊的旋涡。

列文在到处是水洼和石砾的沼泽里,找到一块还算干燥的地方,作为夜间宿营的场所,但受到的欢迎和早上接受出发的建议一样有些迟疑。大家都宁愿继续走下去,尽快离开这个可怕的地方。

列文没有明确表态:"夜里最好不穿行沼泽是有它的道理的。"

一个简单的回答,但对其他人已经足够了。到现在为止的行军已经很艰苦。当然不应该再向恐怖挑衅。

很长时间没有这么安静了。大家达成一致,每三个小时更换一次守夜人员。直到午夜过后,奥利弗才听到同伴们均匀的呼吸声。他站最后一班岗。

列文的火把发出的绿光使得周围的景象更加阴森。奥利弗背后那些覆盖着厚厚青苔的岩石,就像是数个巨人站立在那里。在前面的迷雾中不时跳出一些黑影,但火把的光亮把它们挡在了远处。即使那些声响——除了哀号以外又加添了其他一些难听的声音——也不再这么近了。

奥利弗想念叶茜卡,现在要是能够握住姐姐的手该多好!过去一直是这样,只要姐姐在什么困境中想保护他的时候就总是这样。可她怎么会知道,他还需要多少时间呢?他沉思地抚摩着下巴。突然,他听到了一声轻轻的呼唤。

"奥——利!"

他打了一个寒战。这又是什么东西在呼喊?谁在呼唤他的名字?

"奥——利——弗!"又是一次远远的、拉长声音的呼唤。奥利弗裹紧了毯子,试图不去理会,但却做不到,那个呼唤越来越近了。

"奥利,你为什么不回答?"

这回的声音是如此近,使奥利弗吓了一跳,差一点儿从他坐着的青苔岩石上滑下来。他转向声音来的方向——惊异地看见了他的姐姐。

"叶茜卡!"他吃惊地喊道。他跳了起来,向她跑了十五至二十米。"叶茜,你到这儿来干什么?"他一直不知所措地望着姐姐。她穿着一件过于宽大的白色睡衣,睡衣下摆已经触到了潮湿的地面,可奇怪的是它并没有吸收地上的水分。

"我这是在哪儿?"叶茜卡没有回答,反问道。

"在摩孤沼泽。"

"是在柏林吗?"

奥利弗几乎想笑:"不,是在卡西尼亚……或者在你的梦里……说老实话,我也不太清楚这里到底是什么地方。但是,你能看见我这个事实,就证明你并没有把我完全忘记。"

"你这是什么意思?"

"因为只有在地球上尚未完全失落的思想和梦才会来到这里。"

"这期间我们已经知道了很多有关谢哈诺和卡西尼亚的情况。"

奥利弗点了点头。他说话很快,因为他预感到,他的时间很少。"我已经想到了。所以你才模糊地记得我——至少在你的梦里。可是谁是'我们'?"

"米丽娅和我。"

"就是博物馆那个女学者?"

叶茜卡笑了:"我们已经成了好朋友。"

"你看。我早就告诉过你,她没有问题。"

"你说过?"

"不过,此刻这已经不重要。我现在必须告诉你一件重要的事:你千万不要操之过急,叶茜!"

叶茜卡把拳头叉在腰间:"这又是什么意思?我现在特别担心,因为到岁序更新已经时日不多,而你却……"她突然停住了,"是你给我传来了信息,说我们的时间只能到31日吗?"

奥利弗想起了他同塞拉密斯在水堡里的谈话。难道他当时希望叶茜卡知道时间很紧迫的愿望真的实现了吗?"我们是双胞胎。"他没有直接回答,"肯定是,甚至绝对是。你在我们告别的时候许诺过,你无论如何都会在我身边的,不是吗?所以你不必感到奇怪,因为……叶茜!"奥利弗吃惊地停住了,姐姐突然变得透明了。

"怎么了?"叶茜卡问,她显然并没有感到这个变化。

"你现在就像一部蹩脚的恐怖片中的一个鬼魂。"奥利弗回答。他吃惊地发现,姐姐越来越透明了,他赶紧急促地喊道:"你必须放宽时间。至

第8章 诡异的旅程

少……一个星期……最好十天。我还没有找到爸爸,但我们已经接近目标。如果你过早……"

奥利弗的声音停住了。叶茜卡已经消失不见。她肯定醒了。他的耳边响起了另外一个声音,一个低沉得多的声音。

"你怎么了,奥利弗?"

他转过身去,看见了列文狭长的面孔。他不好意思地垂下了眼睛。

"我刚才见到了我姐姐,可我却把时间给浪费了。"

"你是说,看到了她的梦像?"

奥利弗点了点头,头垂得更低了。

"我本应该告诉你,这里是可能发生这种事情的。"列文抱歉地说,这使奥利弗感到奇怪,"摩孤沼泽是一块最大的双光地界。在这里行动,并不是那么简单。"

就好像我们根本就没有发现一样!奥利弗想,但却没有说出自己真实的想法。"我彻底错过了机会,列文。因为我只顾得吃惊,净说些没用的话,我没有告诉叶茜,她应该记起我口袋里的东西。我只是提到,我们还需要七到十天才能找到父亲,就说了这么多。现在她可能永远也不会知道,如何才能把我们两人重新召回地球了。"

列文把手放在他的肩膀上。"不要着急,奥利弗。你这样做恰恰是对的。"

奥利弗猛地抬起头:"可是……"

"假如你现在把这个秘密告诉你姐姐,那你可能立即就回到了地球。"

"我倒是没有想到这一层。"

"一切都还顺利。"列文拍了几下奥利弗的肩膀,接着又鼓励说:"吃一顿美味的早餐怎么样?"

灰色的夜还没有完全变成白日的颜色,他们一行就起程了。在这之前,列文在山岩间找到一些枝条,点燃了一个小火堆。这样大家就可以用热茶和烤面包片,在内心里把身体温暖起来,此外还有好吃的白奶酪和稀有的蓝色水果,十分美味。

在沼泽的第二天,他们又有了新的让人不安的遭遇。在一个净是从深深的水中伸出干枯树木的荒凉地带,骑手们遇到了一群可怕的怪脸,它们像热气球一样飘浮在空中。这些丑陋的脸谱,张着大嘴发出可怕的叫喊,但却永远距离这些路人两臂之远。

另外一些很令人不舒服的形体,站在树干之间一动不动,无声地盯看着他们在面前走过。它们的眼睛特别大,额头苍白而光秃;它们的面孔就像是酸奶皮做成的两半桃子,中间是一副人脸。正是它们外表的宁静——它们既不动弹也不发出任何声音——使人的血液趋于凝固。只要看一眼它们那忧怨的目光,即使最坚强的神经也会被撕裂。

沼泽上的第二夜降临时,大家的神经都近于崩溃,特别是奥利弗和埃留基德,不断经受着恐惧、彷徨和饥饿的折磨。直到晚餐时,他们才没有想还会遭遇什么样的厄运。最后,他们甚至产生了难得的困倦感,奥利弗至少可以睡觉了。

珀伽索斯利用休息时间去安定其他马匹的情绪,它们的神经也同样十分紧张,一有什么动静就会立即跳起来,到处乱走。只是由于对飞马的尊敬,这些马匹才允许几个人继续骑在它们的背上。

妮碧、戈菲和朝霞对摩孤沼泽的恐怖反应不是那么强烈,或许它们还缺少人类的想象力,在潜意识里不会形成过于恐惧的图像。它们在大部分时间里保持沉默。

奥利弗还是选择了最后一班岗;或许他希望再次见到姐姐,以便能够把头一天的谈话继续下去,但他失望了,叶茜卡的白色睡衣没有再出现。

他却认识了另外一个陌生人。同伴们都睡熟以后,他突然听到了一个奇怪的哇哇声。声音很轻,就像是一个婴儿的啼哭,只不过高出一个音阶。声音越来越近,奥利弗已经准备迎接最可怕的事情。他不由得想起了猎捕手和那只可爱的小鹿,但接近他的却不是冰冷的寒风,而是一个微小的身影。

侏儒火把的光亮,看来并没有对这个小东西产生什么影响。他勇敢地穿过泥潭直接朝奥利弗走来。他的上身稍往后仰,双臂使劲摆动着。他的双腿每走一步都会陷进膝盖深的泥水当中。他终于来到了奥利弗的身旁,停住了脚步。奥利弗呆呆地望着这个同样盯看着他的小东西。他仍然十分认真地哇哇叫着,但却完全没有意思。

奥利弗慢慢地知道了站在他面前的是什么。在生物课本中他曾见过一个胎儿的照片:大大的脑袋、突出的眼睛、向外弯曲的脊柱,微型的小胳膊和小腿。一切都有,除了脐带。这个小东西——明显是个男孩——很可能是自己把它剪断,逃了出来。

"你是谁?"奥利弗问。他没有察觉,他竟和一个新生儿在说话。

胎儿停止了哇哇声,集中精力打量奥利弗。最后他说:"奇怪的问题——我是你!"

奥利弗又差一点儿从岩石上滑下来。"这是什么意思,你是我?"他完全茫然地问。

"你是不是生了重病。我是说,你是奥利弗,我也是奥利弗——我就是你!"

"可这怎么可能……!"奥利弗彻底糊涂了。

"你有很多记忆沉睡在你心灵的深处,"小东西说,"有些比你还要老。"

"这确实不可能。"奥利弗反驳说。

小东西笑了,像只唱歌的小鸟。"这当然可能。在你们国家人们思考问题的方式不太对头。他们以为一个孩子的年龄从出生时算起,这真是无稽之谈。好像人在出生之前就不是人。其他的民族要聪明得多。"

"你怎么会知道呢?"

"我是在未出生者协会那里学到的。"

奥利弗把身体向前探了探,吃惊地看着那个还没有长成的自己。什么是"未出生者协会"?而且——不知是什么还是有点儿不对头,"叶茜卡在哪儿?"

"她不想跟着来。"

"你是说,她确实在这儿?"

"为什么不呢?大多数人都有些出生前的模糊记忆,只是他们都不知道而已。"

"那你为什么来呢?"

那个小奥利弗耸了耸肩膀:"我只是想看看你。"

"只为这个?"

"我还想讲点儿妈妈的事。"

奥利弗充满期待地望着胎儿。

"她是很爱我们的!"

奥利弗一下子瘫了下去。这对他实在太多了!他也爱他的妈妈,但那是另一种爱。他只见过妈妈的照片，以及还有一些模糊的记忆……

"你怎么会知道她呢？"他立即问，"我，或者说你从来没有见过她呀？"

"即使一个盲人也能看到爱——甚至比明眼人看得更清楚。叶茜和我**感到**了妈妈的关怀。她常常抚摸我们，爸爸总是在旁边帮助她。而且，她还经常给我们唱歌，所以你才成为一个伟大的艺术家。"

"现在你可有点儿夸张了。叶茜卡虽然完全和我一样，可她却从来不会拿起一件乐器。叶茜所能做的，只是把电脑里的音乐卡拧到音量最大。"

"别这样说我们的姐姐！"那张小脸突然变得有些扭曲了。小奥利弗举起了拳头，就好像要把他的长大的自己狠狠教训一顿。

"即使是双胞胎也不完全一样，何况叶茜和我又不是同卵姐弟。这就使我们更有所不同了。妈妈同样爱我们两人。我们能够感觉到——甚至在我们出生之前。这个爱在你的身上激发了艺术，而叶茜却具备其他天才。她同样是在妈妈的抚爱下成长起来的。"

"对不起，我并不想否定你所说的一切。"

"这也是我对你的劝告。"小不点儿一直还举着拳头。奥利弗还不知道，他的血液里还有暴力因素。

"我很感谢你能来。"奥利弗十分正式地说。

"别客气，这没有费我多少力气。但我想，这或许很重要。我很了解你，奥利弗——我似乎仍然还是你的一部分。但我现在也已经很了解这个世界。所以我还必须告诉你一些重要的事情：如果想战胜谢哈诺，你就必须要记起你的梦。在身体里隐藏的功能，会赋予你最大的力量。"

奥利弗不知道应该回答什么。他的迟疑使那个小东西终止了这次谈话。

"我只是想告诉你这个，现在我得回去了。叶茜说，我很快还会再来。不听她的话，会很麻烦的，你知道吗？"

奥利弗理解地点点头，他的姐姐早在娘胎里就已经是一个强力人物了。

奥利弗·波洛克的早期版本又开始哇哇叫了起来。小东西再次举手致意，向左转了半圈，就开步走了。奥利弗茫然地望着他消失在沼泽的黑暗中。

最后一段路是最困难的。奥利弗在这个到处是须松萝、迷雾和半遗忘的记忆的虚幻世界所经历的一切，使他的面部发生了明显变化。

第8章 诡异的旅程

他们又走了几个小时,列文的马突然惊了起来。它拒绝再向前走一步,原地跳着,惊慌地几乎要把背上的骑手摔下来,只是珀伽索斯及时的干预,才使那匹马最后安静下来。

当奥利弗骑着白马走到列文的黑马旁边时,他才发现了马受惊的原因。一大片水洼的表面游动着一张张面孔。在一瞬间,奥利弗不得不想起静林里小水库中曾出现的姐姐的脸,但这里却完全是另一个样子。

那些苍白的面孔,有两个人脸那么大。都有一双忧怨的大眼睛,一张大嘴和一个小鼻子。鼻子实际并不突起,只是两个鼻子孔。在某些方面很像他们昨天见过的在空中飘浮的脸谱——同样默默无语,同样满是哀怨。

"马匹忌讳踏到人的身上。"珀伽索斯解释了它的同类的行为。

奥利弗试图用眼睛探寻前面的路,只见水洼的表面上尽是白花花的空间。无疑,这个地带已经遍种了这种无言的忧怨的面孔。

"你能不能告诉其他马匹,说这并不是真正的人脸?"他问他的白马朋友。

"我可以试一试。"白马回答。它把头仰到后面,让马鬃飘逸,然后就嘶鸣起来。奥利弗估计,这大概就是:"请大家听着!"或者类似的意思。

所有马匹都转向它们的头马。珀伽索斯随后又发出各式各样其他同伴们听不懂的声音。黑马似乎回答了一句什么,有点儿像是反驳的意思。珀伽索斯又用嘴唇多次上下活动,并一再飘逸马鬃。列文的黑马终于低下了头,尴尬地用马蹄踏着泥水。

"我们达成了一个妥协。"珀伽索斯过了片刻解释说。

"一个……请问是个什么妥协?"

"如果我走在前面,它们就跟着来。"

"一个领袖本来就不应该隐藏在后勤部队里面。"戈菲补充了一句。

"谢谢指导,将军。"

"别客气,愿意效劳!"

"你愿意吗?"奥利弗问他的白马朋友——从某种意义上讲,也是在问自己。

"我愿意。"珀伽索斯回答。

"我紧跟在后面,给你们指路。"列文说,"埃留基德只好和驮东西的马走在最后了。"

"我已经不再怕什么了。"哲人顺从地说。

当珀伽索斯的马蹄踏上第一张面孔时,奥利弗打了一个寒战。苍白的面孔似乎是由面糊组成,只是用一张薄膜拢在了一起——面孔先是开始变形,成了一张怪脸,然后一下子就破裂了,碎片向四周散去。

以后的几个小时,这种令人恶心的可怕过程又重复了数百次——珀伽索斯留下了无数个流散的面孔。当最后一个面孔也流散了以后,奥利弗还一直无法从这个景象中摆脱开来。

"现在不会很久了。"列文在后面喊道。

对奥利弗来说,这句话比任何甜美的诗句都胜过百倍。"我觉得,最好还是由你来带队吧,列文。"

"当然。我本来也是要提这个建议的。你刚才很勇敢,寻者奥利弗。"

"谢谢。我不知道,勇敢会这么吃力。"

"赞扬真正的勇敢吧,那是最高尚的力量!"

奥利弗不解地望着埃留基德。

"是《荷马史诗》。"列文顺便解释说,"《伊里亚斯》第九章,第39段,原版就在我的图书馆里。"

"有机会你一定要给我看看。"哲人眼睛里放射着光彩说。

奥利弗摇了摇头,第一次真正地笑了:"我想,我的古典知识还有不少缺陷。"

埃留基德向列文眨了眨眼睛,又面对奥利弗说:"我们的旅程尚未结束。我们还可以在教给他一些东西。你觉得呢,列文?"

一个温柔的微笑出现在列文的嘴角:"你说得很对。如果我们的航船听不到我的呼唤,那我们就会有更多的时间为他上几堂古典知识大课。"

遗忘之海勾起奥利弗心里很多早已以为失落的记忆。在他的一生里他似乎见过海。当时,当柏林墙倒塌时,他父亲的一个姑妈突然大发善心,邀请他们全家三口去南布莫兰①度假,但他记得又好像是鲁莫兰②,他的记忆是那么遥远,那么虚幻。

那个姑妈给"来自东边的客人"以丰盛的接待,就好像他们不是来自原

---

① 德国北部一个地区。
② 德国童话作家恩德《小纽扣基姆和火车司机》中的一个虚拟地名。

第 8 章 诡异的旅程

来的苏占区,而是直接来自大沙漠。在一天游览诺德尼岛①时,父亲的姑妈向她的侄孙和侄孙女大讲起自由的问题来。没有多久,她就死了。

从这一天开始,他所去的旅行目的地,都是远离大海了。所有那些旅行都由国家或一个什么机构出钱,目的是培养很多有希望的年轻天才。因此,现在看到遗忘之海,确实给他巨大的震动,尽管他并没有看到很多东西。

"迷雾甚至在这里也挡住了人们的视线。"戈菲在白马身边说。

"但它真的很大!"奥利弗有些陶醉。

"你根本什么都看不见。"画笔朝霞对面前的景色评价说。

"我在用我的想象力看,"奥利弗反驳画笔,"这你应该更懂得。"

"你难道不觉得,应该向我们介绍你的下一步计划吗?"埃留基德转向列文。他的声音甚至有点儿威胁的味道。

安纳格的主人诡秘地笑了:"你还一直不信任我。是不是,哲人?"

"我们觉得,还有一些问题没有解释清楚。"

列文叹了一口气:"有一个诗人曾说过:'慎重对待信任虽然必要,但更为必要的是慎重对待不信任。'谁要是把他的世界建筑在不信任上,那就是建筑在沙土之中。它会从他身边滑走,让他没有可抓之处。"

"这就是说,你准备把秘密留给自己,可仍让我们信任你吗?"哲人对这个白发学者的模糊表态这样理解。他的眼睛变成了一道细缝。

"他就是这个意思。"妮碧吟道。

"有一个秘密,我们或许现在就可以公开,"列文说。他的微笑仍然那么深邃,他伸出手臂指向大海。

列文和埃留基德间的对话引起了大家的注意,所以他们忽视了浓雾之间不时地在大海里浮现的东西。

"你们看那边,"列文加重语气说,"那就是我们的船。它将接我们去亚特兰蒂斯。"

奥利弗和同伴们顺着列文的手指看去。他们吃惊地看见一艘三桅帆船从迷雾中显现,并径直向他们驶来——在龙骨和水面之间竟留出一米多高的空间。

---

① 德国北海中一个岛屿。

第9章
撒下因特网

> 真理和赤金一样珍贵。
> 可惜也同样那么柔软——
> 任人随心所欲地扭曲
> 造就任何所需的形状。
> ——匿名人

当阴影在叶茜卡和米丽娅的心中升起时,出现在她们眼前的只是一个空荡无人的博物馆大厅。华丽的神道,像一条巨龙躺卧在夜灯微弱的光线之中。她们眼前的伊西塔城门上褐色的龙和公牛,也只是模糊不清的影子。

"我们在这里干什么?"米丽娅的鼻子在手电筒光柱里出现的时候,叶茜卡问。

"我也不知道。"

"我们不是要跟踪海杜克吗?"

"我们可能在什么地方把他跟丢了。"

"米丽娅?"

"什么?"

"这里很不对劲。我知道得很清楚,当时我就是在这里,几乎在同一个地方醒过来的。"

"你是说,我们看到了什么,但却马上就忘掉了?"

叶茜卡点头,她的表情似乎宁愿把头摇一摇。

"这肯定与这座城门有关。"米丽娅喃喃地说,把头转向了伊西塔城门。

"要是能够看一眼下面的蓝砖就好了!"

"你是说内门上的拱顶石?"

第9章 撒下因特网

叶茜卡再次点头。

"赶紧忘掉这个打算,"米丽娅说,"还没等我们把梯子架起来,拿起锤子和凿子,那个可爱的大牧师早就把全柏林的警察都找来了。"

"或许我们对'名字的轨迹'跟踪得过于长久了。"

"我建议我们先回家,然后再考虑下一步干什么。"

叶茜卡笑了:"好主意!我饿极了,就好像刚刚跑到世界的尽头。"

门房放她们出去,没找任何麻烦。走过他身旁时,他在后面喊道:"您没有碰见教授吗,麦卡林小姐?"

米丽娅愣住了:"啊,是的,不过他相当忙。为什么,保罗?您是不是告诉他,我们也在博物馆里?"

"不,小姐。教授最近脾气不好。没有绝对必要,我尽量不和他说话。"

米丽娅听到了他的哈哈笑声,向他问了一个夜安。

走到弗里德里希桥上时,叶茜卡侧眼看了一下女友:"像蛇一样狡猾,是不是?"

"我没有说谎。"

"只是隐瞒了一点儿实情。"

"我们不是在办公室里遇到海杜克了吗?"

"他肯定是另外一种看法,这也是我的希望。"

标致车睡着了,米丽娅试图用打火钥匙把它叫醒,可惜它根本就不理不睬。

"真是个浑蛋!现在我们只能步行回家了。"

叶茜卡得意地对女友笑着说:"我几天前就劝过你,不能在科技进步面前视而不见——早就应该买辆新车了。"

"可我喜欢我的这辆小蹦蹦跳。如果你有一只小仓鼠,也不会因为它打了一个喷嚏就把它冲到马桶里去。"

"你的蹦蹦跳患的不是伤风,而是肺结核,米丽娅。"

"明天我就去叫'黄衣天使'①,给它打一针,它马上就会痊愈。"

叶茜卡推开车门:"那好,我们等着瞧吧。但愿你的蹦蹦跳明天还在

---

① "黄衣天使",德国汽车俱乐部的昵称,因为其工作人员全着黄色夹克。

这儿。"

"它不会这么快被偷走的,因为它还没有那么高贵的身份。"

"这我倒是给忘了。反正不会直接被偷走。谢哈诺选择仆人,肯定是根据另外的标准。"

米丽娅奇怪地望着叶茜卡。"你怎么会这样想?"

叶茜卡耸了耸肩膀。"只是一个想法,还是忘掉吧。"

在克劳斯尼克大街上,叶茜卡不禁问自己,怎么会想到了谢哈诺?肯定是因为她太累了。她很久没有像今天这样累过了。

犹太教会堂那位拉比讲的故事,一直还回荡在她的脑海里。她直到这一天才真正明白,遗忘是多么危险。同样,有关人类的历史、洪水和最后关于宁录的故事,也让她久久不能忘怀。拉比把宁录描绘成上帝的叛逆者。这些天她们得到的这些信息里,不知在什么地方有一条红线,直接穿过谢哈诺的秘密,叶茜卡已有些预感。然而,对于卡西尼亚的统治者知道得越多,问题也就越是失去了全貌和头绪不清了。她总是觉得,各种迹象都纠缠在一个无法解开的线团里面,到底抽哪根线头,才能打开这个结呢?

她们来到克劳斯尼克大街5号时,才用了不到十五分钟的时间。米丽娅打开房门,拉开她外套的拉锁。她突然停住了。

"怎么了?"叶茜卡问,"你可千万别说,把什么忘记在博物馆了。"

"正好相反。"米丽娅拍了拍外套口袋。她把手伸了进去,从里面掏出一堆碎纸片来。"这是什么?是谁放进去的?"

"我刚才就说过,这次去博物馆有很多事情不对劲。你是不是也这样,一想起海杜克的办公室,就会感到脑子里一团雾水?我有一个感觉,对当时发生的一切,我们只还记得一半。"

"这好像是撕碎的照相拷贝。"米丽娅仔细看了看那些纸片说,"而且相当不成功。"

"如果是你从博物馆把它们带回来的——我对这一点毫不怀疑——那就必然是很重要的。我建议我们现在马上就开始一场好玩的拼图游戏。"

"可现在已经十一点了,叶茜卡!"

"正是。也就是说,再过不到六十分钟,我们破解谢哈诺密码的时间,就只剩下整整六百四十八个小时了。"

第9章 撒下因特网

"你是刚刚心算的吗?"

"怎么?"

"啊,没什么。你去客厅,把餐桌弄干净。我去烧一点儿茶。"

"带一张大纸和胶水来。"

"遵命,华生博士。"

拼图游戏看起来并没有那么容易。因为米丽娅把很多拷贝的碎片都拿来了,它们先得把各种纸片分门别类。手表上的短针已经接近一点,她们才终于把六张纸拼凑起来。

"这是他经常拿在手上的那个碎陶片。"米丽娅吃惊地说。

"那个呢?"叶茜卡指着另一张几乎发黑的拷贝,上面是另外一些图像。

"他今天……"米丽娅看了一眼叶茜卡的手表,立刻更正说,"……啊,是昨天,他去了伦敦的克里斯蒂拍卖行。对,这块碎片是他从那里带回来的。"

"你能解读上面的文字吗?"

"拷贝很不清楚——否则他也不会扔掉。但我想,我们还是可以从中读出些什么来的。"

"我可以用扫描仪把它显示出来,然后减弱一下上面过于亮的地方,这样……"

"不用这么麻烦,叶茜。"米丽娅把手放在叶茜卡的胳膊上,但目光却一直没有离开那份拷贝。"如果用这两张,我们也能够搞清楚。"

"你只是不喜欢我用 PC。"

"对。能把放大镜递给我吗? 就在那儿。"

叶茜卡拿来放大镜,然后默默地看着这位女学者工作。

"这不是苏美尔文。"米丽娅一开始就说,她显然有些吃惊。"我从来没有就近看过海杜克那块陶片。这都是些古希伯来文。"

"有什么问题吗?"

米丽娅抬起头看着她:"没有我的书架解决不了的问题。"

叶茜卡眼睛中的疑问,很快就变成了佩服,只见这个爱尔兰女人从书架上抽出几本书来,然后拿起笔和纸,研究着那些奇特的文字。她等待着,不打扰她,只有一次给米丽娅送去一杯刚烧好的茶,但女学者似乎已经关闭了她的耳朵——她根本就没有反应。她翻阅着,记录着,又翻阅,又记录……

过了一会儿,她又拿了一张白纸,继续记录着。

正在叶茜卡由于劳累禁不住把头低下时,米丽娅突然宣布:"完了!"

叶茜卡猛地抬起了头:"什么?"

"我已经把上面的文字翻译出来了。"

叶茜卡把纸条拿过来,读着上面写的十二行字:

> 如果 schamalim 关上他的闸门,
> meechomem 就将奋起,
> 让人们最终忘记 ham mabul。
> 从 tehom 里将显现
> 被称为 schiqquz 的东西,
> 将出现在 Ka‐dingir‐ra 前,
> 把他的名字置于他的脚下,
> 于是 schuppim 将为他打开城门:
> 一次是使他超越 malchuth schamajin,
> 二次是为了把记忆交给他,
> 而三次则是把他抛入 tehoms 的心中。
> 但忘记那里发出的声音吧……

叶茜卡无助地望着米丽娅:"你不是说,已经把文字翻译过来了吗?"

米丽娅以她特有的方式笑了:"你有时真的很可爱,叶茜。你要是没有键盘,就像是一个新生儿在学习烹饪课。"

"谢谢。可这都是什么意思呢?"

"或许密码专家小姐可以把上面这张纸先拿掉再看看。"

叶茜卡这样做了,在她的眼前出现了这首神秘诗句的第二个版本。这里所有的那些滑稽的词汇都翻译了出来。"你太坏。为什么不让我先看这张译文呢?"

米丽娅像蛋糕上的蜜糖小马那样笑了:"我只是想检查一下,是不是忘记了什么。"

叶茜卡读新的译文:

第9章 撒下因特网

> 如果上天关闭它的闸门,
> 制造毁灭者就将奋起,
> 让人最终忘记洪水。
> 从深渊里将显现
> 被称为"丑陋的东西",
> 将出现在上帝之门前,
> 把他的名字置于他的脚下,
> 于是守护者将为他打开城门:
> 一次是使他超越天堂的王国,
> 二次是为了把记忆交给他,
> 而三次则是把他抛入深渊的中心。
> 但忘记那里发出的声音吧……

"后边的点、点、点是什么意思?"

米丽娅耸了耸肩膀。"碎片上什么都没有了。我估计,还应该有其他的碎片,但海杜克或者还没有拿到,或者保存到了什么别的地方。"

叶茜卡叹了一口气。她显然有些失望:"我觉得,这比拱顶石铭文还要复杂。这乱七八糟的到底是什么意思呀?"她再次高声朗读米丽娅的译文,其实是想强调它的毫无意义。然而,她每读出一行,心里就都发生了些微变化。米丽娅同样有这个感觉,就好像脑海里的一场风暴,一场洗涤万物的豪雨,一滴一滴在洗去秘密铭文上的污秽。然后,叶茜卡开始读下面这句话:"……二次是为了把记忆交给他……"她停住了,然后又从头读起。就在她读这句话的时候,她脑子里的遗忘纱幕突然被拉开了。当她读完的时候,她已经知道——米丽娅也是如此——昨天晚上在博物馆里发生了什么事情。

"这根本是不可能的!"她轻声说,睁大了眼睛望着米丽娅。

"但看来就是这样。现在我们至少知道了,海杜克是如何记起了你父亲和奥利弗,而你又是如何把他们彻底忘记的。"

"可是……"叶茜卡似乎听到内心里一个人在跟她说话,"我还一直不知道奥利弗发生了什么事情,为什么我记不起他呢?"

"这我也不能告诉你,叶茜。也有可能,只是在这些语句影响下消失的东西,才能够重新回忆起来。"

"你是什么意思?"

"呐,你难道不记得,伊西塔城门打开之前,海杜克都做了些什么?"

"当然!他举起了手臂,然后又说出了什么咒语。但我听不懂他在说什么。"

"你看。我估计,他利用了陶片,打开了通往谢哈诺帝国的大门。你看这儿:'将出现在上帝之门前,把他的名字置于他的脚下,于是守护者将为他打开城门。'这些话我是从他长期就占有的第一块陶片上抄下来的。这里同样涉及到一个未知的名字,与拱顶石铭文一样。'上帝之门',就是内门——我们先前就已经知道,阿卡德语的 bab–ilu,与这里使用的苏美尔文的 Ka–dinggir–ra 的意思是一样的。"

"你不是说,这首铭文是用古希伯来语写的吗?"

"文字本身和大多数词汇是这样的。我自己也无法解释,写者为什么混合使用各种不同的语言。不管怎样,他都说得很清楚,他必须在这之前要把 schiqquz——被称为丑陋的东西——和他的名字推向城门前,好让守护者为他把门打开。"

"这就是说,雅诺什·海杜克知道谢哈诺的真名!"

"我也是这样认为的。这首诗的最后一段,看起来是如何使用这个名字的关键。我想说,海杜克已经使用它一次,是为了替谢哈诺打开城门。他还可以使用第二次,为了保护自己不忘记……"

"如果他喊出第三次,那么谢哈诺就会重新被抛回到他来的地方去。是不是里面所说的'深渊的中心'呢……?"

"希伯来语的 tehom,我翻译成深渊,与 Tiamat 很相近,这是巴比伦人称之为宇宙的始祖。它是所有咸水的化身,因而也就必然是马尔杜克的曾曾祖母。"

"如果我理解的正确,就是说,马尔杜克即宁录即谢哈诺已经回到了祖先的怀抱——他已经不复存在了。"

米丽娅点头。"我也会这样解释这些话的。你肯定会成为一个真正的考古学家,叶茜。"

"谢谢。"叶茜卡的眼睛第一次放射出光彩。"我现在也清楚了,教授为什么用那样不客气的语气和那个金雕像说话了。如果他愿意,他就可以使卡西尼亚的统治者消失。"

第9章 撒下因特网

"问题只是,他是不是愿意。你还记得谢哈诺带有威胁的回答吗?海杜克很想成为地球上的君主,这他说得很清楚。但能否得逞,看来是取决于金雕像的意愿。"

"典型的爱恨综合症。"

"可惜的是,他们两人的表态都不清晰,我们无法知道谢哈诺的要害在何处。我们从这两份残缺文件所得到的东西,可以算作是我们的'名字的轨迹'中所缺少的最后一项吧,即谢哈诺的真名。"

叶茜卡的手指一直在抚摸着脸上的酒窝。"我还不清楚的是,"她喃喃地说,"海杜克是从哪里知道这一切的呢?看来他也知道金雕像的隐秘名字。难道真的可以通过偶然性得到这个隐蔽的轨迹吗?"

"我觉得,这不太可能。如果连克尔德韦都不知道这些,那么其他一个什么人怎么会发现这个秘密呢?"

突然,叶茜卡的眼睛睁大了。随之下巴也垂了下来。

"你怎么了?是不是不舒服?"米丽娅担心地问。

"除非是克尔德韦团队里有一个亲近的成员,在队长还不知道的情况下,已经得到了某个挖掘出来的物件。"

米丽娅眯缝起眼睛望着叶茜卡。"你肯定想到一个固定的名字,快说出来!"

"名单……快把名单给我!"叶茜卡激动地喊道。

"什么名单?"

"记录名字的名单……不是'名字的轨迹'……你知道,另一份名单,就是你在博物馆图书馆里抄下的名单。"

米丽娅走到写字台,从一堆资料里找到了名单。她耸了耸肩膀,递给了叶茜卡。"能对我们有什么帮助吗?"

叶茜卡的手指在名单上走动着:"就是他!"她说,好像这就是问题的所在。

米丽娅嘟囔着看着那个名字:"霍尔蒂·拉兹洛?"

现在她的眼睛也放射出光彩:"听起来也是匈牙利名字!"

"不是吗?在一周半以前,我还无法解释这份名单有什么地方不对劲。现在我知道了,其中包括了对我们重要的信息。"

"你是一再给我抛出新的谜团。你是不是有摄影机一样的记忆力呀?"

叶茜卡耸了耸肩膀。"可能吧。你觉得,你能找到一点儿这个霍尔蒂的材料吗?"

"我明天一早就去博物馆图书馆看看。"

"千万别让海杜克抓住!"

"我寻找必要的材料,然后拿回家来读。这虽然违反图书馆的规定,但我们的研究所有一条不成文的规则,勤奋的工作人员允许破坏一次这个规定。"

"而我们是最勤奋的。"

两个人都笑了起来。她们感到很轻松,终于在揭露谢哈诺及其帮凶阴谋的路上又前进了一大步。至少她们认为是这样。现在就等着证明,这个霍尔蒂是否与雅诺什·海杜克有什么关系了。

这个星期六,叶茜卡和米丽娅都多睡了一会儿。她们夜里凌晨两点才上床休息。吃完早点,米丽娅给汽车俱乐部打了电话,告诉了她汽车停泊的地点。然后两人赶紧去城堡大街,等待俱乐部的服务车到来。

不久,一辆黄色的汽车停到了生病的蹦蹦跳旁边。司机看起来夜里没有睡好觉,或许正因为如此才对汽车了如指掌,因为米丽娅的汽车患了嗜睡症。只见他在汽缸盖附近做了几下手脚以后,标致车又像一只早春喝足了蜂蜜的雄蜂一样嗡嗡叫了起来。米丽娅表示了感谢,然后塞给"黄色天使"一张钞票。

"你看,"服务车离开以后,她得意地说,"你差一点儿把它冲到马桶里去。"

"那是你说的话,"叶茜卡反驳说,"我从来不会说这个。我们毕竟生活在一个废品再生的时代。"

"那好,现在让我们看看,在博物馆的旧纸堆里还能发现些什么。"

米丽娅和叶茜卡来到帕加马博物馆时,警察们在这个早上的行动已经结束。博物馆的保安在夜里发现了又有两件展品消失,立即报了警。自从博物馆发生多起失盗,警察们专门成立了专案调查组。门房告诉米丽娅,警察也把保安日志拿走了。这些执法人员肯定很快就会看到女学者的名字。看来,米丽娅不得不准备回答各种讨厌的问题了。

"我已经感到奇怪,我们怎么能够如此地在博物馆里自由自在的走动

第 9 章 撒下因特网

呢？"叶茜卡沉思着说，她们这时已经走近国家画廊。

"我估计，这后面有海杜克插手。当他把记忆税交给谢哈诺时，他毕竟是最不需要什么照相机的人。"

叶茜卡突然站住了。"你再说一遍。"

米丽娅疑惑地望着她。"你怎么了？是不是像昨夜一样，脑子里又有了什么闪光？"

"你说，海杜克不需要照相机。"叶茜卡拍了一下脑门，"我的照相机！"

"照相机怎么了？"

"它还在我家的书架上。当时我在博物馆醒来时，它就在我的身边。我除了忘记奥利弗，也忘记了照相机的作用。等我们在这里办完事以后，我们必须回贝格大街把它拿来。"

"就这么办，叶茜。"米丽娅拉住叶茜卡的手，"我有一个很好的感觉。现在我们是猎人，而谢哈诺是猎物。"

在图书馆停留的时间不到半个小时。她们又顺利地离开了海杜克的管辖范围——米丽娅的同事说，海杜克正在接见记者。

在叶茜卡的帮助下，米丽娅从图书馆数据库里找到了一些书和手稿，所有将带走的东西，都让叶茜卡登记在外借的数据库里。背包里带着资料，她们开车去贝格大街。

标致车直接停在了 70 号房子门前。下车时，叶茜卡又抬头看了一眼门上面那些破损的面孔。它们和上次见到时没有什么两样。同样，第一道后院里的光秃的大树，也给人以荒凉的感觉。两个女友走过它的下面时，最后一片树叶被风吹了下来。不知为什么，叶茜卡总是觉得，她生活的这座城市，一切都在消失之中。

她一打开房门，一股难闻的味道就冲了过来。

"但愿我没在厨房留下什么吃的东西，现在可能已经腐烂变臭了。"叶茜卡说。

她的担心证明是没有道理的。房子里的一切还都像叶茜卡走的时候一样。照相机也还在她的房间里。

"我得把冲洗设备也带走。"叶茜卡手抚摩着酒窝说。

"设备？"米丽娅有些神经质地说，"这又是什么意思？"

"我们必须把胶片洗出来。"

"你不能把胶卷送到照相馆去冲洗吗?我们周一就能取回来。"

"如果我自己冲洗,几个小时就可以看到照片了。而且这个胶卷十分珍贵,我不能把它交给别人。"

米丽娅叹了一口气:"那好。但有一个条件。"

"什么条件?"

"不能把酸液弄到我的沙发上,也不能把什么化学制剂放到冰箱里去。"

"保证。"

叶茜卡的冲洗设备是用一笔奖金购买的,那是一次青年科研成果比赛中获得的特别成就奖。她当时写了一篇论文论述硅片晶体结构的变化。当她们把几个塑料容器、冲洗溶液以及其他一些器具都装进了米丽娅的小型运输车以后,她们直接回到了克劳斯尼克大街。在女学者的浴室里,立即搭建了一间临时暗室。

"我能够暂时离开一下吗?"米丽娅问,她的目光忧虑地盯看着叶茜卡的搭建工作。

"你必须离开吗?"

米丽娅点点头:"我还想到公共图书馆去看一看。从博物馆拿回的资料或许不足以了解霍尔蒂的全部踪迹。"

"这我不能想象,但我不反对。我还有些事情要做,你可以先离开一下。"

过了一会儿,叶茜卡听到了房门的关闭声。只是几分钟以后,一个记忆突然跳了出来,她立即跑到了窗前,但米丽娅的蹦蹦跳已经离开了停车场。

现在,房间里就只剩下她一个人了。她不禁想起夜里博物馆的一些场景。雅诺什曾从谢哈诺那里得到了一只埃及蜣螂,一只小乌龟大小全身发光的屎壳郎。谢哈诺曾提到,这个活物曾帮助过海杜克,而且它还有能力无声地运动,甚至穿墙破壁……

叶茜卡跑到了厨房,她急促地翻腾米丽娅的厨房用具。一把勺子?太轻。一根擀面杖?太不顺手。一只铝制的肉锤!正好合适。那个绿色的屎壳郎肯定是偷父亲日记和其他铭文拷贝的窃贼。但叶茜卡不想再让人偷走什么了。她宁肯用锤子把这家伙敲成一千块碎片。

她带着这个武器回到了浴室。把白炽灯泡换成红色灯泡,把各种溶液摆放好,开始工作。她得先把照相机里的胶卷冲出来。先是使用一种稀释

第9章 撒下因特网

的冲洗液,接着把胶片放进稀释的醋酸中,最后放进定影液里。她不断观察着四周的动静,看看她的武器是否还在马桶盖上。定影以后,她又更换了灯泡。现在她可以在正常的灯光下工作了。底片必须洗净,然后晾干。

在冲卷过程中她就在观察底片上的图像,但细节看不太清楚。她耐心地等待着底片晾干,然后才终于开始了下一个步骤:放大反转片,即真正的纸照片。

为此她必须把底片放进放大机中,每张照片都反映到特殊的感光纸上,然后在进行化学处理。现在开始了最紧张的一刻。相纸上逐渐显现出轮廓。当叶茜卡意识到她都摄到了什么的时候,她的心剧烈地跳动起来。

她充满惊奇地看到两张有母亲箱子的照片——箱子里面有信件、芭蕾舞鞋、装有发卡的玻璃瓶。

叶茜卡的呼吸停住了。玻璃瓶倒放在箱子里。她可以清晰地看到每一个发卡。这张照片上不知是什么使她不安。但她不知道是什么。她沉思着把湿照片吊在一条晾衣绳上。

当下一个图像显现出来时,她惊得把装有醋酸的塑料瓶碰倒了。她赶紧用浴缸上面架子上的一块毛巾去擦流出来的酸液。她没有时间考虑米丽娅会对这件事有什么反应,而只是把毛巾扔到浴缸里,然后又弯下腰去观看那张照片。简直不敢相信!她确实把父亲的日记拍了下来,准确地说是双页,左边是拱顶石上的楔形文字,右边是它的译文。

她用颤抖的手指也把这张照片吊到绳上。下一张照片,又使她可以自由呼吸了。那只是伊西塔城门对面那幅巨型壁画,没有什么特殊的地方。然后,叶茜卡再次受到了意外的冲击。

叶茜卡疑惑地望着照片上伊西塔城门缓缓地显现出来,但它的样子却和一般游客所看到的完全不同。整个伊西塔城门笼罩在无数小光点当中,门洞里飘浮着一个光的旋涡,它的后面显现出一座森林的影子,森林前面站着——一个稍胖的男孩。

"奥利弗!"叶茜卡轻声地喊道。她真的目瞪口呆了。她用颤抖的手指洗最后一张照片——胶卷上只有六张曝光的底片。图像逐渐显现时,似乎和前一张没有多大区别。然后,叶茜卡还是看出了不同:光的旋涡不见了。穿过城门可以清楚地看到一座宏伟的森林。近处的树木,只能看到巨大的树干——它们肯定已经十分古老。奥利弗就站在门洞下面,头吃惊地仰着,正准备踏入森林。

现在,叶茜卡毫不怀疑了。奥利弗确实穿过了伊西塔城门。他必然是像铭文中说的那样携带着"心中遗忘之物",才取得了进入卡西尼亚的入境许可。携带的是什么呢?

叶茜卡把这张照片也吊在绳子上时,目光又落在了母亲的箱子里。躺在那里的装有发卡的玻璃瓶神秘地吸引着她。她极力思考着。母亲的头发!那一缕红色的秀发不比寻常,甚至在她死后仍然保留着意义——奥利弗和叶茜卡的头发就是明证。父亲把这些发卡像宝贝一样留了下来,而玻璃瓶倒下了……

走廊里传来的响声使她一震。她又想起了蜈蚣。她闪电般拿起肉锤,举了起来……

"你这是怎么了?"米丽娅问。她喘着气站在浴室门口。

"我把地上的铺垫弄脏了。"

"所以你就要把我打死吗?"

叶茜卡放下锤子。"请给我点儿时间,我的脑子现在很乱。"

米丽娅拉住叶茜卡的胳膊,抚摩着她的后背。"好了。没那么严重。关于酸液的话,我并不是那么认真的。而且我反正也不喜欢浴缸前面那块铺垫,颜色特别难看……"

米丽娅的目光落到了晾衣绳上吊着的照片上,并停在了前面。"这是什么?"她吃惊地问。

叶茜卡摆脱开拥抱,看着米丽娅指的那张照片:"我弟弟奥利弗。"

"我不想低估这一事实。在我看来,你的弟弟似乎正想迈步离开我们的大地母亲。"

"对一个男孩来说,是很小的一步,但对人类来说,却是一大步——反正我是这样认为的。"

米丽娅皱起眉头望着叶茜卡。"奥利弗看起来不大像一个登上月球的宇航员。"

"但他所做的事情,对人类却可能比尼尔·阿姆斯特朗更为重要。他或许是拯救人类记忆的惟一一个人。"叶茜卡骄傲地指着左边第三张照片说:"你看见了吗?"

"简直就是不可能的!"米丽娅认出了叶茜卡父亲的日记。

第9章 撒下因特网

"现在,我们有可能把铭文最后一句的秘密揭开了吧——如果我们不再把它丢失的话。"

"蜣螂!"

叶茜卡点头。

"这就是你为什么差一点儿就把我打死的原因吧?"

"别太夸张,你最多也就是一个中等的颅骨损伤。"

"那我就放心了。"

和以前一样,她们又坐到了餐桌旁,已经过了一个半小时。她们头顶墙壁上挂着那张画有红叉的年历,在它的右下方还有二十七个空白方格。外面已经暮色苍茫,两支蜡烛在桌子上燃烧着。叶茜卡和米丽娅已经吃完了饭,和往常一样,她们面前摆放着一个茶壶。两个人都在观看着照片上的楔形文字。

"你知道我还有什么不懂吗?"叶茜卡过了好一会儿说。她用一只手斜撑着头,脸变得有些扭曲。

"不知道。"

"怎么才能知道这些文字的年代呢?"

"你为什么问这个?"

"我还记得,父亲在日记中曾提到过另外一些文字。他说,它们可能比考古学家所估计得还要古老很多。"

米丽娅把一盒火柴倒在了桌子上,开始来回挪动:"你说的是哪些文字?"

"它们似乎就在谢哈诺雕像的脚下。"

"啊,是那些。你父亲的估计并不错。我可以给你举个例子,使你对这个问题有个概括的了解:如果你今天看到一本二百年前印制的书,你或许从其中的老式文字和书的装潢可以看出,它不会是近几年前印刷的。象形文字也是如此。"米丽娅正在欣赏她用火柴摆成的小房子。她决定建立一个火柴村落。

"可当时并没有印刷术,"叶茜卡说。她的目光有些不满地看了看米丽娅的火柴游戏。"父亲在日记里说,石雕下面的文字可能来自公元前四世纪之前的一个时代,那个时代明显在亚历山大进入巴比伦之前。他怎么会知道得这么清楚呢?"

"楔形文字从产生以来,也和1450年德国古滕堡发明活字印刷之后书籍的装订一样是不断发展的;楔形文字使用的历史要比书籍长的多!从中我们可以得出有趣的结论来。比方我的有些同行认为,著名的纳布尼杜斯编年史——这是一块差不多14厘米见方的小陶片,今天保存在大英博物馆里——根本就不可能是纳布尼杜斯的作品。因为他生活在公元前六世纪,波斯人攻占巴比伦时期。可那块陶片上的日期却是塞琉古王朝。那是公元前312至365年,也就是说,至少比纳布尼杜斯时期晚二百年!对一个像你父亲这样的学者来说,很容易就可以确定,那些楔形文字是在公元前539年10月5日之前几乎两千年时产生的。"

"他并没有表达得那么准确。"

米丽娅笑了,用手背把桌面上的火柴村落拂开。"就在这一天,巴比伦陷落到波斯居鲁士大帝①手中。我所以提到它,是因为至少从这时起巴比伦华丽建筑的丧钟已经敲响了。不到一代人的时间,波斯王薛西斯②攻入了这个城市,很多圣殿被他摧毁。巴比伦的阶梯塔,即天地塔的宽阔的露天台阶,也被他拆掉。对这个城邦的强大的教士阶层来说,最大的侮辱莫过于毁掉了他们所尊敬的马尔杜克的金雕像和其他一些圣物……"

米丽娅的声音越来越轻,直到最后完全停住。

"怎么了?"叶茜卡问,但她立即也睁圆了眼睛,"你是不是觉得……?"

米丽娅深沉地点了点头:"马尔杜克的雕像。在我们的'名字的轨迹'上马尔杜克紧接着宁录。完全有可能,薛西斯只是故意说已经把马尔杜克的雕像毁掉了。"

"这对他有什么好处?"

"我们可以这样认为,大多数进入巴比伦的征服者,都让当地居民的神灵完好无损地留下来。很多巴比伦的习俗一直保留到我们今天的宗教当中,决不是偶然的。所以发生这样的事情,主要是因为胜利者希望,战败的巴比伦人能够融入自己帝国中,但也许还有什么更多的含义隐藏在后面。"

---

① 居鲁士大帝(公元前590—前529),波斯政治家和阿契美尼德王朝的创建者,公元前539年10月征服巴比伦。
② 薛西斯(公元前519—前405),波斯国王大流士一世之子,以大举入侵希腊和埃及而著名,曾在巴比伦自立为王。

第9章 撒下因特网

"是什么呢?"

"他们都很迷信,惧怕激怒古老的神灵,或者……"

"……是那个传说:如果能够揭开这个雕像的秘密,就可以获得无限的权力。"叶茜卡把米丽娅的猜测明说了出来。"如是这样,那么被薛西斯夺走的雕像,有可能就是我们在伊西塔城门下见到的那座活生生的石雕,而波斯王自己就可能是过去的雅诺什·海杜克。"

"应该是个很有成就的他。谁知道呢,或许在数千年的时间里,已经有过不少人接近了这个谜底。"

"或者,我们现在所想的一切,不过都是热空气。"

"或者吧。"

"你很善于给人以勇气。"

"但这一切都是没用的。我们如果想真正取得进展,就必须集中力量去解决这个问题。"米丽娅用手指着照片上的楔形文字说。

叶茜卡使劲瞪着父亲日记上的那两页纸,然后她又看了一眼被拂到桌子边上的那一堆纷乱的火柴,然后又看照片。

"有了!"她突然大声喊了起来,吓得米丽娅把刚要喝到嘴边的茶晃出了一桌子。

"叶茜卡!我觉得,你今天真的是想把我给吓死。你这又是怎么了?"

"火柴!"叶茜卡激动地指着米丽娅的火柴村落的废墟。"你不知道有一种游戏,用很少的几下就把一个火柴图像变成另外一个吗?"

"我讨厌这种智力游戏。"

叶茜卡把手拍在脑门上:"我怎么早没有想到呢!还想要当密码专家呢!你的西摩教授曾写道,那些秘密的楔形文字使他想起了他孙女的拼字游戏——而我这个特兰苏却没有留意。"

"什么没有留意?"

"只是一个密语!每一个楔形——或者你们考古学者所说的文字中的楔块——就是这里的一根火柴。"

"你是说,每一根火柴可以任意变换位置?但那就有无限多的可能性啊!我们就永远也无法知道这些文字的真正意思。"

"并不是无限多,"叶茜卡纠正说。她拿过一张白纸,然后按照文字中的每一个楔形的顺序,用铅笔尖点击着。每一个符号,她都记下一个数字。米丽娅无声地看着她。

"一百一十九个马蹄钉。"叶茜卡数完后宣布。

"马蹄钉？"

"我觉得，这些楔形很像马蹄钉。"

"这能够帮助我们吗？"

叶茜卡坚定地点头："这至少是一个开始。我现在需要你一些信息，然后我就可以工作了。"

"你在说什么呀，叶茜？什么信息？什么工作？"

"你难道还不明白吗，米丽娅？我现在正在兴头上。秘语一直在吸引着我。就我现在看，那些未知的楔形文字，和我父亲翻译过的文字有一些重要的一致性：马蹄钉基本都是用三个角度排列的，它们长短不一，而且相接或相交在固定的位置上；它们中的某些还完全单独站在那里。这就是规律性，我可以把这些编入一个电脑程序中去。"

"这我想到了！"

"你必须帮助我使这些特点完善起来。另外，我还需要全部楔形文字清单，或者一本字典，最好是苏美尔语和英语对照，如果可能最好是在 CD-ROM 上。"

"没有更多的愿望吗？"

"你能弄到吗？"

"据我所知，既没有 CD-ROM，也没有象形文字字典……"

"可是？"

"让我先给你解释一下：你父亲在日记里翻译的楔形文字铭文，虽然出自两河流域文化的早期，但却仍然不是新的发明。"

"你是说文字。"

"聪明的丫头。你在这里看到的这些符号，最初是从表现日常事物的简单图像中演变出来的，例如一只鸟、一头牛、太阳或者一个飞行器。"

"我想，你曾经把它们称为图标。"

"正是。后来，这些符号逐步简化，还增加了一些新的抽象概念，比如神灵的名号。很多新的符号都是由老符号组合而成，于是就逐渐形成了一种适用的文字体系。如果我记得不错的话，曾在一篇专业文章中读到过，我的一些同行正在制定一份包括所有苏美尔文字的检字表。"

第9章 撒下因特网

"如果不使用电脑,我会感到很吃惊的。"

米丽娅叹了一口气。"估计你说得对。我保证,周一就去办这件事。"

"为什么这么晚?他们没有 E-mail 地址吗?"

米丽娅做了一个怪脸。"很可能有吧。噢,多么幸福的西摩教授啊!你是永远不会和这些高速白痴打交道的!"

"别这样,米丽娅!你这个破铁皮信箱,你楼道里的那个东西早就过时了。今天的世界用电子进行交流。"

"如果我把一碗茶倒在你的 E-mail 信箱上,你还怎么去交流?而我的信箱最多邮件有点儿潮湿,看你的信箱……"

叶茜卡气愤地吸了一口气。"你敢!"米丽娅的思路听起来似乎过于现实了。

"不必担心。"米丽娅笑了——不像刚才那么带有嘲笑的味道,而是像先前那样欢乐的笑。"我不会烫坏你的宝贝的电线的。你可以把你的电子邮件发走,然后编你的程序吧。你需要什么,我都去给你找。"

下一个小时,两人开始找出苏美尔楔形文字的基本特征。叶茜卡用心地都记录下来。她还从米丽娅那里得到几本书,其中有被叶茜卡称之为"试验数据"的内容。实际上,都是些楔形文字的选例及其意义。

最后,她们两人起草了给米丽娅同行的信件并发了出去。叶茜卡早就连接了米丽娅的电话线路,好让她从这里就能进入因特网的 Web 环球网中。

"你一个人就能完成吗?"最必要的工作做完之后,米丽娅问。

"程序?没有问题;两三天以后就可以完成。我所担心的是计算时间。"

"什么意思?"

"我担心,如果一本字典的丰富内容全部进入硬盘,马蹄钉的组合就会有很多可能性,这样我电脑的计算功能可能不够用,无法在百年之内解决这个问题。"

米丽娅沉思地用手指卷起一缕红发,喃喃地说:"这可能稍微长了一点儿。"

"但我已经有了一个主意。"

头发立即脱离了手指。"其实我应该想到才是。你是不是想给你的电脑打一针维生素啊?"

"不。这是一个天才的女学生所能得到的最快捷的方法。"

"千万别求我去大学电脑里为你偷计算时间。"

"哪里!我还有更好的办法。"

"那是什么呢?"

"网!"

米丽娅对这个回答无所适从。

"我是说 Web,因特网。"叶茜卡进一步解释。

"啊,是这样。怎么帮助我们呢?"

"我有三个朋友:一个在加拿大的温哥华,一个在加利福尼亚的伯克利,第三个在雅加达,爪哇岛上。"

"现在你又吹牛了。"

"我从不吹牛!这三个人和我的爱好一样。"

"他们也玩火柴杆吗?"

"那是你。不,他们都在破解密码,十分能干。"

"原来都是些黑客。"

"这才更接近核心问题了。伊恩·戈德堡——这是其中的一个——和他的一个同学大卫·瓦格纳不久前在因特网上发现一家市场主导厂家的软件程序中有一个不该有的疏忽。那本是一个安全程序,结果一下子就变得不防水了。我是通过密码庞克认识他们两人的。"

"这听起来不像是一个妈妈愿意把女儿托付的团体,除非事先进行逼供威胁。"

叶茜卡笑了。奇怪的是,她很愿意听米丽娅这样说话。她取笑地说:"别担心,妈妈,密码庞克只不过是 CSUA 为一群密码狂邮寄名单的读者。那是 Computer Science Undergraduate Association 的缩写,从这个全名看,它是加利福尼亚大学的一部分,位于伯克利。我们三个定期在加利福尼亚大学城的一个 Chat 里相会——最近几周我有些冷落他们了……"

"等一等,等一等!别说得这么快。这 Chat 又是个什么?听起来好像是无拘无束的聊天。"

"有时也确实如此。一个 Chat 在一个固定的服务器上举行,这个词在这里的意思是,因特网电脑向网上冲浪儿提供的某种服务。"

"那么 Chat 就是其中的一种服务了?"

"正是。我们的服务器在伯克利,但它可以和世界上任何地方联网。但

第9章 撒下因特网

你作为一个 Chatter 并不知道。你选择固定的时间进入电脑,然后就可以与你的同道随心所欲地聊天或者深入交流思想。"

"尽管这违反我的原则:但听起来却很诱人。"

"不仅听起来是这样——事实就是如此。特别当看到我们一再相会的 Chat 到底是什么的时候。"

"那么,参加这种国际聊天的,肯定不会只有你们三个人吧?"

叶茜卡点头。"当然不是。密码爱好者是一个可爱的家庭,它有很多孩子。我和三个朋友也尽可能被更多的'兄弟姐妹'嫁接。如果所有人都聚在一起,那我们要不了几天就会把密码解开。"

"我不知道。但听起来却是过于乐观了。"

"你这种不断的悲观情绪真让人受不了。如果希望不大,我肯定不会想到这个主意的。不太久以前——我记得那是 1995 年——密码庞克曾以类似的方式解决了一个疑难问题。"

"是吗?"

"是的。我们集体的一名成员想揭露刚才提到的因特网程序中的安全隐患。于是他把这个软件的安全进程捆绑成为一个可爱的数据包裹,然后加密;上面的一条红丝带上清楚地写道:'全世界密码爱好者,联合起来。谁能够解开这个密码?'"

"后来呢?"

"很多人都来报名,结果把文本给解开了。"

"我想,我再也不去自动取款机取钱了。"

"其中的一个解决方案就出自我们密码庞克。我们可以通过因特网把我们的条件提出来,要求大家给我们'捐献'计算时间。用不了三十二个小时,关键字就会找到。二百多个志愿者在他们的电脑里安装了密码庞克程序——与因特网连接——并分别去搜寻关键字域。对我们是个巨大的乐趣,而对那些轻信技术供应商绝对担保的人来说,则是一盆冷水。"

"这我可以设想。你是不是觉得,我们这个问题的——你是怎么说的——关键字域也可以分割,让多个黑客朋友同时寻找解决方案?"

"不用担心,我会处理好的。我给每一个可能的楔形文字符号一个密码,让它和马蹄钉的数量和位置在象征上相互关联。然后再结合字典中找到的所有概念清单,我们就可以建立一个类似关键字域那样的范围,然后把它分割成一个个小块。这当然还需要点其他东西,以便句法和语义相互一致。"

"看你说的!"

叶茜卡自觉地笑了:"让我去做吧。谢哈诺的日子屈指可数了。我们要把这张网撒出去,很快就会抓住他的。"

"这样我就可以放心地去做一些日常生活小事了。"

"比方说拉兹洛·霍尔蒂?"

米丽娅点了点头:"对他本人我还没有找到什么东西,但却找到另外一个和他同姓的人。"

"有趣。"

"他名字是米科洛斯,曾经是匈牙利帝国摄政官。"

"是什么意思?"

"今天可以说是政府首脑。"

"原来如此。你觉得他和我们的霍尔蒂有血缘关系吗?"

"这我还不敢说。我想再看看从博物馆图书馆拿回来的材料。另外,我还去了一趟那里。"

"哪里?"

"博物馆。我给一个老同学发了一个传真……"

"为什么不从家里发个 E – mail 呢?"叶茜卡打断了她的话,显然不太理解。

米丽娅无奈地皱起了眉头,没有理会她的批评。"他现在是布达佩斯美术博物馆的埃及学专家,或许他能够对霍尔蒂说些什么,这个霍尔蒂曾在二十世纪初在匈牙利科学领域有过一些名气。"

"那好。现在我建议,你把鼻子插进博物馆的资料中去,而我开始搞我的程序。"

已经是晚上九点钟了——米丽娅还在研究她中午从博物馆图书馆拿回来的资料,叶茜卡的手指还在不停地敲打着电脑的键盘——外面突然有人按门铃。两人同时停了下来,相互看着。

"这么晚,会是谁呢?"米丽娅问,这时又第二次响起了门铃声。

"不知道。我去看看吗?"

米丽娅点点头:"我们当然不能装死。"

第9章 撒下因特网

叶茜卡从写字台旁的转椅上跳起来，跑向门厅。米丽娅听到她迟疑了一会儿——显然是在窥视孔里观看外面的情况——最后还是打开了房门。

"您有什么贵干？"叶茜卡的声音传到了客厅。

"我是一级警官哈梅施普龙。我可以进去吗？"

"您有警务证件吗？"

"当然……你真是一个警觉的女孩……请看。"

"谢谢。您有搜查令吗？"

"现在你走得太远了，年轻的女士。整个事件对我已经很不如意了，肯定对麦卡林博士也是如此——你不会是她吧——在这种情况下，最好不要在楼道里谈论这个问题，让大家都听到……"

"我是米丽娅·麦卡林。"爱尔兰女人拉开叶茜卡握着门把的手，打断了警察的话。她向一级警官摆出一副请进的姿态，让他和他的同伴进来。

"您指的是什么不如意的事情呀，一级警官？"

"有关博物馆失窃的案件。"

"啊，是这样。请您进客厅吧。"

两名警察进入客厅兼书房以后，米丽娅问："我想，海杜克教授今天早上就应该对两尊雕像消失的事什么都讲了吧？"

警察严肃地看着米丽娅："指控您的可是我们未来的文化部长啊，博士夫人。"

米丽娅不解地望着这个警官。"您是说，海杜克教授向我提出了指控？"

"这是您从博物馆盗走的资料吧？"警察指着放在餐桌上的书说，他的声音突然一下子正式起来。

"盗走？"米丽娅疑惑地重复说。她感觉自己好像变成了蹩脚影片中的坏人，"我没有盗走什么。"

"海杜克教授在指控笔录中说，不经过馆长书面同意，拿走博物馆的文件是不允许的。"

"这真是胡说八道！"米丽娅气愤地说，有意把声音放大。

"什么？"

"对不起，一级警官先生。"米丽娅努力控制着自己，"但是，博物馆的工作人员有时是要昼夜工作的。把资料拿回家来，这是很正常的事情……"

"您不必向我解释，麦卡林博士。"警察严厉地打断她的话。但从他的声音里仍然可以听出来,他的感觉并不好。"请您考虑一下,那些穿灰色西服的先生们老是把这种肮脏事塞给我们,我们会感到舒服吗?这些书在我看来并不是什么不可复制的艺术珍宝,但我还是得把它们没收。"

"您还得什么?您难道以为,我很蠢,在博物馆图书馆的外借数据库里登记了我的名字,就因为我想偷窃这些书吗?您如果去验证一下,就会看到,海杜克教授自己在鸡窝里放了一只布谷鸟的蛋。"

米丽娅把她的全部爱尔兰激情在警察面前展现了出来,一级警官哈梅施普龙显然很是震动。他看了看这位扬着下巴的红发女人,最后用很大的声音说:"在数据库里没有登记您的名字,麦卡林博士。"

米丽娅在一瞬间仍然扬着下巴,然后开始低了下来,挺直的身体也开始软化。她不得不把手支撑在桌子上。"您刚才说什么?"

警察显然很同情这位女学者。"您没有登记这些资料。假如您真的这样做了,那您上司的指控也就无效了。您虽然违反了馆内的规定,但那是你们内部的问题。所以我必须请您周一上午十点钟到派出所来听候问讯。这张表格上必要的事项都已明示了。我真心希望,到了后天一切都会证明这是一次遗憾的误会。"

米丽娅用空荡的目光掠过警察,她对着那些资料点了点头。一级警官哈梅施普龙向他的下级做了一个姿态,后者搜集起桌子上的书籍和米丽娅的笔记本一起带走了。

警察正要离开,一级警官哈梅施普龙突然停住。他从绿色制服的上衣口袋里抽出一个长方形的信封来。他做出一个样子,就好像手中拿着一块发了霉的抹布。

"这个,"警官把信封举起来说,"是我们尊敬的未来的文化部长交代的,如果在您这里找到了这些资料,就把信封交给您。"

米丽娅疑惑地望着警官,她的眼睛里充满了泪水。"这是什么?"

"这是,"他不情愿地把信封扔到桌子上,"海杜克教授说,是您的无限期解雇信。您从现在起不许再进入近东博物馆了。"

第10章
智者列文的计划

> 别让记忆压住我们的心,
> 烦恼很快就会成为过去。
> ——莎士比亚

·漂泊的荷兰人

荷兰的三桅帆船缓缓落到水面,就像进入了一个无形的船坞。

"一艘会飞的船——真没有想到!"埃留基德半惊半喜地赞叹说。

奥利弗反而很平静:"我很高兴,你没有把这看成是正常的事情。我还担心,在你们日常生活中已经没有什么值得奇怪的东西了。"

"难道你就不能事先给我们打个招呼吗?"戈菲问那位沉默不语的安纳格智者。

列文转向哲人(其实是转向他身上的破大衣)。"我自己也没有绝对把握在这里是不是能够遇见亨里克船长。"

"亨里克?"奥利弗若有所思地重复这个名字,"人们是不是也称他为漂泊的荷兰人?"

"是的,为什么?"

奥利弗无可奈何地耸了耸肩膀:"啊,没什么,只是问一问。"在诡秘的摩孤沼泽里见过那么多奇幻景象之后,其实他本不应该对什么事情感到意外了。可是,他的内心里却仍然有些异样,他毕竟是个艺术家,他有敏锐的情感。他熟悉音乐。

§ 致倚去记忆的博物馆

理查德·瓦格纳在创作的激情中写出了浪漫主义歌剧《漂泊的荷兰人》①，可以说是一次巨大的创意。他在十天内写完了剧本，在七周的时间里完成了整部歌剧的作曲。歌剧讲的是一个遭受诅咒的船长，只能永远在他的幽灵船上漂泊在大海上，除非有一位高贵的女子，不仅向他表达爱情，而且还要违反一切习俗用死来维护这个爱情。故事的素材当然不是出自作曲家本人，而是一个古老的传说。诗人海涅和豪夫②都曾写过这艘幽灵船。当奥利弗看到一个活生生的船长出现在船头时，他感到一阵轻松。

"嚯！"那个满脸皱纹的男子朝着岸边喊道："您是安纳格的智者吗？"

"人们是这样称呼我的。"列文回答，"我很高兴您能够前来，船长。"

"这也是当时说好的，但当时我却没有奢望还能听到您的哨音。"

奥利弗的脑子里突然闪过一个火花。这种"闪电"的感觉，总是在他长存的怀疑或猜测一下子有了答案的时候出现。列文当时吹的那只无声的小银笛，一直存疑在他的脑海里难以消释。开始时，他还以为那个仪式是一种预防沼泽可能出现鬼魅的保护措施。但他在这个最大的双光地界停留的时间越长，他就越是觉得，那个神奇的哨笛，必然具有其他的功能。

"请船长允许列文·尼雅卡和他的六个同伴上船。"列文的这一声正式请求打断了奥利弗的思路。

"您的愿望得到了批准。"从高处传来一声同样正规的回答。

接着，奥利弗经历了他的首次"登船典礼"，他估计海员对这个过程可能不是这样称呼，但他很快就发现，下面所发生的事情其实是很不好描写的。

先是从大船上放下一艘较大的救生艇，然后在大船的下层甲板上打开了一个舷梯口，从上面放下一个绳梯。几名水手从绳梯上爬到下面的救生艇中，然后使劲划桨，很快就靠到了岸边。

"我是贾普·布克特鲁，"指挥救生艇的水手自我介绍说，"亨里克船长请你们先上船，马匹我们将过一会儿再运到船上去。"

珀伽索斯嘶鸣一声摇了摇头，接着妮碧立即在奥利弗的耳边说了些什么。奥利弗兴奋地睁大了眼睛，立即把这告诉给他的哲人朋友。埃留基德高兴得点了点头，然后和列文简短交换了看法。

---

① 《漂泊的荷兰人》是欧洲的民间传说，德国著名作曲家瓦格纳 1843 年根据该传说创作了同名歌剧。
② 海涅(1797—1856)，德国著名诗人。豪夫(1802—1827)，德国诗人，童话作家。

第10章 智者列文的计划

"这将是我的荣幸。"看不出年龄的智者回答,他转向水手说:"请你们把我们的哲人和其他马匹运过去吧。这个年轻人——他的名字是寻者奥利弗——和我要先行一步了。"

水手不解地望着这位智者,还没等他反应过来,列文已经从黑马上跳下来,一下子跳到珀伽索斯的背上,坐到了奥利弗的身后。白马仰天嘶鸣一声,展开双翼,在岸边小跑几步,腾身飞到了空中。

奥利弗像三岁小孩在旋转木马上一样欢呼了起来:"为什么不告诉我,你已经完全康复了,珀伽索斯?"

"我是想在一个特殊的时刻给你一个惊喜,奥利弗,同那个阴暗的摩孤沼泽告别,在我看来就是最好的时机,你不觉得吗?"

"是的,当然!"奥利弗欢呼着,大笑起来。太阳好像也要与他分享这份快乐,瞬间在迷雾中打开了一条光路,使下面船头上那块金色的名牌闪闪发光。名牌上写着"亨里克豪斯"。还没有等奥利弗弄明白名牌的含义,飞马已经开始降落了。

当珀伽索斯展着双翼稳稳落到"亨里克豪斯"甲板上时,船上的水手中响起了热烈的掌声。列文立即从飞马上跳下来,向船长跑去。

"我很高兴,您听从了我的哨音的呼唤。"他兴奋地说。

"我很愿意这样做。"船长欢快地回答:"自从我多年前在亚特兰蒂斯船队的攻击下救下您的信使以后,我就期待着和您本人见面,有时充满渴望,有时也怀着恐惧。请您放心,我完全支持您反抗谢哈诺的计划。我们的船和我本人怎么才能为您和您的同伴效力呢?"

"您的友好使我汗颜,船长。但首先请允许我介绍一下我的朋友。这个骑在飞马上的年轻人,被称为寻者奥利弗。他是一个格里木,是我们反金身统治者斗争中最重要的盟友。"

当神圣的"解放者"的称号终于被说出来时,船长有些震惊。他用灰色的眼睛打量着身穿补丁衬衣、面色苍白的胖男孩。亨里克船长的表情先是好奇,然后却是茫然。

"您能肯定这个男孩就是古老预言中提到的那些精英中的一员吗?"

"毫无疑问。"列文坚定地回答,"您不要被他的外表所蒙蔽,他具有很强的力量。"

"真的吗?"

奥利弗觉得，船长仍然没有完全被说服。

而且，这位船长自己的外表，也并不是航海人中出类拔萃的人物。船长最多也就是一米七〇的身材，不胖也不瘦。他的方方的脸，很像是雕刻家作品的初稿。另外，他的头发稀松蓬乱，就像是一堆干草，但脸上的络腮胡子却浓密丰满。他身着海蓝色的制服，宽宽的翻领，一排金属纽扣高贵齐全，肚脐以下是一条相当瘦的、有些过时的白色灯笼裤，最下面是一双紧绷在小腿上的半长彩袜，脚底穿着一双带有金色别扣的黑皮鞋。船长的整个形象，让人感到他似乎既有教养，又很老式，就像是一座庄严古老的房子，勉强进行了最必须的美化修缮。

不管怎么说，这个人毕竟指挥一艘会飞的船，奥利弗很清楚，这是一艘可以带他去见父亲的船。他克服了心中的疑惑，从珀伽索斯背上滑下甲板，径直向船长走去。"我很高兴能够认识您，船长先生……您的名字是什么来着？"

"大家称我为漂泊的荷兰人亨里克。过去我曾是亨里克·冯·奥兰治，但那是很久以前的事情了。"亨里克察觉到奥利弗脸上沉思的表情，又补充说："从前的这个名字，您是不是也有所闻？"

"我还没有绝对的把握。"

"好吧，如果您知道我的弟弟威廉·冯·奥兰治亲王的话，我是不会感到奇怪的。他和他妻子玛丽·斯图亚特一起不仅统治了荷兰的五个省，而且还统治了英格兰、苏格兰和爱尔兰三个王国。但我在人类中生活的时候，却从来没有达到过这样的高度。"

"让我猜一猜：他把您给骗了。"

"您怎么知道的？我是一个被遗忘者呀……！"

"这种事情我在这几个星期已经领略很多了，这就是世界的进程。您也可以说是很幸运，他还没有让人刺杀您。"

"很难说这是不是命运女神给我的赐福。她是一个反复无常的女人。"

"到底发生了什么事情，奥兰治船长？"

"请叫我亨里克吧，其他的称呼都会使我感到不舒服。现在就回答您的问题：我的弟弟通过阴谋篡夺我的一切权力之后，我又遭到了贬斥。我选择这些说法，都是经过深思熟虑的，因为我始终不知道，他是否真的隐藏在这个阴谋的背后，或者只是他的帮凶们所制造的事端，这些人认为在他的庇护

第10章 智者列文的计划

下要比我登基可以获得更多的个人好处。不管是哪种情况,结果都是一样的:我劫持了一艘船,从此过上了海盗的生活。在很多年里,我抢劫的目标是荷兰和英国富豪的商船。我弟弟采取了各种手段,设法阻止我,但却始终未能得逞。所以他就想出了另外一个办法来对付我。"

"这听起来可不太妙啊!"

亨里克摇了摇头。"他消除了所有对我的记忆。他让我成了一个无名氏。很快,我就只是一个漂泊的荷兰人,一个幽灵船的船长了。人们只要一想到我,就会感到恐惧。你们大概可以设想后来发生了什么事情:就在我弟弟死去那一刻——他才五十二岁——我的船就穿过了一道彩虹。我们抛锚的下一个港口,就是萨拉曼扎了。"

"那就是到了卡西尼亚了,"奥利弗点头补充了一句,"然后您就和全体船员来到了这里。真是难以置信!"

"有两个船员没有跟着船过来,后来我才知道,他们获救了。据说他们失去了理智。他们所讲述的一切,并不能揭开关于漂泊的荷兰人的传说真相。"

"可是,您的船为什么真的飞了起来,过去肯定不是这样吧?"

船长笑了,在一瞬间他几乎像个孩子。"不是。那只是我的一个梦。作为海盗,总是希望船在逃跑时能够很快。一艘能飞的船,肯定不是一种最差的选择。"

"但也不是最不引人注意的一种。"奥利弗大笑着说。然后他突然想到了另一个问题。"您是一个……很凶残的海盗吗,船长?"

亨里克豪斯号船长立即变成了一个垂暮老人。他表情严肃地说:"为此做出评价,我肯定是不合适的。但有一点我可以向你们保证:我对所做的一切后悔万分。对我弟弟的仇恨,促使我去给别人造成痛苦,因为我确信,这实际上就是对他的惩罚。今天我知道,用仇恨去报复不公正,是最坏的选择,但同时我心中也没有任何希望的曙光。我漂泊在大海上,受到良心的谴责,没有人——包括一个为爱情而献身死神的女人——能够使我从中解脱出来。"

奥利弗现在对船长要刮目相看了。他问自己,被很多人称之为赎罪的东西,不管是坐牢或者是罚款,都是无法对受害者遭受的不公正给予相应补偿的。亨里克·冯·奥兰治自己就是一个受害者。他后来成为杀人凶手,当然是不能原谅的。但奥利弗却觉得,公开的忏悔比百次的报复更难能可贵。

"如果您能够协助我们找到我的父亲,消灭谢哈诺的势力,那么就会有更多的人露出笑脸,数量会远远超过那些在您面前流下眼泪的人。"

亨里克惊异地望着列文:"我不该怀疑您的智慧,列文。这个孩子确实是一个非凡的人子!"

所有同伴都一一做了介绍,所有的马匹和行李都上了船。亨里克豪斯号起航了。准确地说,是起飞了,因为船长在意念中做起法来,这艘三桅大帆船立即从水面升起——开始时很缓慢,就好像有人用缆绳在拉动,然后就越来越快,终于向北方飘去了。

奥利弗享受着在海上的飞行。帆船升起的高度很少超过水面五米。但即使在这样较低的高度,看到它在海浪上面平稳地飘浮而过,仍然是一种难以描绘的感觉。海风变得清新温和,迷雾已经完全散开,甚至连太阳也不时出来表演一段小插曲,明亮的蓝天上,间或飘过大大小小的云朵。

在亨里克豪斯号上第一天下午的某个时刻,奥利弗有了闲暇,去思考这几天来的各种经历。他扶在船舷上,望着无边的大海,不禁问自己,他是不是真正理解了记忆的真正意义。摩孤沼泽引发了他很多思考。

在人心深处为什么沉睡着这么多可怕的积淀?他所见到的那些可怕的精灵,是从哪些思想、哪些经历中来的呢?当然,奥利弗不是一个蜗居在大桶中不闻天下事的隐士。他读报,看电视新闻,也关注课堂上的历史教学。他知道某些可怕的事情,例如迫害和虐待儿童,有时甚至是亲生父母所为;他见过战争场面的照片,见过年轻人失去了自己的青春,遭受了无法描绘的痛苦,他也听说过德国无家可归的青少年,南美街头的流浪儿,全球范围的反人道行为。

是的,他越是这样想,就越是觉得人类相互折磨制造出的丑恶,是一座万仞高山。如果这样一些经历深入到受害者的潜意识中,一生都不再离开,那也就不必感到奇怪了。难道——特别是在城市里——不是有越来越多的心理障碍者由于灵魂深处的矛盾而不得不求助于医生吗?记忆不仅能够警告和保护,而且还会毫不留情地折磨。把这样一些记忆挖掘出来,让它们重见天日,以便能够最终彻底忘记,这才是正确的和应该的。奥利弗经过这番

第10章 智者列文的计划

思考之后,心里也越来越踏实了。

但隐藏在潜意识里的,也有真正的财富。这他在摩孤沼泽里也有所体验。他不得不想起了与叶茜卡的相遇;在梦里他们又走到了一起,尽管只是很短的时刻;还有那个奇特的小东西——奥利弗的自己。其实这只是他深藏的记忆的一部分,但那个胎儿却给了他至今不太清楚也没有意识到的一个认知:他的妈妈很爱他。

这个认知是如此简单,但又是如此重大!就在那一刻,奥利弗打消了一切疑虑,确信父母对他们孩子关爱的程度,或许就是一把钥匙,可以解释为什么有人胸怀博大和有爱心,而有些人又终生烦恼和心怀邪恶。他妈妈虽然只能在短短的时间里爱过和关注过他和姐姐叶茜卡,但在那几个月里,妈妈却把这种关爱永远铭刻在孩子的身上。

突然,列文出现在他身边。这位从面孔上看不出年龄的白发男子,无言地望着大海,就好像他知道奥利弗在想什么,但不想骚扰。所以,过了一会儿,还是奥利弗先说话了。

"你不久前说过,我们前往亚特兰蒂斯的旅程不会很长,既然谢哈诺的权力可以把岛屿隐蔽起来,那你怎么会知道呢?"

好一会儿时间里,列文好像根本就没有听见他的话。然后,他,眼睛一直还望着大海说:"我等待格里木的出现,已经很多年了。在这些期待的岁月里,我收集了丰富的资料。我的梦幻功能,使我能够记住一切。很多我今天知道的东西,都来自书籍——猎捕手实际是在不断向我提供情况。"

奥利弗不得不笑了:"他要是知道了,还不气破了肚皮。"

列文点头:"我的学识的另一个重要部分,是我从整个卡西尼亚获得的报告。过去我自己游历过这个世界的核心区和几个边远地带。后来,这样做的风险越来越大。有关一个智者收集谢哈诺和猎捕手的秘密的谣言已经传播了很久。我必须躲藏起来,避免自己也被猎捕手捕去。于是我的居所就迁移到了安纳格火山。早在这之前,我就已经把火山致命的核心排除,用比较平和的元素所取代。亚历山大图书馆那时也已经坐落在小矮人的国度。从这个时期起,我就向这个世界定期派出我的侦察人员打探消息。我在准备一个重大时刻的到来。"

"是谢哈诺回归的时刻吗?"

"更是他被彻底消灭的时刻。在卡西尼亚有很多活着的记忆痛恨这个暴君的独裁统治,并愿意为消灭他而采取行动。"

"在阿摩西亚也有吗?你在那里有盟友吗?"

"甚至在他的高塔里也有一些。因此我可以把很多马赛克碎片拼成一幅图画,一幅谢哈诺帝国的地图。比方有一个好朋友曾发现,在萨拉曼扎有一艘船离开港口,去了亚特兰蒂斯,三天后又返回到港口。你会从中得出什么结论呢,奥利弗?"

"亚特兰蒂斯距离萨拉曼扎只是一天,最多一天半的行程。真难以置信。那早就应该有人把它找到了呀!"奥利弗把手放到下巴上,"金匠奥卢曾估计,为来访者打开通道的,是谢哈诺自己的力量。"

"我觉得,这种可能性不大。打开大门,是决心后的一个行动。但在过去的四千年里,谢哈诺并没有机会自己做出这样的选择,我得到的是另一个结论。"

"是什么呢?"

"在很多很多年以前,我见到过一首诗,其中谈到了一个隐蔽在大海里的神秘岛屿,但却没有说出它的名字。诗中有一段话特别值得注意:

> 掩饰、矜持、藏匿:
> 一位贞洁高贵的素女。
> 只要谁与她内心沟通,
> 即可在海中与她相遇。

如果我们愿意,就可以从中得出一条规律:只要与亚特兰蒂斯内心沟通,就可以找到它。自从谢哈诺回归那一刻起,很多报告在有一点上就是一致的:能够抵达那个岛屿的船,或者是出自阿摩西亚,或者是在萨拉曼扎雇佣一名阿摩西亚的领水员。"

"**只要谁与她内心沟通……**"奥利弗沉思地重复着诗中的这句话。突然,他的眼睛张大了。"我觉得,我知道你在想什么了,列文。你估计,我也是内心与这个岛屿沟通的,因为根据猜测,我的父亲被困在谢哈诺的手中。对不对?"

"你真的很聪明,奥利弗。独角兽给你起了'寻者'的名号,并不是徒劳

第 10 章 智者列文的计划

的。或许你现在也懂得了,格里木为什么总是多数,因为只有通过你父亲和你两个人,我们才能找到它,而不必再去劫持一名阿摩西亚的领水员作为人质了。"

奥利弗对这个想法感到震惊。他疑惑地看着列文那张充满自信的脸。"金匠奥卢也曾说过类似的话,但我还是觉得,仅仅依靠这首古老诗歌中这句模棱两可的许诺,还是不够的。你自己也说,诗中并没有提到岛屿的名字。"

"凡行动者,常是赢家;总是思虑和犹豫是难以成事的。"

"这是希罗多德对薛西斯说的话。"

列文和奥利弗转过身来。埃留基德无声地靠了过来。他狡黠地笑着说:"你又让我无地自容了。你对我青年时代的书了解得比我还多。"

"我是想让奥利弗明白,如果我们老是疑虑重重而不起锚的话,那我们永远也到不了目的地。"

瞭望台上的一声呼喊,打断了朋友们的谈话。"陆地在望!"

所有人都把头仰了起来。

"可我们在海上航行还不到一天啊!"奥利弗感到奇怪。

"或许这艘荷兰船飞得比其他船都快得多。"埃留基德说。

"这是肯定的。"列文同意他的看法,"我们肯定已经来到了萨拉曼扎的纬度。难道奥利弗真的已经把我们带到了亚特兰蒂斯吗?"

奥利弗感到很不舒服,他已经被当成了一件伟大事业的带头人,可他却几乎什么都没有做。他只是在这里站了一会儿,别的却……

亨里克从上面下来,向他的乘客们报告情况:"我们前面的岛屿,周围被高高的岩石所包围,上面很少有植被。到目前为止,我们还看不到有居民的迹象。"

"这会是亚特兰蒂斯吗?"列文顺口问道。

船长的方脸在一瞬间似乎没有什么表情:"我还不能说。"他承认,"这个岛屿很大,现在还很难做出全面的评估。而且,天色已经朦胧。我觉得,最好的办法就是找一个隐蔽的海湾,停船休息,明天一早派几个人去打探一下。"

列文看着奥利弗。

奥利弗耸了耸肩膀:"我不反对。"他越来越感到不舒服。大家对他的态度,就好像他是这艘船的首领。

亨里克豪斯号飘进了一个从大海上只能看到部分的小港湾。港湾的三面竖立着几百米高的山岩,港湾的入口很窄,就像一座封闭的要塞朝南开的一个豁口。大船发着轻微的咯吱声降落到静静的黑水之上。天空已经变成灰色,似乎要下雨了。

奥利弗仰头望向那些巨型山岩,只见最上面似乎还有一丝绿色,但逐渐散布的迷雾挡住了他观望这些巨人顶部的视线。他有一种难以确定的感觉,这似乎还不应该是他们旅程的目的地。其实他倒是很希望,亨里克船长把船停泊到一个其他的什么海岛旁,不知怎么的这个岛使他有一种不祥的感觉。

到了晚上,他的情绪又好了一些。妮碧进行过一次飞行侦察,说这是一片无人居住的荒洲,决不会是亚特兰蒂斯岛。这个消息与奥利弗判断一致。这时,港湾周围的山岩已经消失在黑暗之中,船上的几处定位灯火,只能照亮临近的水面。然而,甲板上的寂静和对面餐厅里的气氛却形成了鲜明对比。

水手们对新的任务感到兴高采烈,不少人认为这是他们迄今乏味生活的转折点。在卡西尼亚各个港口间无休止的漂泊,很少遇到什么令人心情激荡的新鲜事。现在来了这么多各式各样的客人,给船上的生活带来了欢娱,因而受到船员们热烈的欢迎。奥利弗的同伴们也为这个欢乐的气氛助兴不小。首先是妮碧的精彩表演。她时而翻跟头,时而做倒立,让大家喜出望外;她的充满幽默和智慧的故事,甚至打动了那些生性刚强的海员的心。小蜂鸟的魅力无人能够抗拒——这其实就是她的本性。

后来,画笔朝霞也显示了它的才能,它先是让水手们在一张纸上画或者写些什么,随后这支活着的画笔在另一张纸上把刚才所写所画的原图一丝不差地复制出来。最后,在朝霞的鼓动下,奥利弗也施展了自己的才艺。

他为水手画了几张素描,只用很少的几笔就把那些饱经沧桑的面孔传神地画了下来,但不管画像多么复杂,却都难不倒画笔朝霞,它仍然可以如实地把它们复制出来。大家热烈鼓掌,一再要求多画几张,奥利弗都一一给予满足。他忘记了心中的不适,开始画起漫画来。

不论是蒜头高鼻子、菜盘大耳朵,还是苹果模样的黑痣——只要成为他漫画的对象,都会引起一片会心的笑声。即使是被画的对象,也都为这种夸

第 10 章 智者列文的计划

张艺术的魅力所倾倒。

当宁静终于降临到亨里克豪斯号船上时,奥利弗躺在卧舱里难以入睡。他在问自己,如果到了阿摩西亚,情况又会是什么样子呢?直到此刻,他也不知道如何才能找到他的父亲和如何去对付谢哈诺。在黑暗中,他抚摩了一下妈妈的发卡。它还在,这又给他的心里灌注了希望。然后他又摸了一下自己的印名石,上面的凹痕更深了。

"全体集合!"

这声命令把奥利弗唤醒。船上的钟狠命地敲着。肯定是发生了什么可怕的事情。

妮碧像箭一样飞了起来,在空中停留了片刻,然后唧唧地对奥利弗说:"快,奥利弗,快到上面去。你必须找到一条出路!"然后这位蜂鸟小姐就消失不见了。

什么出路?他还没有完全清醒,显然又是要让他做出什么重要的决定。奥利弗赶紧穿上运动鞋,把外衣披在身上。

海员们已经习惯于在紧急状况下保持镇静。他们迅速从吊床上跳起来,奔向通往甲板的出口。

甲板上一片繁忙,显然每个人都知道应该干什么。亨里克船长只是不时用简短的命令调整一下部署。奥利弗的同伴们也都来到了甲板上。

"出了什么事?"他问正在和埃留基德急促交谈的列文。

"现在必须起锚。亨里克豪斯号必须立即起飞。"列文的回答很简单。

"可为什么……?"

"你自己看,"馆长打断他的话,把手指向港湾的楔形出口。

开始时奥利弗看不太清楚,只见一个深绿色的什么东西在港湾外面的大海里沉浮,忽而显现,忽而又消失在水中。可后来,当一个脑袋浮出水面时,奥利弗吓得屏住了呼吸。

"那是什么?"

"一个利万。"珀伽索斯说。

奥利弗茫然地看了神驹片刻,然后又把目光转向大海。那个生物已经不见了。由于距离太远,奥利弗也说不清楚它具体的长相,只记得它那粗大的脑袋上长满了犄角,也许不是犄角而是鳞片。

"什么是利万?"他转身问神驹。

白马用它的褐色的大眼睛看了他一下:"在水堡时,塞拉密斯曾提到过利万。但她称其为鱼神的孩子们。她显然想到了一个传说,更接近幻想而不是现实。其实,利万并不是鱼,而是海龙。它们效力于谢哈诺,在亚特兰蒂斯周围作为宫廷卫队执行巡逻任务。这些怪物和猎捕手一样,实际可能也是'梦幻产物'。"

"而现在,它们好像已经切断了我们的退路。"穿在哲人身上的戈菲说。

"这是什么意思?难道我们就不能飞过去吗?"奥利弗问。

"看来不行。"列文替戈菲回答,"亨里克说,时间太紧。他无法让飞船垂直起飞。他的梦幻功能,只能让亨里克豪斯号顶风斜着升入空中。但时间已经不够用,因为大批利万已经发现了我们。他们正在聚合,随时可能发起进攻。"

"但我们得做点儿什么啊!"奥利弗着急地喊道。他现在知道了,他为什么不喜欢这个港湾。这是个陷阱。

从后甲板上传来了一切准备就绪的喊声。船锚升了起来,船帆准备打开。船开始缓慢起航。

亨里克让舵手一个人留在上面,他自己走了下来。"看来情况不太妙。"他有些轻描淡写地说,"到大海里我才能真正施展我的梦幻功能,可是利万已经在等着我们。你们之中有谁掌握特殊的梦幻功能,可以把这些怪物赶跑吗?"

所有的目光都转向了奥利弗。

"你们为什么都看着我?"他自卫地说,"我可不是屠龙英雄。"

"你有呼风的功能啊。"埃留基德回答。

亨里克睁大了眼睛:"快给我解释一下,寻者奥利弗。"

奥利弗耸了耸肩膀说:"我可以制造各式各样的风。"

"这对一艘帆船来说恰好合适,我的朋友。你能不能制造一点儿上升的风出来?"

奥利弗点头,他很高兴能够出点儿力。他立即开始工作。在他把风吹到船底之前,船长先用梦幻功能把帆船抬起,船体逐渐离开水面,船帆缓慢地打开,朝着港湾出口驶去。

外面的海龙们已经察觉到甲板上的动静。五六只深绿色的怪物突然从

第 10 章 智者列文的计划

灰浪中腾起,使船员和乘客们大吃一惊。只见这些怪物都长着满是锯齿的脑袋,蛇一般的鳞片身躯,至少比亨里克豪斯号长三倍,四条短腿上长着弯弯的利爪。海龙们像海豚一样灵活地冲浪而来,当它们从海浪中跳起时,短小的利爪及发红的鳞齿显露无遗。

三桅帆船的船身在港湾出口处彻底离开了水面,现在奥利弗可以呼风了。他在意念里把亨里克豪斯号变成了一艘气垫船——或许不是一个特别恰当的比喻,但效果却很理想。他们已经飞到了正常的高度。奥利弗对自己很是满意。可亨里克船长的呼喊却打掉了他的乐观情绪。

"再高一点儿,奥利弗!帮助我。我自己无法完成这个任务。"

奥利弗为集中精神闭上了眼睛。当他又睁开眼睛时,才看到海龙已经距离他们有多近。一头蛇一样的海龙从水中跳了起来。现在他才明白亨里克激动的原因。即使亨里克豪斯号再飞三倍的高度,海龙们仍然能够冲到船上。它们的木槌般的脑袋完全有可能撞破船板,强大的身体可以轻而易举地把船碰得粉碎。

他该怎么办呢?帆船很重,动作迟钝,无法一下子逃脱海龙的领区。不论奥利弗做多大的努力,帆船飞到足够高度之前,海龙都会发起攻击的。现在只差它们喷火了……

奥利弗头脑海里又出现了那种熟悉的"闪电"。当然!他怎么会没有想到呢?风力虽然不足以让船逃脱敌人的攻击,但它却可以……

亨里克豪斯号震动了一下,至少下降了两米。

"您在干什么?"船长绝望地喊道。

奥利弗没有理会他。他用全部的意念在制造一种风。一场暴风雪,一场让猎捕手都会嫉妒的冰冷的寒气。

最前面的一头海龙突然从水中蹿了出来,它的目标是亨里克豪斯号帆船。在极短的一瞬间,海龙周围的海水似乎开始沸腾,甚至海龙的鳞片皮肤上,也冒出了嘶嘶响的水泡。然后,世界停顿了。

就在一瞬间里,黑色的海浪变成了冰柱。海龙们——不管浮在水面的什么地方——突然改变了模样,就好像一个高明的糕点师做出的冰糖造形,即使最前面那头海龙也没有逃脱这个命运:尾巴还在水中,身体却笔直地竖立在空中。奥利弗睁开眼睛,看到这个畜生时,不由得想到了一种汽车水箱盖前面的品牌标志。

紧接着，亨里克豪斯号又是一震，帆船碰到了前面那头海龙的耳朵，耳朵被碰掉了，落到冰面上摔碎了。

亨里克豪斯号以正常的高度朝着地平线方向驶去，船长使用了各种繁缛的词语向奥利弗表示感谢，总的意思是说他欠了奥利弗多少人情。奥利弗不好意思地回答说，这一切都没有什么。

其实，奥利弗心里还是很高兴的，一方面，是因为大家对他寄托的高度期待得到了满足，另一方面，因为他没有葬身在海龙的喉咙里。他毫不怀疑，海龙的胃酸肯定也是谢哈诺彻底消除记忆的一种手段。

如果说，亨里克豪斯号的船员在前一天还对奥利弗抱有某种礼貌性的保留的话，那么至少到现在他已经成为他们中一个最受欢迎的战友了。海员们都来拍他的肩膀致意就是最好的证明，而且肩膀拍得很重，每次都使他感到疼痛不已——但这却体现了这些壮汉们的全部真诚。

这一天一切都很顺利。奥利弗与伙伴们分别进行了交谈。他感到了一种惆怅，因为他预感到，这种友情和温馨，他不会享受很久了。

珀伽索斯讲述了它来到卡西尼亚以后的自由生活。它不必过多去关心猎捕手或噩梦精灵，因为它们都把它看成是一只有毒的青蛙，而没有看作是反叛的记忆。但谢哈诺回归以后，一切都发生了变化，几天之后它就遭到陶俑武士的偷袭。"猎捕手肯定早就准备好了一份黑名单，记载了他们不喜欢的全部记忆。"白马估计。它被捕以后，有人向它提出建议，为金身雕像去地球征收记忆税。据说这是很多"自愿者"所渴望的"光荣的任务"。由于珀伽索斯没有表现出自愿，所以被判处去服劳役。这就意味着，它很快就会在谢哈诺的磨房里结束生命。奥利弗的出现，使它有幸逃脱了这个命运。

埃留基德顺便提到，现在已经是春季日夜等同的时节，还有两个星期，在卡西尼亚就要开始新的一年了。哲人虽然不想使他年轻的朋友感到不安，但奥利弗还是理解了他的暗示：时间对谢哈诺有利，而对他却像流沙一样在手指之间流走。

夜色开始发白了，新的一天即将开始。奥利弗这一夜仍然睡得很少，他始终聆听着帆船发出的响声。除了较大的海浪有时冲击帆船发出轻微的咯吱声外，一切都是那么寂静。没有警报声打扰他。海龙们虽然很邪恶，但却也都是些很理智的生灵。

第10章 智者列文的计划

亨里克豪斯号在蒙蒙细雨中向西驶去。还没有过去一个小时,从瞭望台上又传来了呼叫:"前面有船!"

"这是什么意思?"正和乘客们在一起的亨里克船长吃惊地说。

妮碧立即升空,不一会儿,她又飞了回来:"不仅仅是一艘船,就我看,至少有五六十艘在那边——均是双桅快船,船头有一个尖尖的嘴。"

"我们的蜂鸟小姐说的肯定是阿摩西亚渔船前头的斜桅,实际是一种像尖嘴一样朝前的桅杆。"亨里克解释说,"亚特兰蒂斯的船是以快速闻名的——或者说是臭名昭著的。"

"这是一个好兆头。"列文说,他的声音异常平静。

"您怎么会这样说,智者朋友?"

"这表明,我们的路线是正确的。谢哈诺在等我们。也许他不知道我们什么时候来,或者从哪儿来,但这些船只表明,我们正向他的高塔前进。"

"您说得可能很对,列文,但这对我们没有什么用处,除非我们再飞高一些。尽管我们的帆船在空中比那些快船更快,但我们仍然很难突破他们的封锁线。"船长又转向奥利弗。"我们是不是再把船吹高一些呀?"

"我有一个更好的主意。"奥利弗说,人们可以从他的表情上看到他的脑子正在飞速运转。"我要把天上的乌云拉下来。如果呼来风暴,让亨里克豪斯号再次升高,可能会暴露我们自己,但如果我们在浓雾中从他们面前飘过,就不会被人发现,也不至于引起震动。"

还没等船长表示同意,瞭望台上就传来喊声:"那些船已经看不见了,我们正行驶在浓雾当中。"

"但愿他们还没有发现我们。"亨里克嘟囔着说。他又转向奥利弗补充说:"您的计划虽然很好,但您有没有考虑过,不吹雾号在这个环境里行驶,意味着什么?只要一不留神,我们就有可能碰到敌船的桅杆上。"

"妮碧!"奥利弗喊道,一个响亮的水晶鸟落到了他的手掌里,"我们不会出事的,船长。我们有雷达导航。"

亨里克不解地望着奥利弗。

"让妮碧飞在我们前面。"奥利弗解释说,"只要我们靠近敌船,她就会向我们发出警报。"

"我真的是无言以对了。"船长承认,"好吧,我们保持现有的航线。请跟我一起去指挥台。我希望,必要时由您亲自指挥舵手掌握方向。"

船长的预见还是很正确的。在浓雾的掩护下,亨里克豪斯号径直向敌人的船队驶去,后来才发现,阿摩西亚的船队在海中排列了好几道防线,因此,即使越过了第一道防线,亨里克豪斯号也无法突破全部封锁。

　　妮碧是一个优秀的导航员,由于雾中的能见度很差,所以她总保持与亨里克豪斯号不太远的距离。好多次他们都不得不急转舵,阿摩西亚的船有时就在跟前,三桅帆船上的人几乎都不敢大声呼吸。有一次,他们甚至听到了对面船上的咳嗽声,另一次还听到了两个阿摩西亚水手的对话,他们对突如其来的浓雾感到奇怪。

　　奥利弗站在亨里克豪斯号舵手的身后,闭着眼睛,集中精力想着浓雾和妮碧发来的图画信息。他时而用力拍打舵手的左肩,舵手立即猛向左打轮,他时而又轻拍舵手的右肩,舵手随即向右稍稍打轮。

　　奥利弗集中了全部意念,既要控制风力,又要与妮碧进行思维对话。他的额头上浸出了汗珠,列文不得不扶住他,直到妮碧发出了解除警报的信息。

　　"我们突破了封锁线!"

　　奥利弗为之一震,因为妮碧突然出人意料地出现在他的耳边。

　　"难道你必须总是这么吓唬我吗?"

　　"对不起。我不想这样。"

　　"您能不能继续压住乌云,直到我们远离他们的视线?"亨里克船长松了一口气,但随即又不无忧虑地说。

　　"如果不必同时和妮碧对话,我想没有问题。"奥利弗回答。

　　当他们走到敌船看不到的距离时,奥利弗才释放了意念中的风云。他筋疲力尽地坐在了通往上层甲板的楼梯上。他很高兴,船和船上的人员又克服了这道难关。

　　"以前爸爸总是警告我不要玩风弄雨。奇怪,那时我从来没有想到,干这种事竟如此费力气。"

　　一片欢快的笑声响遍了甲板。

　　"现在不会太久了。"列文说。

　　亨里克豪斯号上的每一个人都知道这句话的含义。大约三个小时以后,他的预言终于应验了。

第 10 章 智者列文的计划

当瞭望台上传来陆地在望的时候,人们的感觉和两天前完全不一样了。人人都感到这里就是亚特兰蒂斯。

但这个岛屿的出现,仍然不比寻常。亚特兰蒂斯并不是从地平线上缓慢地升起,而是整块陆地顷刻之间就呈现在眼前。就在午后空气的虚无缥缈中,这个神秘之岛骤然出现。

妮碧进行了第一次侦察,结果证明她在岛东南见到的那座上方有高塔的大城市,无疑就是阿摩西亚。

亨里克建议等到天黑再上陆。这样就可以较容易地进入谢哈诺的核心领地,而不至于被人发现。这个建议被一致接受。

太阳在亚特兰蒂斯落山以后,亨里克豪斯号再次从水面升起。当三桅帆船朝城市背面一个沙嘴飘过去时,奥利弗突然想起了一个问题。

"您的船为什么叫亨里克豪斯号呢,船长?"

亨里克船长的方脸上露出一丝伤感的微笑。"这是荷兰文,是'亨里克之家'的意思。这个名字是独角兽给起的。他肯定已经知道,我还要在这艘船上生活几百年。"

奥利弗点了点头:"您不仅帮助了我们,而且也为整个卡西尼亚做了很大的贡献,船长。我要向您表示感谢。"

亨里克又笑了:"您是不是觉得,我的罪恶已经得到部分弥补了呢?"

"这是肯定的,船长。您不仅口头上做了忏悔,而且还用实际行动弥补了罪过。在您那个时代,人们可能会说,您是一个真正的君子。"

亨里克垂下了眼帘。"您让我很难为情,但也让我感到幸福。我将像珠宝一样保持对您的记忆,寻者奥利弗。"

"我也会记住您的,亨里克船长。"

两个人互相伸出手来,奥利弗再次感到了一个海员的力量。

和亨里克船长真正的分手,还是在一段时间以后。奥利弗再次接受了无数友好的拍肩膀的仪式。那些粗犷的海员把他和他的同伴们贴在了胸前。他甚至在那些强悍的脸上发现了某些泪痕。

列文再次向船长传授了某些指令。他坚信,亚特兰蒂斯的舰队只是布置在岛的东面;即使谢哈诺自己也不会想到,一艘陌生的航船——躲过海龙的监视——会自由自在地在他高塔的周围运动。因此,亚特兰蒂斯的守卫者决不会想到,有人会从西面离开岛屿。船长应该利用这个机会。亨里克豪斯号应该在夜里先环岛绕行一周,然后直接驶向外海,再远离谢哈诺的舰队的封锁离去。下一个停靠港口,是萨拉曼扎。船长在那里应该向盟友通报:反抗谢哈诺起义的时机已经到来。这就是列文的简短的信息。如果下次亨里克再听到银笛的声音,他就会知道,决战已经开始。

在黑夜的掩护下,奥利弗和同伴们下了船。珀伽索斯驮着奥利弗、朝霞和列文飞向陆地。埃留基德还得和那几匹焦躁不安的马匹,乘小艇前往海岸。

当小艇又离开海岸返回大船时,奥利弗生活中的这一章,将不会很快就被忘记。

·阿摩西亚

在黑暗中往上攀登,并非易事,只是间或在浮云中出现一个间隔,银色的月光才肯照在岩石坡上。不时有碎石块滚下深渊。只是到了一片低矮的松树林,有了足够的遮掩时,列文才点燃起侏儒火把。现在他们又可以骑马前进了。列文还是走在最前面。

奥利弗的心在胸膛里剧烈跳动着。他不无忧虑地看到,像这样的劳累,他过去肯定是无法承受的——他向失落的记忆的转变不断向前发展着。"我们为什么非要在这里攀登不可呢?"他问列文。

"我们在这个时间不能进城——所有的城门都已经关闭,但如果我们爬到这块岩石的顶端,就将进入一个平坦的地段。那样,我们就距离流放记忆之湖不远了。我们在那里找一个露宿的地方。"

奥利弗想起来了。"我觉得,谢哈诺的高塔是在湖的南端。"

"准确地说是东南。"

"你从哪里知道这个岛的这么多事情?"

"书里、传说中和朋友们的谈话中,这是我所有知识的渊源。"

奥利弗不得不蹲下身子,他差一点儿被弹回的树枝抽到脸上:"下一步我们怎么办,列文?"

"我在城里有几个朋友。我从他们那里知道了阿摩西亚的真实情况。活着的记忆在谢哈诺和猎捕手的奴役下,正在那里遭受最大的苦难。但他们还不知道这个金身暴君的真正意图是什么,很多人都知道他的邪恶,只是

第10章 智者列文的计划

出于惧怕才为他效力。我们必须把真相告诉那些活着的记忆们。我们必须给他们以希望。我们必须向他们表明，如果继续盲从谢哈诺的意志，他们的末日也就为时不远了，那将是生存和道德的毁灭。"

说到这里，列文显得十分激动又情真意切，就好像他已经站在阿摩西亚居民面前，试图揭开他们头脑里那面虚假的纱幕。

"我们的时间已经有限，你真的相信，我们能够在如此短的时间里获取成功吗？"

"只要不放弃希望，就会有最好的结果。"

奥利弗点头。

"妮碧、珀伽索斯，"列文向后面喊道，"你们愿意飞向我们的盟友，向他们报告我们的到来和我们的计划吗？"

两个伙伴毫不迟疑地表示同意。

"那好。再给我一夜时间进行最后的思考。我将给你们一份书面报告带走。"

"那我们干什么呢？"奥利弗问，尽管他实际已经知道应该干什么。

列文在黑马上转过身来。在火把的绿光下，他庄严的面孔显得更加坚定。"我们，奥利弗，我们要对谢哈诺进行一次短暂的拜访。"

奥利弗首先发现了天空中那奇特的光。他想起了夜晚乌云后面的闪电，但却感觉不到闪电的愤怒。当同伴们走出森林时，他突然目瞪口呆了。他的面前展现出一片发光的水面，就像是一面巨大的镜子，反映出无数北极光的彩幕。那是些奥利弗无法想象的色彩，无声地跳跃在流放记忆之湖中。

"这……这真是太美了！"

"就像在黄金鸟笼中唱歌的夜莺那样美。"埃留基德在他身边说。

"你这是什么意思？"

"你在这里看到的每一个色彩，都是谢哈诺关押的无形的记忆。那些深沉的冷色，曾是人们心中阴暗的思想、感觉和梦境，那些明亮的暖光，则是舒适感觉的化身。"

"可是，无形的记忆怎么能捕获呢？谢哈诺又怎么能够把它们关押在这个水库当中呢？"

这时他们已经来到了湖边。埃留基德疑问地望着列文。

"在亚特兰蒂斯山中有一股泉水,"列文解释说,"人们称其为'失落的感觉之泉'。它也是记忆进入这个世界的入口,就像是静林或者卡西尼亚其他什么地方。从这眼失落的感觉之泉中涌出来的大多是这些无形的记忆。过去,谢哈诺修建高塔之前,它们可以不受阻拦地流入遗忘之海,再从那里分散到整个卡西尼亚。"

奥利弗从珀伽索斯背上滑下来,踏到了湖边。他内心激动地盯看着湖中闪烁的色彩。这个湖就是一座监狱,一座集中营,关押着备受折磨的记忆。他难以想象。尽管他的同伴在这之前给他讲述过这个湖的情况——但听到是一回事,亲眼看到又是另一回事。他感到他的胃在抽紧。每当他愤怒时,总会产生这样的感觉。

就在他考虑应该为这些美丽的光幕做些什么的时候,他突然发现一条玫瑰色长幕径直向他游来。奥利弗不由得弯下腰,下意识地用手捧起那彩色的水带,放到嘴里喝了下去。

在朋友们忧虑的目光下,奥利弗突然定在那里,右手臂弯曲着,一动不动,似乎变成了一座没有生命的雕像。几滴玫瑰色的记忆从他手中落下。即使是安纳格的智者也不知道,奥利弗身上发生了什么事情。开始时这股液体就像是一口热酒:它穿过奥利弗的喉咙,使其浑身产生一种舒适温暖的感觉。然后,突然一阵暖浪从心灵深处升腾起来,他的头上出现了跳动的感觉。然后,他看见了母亲的图像。

奥利弗不能动弹,他也不想动弹,担心会把这个图像吓跑。他的母亲躺在一张床上,红色的秀发散在枕头上,她在微笑。理由无疑是那两个新生儿。他们哭叫着,带着褶皱的脸躺在她的手臂里,一个在右边,一个在左边。毫无疑问,奥利弗是在看自己躺在那里,和他的姐姐在一起。他能够感觉到母亲此刻的心情。那是一种巨大的幸福感和难以描绘的喜悦!刚刚经历的分娩的痛苦,已经消失在天边。那根本就不算什么,两个哭叫着的生命,就是她要把全部的爱灌注其中的容器。

然后,图像开始淡薄,像风中的雾气被吹走了。奥利弗睁开了眼睛,他不知道是什么时候闭上的,但却仍然不动地站在湖边,试图理解刚才所发生的事情。玫瑰色的记忆图像再次在他脑海里闪过,但它已成为他自己的经历;他永远也不会忘记。他感到疼痛,但不是身体难受,而是母亲的失去使他感到心痛。她为什么要那么早就死去呢?就像他的母亲分娩时的疼痛,

第10章 智者列文的计划

被新生命诞生而带来的幸福所荡涤一样，他也从母亲近在咫尺所带来的永不消除的记忆中，感到了一种深深的慰藉。列文是怎么说的？"在记忆和遗忘之间，在你的和我的世界之间存在一种平衡。"直到现在，奥利弗才明白了它的含义。

他终于可以活动了。他的朋友们看到，他缓慢转过身来，脸上滚动着泪珠。

"奥利弗，"埃留基德忧虑地说，"你怎么了？是不是哪儿不舒服？"

"他很好。"落在哲人肩膀上的妮碧说，"他刚才只是认识了记忆的本性。"

奥利弗本来以为，这个晚上他是难以入睡了，可没想，他却睡了一个很久没有睡过的深沉而无梦的好觉。母亲的图像，当然震撼了他的心灵，但却也像是一场盛夏的阵雨，顿时把他心中的彷徨和郁闷荡涤干净。

他早上一醒，就做出了一个早就应该做的决定：摧毁谢哈诺权势的必须是他。列文和其他的伙伴，都是他忠诚的助手，但只是**助手**。他们不具备他那样的可能，通过双光地界与另一个世界的双胞胎姐姐建立联系。奥利弗现在坚信，只有这样，才能够战胜谢哈诺。

当地平线上升起朝霞的第一缕白光时，他再次看了一眼那闪光的湖面。当然，这个湖里只是些无形的记忆，善良的和邪恶的感觉——与所爱之人亲密接触的甜蜜，生离死别时的痛苦，以及父母找到失散孩子的幸福……但它们在无形的状态中不也是很重要吗？这些记忆在人的生命中，可能要比一辆崭新的汽车、一套新的音响设备或什么其他玩具更重要百倍。

不，奥利弗不想把那玫瑰色的彩幕或其他什么记忆，丢在金身暴君的毁灭机器中不管。他的金身是虚伪的，他的磨盘是无情的。很多记忆在经受折磨，直到粉身碎骨。珀伽索斯讲过，它是如何被判处到高塔来服劳役的，这种奴役之后就会变成谢哈诺高塔脚下记忆之磨的齑粉。

"如果妮碧和珀伽索斯还想在太阳升起之前飞往城里的话，那我们就得抓紧时间了。"奥利弗着急地说。

"我们马上就准备好，"列文回答，"我们的大部分行李反正得留在这里，我只是再挑出几件重要的东西。"

很快，他们就与妮碧和珀伽索斯分手了。

"但愿我们都能安然无恙地再见。"奥利弗有些哽咽地说。

珀伽索斯嘶鸣了一声:"即使不是这样,在卡西尼亚所遇到的这种友谊,也是我生命中的瑰宝。"

神驹的这番话,使奥利弗的喉咙进一步抽紧。他拥抱了神驹的脖子,最后一次抚摩它。他偷偷拭去了脸上的泪痕。妮碧飞到他鼻子前面停住,吟道:"你不会很快就摆脱我的,奥利弗。但我还是祝愿你万事如意。"

奥利弗向小鸟伸出手掌,让她降落到上面。她的小脖颈上挂着一个微小的纸卷,上面是列文给盟友带去的情报。奥利弗温柔地抚摩着她的羽毛。湖面上彩色的光,在她身上变成了无数闪烁的星星。"你是我们当中最小的,"他亲昵地说,"但你却不是最不重要的。我谢谢你为我所做的一切。"

"别这样,就好像我们再也见不到了似的,"妮碧的声音仍然和往常一样明亮欢快,"我对你的爱是永恒的,即使是谢哈诺也不能把我们分开。"

"那好,让我们祝愿一切都顺顺利利。"奥利弗挺起了胸膛,做出一副无所畏惧的样子,"飞吧。列文已经告诉了你们应该做的事情,你们也带上了他的信息。如果你们发现了信号,就必须尽快行动。"

奥利弗望着远去的伙伴,极力忍住已经盈眶的泪水。他说不出一句话来。

列文带着其余的战友沿着湖边朝南走去。奥利弗得到一匹驮马,虽然很温顺,但与珀伽索斯比起来却十分单调无趣。太阳刚刚从地平线上露头,他们走到了一处弯路,眼前展现出一幅新的景象。

"快进入树丛!"列文喊道。

奥利弗和埃留基德立即顺从地跑了过去。

大家都已经看到了。大约距离湖水两到三公里远的地方,出现了一座宏大的建筑,一座阶梯塔,看上去似乎耸入云端。而在它不远的前面湖边凸起一块高高的岩石。岩石上光秃没有植被,朝陆地一面,并不陡峭,而是一坡斜面平台,他们在隐蔽处看不见它的东端,但却可以清晰地看见,斜坡前面有什么在运动。

斜坡的岩石板上,有一条弯曲的路通到尽头,路上正进行着让人感到不安的礼仪活动。至少有上百名陶俑武士,无言地押送着一小群活着的记忆。有些记忆被放到了小推车上拉到岩石上方,其他一些用自己的腿脚向上走着。

第10章 智者列文的计划

奥利弗觉得这些囚徒中似乎有一个熟悉的身影。"我必须走近一些。"他不由分说。

列文最初想反对,但最后还是点头说:"我们把马匹留在这里,你紧跟着我,千万别发出什么响声。"

馆长瘦长的身形灵巧地在树丛中开辟出一条路,穿过岩石间的夹缝。他的动作表明,他决不仅是一个书虫。奥利弗和埃留基德吃力地跟在他的身后。到了像一些面包渣散布在湖边的数块岩石旁时,他停住了脚步。

"我们不能再往前走了,否则就可能被发现。"列文耳语道。

这时,死囚的队伍已经到达了大岩石的顶端。通往顶端的道路,在这里看不见,但却可以更清楚地看见站在上面的那些囚徒。他们均被锁链或绳索捆绑着。奥利弗看到其中有人、石雕和木雕,既有人像也有动物的造型,然后,他看见了那个衣架。

他的眼睛没有看错。胃被抽紧的感觉又出现了。他感到了从未有过的难受。他曾怀疑过这个衣架。当时,在纳尔贡,在"野汉"酒馆里。当时他还对所有既不是人也不是动物但却会说话和会动的东西感到陌生,但衣架不是谢哈诺的间谍,它一直沉默到最后。而现在它将为此遭到迫害。

当第一个物件被推下深渊时,奥利弗的心抽得越来越紧了。那是一件破旧的家具,似乎是一只小书橱。它还被恶毒地拴上一块大石头,一声巨响落入水中,先是在水面上躺着漂浮了片刻,然后就歪了下去,沉入了湖底。在它之后,被推下去的是一座狮子石雕,这个沉重的雕像立即就消失在闪光的水中。

执刑就这样继续着。一个记忆接着一个记忆被那些陶俑士兵推下悬崖。最后掉下去的是那个衣架。奥利弗用手捂住了嘴,不让自己喊出来。他的胃像打了结一样疼痛。谢哈诺必须得到报应!

然后,流放记忆之湖上又恢复了平静。一缕阳光透过东方的树木,点燃了满是皱纹的湖面上的光影。

当阿摩西亚的城门打开时,奥利弗、列文和埃留基德也同时开始行动。戈菲紧裹着哲人的肩膀,画笔朝霞仍然插在奥利弗胸前的口袋里。

"我们是不是应该再研究一下我们的进攻计划啊?"戈菲不安地问。

"快快闭嘴!"奥利弗申斥它一句,"你以为我脑子里只有棉花吗?"

"那也不一定是最坏的东西。"戈菲委屈地说。

阿摩西亚的西北城门,是各个城门中最小的入口。或许是因为它位于高塔附近,所以没有这么多的记忆从这里出入。但在这清晨时刻,还是有不少人等待进城,挡住了他们的视线,所以也很难看到城门的全貌。

城门前站着陶俑武士,对每个进城和出城的人都进行彻底检查。不管是牛车、纸灯笼还是陶土罐——总之是一切。当一个农民赶着四头毛驴来到守城士兵和奥利弗一行之间时,一阵奇怪的风突然吹了起来。

奥利弗当然不会对这场大风感到意外,因为它就在奥利弗的意念中生成。但旁边的人却一片惊恐,全都不知所措地乱跑了起来,其中的一个守城士兵一不留神被一根折断的树枝砸掉了脑袋。

风暴平息以后,奥利弗一行已经进入城门里面。当他们拐进一条小街巷时,奥利弗再次回头看了一眼。三个陶俑士兵正在为他们的同伴收集破碎的脑袋,有一半的脸已经粘接在一起——可以看到一只转动的眼睛。

"但愿你没有过于夸张。"朝霞带着批评的味道说。

"你是什么都不满意啊。"奥利弗回应道,他其实对自己的作为很满意。

"如果谢哈诺知道了这股早晨的怪风,他很快就会找到我们的。"

"你可不是一支聪明的画笔。你想想看:谢哈诺不可能关心他城中的每一股风。他的计划毕竟是要征服两个完整的世界!"

"要是我,还是小心一点儿好。"

"朝霞说得对。"列文插嘴说,"有一个强人说过:'小心是勇敢的更好的另一半。'我们应该避免张扬。"

"希罗多德可没有这样说过。"哲人指出。

列文笑了。"对,这句话来自莎士比亚的《亨利四世》,是剧中人物福斯塔夫说的。"

"从未听说过,你是在卡西尼亚认识他的吗?"

"不,他在地球上是不会被忘记的形象。"

"是这样。那就……"

"你们这些书精有谁能够告诉我,我们怎么才能进到那里面去呀?"奥利弗插进来说。他骑在灰马上,望着那座超越城里所有平房的高塔。

"你们大家都知道,这座塔还在修建当中,"列文解释说,"在谢哈诺的宫殿里多多少少还处在混乱状态。我们会找到合适的机会,不被察觉地进入

第10章 智者列文的计划

塔中的。"

"然后呢?"

"我们旅程的最后一段,也是最困难的。我们必须找到谢哈诺,然后熄灭他。"

"这听起来,你好像在说一只电灯泡。"

"我听到过你们时代的这个发明,但你不必担心,我不会不带着武器去见谢哈诺的。"

尽管奥利弗期待着,列文对这个充满希望的表态做某种说明,但他却以一种特殊的姿态保持了沉默。奥利弗不敢问,他指的是什么样的武器。他能感觉到,这位安纳格智者还不愿意公开他身上神秘的一面。毫无疑问,列文的沉默是有他高尚的理由的,但难道这样就可以不信任他的朋友们吗?奥利弗在最近几天经常问自己,这个古老而封闭的人到底是谁呢?

一行人的马匹在他们谈话期间,一直在走下山的路。马蹄踏在狭窄街巷的石板地上发出了哒哒响声。所有这些街巷都通向一个目标:谢哈诺的高塔。

这座巨型建筑高高耸立在一块大岩石之上,过去曾是失落的感觉之泉的一条通道。泉水从这里下泻百余米进入一个小湖当中,然后再流入大海。但现在,谢哈诺的高塔却像一个瓶塞一样堵住了这个岩石出口,制止这个暴君所允许的水量以外的水流出去。

奥利弗后来才知道,这个堵塞实际是无形的记忆经过深思熟虑的一个计划。在高塔脚下,劳工们修建了一个巨大的水动磨房。巨型磨盘安装在那里,谁要是通过一个岩石洞孔进入这台怪异的机器,他就会立即被碾成粉末。但最恶毒之处还在于,运转水磨的动力,竟是这些无形的记忆自己,当它们带着湖水绝望地寻找出路的时候,它们就必须挤进水车的漏斗里,踏动水磨转动起来。

奥利弗带着内心的愤怒,观察着这座巨型建筑。他发现,这座阶梯塔并不像他在帕加马博物馆见过的巴比伦塔模型那样是正方形。这座摩天大厦,有点儿像一块无比扩大了的婚礼蛋糕:最下面是环形地基,然后往上是越来越窄的阶梯。站在它旁边才知道,看起来是分层的阶梯,实际上是呈螺旋形环绕塔身而上。环行的阶梯上,可以隐约看见工人推小车的身影。从尚未完成的塔尖到地基旁的水磨房,修有一道竖直的凹槽,它很深,几乎延伸到塔的内部。凹槽里面墙壁到处都开有窗户,就像谢哈诺其他岗楼的外墙一样。凡螺旋阶梯和这个凹槽相交的地方,都修有天桥与对面相通。

高塔的前面,是一个宽阔的广场,奥利弗一行正在向这个广场接近。这里蜂拥着上百名劳工。到处都是马车和牛车,相互拥挤着挡住了相互的去路。这里不仅运输材料和进行施工,而且人们还在大声相互谩骂。奥利弗不由想起了博物馆的那幅壁画。这里的情景他觉得有些眼熟。

列文显然对这种混乱的场面很高兴。他闻到了混杂在这些劳工中的机会。

还在他们惊叹这个混乱场面的时候,突然在他们身后响起了一片高声的喧哗。有人吹起了号角,繁杂的马蹄声从街巷里传了出来。

"快到旁边去!"列文大呼。

他们刚刚躲到两辆运木材的牛车之间,一队骑兵已经从后面飞驰而来。奇怪的是,马上并不是陶俑武士,而是一些类似人形的精灵,面目丑陋,生有动物的利爪,带犄角的脑袋和各式各样的尾巴,这一切使奥利弗想起了他早已忘记的一些形象:尼勐石漠上活着的噩梦。还没等他想出合适的语言表达时,他的预感已经得到了证实。广场上出现了由八只狮面大汉抬着的一顶金饰大轿。轿子前面帘布已经掀开,里面坐着的正是那位充满自信的女王塞拉密斯。她现在庄严地回归故里,享受着重返卡西尼亚首府的喜悦。

当塞拉密斯卫队的战马冲进劳工人群时,高塔前广场上的混乱达到了新的高潮。由于各个劳工的身体素质不同,有的被碰得全身碎裂,有的则被马蹄踏成了泥浆。谢哈诺的奴隶看守们试图重新控制住局面,但却没有成功。

被迫前来做劳役的记忆们的忍耐也是有一定限度的。虽然碰掉一只胳膊,或者挤扁了脸还不算什么大灾难——它们作为活着的记忆生命力确实很强韧——但对它们的歧视,随便被人碰碎压扁,还是会在他们中间激起真正的愤慨。

两只石雕山羊低下头向看守冲了过去。其中的一个陶俑武士被撞倒在地,两只石羊在它身上使劲践踏,最后留在广场上的就只剩下了红色的陶土粉末。

其他陶俑武士赶来助战。他们使用刀剑、长矛和大棒进行镇压,也是毫不留情。

第 10 章　智者列文的计划

"这正是我所期待的。"列文说,然后又坚定地喊了一声,"快跟我来!"立即催马前进了。

奥利弗和埃留基德吃力地紧跟在后面。

列文的意图不难猜出。他想保持一定距离跟在塞拉密斯队伍的后面,他有理由认定,尼勋石漠的女王,到达谢哈诺金銮殿之前是不会停步的。

奥利弗不禁要问自己,当时把印名石还给谢哈诺的母亲到底是不是一个明智之举。她握有了这块印名石,肯定是这次重返阿摩西亚的理由,她现在可以无所顾忌地破除谢哈诺的诅咒,以这个城市女主人的身份出现。他可以想象,塞拉密斯想在这里干什么。她要坐在儿子的身旁,共同统治两个世界。同时也会向谢哈诺保证,不把他的印名石粉碎。她真是一个关怀备至的母亲。

尽管塞拉密斯的出现,使奥利弗又多了一个对手,但至少在此时此刻她却不自愿地帮了奥利弗一个大忙。她的马队就像是一颗彗星,拖带着一条散乱的尾巴。列文在这片烟尘中就像在摩孤沼泽的迷雾中一样的自信。

塞拉密斯的队伍沿着螺旋阶梯直上高塔顶端。大约走了三分之二路程,列文突然拐弯,进入了塔内一扇满是花纹雕琢的门中。奥利弗和埃留基德紧紧跟在后面。

到了里面,几个人下了马,拉着缰绳继续走。他们所在的这个房间,显然属于尚未建完的部分。里面尚无任何内部设施。列文进入了旁边一个大厅。这里除了墙角堆放着几件建筑工具之外,空空如也。列文建议把马匹赶到外面去。高塔周围的街道仍然十分混乱。几匹无主的马匹不会引人注意。

奥利弗和埃留基德同意这个主意。他们把马身上一切会使他们暴露的东西都取了下来,然后把马赶到了街上。

继续往上攀登,要比预想的困难一些。虽然外面螺旋形平台上的路很简单,但这座建筑的里面却形同一座迷宫。他们很快就发现,谢哈诺修建的这座高塔,实际是整个城市的一个缩影。一个又一个新的房间,一条又一条像街道一样的走廊以及像广场一样的大厅,使奥利弗难以估算这座摩天大楼中会有多少居民。他见到了房间里套着房间的房间。他进入了有十层楼高的圆形大厅,上面的各层楼均用天桥连接,看起来就像是一个巨大的树洞里布满了蛛网。他们多次走进了死胡同,经历了充满恐惧的时刻,然后又找到新的阶梯或者新的平台,继续向目的地前进。

所幸的是,列文在开始踏进第一个大厅时,他就为大家挑选了几件工具当作防身武器带在身上。奥利弗拿的是一把抹子和一根量尺,埃留基德拿的是一个刨子、一把木槌和几根凿子,列文则用一把大锯武装了自己。

周围的环境逐渐发生了变化,杂乱的梯子和脚手架不见了踪影,取而代之的是名贵的法式挂毯及花雕木器。这时的谢哈诺塔楼,简直就是一座集人类各个时代文化精品的博物馆。而与此相应的,则是多彩多姿的房间。有些像原始的洞穴,有些却是珠光宝气;有一个房间的墙壁上竟然全部镶嵌着琥珀!在没有尽头的走廊里铺着红色的地毯,墙壁上悬挂着熟悉的和奇异的武器。在穿越数个连排房间时,奥利弗对各种晶莹华丽的水晶吊灯、贵重的地板和贴金的家具赞叹不已。这里有中国的落地大花瓶、印加的壁毯、非洲的象牙雕刻……匆忙走过的几个朋友可惜无暇顾及这些赏心悦目的装饰。

所幸的是,他们直到最后也没有再遇到什么人。在这上面的几乎已经完成的部分里,再扮演工匠就很困难了。他们越往上走,被发现的危险也就越大。

"我们快要到了。"口袋里的画笔朝霞宣布。

"敌人未被征服之前,你不应该吹起胜利的号角。"戈菲警告说。

奥利弗感到胃窝处出现了空荡的感觉。他心中虽充满愤怒,但却仍然感到一种焦虑:上面会有什么在等待他呢?

前面的走廊里传来响声,几个同伴立即躲进了侧旁一条较窄的楼道里。他们只听到了拉长语调的只言片语,几个士兵从外面冲进了主要走廊,看来这里已经成了战场。

"从这里走,"列文耳语说,当他们在这条小走廊里觉得比较安全时,列文说:"我熟悉这个声音,那是谢哈诺。"

奥利弗的心跳加快了。谢哈诺?已经这么近了?但有一点他感到奇怪。"你怎么会如此熟悉谢哈诺的声音呢,列文?"

列文朝走廊又看了一眼,然后他灰色的眼球对准了奥利弗的脸:"我不是给你讲过,我和宁录一样高龄吗?"

"你是说过。但我却不记得,你还认识他本人……"

"别出声!"列文打断了奥利弗的追问,"我觉得,有人在上楼。"

第 10 章 智者列文的计划

他们赶紧后退，又穿过几个路口，来到了一个特别狭窄的通道，他们突然又听到了谢哈诺和塞拉密斯的争吵！列文顺着声音往前走，三个人进入了一个小房间。

"墙壁上有一个洞！"列文耳语。

"看来这是谢哈诺挖的一个坟墓，现在自己却掉了进去。"列文评论说，"看起来这是一个窥探孔，用以窃视高贵的客人和忠诚的官员。让我们看看谢哈诺是如何和他的母亲庆祝重逢的。"

列文、奥利弗和埃留基德轮流观看里面的情况。他们用耳朵也可以随时听到里面的实况。谢哈诺在房间里气愤地用他那两只小塔一样的双脚震动着地板。奥利弗看到了金身雕像前后两副面孔，心里感觉很不舒服。他过去听说过，但却再也没有仔细思考过这个问题。一个名字突然冲到他的脑海里："**双面人**！"他的父亲不是在日记中写过，一个有这样绰号的男人向国安部出卖了他吗？

谢哈诺和塞拉密斯之间的争吵，并没有向他们提供什么新的信息。争吵的核心，就是金身统治者把卡西尼亚的一切弊病都推到了他母亲身上。高贵的夫人则针锋相对地进行反击，观点完全相反。她认为，把这么多的成绩归功于她，实在不敢当，因而建议她的儿子最好自己跳进磨盘中去，这样，他的邪恶至少可以平均分配给所有的卡西尼亚的居民了。另外，塞拉密斯还指出，谢哈诺的印名石毕竟掌握在她的手中；她已命令一个忠诚的仆人，一个噩梦大力士，手中举着一把大铁锤，昼夜守护在旁边。

谢哈诺随即让塞拉密斯知道，这种夸张的做法实在没有必要。他当然从来没有怀疑过母亲对他的支持，只是她有时对他所表现出来的固执，为他在自立的道路上制造了障碍。

看来，两个对立面逐渐取得了和解。就在这时，奥利弗感到有一阵寒气吹来。他立即就知道了，这意味着什么。

"猎捕手在这里！"他呼道。

三人吃惊地对视着。

"我们必须立即离开这里，"列文说，"我必须安然地站到谢哈诺的对面，才能制服他。塞拉密斯和猎捕手只能妨碍我的行动。"

他们立即退到了刚才走过的路口，回头再望向主要楼道时，他们的血液几乎凝固了。

猎捕手突然出现在距离他们四步远的地方。他那恐怖的身躯躬屈着立在走廊的天花板下。鹰爪、蝎尾、四翼、狮掌和带犄角的头：一应俱全。

"帕祖祖！"列文惊呼道。

片刻之后，猎捕手已经来到三人的面前。无望的形势，使他们僵在了那里。与此同时，从楼道那边传来了警卫跑过来的脚步声。

"你难道真的以为会逃出我的掌心吗？"猎捕手用冰冷吓人的声音说。

"你问点儿别的行不行。"奥利弗气愤地回应。他的胃里又出现了那种感觉。

"你能够自己来，这很好，省得我再费事把你拖到阿摩西亚了。终于能够认识你，谢哈诺会很高兴的。"

奥利弗感觉，下到牢房的路，似乎比攀登高塔的迷宫还要费时间。猎捕手亲自送这位贵宾及其同伴去这座庞然大物的最黑暗的底层。奥利弗在这段时间里思考着问题。他绝望地想，他是不是做错了什么。

最后一段路，是通过走廊和隧道，估计是在高塔的地底。奥利弗估计牢房肯定是在高塔两侧的岩石中开凿成的。他们来到牢房，只见里面很暗，只点着一根蜡烛。牢头坐在一张粗糙的木桌旁，那是一个独眼巨人，正在用他那好奇的独眼，盯看着三个新来的囚徒。

猎捕手命令独眼巨人："把他们关在特种牢房里，布伦特斯。"当他发现这个满身黑毛的牢头的眼睛里出现茫然的表情时，他又补充了一句："你这个没有脑子的小矮人！我是说那些谢哈诺经常召见的人，把他们都塞到那个洞里去吧。"

独眼巨人布伦特斯嘟囔了一句听不懂的话。他从一个小板凳上站起来，在墙壁上取下一串沉重的钥匙。这个巨人虽然有三米高，但却仍然比猎捕手那丑陋的身体矮一头。所以，谢哈诺的这个第一仆人才使用了"小矮人"这个昵称对待独眼巨人。

在进入牢房之前，猎捕手再次转向奥利弗："你虽然不会有更大的喜悦，但你还是会对你新的住处感到意外的。我们很快就会再见。等谢哈诺有了时间，他会在金銮殿接见你的。"然后，他又对独眼巨人说："你可不要嘴馋，给我吃掉什么！听懂了吗，布伦特斯？这都是谢哈诺的私人财产。"

牢头一声不自愿的咕噜，算是对猎捕手的许诺。随之，那个高塔大怪物

第10章 智者列文的计划

没有再说话就消失在黑暗之中了,就好像被蒸发了一样。

布伦特斯带着客人去为他们准备的房间。奥利弗觉得去那里的路相当复杂,只好放弃了一开始还想记路的打算。

"猎捕手说,布伦特斯不要嘴馋是什么意思?"他轻声问哲人。

"独眼巨人很爱吃人。"哲人嘟囔着回答。

牢头在背后使劲推了奥利弗一把,这是一个明确的警告,奥利弗闭上了嘴。

前面终于出现了微弱的光线。过了一会儿才看见,这个光线来自一个更大的牢房,实际是一个洞穴,入口处安装着铁门。地牢里的光线很暗,不足以把整个洞穴照亮。

布伦特斯打开了铁栏杆中间的一扇铁门,退后一步,发出了一个威胁的咕噜声。奥利弗、埃留基德和列文进入牢房。铁门咣当一声在他们身后关上了。独眼巨人也无声无息地消失在黑暗之中。

他走了以后,几个囚徒才敢开始评估他们当前的处境。奥利弗首先发言。

"现在我们可是有麻烦了。"

还没等有人接着说话,从牢房的里面传出了一个微弱的声音。

"是奥利弗吗?"

奥利弗吓得转个身去。然后他感到自己的身体变成了石头。

"奥利弗?是你吗?"那个声音坚持问。在牢房的半黑暗中,显现出来一个模糊的身影。

"爸——爸爸?"奥利弗终于可以说话了。

那个身影变成了一个消瘦的人形,一个金发男人,瘦瘦的面颊,但却仍然是圆润的下巴,上面有深深的酒窝。托马斯·波洛克在被猎捕手捕获以前,显然经历了很多苦难。

埃留基德、列文和戈菲看到父子俩拥抱在一起的时候,都深受感动。父子俩无所顾忌地哭泣着。即使他们的重逢,是在这个不好的环境,但在此时此刻也都搁到了一边,所剩下的只是父子俩的喜悦,尽管他们都曾几乎忘记了对方。

两人拥抱了很久,直到他们听到奥利弗身上发出一个绝望的唧唧声。托马斯把儿子推开。

"这是什么声音？"

奥利弗从上衣口袋里取出画笔，给父亲看。虽然眼泪还挂在脸上，但他却笑着说："这是朝霞。你还记得吗？我用它画了第一张画。"

紧张气氛立即松弛了下来。父亲和儿子都退后了一步，于是形成了一个也包括其他人在内的圆圈。奥利弗逐个介绍了他的朋友，每次最后都是那句自豪的话："这是我的父亲。"

托马斯·波洛克在烛光下开始讲述他的故事。他把身上的破大衣裹紧了一下，因为这个阴暗的牢房很冷。所有的同伴都紧张地聆听着。

一切都是从那个惊人的发现开始的，就是在博物馆伊西塔城门的里面还有一个隐蔽的城门。当时，托马斯还在东柏林近东博物馆主持学术工作。有了那个发现以后，他就开始集中精力研究博物馆图书馆和资料室的各种资料，最终像一串珍珠那样把各种事实串成一个链条，而其中的每一个环节却又都显得不那么重要，几乎引不起无心读者的注意。但加在一起，却显现出一道极具魅力又令人不安的轨迹，可以追溯到远古的过去。

他到底发现了什么呢？在很长时间里，托马斯在各种资料中总是找不出其间的关联。难道在罗伯特·克尔德韦那个时代，是一则古老的咒语使得科学家违背了科学吗？不，这看起来是不可置信的。只有很少的同事像他那样认真对待古老的传说。那么，伊西塔城门的秘密到底是什么呢？

托马斯找到了一条线索，使他想起了他过去曾精心研究过的柏柏尔人的传说。传说中提到一个失落的记忆的帝国。在中央撒哈拉山的图阿雷格族群中至今还传播着卡西尼亚这个名字。传说中曾提到过一个残暴的人，企图使自己超越上帝而统治两个世界——地球和卡西尼亚。有一天，一个普通的牧人带来了这个贪婪的统治者渴望已久的几块铭文石板。这些石板据说是来自洪水之前的时代。从此，这个牧人就成了统治者的大祭司，而且统治者也确实得到了两个世界。但这个时期持续很短。后来，卡西尼亚的统治者被杀，和一个普通人一样死去了。但柏柏尔人至今还坚信，说他有一天会回来，以一个金身雕像的造型回来。

托马斯继续说，当他发现克尔德韦的笔记中有关内城门的拱顶石铭文时，他才开始理解这一切之间的关联。从这时起，他就时刻关注着伊拉克的发掘工作。有一天，传来一条新闻，说一座在原来的古城基什发掘出来的金身雕像，即将运抵柏林。他觉得，他必须要行动了。他打算利用他作为学者

第 10 章 智者列文的计划

的全部权威,制止这座雕像返回伊西塔城门。

开始时前景不错,伊拉克自己也有很多优秀的考古学家,是他们发现了金身雕像——为什么非要把这个文物转给德国或其他国家呢?

可是后来,托马斯承认,他犯了一个关键的错误。他把事情透露给了双面人。这是他的一个关系亲近的同事,不料却是一个卑鄙的小人。双面人把他给出卖了。不仅如此,雅诺什·海杜克实际上多年来一直关注这个巴比伦和基什第一个国王的发展轨迹。但托马斯察觉得太迟了,他的坦率给这个犹大提供了重新唤醒谢哈诺所缺少的最后资料。

这样一来,海杜克和他掌握的材料完全一样了:尽管听起来难以置信,但一则古老的咒语却在漫长的岁月里保守着巴比伦的秘密。当初制造谢哈诺雕像的人,其实在那个时代之前就曾进入卡西尼亚,并征服了这个世界。在人们消灭他之前,这个主宰失落的记忆的统治者就成功地建立了双重保险机制。于是,几千年以后,那座神秘的内城门,终于从沙漠地带被移走,进入了一座大城市的中心。有人——托马斯始终不知道是谁——把这座城门隐藏了起来,直到谢哈诺重新复活。谢哈诺的咒语起了作用,考古学家无法认识这座城门的真正意义——或者干脆把它遗忘。托马斯说,巴比伦的历史本来就迷雾重重,当初的世界文化中心,被波斯人征服以后,所谓的固若金汤的城市,很快就失去了意义。亚历山大大帝虽然想把它建成首都,但却英年早逝,事业未成。到了公元四世纪,这座当年的大都市就彻底消失不见了。即使在克尔德韦重新发现以后,它也只是遗留在沙漠中的一片废墟而已。它没有成为历史的名胜,也不像埃及的吉萨金字塔、帝王谷或卡纳克神庙那样,吸引着世界各国的学者和游客。巴比伦城长期被人遗忘,没像其他考古发掘地那样引起人们的兴趣,实际上是谢哈诺施咒的结果。他这样做,必然有他的理由。对他本性的认识,是一把双刃剑,如果掌握在错误的人手中,他企图奴役世界的野心就会暴露无遗。因而,有关他个人的材料,他留下的很少,但足以有一天能够引诱与他同样贪婪的人进入他的轨迹。这也将是他——把金身雕像作为自己的化身——重新获得生命的时刻。托马斯最后说,正如大家知道的那样,谢哈诺取得了成功。现在他将全力以赴,在年底之前从世界偷走一切对他的记忆。

"只有这样,他才能成为卡西尼亚和地球的统治者。"列文替奥利弗的父亲说出了这个结论。"宁录要感谢我找到的那几块石板,他即使在年底之前没有达到目的,却仍然是卡西尼亚的统治者。然后在一千年以后,再去征服地球。"

所有的人都惊异地望着列文。谁都没有忽略那个小小的"我"字。

"我没听错吧,是你把石板送给宁录的?"奥利弗还是提了这个问题,其实只是为了确认一下。

列文咬着牙点头。"我本来希望,事情会是另外一个样子。我熟悉宁录的程度和他的母亲熟悉他一样。我就是他当年的大祭司!"

奥利弗感觉到了他的这个朋友内心的沮丧。他走向列文,把手放到他的小臂上。"妮碧看到了你心里有问题,但却不知道是什么。这个问题在折磨着你,因为是你把石板给了宁录,对吧?"

列文点头。他的面孔变成了一具石头脸谱。

"但你不能把你没有做过的事情当作自己的罪过,列文!石板上的知识不是你所创造,后来谢哈诺的行径也不应由你来负责。你只不过是个信使。"

"如果只是这么简单就好了!"列文回答,显然他很难再说出口,"传说中的预言,都是真的。这个故事,有一部分我已经给你们讲过,只是没有提到我在其中扮演了什么角色。我本来生活在富饶的幼发拉底河谷。洪水到来时,我逃到了一个山洞,无意中找到了那三块石板,但这却从此改变了我的人生。石板埋在地下的陶土中,我把它们挖了出来,送给了宁录,因为他当时向各地派遣了使者,宣布:凡给他送去古代知识见证物者,将给予重赏。直到后来——我已经当上了宁录的大祭司以后——我才知道,他已经从他的父辈那里掌握了某些过去时代的秘密。

"洪水暴发之前,有一些被称为'伐者'的残暴之徒,压迫着其他人群。伐者握有来自天外的秘密知识。宁录得知有另外一个世界存在,叫作卡西尼亚,所有失落的记忆都继续生活在那里。有关这个世界的知识,都记载在一些石板之上,其中包括如何进入那个世界,如何使遗忘为己所用。宁录从中看到了权力欲望得以满足的难得机会,而我却把利用这个机会的手段交到了他的手里。"

"可是……"

"不要说了,奥利弗,我知道。但让我把这个故事讲完,然后你再做出判断。

第10章 智者列文的计划

"尽管我成了宁录的第一仆人,他却从未把他的全部计划告诉过我。于是,他给自己取了一个新的名字,但却没有向我透露。这个名字反映了他的全部本性。我只能说:他将全力以赴成为卡西尼亚和整个地球的统治者。为此,他必须偷走与他真名有关或者可以揭露他真实本性的每一个记忆。他让人修建了一座城门,把铭文石板的碎片以一种神秘的方式镶嵌在门柱之中。在这期间,他试图巩固自己的权势,并得到了他野心勃勃的母亲的支持。他企图让自己超越上帝。他制定了强制性的宗教制度,甚至包括牺牲童男童女!在城门旁边,他开始修建天地塔,即一座阶梯式的高塔。就在城门落成时,这个城市的居民语言突然发生了混乱。当时全城发生了极大的恐慌,有些人知道造成这一灾难的罪魁祸首是宁录。他们试图抓住他,但他却通过城门逃往了卡西尼亚。

"宁录虽然是个权力狂,但他的理智却告诉他,他也是一个会生老病死的凡人。所以,他很早就开始寻找一种方法,即使被敌人杀死,仍能实现他永生的计划。他让人制作了数座金身雕像,每个底座上都刻有'世界之王'的名号。这也是他最想拥有的身份。当语言混乱出现,人们掀起暴动反对宁录时,是我把这些金身雕像从巴比伦运走,送往三个不同的地方藏匿了起来。"

"其中的一个地方就是基什。"托马斯·波洛克说。列文的故事进一步证实了他多年来的研究成果。

列文点头称是:"六个月以后,"他继续讲道,"宁录的确返回,他称自己是梅西林。他的母亲塞拉密斯早就散布消息说,她的儿子已遭杀害。现在她又到处宣传,说基什新王是她儿子转世。她甚至为此创建了新的宗教。宁录利用他所掌握的方法,已经可以把即将被地球上遗忘的东西全部从地球上偷走。他的目的就在于,要把每一个对他不利或者与人类原有信仰有关的记忆加以消除。

"这个时期,我已经起了疑心。尽管我是自称为上帝的宁录或者是转世的梅西林的大祭司,但我早已在内心里拒绝了宁录的暴行。

"在怀疑的折磨下,我又回到了找到那三块该诅咒的石板的山洞。我在脑子里留下的记忆,并没有欺骗我:在陶土地上,确实留下了铭文的印记。石板带字的一面,当时是朝下的,因此它痕迹并没有被风沙磨掉。我用蜡水浇在上面,从而有了宁录石板的复制件。"

"可是,你没有可以对付宁录的武器呀?"奥利弗激动地问。

"当时我还没有决定,是不是要这么做。我最大的愿望始终是成为一个智者。我掌握了很多古老的知识,但都只是为了我自己。

"后来,宁录的末日到来了。他的暴行促使反对者下决心要用一切手段解放遭受苦难的人民。他们偷偷潜入梅西林的王宫,毫无声息地杀死了他。当人们发现国王被杀的时候,那些凶手早已不知去向。

"然而,塞拉密斯并没有因此而约束自己的权力欲望。她的儿子已经死过一次,但又重新复活。因此,她这次隐瞒了儿子的死,创建了以坦木兹及其情人伊西塔为偶像的宗教。她采用了一幅人们从太阳运转中所熟悉并乐意接受的图画:坦木兹将生活六个月,然后消失六个月。她让她的祭司们传播这样的理念。但这个新的宗教,只能得到头脑简单的人的信仰。宁录实际上已经做好了一切准备,至少他的一个金身雕像会重新复活。作为一个凡人他已经被战胜,但在一座金身雕像里,他的权力狂的本性却将永世留存下去。"

"你在这个时期已经被遗忘了吗?"

"可以说,我在即将被遗忘之中。在暴乱期间,人们把我这个梅西林的大祭司抓住,关进了牢房。从审判者和难友那里,我知道了宁录暴行的全部真相。我认识到,我被他的魅力所蒙蔽。他一直把我当作一件工具在利用,他甚至计划早晚将我置于死地。

"然而,我当时还具有一定的影响,可以加以利用去对抗宁录或梅西林。通过一个朋友,我派人去了巴比伦,让他在宁录城门上张贴一个告示,揭露他的野心。人们当时的情绪还不稳定。一方面,他们仍然很迷信,不敢相信宁录已死,而另一方面,他们又不愿意让过去的灾难重演。我根据洪水之前的石板上获得的知识,起草了一份警示,让我的朋友偷偷从监狱里带出去。不久,一个石匠把我这个诅咒铭刻在城门的拱顶石上,在他尚未完成这项工作时,却出现了企图利用宁录光环的人前来阻挠。我后来听说,那位石匠被人杀害。由于我的铭文已经——除了最后一行——铭刻在拱顶石上,他们就让最后一行成为不解之谜。他们认为,这样一来,他们的偶像宁录就会第二次重新复活。

"我本人最终被抛进了深深的牢房。新的当权者看来还没有最后决定对我的处置,他们还不知道,我对他们有利用价值还是一个危险。我当年的

第10章 智者列文的计划

辉煌很快就淡薄了。外面的权势斗争,使得一些还知道我的人先后离开了人世。于是我又变成了一个普通的牧人,出于无人知道的原因被关进了牢房。我每日从牢门的窗口得到少量的食品,有一天,老牢头病故,人们对我的记忆也就随之消失了。这样,我就来到了卡西尼亚。"列文结束了自己的故事,"我发誓要等到宁录——或用什么其他名字——归来的那一天。我要站在他的面前,要让这个统治者为他对古老时代的叛逆受到公正的惩罚。所以我才把你,寻者奥利弗带到了这里。我本来要把压在心中的这个重负永远留给自己。今天我已经知道,这是错误的。"

奥利弗再次拍了一下过去大祭司的胳膊:"我可以理解,把这些都说出来这对你是多么不容易。但你改变了自己,列文。谢哈诺令你失望,但当你察觉了以后,就尝试改正你的错误。我觉得,这要比大多数有罪过的人所做的更为重要。"

"但这仍然是很不够的。"

"请不要灰心。希望并没有完全消失。妮碧和珀伽索斯肯定已经找到了我们的盟友,根据我对小蜂鸟的了解,她宁肯把这座高塔的塔基咬碎,也决不会背弃我们。"

"我感谢你对我的安慰,奥利弗。"

"奥利弗所说的,我只能表示赞同。"托马斯说,"他能够进入卡西尼亚,并能在这里找到我,就已经给了我新的信心。谢哈诺还没有取得胜利。"

"问题只是,我们怎样才能战胜他。"奥利弗嘟囔着说。然后他又转向列文。"你有时称谢哈诺为宁录,有时称为梅西林——你觉得,其中的哪一个会是他的真名呢?"

"这我不敢说,正像前面提到的那样,他从来没有和我谈到过他的真名。我想,我们是知道这个名字的。根据我对梅西林秘密的研究所得出的结论,只要有人在铭文石板面前高呼一声这个真正的名字,宁录的金身雕像就能复活。所以宁录才把部分石板镶嵌到了他称之为'上帝之门'的城门之中。当我得知那个石匠死亡的消息以后,还曾做过一个尝试,想破坏宁录的计划。我刚才没有提到,是因为我未能制止谢哈诺的回归。"

"是什么尝试呢?"

"我当时在一块陶板上写下新的警示,并让我最后一个亲信把它藏到城门的附近。和拱顶石铭文一样,我把这个新的警示以诗歌的形式刻在了陶板上：谁要是第一次呼唤这个神秘的名字，宁录的可怕的本性就会复活；谁要是第二次呼唤，自己就可以偷走活着的记忆或者把偷走的记忆取回；但谁要是呼唤第三次，宁录就会被抛进深渊，永远停止存在。这就是我能够做到的一切了。可惜的是，我却无法知道，宁录的数量众多的名字里，哪个是他自己的真正命名。"

"尽管如此，我们还是必须把这个信息送往地球。"托马斯说。

"你父亲说得对。"埃留基德对奥利弗说，"或许你姐姐在这期间已经找到了谢哈诺的真名，只是不知道应该如何运用。"

奥利弗的脑海里突然有了一个计划："我们必须把应该做的事情都写下来。"

"我们就这样也能够记住。"托马斯说。

但奥利弗却摇摇头："我有一种感觉，最好还是把列文的话都记下来。你们谁有可以写字的东西吗？"

列文拿出一张空白的羊皮纸："他们虽然搜查过武器，但这个他们却认为没有什么危险。"

"现在就只需要一支铅笔了。"

但谁也没有笔。

"用我怎么样？"朝霞搭话了，"又是没有人问我。"

"你这是什么意思？"奥利弗问，"可我们没有墨水，你用什么写呢？"

"你还记得在亨里克豪斯号上那个欢乐的夜晚吗？我几乎把船长那瓶墨水全都喝了下去，在我身上还保留了一些，只要有点儿水，我就可以让墨水发挥作用了。可用的墨水虽然很少，但你如果口述，我就可以模仿你的笔迹写下来，而且还节省墨水。"

"你真是个天才，朝霞。"

"真好，你终于看到了这一点。"

一切如此进行。奥利弗的父亲用很少几句话讲述了当前的情况，让朝霞写出如何战胜谢哈诺的方法。

朝霞用貂毛的笔锋在羊皮纸上勾画着字母；奥利弗很吃惊，这家伙竟然如此熟悉自己的笔迹。作为这项工作的顶峰，朝霞甚至在文件的最后还画上了奥利弗风鸣琴的标记。

托马斯满意地说："好了，奥利弗，你现在把它藏在身上，先自己返回

第10章 智者列文的计划

地球。"

奥利弗先看了一眼父亲,然后又看了看他的同伴,惊异地说:"为什么要让我单独离开卡西尼亚呢?"

托马斯吃惊地看着大家:"难道就没有人给他讲过这件事情吗?"

"讲什么事情?"奥利弗喊道。就好像他是一个小孩,人们不想让他知道某些真相。

"到目前为止还没有这个机会。"列文说,显然是一个借口,奥利弗不能接受。"你掌握着一件东西,才使你有可能到这里来,奥利弗。"列文解释说:"它也可以把你送回去。我当时曾在拱顶石上雕刻了这样一句话,'只要他把手放在上面,就没有人可以逃脱,除非取回失落的怀念。'取回失落的怀念,没有记忆是不可能的。也就是说,如果你姐姐或者什么其他人,能够记起那个过境的物件,城门就会为你打开。但只有你可以回去。"

"只有我?"奥利弗惊惧地说。

"准确地说,是只有一个记忆可以回去,当然也可以是你的父亲……"

"请不要继续说了,列文。"托马斯打断智者的话,"奥利弗应该回去。他很聪明,和叶茜卡一起可以揭开谢哈诺的秘密。而且他也有机会,今后在地球上有一个幸福的生活。"

"但你同样可以做到这一点,爸爸。"奥利弗着急地反驳说。

父亲难过地摇了摇头,"我与谢哈诺进行斗争,虽然可以转移我心中的抑郁,但你妈妈却不会因此而复活。没有她,我的生活就是空虚的。"

"不是这样的!妈妈爱我们三个人,这我知道。我喝下了她的记忆,现在她就在我的心中。"奥利弗拍着自己的胸膛激动地说,"她决不愿意看到你自己毁掉自己,爸爸。我在很长时间里没有理解这一点,所以也很少关心你,但今天我已经知道,实际都是那个该死的记忆窃贼干的好事。如果我们把记忆像宝贝一样地维护,那就没有什么能够毁掉我们。爸爸,我爱你。我不想看到你一个人留在这里。"

托马斯把儿子拥到怀里:"我也爱你,奥利弗,但我没有常常向你表露,因为我把自己关进了痛苦的牢房之中。但我真的很爱你和你姐姐,正因为这样,我才想让你回到地球去。现在就不要反对了,在这一点上,你是不能改变我的。"他把奥利弗推开半臂,看着他的眼睛。"你明白吗?"

奥利弗透过泪眼望着父亲坚定的目光。他的手在一瞬间探入了父亲的大衣口袋里。然后,他点了点头。

如果奥利弗以为,谢哈诺可能急于想见到他,那他就绝对想错了。漫长的四天过去了,却没有发生任何值得一提的事情。

奥利弗的手不时伸进裤兜里,抚摩那块印名石。上面的凹纹越来越深了。尽管这种残酷感受每次都给他带来几乎是全身的痛苦,但他的手指却无法抗拒这个诱感,就像牙齿生病,舌头老是想去舔舐,尽管每次都造成难忍的疼痛。

独眼巨人牢头布伦特斯每天晚间送来饭食,这是惟一的时间标志,也是每日惟一的变化。只有一天例外。

那是他们被捕后的第二天早上,塞拉密斯前来向他们表示了敬意。她穿着长长的礼服,在两个令人恶心的噩梦陪同下出现在谢哈诺特种囚徒们的面前。她先是表示很高兴看到奥利弗找到了阿摩西亚。但她的主要兴趣却不在这个男孩身上,她更关注的是安纳格的智者列文。她坦率地承认,她确实长期怀疑过他的存在。这位过去的大祭司对她的坦率回答,是叫了一声她的小名——在这里说出来有些不雅。而且,他在交谈中使用了显然只有在当年三驾马车——宁录、塞拉密斯和大祭司——时代才使用的怪异的语言,局外人很难理解其中的含义。最后,尼勋石漠女王激动异常,大喊大叫,没有告别就离开了这座地下监狱。

正如刚才所说,塞拉密斯那次出场以后,牢房的舞台上就只剩下独眼巨人这一个演员了。当独眼巨人在第五天早上打开牢门时,奥利弗只睡了很少的觉。他早已对自己忍饥耐困的能力不感到意外了。

一个陶俑武士通知奥利弗,他将有幸得到金身君王单独接见,然后把他带出牢房。一进入走廊,陶俑武士就让他骑在一个马人的背上。奥利弗感到庆幸,因为这样他就不必再费力步行爬高塔了。

在一个合适的机会,他小心翼翼地问身下的坐骑,它是否自愿为谢哈诺效力。

马人的回答使他感到放心,因为它也是金身暴君的奴隶。然后他问马人,它是否相信人民会起来反对谢哈诺。马人回答,几天前,在一个奴隶集中营里就谈论过这样的计划。陶俑武士用毫不含糊的申斥打断了他们的谈

第10章 智者列文的计划

话。奥利弗很高兴得到了这个情报,妮碧和珀伽索斯已经开始了行动。

奥利弗立即认出了谢哈诺金銮殿前面的走廊。就在这里,一个角落里的小夹道上,他们遭遇了猎捕手。奥利弗尽量去感觉,但却没有冰冷的寒气出现,那个怪物看来不在这附近。

押解他的陶俑武士把他一个人留在了金銮殿上。宽敞的大门旁站立着两个武士,用警觉的目光看着他。由于谢哈诺不在房间里,奥利弗利用这个机会仔细地打量着这个豪华的大殿,他在五天前曾通过一间密室的窥视孔见过这个房间。

谢哈诺的"办公室"在很多方面都很有特色。它的长度至少有三十米,宽度大约二十米。珍贵的材料,像黄金、宝石和稀有木料装饰着地面、墙壁和天花板。房间的中央摆放着一个很大的圆形玻璃缸,里面游动着各种色彩的鱼。在它的对面,是一个帕祖祖的铜像。在一瞬间,奥利弗像着了魔一样看着这个风魔的雕像,但雕像既不动也没有吹出应有的寒风,他这才松了一口气。谢哈诺显然想用这座雕像表明他对这个第一仆人的重视。猎捕手毕竟是他自己的作品;所以这座逼真的雕像也可以理解为是他对自己的赞赏。

雕像对面,大厅的西边,是一个黄金宝座。宝座后面悬挂着一面方形的大镜子。奇怪,奥利弗想,妮碧不是说谢哈诺已经命令全部摧毁了吗?这面镜子他是绝对不会忘记的。镜子的作用是审视自己,必要时除却某些缺陷。但只有在可以记住某种正确状态时才有可能。没有镜子,人就很容易忘记真正的自己。那就只能依靠别人的指点,什么是正确,什么是错误的。这个思路,奥利弗觉得其实很简单:镜子作为自主的象征,谢哈诺在他的权力狂热中必然要把它看成是眼中钉。只有他自己有权占有镜子。所以镜子才挂在这里——尤其是挂在宝座的后面。

奥利弗强迫自己的眼睛离开镜子中自己的影像。他让目光扫过宝座。宝座的两侧各有一座蛇龙的金像。带犄角的蛇头、狮子的前脚掌、鹰爪的后脚掌,再加上身后的蝎尾——无疑,这是马尔杜克神的象征动物穆叔苏,奥利弗在博物馆的伊西塔城门的墙壁上看到过这个神话形象。他的目光继续巡视着,停在大厅的南墙上。他看到了那幅巨型壁画,立即就知道了,他现正站在神秘的双光地界前面。列文曾解释说,它就像是卡西尼亚和地球之间的一面透明的薄膜。通过这幅画真的可以传递信息吗?其实,奥利弗在博物馆时就很熟悉这幅壁画。一切还都在上面:中间是那座高塔,上方翱翔着飞鸟,很多幻想动物,战场和田野,还有静林。然而,这幅画还是有什么地方异样,虽然十分逼真,但却仍然感到与博物馆的那幅有什么地方不一样。

奥利弗沉思地让目光离开壁画,想从较远的距离看它的全景。两个卫兵目不转睛地注视着他的每一个动作。当他缓慢地接近北墙的时候,他的目光扫过了几个拱形的窗孔。窗子之间有一扇门可以通往阳台;它的两扇门扉向里面打开着,从这里可以看到远方的流放记忆之湖在闪闪发光。使奥利弗感到吃惊的是在打开的拱形通道里竖立一件东西,他惊异地发现那是件美妙的乐器。

"这是风鸣琴。"突然在他的身后传来了一个声音。

奥利弗惊惧地转过身,谢哈诺就站在距离他四步远的地方,即使脚下有两块奇特的石座,这个金身雕像仍然没有高大很多。

"我没有听到您进来。"奥利弗说。他不知道,应该以什么样的姿态对待这个最可怕的敌人。

"它始终使我陷入它的魔法之中。"谢哈诺没有理会奥利弗的话,继续说,他显然还在说风鸣琴。"这件乐器甚至不听从我这个主人的意志,而只服从风的调遣。这对一个要求下属绝对服从的君主来说,是不能忍受的。"

"这我可以想象。"

谢哈诺闪亮的眼睛冷漠地打量着奥利弗。他说话时,嘴里似乎在冒火。"坦率地说,一切违反我的意志的东西,我都不喜欢。这只琴、那幅画、你和你的父亲。"他发出一声怪笑,"但你已经看到,你们的阴谋并没有得逞。恰恰相反,我要感谢你的父亲使我返回了卡西尼亚。其实是很可惜的。以他的学识,他完全可以成为我的大祭司,但这很快已经没有什么意义了。等到岁序更新,你和你的父亲都会作为第一批认识我的新磨房。把这看作是个荣誉和特权吧。所有像你们这样违背我意志的人,我都要把他们粉碎,也包括这把琴和那幅讨厌的壁画,你们都必须向我俯首称臣。"

奥利弗对这个暴君所说的话,只听懂了一半,但他却觉得发现了谢哈诺的弱点。"在我看来,您是想占有卡西尼亚和地球上的一切。"他挑衅地说。

"我将统治两个世界。很快!它们就全部属于我了。"

"让您更接近目标一点儿,对您有价值吗?"

谢哈诺又迟疑了一下,才回答说:"你是想把头从绞索中抽出去吗,

第10章 智者列文的计划

孩子?"

"或许吧。我虽然无法把壁画交到您的手中,但那把琴的问题,我也许能够帮您一个忙。"

"如果你想说什么,那就说出来吧。我没有时间听无意义的废话。"

"是您把我叫来的。"奥利弗突然喊道,"如果您觉得没有意思,那我马上就走!"他说着转过身去,走向守卫士兵,但谢哈诺却嘶声把他喊住了。

"只有我下命令,你才可以离开这里。至于你为什么到这里来,是我想亲自告诉你,是什么样的命运在等待你和你的父亲。当然我也想给你一个坦白的机会,如果你在地球上还干了什么对我不利的事情。"

"即使有这样的事情,我也不会告诉你。"

"这我已经想到了。但你的回答仍然使我满意。好,再说你刚才的暗示。关于风鸣琴,你想说什么?"

"一个交易。"

"我觉得这很滑稽。在这样的处境下你竟还敢讨价还价?那好吧。我今天刚刚和一个相当自信的女人有过一次不太愉快的论战,所以我需要一点儿消遣,交易的内容是什么?"

"我可以让风鸣琴演奏一首您挑选的曲子,我的交换条件是你放过我父亲和我的性命,并说出你的真实名字。"

一瞬间,谢哈诺真的像一座雕像僵在了那里。他的面孔转向奥利弗,但却是冷漠和没有表情。接着,这个金身暴君突然大笑起来,嘶哑而奸诈,但也是一种开怀的笑。"你不觉得,你的要价太高了吗?"

"不,因为作为交换,你将得到一件没有我的帮助你永远得不到的东西。"

"我给你提个建议。如果你真的能够让风鸣琴演奏一首我要听的曲调,那么有关磨房的事,我可以重新考虑。而且,你还可以从我这里听到,在哪里能够找到我的真名。"

奥利弗不需要考虑很久。这个结果大大超过了他的期望。"好。现在你可以选择一个曲调了。"

谢哈诺用手在空中画了一下。空中立即响起了一个笛子独奏的声音。听起来像是一支牧歌。曲调简单易记。奥利弗立即记在了心里。

他朝金身面孔笑了笑,尽量显露出自信来。然后,他在脑海里开始绘出相应的画面。他看到了马丁那幅《风之竖琴》的风景画,并把它变为现实。

画中的每一棵树都是谢哈诺身旁竖琴的琴弦,第一股风开始吹向琴弦。奥利弗还需要更多的琴弦。很快,他就完善了意念中的画面。他用风的手指拨动一下乐器。效果他很满意。

谢哈诺怀着虔诚的表情聆听着风鸣琴的音乐会。风对他来说,只是一种不屈服任何人的自主力量。而在这里它却如此顺从地演出了他所希望的美妙曲调。

当最后一根琴弦停止了颤动,金身暴君说:"你真是一个伟大的艺术家,奥利弗。你不为我效力是很可惜的,我肯定会很好地栽培你的。"

"这我毫不怀疑,但我只能是心领了。"

"可惜,你本应该站在胜者一边的。我迟早会让一切造物都服从我的意志,这把琴就是榜样。"

还没等奥利弗反应过来,谢哈诺一把抓起了风鸣琴,并把它——尽管它比谢哈诺高出一截——举在空中。他向前走了四步,进入了阳台,然后用力把琴抛进了深渊。刚才还用曲调打动奥利弗心灵的风鸣琴,顺着高塔上的凹槽落入到磨房,在那里变成了千百块碎片。

奥利弗惊愕地望着谢哈诺。他感到胃窝处一阵抽痛,他气愤极了,但同时也有些心惊肉跳邪恶的金身雕像毕竟长着两副面孔:一副在欣赏着竖琴的毁灭,而另一副则对着奥利弗冷笑。

"你现在肯定想把我推下去,是不是?"谢哈诺面对着奥利弗的那张嘴说。

"您会猜别人的思想吗?"奥利弗嘟囔着回应。

"只猜表情。"金身人开心地说,"但现在你应该回到舒适的牢房去了,否则你的朋友们会为你担心的。"

奥利弗威胁地向谢哈诺迈了一步,然后停在了那里:"您还没有实现您的诺言。"

"什么诺言?"

"您答应告诉我您的真名。"

又是一阵奸笑传到奥利弗的耳边。"我从来没有说过这样的话,我只是许诺告诉你可以找到我名字的地方。"

谢哈诺回答中的这个细节被奥利弗忽略了。他的双手攥成了拳头,他怎么能如此幼稚,竟然相信这个阴险的小人会做出什么诚实的事呢?

"那好,"奥利弗嘶声说,"如果您说过的话像您的蛇龙的舌头一样是两

第10章 智者列文的计划

半的,但至少也得说话算数吧。"

"我很愿意这样做。"谢哈诺开心地说,"你骑马去牢房时,我会给你一个动脑子的机会。我给你猜一个谜语,那就是我的秘密。这个谜语是:'**我的名字人人想拥有,可我却把它踩在脚下。**'"

这是什么意思呢?奥利弗骑着马人返回牢房时,脑子里一直想着这个问题。谢哈诺这个怪谜语是什么意思呢?一个真名难道不反映一个人的本性吗?这个暴君怎么能够用脚去践踏对他最重要的东西呢?

奥利弗决定立即和爸爸及其他朋友们谈论这个问题。列文肯定会有一个主意。他突然觉得,马人的速度过于缓慢了。马人快要到牢房之前,奥利弗向它耳语了列文的名字:"他是安纳格的智者,想带领你们为自由而战。他的名字是起义的信号,如果你们在城里听到这个名字,谢哈诺就快要完蛋了。你和你的同伴会跟着干吗?"

"这总比进入磨房强。"马人回答,"我们跟着干。"

监狱里的最后一段路,奥利弗是在牢头布伦特斯的陪同下走过的。很快他就看见了牢房里的光,并分辨出同伴们在烛光下的身影。就在这时,高塔的地基突然奇怪地震动起来,就好像大力神用棒槌猛击这座大山。

随之,牢房的栏杆也开始发生奇怪的变化。栏杆摇晃了起来,就像是被风吹动的橡皮鱼网。只见鱼网中间开始闪光,无数微小的光点在栏杆上面急剧地跳动,就像是做高压电实验时出现的火花。突然,那些光点爆炸了,铁栏杆开始扭曲,一阵闪光的旋风卷入了牢房。

在场的人都不自愿地成了这场非凡色彩表演的观众,愣在了那里不敢动弹。甚至连独眼巨人也已目瞪口呆,似乎完全忘记了他的囚徒。

托马斯·波洛克的身体发生了变化,从僵直中解脱出来。但却只有他一个人!他像梦游者一样向光的旋涡走去。奥利弗看到了爸爸脸上反映出来的光影。看起来开始时很平和,但很快就发生了一系列变化:先是茫然,然后是急促的醒悟,一个如此强烈的表情变化,使人想起了痛苦,接着就是愤怒压倒了他脸上的一切其他表情。他自发地向前迈了一步。

在这一瞬间,一个刺眼的光环还包围着他的身体。当光环渐渐淡化,奥利弗的父亲也消失得无影无踪了,留下的只是闪着青光的独角兽的身形,但它也逐渐淡化了下去,就像是一个熄灭的烛光幻影。

第 11 章
虚拟的答案

> 宽容用于恶人，
> 就会变成犯罪。
> ——托马斯·曼

叶茜卡感觉自己好像被打了一针麻醉剂。米丽娅客厅里发生的那一幕，几乎使她昏厥过去。她的心中升起了难以抑制的怒火。警察走了以后，她才终于把这个感受说了出来。

"这都是我的过错！"

米丽娅把警察送到门口，很快又回到了客厅。叶茜卡还站在那里，双臂垂直，双手攥成了拳头。

"过来，我们先坐下。"米丽娅缓和地说，她把叶茜卡拥在怀里，轻轻抚摩着她的后背。

"现在你的工作也没有了，而这一切都是为了我。"叶茜卡无法安静下来，先是她家人失踪，然后是在博物馆里发现恐怖事件，现在又把米丽娅的工作弄丢了，痛苦的眼泪忍不住从她脸上流了下来。

米丽娅更紧地抱住叶茜卡："海杜克的紧逼，使我很冲动，但不只是因为我失去了工作。我在哪儿都会找到一份工作的。"

"那是为什么？因为你是博物馆的窃贼吗？"

"过来，叶茜。我们很快就能搞清楚。"

"要是他们没有把你的笔记拿走就好了。现在我们再也无法揭露那个卑鄙的双面人海杜克了。"

"可他们根本就没有拿走啊。"

叶茜卡用手背抹去脸上的泪痕，惊奇地望着米丽娅。

第11章 虚拟的答案

米丽娅诡秘地笑了，绕过餐桌，掀开台布，下面出现了三张写满字的纸。米丽娅把它们拿起来，在空中抖了抖："警察先生们进来之前，我已经把记录藏了起来。"

叶茜卡无法抗拒米丽娅脸上那狡黠的嬉笑。自己也不由得跟着笑了起来。看来，她的女友已经考虑了一切。

周日早上又传来了令人不安的消息。叶茜卡坐在餐桌旁，读着当天的报纸。消息灵通人士的新信息，证实了原来的流言。还没有正式上任的文化部长，现在又把目光盯上了柏林市长的宝座，而某些有影响的力量也支持他的野心。

除了大字标题外，叶茜卡还注意到其他一些信息。在一篇很短的文章中证实了，在科布伦茨的联邦档案馆，已经准备在岁序更新以后开始销毁全部第三帝国的档案。相应的决定已在周五由议会通过。这篇文章还说，另外还决定解散由约阿希姆·高克领导的官方机构"东德国安档案管理局"。

"这不是意味着从希特勒到昂纳克所干下的烂事都要扔到马桶里冲走吗？"叶茜卡激动地说，"甚至连双面人的档案——如果它还存在的话——也要被销毁……"她突然停住了，"是不是他在背后操纵啊？"

米丽娅从餐桌另一边走过来，站在叶茜卡身后望着报纸。

"我慢慢地觉得什么都是可能的。铭文上的诗句不是说，谢哈诺重返以后'将夺走他渴求的每一个思想'吗？看起来，他已经在全力行动了。"

"甚至是变本加厉。先是来自柏林的这个坏消息，现在这个遗忘之潮已经开始袭击整个国家了。你可以设想一下：纳粹和国安的所有档案都将被销毁！"

"我感到最可怕的还是这些事情背后的阴险目的。你看这里，一个联邦议员是如何为此做辩解的。"米丽娅用手指了指相关的段落，"他认为，如果某个民族不断强调自己受到迫害，因而片面得到优惠，而其他一些民族却几十年来遭到片面的谴责，从根本上被铭刻上世界恶人的烙印，那么，宽容和言论自由就得不到保障。"

"我觉得，所谓的宽容也走得太远了吧。"

米丽娅严肃地点了点头，"约翰·格雷——我在牛津大学认识了他——曾说过：'真正的宽容是一种品德，现在越来越少见了。'所以我觉得，这篇文章中的那位议员,是以一种阴险的方式鼓吹双重标准的。他利用宽容作为幌子,而实际上却在创建狭隘。你可以这样设想一下,如果纳粹和国安的档案被销毁,那么不仅凶手,而且受害者的名字也都将消失。我们又怎么能制止当时的灾难不再重演呢?"

这一天后来的时间里,两个人继续做着各自的事情。叶茜卡努力编制电脑程序,米丽娅继续追踪霍尔蒂曲折的生命轨迹,他过去曾是克尔德韦的助手。到了下午的一个时间,米丽娅突然抬起头来。

"你知道我想到了什么吗?"

"不知道。"

"我曾经发过一个传真去了解霍尔蒂的情况,如果对方有了回答,发到了博物馆,可我却不在那里,我就无法看到啊。"

"海杜克肯定已经做了安排,截留你的一切信件。"

"我必须赶快再发一份传真,能用电脑发送吗?"

"我有一台扫描器、一台打印机和一个调制解调器。"

"这是什么意思?"

"噢,米丽娅!这就意味着,我可以根据你的需要发送、接收和打印多少传真都行。"

"真的吗?"

"过来,我们马上开始。"

周一早上,米丽娅有一件艰难的事要去做,他必须去派出所接受问讯。一级警官哈梅施普龙亲自做笔录。他再次用几乎是长辈的语气向米丽娅保证,所谓盗窃的指控没有足够的根据。但米丽娅仍然无视上司的规定,所以她必须承担后果。最后,他还通告了一个可怕的新闻:海杜克正在运用自己刚刚得来的政治权力,企图促成对无业的外国人驱逐的决定。

米丽娅当然立即就明白,她也将成为这个新规定的牺牲者。难道海杜克真的想为了摆脱一个他不喜欢的见证人而采取这样的措施吗?一级警官说,这样一个规定虽然不属于文化部长的职权范围,但这个博物馆馆长已经是一颗政治炸弹,几乎没有人可以摘除他的引信了。

米丽娅离开了派出所,立即去了洪堡大学。她在那里还有几个好朋友,一个女友为她搞到了她所需要的资料:洪堡大学五十年代和六十年代的全部在校学生名单。

第 11 章 虚拟的答案

星期六,12月12日。就在这一天,海杜克的生平展现在米丽娅和叶茜卡的眼前。他们几乎放弃了希望,觉得不会从布达佩斯得到什么回答了。而实际上,米丽娅在那里的老同学很快就对送去的问讯做出了反应。他发来的材料由于相当丰富,所以改用信件方式寄来。

贴着漂亮邮票的褐色大信封,使两个女友热血沸腾。邮差送来邮件时,她们正在吃早点。米丽娅用颤抖的手指打开了信封。叶茜卡坐在她身边,一会儿望一望她发亮的眼睛,一会儿望一望她手中的纸张。

"怎么样?"她着急地问,"对我们有用吗?"

"嘘!我还在看。"

叶茜卡用手指敲着餐桌。

"能把我写字台上的笔记拿给我吗,叶茜?把那份名单也拿来。"

什么都比傻等着强。叶茜卡立即跳了起来,拿来了所需要的文件。大约又过了十分钟,米丽娅才深深吐了一口气。

"我马上就要爆炸了。"叶茜卡大声说,"这个霍尔蒂到底怎么回事?"

"简直难以置信。"

"是吗?你是不是可以给我解释解释啊?"

"好,注意。"她把各种纸条摆在桌子上,再用眼睛审视了一次,然后说:"我在一个星期以前就跟你讲过,米科洛斯·霍尔蒂曾长期担任匈牙利政府首脑。"

"我知道,是个摄什么官。"

"摄政官。"

"是什么对我都一样,后来呢?"

"米科洛斯出身于一个有名望的新教家庭,他出生的时候,匈牙利还属于奥匈帝国。第一次世界大战期间,他是海军英雄,多次突破了联军的海上封锁。1920年3月1日,他成了帝国摄政官。他在这个岗位上待了24年之久,只是他对希特勒的摇摆态度,才使他下了台。"

"什么摇摆?"

"看来他不是特别喜欢希特勒,但他却支持'德国对布尔什维克发动的十字军远征'。不过他不想被纳粹卷入到战争中去。"

"可以理解。"

"所以,他于1944年被德国人绑架并关押了起来,1945年5月,盟军把他释放。后来他去了葡萄牙,在那里写了他的回忆录,最后死于1957年2月9日。"

"而这与雅诺什·海杜克又有什么关系?"

米丽娅的嘴角得意地抽动了一下,"很简单:双面人是米科洛斯的一个侄孙。"

"什么?"

"你没有听错。米科洛斯的弟弟叫拉兹洛·霍尔蒂,是家中的一只黑羊。两兄弟间的关系并不亲密。米科洛斯是个辉煌的军人,而拉兹洛却是一个生活相当浪荡的文人,他很早就被父亲赶出家门。但不知用什么方法,他还是上了大学,学完了建筑和经典考古学。由于在家里受到歧视,他去了国外。通过曲折的经历,他最终被纳入考古学家克尔德韦的团队。很快,他就开始领导在巴比伦的发掘工作。"

"让我猜一猜:碰巧正是伊西塔城门被发现的那一个地段。"

"从我们的博物馆的文献中看,他确实主管这个工作。第一次世界大战期间,发掘工作不得不停顿下来,拉兹洛·霍尔蒂和克尔德韦一起回到了柏林。到了1918年,德国投降那一年,拉兹洛的儿子基乌拉出生。孩子的父亲继续留在德国,从事近东古文化的研究工作。他参加了与伊拉克的谈判,争取把在巴比伦发掘出来的文物运往德国。1938年3月,德国人在波希米亚和摩拉维亚建立了保护区;3月14和16日,德国军队开进布拉格。拉兹洛可能是担心他的祖国很快也会落入希特勒的手中,无法再返回故里。也许是突然出现的爱国主义,也许是惧怕德国日益严重的排外情绪——他毕竟有老婆和一个二十一岁的儿子,他回到了匈牙利,接受了哥哥的庇护。"

"我想,他们两人互相不喜欢啊。"

"这么多年以后,两兄弟又重新和好。一个证明就是,哥哥为弟弟安排了布达佩斯艺术博物馆馆长的职务——那里的埃及艺术收藏品很有名。"

"拉兹洛知道伊西塔城门的秘密吗?"

"你可以想象,我在这方面还没有找到具体的线索,但我发现了与工匠签的几份合同和设计图纸,从中可以看到,拉兹洛在柏林时主要领导在帕加马博物馆里修建伊西塔城门的工作。"

第11章 虚拟的答案

"那他就肯定知道内城门了。"

"我也是这样想的。如果你继续听这个家族历史,你就会明白,我为什么把他看成是海杜克阴谋的幕后主使了。"

"我洗耳恭听。"

"拉兹洛的儿子基乌拉,从当时的环境看,是个早熟的年轻人,他很喜欢女人。还未到成年,他的年轻欲火就产生了情种。由于对方也来自一个匈牙利的逃亡家庭,父亲立即就决定让儿子成婚,并一起回到了匈牙利。1939年12月3日,第二次世界大战刚开始三个月——小约瑟夫就诞生了。拉兹洛成了祖父。"

"约瑟夫·霍尔蒂,约瑟夫·霍尔蒂,"叶茜卡嘟囔着说。她觉得自己似乎站在一幅巨型海报前面,但却看不清楚,因为前面正好驶过一辆运货车。

"小约瑟夫很像他的祖父,"米丽娅继续说,"他很聪明,在学校里由于学习成绩优秀连跳了两级,不到十七岁就获得了奖学金,前往柏林洪堡大学深造。"

"乖乖!"叶茜卡惊叫了一声,"自由钟声敲响了,我的脑子里也出现了光亮。"

米丽娅忧虑地看了她一眼,然后继续说下去。"约瑟夫·霍尔蒂消失了——我们只能这样说——是于1956年11月1日在布达佩斯。"

"你为什么要强调这一点。"

"这个时候,匈牙利爆发了人民起义。想突然在空气中消失的人,这正是大好的时机。星期一,1956年11月5日,一个叫雅诺什·海杜克的年轻人出现在柏林洪堡大学的秘书处。他拿出一张由苏联刚刚捧上政权的当局的信函,上面解释说,约瑟夫·霍尔蒂是个叛乱分子,所以他的奖学金转给了优等生雅诺什·海杜克。从此,海杜克就留在了柏林。"

"难以置信,但这很合适:约瑟夫·霍尔蒂和雅诺什·海杜克——同样的开头字母。"

"也是同一个人,叶茜。"

"我敢打赌,他亲爱的爷爷在他每晚睡觉前讲的故事,肯定不是关于小矮人和小精灵的童话,而是关于获取权力的速成法。"

米丽娅点头称是。"还有关于伊西塔城门。或许雅诺什的祖父拉兹洛已经得到了彼得罗·德拉·瓦勒在巴比伦找到的陶片。这也就可以解释,海杜克为什么从一开始就明确地追寻他的既定目标了。"

"你是不是认为,我们现在掌握的证据已经可以打倒他了?"

"我不知道。也许足以使他在政治上失去地位,或者至少在一段时间里可以制止他的行动……"

"可是?"

"奥利弗和你们的父亲还在谢哈诺的手中。我们已经亲眼看见,海杜克是谢哈诺最重要的帮凶,是他向谢哈诺提供记忆。你们的父亲被绑架到卡西尼亚,肯定是他一手策划的。"

"我明白你的意思。海杜克可能是我们找回爸爸和奥利弗的惟一途径。"

"所以我主张再等几天,也许你的因特网行动会有一个好结果。"

"我的程序会编完的。"叶茜卡说。

"你在一周前似乎也说过类似的话,好像是:'没有问题,两三天就可以完成',是吗?"

"时间又稍微拖长了一点儿,可这也不光是我的责任。"

"在编程序时,是不是过于乐观了?"

"这是世界上最正常的事情,但明天我肯定能够完成。"

"那好,但愿如此吧。如果你的因特网家庭真的能够帮助我们,我们就会在这个问题上前进一大步了。我们也许能够依靠自己的力量让奥利弗和你父亲返回我们的世界。到那时,海杜克手上就没有可以制约我们的王牌了。"

叶茜卡叹了一口气。"'如果'、'也许'——这些不确定的因素简直让我发疯!就我现在对海杜克的评价,他即使两手空空,也还是有一张王牌藏在袖筒里面。"

一个绿色头发的女孩穿着一件类似太空人的服装,扇动着后背上的小翅膀不断游动着。在这个空间里还有其他一些很奇特的形象,例如一个活泼的南瓜脑袋稻草人;穿着牛仔衣裤的爱因斯坦,脚踏着滑板坐在一个沙发里。

"你是说,这真的都不是电脑游戏吗?"米丽娅说。她站在叶茜卡身后,惊奇地盯着前面的显示器。

第11章 虚拟的答案

"这是一个聊天室,我还得跟你说多少遍啊?"

"我根本就不知道,一个稻草人会是这么神经质的生灵。"

"这是因为,在你面前的是一个特别的聊天室,每个成员都可以有自己的造型;我就是那个绿头发的。"

"我真没想到。"

"就像你看到的那样,这些形象都运动在一个虚拟的空间。"

"我能看见吗?"

"这就是说,这个空间实际并不存在。它只存在于聊天室在其中演绎的电脑软件和芯片中。如果我愿意,我就可以把我的 Avatar(化身)派向全世界。"

"Avatar?是个名字还是职业?"

"这个词来自梵文,意思是高级生灵在另一个人身体里转世。"

"听起来很恐怖。"

"这又不是我的发明。"

"那么一个 Avatar 能干什么呢?"

"他可以代替我在网中散步,或者他可以像这里一样,坐在一个虚拟的空间和其他 Avatar 聊天。他当然只能说他的 Cybernaut(网络操纵员)所授意的话。"

"而这个 Cybernaut 就是你。"

"没错。在此刻,我正在用电子提线,操纵 Avatar,就像是操纵一个玩偶,他可以远在伯克利。只要我把电脑关闭,Avatar 也就消失了。"

"要是也能这样对付谢哈诺该多好。"

"我想,我现在已经在线。"

"不过,从某种意义上说,他也是一个 Avatar:一个高级生灵——作为人的宁录——把他的本性吹入了没有生命的金身雕像。谁知道,你的 Avatar 今后不知到了什么时候也和谢哈诺一样给我们制造这么多的麻烦。"

"你科幻小说读得太多了。我可以继续下去吗?我逐渐感觉很不舒服。爱因斯坦肯定会不耐烦的,我这么长时间没有对他说什么了。"

"OK,我不说话了。"

叶茜卡现在可以不受干扰地把她的聊天进行完毕。她用键盘向她的朋友们讲解了铭文上的密码问题,并把她准备的数据传了过去:程序、苏美尔字典和她称为 control files（控制文件）的几点补充。在聊天过程中，又有些新的客人加入，他们同样对叶茜卡提出的问题感兴趣。最后，他请求参加聊天的客人争取更多的朋友参与。参加解题的人越多，取得结果的速度也就会越快。

当叶茜卡关上电脑，转过身时，她的脸色苍白得吓人。上一个星期，她只要不上学，就会不停地编写她的程序。叶茜卡星期四在她的 E－mail 信箱中发现了可以把楔形文字翻译成英文的电子字典。她用了三整天，才把这份检字表纳入到她的程序中。现在，她的身体撑不住了。

她几乎什么都没有吃，就想去睡觉，但却难受地突然奔向卫生间。还没有跑到马桶前，她就忍不住了。胃翻腾了起来，把里面的东西全部倾倒了出来。叶茜卡的蓝色睡衣，立即被散发着恶臭的褐色污斑所沾满。

米丽娅立即赶来救助，因为没有找到合适的睡衣，只好为她的病人拿来一件过于肥大的衬衫。

"我现在像一个鬼了。"叶茜卡虚弱地说。

"至少你灰白的脸色有点儿像。"米丽娅忧虑地说。在她的意识深处，把叶茜卡的这次意外发病归罪于电脑。她把叶茜卡放到了自己的软床上，并放进一只暖水袋，叶茜卡立即就睡着了。

在这个夜里，叶茜卡做了一个奇怪的梦。她穿着过长的白衬衫（这还符合实际），站在一片可怕的沼泽里。她听到远处的一个声响，既不像是人说话，也不像是她所熟悉的动物的叫声。一片迷雾中悬挂着一个光环，过了一段时间，当迷雾散开的时候，她觉得看到了一个熟悉的身影。

"奥利？"

她自己的声音也有些变调，似乎有些拉长，就好像她在一个巨大的浴缸里说话。

她的弟弟虽然震动了一下，但却没有把头转过来。叶茜卡又喊了一声。

"奥利弗！"

那个身影没有反应，只是把外衣拉紧了一些。这使叶茜卡感到愤怒。她蹚着令人恶心的污水，向他走去。当她走到很近时，她问："奥利，你为什么不回答？"

这次他听到了。他吓得从岩石上滑下来，坐到了地上。他的脸上露出了明显的惊诧。他像看一个幽灵那样看着她。

第11章 虚拟的答案

"叶茜卡!"奥利弗跳起身向她跑来,"叶茜,你到这儿来干什么?"

她在此时此刻更关心另外一个问题。"我这是在哪儿?"

"在摩孤沼泽。"

"是在柏林吗?"

奥利弗的嘴角抽动了一下,但却没有笑出来:"不,是在卡西尼亚……或者在你的梦里……说老实话,我也不太清楚,这里到底是什么地方。但是,你能看到我这个事实,就证明你没有把我完全忘记。"

"你这是什么意思?"

"因为只有在地球上尚未完全失落的思想和梦才会来到这里。"

"我们这期间已经知道了很多有关谢哈诺和卡西尼亚的情况。"

奥利弗点了点头,他说话反常地快:"我已经想到了,所以你才模糊地还记得我——至少在你的梦里。可是谁是'我们'?"

"米丽娅和我。"

"就是博物馆那个女学者?"

叶茜卡笑了:"我们已经成了好朋友。"

"你看。我早就告诉过你,她没有问题。"

"你说过吗?"叶茜卡不知道这是什么意思。难道这也是一个失落的记忆吗?

"不过,此刻这已经不重要。"奥利弗说,他的舌头几乎有些打卷,"我现在必须告诉你一件重要的事:你千万不要操之过急,叶茜!"

叶茜卡几乎不相信自己的耳朵。她就像是一头负重的毛驴在拼命,现在甚至晕倒,可是她的弟弟却说,她不能操之过急?她气愤地把拳头叉在腰间。"这又是什么意思?我现在特别担心,因为时间在岁序更新前不断从手指间流过,而你却……"她突然停住了,"是你给我传来了信息,说我们的时间只能到31日吗?"

奥利弗的回答有些迟疑。"我们是双胞胎。肯定的,甚至绝对是。你在我们告别时许诺过,你无论如何都会在我身边的,不是吗?所以你不必感到奇怪,因为……叶茜!"不知是什么使奥利弗惊惧了。

"怎么了?"

"你现在就像蹩脚影片中的一个鬼魂。"这时奥利弗的声音急促了起来,"你必须放宽时间。至少……"叶茜卡眼前突然变白了,但立即又再现了一次。

"……一个星期。"她又听到,但他已经消失了。最后的声音已经很轻了。"……最好十天。我还没有找到爸爸。但我们已经接近目标。如果你过早……"

"叶茜,快醒醒!你在做梦。"

叶茜卡睁开眼睛,惊诧地看着米丽娅的脸。

"你敢肯定,他说的是十天吗?"米丽娅显然不太喜欢叶茜卡梦里的故事。

"我已经跟你说过呀!他说,他还没有找到爸爸,但已经接近目标。"

米丽娅转过脸去。"我不知道,叶茜。我不想伤害你,但千万不要忘记,你昨天晚上是晕倒了。你整天在工作,因为你的程序没有及时完成。所以你在梦中感到时间紧迫,这是很正常的。"

"但那不是一个正常的梦!"叶茜卡强调,"这我知道。而且,奥利弗也没有说我已经太迟了,而是说我应该再等等。"

"你的楔形文字程序刚刚进入因特网。谁知道,我们是否会很快就有答案。我觉得,我们对你的梦不能过于认真,而是还要看看,是否会有什么回音。"

"你是说,我在幻想,是不是?"

"叶茜,这么说是不公正的。"

"那好,也许我们不该为一只还没有生出的蛋争吵。我们就等着,看Cybernauten们是否会搞出个结果来。"

等待因特网的答案,逐渐变成了一种折磨。至少对叶茜卡是如此。米丽娅摇摆在两种心态之间,一方面为女友担心,另一方面又有些得意,因为她对电脑不可靠的观点得到了证实。

时间就这样一天一天过去,餐桌上方那张年历上空白的方框急剧减少。每当叶茜卡的Avatar进入因特网虚拟空间时,其他那些"滑稽人物"——这是米丽娅给他们起的绰号——都是遗憾地摇头。整个行动进展得相当缓慢,叶茜卡的朋友们解释说,这是因为参加这项活动的爱好者还太少。一旦达到"警戒人数",事情就会快起来。

第11章 虚拟的答案

来自因特网的信息仍然很少,但是新闻媒体上的惊人消息却不断传来。星期三的报纸上竟然出现了这样的大标题:"国际性的博物馆盗窃集团日益猖狂。"叶茜卡第一次得知,不仅帕加马博物馆的展品被盗,巴黎的卢浮宫、伦敦的大英博物馆以及华盛顿的美国国立博物馆等机构的馆藏,也有不少消失得无影无踪。特别令人忧虑的是一条消息,说美国的"大屠杀纪念馆"中受纳粹迫害的犹太人和其他受害者的图片及姓名也不知去向。

开始时,叶茜卡还以为这都是报纸的杜撰,但到了星期四吃早点时她看到了报纸上有一则小消息,和美国的报道完全一样。在柏林施特格利茨区,一块玻璃纪念牌上的第三帝国受害者的很多名字也消逝淡漠了。与此同时,柏林普勒岑湖区纪念馆前艾米·策登大街的街牌也没有了字迹,只剩下一块白色的搪瓷牌子,空牌子上面一个小小的说明牌写着:

1900 年 3 月 28 日——1944 年 7 月 9 日
抵抗运动女战士

到了星期六,12 月 19 日,噩讯的洪流达到了一个新的高潮。叶茜卡自告奋勇去附近面包店买早点,而实际上,她是想有几分钟自己单独的时间。因特网至今尚无乐观的信息传来。叶茜卡的神经到了崩溃的边缘。

她沿着奥兰宁堡大街走下去,观察着这个时期那些为圣诞礼物奔忙的典型面孔。她想起了刚才面包店女售货员看她的眼神,可能她的脸色同样显得不那么轻松。当她返回时经过一家报亭,一行标题映入了她的眼帘,黑黑的粗体大字下面画了一条红色的加重号。

帕加马重坛不见!

她立即奔跑起来,就好像谢哈诺在身后追赶她。

"你读了报了吗?"她一回到家里就向米丽娅喊道。

米丽娅没有回答,把报纸扔到了餐桌上:"我刚从信箱里把报纸取回来。这真是难以置信!"

两个人都不再理会刚买回来的小面包,开始贪婪地细读报纸上的文章。报纸上写道,警察面对一个难解之谜:全部壁雕、廊柱——整个重建起来的帕加马圣坛,似乎在空气中蒸发殆尽;帕加马博物馆的古代收藏品一号大厅变成了一个空荡的大飞机库。

"很快就会全部被拿走的。"米丽娅显然忧虑地说。

叶茜卡点了点头。"一座被偷去记忆的博物馆——等那些爱看热闹的人也厌烦了以后,就再也没有人光顾帕加马了。"

"然后,文物所代表的一切也会被人忘记。我现在觉得,谢哈诺的力量似乎在逐日增强。开始时只是些几乎要被忘记的东西,可最近,他偷去的'纪念物'却是越来越重要了。我们甚至可以相信,这后面隐藏着某种意图。"

"你这是什么意思?"

"我发现,他现在偷走的思想和纪念物品,都是让人记住独裁者、专制制度和人类的不公正的东西。"

"我知道你在想什么:一旦人们忘记了权力欲望会带来什么样的灾难时,就会再次投入一个自命是救世主的怀抱。"

"正是。因而就会再次发生世界经济危机之后出现的情况。希特勒向人们许诺面包和就业,然后大家就蜂拥而至,跟上了他。"

两人沉默了一阵,各自都在思考问题。

米丽娅突然说:"我们必须制止谢哈诺!到岁序更新,我们还有十二天时间。现在你最好先看看你的电子信箱,或许因特网上已经有了答案。"

"现在还不到晚上六点。你说过,我不应该在网上不断冲浪,因为这很费钱。"

"请不要忘记,我正好两周前丢了工作。我必须节约,晚上六点以后打电话毕竟便宜一些。但今天是星期六,实行的周末优惠价格。而且我们的时间也不断从手指缝间流走。所以,快去吧,把你那个盒子打开。"

"你说的那个'盒子'是一台高效 PC,而且它也不是被'打开',而是启动。"

"随便吧,只要有用就行。"

几分钟以后,叶茜卡点了两下鼠标左键启动了 E-mail 程序。当屏幕上的信箱打开时,叶茜卡张开嘴,屏住了呼吸。她这样持续了很长时间。米丽娅问道:"上面那一行字,是你收到了邮件的意思吗?"

叶茜卡点了两下头,她的嘴还一直张着。

第 11 章 虚拟的答案

"那你为什么不继续往下看呢?"

"我害怕。"叶茜卡低声说,就好像她这是六个星期以来第一次说话。

"别胡说。"米丽娅说,并从她手里拿过鼠标,然后在指示标记上连续两次点击鼠标。片刻以后,屏幕上出现了一行楔形文字:

叶茜卡吃惊地望着显示器。"这个老稻草人真的是成功了!"

米丽娅已经在看楔形文字下面的说明,她满意地点了点头。"你朋友破译的结果,听起来很不错。你听听。"她大声把译文读了出来:

"除非取回失落的怀念。"

"这个信息来自我在爪哇的朋友。"叶茜卡解释,并同时读着屏幕上相关的说明。他主要是告知,最终有大约二百名密码爱好者响应了她的呼吁,然后在共享池中选择一段序列,在各自的电脑上分别进行计算。他发现了几个有用的链接以后,再用叶茜卡的语义模块进行了最后微调,他希望自己是这次竞赛的胜者。

"什么竞赛?"米丽娅惊奇地问。

"作为精神鼓励,我为胜者许诺了一个虚拟的吻。"

"一个……什么?"

叶茜卡笑了:"你把眉毛皱起来时,看起来很滑稽。"

"不要回避我的问题,叶茜!"

"不要怕,老妈!这和电脑色情无关。我曾照了一张我接吻的朱唇,然后扫描到电脑里,参加这次楔形文字竞赛的胜者,可以得到这张照片,加上相应的音响。"

"他要这个有什么用?"

"当他启动 PC 时,可以欣赏到我的朱唇,同时还听到一个吻声。"

"你真是难以捉摸,叶茜!"

"我知道,正因为这样他们才都喜欢我。Cybernauten 都具有一种奇特的幽默感。"

米丽娅不得不想到稻草人和踏滑板的爱因斯坦:"这个印象我却没有。"

这时她又想到了那段楔形文字。她立即把记录拱顶石铭文的那张纸拿来,把最后一句译文也记到了纸上。两人不需练习,就同时把咒语最后一段诗文朗读了出来:

> 永远不要忘记他!
> 只要他把手放在上面,
> 就没有人可以逃脱,
> 除非取回失落的怀念。

两个女友失神地望着这段铭文,半天没有说话。
"听起来总是有点儿怪怪的。"叶茜卡终于说。
"也可能是翻译的问题。但我好像知道了这最后一句想说什么。"
"什么?"
"这段诗的意思是,正常情况下,凡谢哈诺拿到手的东西,就会抓住不放……"
"除非……"
"有人重新回忆起忘却了的东西。"
现在,叶茜卡像刚才看屏幕上楔形文字一样看着她的女友了。
"是不是我说的太复杂了?"米丽娅问。
"不,我又不是弱智。"叶茜卡不满地回答,"我只是想问,我们自己为什么没有想到这一点。"她用手拍了一下额头,"重新找回失落的记忆——这就是结论。加减转换。我这个大笨蛋。"
"难以置信。"
叶茜卡用批评的目光看了一眼米丽娅。"不,老实说,这甚至很合乎逻辑。什么都没有失去,就像是爱因斯坦的相对论:$E = mc^2$。"
"还是饶了我吧。"
"不。这真的很简单。一个物体的能量是它的质量乘以光速的二次方。小的质量也可以产生很多能量——多得可怕,你可以想一想原子弹。"
"这和卡西尼亚有什么关系?"
"如果你把这个公式反过来,你就可以得到质量——即可以拿到手中的东西!你只要给予足够的能量就行。这样看,质量和能量是不灭的。"

第11章 虚拟的答案

"我现在知道了你的意思:我们的记忆同样是不灭的,它们只是改变了形态。"

"正是。从理论上说,就像可以用一只烤李子的质量制成蘑菇云,然后用这个能量最后生产杏仁糖球一样,我们也可以把前往卡西尼亚的公式反过来——也就是说,重新在我们的思想里把失落的记忆取回来。"

"我可以理解……"米丽娅停住了,因为叶茜卡又开始翻阅那个"名字的轨迹"的卷宗。自从两人知道海杜克手中有一只屎壳郎以后,她们就把这个卷宗随时带在身边。

"在这儿。"叶茜卡指着贴在里面的照片,"这就是我爸爸保存的怀念妈妈的纪念物,你看到的这只躺倒的瓶子,里面是她的发卡——我估计,其中缺少一只。"

"你认为,奥利弗拿走了一只发卡,用它进入了卡西尼亚?"

叶茜卡自信地点了点头。她用手指点了点拱顶石铭文:"只要携带心中遗忘之物,欣都会为他开启门户。"

"可你怎么就知道,他恰好拿走一只发卡呢?"

"如果是我,也会这样做的,奥利弗和我毕竟是双胞胎。"

米丽娅期待着叶茜卡还会补充些什么。但叶茜卡不说话了,她只好耸了耸肩膀叹口气说:"那我们现在就设法搞清楚,他到底拿走了哪只发卡吧。你想现在立即回家,去取那个装有发卡的玻璃瓶,是不是?"

叶茜卡点点头:"越早越好。这之前,先让我把照片上的这部分放大一下。这样我们就可以进行比较,知道缺少了哪一只。"

米丽娅也点头称是。"那好。就这么办。"她的褐色的眼睛放射着激动的光芒,兴奋地搓着双手。"我收回给电脑起的一切绰号,叶茜。虚拟的答案像金子一样珍贵。现在我们确实找到了最热的线索。"

绿色的标致车带着右前胎的嘶嘶声滚到了贝格大街时,叶茜卡和米丽娅立即就感到了有什么不对头。在70号门前,停着三辆车,都在预示着没有什么好事:一辆绿白色的警车,一辆红白色的救护车和一辆装有毛玻璃窗的漆黑的奔驰牌灵车。

楼房管家格拉布克——他住在前面那个楼里——此时正打开大门,让灵车进去。两个女友跟着它进入了后院。

"就像是一个死亡天使。"米丽娅喃喃地说,眼睛望着那辆灵车。

"这是谁家出了事?"叶茜卡问。像看一部小电影那样,她把认识的邻居在脑海里过滤了一遍,"但愿不是瓦茨拉维克夫人。"

"看它停在哪儿。"

灵车一直开到最后一座楼的后院,叶茜卡心跳着站住了。这个门洞有两座楼梯:一在左,一在右,他们家住在右边。一个警察从右边走了出来,向灵车里出来的两个人招招手,让他们进去。

米丽娅发现了叶茜卡紧张的眼神,把手搁到她的肩膀上。两人还记得,两周前她们来时闻到的那股恶臭。她们当时还没有想到,这会是尸体腐烂的气味。

"我们可以进去吗?"她们走到门口时,米丽娅问那个警察。

"您想到哪里啊,年轻的女士?"

"五楼波洛克家。"

"那你们可得侧身上去了,棺材要从四楼抬下来。但对你们可能没有什么问题,你们都很苗条。"警察笑着说,似乎觉得这句话特别幽默。

当女孩和女人——都是红色的头发——从他身旁走过向他抛去一个厌恶的目光时,他的微笑立即不见了踪影。

"这个讨厌的家伙。"叶茜卡在楼道里对米丽娅耳语说。

"是个老油条。"米丽娅摇着头回答。

她们到了四楼,正好碰上抬着锡棺的殡仪馆工人。走廊里的臭味让人难以忍受,叶茜卡不得不拿出一张纸巾堵住鼻子,防止呕吐出来。从房间的门里走出了一个警察。他见叶茜卡和米丽娅茫然的表情,问道:"您认识这个老妇人吗?"

叶茜卡摇了摇头,看了一眼那口锡棺。"我们虽然就住在她的楼上,但我只是有时能够听到她在房间里走路的一点儿声响。您已经看到,她的门上连个门牌都没有。"

警察沉思地点了点头,似乎他只是向叶茜卡证实他早已经知道的事实。"先是没了名字,现在她自己也完全消失了。"他的点头变成了摇头,"白发智者今天已经不时髦了,已经没有人还关心老年人了。他们就这样被人遗忘了。如果我们想到,自己就是明天的老人,这不是很奇怪吗?"

"遗忘。"叶茜卡像进入催眠状态,把这个词又重复了一遍。

第 11 章 虚拟的答案

米丽娅向旁边看了一眼,问那个警察:"这种事经常发生吗,警官先生?"

"人这样默默地死去?"警察无声地笑了,"我当警察已经三十年了,这样的事情曾经历过无数次——年老的人死了,被遗忘了,可谁也没有察觉。这经常发生,如果您问我,最近发生的更多一些。"

米丽娅点了点头:"谢谢。"

"别客气,年轻的夫人。有可能,我们还要向各位邻居了解一些有关情况。但按照医生鉴定的结果,也许根本就没有这个必要。祝你们晚上好。"

警察举手敬了一个礼,然后下楼去了。

叶茜卡和米丽娅默默地望着他的背影。

"他祝我们晚上好。"叶茜卡眼睛里无神地说。

"走吧,让我们先上楼到家里去,否则我们晚饭都不用吃了。"

米丽娅开始上楼,但叶茜卡却像钉在了那里没有动。

"怎么了?"米丽娅问。然后她看到,叶茜卡正在观察她身后的什么东西。米丽娅转过身去,发现了老妇人门旁的那面大镜子。刚才由于过度关注棺材和警察,因而没有注意这里的小变化。木框里面的镜子已经变成了千百块碎片。

几分钟以后,叶茜卡和米丽娅至少克服了刚才在楼下的印象。她们坐在波洛克家的客厅里,试图理解这里发生的事情。

"谢哈诺是不是把那个老妇人带走了?"叶茜卡终于问道。

"这我不相信。"米丽娅回答,"就我对卡西尼亚的了解,那里不是死人的国度。一个被爱过或被恨过的人死后,仍然会继续活在人们的意识当中。他死了,停止了存在——但却没有被遗忘。这位老邻居的情况可能有点儿不同。不管是谁让她单独死在这里,不想再记起她,但他却不能忘记她的本性。"

"尽管如此,我还是不能理解,这个可怜的老妇人会这样孤独地死去。甚至她的死都没有人察觉。"

米丽娅严肃地点了点头。"这当然可以与谢哈诺所追求的遗忘有些关联。这位老妇人肯定还有亲属,甚至有孩子,但他们——这我可以肯定——都很忙,不能前来关照他们的母亲。不管怎么样,如果她真的被人遗忘了,那她在死之前就应该去了卡西尼亚。"

"如果是这样,那她的亲属的表现就更加恶劣,这是有意抛弃了这个可怜的老人。"叶茜卡的观点,实际是对自己的批评。她不由得想起她的爸爸。他的孩子同样把他给忘记了。

米丽娅没有忽略她的女友内心在想什么:"我坚信,你和奥利弗并不是这样的。"她鼓励说,"当然,你们被转移了注意力,而且根据你对你们父亲的描写,他当时同样没有关注与你们的关系,如果他确实去了卡西尼亚,那肯定与谢哈诺的策划有直接关系,或许是海杜克发现了你父亲已经接近了他和谢哈诺的秘密,所以才把他劫持到卡西尼亚去了。"

"最重要的是,我们必须向他们表明,和波洛克一家人对抗是没有好下场的。"

"还要加上麦卡林?"

"当然也包括我的养母。"

"谢谢。"

"我去阁楼,把那个玻璃瓶取来,在厨房的光线下数那些发卡更容易一些。"

"好,我在这里等你。"

叶茜卡拿了手电筒和钥匙,跑上了阁楼。在一瞬间她想起了爸爸的日记,因而担心,妈妈的发卡是不是也会失踪。当她把箱子盖打开,看到里面和原来一样时,她才放下了心。

她带着一张放大照片。为小心起见,她用照片和实际情况比较了一下。初看起来,似乎没有什么变化,甚至从瓶子里倒出的四只发卡还和原来一样躺在箱子壁纸上的花纹方框里。

叶茜卡小心翼翼地把透明的玻璃瓶盖上,再从箱子里拿出来。她刚要离开,最后又看了一眼箱子,一叠信件突然引起了她的注意。信件不也是保存的记忆吗?她没有仔细想为什么,就把它拿起来,插到牛仔裤后面的腰带上。她关上箱子盖,迈着小心的步伐往回走。

在阁楼的门口,她又按了一下走廊灯的开关。她不想象上一次那样突然进入黑暗之中。她一步一步走下楼梯,一直看着手中装发卡的瓶子。到了中间的小平台,她停了一下。瓶中的发卡没有移动。她再次深深吸了一口气,继续往下走去。

正在她小心翼翼地一步一步往前走时,楼下房间的门打开了。叶茜卡

第11章 虚拟的答案

用了这么长时间,米丽娅有些担心了。就在这一刻,她们听到了一个低沉的嗡嗡声。它是突然出现的,就好像有人无意地打开了一台破旧的电风扇。一个绿色的影子立即进入了叶茜卡的视野。她惊惧地往她的脚下看去,只见,不,不是小乌龟,而是谢哈诺给海杜克的那只屎壳郎。还没有等她反应过来,那个东西已经咬在她的腿上。她趔趄了一下,为了不至于摔倒,她本能地做出了反应,赶紧去抓楼梯栏杆,结果把手中的玻璃瓶扔了出去。装着发卡的玻璃瓶径直飞向米丽娅,她正睁大眼睛,把两只手臂伸了出来。但太迟了,她没有抓住瓶子。瓶子掉在了地上,发着响声摔碎了。叶茜卡在最后一刻抓住了栏杆,她斜着身体挂在楼梯上,呆呆地望着散布在楼道四处的发卡。过了一会儿,她和米丽娅才逐渐意识到,屎壳郎这时已经不见了踪影。

"这个可恶的甲虫是不是已经监视我们很久了?"叶茜卡的声音里明显带着恶心的感觉。

"我们只能这样认为。"米丽娅说,她的脸色一直还很苍白。

两个人这时只能去拣拾那些失落的发卡,从楼上一直到楼下,然后把碎玻璃打扫干净。瓦茨拉维克夫人是惟一听到声音而从房间里跑出来的人,她一边不断地给叶茜卡和米丽娅出主意帮忙,一边埋怨叶茜卡这么长时间没有向她通报消息。当然最后还是和解,并邀请两人去喝她刚刚烧好的薄荷茶。叶茜卡和米丽娅婉言谢绝了。

她们终于可以在餐桌上鉴定她们的猎物了。

"现在辨认这些发卡当然更困难了一些。"叶茜卡嘟囔着说,她手拿一只黑色的粗笔,对比着摆放在餐桌上的发饰,不断在照片上勾除。

工作进展得很慢。两个女友必须不断讨论,照片上的哪个发卡和实物一致。由于在玻璃瓶中的各个发卡相互挤压着不容易辨别,其中有几个还引起了争论。最后她们当然还是达成了妥协。

照片上的黑勾越来越多了,桌面越来越空了。照片上每勾掉一只,米丽娅就把桌面上相应的发卡拿走。最后,桌面上只剩下三只发卡,还无法明确认定。照片上没有被勾掉的还有四只。照片上的哪只是正确的呢?用一个假的,卡西尼亚的大门是绝对不会打开的。

叶茜卡用手指以每秒一次的节奏敲打着酒窝,同时在使劲思考着。"就是它!"她以坚定的声音宣布。

"为什么不是其他三只呢？"米丽娅想知道。

"如果是我，也会拿它，"叶茜卡肯定地说，"奥利弗在这样的问题上和我是一样的。而且，在照片上它又是在最上面。我觉得，我只要一看玻璃瓶，这只立即就会先进入我的眼帘。奥利弗拿走的肯定是这只，而不是其他。"

"但愿你是对的。"

"我们很快就可以得到证实。"

"怎么证实？我们必须尽快去博物馆，然后你必须使劲想着这只发卡。"

"你忘记了我的梦。"

"哪个……？你是说上星期一早上？叶茜，你当时的精神已经崩溃了。肯定是你的潜意识跟你开了个玩笑！"

"如果不是呢？"叶茜卡突然一下子激动起来，甚至有些愤慨，"如果在找到我爸爸之前，就把奥利弗召回来。那我们就又和开始时一样没有办法了。当然有一个例外的情况：到年底我们还有不到两周的时间。"

"所以我才主张，我们应该立即行动。"

"我本来就不相信，只是这张有正确发卡的照片会帮助我们。"叶茜卡自己惊讶了，因为她也不知道，刚才为什么那样自信。

"你这是什么意思？"

叶茜卡惊异地望着她的女友。"因为……因为……你想一想：拱顶石铭文说，我们必须取回失落的怀念。但这肯定不只是发卡的外形。只有携带'心中遗忘之物'才能去卡西尼亚，也就是其真正本性被遗忘的东西。这也可以反过来说，只有这个真正本性重新回到我们的记忆，才有可能重新获得已经失落的东西。"

"发卡原来的本性会不会已经改变了呢？我们的很多记忆都是与原来功能已经改变了的物件或建筑连接在一起的。例如柏林的勃兰登堡城门：最早它只是一座城门，然后变成了旅游的标志性建筑，后来又成为苏联战胜纳粹的象征，然后是德国分裂的警示，最后成了德国重新统一的纪念。如果奥利弗利用它，为了进入卡西尼亚，那么这就可能是它的新的和真正的本性。"

叶茜卡摇了摇头。"这我不信。你可以想一下：发卡帮助他去了卡西尼亚，因为它的原来的意义丧失了。而如果我们必须'取回失落的怀念'，那就肯定是指对其过去本性的记忆，而不是它新获得的功能。"

第11章 虚拟的答案

"我必须承认,这听起来很有道理。那么你的建议呢?"

叶茜卡现在才发现,她坐在厨房凳子上的姿势是多么不舒服。她身体往前倾了一下,把手伸向背后,拿出了那一叠信件,示威般的在米丽娅的鼻子前晃了一晃。

"我们今天晚上,"她狡黠地笑着宣告,"要拜读我爸爸的情书。"

返回克劳斯尼克大街时,米丽娅故意走了一段弯路,想看一看博物馆那边的情况怎么样。正像她所期待的那样,博物馆岛上簇拥着警察、媒体代表和好奇的围观者。有些人想进入帕加马博物馆空荡的一号大厅去看个究竟,另一些人又想寻找什么线索,重新把它布置起来。估计,他们这次仍然什么都找不到。谢哈诺不会留下任何痕迹。

米丽娅开始时还有些道德上的顾虑。毕竟这涉及到隐私,而且把一个人的内心感受无所顾忌地公开,也不太合适。她克服了这个顾虑以后,才把托马斯·波洛克的信件分成同等的两叠,她拿了第二叠。

叶茜卡主要寻找有关失落的发卡的信息。爸爸为什么要保留它呢?她知道,父亲对亡妻的个人物件保留得很少。箱子里的每一个纪念物都有自己的故事。奥利弗拿走的发卡也应该是这样。

下午一直灰蒙蒙的。米丽娅很早就点燃了蜡烛,在保暖小炉上放着热茶。一共有十六封信需要读。叶茜卡时而抬头,会发现米丽娅感动的表情,甚至眼睛里闪着泪花。

叶茜卡看完最后一封信,很受感动,但却没有找到所需要的内容,她失望地把手臂垂了下来。

"什么都没有。"这就是她惟一能说的话。

"我觉得,你爸爸是个很重感情的人,但我读的这叠信中也没有关于发卡的内容。"

"我敢发誓……"叶茜卡说。

"什么?"

"我在家交给你的东西,你确实都装到手包里了吗?"

"当然。"

"我们回来以后,你确实又都拿出来了吗?"

"叶茜,这是什么意思?"米丽娅生气地站了起来,走向写字台。在椅子背上挂着她的手包——实际上就是一个不成形的口袋。她伸手掏了一下，嘴里还嘟囔着说："即使我再没有能力……"她突然停住了。当她把手再拿出来时，食指间夹着一个揉皱了的信封："你怎么会知道？"

叶茜卡笑了："你没有听说过墨菲吗？"

"谁？"

"怎么，你不知道墨菲定律吗？最重要的是：'如果有两个以上的可能性可供选择，而其中的一个会导致灾难，那也总会有人去选择这种可能性。'自从爱德华·墨菲提出这个定律以后，又出现了各式各样的补充规则，特别在电脑迷中已经成为不可推翻的自然规律。我们现在这个情况，是运用了这样一条规则：如果你在这十六封信中想找到什么而找不到，那么你需要的东西就在还未露面的第十七封信中。"

米丽娅向叶茜卡抛去一个怀疑的目光。她又回到餐桌，把手中的信摇晃了一下，说："如果墨菲欺骗了我，有他好看的。"

"他从来不骗人。"叶茜卡担保说，而且她说得很对。在这几乎失落在米丽娅手包深处的最后一封信里，托马斯·波洛克讲述了与玛娅第一次约会的情况。

"这是我妈妈！"叶茜卡不无骄傲地说。

"我已经读了八封写给她的信，叶茜！"

托马斯用他那潇洒的笔迹说，他是如何怀着喜悦的心情期待着弗里德里希大厅的音乐会，而使他更高兴的是，玛娅终于答应了他的请求。因为他是如此欣赏她的红色鬈发，所以想随信送给她一只发卡。如果她愿意，可以在约会时把它戴在头上，当然他并不想强迫她这样做。

"你爸爸是个真正的罗曼蒂克。"两个人看完这封信后，米丽娅叹了一口气说。

"而且他向我们提供了去卡西尼亚的钥匙！"

米丽娅虔诚地点了点头："是的。这就是奥利弗拿走那只发卡的真正本性——它是联结你父母的红线。后来的爱情和婚姻都是建筑在这之上的。"

"奇怪。"叶茜卡又看了一眼满是黑笔勾画的照片，"我们可以设想一下，如果我和奥利弗都不存在，如果这个小东西根本就没有……不管怎么说，我们现在已经有了我们所需要的所有东西。"

"问题只是，我们怎么才能进入博物馆。"

第11章 虚拟的答案

"刚才我见到警察时,我就感到特别难过。海杜克开除了你,现在看起来,要想骗过那些穿绿色警服的执法者是相当困难的。"

"那我们就效仿罗宾汉吧。"

叶茜卡疑惑地皱起了眉头。

"他可从来就没有向困难低过头。"

"难道让我们也穿上警察的制服,混到人群中去,或者晚上穿上夜行衣飞跃博物馆的围墙吗?"

"就是这样,差不多吧,但我想到的是那座阴暗的地下墓穴和老鼠横行的秘密通道。"

"谢谢,这种冒险游戏,我觉得不行。"

"我不是开玩笑,叶茜。"

叶茜卡愣住了,看着女友。米丽娅的表情是认真的。

这件事看来有点儿荒唐,听起来只能是……失败:她们要在12月24日整个城市在庆祝圣诞夜时偷偷潜入博物馆。叶茜卡觉得这不是一个好主意。

但这却是她们目前惟一的机会,理由是无法否认的。当圣诞夜开始的时候,整个城市将陷入空前的寂静之中。所有的电影院和戏院都将停止营业,柏林的心脏在这个时刻就像进入了沉睡——它还在跳动,但十分的缓慢。

甚至帕加马博物馆的警戒也会下降到最低限度。人们都希望,那些神秘的博物馆窃贼也应该知道,他们在这样的日子里应该有所顾忌。

"如果钥匙不对呢?"

"现在别这样想,叶茜。钥匙肯定是对的,它没有任何理由不合适。"

"帕加马圣坛被盗,不就是理由吗?"

米丽娅叹口气:"如果说我还了解一点儿德国官员特点的话,那就是,这点儿小事是不会使他们坐立不安的。你们德国人是怎么说的?'官府的磨盘转动得很慢。'博物馆虽然不是一个官府,但它却一直和国家有着千丝万缕的关系。这对它是有影响的。现在走吧。"

外面已经很冷了,空气中可以闻到雪花的味道,叶茜卡和米丽娅轻步走过蒙比茹桥。在博物馆岛上她们拐向左边。在一个小铁门后面,有一个石板阶梯,通往河岸堤偃的墙内。米丽娅推开咯吱作响的铁栅栏门,然后在身后关上。一段时间里,两人站在桥的阴影下,听着周围的动静。但一切都是那么安静,没有警察在这样的严寒中出来巡逻。

叶茜卡觉得,这个晚上的施普累河水特别浑浊。当米丽娅给她讲述有关神秘钥匙的故事时,她觉得这是个不太高明的笑话。米丽娅说,博物馆岛的地下有很多地下室、暗道、墓穴,纵横交错,就像是四通八达的老鼠洞。在伊西塔城门还没有在新建的近东博物馆展出时,这里的地下室就是储存那些展品的临时库房。米丽娅自己当时就经常下到这些地下室和暗道中来,因为直到今天还有部分古希腊文物存放在这里。几个星期前,当一只木箱用船运来时,她到这里来接货。她手中拿着的正是进入这里的一串钥匙。当时她把钥匙放到了口袋里,一直没有机会还回去。最后它就挂在米丽娅家中的钥匙板上,结果就日复一日地被忘记在那里。

"多亏它没有去卡西尼亚。"米丽娅笑着说。石头台阶最下面是一扇锈迹斑斑的铁门,米丽娅用钥匙打开门锁,门震动了一下,然后发着咯吱的响声打开了。叶茜卡觉得自己的头发都竖了起来。

她们迅速钻进这个潮湿而发着霉味的地下通道。米丽娅随手把身后的门拉上,随即一盏灯亮了。灯泡位于一个长方形的玻璃罩里,挂在顶棚的一个铁丝网中。灯罩已经很脏,只能透出朦胧的鬼火来。

"呼,这里真的很恐怖。"叶茜卡说。

"不必害怕。这里只是很破旧,到处生了锈。我不相信,今天会有一个博物馆在我们头上塌陷。"

"你跟别人说过,你有时也会很无耻吗?"

"是的,为什么?"

"没什么,只是这么说说。"

暗道的屋顶长满了霉菌。不久,她们就来到了一个较大的地下空间。米丽娅说,她们正处于博德博物馆的下面。她们从这里朝东南方向前进。经过了多个大小不等的房间以后,她们又来到一条通道。它至少有三米宽,也差不多有三米的高度。拱形的屋顶上,有一条长长的生了锈的铁管,上面间隔地挂着电灯。

"这条通道是二十年代修的,正是修建今天的近东博物馆的年代。"米丽娅像个女导游一样解释。叶茜卡没有注意听,她在下面一直感到不舒服。

第11章 虚拟的答案

当她们走到这条通道一半时,突然响起了轰隆隆的声音。叶茜卡一下子停住了,她睁大的眼睛里露出了恐惧。

"别怕。"米丽娅微笑着安慰说,"这只是城铁行驶的声音,铁路桥在这里横穿博物馆岛。"

在帕加马博物馆的下面,通道到达了另一个房间。到处都是木箱。也有很多没有包装的石像、浮雕、铭文碑牌、金属雕像的部件……

"这足够再建一个博物馆了。"叶茜卡吃惊地说。

"你说得很不错。世界上大多数博物馆只能向观众展示它们的部分宝藏。其他的展品只能沉睡在库房里,直到博物馆的建筑得以扩建,或者在特殊时期举办专题展览,唤醒这些睡美人出头露面。"

叶茜卡惊异地望着女友。难道米丽娅察觉了她刚才随口说出来的话?如果在此时此刻有一个雕像活了起来,怎么办?"下面这个墓穴我不喜欢。"叶茜卡耳语说,似乎怕声音太大,真的会唤醒其中的一个。"让我们尽快到上面去吧。"

地下又变得黑暗了,她们只能依靠手电筒的光线往前走。她们估计,雅诺什·海杜克还一直关闭着电子监视设施,以便他自己的盗窃行动不被发现。但她们却也没有什么把握。她们其实怎么也无法理解,博物馆里已经有一半贵重展品被盗,他怎么还能保住他的职务。只有通过有目的的盗窃记忆,他才能够得逞。两个女友在这一点上是坚信不疑的。

叶茜卡早已经失去了方向感,所以当米丽娅带她上了一个楼梯,直接就来到了巴比伦的神道时,她确实大感意外。

"我们现在正处于亚述国王和官员墓碑展厅同样的高度。"米丽娅轻声说。

"这意味着什么?"

米丽娅默默地把手电筒光柱照向了神道。现在叶茜卡也知道她们在什么地方了:伊西塔城门所在的中央大厅。

"现在该看你的了。"米丽娅耳语说。

叶茜卡的心开始剧烈跳动起来。"我需要光亮。"米丽娅把手电筒递给她。叶茜卡从夹克口袋里掏出有发卡的照片,用手电筒照在上面。

她缓慢地走向神道。她的右侧是高高的伊西塔城门在夜灯微弱的光线下的身影。在她的脑海里一个场面活跃了起来,那是米丽娅曾给她讲过的一个故事:在两千五百年前,欢庆新年的时候,迦勒底教士骑马穿行在两侧的琉璃砖墙中间;人们欢呼雀跃,众神站在船形的马车上穿过神道;他们来自基什、博尔基帕和库塔,为了和马尔杜克一起欢度新年;他们的队伍穿过蓝色的伊西塔萨吉帕城门——这个名字的含义是:"伊西塔将打倒一切反对她的人"。叶茜卡逐渐接近城门时,心里暗暗祈祷,这个诅咒不要在她的身上应验。她不由得想起了谢哈诺。他能够看见她在神道行走吗?当时巴比伦人不是称这条路为"艾布尔查布"吗?意思是:"秘密的敌人没有藏身之处"。她现在要做的当然是个秘密,但对叶茜卡来说,谢哈诺是她的敌人。

大约距离城门三米远,叶茜卡停住了脚步。镜门今天是打开的,因而她能够看到隔壁大厅里的情况。叶茜卡的心跳得像小兔子一样,她让手电筒的光柱在城门洞的砖墙上扫过。一切都是那么正常。然后她又把手电筒转向照片。那就是那只发卡。叶茜卡想起了它:金色的,上面镶嵌着黄色和红色的宝石,高雅的线条,有些像古日耳曼的花体文字。然而,不仅是发卡的外形,更重要的是她必须想到这件小东西的真正本性。

"除非取回失落的怀念。"星期六她们终于得到了这个虚拟答案,并解开了拱顶石铭文最后一句话的秘密,然后一直等到今天星期四。等待是件痛苦的事情。每天早上醒来,她都要考虑,是否已经太迟了,或者还应该再等几天。但是,到年底的时间十分紧迫,决不能白白浪费掉。而且,她们可能只有这样一个晚上,当城市的心脏沉睡的时候,在这座城门前唤醒失落的怀念。

叶茜卡闭上了眼睛。她设想着妈妈第一次用手捧起这只发卡的情景,她肯定是十分高兴的。接着是听音乐会的情景,或许年轻的爸爸妈妈还共进了晚餐。从这一天起,爸爸和妈妈相互的了解越来越深。发卡,不管它多么小,却包含着许多美好的记忆……

叶茜卡突然睁开了眼睛,她听到了一阵轰鸣的声音。城门开始发光。虽然她曾见过一次这样的变幻,但这一次却再次夺去她的呼吸:闪光透明的墙砖、四处跳动的彩色火花、门洞下闪亮的旋涡——这一切都是如此的不寻常,很难用一句"已经见过了"加以掩饰。

然后,隔壁大厅里的景物消失了,叶茜卡的眼睛看见了一个阴暗的空间,很像是一座岩洞。一盏光线微弱的孤灯下,只能看见三个男人的轮廓。叶茜卡睁大眼睛,只见其中的一个人开始运动。那个人直接向叶茜卡走来。

第11章 虚拟的答案

他穿着一件敞开的大衣,但却不像是奥利弗。她这是到了什么地方?她这是呼唤了谁……?

就在这一刻,叶茜卡看到了另外两个身影。就像是透过一面镜子,两个人的影像也很模糊。叶茜卡吃惊地发现,其中的一个正是她的弟弟,而另一个——她全身感到一阵恐怖——却是一个满身长毛、额头上生有一只眼睛的巨人。

叶茜卡再次把目光转向那个正在向她接近的男人。这时,伊西塔门洞的光正好照在他的脸上……

"爸爸!"除了一个轻声的呼叫,她再也没有能力做出其他的反应。

那个男人同样也发现了叶茜卡,但他脸上的疑云却显示出,有什么东西引起了他的注意。在叶茜卡意识的一个角落里,她察觉到米丽娅已经来到了她的身边。她把头转向女友,只见她正在痴迷地观赏眼前的场景。然后,叶茜卡又转头去看她的父亲。

爸爸的表情在米丽娅出现时发生了变化,疑惑变成了痛苦的发现,就好像他再次经历了一场可怕的事件。他越来越近,伸出了双臂。然后,他的表情又发生了变化。他的脸上突然出现了愤怒。

对妈妈发卡的回忆,在叶茜卡的脑海里只剩下了一个单薄的影子,十分脆弱,就像是一片蛛网。爸爸脸上的愤怒,一下子把网撕破。托马斯·波洛克这时已经穿过了闪光的城门,但从表情上看,却不是直接朝向他的女儿,而是匆匆从米丽娅和叶茜卡身边走过。

两个人惊异地追随他的背影。这时她们才发现,原来在城门前并不只有她们两个人。雅诺什·海杜克站在她们身后——或许他是刚刚到达,已经来不及制止叶茜卡对母亲金色发卡的回忆。

托马斯攥起双拳朝着博物馆馆长冲了过去。海杜克立即就认清了形势,在这个满脸愤怒的男人面前,他只能处于劣势。于是,他立即拔起跛脚向右边逃去。同时,他还喊了一声叶茜卡听不懂的话。伊西塔城门发出的散乱的光,一直还照耀着大厅。突然,从神道方向出现了一个绿色的影子,浑身闪着金属的光辉,冲进了城门的光圈。

"爸爸,留心,屎壳郎!"叶茜卡发出了警报,非常及时,因为这只甲虫正要向托马斯的头部撞去。托马斯立即蹲下身去,屎壳郎从他的头上飞过。托马斯继续追击海杜克,海杜克这时正向城门跑去。

§ 被偷去记忆的博物馆

"他想逃进卡西尼亚!"米丽娅高声喊道。叶茜卡则跟在屎壳郎的后面,它一再企图飞到父亲和海杜克中间。叶茜卡脱下夹克,不断驱赶着这个邪恶的甲虫。

正在海杜克想跳入城门光旋的一刹那,光旋突然无声地消失了。海杜克已经跳在空中,可当他又落到地上时,他却从巴比伦跳到了米利都①——如果用卡西尼亚和地球的距离相比,只是近在咫尺了。

在展览罗马建筑艺术的三号大厅里,追逐还在继续。海杜克的跛脚跑得惊人的快,他拐向左边原来展示帕加马圣坛的入口大厅。当托马斯——一直还受到屎壳郎的干扰——几乎要抓住逃跑者时,他脚下绊了一下,海杜克利用这个机会逃脱了他的抓捕。由于米丽娅和叶茜卡立即跟了上来,所以这位馆长不得不放弃从大门逃跑的打算。他本想从这里逃跑,然后必然碰到门外的警察,他就可以指控后面追来的三个人是通缉已久的博物馆窃贼了。现在他只好横穿帕加马大厅,逃向其他展厅,展示希腊建筑艺术的二号大厅立即成了这场追逐的现场。

托马斯早已恢复了正常速度,但在空中嗡嗡响的屎壳郎却十分灵活,一再逃脱叶茜卡和米丽娅的追打,同时还保护了它的主人,海杜克向左消失在太古文化展厅了。

三个人继续追下去。这个猎捕行动转移到了博物馆的一角,这里有一系列小房间,连接在一起,就像是火车的各个车厢。海杜克刚刚逃入了古希腊文物部,这里展出了很多立像,但也有胸像和头像。

屎壳郎再次冲向托马斯的头部,他只好转动上身摆脱甲虫的袭击。这样他就失去了平衡,在地上滑行了一段。叶茜卡的夹克飞了过去,甲虫灵活地躲开,但却躲得不利索。它一头撞上了一个玻璃展柜。破碎的玻璃发着响声散落了一地。叶茜卡吓了一跳,望着破碎的玻璃柜,但却没有警报声响起。海杜克早就为盗窃创造了条件。叶茜卡这时注意到了柜里摆放的一个女人头像。

她没有犹豫很久,立即伸出手去,把那个柚子大小的人头拿出来。"米丽娅,把这家伙赶到那个角落去!"她向女友喊道。

米丽娅立即就明白了,叶茜卡想干什么,她的夹克就像电风扇一样旋转

---

① 米利都,古希腊著名城市。这段话的意思是海杜克从巴比伦展厅跳到了古希腊展厅。

第 11 章 虚拟的答案

了起来,接近了那只嗡嗡叫的甲虫。叶茜卡再次掂量了一下手中头像的分量。她是一个运动员,对球类有很好的手感。她把手拉到后面,瞄准目标,全力把这个珍贵的头像扔了出去。就像电影里的慢镜头那样,头像在空中飘了过去:它在空中自转了两三次,咔嚓一声正中屎壳郎的身上。这块闪亮的石头一下子就爆炸了。绿色和白色的碎块在空中飞舞。所幸的是,米丽娅、叶茜卡和她的父亲,都及时转过身去,有些碎片虽然落在身上,却没有造成伤害。

碎片的响声消失了以后,托马斯忧虑地望着叶茜卡。

"你没事吧?"

"别担心,爸爸,我很好。"

托马斯放心地笑了,然后平淡地说:"但愿这不是你的新怪癖。你把古希腊展厅中最珍贵的一件文物变成了尘土。它平安地度过了两千年,直到遇见你。"

"我觉得,是它遇见了屎壳郎。我想,这个甲虫也是相当古老的。"

"雅诺什·海杜克,我们大概可以把他删除了。"米丽娅插进来说,她看了一眼馆长逃出的门。

托马斯吃惊地望着这个年轻的女人。追逐双面人这个可恶的叛徒占用了他全部注意力。现在,他在谢哈诺牢房里经历的各种苦难又都回到了记忆中。泪水夺眶而出。这是不可能的!难道又是那个金身统治者的一个玩笑吗?身材、面孔、红色的鬈发——他几乎无法把目光从叶茜卡女伴的身上移开。她就是我的玛娅,他想。她就是叶茜死去的妈妈。

第 12 章
永恒黑夜的囚徒

> 人们最大的错觉，
> 就是相信某些事物，
> 只因为希望它是这样。
> ——路易·巴斯德

独眼巨人威胁地吼叫，把大家从呆滞中唤醒。布伦特斯的智力有限，刚才发生的事情不会给他留下什么思考和惊疑的余地，但奥利弗和他的同伴们却不同。他们只能缓慢地消化刚才这惊人的一幕给他们留下的印象。

牢头在背后使劲打了奥利弗一拳，痛得他把胸中的郁气吐了出来。他往前一趔趄，险些把脸碰到牢房的栏杆上。独眼巨人对囚徒提出什么要求时，很少有什么柔情。

牢门在奥利弗身后关上后，独眼巨人踏着重重的步子走了。

"为什么你父亲穿过城门走了？"戈菲吃惊地问，"我本来以为，钥匙是在你的手里呀。"

奥利弗的手不由自主地伸到了裤兜里。他能够摸到的，只剩下那块椭圆的小石头了。"我把发卡塞进了爸爸的大衣口袋里。"

"发卡？"列文疑惑地问道。

奥利弗点点头。"一个特殊的物件，当年对妈妈十分重要。"

"现在我理解了，是它把你带进了卡西尼亚。"

"你们也看见了独角兽模糊的身影吗？"奥利弗现在想起来还心有余悸，或许这个畜生想用它的尖角制止我爸爸返回地球。

列文点了点头，他变得深沉了许多。"两个世界的变幻，隐藏了许多秘密。我无法准确地解释，独角兽在其中到底扮演什么角色。"白发智者接着

第12章 永恒黑夜的囚徒

吸了一口气,显然是想到了一个什么不好的问题。"奥利弗……那张纸条!你把那张纸条也塞进了你父亲的大衣口袋吗?"

"是的,你为什么这样问?"

列文看来松了一口气:"只是一种猜测。我不想让你着急,看来你想得已经很周到了。"

"我只是没有把握,但我一开始就觉得,最好把一切对我姐姐有用的东西都写下来。"奥利弗说,"只可惜,我们还不知道谢哈诺的真名。"

"你们两个在上面都干了些什么?"

"我们举办了一场'自选音乐会'。"

列文疑问地抬一抬眉毛。

奥利弗向朋友们讲述了在谢哈诺金銮殿里发生的事情。他讲到了风鸣琴,以及谢哈诺迫切想操纵这个乐器的心情。奥利弗承认,他低估了这个金身暴君的计谋。他本来希望能够得到谢哈诺的真名,但谢哈诺却欺骗了他。

"不要绝望,"列文鼓励说,"我觉得,你父亲是个很聪明的人。他返回地球后肯定会立即采取一切措施来帮助我们的。"

"你真的认为,能够揭开谢哈诺的秘密吗?"

"你父亲现在已经掌握了足够的知识,会使金身暴君感到难受。谢哈诺,准确地说是宁录,当年所留下的轨迹,必须足够清晰,这样才能在你的时代被唤醒复活。但这样的计划对他也是一个最大的风险。他的作用和他的本性,仍然存在于人们的记忆当中,只不过隐藏在很多名字和误导的废墟后面。语言混乱以后,人类分散到了世界各地,但他们也都携带着与宁录有关的知识。它还活在很多传说中,也包括像坦木兹和马尔杜克等巴比伦的神灵身上。根据这样一个论点,我可以说,在历史的长河中曾有过几次宁录的秘密几乎被揭开。亚历山大大帝就已经近在咫尺,他想和宁录一样统治全世界。我们大家都知道,他曾要求他的臣民崇拜巴比伦的神灵,甚至想把伊西塔城门前的高塔重新修建起来。或许因为亚历山大大帝的野心过大,结果不但没有找到帮手,反而成了宁录的死对头。总之,他突然死在巴比伦,而金神雕像的秘密再次沉沦。"

"还有其他类似的事例吗?"

"亚历山大大帝之前,薛西斯占领了这个城市,他获取了宁录制造的三座雕像中的一个,并散布消息说,他已经销毁了马尔杜克的形象。而实际上,他是企图自己获得这个无限的权力,但他失败了。或许是宁录附在雕像上的一个诅咒起了作用,薛西斯的权力欲望在同希腊进行的战争中遭到了重创。最后是亚历山大大帝在伊苏斯战胜了大流士三世,从而结束了波斯帝国的存在。"

"他又把金身雕像从波斯人手中夺回来了吗?"

"这只有谢哈诺自己知道。正如刚才所说,很多秘密就是这样在时间的轨迹上辗转蔓延。我还想到了另一个与他特别相像的人物,那就是中国的秦始皇……"

"难道与兵马俑有关?"

"正是这样。秦始皇也想永世统治。你不觉得这有些面熟吗?"

"就像我们的这个金身妖魔。"

"是这样。但即使是秦始皇,看来也不是宁录选中的对象。不过他还是把秦始皇的兵马俑攫取过来为他效力。他们虽然不是谢哈诺最可怕的,但却是最忠诚的仆人……"

列文突然停住了。

奥利弗和埃留基德疑惑地看着他:"怎么……"

"安静!你们没有听到吗?"

"这是地下的一只老鼠。"画笔朝霞从奥利弗口袋里探出头来说。

"啊,是这样。"奥利弗松了一口气,"我还以为……"

"别……"列文再次打断他。

就在这时,奥利弗也感觉到了一股寒气,列文早就有了预感。也许因为这次猎捕手的身形较小,也许因为他没有特殊的动作,所以奥利弗忽略了他的接近。

由于老鼠面具已经被揭穿,所以猎捕手又恢复了他最喜欢的形象。就在一瞬间,那个小小的黑老鼠,变成了令人作呕的庞然大物。最后,它又成了那个恐怖的帕祖祖。

"您的创造者竟然赋予您如此低下的教养。"列文对这个四翼生灵说,声音里带有明显的气愤,因为猎捕手偷听了他们的谈话。

"你的所谓教养,实际只不过是你们软弱的表现。"猎捕手回答,"谢哈诺派我来问你们,你们是如何为他最喜欢的囚徒打开门户的。"他转向奥利弗,奸笑着说:"我的主人能够回归,毕竟要感谢你的父亲。"

第12章 永恒黑夜的囚徒

"那又怎么样?"列文针锋相对地说,没有丝毫恐惧,"您听到了想知道的东西吗?"

"你的这个小胖子朋友刚才说,他可惜到现在还不知道谢哈诺的真名。这对我已经足够了,至少我不必使用我的毒刺了。"猎捕手示威地摇摆了一下他的蝎尾。

"这多好,我们能够让您满意了。"列文咬着牙说。

"不是吗?你们也省去了很多痛苦。我很佩服你的学识,列文。可惜呀,这对你已经没有什么用处了。"那个魔鬼又转向了奥利弗,"我的主人让我告诉你,他对你关于风鸣琴的交易,又考虑了一下。你父亲的逃逸使他做出了现在的决定。你和你的朋友都很荣幸,可以首先为他祭磨。只要到了岁序更新,他就不再需要你们了,你们将被磨成齑粉,扔进遗忘之海。"

"你敢保证,那个帕祖祖没有蹲在什么地方,又偷听我们说话?"

埃留基德面无表情地看着奥利弗:"也许变成了蟑螂,但这太委屈他了。"

"我不明白,你怎么会如此镇静呢?"

"镇静是智者饮用的源泉。"

列文疑惑地望着埃留基德。"是季蒂昂的芝诺①说的吗?"

哲人谦虚地笑了。"错,是埃留基德说的。"

"如果我也和奥利弗一样问你,你为什么对我们的处境如此泰然呢?"

"因为我相信,谢哈诺高估了自己。他的权力有所增长,这是对的。但他和大多数暴君一样,犯了一个错误:他认为自己是不可战胜的。他的梦想是统治两个世界,因此他会认为,没有人能够阻止他这样做。"

"你觉得,他所看到的是海市蜃楼?"奥利弗问道。

埃留基德点头:"最终将证明这是他的错觉。"

"但愿我也能和你一样乐观。我虽然也希望,联结我和叶茜卡的纽带可以帮助我们摆脱目前的困境,但我的感觉仍然很不好。"

"这就是你为什么把发卡塞进你父亲大衣口袋里的原因吗?"

---

① 季蒂昂的芝诺(约公元前335—约前263),古希腊著名思想家,哲学家。

奥利弗点了点头。

"我明白了。或许我们正好应该以这一点为契机。"

奥利弗惊异地望着哲人。

"埃留基德说得对。"列文说,他的声音也更自信了一些,"我几百年来在图书馆里研究制服谢哈诺的手段,并不是为了一朝就把它抛弃。我曾屈服于这个权力狂人,但他现在不能再骗我了——永远不能了!"

"我们毕竟还有妮碧和珀伽索斯。"奥利弗建议,"或许他们两个可以启动反谢哈诺的起义。"

"只有这个还是不够的,奥利弗。"埃留基德捻着他那白色的胡须,"列文曾说过,他肯定知道谢哈诺的真名,只是无法判断哪个是对的。"

列文开始在牢房里走来走去。"你说的前提是对的,埃留基德。我们必须把一切再从头梳理一遍。奥利弗,请你再详细地重复一遍你和谢哈诺谈话的内容。每一个字都很重要,请设法回忆起每一个细节。"

奥利弗再次从头开始。由于卡西尼亚的本性所决定,重新回忆起和谢哈诺谈话的详情,对他并不太困难。当他谈到谢哈诺那个神秘的谜语时,列文打断了他的话。

"请等一等,奥利弗。他确实是说:'我的名字人人想拥有,可我却把它踩在脚下'吗?"

奥利弗点了点头:"正是这样。"

列文举起一只手,让大家保持绝对安静。他开始在牢房快速走动起来。他的胳膊有规律地晃动着,就好像用拳头在敲打着一张无形的桌子。他突然停住了,飞快地转向正在惊异地望着他的奥利弗和埃留基德,喊道:"我知道了!"

他的两个朋友什么反应都没有,甚至没有问他到底知道了什么,而只是无言地望着他。于是他补充说:"谢哈诺把名字踩在脚下,是因为他就站在它的上面!"

奥利弗也突然眼前一亮,而且是非常的亮:"当然!你曾给我们讲过,宁录在三座雕像的底座上铭刻了'世界之王'的称号。我真不敢相信,我自己怎么就没有想到这一点。"

"你可能以为谢哈诺的谜语是在玩文字游戏。"埃留基德点头说。

"现在就还有一个困难。"列文严肃地说。

第12章 永恒黑夜的囚徒

"为什么？不是一切都清楚了吗？"

"不，奥利弗。你肯定还记得，我给你讲过语言混乱的故事。我无法说出，宁录让人刻的原文是什么。我被关押时，原文有可能已经被翻译成了其他语言。因此问题还是不清楚。"

奥利弗睁大眼睛，张大了嘴："也就是说，我们还是没有丝毫进展？"

"不，我们前进了一大步。你曾经告诉过我，说石雕在地球上还没有生命的时候，你父亲曾见过它。"

"是这样。"

"那他就应该知道，今天在谢哈诺底座上是什么样的文字。"

"当然！我还记得很清楚。他在日记里说：'那些楔形文字的意思是世界四方之王'。"

"也就是'世界之王'的意思。"列文说，"你见过那些文字吗？"

奥利弗摇了摇头："没有，我只是在爸爸的日记中知道的。"

"呐，没关系。我想，我们这样也可以达到目的。"

"我们该怎么办呢？"

"给我讲一讲，谢哈诺是怎么说金銮殿中的双光地界的。"

"他说，他讨厌一切违反他意志的东西，除了风鸣琴、我父亲和我本人，他还提到墙上那幅画。他好像十分渴望，我能够把那幅画也'出卖'给他，但我的梦幻功能却只能演奏风鸣琴。"

"这就足够了。"列文满意地点头，"他还一直没有成功。"

奥利弗不由地皱起眉头："你能不能说得更清楚一点儿？我今天经历了这么多的事情，脑袋都有点儿不好使了。"

"你在博物馆中见过的那幅画，和我在洞穴里发现的石板同样古老。可以说，它隐藏在石板里面。当宁录打开了卡西尼亚的大门时，他就亵渎了神灵，犯下了一个可耻的罪行。他强奸了大自然。在这之前，记忆是自动进入卡西尼亚，决不允许用如此下流的手段滥用遗忘和记忆所遵循的规律。当宁录第一次穿过'上帝之门'时，他同时也不自愿地制造了那幅壁画。如果你愿意，也可以说，那是一个人造的双光地界。"

"我还是有点儿不明白。"

"奥利弗，在那幅画里，交织着两个世界。"

"对，这你在图书馆时已经解释过了。我当时说，地球上不会有人知道，这幅画到底是什么,你当时回答说,这还会发生变化的。"

列文点头:"这幅画,还是会对我们有用的。人们可以从地球和卡西尼亚两面看这幅画,对我们最有利的是:谢哈诺只要还没有统治所有的记忆,他就没有能力改变这个事实。整个人类已遗忘的和还记忆的一切都留在了这幅画当中。所以,每个人看这幅画时都是不一样的。"

"我从来没有发现这一点。"

"毫不奇怪。你也只是一个单个的人。如果你对其他人——比如你姐姐——讲这幅画时,你们不同看法之间的区别也会很小,她甚至相信两幅画就是同一幅画。"

"可是,如果这幅画触及两个世界,那我们能不能利用它传递信息呢?"

列文满意地笑了:"这正是我要向你说明的问题,奥利弗。"

"我是不是太迟钝了。"

"绝对不是。就我看来,你是最适合完成这个任务的人选。"

"怎么做呢?"

"我们当然不能用大黑字在墙上写:'叶茜卡,到谢哈诺的底座上去找他的名字。'这样做太露骨了。"

埃留基德点头称是:"列文的主意实在高明!"

"是吗?"

"你是一个艺术家,奥利弗。我见过你在亨里克豪斯号船上为水手们画像。你完全可以模仿那幅壁画的风格,不让一般观众察觉有什么变化。同时,也没有谁能像你那样猜透你姐姐的思想。如果有人知道,如何让她在壁画上找到你的信息,那就是你自己,奥利弗。"

"问题只是,我怎么才能搬着梯子,拿着画笔和调色板进入谢哈诺的金銮殿而不被人发现。"

埃留基德温柔地笑了:"你们这些年轻人总是性急。我们还有一周的时间呢,奥利弗!整整一周,会把你变成一个隐形的画家。"

在牢房中永恒的黑夜里,时间似乎也变得模糊不清了,完全没有了方向和形态。如果没有手表,奥利弗早就失去了一切时间感觉。他有时在牢房的墙壁上画一只风鸣琴——他在一个黑暗的角落里找到了一块石头,很适合代替粉笔使用。每天早上,他还在岩石上划一个竖道,从竖道排列的状态

第12章 永恒黑夜的囚徒

上,可以看出,他的勇气在不断下降。

他怀念珀伽索斯和妮碧。只要那只玻璃小蜂鸟在他的身边,就会时刻给他增加希望;这也是妮碧的真正本性,直到现在他才真正有所感悟。而那匹白马是最了解他的朋友。在纳尔贡,在万人的混乱中,珀伽索斯看了他一眼,他们就成了好朋友。他当时就感觉到,他们是心心相通的。

现在,这两个朋友都不在身边。他们去执行重要的使命,鼓动阿摩西亚起来反对他们的统治者。是不是他们也已被捕,和他们一样在监狱里等候着可怕的末日?

独眼巨人布伦特斯只有来送饭时才露面。他不愿意谈话——或许也没有能力谈话。总之,列文找不到任何机会想出一个逃跑的计划,甚至连平时对战略问题最感兴趣的戈菲现在也没有了主意。

破大衣虽然也曾建议奥利弗利用去金銮殿的机会设法逃跑,但谢哈诺根本就没有兴趣再次接见他的"贵宾"。不管是装病,还是表示要泄露什么秘密,都无法打动这个金身的暴君。五天以后猎捕手的出现就说明了问题的所在。

奥利弗的手表指示的日期是12月29日。猎捕手这次不再来偷听。他从容地迈着鹰爪步走在铁栏杆外面,向里面的囚徒们传达了地球上的大好形势。谢哈诺每天都从那里取来越来越多,越来越大和越来越重要的记忆。他的权力现在已经无法战胜。猎捕手的到来,只给奥利弗留下了深深的绝望。

"他为什么要给我们讲这些?"他问。

"因为他想折磨我们。"列文咬牙切齿地说,"折磨其他生灵,是他最大的乐趣。"

"我们该怎么办呢?如果我们不能成功地制服谢哈诺,地球上很快就会没有任何记忆了。那些没有消失在卡西尼亚的记忆,将沦落到一小撮像海杜克那样的小人手中。没有记忆的人是看不出这些独裁者的阴险的。"

"猎捕手的话你也不能全信。"埃留基德镇定地说。

"你这是什么意思?"

"他说,谢哈诺现在已经不可战胜,但这不是事实。"

"埃留基德说得对。"列文插进来说,"只是到了后天结束的时候,他才算取得最后胜利。"

"那我们现在该怎么办?"奥利弗绝望地问,"我到卡西尼亚以后体重一克都没有减少,否则我就可以挤出这些铁栏杆,到楼上去涂抹谢哈诺那幅画了。"

"为什么要你去这么做?"一个细微的声音突然说。

埃留基德和列文吃惊地望着奥利弗,可他什么都没说。

"嘿,我在问你呢!"那个鲜亮的声音又提高了八度说。

奥利弗伸手从口袋里掏出簌簌发抖的画笔,这时它才好像是松了一口气。"我反正总是觉得,似乎我在这个问题上是微不足道的。"

"这只是你的感觉而已,朝霞。你难道忘记了我爸爸带到地球上的那张羊皮纸是你写的吗?可是,刚才你的问题是什么意思?"

"你看,你能画的东西,我也同样可以画出来——只要你先画个样子给我。这我可是曾经显示过的,是不是这样?"

"当然,"奥利弗吃惊地说,"我还真没有想到。但是,即使你能够自己进入谢哈诺的金銮殿,可你怎么能够搞到染料并爬到墙壁上去把画画出来呢?"

"我当然需要有人帮助。"

"那我们还是一点儿进展都没有,我的朋友。我们都很愿意陪伴你去,可是谢哈诺却不允许。"

"我们不应该过早否定朝霞的建议。"列文插嘴说,"把你送去金銮殿的马人对你讲过,这里受奴役的记忆们都站在我们一边。我可以设想,谢哈诺为了品尝胜利的喜悦,在我们被扔进磨盘之前,还会召见你一次,这就是最理想的时机,可以把朝霞留在那里。它肯定会在奴隶里面找到一个心地正直的人帮助它。"

"这我能够做到。"朝霞自信地说。

"你又从哪儿弄到染料呢?"奥利弗还是有些顾虑。

"整座高塔是一个大工地。"埃留基德指出,"在我们走过的房间里我看到很多油漆工具。"

奥利弗轻轻点头:"问题只是,谁来解决我那另一半的问题呢?"

大家都惊异地望着他。

"我是说,"他用胳膊在空中画了一个圈,"谢哈诺的名字可以揭开,他可

第12章 永恒黑夜的囚徒

以被消灭,这只是一个问题,可我怎么才能重新回到地球呢?"

一天又过去了,单调的生活没有丝毫改变。惟一的不同就是奥利弗练习绘画时不再用石头,而是用画笔朝霞了。

他训练有素的艺术目光,对连接帕加马博物馆和谢哈诺金銮殿的那幅壁画的每一个细节都了如指掌。画上只有一个地方可以满足他的需要。谢哈诺不能立即察觉它的变化,但叶茜卡又很可能立即发现。朝霞必须只用一种颜色把它画完——奥利弗决定用白色。

羊皮纸——和上次一样——由列文提供,就成了朝霞练习各种笔画的场地。奥利弗在头脑里画这个信息。这是这个行动中最困难的部分。朝霞在写奥利弗带到地球去的信件时,已经用尽了身上的墨水。奥利弗现在必须画一幅自己都看不见的图画出来。

开始时是很困难的,他甚至怀疑能否完成这个任务。用石头在牢房墙壁上画个草图一直诱惑着他,但他必须克制这种诱惑,一旦猎捕手再过来巡视,他就会发现这个草图,从而使整个计划前功尽弃。

因此就只能停留在盲画之中。奥利弗想到了大音乐家贝多芬。他最后变成了聋子,但仍然创作了真正的音乐精品。于是,奥利弗在自己的心中创作这幅作品,用那支忠诚的画笔勾画着只存在于心中的思想。到了最后,画笔朝霞用自己的力量重复练习。奥利弗觉得,它画得十分精确。

时间就是这样流逝的,直到布伦特斯端来了新蜡烛和每日的饭食。奥利弗在这个晚上睡得很好。用朝霞进行练习,使他有些疲乏。

第二天的话题,仍然围绕着奥利弗返回地球的问题。晚上点燃的蜡烛已经燃尽,突然传来了一阵嗡嗡声。朋友们震惊了,是不是猎捕手又变成了蜻蜓前来窃听?完全出人意料的是,一只全身透明的小水晶体飞了过来,落到了奥利弗的肩膀上,整个牢房仿佛都明亮了起来。

这是欢乐的闪光。大家差一点儿为这个惊喜呼叫了起来,妮碧向大家致意说:"你们大概不会钻得更深了吧!"

压抑着的欣喜呼声撞到了牢房的墙上。埃留基德用手温柔地抚摸着小鸟的玻璃羽毛。列文只是站在那里露出了笑容。戈菲兴奋得嘟囔着,朝霞发出唧唧的声音表示欢迎。

奥利弗的表情却比较平静,但并非不热烈。他让小蜂鸟落在自己的手指上,幸福地望着她很长一段时间。从他的眼角里闪出了晶莹的泪花,流到了脸上,最后从下颚滴落,妮碧用嘴把它接住。

小蜂鸟抖动了一下身体。"你眼泪的味道很咸,寻者奥利弗,我很高兴又见到了你。"

"我都无法形容,我是如何的高兴!"奥利弗终于吃力地说,他的声音听起来似乎有些撕裂。

"我给你们带来一个好消息。"妮碧大声吟道,"珀伽索斯和我按照计划准备好了一切。开始时需要一点儿说服工作,主要是让活着的记忆去掉恐惧,但到了后来,赞同的人就越来越多了。只要列文的名字在城里响起,谢哈诺肯定会大吃一惊的。"

"这比我所期待的还要多。"列文承认。

"那你必须去送这个消息。"奥利弗对妮碧说。

"什么消息?我本来是想不再把你一个人丢下不管了。"

"还得一次……"奥利弗迟疑了一下。就在这一刻,一个火花在他脑子里闪过,"你必须离开我三次,妮碧。"

"为什么要三次呢?"

"因为传递起义开始的消息,将是我们的第二次分离,我的小家伙。但在这之前我对你还有一个请求:你敢不敢把朝霞带到谢哈诺的金銮殿去?"

"我不是一只普通的蜂鸟,奥利弗。"

"这我没有怀疑过。"

"那好。其实你完全可以不提这个问题。我可以把朝霞送到任何你希望的地方去。但我想知道为什么?"

"朝霞必须让挂在谢哈诺金銮殿那幅大画……"

"我见过那幅壁画。我本来是去找你的。当谢哈诺和猎捕手谈到你的时候,我才知道你已经被关进这座地牢了。"

"那你可得庆幸没有被他们发现。"

"嘻嘻!他们无法发现我。"

"为什么?"

"因为我是隐形的,我藏到了谢哈诺豪华大厅的玻璃鱼缸里。"

"当然!"奥利弗这时才想起来,"这比我刚才想到的计划还要好啊!我们第一次在静林中相遇时,你也是这样做的。我向平静的水面看时,并没有

第12章 永恒黑夜的囚徒

发现你。"

"我当时还以为你看见了我呢。"妮碧笑着说。

"你能再为我进一次谢哈诺的鱼缸吗?"

"如果你用真情求我的话。"

奥利弗抚摩了一下蜂鸟的小脑袋:"我不是每次都这样吗,我的玻璃小水妖。"

"你这个马屁精,你要我为你收集什么情报啊?"

"你必须搞清楚,那个大厅在什么时候和在多长时间里没有人使用,也许你能侦察到谢哈诺什么时间需要外出办事情。"

"然后呢?"

"等到大厅里没人的时候,你就带着朝霞到壁画上由它指定的一个位置上。你必须在那里的空中停留一段时间,好让朝霞在那里画画。你能做到吗?"

"活着的记忆具有很强的耐力,奥利弗。"

"我也是这样想的。最好你现在就带上朝霞,先把它藏到大厅外面一个什么地方。"

"我可以把它插到外墙上面。那里有很多丑陋的石雕像,肯定不会被人察觉。"

"你疯了吗?我可是有点儿恐高症。"

"要不我就把你插到一个染料桶里。"

"这个主意更合我意,我早就想再洗个澡了。"

"但一定要找一桶白色染料。"奥利弗请求道,"在深色的背景上,你用几笔就能产生效果。你必须画出倒影来。"

"我知道,我知道,"画笔朝霞说,"就像绘画大师伦勃朗①那样。你曾用我多次练习过,我今天晚上还做这样的梦呢。"

"多练习就能成为大师,朝霞。"奥利弗又转向他手指上的小蜂鸟,"妮碧,画一画完,你就把朝霞送到安全的地方去,然后你就去找珀伽索斯。列文的名字必须响遍全城。"

"然后我们就来救你们出去。"

---

① 伦勃朗(1606—1669),荷兰著名画家。

"但愿这个突发行动能够有足够的规模,使你们可以解决守卫的问题。"

"这个计划也完全可以是出自我的手笔。"戈菲赞赏地说,"它几乎完美无缺。"

"为什么是几乎?"

"我们很可能从谢哈诺的帮凶手中解放阿摩西亚,可奥利弗怎么办?他还一直被困在这个世界。"

奥利弗叹了口气,他今天早上在烛光下又看了一眼他的印名石。上面的纹路几乎已经完成。"对我来说,也许是一切都太迟了。"他伤心地说,"但我毕竟在这里有了你们这些朋友。生活在卡西尼亚,也不是最坏的选择。"

"这听起来好像有点儿言不由衷。"妮碧说,它能够看到奥利弗的内心感受。一想到再也见不到叶茜卡和父亲,奥利弗还是无法承受。

这段时间里,埃留基德一直坐在一个三条腿的矮凳上,用手指捻着他的白须。现在,他说话了:"你画的风鸣琴真的很了不起,奥利弗。"

"这对他不是什么安慰。"妮碧指出。

"问题也不在这里,小家伙。奥利弗,我刚好有一个想法。"

奥利弗挺直了腰:"快说,什么想法?"

"我这几天对你在墙壁上画的画已经观察了很久——树木及它们水中的倒影,引起了我对竖琴琴弦的想象。"

"怎么样?"

"所有双光地界都遵循这样的原则:还没有被完全遗忘的记忆,飘浮在两个世界之间,就好像它们还没有做出最终的选择。是不是这样?"

"是的。"走到哲人身边的列文说,"你想说什么,我的好朋友?"

"我觉得,维持双光地界存在的自然规律,也可以用于自身。你可以想一想,我们可以让谢哈诺穿过城门去地球。为此目的,他必须短时间里打开城门。他当然会设法立即再把它关上。如果我们能够做到,让卡西尼亚失落的记忆混进地球上活着的记忆当中,城门开放的时间就可能会比谢哈诺所希望的要长一些。"

"或许长得足以使奥利弗跟着过去。"

埃留基德点头。他的嘴角露出了一个狡黠的微笑。"这就是我的设想。"

"可怎么才能把遗忘的和活着的记忆混在一起呢?"奥利弗问。

第12章 永恒黑夜的囚徒

"你讲过谢哈诺宝座后边有一面镜子。"

奥利弗的眼睛睁大了。"现在我知道你想说什么了。如果我们把镜子摆放在连接两个世界的城门前面,然后……不,这不会有效果的。"

"什么没有效果?"

"两个世界变幻时,我们只能看见卡西尼亚,而从另一边也只能看见地球的现实。单单这一点还不足以制止谢哈诺关闭城门。"

"除非你告诉你父亲和叶茜卡同样在另一边也摆放一面镜子。"

"当然!就是这样!而且那里本来就有一面镜子。它就在伊西塔城门洞下面。如果两个世界的图像在两面镜子之间不断反射,那它们就不会消失了。"

"埃留基德刚才描绘的景象,决不是不可能的。"列文说,"起义爆发以后,谢哈诺感到无路可走的时候,他完全可能打开城门逃往地球。他想的和做的同宁录一样。当年,语言出现混乱以后,发生了暴乱,宁录也是无路可走,所以逃到了卡西尼亚。这次发生了同样的事情——只是方向相反。镜子的办法会使他感到意外,如果你行动迅速,奥利弗,城门关闭之前,就可能跟在他后面穿过去。"

"我虽然不是运动员,但我还是能够做到的。"

"一切都会顺利的,奥利弗。"妮碧清亮的嗓音又响了起来。

奥利弗难过地看了一眼他的朋友们。"可惜的只是,无论如何我都是个失落者。"

"你这是什么意思?"妮碧问道。

"如果我们的计划失败了,我就有可能失去我的家庭乃至我的性命,如果成功了,我就会失去你们,我的朋友们。那就将是你必须第三次离开我了,妮碧。"

第13章
被偷走的博物馆

> 大自然虽然限制了我们的很多认识，因而留下了某些无法避免的无知；但大自然却没有引导我们犯错误。真正引导我们犯错误的，是我们自己乐于判断和裁决的欲望，甚至由于我们的局限性在没有能力判断和裁决的地方。
>
> ——伊马努埃·康德

米丽娅是第一个清醒过来的人。她转向了那个男人，只见他正盯着她，就好像她是全世界奇迹的化身。

"我们必须离开这里，波洛克先生。如果海杜克拉响警报，这里马上就会挤满警察。"

托马斯·波洛克把头晃了晃，好像要把一个噩梦甩掉。叶茜卡和米丽娅连推带拉才使他走动起来。当他们走到夜灯下的神道时，从进口大厅那边才传来了呼喊的声音。紧接着，皮靴踏地板的声音响彻了各个大厅。但他们这时已经进入了地道，米丽娅把身后的铁门关上，带领父女两个人穿过地下墓穴。

叶茜卡紧跟在米丽娅的身后，一直还使劲拉着爸爸的手。她觉得爸爸似乎有什么地方不对头。屎壳郎被消灭之后，他就开始用奇特的目光打量米丽娅，然后就陷入了深深的沉默之中。他似乎有些茫然，就好像刚刚从沉睡中被人强拉起来一样。

第13章 被偷走的博物馆

他们顺利地穿过地下的各个通道和空间,没有受到任何干扰。也许是因为警察根本就不知道这些地下设施的存在,或者是海杜克有意误导了警察。

当他们三个人在博物馆的地下出口上到施普累河岸时,远方传来了警报声。值班的警察显然为他们的同事准备了一份特殊的圣诞礼物:一次大规模的出警活动。

"他们会不会找我们?"叶茜卡问,他们这时已经踏上了去米丽娅家的路。

"我相信,海杜克不会出卖我们。"米丽娅说,"你可以想一想:他和我一样熟悉博物馆这些地下通道和空间,完全可以让警察跟踪我们。可我们后面却没有任何人。"

"他为什么要放我们一马呢?"

"他肯定权衡了各种不利因素,最后选择了其中最轻的一个。我们已经掌握了足够的证据,至少会让他陷于难以自拔的境地。这他能够估计到,他已经冒不起新的风险了,特别是胜利就在眼前的时候。现在我们已经把你爸爸接了回来,他手中对付我们的东西就更少了。"

叶茜卡突然站住:"可是,奥利弗呢?"她疑问地望着爸爸。

托马斯·波洛克回望了一下,但他的表情仍然是一片茫然。他先看了一眼叶茜卡然后又看了一眼米丽娅,轻声说:"我不知道奥利弗在哪儿。"

托马斯要先回家,尽管叶茜卡和米丽娅觉得这不是一个好主意。他们三人爬上了楼梯,楼道里还散发着难闻的腐尸味。叶茜卡提到女邻居的死,可托马斯似乎根本就没有听进去。

到了波洛克的家,托马斯像梦游一样无目的地在各个房间里来回走着。他看起来好像失去了理智。

"你怎么了,老爸?"叶茜卡惊异地问,她一直忧虑地观察着爸爸的行为。米丽娅站在叶茜卡身边,总是觉得自己有些多余。

托马斯在走廊里停住了脚步,望着与他保持一定距离的两个女人。"我什么都不记得了。"他终于说,惊惧地睁大了眼睛。

"我们把你从卡西尼亚召唤回来。"叶茜卡大声说道,"伊西塔城门把你又吐了出来。你应该都记得呀!"

托马斯摇晃着走进客厅,无力地坐到沙发上。叶茜卡和米丽娅也跟了进来,同样坐下。

"看起来,您好像是从一个洞穴或者一间牢房里出来。"米丽娅说,"您还记得什么吗?"

托马斯没有回答,却睁大眼睛望着这个陌生的红发女人。他终于憋出一句话来:"我认识您吧,您是谁?"

"噢!"米丽娅尴尬地笑了,"我们是同事。我还和您交谈过一次——或者说,我曾试图和您交谈。您当时并不十分想和别人说话。"

托马斯点了点头。他失神地看了看脚下:"您是那个爱尔兰女学者,是不是?"

"我的姓名是米丽娅·麦卡林。"

叶茜卡看了眼爸爸,然后又看了眼米丽娅:"她是你的崇拜者,老爸。你的书就摆在她的书架上——当然还有几千册其他图书。"她的这番话得到了女友一个严厉目光的回报。为了和解,她又补充说:"过去的几个星期,我一直住在米丽娅家里。她像妈妈那样照顾了我。"

托马斯又看了米丽娅一眼:"您必须原谅,我这样看您,您或许感到很奇怪。但您和我死去的妻子真的很像。奇怪,我以前为什么没有注意呢?在极度悲伤的时刻,我实际什么都看不见了。"

"我们也很少见面,而且那时是冬天——我的红头发盖在帽子下面。啊,还有,您叫我米丽娅就行了。我在这期间喜欢上了叶茜卡,所以她的父亲对我太客气,我总觉得不舒服。"

托马斯的脸上第一次露出了一丝微笑:"好吧,小姐……对不起——米丽娅。我叫托马斯,但我想,这你已经知道了。"

米丽娅想起了这个男人写的那些情书。她点头说:"是的,我知道。我想,我已经对你相当熟悉了。"

"你们两个人是怎么认识的?"托马斯又转向他的女儿。

叶茜卡简要地介绍了整个情况。她爸爸得知他就是这样丢失了七周的生命,感到十分吃惊。他最后还能记得的就是11月4日的晚上,他巡夜到伊西塔城门的时候,看到了金身雕像,于是决定去毁灭它。但以后发生的事情……

"就好像影片被撕断了。"他说,并不断揉着太阳穴,"我越是努力想回忆

第13章 被偷走的博物馆

过去,就越是感到不舒服。"

"这我知道。"叶茜卡说,"每当我试图想起奥利弗时,也是这样的感觉。"

"这当然就给我们带来了巨大的难题。"米丽娅说出了大家都知道的事情,"如果你托马斯说不出在卡西尼亚的经历,那我们就很难制止谢哈诺的行动,也很难把奥利弗召唤回来。最好我们先回家,喝一杯热茶,再把整个事情从头梳理一遍。"

"这儿就是我的家。"托马斯说。

叶茜卡奇怪地看着爸爸。他说得当然对。但她已经习惯了和米丽娅住在一起,现在就这么简单地改变住处,她感到很不适应。

"你难道就不能跟我们去一趟吗,老爸?"

"我们在这儿不也可以谈得很好吗?"

"这里整个大楼到处是臭味。"

"你很快就闻不到了。"

"托马斯,"米丽娅插进来说。她无意识地把手放在了他的胳膊上,叶茜卡的父亲吃惊地望着她。"我愿意把我的折叠床给你用,一直到这里的一切都过去。叶茜卡可以和我睡在卧室里。如果我们能够待在一起,不仅很方便,而且还可以相互照顾。只要想一想屎壳郎,你就会明白,谢哈诺把我们看成是他的障碍,会想尽一切办法把我们铲除的。"

"你的建议很友好,米丽娅,但我不愿意因为你参与了和你无关的事情而受牵连。叶茜卡和我可以对付面临的一切。"

米丽娅皱起了眉头:"托马斯,"她说,声音里带着严厉,"我们虽然刚刚认识,但由于事态的严重性,我也就不忌讳什么了。在你消失的整个时间里,我照顾了你的女儿。我还失去了工作,因为对我来说,叶茜卡比海杜克的恩惠对我更为重要。现在你回来了,可竟说,我参与了和我无关的事情?整个事情和我的关系,至少和你们是一样的。我们现在都在一条船上,我不能就这么被你推到船的外面去。我和叶茜卡之间的牵连很深。"她褐色的眼睛里冒出了冷光,然后缓和了一下又说:"同样也牵连着你和奥利弗。"

托马斯张大嘴巴,望了一会儿这个激情的爱尔兰女人,然后说:"这一切我都不知道! 请原谅——你们两个。如果这是你们的希望,那我们就共同去消灭谢哈诺吧。"

司令部在米丽娅的家里建立起来。托马斯不仅携带了可更换的衣服、床上用品以及一些日常需要的东西,而且还带上了他藏到阁楼上的文件和笔记本。这里有他收集的全部有关谢哈诺和他的第一仆人的材料。

就在当天晚上——差不多已经到了午夜——他讲了自己的故事。差不多和叶茜卡及米丽娅一样,他也跟踪了名字的轨迹,最后查到了宁录。经过调查,他已经可以描绘出这个权力狂生活中的很多事件。宁录想长生不老,但知道自己只是一个凡人,所掌握的权力不足以让他永生。后来,他终于找到了长期渴求的东西:记录大洪水前的石板。

"只要把柏柏尔人的传说与古老的楔形文字相比较,我们就会发现其中有很多惊人的相似之处。"他解释说,"在巴比伦创世记史诗中,曾讲到马尔杜克神——他不是别人,而是神化了的宁录——用箭射死了提阿马特①,并从她的情人魔王金古的手里夺下了命运碑符。提阿马特是原始大海之母的化身。而宁录的'命运碑符'又与世界范围的大洪水有关,这不正好不谋而合吗?"

米丽娅摇晃着脑袋说:"你把那次大洪水看成是全球事件,你的大部分同事会讥笑你的。"

"你是怎么想的?"

一个羞涩的微笑掠过米丽娅的嘴唇:"我是你的学生。我几乎倾向你的观点。但有关人类年龄的科学,又使我产生了怀疑。谁要是相信大洪水是上帝的惩罚,那他必须把《圣经》里关于创世记的故事看成是事实。一位犹太教拉比不久前曾说过,人类世界刚好六千岁。你知道,我们考古学者找到的有关人类文明的证物,却说明人类的年龄要比六千岁长得多,如果我们相信放射性碳测定法的话。"

"这正是问题的所在,米丽娅,这是个信仰问题。放射性碳测定法的捍卫者想告诉我们,他们的方法的准确性是不可推翻的,就像瑞士钟表那样准确。但真是这样吗?"

"所谓 C14 方法,建筑在放射性碳同位素 14 的含量的基础之上,它存在于一切植物和动物的纤维当中——当然也在人体里面。机体死后,C14 的含量以不变的速度递减,即五千七百三十年,正好减少一半。"

---

① 提阿马特,巴比伦神话中的原始大海的人格化身,形象为龙或妖怪。

第13章 被偷走的博物馆

米丽娅点头:"所以才有'半值时期'的说法。只要在一块木头或骨头上测量一下放射性碳同位素的余量,就可以知道它的年龄。"

"这就是认为传说不符合他们的世界图像的人的梦想。"

"梦想?"

"你知道,C14同位素是怎么进入肌体中的吗?"

"这些技术细节,请不要问我。"

"碳14方法的前提是,大气中碳同位素的供应量是持久不变的。可这个前提是错误的:大气中C14的产生,因时间不同和地点不同而不同,因为它受到宇宙射线的影响。而这些射线并不是均衡的——部分是因为太阳活动的变化,部分是因为控制宇宙射线的地磁的变化。现在你可以设想一下,地球原来是处在一个巨大的水罩之下。《圣经》里的创世记一章说,上帝创造了苍穹,把水分成上下两个部分。上面叫'天'。而由此而产生的结论,却对我们的瑞士C14钟表是灾难性的。由于水罩的存在,洪水之前的宇宙射线肯定比现在要弱得多。因此,生物的机体里碳14的含量也就少得多。对那些不相信或者不愿意相信这一点的人来说,对这些有机体的鉴定结果,必然要比实际古老很多。"

米丽娅吃惊地望着托马斯。她需要一定时间,才能把这个论点消化。"我觉得,我逐渐明白了,宁录命运碑符的故事为什么必须给予足够的重视了。"

"不是吗?我还可以给你举很多其他实例。不论是考古磁力学,还是其他方法,科学永远都不是客观的,也不是万无一失的——否则它也就违反其真正的属性。可惜的是,很多人却把科学变成了信条,用以为自己的主观行为进行辩护。同样,对待马尔杜克的命运碑符也是如此。我的有些同事虽然和我一致认为,这块石板在公元前三千年曾起过重要的作用——对它的占有保证了统治世界的权利,可他们却讥笑说这只是一个传说,而我却对此十分认真。"

叶茜卡一直着迷似的听着他们的谈话。一想到有这样一个思想敏捷的爸爸,她就非常自豪。可是,她现在却插嘴说:"原则上说,这一切都很清楚,老爸。我们现在看见卡西尼亚是个现实。还是继续谈你的回忆吧,或许我们能够找到什么有用的线索。"

托马斯对女儿自信的表现感到骄傲,他点头,继续他的回忆。

他说，宁录打造了一座或多座雕像，准备让它们在以后的时代里重新复活。有一天，会有一个人出现，追寻他留下的轨迹，找到其中的关键。他，托马斯·波洛克，就找到了这个踪迹。他发现，宁录自命为上帝，还得到了野心勃勃的母亲的支持。顺着这个思路，我们就可以在全世界找到相关的佐证。甚至在日本。

托马斯在一堆从家里带来的文件中抽出一份复印件。他用手指敲着这张纸，讲起一个叫莫里斯·贾斯特洛夫的人，他在《巴比伦和亚述的宗教》一书中说，在古巴比伦人那里"死亡……被看做是进入另一个生命之门"。这其实也不是什么新鲜的东西。但有趣的是，在其他文明中也可以找到类似的现象。比方日本神道教，就对天照女神和她的男性后代的关系给予很高的评价。在祭祀大礼中，天皇就要去伊势神宫①拜谒天照女神的陵寝，向她进行汇报。这就使人想起了宁录和他的母亲塞拉密斯的关系。值得注意的是，人们认为，塞拉密斯是鱼神阿塔加提斯的女儿，而日本神武天皇的母亲则被看成是"海神"的女儿。他还可以举出一系列其他的线索，最终都指向历史上一个焦点：宁录。

巴比伦语言混乱以后，宁录也不知了去向——据说是在紧接着爆发的起义中被杀或被埋葬。但实际上，他是跑到了卡西尼亚。六个月以后，他用梅西林的名字又返回了基什，以便重新实现他统治世界的野心。他的母亲塞拉密斯则四处传播流言，说宁录从死亡中复活了。

后来，宁录确实被他的敌人所杀，但对转世的信仰却是根深蒂固的。巴比伦每年都要为坦木兹的死亡举行哀悼，以此保持了对宁录的记忆。

"关于这个题目，我找到了米尔切·埃利亚德教授的一段话。"托马斯又抽出了另一张纸。"这里写道：'那些体现他——这里指的是坦木兹——的国王们，每年都庆祝大自然的重生。'几段以后又写道：'坦木兹消失了，六个月以后又重新出现。这个变幻——神灵的周期性显现和消失——产生了有关人的解脱和死后重生的神话。'再往后，还有一段说：'到了最后，人人都希望享受这样的恩惠。'这将导致什么样的结果，已经是显而易见了。埃及人接受了这个信仰，希腊哲学家柏拉图抄袭了这个理念，后来基督教也把它纳为己有。但却很少有人看到，在这后面隐藏着什么：宁录确实想回归，从'他

---

① 伊势神宫，日本神社之一，祭祀天皇祖神天照女神。

第13章 被偷走的博物馆

父辈的城堡',就像拱顶石铭文上所说。宁录的父亲是库什,所谓'城堡'就是基什城,这是宁录用他父亲的名字命名的城市,他也在这里隐藏了雕像,大家都说这是谢哈诺——实际只是宁录的又一个名字。"

托马斯继续说,他看到了雕像返回到伊西塔城门下的危险,但他却没有想到双面人的存在。海杜克是从前的宁录和重新复活的谢哈诺之间纽带上的一个环节。早在他阴谋篡夺了博物馆馆长职位以前,同事们就给他起过一个绰号。他的名字雅诺什和罗马双面神伊阿诺斯极其相像,所以人们在背地里称他为双面人。但这同时也说明了他的两面派的品质,可这一点,托马斯发现得太迟了。海杜克铲除了惟一会破坏他把谢哈诺雕像放置在伊西塔门下的人,因为只有在伊西塔门下,那个没有生命的雕像才能复活。

"就在这里,你的影片撕断了。"叶茜卡说。

"实际还在这之前。我没有看见活着的谢哈诺——至少我已经不记得了。"

"那就更难把他逼到墙角去了。"米丽娅认为,"我们找到的东西和你差不多。可以肯定的是,宁录的全部追求,就是取得无限的权力。但能够桎梏他的真名,我们却一直还不知道。"

"奥利弗可能知道。"叶茜卡用手指摸着酒窝喃喃地说。

"只要他不告诉我们,还是没有用的。"

"等一等。"米丽娅突然坐直了身体,就好像她刚刚吞进了一把直尺,"难道那只发卡不能帮助我们吗?"

"什么发卡?"

"呐,你应该知道……噢,我们还没有告诉你。奥利弗是带着你死去的妻子的一只发卡去卡西尼亚的。"米丽娅解释说。

"我们把你召唤回来,是因为我夜里站在伊西塔城门下回忆了发卡的真正本性。"

托马斯皱起眉头,从桌旁站起来走向门厅,然后拿着他的大衣回来,并把手伸进口袋里。突然他的眼睛亮了。他掏出了一只金色的发卡。

"我担心,它对我们已经没用了。"叶茜卡说,"现在这只发卡已经不再是遗忘之物……"

"等一等!"她的父亲打断她的话说,"这里还有什么东西。"他又掏出一张折叠着的黄色纸张。

"一张羊皮纸!"米丽娅吃惊地喊道。

"让我们看看上面写的什么。"托马斯把大衣搭在椅子背上,坐到了米丽娅的身边,把羊皮纸展开。两个人同时惊异地喊了起来:"这是古希伯来语!"

叶茜卡用胳膊肘撑在桌子上,把身体探向前边,她发现了其他东西。"那下面是奥利弗的风鸣琴标记!"

几双眼睛隔着桌子对看了片刻。

"也许在卡西尼亚所有生灵都讲这种话写这种文字。"叶茜卡猜测。

"这是可能的。"托马斯赞同地说,"把这翻译出来,是需要一点儿时间的。"

"你们是不是累了?"叶茜卡问,声音里有点儿谴责的味道。

"你想到哪儿去了?"米丽娅回答,"这才刚刚过了午夜。而且我在翻译这种文字方面是有些训练的。"

时间已经过了清晨四点,米丽娅和托马斯满意地看着他们翻译好的文字。

叶茜卡枕着胳膊在桌上睡得很死。托马斯担心地望着米丽娅疲惫的面孔。她微笑地也看着他。托马斯又低头看那份译文。

他们前进了一大步,羊皮纸向他们提供了重要的信息,是该稍微休息一下的时间了。托马斯小心翼翼地把女儿抱到米丽娅的卧室。叶茜卡嘟囔了几句什么,但却没有醒。

托马斯很难安下心来,长时间无法入睡。夜里开始下雪了。清新的白雪细得像糖粉一样落在了周围楼房的屋顶上。当太阳好奇地在这座白糖城市升起的时候,托马斯才在客厅里临时摆放的折叠床上进入了深深的梦乡。

早点到了中午一点才吃。叶茜卡利用她早睡的优势,主动准备了茶、果汁、烤面包片、煮鸡蛋和三明治。今天叶茜卡不仅为完全可以像她母亲的女友,而且还为真正的父亲准备早点,她心里有一种奇特的感觉。当她兴奋地宣告可以吃早点的时候,米丽娅和托马斯还有些睡眼朦胧。

"你们就像是两个夜游神,刚被清扫女工从酒馆里撵出来。"

米丽娅睁开眼睛,张开嘴,使劲吸了两口气,然后喊道:"叶茜,不是你强

第 13 章 被偷走的博物馆

迫我们半夜三更地去翻译这封信吗?"

"真是奥利弗写的吗?"

"基本上都是我的话。"托马斯解释说,"但看起来是他的笔迹,如果我们可以对这种古老文字这样说的话。"

"羊皮纸上写的都是什么?快告诉我!"

叶茜卡聚精会神地聆听着爸爸念那份译文。奥利弗确实在卡西尼亚找到了爸爸。他们共同坐在谢哈诺高塔的地牢里面。还有一些其他内容。但最重要的是最后:**只要在伊西塔城门下把谢哈诺的名字连呼三遍,就可以制服他。**

"这和海杜克陶片上的内容一模一样。"

叶茜卡的父亲点了点头。"米丽娅给我讲过了。从羊皮纸上我们也知道了陶片的来历。一个叫列文的人,过去是宁录的大祭司,握有大洪水前时代碑符的复制件。根据上面传达的信息,他在陶片上写下了警示,藏到了城门旁边。双面人后来得到了其中的一部分。"

"我们仍然还是不知道谢哈诺的真名。"

"我估计,奥利弗会想出办法通知我们的。羊皮纸上说,那个列文正在策划反谢哈诺的起义。我回来的时候,他们肯定还在监狱里。时间已经很紧迫。"

"紧迫二字已经不是正确的表达。"叶茜卡焦急地说,"今天是 12 月 25 日。我们只剩下一个星期的时间。奥利怎么才能给我们通报情况呢?难道用信鸽吗?"

"反正不会用因特网。"米丽娅回答,她能够理解叶茜卡着急的心情。

"对不起。"叶茜卡轻声说,"我只是为弟弟担心,或许他会再次在我的梦中出现。"

"我觉得,我们不能依靠这些。"托马斯说,"如果前后想一下,我们可以说,到目前为止,伊西塔城门一直起着关键的作用。如果奥利弗想给我们通报什么,那估计也只能在博物馆里。"

米丽娅拉长了脸。"现在警察肯定严密监视着博物馆,就像是监视着联邦银行的印钞机,这你们可以放心。"

"我们必须进去。"托马斯坚持说。

"怎么进呢?还要走地道吗?"

"不，那里现在可能也不安全了。我想出了一条正式的途径。"

赫尔曼·科特利茨在文化部工作，他是托马斯所认识的最高的官员。尽管近东博物馆并不直接隶属于柏林文化部，但他却是普鲁士文物基金会的成员。而这个基金会又直接管理原普鲁士的文化遗产——也包括近东博物馆。由于海杜克即将成为科特利茨的上司，因此在圣诞节期间去打扰一下这位国家公务员，可能是个不错的机会。

这就是托马斯的理论，但实施起来却不是那么容易。这个官员的电话可能已经变成了一块塑料疙瘩，托马斯、米丽娅和叶茜卡不知给他打了多少电话，都无法找到他。用电话没有产生结果以后，他们干脆展开了正面攻击，开车去了科佩尼克区，直接到他家里拜访，但却没有人对门铃做出反应。邻居说，他们全家在假日外出旅行了。

不巧的是，今年的假期正好连着周末。无果的等待折磨着神经。每个人在进入米丽娅房间时，都抬眼看了一下墙壁上那张年历上的红叉叉，就像是在看一座远古时代的坟墓。又过了四天时间，托马斯仍然没有任何进展。到了星期一，12月28日，他终于找到了官府的人。他打了九次电话，才和正确的办公室联系上。一个女秘书用高亢的声音告诉他，科特利茨先生将休假到1月8日。

托马斯刚要绝望地放下电话，那位助人为乐的女士补充说："但星期三他将来办公室一趟。如果事情真的像您说的那样性命攸关，您或许可以试试截住他。"

"你们机关的女士里面，您肯定是最鲜艳的一朵兰花！"托马斯兴奋地对听筒喊道。

米丽娅看了他一眼说："你是不是有点儿过分了？"听起来有点儿妒忌的味道。

"也不能说是过分，兰花是个很大的家族，在每一片沼泽里它都能生长。"

米丽娅像银铃般地笑了。"我还不知道，叶茜卡的父亲是这么一个无赖。把一个无辜的女官员称为'泥潭里的花朵'，可她却没有察觉。"

用其他方法进入博物馆，始终没有成功。只要托马斯对人稍微谈起博

第13章 被偷走的博物馆

物馆神秘被窃后面隐藏着什么的话题,对方的反应,不是同情的微笑,就是建议他去看心理医生。

报纸、电台和电视里的新闻,越来越让人不安。人们似乎在全世界范围内忘记了几个世纪以来的各种痛苦经历。各个不同人群间的小冲突不断发生——但世界上正在进行的战争中,没有增加新的战争,也可以算是一个奇迹。从北欧传来要求全面取消对鲸鱼的禁捕令——就好像被灭绝的物种还远远不够。巴西发表的新执政纲领中,提出雨林不再有选择的砍伐,而是进行系统的砍伐。"现在就差到南极的臭氧空洞去旅游观光了。"

星期三就要到了,他们仍然没有什么值得一提的进展。

12月30日一早,托马斯、叶茜卡和米丽娅就已经坐到了科特利茨的办公室外面的候客厅里。托马斯告诉"文化部的兰花",他是他们未来领导的前任。染成漆黑头发的女秘书回答说,她碰巧认识原来的文化部长——但长得确实不像是托马斯。托马斯微笑着向女秘书解释说,他说的不是文化部长,而是在近东博物馆里的馆长,海杜克现在还担任这个职务。

几个小时过去了,还不见科特利茨的踪影。大部分时间里,叶茜卡和两个成年人漫步在走廊里,因为老是听秘书处里的内部电话不利于保密,而且黑发女秘书尖锐的声音也使他们受不了。

到了中午两点钟,赫尔曼·科特利茨终于在走廊里露面了,他穿着灯心绒裤子和方格图案的衬衫。他身材苗条,头发灰白,脸上戴着一副眼镜。他的步伐很有弹性,整个看起来是一个轻易不会失去镇静的人。

托马斯从凳子上站了起来,向他还是在柏林墙倒塌之前就认识的老朋友走去,叶茜卡和米丽娅赶紧念海杜克陶片的铭文——她们告诉托马斯,这是以防万一,就怕科特利茨也受到了"谢哈诺式遗忘"的感染。

不知是铭文起了作用,还是科特利茨还保留了记忆,反正是他认出了托马斯。在看到对面那个男人面孔的一瞬间,他的表情有点儿迷茫,但很快他就笑着喊道:"托马斯?托马斯·波洛克?真是你吗?等一等,有多长时间了?至少有十六年了吧。是不是?"

托马斯压下了心中多年的积怨。他不想在此刻回忆他的这个朋友在海杜克把他出卖给国安部时没有进行帮助的事实,而是回答说:"你的记忆力真是惊人,赫尔曼!"

"我还定期在我们的小园艺协会里参加象棋比赛。"

"真没有想到！我今天来找你，是有一件重要的事情要和你谈。"

"这我想到了。这两位女士是谁啊？"

托马斯向他介绍了米丽娅和叶茜卡。科特利茨对他的朋友有这么大的女儿感到意外。当他听到了米丽娅不久前所担任的职务时，他说："最近一段时间，博物馆给我们造成很大麻烦。就好像这个国际性的窃贼集团在走向全世界以前是在我们这里学的手艺。"

"这一点你说的并非没有道理。"托马斯说。

科特利茨皱起了眉头，把客人们让进他的办公室。"文化部的兰花"得到了指示，为客人端上咖啡和茶。

"可是，你刚才暗示这一切其实都有可能是从柏林开始的，是什么意思。"这位官员把在走廊里开始的谈话继续下去。

"我确信，雅诺什·海杜克教授隐藏在这些盗窃的后面。"

科特利茨突然咳嗽了起来，当他终于从托马斯的指控中清醒过来后，他问："你怎么会这样说？你知道这是对我的新上司的严重指控吗？你是不是有什么证据？"

"其实，这都来自一个古老的传说，它开始于大洪水以后，与修建巴别塔有关。"

科特利茨短暂地干笑了一下："这是个玩笑吧，托马斯。你到我这里来，肯定不是要给我讲几个现今无人相信的古老传说吧。"

"你从前就喜欢什么都一概而论，赫尔曼。我并不是惟一相信这些传说中包含有真知的人。海杜克教授也是如此，还有全世界数百万人。你知道在地球各个大陆上还保存着上百个有关洪水的传说吗？"

科特利茨说："我不知道，托马斯。那个挪亚、他的家人、方舟和那些动物——当然是孩子们喜欢听的好故事，可是……"

"你会中文吗？"托马斯打断这位满脸疑云的官员的话。

"什么？"

"如果你会中文，那你就会知道，中文的'船'字，就是由'舟'和'八口'组成。《圣经》里的描述，在挪亚方舟上躲过洪水而逃生的，恰恰是八个人。"

科特利茨的表情一下子变得惊愕了。

"有关修建巴别塔的情况也是如此。"托马斯继续说，"这一点，麦卡林博士可以向你证实。她是一个有才华的考古学家。"

第13章 被偷走的博物馆

米丽娅使劲地点点头。

"难道你真的可以问心无愧地以为,所有这些都是头脑简单的幻想,只是偶然地在全世界都如此一致吗?"

"或许,这些传说中确实包含着一个真实的核心,可这与海杜克有什么关系呢?"

托马斯简要地介绍了宁录的历史,一直讲到谢哈诺雕像从帕加马博物馆消失。他还提到拉兹洛·霍尔蒂曾在罗伯特·克尔德韦巴比伦发掘团队里的作用。然后他让炸弹起爆,讲述了霍尔蒂的家族史,一直讲到雅诺什·海杜克1956年用假名进入洪堡大学。最后,托马斯把米丽娅收集的有关海杜克的材料摊在了科特利茨的眼前,说:"这些在材料中都有,你可以自己看。我们必须制止海杜克的行动,否则他将制造更大的灾难。"

科特利茨的脸色变得苍白了,他不知所措地望着他的老朋友。当他再次能够说话的时候,托马斯、叶茜卡和米丽娅大吃一惊:"海杜克教授,从六天前就找不到了。"

"这正好证实了我们的说法。"叶茜卡等了片刻,见爸爸也说不出话来时,她说,"雅诺什·海杜克是一只老鼠。他躲进了洞穴,等待一切过去再现身。"

"你应该对你女儿的说话方式进行一番调教。"科特利茨顺便对托马斯说了一句。他显然正在尽力思考着。

就在这一刻,外面秘书室的电话铃声响了起来。女秘书高亢的声音从办公室的门缝里传了过来。可以清楚地听到,她让对方把要说的话重复三遍,她显然没有完全听懂。然后,科特利茨办公室的门突然被推开了。

"科特利茨先生。"女秘书怒气冲冲地说,"电话里是一个疯子。他说他是普鲁士文物基金会的人,他断言说,帕加马博物馆昨天夜里消失了。"

当他们坐着米丽娅的标致车——由于下雪有时打滑,由于围观者太多而不停地按喇叭——终于来到博物馆岛区的时候,他们简直不敢相信自己的眼睛。就在铜坑大街通往桥状大阶梯的地方,原来的帕加马博物馆,现在只剩下了一个大空洞。周围的建筑还都竖立在原地,只有过去展示帕加马圣坛和古希腊文物的那部分建筑不见了。或者说,不是全部,原来U形建筑群中藏有伊西塔城门及神道那部分还留在那里。

警察正在那里设法控制局面,但他们在这个混乱的战场上全线处于劣势。在被偷走的博物馆那里,他们反正也无法改变什么。只是有些警察似乎还在寻找指纹的痕迹。叶茜卡不禁要问,这种行为是不是一种天生的条件反射,就像家里的猫一样,老是想把饲料盆埋起来,尽管那里根本就没有沙土和树叶。

另一组警察,正在忙着对付一群媒体,他们像鬣狗一样贪婪地在猎取照片和采访对象——两三个记者挡住几名警官,好让其他同行自由行事。

连推带拉,再加上拿出证件(米丽娅的工作证还一直带在身上),叶茜卡和三个成年人才终于挤到了博物馆前那个空洞的边缘。他们惊惧地望着下面。

"他甚至连地下室都一块偷走了。"叶茜卡惊异地说。从这里可以看见通往博德博物馆的地下通道。

托马斯转身向科特利茨,说道:"你到现在难道还怀疑,在天地之间还有些超越我们理智的东西吗?"

那位官员摇了摇头。他显然很难找到合适的词汇来表达他当前所看到和所感受的一切:"我虽然根本无法相信。但我必须承认我错了。但我却仍然无法相信。"

"或许这是因为,你的理智拒绝接受你认为不可能的事情,这就是很多错误的本性。你能不能设法让我们到伊西塔城门那里去?"

科特利茨眼睛仍然盯住那个空洞,赶紧点头说:"当然,我去和管事的人交涉。"

在警察指挥官那里,科特利茨遇见了普鲁士文物基金会的熟人,就是他打的电话通知了文化部。科特利茨简要地解释说托马斯·波洛克和米丽娅·麦卡林都是博物馆以前的学者,可能对侦破这个案子有所帮助。于是,警察签发了通行证,让托马斯、叶茜卡和米丽娅在整个博物馆岛区通行无阻。

伊西塔城门还安然无恙地站立在博物馆东南侧楼里。城门洞中的镜门已经关闭,所以也看不见大厅后面的一切已经在空气中蒸发掉了。巴比伦神道的另一端,墙壁上也是一个大空洞。叙利亚和小亚细亚文物的展厅也已完全消失不见了。

叶茜卡发现,消失的博物馆留下的裂痕异常平滑。断裂的边缘毫无毛

第13章 被偷走的博物馆

碴,就好像每一块砖都是极其细心地从墙上取下,然后又用刷子把剩下的墙壁清扫得干干净净。

一阵寒风吹过神道,叶茜卡和几个成年人都有些不知所措。他们该干些什么呢?科特利茨很快就告别了:他已经看够了,还得就雅诺什·海杜克的一些重要问题进行一些必要的安排。

"奥利弗怎么才能给我们传递消息呢?"托马斯一再说,他在中央大厅的伊西塔城门和神道之间来回走动着。他把大衣领子竖起来,抵挡着吹来的寒风。

叶茜卡也不知道答案。

他们在那里停留了很长时间,为了不把手脚冻僵,他们在寒风中不停地走动着。突然,米丽娅打破了沉默。

"壁画!"

叶茜卡和托马斯站住了,疑惑地望着米丽娅。

"壁画怎么了?"叶茜卡问。

"我想起了你拍的照片。可是,它好像有点儿不对头。"

托马斯向米丽娅走了几步,抓住了她的手,好像要安慰她似的:"你这是什么意思,米丽娅?你发现了什么?"

米丽娅看了他一眼,然后又转向壁画。她摇了摇头:"我说不清楚。"然后她笑了一下,就好像她自己也不应该这么认真,"我总是觉得这幅画是活的。我觉得,它在变化。"

叶茜卡竖起了耳朵:"怎么变化?"

"比如,我觉得你照片上的高塔没有这么高,还有其他部分也在发生变化。"

"我一直就有个感觉,这幅画在某种形式上是鲜活的。但这我们可以立即就可以确认。"叶茜卡取下她的双肩包,从里面拿出一个文件夹。自从她和米丽娅知道屎壳郎的存在以后,就把她们收集的资料随时带在身上。她翻开了有照片那一页。"看吧!"她说。

三个脑袋都对准了文件夹,又都不断抬起头来看伊西塔城门对面墙上的壁画,然后又低头看照片。他们每个人都以独特的方式产生了独特的感觉,那是一种内心的不安,似乎感觉自己看到了什么,但又不知道到底是什么。

"米丽娅说得对。"托马斯打破了沉默,"那座塔确实高了好多。"

"是否可能有人又在壁画上进行了修改?"叶茜卡问。

米丽娅摇了摇头:"至少当我还在这里工作的时候没有动过。正常情况下,在博物馆进行什么建设或者修缮工程,我都会知道的。修改这样一幅画,不是一个小工程,不搭起高高的脚手架是够不到那个塔尖的。"她指了指壁画中间的上方。

"除了塔的高度,其他地方似乎没有什么变化。"叶茜卡总结了她所观察的结果。

米丽娅吃惊地望着她:"这是什么话?难道你没有发现角落上那些村庄的房舍和照片上不一样吗?而且田野里也不是同样的人物。"

现在该叶茜卡感到吃惊了。倒不是因为她没有发现米丽娅指出的那些变化,而是因为她没有看出米丽娅所描绘的变化。她把这个结论告诉了米丽娅,这时,托马斯插了进来。

"等一等,难道你们没有注意从村庄前往墓地的送葬队伍吗?"

"什么墓地……?"叶茜卡和米丽娅异口同声地问。她们同时停住了,叶茜卡让她的女友先说。

"我只看到了村庄旁边船上的桅杆,它没有竖起来,所以有些像十字架或墓碑。"米丽娅讲述着自己的观察。

"桅杆?"叶茜卡吃惊地问道,"你肯定说的是路旁的栏杆。"

又是一阵沉默。每人都再次证实自己的观察,并奇怪为什么其他人讲的和自己不一样。最后,还是叶茜卡的喃喃自语,接近了事实真相。

"这幅画确实在变化,奇怪的只是,每个人看到的都不一样。"

托马斯和米丽娅立即把目光从壁画上移开,惊讶地望着叶茜卡。叶茜卡说的是实话。他们再次看壁画,不得不承认叶茜卡是对的。

"或许和城门有关。"托马斯解释说。

"我敢打赌,当谢哈诺雕像复活的时候,海杜克是不自愿地制造出这幅画的。"叶茜卡猜测。

"问题只是,对我们是否有帮助?"米丽娅看了大家一眼问道。

托马斯耸了耸肩膀:"估计没有。如果情况确实如叶茜卡说的那样,那么这幅画也就只是一个副产品,一个迷人的现象,不过如此而已。"

"我们应该回家了,然后再仔细想一想。"米丽娅建议,"否则我们只能自

第13章 被偷走的博物馆

取死亡。"

叶茜卡惊异地望着她。

"我是说严寒。"米丽娅补充说,但叶茜卡已经不再关心这些了。

她又把目光对准壁画,小声说:"你真的这么肯定吗?"

这次警察行动的指挥官已经声明,将采取一切措施侦破博物馆盗窃案。托马斯建议在伊西塔城门前安排一名配备摄像机的警员,记录下那里的一切细微变化。他还给警官留下了米丽娅的电话号码,请他们一有异常现象立即通报情况。

回到家里以后,他们立即建立了危机处理中心。茶和面包,纸和笔,有关谢哈诺的所有资料——都摆放在米丽娅的餐桌上。电视向他们提供有关城市、国家和世界的消息。

同样在这一天,地球上又有很多东西消失不见。媒体报道中最突出的事件,当然是整体消失的帕加马博物馆。同样,其他博物馆和有关机构中,也有不少纪念物不见了踪影。越来越多的档案馆都出现了名字、照片或生平和苦难历史突然消失的现象。电子数据库也纷纷自行删除。在集中营纪念地,很多原来可以看到纳粹时期受害者图片的壁板也突然变成了空白。

"没有一句提到海杜克。"新闻结束后,托马斯气愤地说。他把电视的音量调低,"你们是不是有什么主意可以与奥利弗建立联系,或者怎么才能知道谢哈诺的真名?"

回答是无奈的沉默。

"我就知道。"他继续说,"我也是一样,或者说几乎一样。"

米丽娅立即警觉了起来,她抓住托马斯的胳膊问道:"你有了主意吗?"

叶茜卡没有忽略这个看来随便的接触;这并不是这几天以来的第一次。她不知道应该如何看待这个问题。米丽娅是个很随便的人。或许这个小动作没有任何意义。也许有?奇怪,她怎么现在才思考这个问题——其实,父亲和米丽娅能够很好相处,她还是很高兴的。

托马斯似乎还在考虑脑子里出现的想法,不知道是不是现在就应该说出来。他看了看米丽娅和叶茜卡,最后终于说:"或许拱顶石那里还有什么线索,我明天一早就设法去解决这个问题。"他试图在叶茜卡和米丽娅的脸上寻找反应,但只看到了两张惊异的面孔。他的嘴角上露出一个尴尬的笑容,"你们理解得很对:我们必须扒开伊西塔城门!"

这个早上,是叶茜卡的父亲画的叉叉。他放下红笔,凝重地望着墙壁上的年历。

"只剩下一个空格了。"他说。

"它必须空下去。"米丽娅把垂到眼前的头发抹回去,也看了一眼年历。

"可惜的是,只有良好的愿望并不能使我们达到目的。今天太阳落山以后,奥利弗能够穿过城门的时间就只有一夜了。明天就是新年的1月1日了。"托马斯的表情严峻了起来,肯定是这个想法使他感到痛苦。"你们肯定知道,1月的名称(Januar)来源于罗马神伊阿诺斯(Janus),他不仅是门户之神,也是一切起始之神。这是谢哈诺必须在地球上获得统治权的最后一夜,否则他就将继续沉沦一千年。"

叶茜卡在餐桌对面看到,米丽娅把手放到了爸爸的肩膀上:"你是在想海杜克,对吧?"

托马斯避开了她的目光。

"双面人给你的家庭造成很多痛苦。"米丽娅说,"但我们决不能放弃。今天毕竟还没有过去,托马斯。它实际还没有真正开始。我们会把奥利弗召唤回来的,这是肯定的!"

他们对视了很长时间,叶茜卡试图揭开这两对目光中隐藏的秘密。但她破解密码的知识却不足以揭开这个心灵的密码,"你不是想今天早上就打电话吗?"她问爸爸。

爸爸眨了眨眼睛,就像是一个人从白日梦中惊醒。"当然,我最好现在马上就打。"

托马斯很清楚自己想干什么,只是电话线的另一端好像不太能够理解他的想法。叶茜卡和米丽娅好奇地关注着他。

"我当然知道,今天是除夕——什么?——您根本就不相信,对我是如何重要。把您的人从休假中找回来,或者由您自己去做。您知道,我被授命解释这个现象,我知道我在做什么。——您说什么?——不,如果超过两个小时,那我就无法保证,你们的房子连同圣诞树明天同样会消失,就像今天的博物馆那样。好,谢谢。回头见。"

第 13 章　被偷走的博物馆

托马斯放下电话，深深吸了几口气，但脸上的表情还一直保留着愤慨。

"你把他们给吓住了。"叶茜卡的眼神里充满着佩服，她不记得什么时候曾听见过父亲如此坚定地说话。

"你是不是说得有点儿过分了？"米丽娅说。

"你这样认为吗？"托马斯回答。

"说圣诞树也要消失。你自己对我讲过，说常青树是灵魂不死的象征，是宁录的发明。他不会偷走自己的专利吧！"

托马斯笑了。"这些等下次有机会再和警官解释。"

米丽娅给这个意志坚定的男人回报了一个意味深长的微笑。"我很喜欢你的处事方法，托马斯。"

叶茜卡笑了。她不由得想起了狡猾的蛇和无辜的鸽子。

两个小时以后，叶茜卡、米丽娅和托马斯已经站到帕加马博物馆的中央大厅。警察行动指挥官找来了一台巨型热风机，使得 12 月的严寒稍微可以忍受一些。三个人望着正在搭建的脚手架。

"你真的要这么干吗？"米丽娅问。

托马斯关注着工人的每一个动作："这是我们的最后机会。"

"这座城门可是难得的艺术珍品。"

托马斯的目光终于离开了已经搭成的脚手架，转过头望着米丽娅的眼睛："还有比这更为珍贵的宝贝。"

米丽娅深深吸了一口气，耸了一下肩膀，继续转向城门说："其实，从根本上说，这也是一件仿制品。"

"这是对的。门洞上面根本就不是原来的浮雕砖。老实说，现在这一切对我来说都是无所谓的。巴比伦的光辉迷住我们眼睛的时间已经够长了。现在已经是我们应该摘下它面具的时候了，让我们看看它的后面到底隐藏着什么。"

"我们已经搭完了，波洛克先生。"建筑公司的工头说，他们已经用各种支架、铁管和滑轮搭完了脚手架。

"十分感谢——感谢你们大家！"托马斯向周围的工人们喊道，"我知道，中断了你们的假期，是我对各位的要求太多了，但是，请相信我，这不仅对我们的城市，而且对你们大家都是有好处的。"

"好了,波洛克先生。我一看到博物馆里发生的一切,我就知道,您需要各种支持。请过来,我告诉您,如何使用这个脚手架。"

工头表演了几下,如何打开滑轮的保险,如何移动整个脚手架。托马斯表示感谢,然后就让他们走了。

"好了。"他坚定地说,"现在让我们看一看,伊西塔城门后面到底隐藏了什么秘密。"

他用各种大小的锤子和凿子武装起来,爬上了脚手架。就在门洞正中他开始了工作。

开始时是猛烈的敲击。他先用大锤打碎了门洞上方中间的蓝色釉砖,然后开始用小锤子和凿子继续敲下去。很快他就把表面的一层砖掀掉,里面就是那座内城门。最后的部分他使用了小铲和毛刷。一块黑色的石头显现了出来。

"是玄武岩吗?"米丽娅从下面向上喊道。

托马斯眼前就是拱顶石,他仔细观看着。"看起来是玄武岩。这在两河流域是很不寻常的。这块石头应该是从很远的地方运到巴比伦来的。它旁边的石头,看起来都是普通的陶土砖。"

"等一等,我们带着文献上去。这样就可以对照一下铭文了。"

叶茜卡像只小松鼠似的飞快地爬上了脚手架。米丽娅要稍慢一些。他们共同比较了上面的每一个楔形文字和照片上叶茜卡父亲日记里的记录。一切都完全一致,甚至连最后那句加密的文字的每一个笔画都没有区别。

托马斯无力地跪下了。"没有一句多余的。连一个不同的笔画都没有!这个铭文除了我们知道的,没有任何其他的标记。"

"'永远不要忘记他!'"叶茜卡轻轻地重复着每段诗的开头那一句。她的脑海里掀起了波涛。必然会有一个途径可以和奥利弗进行联系。他肯定已经知道了谢哈诺的名字,或者知道在哪里能够找到它。

托马斯把灰色的面孔转向女儿。他看起来是筋疲力尽了。拱顶石铭文也在折磨着他。他不由得读出了他最感到痛心的一段:"'否则在岁序更新时,他将统治两个世界——活着的和失落的记忆。'"

米丽娅感到了压在父女身上的绝望。她想做点儿什么,鼓励鼓励他们。她小心翼翼地接近了父女,把双手放到他们的肩膀上,把他们拉到了自己的怀里。"不要放弃。今天还没有过去!"她急切地说,"我们必须守在这里,始

第13章 被偷走的博物馆

终盯住这座城门。变幻之夜才刚刚开始。如果这座城门会再一次发生变化,那就是今天。"

黑暗像一块巨大的盖尸布降临到城市的头顶,月亮和星星隐藏在一片密云当中,空气中又飘来了雪花的味道。

托马斯把脚手架推到了一边,并请求警察行动指挥官不要打扰他们。热风机的嗡嗡声在大厅里就像是异国的大蟋蟀在鸣叫,从远处传来了燃放烟花的轰鸣。总有些性急的人不能等到午夜12点的到来。

"柏林在欢庆,就好像什么都没有发生。"叶茜卡没有什么特殊的理由说,她就是想打破压抑的沉默。

"就好像这几天发生的不幸根本就没有发生一样。"米丽娅说。

"人是驱散烦恼的大师。"托马斯插进悲观者的行列,"那些消息不论如何可怕,但人们都可以在很短时间内把它们忘记。"

"可是这里,"叶茜卡做了一个总结式的表情,"却应该使他们震惊啊!"

托马斯摸了摸她红色的头发。"你还年轻,叶茜,还有自己的梦。如果真的还能把这一切扭转过来的话,那他们也会很快就忘掉的。"

"或许应该建立一座博物馆,"叶茜卡继续说,"一座'**被偷去记忆的博物馆**'。"

托马斯对女儿笑了:"如果你成立一个基金会,我将第一个捐款。"

他们抬起头看着伊西塔城门。只有挂在脚手架上的工地照明灯照耀着这座建筑。叶茜卡已经见过多次的内部灯光今天没有亮。到底有多少次了?

时间在流逝,就像是从伤口里流出的鲜血。世界自己流失着生命之液,可它却没有丝毫察觉。谢哈诺给人类带来了遗忘的毒品。人们正在不知不觉中失去最重要的记忆,却用香槟酒和鞭炮来庆祝这个悲剧。

大约11点半钟,从外面传来的喧嚣声越来越大了。好像整个城市的居民都疯狂了起来,只等着午夜的钟声响起。而在原帕加马博物馆中央大厅里的三个孤独人,他们的情绪却达到了最低点。这里仍然没有发生什么,没有任何哪怕是微小的变化。

叶茜卡的脑海里一直还在寻找出路,但现在却颠倒了过来,思绪形成了一个死结。她已经不知道现在应该想什么了。如果现在有人问起她的名字，回答也只能是耸一下肩膀。或许她真的是忘记了自己是谁。那又有什么？这对她已经无所谓了。现在只剩下了一个可以使她拒绝进入遗忘深渊的人，那就是奥利弗。

她脑海里弟弟的印象，是从他的照片上，从对他的房间里和他所写的东西上得到的。但这却足以给她力量，抗拒谢哈诺冰冷的遗忘的魔爪。

叶茜，想一想！她在脑海里对自己说。奥利弗和我，我们是双胞胎，有一条特殊的纽带联结着我们。我们的思想和感觉是一样的——至少经常是这样。如果我是奥利弗，现在会做什么呢？

奥利弗将采取一切可能的方式，向她传递信息，在这一点上她画了一个勾。他肯定选择一种使她无法忽视的方式，把信息展现在她的眼前。她一直在盯着伊西塔城门，城门的砖墙，和墙上那些蛇龙和公牛图案，但她却没有发现什么可以是信息的东西。就在这一刻，她打了一个寒战。叶茜卡的脖颈突然硬了起来，眼睛睁得大大的。壁画！

她不敢动作太激烈，怕把那幅画吓跑，而是缓慢地转过身去。托马斯和米丽娅当然没有忽略她的变化——或许因为她挺直的身体和睁大的眼睛，才没有敢和她说话。

叶茜卡吃力地扫视着壁画——它真的很大！她从左边开始，让目光沿着一条无形的线条向右边看去，然后再回到左边，重新往下一点再向右巡视。宝贵的时间在流逝。尽管——热风机仍在转动——她感到很冷，但额头上却浸出了汗珠。她强制自己要一丝不苟，用目光扫视着每一平方厘米的画面。

她扫到了壁画右侧边缘的那片安静而古老的森林，停住了目光。她突然在心里看到了一个八周前发生的场景：奥利弗失踪以后，她曾去博物馆找海杜克。在伊西塔城门下很多记者当中找到了他。这时她就注意到了这幅壁画。她当时就感觉到，这幅画有什么地方不对头，似乎什么地方发生了变化。她虽然几乎感到了那个变化，但却没有能够明确地说出来。现在，她知道了。

独角兽不见了。可是——在那个位置上却有了什么其他的东西显现了出来，八周前它还没有注意到这一点。她赶快走近壁画。当她发现这是用细细的毛笔画的一些图形时，她突然感到一阵眩晕。

托马斯和米丽娅立即来到她的身旁，想扶住她。但她却用一个拒绝的

第13章 被偷走的博物馆

姿势把他们推开。此时此刻,不能有什么破坏她的情绪,她怕在画上的发现会消失。她只是觉得爸爸在很远的地方问米丽娅,叶茜卡为什么凝视着森林中那片阴暗的树木。轻轻的回答她完全听不清楚。

叶茜卡把手放到那些图形的旁边,以便能够看得更仔细一些。就像原来这里的独角兽模糊得看不清楚一样,奥利弗的轮廓也是这样在森林中显现了出来。细细的笔画只有一种颜色,但正是这种简洁的方式,使他的面孔显得如此的真实。他显得很忧虑,目光里带着一丝渴望,似乎想向什么人传递重要的消息。叶茜卡终于可以把目光从弟弟恳求的目光上移开。就在这时,她注意到了一块牌子。

牌子靠在树上,遮住了奥利弗的身体。上面写着叶茜卡看不懂的陌生文字。但她现在已经可以判断,这可能是古希伯来语。

"快。"她对后面说,但眼睛丝毫没有离开那块牌子,"我需要一张纸和一支笔。快拿出古希伯来语字典,我们必须翻译点儿什么。"

托马斯和米丽娅觉得叶茜卡的行为有些怪异。他们只能看到一些树木,不明白是什么吸引了叶茜卡的注意力。但他们今天下午已经经历过,每个人都可以在壁画上看到截然不同的东西。因此,完全有可能,这是一个只有叶茜卡能够看到的信息。

叶茜卡拿到她所需要的用具以后,立即开始把那些特殊的文字临摹下来。这时她才真的感觉到,她要是有弟弟那样的绘画天才该多好,如是那样,做这件事就会容易多了。

"从右往左写,这样我就可以立即翻译了。"米丽娅小声说,然后就不再打扰叶茜卡了。

叶茜卡把这些文字抄完,立即把纸交给了米丽娅。三个人跪在了地上。叶茜卡粗粗地喘着气,米丽娅立即从字典里寻找相应的译文。

这位女考古学者曾给叶茜卡讲过,她在学习期间曾专门研究过古希伯来语。后来,古苏美尔文化逐渐成了她的主要研究对象,才开始转向了另外的古代语言。所以,她忘记了很多,实在有点儿可惜。现在她又重新唤起以往的记忆,再加上字典的帮助,很快就完成了翻译工作。还有十分钟就到午夜了。她把译好的文字递给叶茜卡看:

去看他的脚下。那里可以找到谢哈诺的真名。

"他的脚下?"叶茜卡轮流看着米丽娅和爸爸的脸,"他,这是什么意思?"

"雕像!"米丽娅喊道,"在他的底座上刻有文字。"

"正是!"托马斯也喊了出来,"我在日记中也曾写过。他的名字是'世界四方之王'!我当时以为,这只是个称号,因为后来各代的国王也都自称为王,而实际上,它一开始就是名字,就像罗马皇帝恺撒一样,后来的很多君王也都称自己是恺撒了。如果我要是知道,它的苏美尔全名是什么……"

一个突然的闪电,吓得托马斯停住了说话。一片闪亮,就像是电焊时闪出的火花。三个脑袋都抬了起来,六只眼睛盯住了伊西塔城门。

叶茜卡立即认出了这些闪光和四下飞舞的星星,这一切她都曾经历过。"门打开了!"

叶茜卡、米丽娅和叶茜卡的父亲同时从地上站了起来,三双眼睛一致对准了闪闪发光的内城门。这个景象完全把他们吸引过去。然后是城门洞下那面镜子的反光。一个脚踏大石墩的矮小的轮廓从城门洞中显现了出来。

"不管是谁出来,"托马斯惊惧地说,"那绝对不是奥利弗。"

"不是,"叶茜卡瞪着眼睛说,"那是谢哈诺。"

第 **14** 章
变幻之夜

> 他当然是我的梦的一部分,但反之我也是他的梦的一部分。
>
> ——刘易斯·卡罗尔

时间像电流一样奔驰着,奥利弗简直不敢相信他的手表竟会走得这么快。或许妮碧说得对,时间在卡西尼亚的行进规则是和地球上不一样的。它有时很慢,有时又很快——此时此刻它已经在飞奔了。

妮碧和朝霞已经走了三十多个小时了。他们为什么还没有消息?或许也落入了谢哈诺的陷阱——甚至落入猎捕手的魔掌之中!奥利弗不敢再想下去了。

他想转移一下自己的心思,和埃留基德与列文谈起了地球上的生活。他也想起了一个早就想问的问题:列文为大洪水时代前那块石板所做的蜡印现在在什么地方?这个蜡印——或者至少是列文篆刻在陶板上的抄件——毕竟是谢哈诺罪恶的佐证。有没有可能,这第二个证物也已经被发现,收藏到了一个博物馆中,只是无人知道其真正的意义呢?列文摇了摇头。他虽然不知道那些危险的文献在他被关押期间流失到了何处,但他不太相信,它们会保留几千年,一直到奥利弗生活的今天。

这一年的最后六个小时已经开始了,这一切都已经没有了意义。一阵强烈的震动使得谢哈诺高塔从上到下都颤抖了起来。难道是起义的信号?难道起义终于爆发?难道是呐喊声、武器的碰撞声和爆炸的轰鸣吗?震动还在继续,只是变成了单调而低沉的隆隆声,四个朋友立即就知道了这是什么意思。列文鼓起勇气,把它说了出来:

"磨房。谢哈诺启动了他的磨盘。"

奥利弗看了一眼手表:"我最讨厌太准时的人。"

"这个该诅咒的金身魔鬼难道永远不睡觉吗?"埃留基德终于也把愤恨发泄了出来,"他至少得离开金銮殿片刻吧,好让朝霞有时间完成它的任务呀。"

"或许那幅壁画已经有了我的信息,只是我姐姐还没有察觉。不过,朝霞和妮碧也有可能被发现了。"奥利弗叹了一口气,"谢哈诺手上有很多大棒能够对付我们。"

时间又过去了差不多三个小时。低沉的磨盘转动声,变成了难以忍受的雷鸣,从一个神秘的通道直接传进囚徒的牢房,引起了刺耳的疼痛。奥利弗不断在牢房里来回走动着,埃留基德早已放弃了安慰他的念头。突然,一声轰响传到了牢房。

几个囚徒愣住了,他们甚至忘记了呼吸。

"你们也听到了吗?"轰响停止了以后,奥利弗问。

"我觉得,这个响声有点儿像是木桩在撞击监狱的大门。"戈菲很专业地说。

就在这一刻,地牢的通道里又传来了新的响动。似乎是呐喊声和金属碰撞的声音,然后就是有规律的踢踏声响彻了阴暗的迷宫,就好像是……

"马蹄声!"奥利弗激动地喊了出来,然后立即说:"珀伽索斯!"

"你怎么会知道?"埃留基德想反驳,但这时飞马的雪白身躯已经出现在牢房的门前。

"奥利弗和你们大家——你们都好吗?"珀伽索斯问道,它已经来到栅栏的近旁。

奥利弗伸出手温情地抚摸着白马朋友的脖子。他的眼睛里闪着光芒,不仅是涌出来的泪花在烛光中的闪烁。"谢谢,在这样的环境里还算好。"他回答,"你能把我们救出去吗? 如能,必须马上行动?"

"稍等片刻。我带来一个可以救你们的人。"

他们立即听到了小脚跑动的声音。瞬间以后,一个小矮人来到了烛光下,奥利弗不由得想起了在安纳格火山遇到的侏儒民族。

看清楚以后,才知道这个小矮人是个女性,她叫雅斯米达,自称是个艺术家。她的皮制套装,让奥利弗想起了摩托车手,或者是一个女铁匠。正是

第14章 变幻之夜

后者,雅斯米达自信地说,这正是她的手艺。她确实曾属于塔莫伦侏儒民族,很早以前夜里出巡时落入猎捕手的手中,被带到了阿摩西亚。由于她熟练掌握铁石方面的加工手艺,所以才免于遭受最严重的迫害。她一直作为奴隶劳动着,参加过修建高塔的工程。

"雅斯米达怎么打开这些铁栅栏呢?"奥利弗怀疑地问。那个小矮人,不像是一个力大无穷的斗士。

"我一直想改变金属的形状。"雅斯米达自己回答,"把它们塑成特殊的造型。请退后一步!"

奥利弗和几个朋友立即服从了她的要求。很快,他们就感到了铁栏杆散发出一股炽热。那个小铁匠似乎什么都没有做,她站在距离那发红的铁栏杆约一米远的地方,爱怜地望着眼前的变化。

奥利弗突然发现牢房铁门在变形。那些铁条似乎自己有了生命,它们脱离了门的轴槽,扭转过去,然后又都分开。有些已经变成了铁块,另一些则变成了像纸一样薄的铁片。这些柔软的金属停止运动以后,除了雅斯米达,其他人对这惊人的变化几乎看呆了。

"这是什么?"戈菲小心地提出了这个问题。

"我觉得它像一株西红柿苗。"奥利弗看着正在冷却的铁艺造型说。

"这是龙葵草。"女艺人更正说,"侏儒民族几代人都避免见到阳光,所以就特别钟爱这种夜间的植物。"

"我们必须抓紧时间。"珀伽索斯催促说,"到上面我们可以找到马人,驮上你们一到两个人,现在就只好都先挤在我的背上了。"

"你们先走。"雅斯米达说,她还在欣赏着她的杰作,"我还得在这里巡视一下。或许还能找到一些关押在这里的囚徒,也把他们解救出来。然后我还得去看一看那套可爱的两居室住宅。"

奥利弗不解地看着这个小女人,尽管他有时也会犯一回精神不集中的毛病,产生一些怪异的想法,但他仍然无法理解这个小女艺人的想象力。

珀伽索斯却相反,丝毫没有感到奇怪:"你去吧。"它鼓励雅斯米达一句,然后就催促着朋友们赶紧离开了这里。

奥利弗、列文、埃留基德和戈菲相互帮着爬上了珀伽索斯的马背。列文掏出小银笛吹了一通。听不到声音,但亨里克船长还是会知道,决战的时刻已经到来。然后他们开始穿行黑暗的地道,雅斯米达留在了烛光下,微笑着

§ 被偷去记忆的博物馆

向他们招手。

监狱外面一片混乱,到处是起义记忆的呐喊声。阿摩西亚的天空闪烁着红色,尽管太阳早已下山,无数燃烧的房屋制造了这幽灵般的闪亮。

珀伽索斯很快就遇到了两匹马人,其中的一匹认识奥利弗,就是它曾送奥利弗去见谢哈诺的。列文和埃留基德换了坐骑。然后他们共同前往高塔的顶端。

"我们还以为谢哈诺也抓住了你们。"奥利弗向雪白的飞马朋友喊道,同时也抓紧了它的鬃毛。

"发动记忆们起义不是很容易,很多人都有惧怕心理。开始时我们只争取到了不多的人,他们都知道列文的名字。他们又去说服自己的朋友。这样,愿意参加的人就越来越多了。但每一个和我们联合的人,也都面临被发现的危险。当妮碧终于喊出了列文的名字,作为起义的信号时,第一支兵马俑已经开拔,要把起义镇压在萌芽状态。"

"也就是说,妮碧还是完成了任务!"

"你是说,让她和朝霞一起用你的面孔美化壁画吗?"珀伽索斯扬起头来嘶鸣了一声,"真是一个绝妙的主意,奥利弗。一切都顺利完成了。"

"在城里呢?谁能胜利?"

"你不必担心,奥利弗。谢哈诺的帮凶已经来不及向他们的主子报告了。起义完全是突如其来的,金身雕像早已被自己盲目的权力欲迷住了眼睛,完全没有想到,会有这么多人反抗他的残暴统治。他强迫全城每家的门前都挂上一面绘有蛇龙的旗子,作为他权力的象征。他以为这样一种表面现象就会表明居民对他的忠诚。今天中午列文的名字一呼喊出来,所有的盟友都把那些旗子扯了下去。那些还有些惧怕谢哈诺的人,见到这么多人同心同德,也就不害怕了,也把旗子扯了。整个城市立即怒吼了起来。"

他们刚刚越过高塔北侧一座栈桥。下面就是谢哈诺的巨型磨盘在转动着。奥利弗看到了流放记忆之湖上的闪光。他的身后是燃烧着的城市。
"有死伤吗?"

"你知道,严格地说,在卡西尼亚是不可能有死伤的。但斗争充满了灰尘,如果你指的是这个,那是有的。"

"灰尘?"

第14章 变幻之夜

"如果一个谢哈诺的兵马俑被打碎,马上就会有五个或者十个起义者上去践踏那些碎片,直到它们变成尘土,然后把尘土装进不同的容器里面,倒进流放记忆之湖。"

"我倒很希望看到另一种状况。"奥利弗说,身上打了一个寒战。从下面传来一声巨响,而且声音越来越大。"这是什么?"

"起义者打开了高塔下面的闸门。这样,流放记忆之湖中被关押的水又可以畅通无阻地流入大海了。"

奥利弗不由得想起了那个衣架,它和很多其他记忆一样被沉进了湖底。"真好,卡西尼亚的居民又可以依照他们的本性生活了。"

"我和你的感受一样,奥利弗。我想,这终究是要到来的。不论是谢哈诺还是他的猎捕手都不能得到活着的记忆的整个灵魂。这或许在你们的地球上有可能,因为你们那里不断有新生儿诞生,并可以用谎言教育他们成长。老一代早晚要死去,新的一代被误导走向歧途,代代如此。但在这里却不同。谢哈诺虽然能够奴役这里的居民,甚至强迫他们卑躬屈膝绝对服从,但每一个记忆却又是一座抗拒不公正的堡垒。当列文的名字响彻全城时,很多人将重新意识到自己的本性。"

"问题仍然是:想战胜谢哈诺,就必须在地球上连呼三遍他的真名。"

"是的,必须要这样。"

奥利弗挺直了腰板:"珀伽索斯,我的朋友,你现在能展开翅膀把我带到高塔顶端去吗?"

"我是你的坐骑,奥利弗,为了你我可以做一切事情。"

"那就飞吧!不能让谢哈诺得逞。我们必须尽快到他的金銮殿去。"

奥利弗把他的打算告诉了其他几个朋友以后,飞马立即把他送到了塔尖。奥利弗立即又让它下去,帮助其他几个人也到这里来。

金碧辉煌的大厅里异常寂静。他急着先去看壁画。朝霞干得很出色。奥利弗觉得自己的图像也恰到好处。他只是希望,叶茜卡能够发现这个信息。

他试图找一个隐蔽的地方,但却发现,这个大厅里竟然没有任何角落或凹陷之处可以藏身。猎捕手的雕像还怒目地站立在那里,但却在大厅中央,四边都没有依托。玻璃鱼缸也是如此。(奥利弗从眼角里看到一条大鱼吞掉了一条小鱼。当他仔细看时,就只能见到那条大鱼了。)宝座呢?不,那里也无法藏人。恰恰相反,墙上那面镜子正好反映出宝座的背后。

奥利弗把目光转向他曾和谢哈诺进行过一次不愉快谈话的阳台。他一下子愣在了那里,吃惊地几乎忘记了呼吸。怎么会是这样呢?那里,在打开的门前,放置着一把风鸣琴。

他立即迈了几步向那把乐器走去。它确实很像他曾经演奏过的那把风鸣琴。他当时多想把这把弦乐器带到牢房中去,然后忘掉周围的一切,但谢哈诺却是另外的主意。奥利弗用梦幻功能让琴演奏了一曲之后,它对谢哈诺已经没有了价值,最终被扔进了磨盘,估计,几分钟之前,它可能已经被磨成了齑粉。

奥利弗让自己镇静下来。他已经站到这风鸣琴的旁边,可以就近欣赏它的美丽。远处的喧嚣声仍阵阵入耳;城里的战斗越发激烈了。一股寒风从阳台吹了进来。起义的呐喊声越来越近。高塔很快就会燃起大火,变成卡西尼亚有史以来最大的一把火炬。他再次把目光转向风鸣琴。

风鸣琴真的被磨碎了吗?如果它也是一个记忆呢?那它就有可能重生,然后又站立在这里,期待着被人演奏,就像被无名大师刚刚制造出来的一样。

在这一刻,奥利弗忘记了周围的一切。这件乐器一直使他神往。他还想再次听到琴弦拨动时发出的天籁之音。他伸出手去,想轻轻地触摸它——突然,他感到风鸣琴周围散发着一股寒气。

他立即缩了回来,刚好躲过从琴身上生出来的同时向他抓来的魔掌。他倒退了几步,看到了风鸣琴身体发生的恐怖演变。只是一瞬间,猎捕手的狰狞面目就出现在他的眼前。

"你可能没有想到还有机会欣赏我的尊容吧?"帕祖祖奸笑着说。

"你那座雕像就足以让我看够了。"奥利弗巡视了一下四周,想着从什么地方可以逃走。

"要是我,就别有这个打算。"猎捕手威胁地说。

奥利弗没有理会他。他猛地转身,朝大厅门口跑去。还没有等他跑完一半的路,那个会飞的风怪就已经挡在他的前面。脸上仍然是那个奸笑。

"其实我应该感谢你才对。"他说,那声音就好像有一头大象走到了他的枪口上,"我本来应该把你从牢房里带到这儿来,让谢哈诺想亲自把你推下

第14章 变幻之夜

磨房。现在你自己替我代劳了。"

"那你至少也应该为我做一件事。"奥利弗说,他的胃里又出现了那种抽痛。猎捕手用他心目中的梦幻爱琴骗了他,那把风鸣琴要是真的该多好!

"你在想什么?"蝎尾怪物得意地问。

梦幻爱琴?他想起了一个永远不会忘记的经历。在摩孤沼泽出现的那个胎儿是怎么对他说的?"你要是想战胜谢哈诺,就应该想到你的梦。深藏在你身体内部的功能,会给你最大的力量。"他的最大梦想不就是演奏风鸣琴吗?不是在谢哈诺的胁迫之下,而是轻柔地抚摩着它,引导出梦幻中的旋律。

对!奥利弗的脑海里又一次闪出了火花。当然!那正是他在卡西尼亚所具备的最大力量。"利用你的功能。"朝霞也曾经说过,奥利弗可以随心所欲地塑造风的形态,既可以演奏风鸣琴,也可以把海龙变成冰柱。

现在,站在他面前的,不正是猎捕手最喜欢的形象吗?奥利弗警觉地看了一眼猎捕手。这个恶魔是一个帕祖祖,是东南风暴的化身。奥利弗突然拔腿奔跑起来,猎捕手吃惊地愣在了那里,他感到非常意外。

逃者横穿过大厅,追者又故伎重演,一步跳到了空中。猎捕手企图落在玻璃鱼缸的另一侧,截断奥利弗的去路,可他没想到,奥利弗却猛地回身,冲向了阳台。就在这一刻风怪在飞行中失去了平衡,为了转向奥利弗逃跑的新方向,他在空中像一只蝴蝶那样摇摆了起来。然后一下子把玻璃鱼缸撞翻。里面的鱼突然失去了生存环境,在地板上绝望地蹦跳着,嘴一张一合,好像在表达它们的愤怒。

当奥利弗被猎捕手赶上时,他已经站在阳台的栏杆旁望着下面的深渊。下面的那些无形的记忆们闪烁着光芒,渴求尽快离开那座监狱。

"你们人类太软弱!"猎捕手的声音里含着辛辣的讽刺。他缓慢地接近他的猎物,"我想了一下,其实我们不必等待谢哈诺的到来,我同样可以把你推下去,然后告诉他你是自己结束了生命。"

奥利弗再次看了一眼下面。通往磨盘的井穴,在闪烁的湖光照耀下只是一个阴暗的方块。谢哈诺曾把一台真正的风鸣琴推了下去。

奥利弗的脑海里聚起了一场可怕的风暴,他打造了一场西北风。猎捕手距离他仅仅还有一臂之远,已经举起了可怕的狮爪。就在这时,猎捕手突然听见一个低沉的声音从他的背后袭来,猎捕手吃惊地转回头。

就在这一刻,奥利弗猛地跳到了一边,一只由西北风组成的拳头,狠狠地击中了帕祖祖。他的身体被抛过阳台的栏杆,摇晃着向深渊落下。猎捕手尖叫着试图打开翅膀,但他已经无法做到,在风暴的夹持下他落进了磨房的井穴之中。他的真实本性,成了他命运的归宿。

奥利弗这时发现自己才是可以战胜谢哈诺第一仆人的惟一力量,尽管这个发现迟了一些。列文把帕祖祖看成是猎捕手本性的暴露。现在,奥利弗把这个怪物铲除了,如此简单地铲除了,让他无助地掉进了高塔下的磨盘之中。他的躯体落地时会摔得粉身碎骨,还没等他再次复原,就已经进入了两片粗糙的磨盘之间。谢哈诺对他的设计是一个完美的恐怖。但猎捕手最后却只能变成细细的粉末,进入湖水中,然后被水流带向四面八方,永远无法重新聚合。即使是无形的记忆,也会知道如何对付他们苦难的元凶。

奥利弗站在阳台上,凝视着下方。突然一个声响把他惊醒。一阵剧烈的震动传了过来。他立即转过身向大厅里面看去。当他看到了震动的来源时,他的心脏似乎在这一瞬间停止了跳动。那是谢哈诺,他正慌张地跑进来,躲开了还在地上蹦跳着的鱼。

金身暴君急促地望了一下周围,但似乎并没有看见奥利弗。他立即伸开双臂做出了一个奇特的姿势,然后又喊出了奇怪的语言。奥利弗虽然听不懂他在说什么,但却知道他的用意。

壁画前面的空气里突然闪出了光亮。画上的人物、建筑和其他图像越来越模糊,似乎突然间旋转了起来。就在这时,列文骑着马人闯进了大厅,紧接着就是珀伽索斯和穿着戈菲的哲人。

宁录的原来的大祭司从坐骑上跳下来,挥舞起一把不知在什么地方捡来的长剑。

"这一刻我已经等了四千年。"列文胜利地说。

"我从一开始就知道你是不可靠的。"谢哈诺恶毒地回答。壁画前的闪光越来越强烈了。

列文快步冲到前面,使劲向金身雕像刺了过去。但这个双腿沉重的雕像却十分灵活,他躲过了这一剑,闪到了一边。

奥利弗跑了过来。他绕过两个决斗的敌手,跑到其他朋友的身边:"我们得帮帮列文!"

"他肯定会把谢哈诺赶到他应该去的地方。"珀伽索斯镇定地说,"你准

第14章 变幻之夜

备好了吗,奥利弗?"

"准备?什么准备?"他有些迷茫地问。

"就是你必须跟上谢哈诺。"

奥利弗睁大眼睛望着珀伽索斯。只是到了这时他才意识到,他从未相信过还能够经历的这一刻已经来到眼前。他想起了刚到卡西尼亚的那一天。他遇到的第一个生灵就是独角兽。他曾把它当成了谢哈诺的一个危险的帮凶。可是现在,他却又没有了把握。

你为什么叫寻者奥利弗呢? 独角兽那个神秘的问题就是这样说的。奥利弗当时像一匹初生的马驹来到了这个世界,他问自己:你到底想找什么?在这个正同列文战斗的强敌面前,他又能干什么呢?他逐渐明白了,他确实具备特殊的功能,对谢哈诺构成了威胁。可是,独角兽不是还说了其他的话吗?

记忆们在我面前走过时,就早已注定他们是失落还是被重新恢复。 奥利弗一直以为,所谓"走过"只是指从地球到卡西尼亚的变幻。难道它就不能是相反的方向吗?对,就是这样,因为记忆们用其他方法是不能"被重新恢复"的。

还没等奥利弗回答珀伽索斯的问话,眼前这出大戏的舞台上又有两个演员出场了。妮碧带着朝霞飞了过来。画笔在蜂鸟的小爪子里,白得就像是珀伽索斯的皮毛。看起来,小蜂鸟确实把她的画笔朋友插到了一桶白染料当中。他们现在小心翼翼地落到了地上。朝霞立即跑向奥利弗,它的笔毫在地上留下了一条白色的轨迹。

"你们都没事?!"奥利弗喊了一声,心中松了一口气。

"你难道还有其他的期待吗?"妮碧调皮地唱道。

"你们不必等待塞拉密斯了。"朝霞补充了一句,"起义者已经把她推进了流放记忆之湖了。她沉下去时,湖水大放了光彩。我估计,她在湖底会遇到一些她所不愿意见到的熟人。"

一个金属碰撞的声音,把他们的注意力又引到了战斗场面。列文的长剑击中了谢哈诺的胳膊,使它脱离了身躯,但断臂却没有流血——谢哈诺只有一颗冰冷的心。

奥利弗惊惧地看到,被砍掉的胳膊自动伸缩着;这个无主的肢体缓慢地向壁画方向移动,现在那里的闪光已经变成了五彩的光旋。

谢哈诺又向旁边闪去，列文的长剑带着呼啸砍到了帕祖祖雕像的腿上。他的这件武器看起来又是一个记忆，因为它的威力远远超过一把普通的剑。猎捕手的雕像摇摇欲坠，列文刚才的一剑正好砍断它的鹰足。他再接再厉，又连砍两剑。维持雕像的金属条终于被全部砍断。巨大的雕像旋转了半圈轰然倒下，正好把谢哈诺压在它的翅膀下面。

奥利弗在一瞬间真的以为，金身暴君会被他仆人的雕像压得粉碎。大厅里一片寂静。列文垂下长剑，喘着粗气。

壁画前现在爆发了一片金星，在星云的旋涡中突然开裂了一条椭圆形的裂缝。它越来越宽，下边直到地面，上边形成了一座拱门。在场的人还没有来得及消化这一变化时，谢哈诺突然从猎捕手雕像下面跳了出来。他显然只是被压在帕祖祖翅膀的空间里，没有受伤。他急步走到打开的门前，到了光旋下，他停下了脚步。

谢哈诺不必转身对他的敌人发出奸笑，因为他的后脑上还有一张面孔。带着胜利者的从容，他向前迈了一步，消失在光旋拱门之中。

谢哈诺跨过地球和卡西尼亚之间的临界时，大厅里笼罩着一片紧张气氛。列文立即丢下手中的长剑。

"奥利弗、埃留基德，快！我们必须把镜子搬来！"

大家都知道列文想干什么。他们飞快地跑到宝座的后墙。所幸那面镜子只是挂在墙壁上，所以很容易就把它取了下来。壁画前的光旋拱门还在闪烁，但它的边缘已经开始变淡，似乎随时都会消失。

朋友们迅速把镜子搬到了拱门前对准光旋。奥利弗往里面看了一眼。他看见了谢哈诺的后背。他歪着头，好像被什么所吸引。博物馆伊西塔城门下的镜门他没有看见，但它肯定还在那里。奥利弗至少是这么希望的。如果镜门在这个夜晚是打开的，那么……

"快松开镜子，跳进去！"列文喊道。

奥利弗迷茫地望着他的朋友们。为什么分手要如此紧迫，如此残酷，如此彻底呢？尽管他知道，任何迟疑都是很危险的，但他还是走向列文并拥抱了他。"请成为卡西尼亚的好君主。"他要求道，听起来似乎是在托付一个任务，口气很坚定，没有人敢于提出异议。

埃留基德和戈菲可以一起告别。他用手指温柔地抚摸着朝霞的笔杆。

第14章 变幻之夜

他不知道此刻应该说些什么,这时,珀伽索斯已经来到他的身旁。

奥利弗的心又抽紧了,他的最忠诚的朋友,为了帮助奥利弗找到父亲,珀伽索斯经受了多少苦难啊!他把满是泪水的脸最后一次贴在珀伽索斯的脖子上,用手轻轻抚摩着它那雪白的皮毛。然后他又听到了列文急迫的声音:"奥利弗!光门随时都会消失。你必须现在就穿过去!"

奥利弗迟疑了一下,有些疑惑,无助地看了一眼他的朋友们:"妮碧呢?"

"我们已经没有时间了。"列文回答,"她刚才还在这里。你现在必须穿过城门,奥利弗!"

他吃惊地望着列文的黑眼睛。他看见了里面的痛苦、悲伤,但也有不屈的意志——只是没有丝毫挽留他的意思。就在这一刻,他想起了什么。

他的手伸进上衣口袋,掏出了一枚金色的纽扣。他向埃留基德递了过去,想的当然是戈菲。

"这是你的东西,戈菲。我差一点儿就把它带走了。谢谢你为我提了那么多的好建议。"

"你留着吧。"大衣说,"它早已不是抵押了。留着它当作一个对我的念想吧。我还会找到另外一枚补上的,或许还是一枚活的。"

列文小心地把奥利弗推向城门:"走吧,我的朋友。"

奥利弗顺从地往前走着。但他却走得很吃力。妮碧为什么飞走了呢?

奥利弗一走出伊西塔城门,立即就忘记了分别之苦。他发现谢哈诺就在他的右边。金身暴君还没有被战胜。恰恰相反,那只断臂又完好地长在了他的身上。雕像迈着沉重的步伐缓慢地向前面的三个人走去,似乎想要把他们逼到墙角上。

只是在潜意识里,奥利弗感觉到了博物馆中央大厅里的混乱场面——脚手架、旋转的热风机以及……神道另一端的空洞。他紧跟在谢哈诺身后,雕像脑后的面孔发现了他。奥利弗赶紧喊道:

"快呼喊他的名字,连喊三遍!"

"我们尝试了。"他的父亲绝望地回答,"我们喊'世界四方之王',可他却仍然在活动。"

谢哈诺的嘴角上露出了残酷的笑容。

奥利弗飞速地思考着。这是不可能的!列文是那么有把握,他对宁录的命运碑符知道得很清楚。去看他的脚下,在那里你们会找到谢哈诺的真名。这就是列文的指示。

"当然!"他喊道,同时也吃惊地听到宝座后面传出的同样的话。那是蹲在地上的叶茜卡,她正在背包里翻找什么。

"你必须使用当时写出这个名字时的语言。"奥利弗喊道,谢哈诺的脸上露出了惊恐。

"我正在想办法。"叶茜卡说,她的双手着急地翻腾着她的背包。

谢哈诺要进攻了,试图挽回最后一点儿希望。托马斯·波洛克从地上拾起了大铁锤,朝着谢哈诺的面部举起。

"你就来吧。"他诱惑地说,"黄金是软的。我要把你变成一把裁纸刀。"

叶茜卡终于找到了那个档案夹。她飞快地打开它,寻找着她所需要的资料。在"名字的轨迹"里,谢哈诺的真名字藏到了哪儿呢?

名字的轨迹

谢哈诺:失落的记忆之国卡西尼亚的统治者
欣:巴比伦的月神
伊西塔:巴比伦的爱情和丰收女神
夏马西:巴比伦的太阳神
麦巴拉格西:基什的第一个苏美尔王
宁录:《圣经》中的世界"英雄之首"
马尔杜克:巴比伦城的守护神,后来的迦勒底人的诸神之首
坦木兹:巴比伦的神和王,基督教十字架的制定者
LUGAL – AN – UB – DA – LIMMU – BA:"世界四方之王"
MARADH:希伯来语"反叛",让全世界反对上帝……

叶茜卡终于找到了。当然是快到最后!她立即跳了起来,手中高举着那份名单,高呼:

LUGAL – AN – UB – DA – LIMMU – BA

第14章 变幻之夜

什么都没有发生。谢哈诺奸笑着,飞快移动了一步,躲开了托马斯手中轮起的大锤。可以清楚地看到,金身雕像正试图向神道方向撤退。

"他想逃跑!"米丽娅喊道,"如果他成功了,那一切就都完了。"

"连呼三遍!"奥利弗高喊,"你必须把这个名字连呼三遍,叶茜!"

叶茜卡睁大眼睛看了一眼弟弟,然后再次喊出这个难念的名字:一遍、两遍、三遍。

LUGAL – AN – UB – DA – LIMMU – BA
LUGAL – AN – UB – DA – LIMMU – BA
LUGAL – AN – UB – DA – LIMMU – BA

一声惨叫响彻大厅,谢哈诺身上的颜色一下子就失去了光辉。托马斯停止了手中大锤的攻击,把这个沉重的工具扔到了地上。然而,谢哈诺似乎还没有完全被战胜。他像一个木偶一样僵直地朝城门走去。奥利弗突然明白了谢哈诺想干什么。他试图跳进一直还打开着的城门,希望在另一边获得生存的机会。

"站住!"奥利弗跳到了雕像的面前。一股寒风穿透了他的全身,他看见了金色面具后面那双疯狂仇恨的眼睛。

雕像以难以想象的力量,把奥利弗推向一边,继续摇晃着朝城门走去。

"不能让他跑掉!"米丽娅喊道。

托马斯又拾起大锤向雕像奔了过去。就在此刻,四个人突然看到了城门中的一个身影。

"独角兽!"奥利弗喊了出来。刚才他被谢哈诺推倒在地上,现在还一直躺在那里。他惊惧地望着那个生有独角的神话生灵。它是来帮助谢哈诺的吗?

金身雕像这时已经站到门前。他的全身被一层白光笼罩着,全身在发抖。他向独角兽伸出了双臂,就好像乞求它的帮助。城门的光旋再次闪烁一次,那个四足守护神的身影在这一刻变得格外清晰。独角兽低下了头,但不是为向金身暴君表示忠诚,而是明确地表示拒绝放行。

奥利弗惊异地凝视着青铜神兽闪闪发光的独角。早在他第一次见到这只神兽时,他就感觉到,这只独角是一个无人能够抵挡的武器。独角兽并不是谢哈诺的帮凶，它在卡西尼亚有自己的使命。它的独角不仅是为了保护虚无中的记忆们，就像他当时所想象的那样，而且还是防止失落的记忆的世界受到伤害的强大武器。

奥利弗突然明白了，他在静林中遇到的兵马俑为什么也很惧怕独角兽而不敢去找它。谢哈诺借助"命运碑符"的力量找到了一条途径，为自己的私利滥用了卡西尼亚的自然法则。但他却低估了独角兽。当独角兽在博物馆的壁画中消失的那一刻，它可能就离开了静林——或许是为了帮助托马斯·波洛克重返地球。奥利弗又想起他在牢房中曾短暂地见过独角兽的身影。现在，旧有的秩序又得以恢复。"记忆们在我面前走过时，就早已注定他们是失落还是被重新恢复。"谢哈诺逃往地球时，他就已经为自己做出了判决。城门的守护神现在就是在执行这个判决。

金身雕像僵在了那里。他的双臂仍然向前伸着，就好像是一个小孩子希望母亲把他抱起来那样。奥利弗又看了一眼城门下越来越暗淡的光旋。那里还能看见独角兽的影子。就在那影子在光旋照耀下即将完全消失时，奥利弗听到了一句话。那是一个明确的要求：

"快跑！"

奥利弗惊惧地看了看叶茜卡、爸爸——和那个爱尔兰女学者。"快走！"他高喊了一声，"我们必须离开这里！"

他的声音里带着无人敢问的命令。他们立即拔腿奔跑了起来。在神道的一端，四个人碰到了一起。叶茜卡拉住了奥利弗的手，一边跑一边使劲握着。

他们身后，城门前的光旋再次闪烁了一次。一个可怕的震动使博物馆颤抖起来。就在他们朝神道尽头奔跑时，他们发现了有什么地方不对头。托马斯第一个把发生的现象说了出来：

"墙又回来了！博物馆又恢复了原来的样子。"

"也就是说，我们进入了一个陷阱。"米丽娅气喘吁吁地做出了这个结论。

在他们身后，伊西塔城门的中央大厅传来了抖动的轰鸣。

"快，进到这里来！"托马斯喊着拉起米丽娅和叶茜卡走进右边的通道，它直接通往亚述人的墓穴展厅。奥利弗跟在后面趔趄着跑下楼梯。整个大楼似乎都在颤抖。就在他们进入了石棺展厅时，楼上响起了一声剧烈的

第14章 变幻之夜

爆炸。

轰鸣声是如此巨大,估计全城都能够听见。大多数人可能会以为这是提前九十秒钟开始的官方新年烟火信号。这一年,柏林提前一分钟开始了新春驱鬼活动。

奥利弗颤抖着聆听爆竹和烟花的轰鸣和嘶叫。现在,与谢哈诺的战斗已经结束,他突然感到一种无边无际的疲惫。他觉得,整个事情对他就是一场噩梦。

他永远也不会知道卡西尼亚的真实本性是什么。似乎,从远方又传来了独角兽的话语:"你曾问,这是卡西尼亚还是一个梦。我本来以为,你知道现在身在何处。卡西尼亚不仅仅是卡西尼亚,就像我头上的独角不仅仅是一只独角一样。这是一个和你来自的那个世界一样的世界,但它在某种意义上也是梦的国度。"

如果卡西尼亚只存在于人的梦中,那么——这一点奥利弗敢肯定——他对谢哈诺也变成了一个梦,而且是一个噩梦。宁录当年创造的名字的轨迹,目的是实现他掌有无限权力的梦想,现在却变成了他自己的坟墓。

在黑暗的墓群中,恐怖仍然像一件沉重的大衣覆盖在四个人的身上。在奥利弗的心中,慢慢地弥漫着悲伤。他就这样从卡西尼亚的朋友们身边跑开了。他的右手顺着上衣往下摸,想摸到裤兜里的印名石。他突然感到上衣口袋里有一个硬的东西。

他用手指掀开上衣的兜盖,当他的手终于摸到了那个东西的时候,他打了一个寒战。他所感到的……但这是不可能的……

一个光柱射了过来。米丽娅打开了她的手电筒。光柱扫射了几个人的面孔,最后落到了奥利弗满是泪水的脸上。米丽娅把光柱照向奥利弗盯住的东西上,其他人也凑过去。那是一只玻璃小鸟,正一动不动地坐在奥利弗的手掌上。

"你为什么哭,奥利弗?"叶茜卡担心地问弟弟。他是不是在卡西尼亚失去了理智?

"妮——妮碧。"奥利弗喃喃地说,更多的话他已经说不出来。

"是这只小鸟的名字吗?"

"她是我最好的朋友。"奥利弗透过泪眼望着叶茜卡,"至少在卡西尼亚是这样。"

"你是说,这个水晶小鸟曾经是活的?而你还记得这一切?"托马斯吃惊地说。

"她当然是活的。我永远也不会忘记。永远!可怎么会是这样呢?当我穿过城门返回地球时,卡西尼亚所发生的事情我是一点儿都记不起来了。"

"或许,"奥利弗停顿了片刻,自己解释道,"是因为这块印名石。"他把小鸟放到另一只手上,然后从裤兜里掏出那块椭圆形小石头。

叶茜卡看到上面的文字和奥利弗在壁画上传递信息的文字一样,都是陌生的希伯来文。"什么是——印名石?"

"在卡西尼亚,每一个记忆都有自己的一块印名石。如果它被毁掉,那么相应的记忆也就消失了。"

"如果能够把它带回地球,那么同时就把记忆也带了回来。"米丽娅做出了结论。

奥利弗惊奇地望着她。他现在没有心思问,这位友善的女学者——他曾在博物馆把抄有铭文的纸条托付给她——现在怎么会在他们中间。他还模糊地记得叶茜卡曾在摩孤沼泽的梦中对他讲,说她和这个爱尔兰女人已经成了好朋友。但此时此刻,这一切对他都已经不那么重要。他现在只是想念妮碧。他把目光又对准了玻璃小蜂鸟,用颤抖的声音自言自语说:"我当时不知道她是什么意思。"

"你在说什么呀?"叶茜卡轻声问,同时用印名石摩擦着自己的手背。

"妮碧飞走去执行一项危险的任务时,曾对我说:'不要这样,好像我们再也不能见面似的。没有人比我更爱你。即使是谢哈诺也不能把我们分开。'可我怎么能够想到,她会走得这么远呢?"奥利弗的身体又是一阵颤抖,他再也控制不住自己的眼泪了。

大家都想安慰他,把手放到了他的肩上。叶茜卡拥抱了他,就像每次弟弟痛苦时她所做的那样。她用温柔的话语对他说:

"这个小家伙肯定十分喜欢你——你自己不是也说吗?如果她留在卡西尼亚,或许就会生活在永恒的痛苦之中。因此,她宁肯选择短暂的安睡,也不要永恒的痛苦。"

"安睡?"奥利弗抽泣地重复说。

第14章 变幻之夜

叶茜卡笑着说:"你可以想一想,妮碧曾在这里,后来去了卡西尼亚。那她为什么就不能再回来呢?只有你知道她真实的本性。她总有一天会返回卡西尼亚的。"

"真的吗?"

"真的,奥利弗。"

叶茜卡抱着一个大纸盒子,抬眼望着大门上面的雕像面孔。一个修缮工正站在脚手架上用他的巧手修复着上面的石膏像。现在,那些被遗忘的面孔又有了新的生命,它们的真实本性不再是谜团。叶茜卡高兴地看到,它们确实像天使,而不像是魔鬼。

这是1月2日,一个星期二的早上。昨天的天气预报说今天是个晴天,气温甚至有些春意。为什么要急于修复贝格大街70号的门脸呢?这对叶茜卡仍然是一个谜。

昨天,大家还都挤在米丽娅的家里住了一个晚上。他们庆祝的不是新年,而是战胜谢哈诺的胜利。媒体的新闻中尽是记忆回归的消息,不仅是帕加马博物馆又恢复了原来的样子,而且谢哈诺和他的仆人海杜克偷走的石雕、姓名、图片和思想也都回来了。每一个在地球上扔出去的球,最终仍然会落到地球上,这是重力的原理。这同样是卡西尼亚的自然法则,只要金身暴君的势力被摧毁,一切都将恢复原来的位置。

从博物馆回家的那个路上,四个胜利者就开始从收音机里听到了振奋人心的新闻。虽然还没有报道帕加马博物馆重新复原,但海杜克的名字却从收音机的喇叭里跳了出来。

新闻播音员报道说,近东博物馆前馆长在柏林动物园火车站被警察抓获。对他的指控是,与珍贵文物甚至博物馆部分建筑的丢失有重大嫌疑。

回到米丽娅家里以后,奥利弗先得简要报告他在卡西尼亚的经历。他用了很多时间;并不时看一眼他不断抚摸的那只玻璃小鸟。

然后,托马斯终于说出了叶茜卡一直担心的话。

"现在,一切都已经过去,我们不能再打扰你,米丽娅。我们必须回家了。"

"可你们根本就没有打扰我呀。"米丽娅强调,"其实你们愿意在这里待多久,就可以待多久。"

在叶茜卡的强烈要求和乞求下,行刑的日期又拖了一天。他们要共同度过1月1日。

就在他们共同度过新年第一天的时候——完全像是一个美满的家庭——他们聆听着令人激动的新闻,对叶茜卡和奥利弗来说,这个世界确实发生了变化。但他们的爸爸却不这么乐观。

"等着看吧,几个星期以后,这一切就都会被忘掉的——即使没有谢哈诺。这就是人的本性:他们的思想都沿着事先安排好的轨道行进,凡不符合这个公式的一切,都将很快淡化;就好像从未发生过一样。"

奥利弗和叶茜卡这一天还有其他的心事。叶茜卡讲述了她和米丽娅一起追踪名字轨迹的经过,奥利弗本来就对这个女人抱有的好感,很快就变成了喜欢。

当托马斯和米丽娅把餐具拿到厨房去清洗时,叶茜卡再也忍不住了。

"奥利,你觉得,她有资格成为我们的妈妈吗?"

奥利弗当然也发现了,爸爸在米丽娅面前是如何快乐的样子。摩孤沼泽中的一幅景象重现在他的脑海里。他又看到了妈妈怀里抱着两个婴儿,并感觉到了从流放记忆之湖中散发出来的母爱。他伤感地摇了摇头,叶茜卡先是误解了他。但他立即很明确地说:

"我们的妈妈是无人可以替代的,但我想,米丽娅会成为我们最好的朋友,对爸爸的心灵也是一个最好的安抚,这是我们共同的愿望。"

尾 声

> 一个民族开启未来的钥匙就在于它的过去。
> ——亚瑟·布赖恩特

新年的前几天,各种事件蜂拥而来。托马斯和米丽娅重新在近东博物馆复职。托马斯成了米丽娅的上司,她当然很高兴。人们突然又记起了托马斯卓越的学术造诣。当然,揭露双面人的卑鄙勾当,也加快了对他的任命。

帕加马博物馆发生的事情,引起了世界各地研究人员的注意,大家都蜂拥而至,把这座建筑当成了他们的试验室。他们丈量,拍照,进行采访,谈话对象都是自称为专家的人物。博物馆的这位新领导,尽量设法避免他的孩子和米丽娅同那些贪婪信息的豺狼接触。

很快,媒体就失去了对这个事件的兴趣——正如托马斯·波洛克所预言的那样。其他的新闻更为重要:一位部长最新的逃税事件;牛皮糖工厂失火;一个播音主持人的极右言论……

奥利弗一直保持着冷静。尽管他仍然努力想成为一个艺术家,但他将一生跟踪考古研究的新发现。他还记得列文给他讲的故事。还有很多问题至今没有满意的答案:宁录打造的第二座和第三座金身雕像到哪里去了?列文抄录的"命运碑符"又在何处?人们难道可以肯定,他们的记忆不会再被人偷走吗?

1月27日早上,一架伊拉克的军用飞机飞越巴比伦南部地区上空。飞行员以为自己眼前出现了幻觉,他发现了地上有一片废墟,一座巨型圆塔竖立在沙漠之中,就好像它一直就在那里。但这是不可能的。这样一座建筑早就会被人发现的。

飞机在巨塔上空盘旋几圈。塔的顶端不是被毁坏了,就是从来没有完成。飞行员用无线电通报了巴格达这个新发现。从指挥中心发回了愤怒的批评:醉酒驾驶飞机是犯罪行为。飞行员立即被基地召了回去。

当奥利弗在电视里看到图像时,背上冒出一股寒气,他立即就认出了谢哈诺的高塔。显然,这座建筑也是在被偷走的废墟中建立起来的。他不由得想起了吃人的部落,用受害者的遗骨建起自己的行宫。

就在同一天,报纸上还有另外一条消息,篇幅很小,奥利弗差一点儿忽略过去。

海杜克突然失踪!

他紧张地读完这则新闻:关押在预审监狱的前近东博物馆馆长,突然从牢房里消失得无影无踪。官方声明,现在还无法判断,海杜克是以何种方式越狱的,以及什么人帮助了他。对这个博物馆盗窃嫌疑犯的大规模缉捕,至今尚无结果。

"博物馆盗窃!"奥利弗轻蔑地说,"人们确实忘记了,还不到一月前在这里发生的事件,那要比一伙窃贼危险得多。"

他温柔地抚摸着玻璃小鸟的羽毛:"现在我们必须更加警惕了,小家伙。"

贝格大街22号的修缮工作已经结束。托马斯·波洛克很幸运,在原来住宅的马路对面又找到了一套更大的四居室住房。近东博物馆的新馆长为未来的生活做了不少事情。

奥利弗和叶茜卡听说父亲又要开始写一本新书,感到很是吃惊。一家出版社在帕加马博物馆事件以后,特地来找他,表示愿意再版他过去的学术著作。

"但我现在的想法却和以前不一样了。"托马斯解释说,"一部学术著作很快就会被同行们毁掉的。博物馆里发生的事情,不符合他们的世界图像。所以,很快就会被说成是一些迷信的狂人的感官错觉,甚至可以说成是群体歇斯底里现象——反正如果把我们的故事如实地写出来,是没有人会相

尾 声

信的。"

"如果不是专业书,那你要写什么呢?"奥利弗问。

"写一本小说。"

"你是说,一本给成年人读的故事书?"

"我们可以说,是给十三岁到一百三十岁的人读的书。年轻人还是愿意接受不寻常的思想的。我将为这本书题名为《被偷去记忆的博物馆》。在我的脑海里已经出现了它的雏形:封面的底色是蓝的,上面有伊西塔城门——最好在门洞里画上光旋。这肯定会很吸引人的!"

"这真是一个庞大的计划。"

"如果你们在收集材料上帮助我,那就是我们的团队任务了。"

"我参加。"叶茜卡说。

"也算上我一个。"奥利弗接着说。

于是,托马斯启动了一项新的工程,他当然不想过于影响在博物馆里的正常工作。但对他来说,家庭要比著名考古学家的前程更为重要。他已经有过痛苦的经历,知道这样的荣誉是如何浅薄无用。

新住房为他和孩子们提供了足够的创作空间。为新的生活,他们有了一个新家,当然也为增加一个新人留下了位置。

米丽娅前来帮助搬家,她正在厨房里清洗用过的盘碗。托马斯靠在门框上,拿着杯子喝茶,注视着米丽娅的每一个动作。

"你能够想象,从克劳斯尼克大街搬出来吗?"他突然提出了这个问题。

米丽娅直起了腰,手中还拿着一只蓝花图案的盘子。"那要看往哪儿搬了?"

"搬到贝格大街 22 号怎么样?"

米丽娅用她的褐色眼睛长久地望着托马斯,然后她笑了:"这是一种求婚方式吗?"

"我在这方面没有很多经验,最后一次已经是十四年以前的事情了。"

"其实,关键不在于挑选合适的词句,而在于心里是怎么想的。"

"我的心已经发疯了。"

"这听起来好多了。"

"可以理解为同意吗?"

盘子从米丽娅手中滑下,在厨房的地上摔得粉碎,但却丝毫没有对他们两人产生任何影响,当叶茜卡和奥利弗跑来时,只见他们两人已经紧紧拥抱在一起。

一天以后——搬家已经到了最后阶段——托马斯、米丽娅和双胞胎姐弟开始清理老家的阁楼。米丽娅坚持不同意把玛娅的箱子扔进垃圾堆。托马斯心里斗争了很久,最后才决定不能用旧的记忆影响他新的婚姻。但米丽娅却是另外的观点。把箱子放到一个阁楼上,并不是什么麻烦的事,但它却是尊重珍贵记忆的一个佐证。

当奥利弗从上面往下拖一个床垫时,在他们老家门前突然碰到了一个穿大衣的男人。这个陌生人并不比奥利弗高多少,头上戴着一顶贝雷帽,头发过去肯定还是黑的,现在却好像撒上了一层白糖。老人有着一双活泼闪光的眼睛和突起的鼻子。

"您好。"奥利弗礼貌地说,"您需要什么帮助吗?"

就在这一刻,米丽娅、叶茜卡和托马斯也从上面下来了,好奇地站在那里。

老人羞涩地笑了笑,拿下他的贝雷帽,点头致意以后说:"我的名字是鲁宾·鲁宾斯坦,我以前曾在这里住过。"

"您是说,住在这套房子里?"奥利弗指着他们的老家说。

"是的。"又是羞涩的微笑,"但已经是半个世纪以前了。"

"噢!真是很久了。"

老人点了点头,脸上露出了伤感的表情。"我是一个画家。"他说,"过去我曾在这里工作过,尽管这里的光线并不特别适合。当我不得不逃走时,我把所有绘画用具都丢在阁楼上了。我只是想看看,还留下什么没有。"

奥利弗一下子就想起了朝霞讲的故事。在卡西尼亚时,画笔曾给他讲过,它过去属于一个优秀的画家。一个轰炸之夜以后,他就再也没有回来。

"您这期间都到哪儿去了?"奥利弗带着几乎是崇敬的声音问道。

老人又笑了:"我逃到了美国,在那里我作为画家取得了一点儿威望。"

"很多伟大的艺术家常常是在他们死后才被承认的。"奥利弗说,本想用这句话安慰老人,可老人却丝毫没有悲伤的意思。

"我所希望的,就是我富余的东西能够和其他人共同享用。"

"您成功了吗?"

尾 声

"我想是的。"

"至于您的绘画用具,我只能让您失望了。最后剩下的只是一支画笔……"

"啊,是吗?"

"我曾经用它在画布上进行过第一次练习,它为我服务了很长时间。可现在它已经……离开了我们。"

鲁宾斯坦深沉地望着奥利弗的脸。"这没有关系,孩子。我只是想看一看,还有没有我对这座房子的记忆留在了这里。但你刚才讲的那些,已经超过了我的期望。"

奥利弗疑惑地望着老人。

"您不想和我们一起喝一杯茶吗?"米丽娅插进来说。

鲁宾斯坦接受了邀请。他们一起去了新家,很快就展开了一场活跃的交谈。老画家讲了他因为是犹太人在这座城市所遭受的迫害,以及逃往美国后作为画家的生活。他还说,这次回到柏林,就是为了同过去和解。他想在这里度过晚年,或许能够找到几个好学的年轻艺术天才。

奥利弗立即意识到了这个机会,向鲁宾斯坦展示了自己的画作。画家很受感动。特别是那些表现奥利弗在卡西尼亚经历的题材使他很感兴趣。那里有活着的石雕、神话形象以及活灵活现的家具。画中还一再出现他妈妈的形象,那个美丽的红头发女人。

"你知道吗?"鲁宾斯坦看完奥利弗的画,觉得他是个很有前途的年轻人,说道,"如果你愿意,我可以教你如何把你的这些思想在画布上表现出来。"

作者后记

> 人的一个危险倾向，就是不再思考没有疑问之事。
> 人所犯下的所有错误，有一半是出于这个原因。
> ——约翰·斯图尔特·米尔

  有些作者写书，就像是在劈柴。工作结束后，望着一大堆劈好的木柴，拂去手上的木屑，然后转身离它而去。而我，不属于这类作家。
  《被偷去记忆的博物馆》是我自身的一部分。我写这本书，对我意味着很多。和我的《内山三部曲》一样，我所看重的，是把读者带进一个故事里，让他无法很快从中摆脱出来。这本描写双胞胎姐弟叶茜卡和奥利弗的小说，不应仅仅是一本情节紧张的书。它还应该表明，各种形式的记忆对生活是何等的重要，它应该是一篇声讨不宽容和冷漠的宣言书。我最鄙视毫无批判地接受现存的观念，只因为大多数人已经认可。如果有人在我的书中察觉到这一点，也没有什么关系。
  在这部小说里，我尽量采用了真实资料。但有些事实，被我编入了一种不寻常的，有时是全新的关联之中。这正是误导很多错误结论的惯用方法。把很多事实罗列起来，旨在产生所期待的效果。越是信誓旦旦的宣言，其理念基础就越是不稳固——这就是我使用所谓"确凿事实"时所获得的经验。面对半真半假的东西，有时使我想起了进化论者向我们展现他们骷髅标本的方式方法——今天向我们证实一种谱系，明天则又是另一种谱系，完全取决于他们收藏品的排列次序。随意捏合"事实"证明一个新的理论，也是某些媒体代表熟练掌握的技巧。电视向我们展示的图像，只是通过记者的评论，才形成了一种臆造的真实（以后播出的轻描淡写的更正，已无人理会）。

《被偷去记忆的博物馆》就是要——这我承认——使这种误导意识走向极限。

当然,我的小说不是文献,尽管采用了很多真实的资料,但仍然不是一部隐蔽的参考书。事实上,既不存在一个天神谢哈诺,也不存在那个卑鄙的雅诺什·海杜克。博物馆的真正馆长当然要比这个小人可爱得多。拉兹洛·霍尔蒂也同样不存在,尽管他的所谓的哥哥米克罗斯确实是一个历史人物。波洛克一家和新犹太教会馆的拉比同样是我的幻想产物。

在另外一些地方,我把我们熟悉的很多事物与故事情节紧密结合了起来,有时很难把其中的各条线索分离开来。但这正是这本书的本意。什么是真实,什么又是臆造?叶茜卡和米丽娅在追寻真理的过程中所取得的结论,难道能够轻易抛弃吗?

为了使小说的情节尽可能显得真实,我投入很多精力进行了各种调查。叶茜卡走过的柏林街道和帕加马博物馆的展厅,都曾留下我的足迹。我甚至和她一样进入了科彭广场旁小学的老教学楼。只是贝格大街70号"波洛克住宅"的真正住户对我的盛情邀请,被我婉拒——每个人还是应该保留一点儿隐私。

书中提到的某些原始物件,我本以为早已被人遗忘,但到了小说结稿时,我却发现,它们依然存在。我们只需要睁大眼睛穿行我们的世界。一个简单的例子,就是风鸣琴,直到今天,我们还可以在路德维希堡市巴洛克花园中的爱米西城堡中听到,或者在斯图加特乐器博物馆中观赏它的身影。

至于书中提到的考古资料,我必须指出,学者中间完全可能有各种不同的看法。书中几个主人公所得出的结论,很可能为某些学者断然拒绝——有些也可能被接受。考古学和数学相反,并不是一门严谨的学科,有时甚至相当混乱。

在这里,我要特别感谢近东博物馆的学术助理约阿希姆·马察恩博士。他十分耐心地回答了我的各种问题,并做了批评性的指正,特别是提笔绘制了楔形文字,给了我很大的帮助。有关博物馆岛区上各个博物馆和收藏馆的情况,以及工作人员的数目等资料,有部分也出自他的介绍。其他一些有趣的背景材料——例如装有巴比伦发掘文物的箱子在伊拉克停留了十年之久的情况——是我从《巴比伦的伊西塔城门》一书中获得。至于有关博物馆中的地下墓穴的描写,对于盗墓贼却是毫无用处的,因为其大部分都是我的臆造。

　　在我的书中,很多地方都出现了真实的姓名,他们的事迹和作为,都已融入情节之中。在这里我首先要提到的,当然是马克斯·利布斯特的动人心弦的故事。我衷心地感激他。他今天生活在法国,我荣幸地得到他的允许,在书中描写了他在纳粹独裁统治下的可怕经历。

　　如果我的书使某些读者产生了深入研究历史和考古的兴趣,那我只能表示欢迎。很多吸引人的细节,还会被发现,比如根据传说,马尔杜克神确实占有过一块命运碑符,因为那曾被看作是统治世界的保障。还有关于中国秦始皇的陶制兵马俑大军的研究成果,也同样是令人神往的。

　　叶茜卡在因特网上的经历,也同样是符合实际的。我本人为查找资料,就曾在牛津和伯克利冲过浪。书中有关电脑迷取得的密码成就,也是属实的。只不过在具体的情节中,我在技术发展上超前了一步。然而,关于因特网上数码专家代理人的说法,今天也确实在发展当中,可在当今技术发展如此飞速面前,谁还敢说,我的描写什么时候就会变成一顶老帽子呢?那时我们就只能说:"可以忘记了——它已经有资格进入卡西尼亚。"

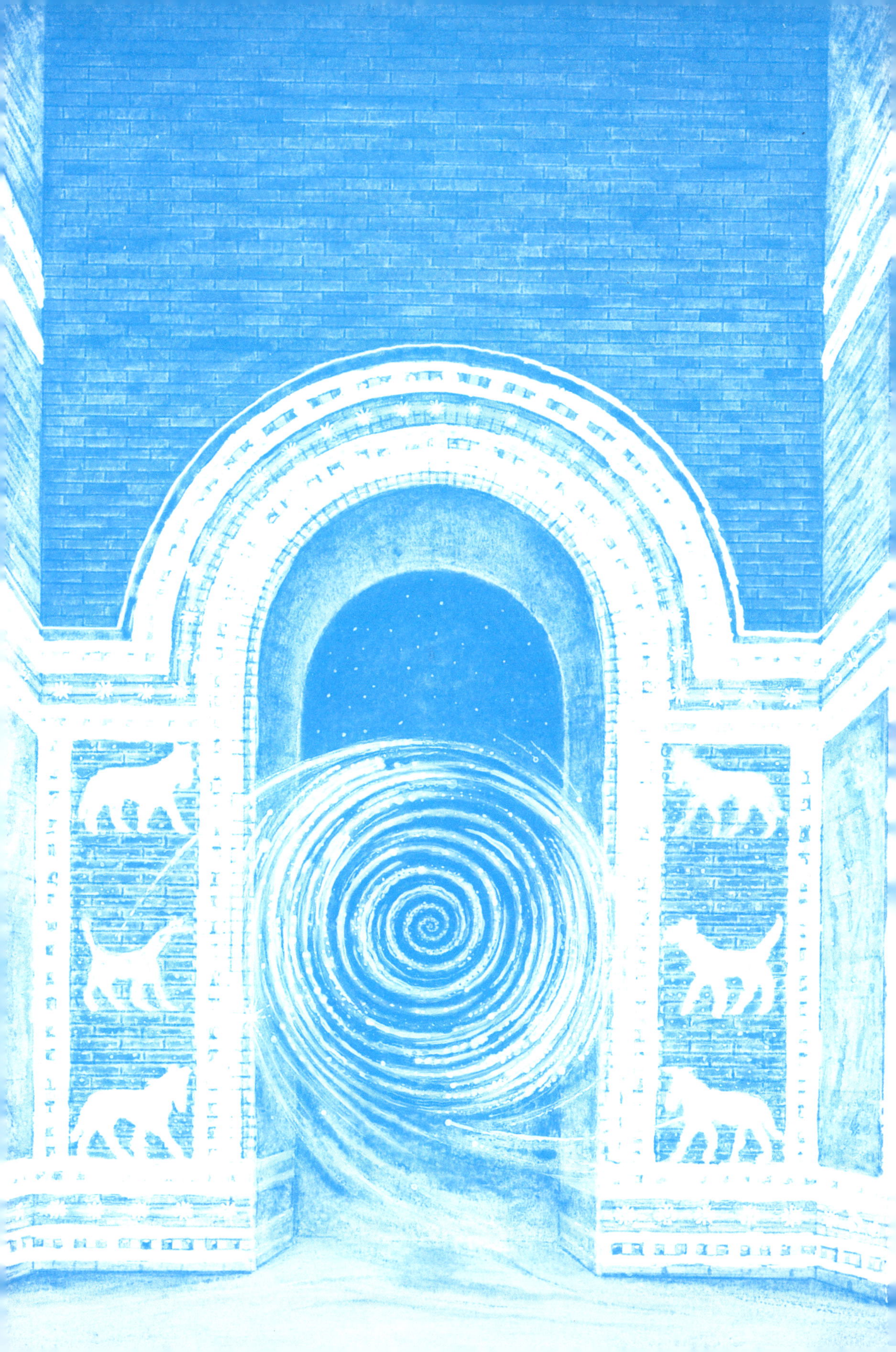

被偷去记忆的博物馆